U0836935

Best Time

白马时光

我们的千阙歌 上

（完美纪念版）

青衫
QING SHAN LUO TUO
落拓
著

百花洲文艺出版社
BAIHUAZHOU LITERATURE AND ART PRESS

也许对爱情的憧憬，放手爱一个人的能力，是一种天赋，

而被一个人无条件深爱的运气只与命运有关。

如果命运在这方面放弃了她，她也不打算苦苦追问为什么。

目　录
Contents

第一章
浓缩为回忆的过去

1

司凌云接到李乐川打来的电话时，正在财经政法大学的图书馆里查资料，她合上书，走出来接听。

“你回了吗？”

“刚下飞机。听说你被人挖墙脚撬走了男朋友，我怕你孤单，特地赶回来给你过生日，这诚意够感天动地了吧？”

司凌云对他戏谑的口气无可奈何，她早就知道，但凡坏事，总能不胫而走，她都懒得去探究这个消息怎么会传到远在伦敦的李乐川耳内。“谢谢你来拯救我的生活。”

“大恩不必言谢。”李乐川大笑，“晚上来阿风家的 Forever 酒吧，大家聚一聚，阿风说烤生日蛋糕给你吃。”

司凌云对过生日没什么兴趣，但李乐川是她的中学同学加多年好友，去英国已经四年，每次回国都来去匆匆，她很高兴见他，更重要的是，她有充足的理由推掉另一个约会。她马上打电话通知妈妈程玥，她晚上不回去吃饭了。

“我都已经在四季订好了位置，我们好好吃一餐，给你过生日。”

司凌云心想，如果妈妈说的是都已经买好了菜准备亲自下厨，她大概会感到愧疚，“今天就算了，我明天回家陪你吃饭、美容加购物，全套服务，绝不流露一点不耐烦。”

程玥追问着：“你约了谁？”

“阿乐。”

程玥好不失望，“你也该正经交个男朋友了。李乐川家境是很不错，可他一直是没上进心的二世祖，先玩摇滚，然后老大不小还跑去英国学什么导演，真的不适合你。”

“等我回来，你再一样样教导我该跟什么男人约会，跟什么男人结婚吧！”

“你爸爸那边……”

她终于按捺不住，“妈，我已经做了让步，不要得寸进尺要求我太多。”

程玥不为所动，“我给他打了电话，他答应在公司给你安排一个职位，你随时可以去上班。”

“等我回来再说吧。”

司凌云挂了手机，继续回去看书，到时间差不多了，先去食堂吃饭，再回寝室换衣服，出来坐出租车到了位于汉江市旧时租界区的 Forever 酒吧。

酒吧老板叫卢未风，朋友都叫他阿风。这所酒吧由西式风格的旧房子改建，原本是卢未风的家，在李乐川和他组乐队的那些年，司凌云时常到这里看他们排练，跟他们一起听音乐，在天台上喝啤酒。乐队于五年前解散，她最后一次到这里是送李乐川出国。三年前她偶尔路过，驻足看着这所熟悉的老房子经过整饬，门廊上挂出了酒吧招牌，说不清内心复杂的感觉，终于还是没有进去。

酒吧内十分冷清，一楼只坐了零落的客人。司凌云顺着窄窄的楼梯走上去，突然止住脚步，二楼传来吉他的声音，曲调激越，说不出名字，只觉得异常熟悉，仿佛有歌词挣扎着要从她记忆深处某个角落断续飘出，与音乐节拍相合，可是字句零乱，终究无法成歌。

她倚在楼梯扶手上，听到一曲终了才走上去。

二楼空间低矮，灯光柔和，老式黑胶唱片机开始播放爵士乐，红砖砌的四壁上挂着攀岩、徒步和越野车的放大照片，情调完全不同于司凌云以前熟悉的那个充满居家气氛的老房子。戴着黑框眼镜、身材清瘦的卢未风跟她打招呼：“刚才正跟阿乐说你自从读研后就进入了隐居状态，我们几乎看不到你了。”

“哪儿有你说得这么夸张，我只是出来玩得比较少了。”

长着一张白净面孔、剃得锃亮的光头反射着亮光的李乐川坏笑，搂着她的肩膀，口气宠溺到肉麻地说：“宝贝儿，恋爱的时候你重色轻友我能理解，可听琪琪说，你都跟男朋友分手两个多月了，还闷在学校里就有些古怪了。有没有心事想跟我说？我保证无条件借肩膀给你哭。”

司凌云早就习惯了这群朋友没心没肺的玩笑，知道他们一向没把所谓失恋这件事看得严重，她也乐得摆出满不在乎的姿态，作势用头靠了一下他肩膀，“不够宽，靠着不舒服。”

旁边站的琪琪大笑，她是个身材娇小、衣着时髦的女孩子，头发挑染成暗红与金棕夹杂，十分醒目。她同样与司凌云是中学同学，认识多年，撇嘴说道：“有什么可哭的？那样乏味没劲的男生，真不知道凌云看上他哪一点，居然跟他在一起快三年了，依我说早就该踢了他。”

司凌云横她一眼，她乖觉地举手投降，“好了好了，不提他了。”她转而一手拎住司凌云的衣服，啧啧连声，“瞧瞧，你要不要穿得这么土、这么保守啊？！”

司凌云只涂了点唇彩，穿的是这几年穿习惯的 T 恤加牛仔裤，看着琪琪性感的单肩上衣，她笑道：“不能跟你比，我待在学校，跟不上你的时代了。”

“明天跟我去逛街血拼，只要半天时间，我保证马上把你从土妞变回原样。”

司凌云没接这句话，环顾四周，差不多都是旧识，她一一打着招呼，当看到吧台一侧高凳上坐着的一个留着络腮胡子、头发短短的高个子男人时，不禁一怔。

李乐川拍了一下那个男人的肩膀，“凌云，不记得阿恒了吗？我刚才看他这样子也吓了一跳，几年不见，哥们儿走颓废路线走得太彻底了。”

司凌云当然认出了这个穿着灰T恤和破旧牛仔裤的男人是曲恒，他的变化非常大，除了留起胡子外，他的皮肤晒成健康的古铜色，身材挺拔，看上去完全不再是过去那个苍白瘦削、略显颓废的样子。

好几年前，李乐川和这间酒吧的老板卢未风、眼前的胡须男曲恒以及另外一个叫温凯的英俊大男孩一道组了一支名叫深黑的地下摇滚乐队，在本地唱得小有名气。司凌云通过李乐川认识他们，经常看他们排练演出，和他们有非常不错的交情。只是此刻曲恒神情淡漠，并无丝毫久别重逢的喜悦，她勉强一笑，“是啊，好久不见了。阿恒，你好。”

曲恒放下手里的吉他，面无表情地对她点点头，算是打招呼。

卢未风递过一杯色彩浓艳的鸡尾酒给司凌云，“尝尝我刚调的墨西哥日出。祝你年年有今日，岁岁有今朝，生日快乐。”

司凌云乐得借机摆脱面对曲恒时这种说不出的不自在感觉，接过酒杯喝了一大口，“我要礼物，要蛋糕，一杯酒可不够。”

卢未风示意服务生将蛋糕端上来，众人手忙脚乱地点蜡烛、关灯，一边唱生日歌，一边嘱咐她许愿。这种带着童稚感的庆祝方式让司凌云有些哭笑不得，她不愿意扫大家的兴致，合上眼默想片刻，一时竟然想不出有什么愿望。她不想再拖下去，睁开眼睛，吹灭蜡烛，待室内灯光重新亮起时，隔着桌子站在她面前的却是一个不知道什么时候走进来的男人，他身材修长，穿着黑色衬衫，看面目应该是三十岁出头，浓密的头发中却夹杂着大量银色的发丝，与英挺的五官形成引人注目的对比，一双深邃的眼睛正饶有兴致地看着她。

她如同活见鬼一样呆住了。李乐川递餐刀给她，她全无反应，他轻轻拍她一下，她看着一双双注视过来的眼睛，才意识到自己的失态。

“你帮我切吧，阿乐，我……”恰好手机响起，她匆忙地说，“我接下电话。”

2

司凌云拿起手机，却没按接听，她退出来，顺着隐蔽角落的狭窄楼梯走上三楼，这里一半是卢未风的卧室兼书房，另外一半是一个拐角型的天台。以前，她和李乐川、卢未风等朋友常上到这里来喝啤酒、聊天、弹琴。天台基本保持着原样，种了几盆不用精心照料便长得蓬勃的植物，散乱摆着几张旧藤椅。

四周高楼如林耸立，远远近近的灯光迷离闪烁，正值四月中旬，春天和煦的风软软地吹拂着，带来复杂得不能一一辨识的城市气息。从一个接着一个的重逢之中逃离出来，站在老城区旧住宅的这个小小天台上，被周遭的红尘包围，仿佛置身于一座孤岛。她抚一下面孔，热辣辣地发烫，她深深吸气，再慢慢呼出，努力让心跳节奏恢复正常。

手机依旧响着，是她弟弟司凌峰从寄宿中学打来的：“姐，祝你十八岁生日快乐。”

“谢谢！不过你从我过了二十岁就开始这么祝福我，讲了六年，也该换一套新嗑唠唠了。”

司凌峰嘿嘿笑了，“我这不是希望我漂亮的姐姐永葆青春吗！尤其是今年，跟我一样停在十八岁该有多好！”

“你好好享受当十八岁美少年的感觉吧。”她也笑，“我才不要停在那么傻兮兮的年龄里。”

司凌峰抗议道：“从小到大骂我傻，万一有一天我真傻了，就是你强大的念力造成的。”

司凌云很乐意跟弟弟这样不着边际地闲扯，借以调节有些紊乱的心神，“怕了你了，你要真变傻了，妈还不得杀了我。”

“我给你准备了一份礼物，周末回家时给你。今天有没有安排节目庆祝生日？”

“现在跟阿乐他们一帮朋友在阿风的 Forever 喝酒呢，阿风订了蛋糕给我，你打电话来的时候，正许愿唱生日歌切蛋糕呢。”

“许的什么愿？”

司凌云一想到十分钟前从蛋糕上抬起头睁开眼睛看到的那个男人，顿时心头一堵，勉强笑道：“再乏味没有了，下个月论文答辩过关，顺利毕业。”

“这愿许得真没趣！我还怕你今天会寂寞，有人陪就好，玩得开心点儿——”司凌峰拖长声音坏笑，“记得别酒后乱性，安全第一哦。”

司凌云嗔道：“喂，你不过是快高中毕业的小屁孩而已，怎么荤的素的有的没的什么都学到了？”

“跟我的同学比，我已经纯洁得像婴儿一样。”

“嗯，我很清楚象牙塔是怎么回事。你的小女朋友也还好吧？”

司凌峰有点忸怩，“她昨天给我发过邮件。”

他的小女朋友其实是他的同学，大半年前全家移民加拿大，他也准备在今年高中毕业后去加拿大留学。司凌云笑着叹气，“唉，也只有你们这年纪，才有力气谈这么纯洁遥远的两地恋爱。”

司凌峰顿了一下，声音放低，“姐，谢谢你。”

他们姐弟之间虽然差了八岁，但向来亲密，她理所当然地照顾他，他从来没有这样向她道谢，她心底一下有说不出来的酸楚，只得强打精神笑道："说你是傻孩子，你又不乐意，何必跟我说这话？"

"我知道你是为了我才答应妈妈放弃读博士，毕业后去爸爸公司工作的。"

"别胡说，小峰，我从小学一路读到现在，早腻味了，本来就想离开学校。记住，我没为你牺牲什么，你不许胡思乱想背包袱。"

电话那头长久的悄无声息，她不知道该说什么好，一只手搭在天台栏杆上，低头看着下面的街道，酒吧门口的灯光昏黄，光影交错之间，行人谈笑着，步履悠闲地走过，暗夜让一切显出几分虚幻的色彩。

这时天台入口那里传来李乐川的声音，"凌云，快下来，有礼物给你。"

"就来。"司凌云应了一声，对着电话说，"小峰，我要下去了。"

"等一下，姐，你真的跟启明哥分手了？"

"妈妈跟你说的吗？她真无聊，跟你说这些干什么？"

司凌峰固执地追问："你们之间是不是有什么误会？"

"别提这事了，分分合合很平常。小峰，你还小，可能对感情这件事还有很多想象。我不是教你不要把感情当回事，不过，真没必要看得太严重，生活中更重要的事多得是。"

"比如——"

司凌云一时竟然想不出来拿什么举例才好，只得笑，"咦，你这傻小孩今天特意来跟我抬杠吗？"

"没有啦，姐。"

"好了好了，我下去了，再见。"

"再见。"

司凌云放下手机，回到二楼。和酒吧内安静的气氛不搭调的是一些人在高谈阔论，一些人在掷骰子，大呼小叫得不亦乐乎。

琪琪回头扬声跟她打招呼："凌云，没等切完蛋糕你就失踪了，躲哪儿去了？"

"我在外面接电话。"司凌云只得走过去，"琪琪，真受不了你，到哪儿都这么闹腾，我估计最多再过三十分钟，阿风就要赶你们走了。"

琪琪一边大力摇着骰盅，一边乜斜她一眼，"搞不懂阿乐为什么要选这种老男人喝闷酒的地方给你过生日，无聊死了，他要赶我们正好，我们可以换个地方玩。"

不等司凌云回答，她揭开骰盅，定睛一看，娇笑着摇身边那个穿着黑色衬衫的修长男人的胳膊，"傅轶则，该你喝一满杯了。"

那个叫傅轶则的男人随手拿起酒杯，仰头一饮而尽，司凌云发现自己竟不由自主注视着他，他带着棱角的下巴下面，喉结随着吞咽上下移动，再往下是敞开的衬衫领口露出一点锁骨。她正要移开目光，然而他已经放下酒杯，捕捉到她的视线，深邃的眼睛一眯，嘴角微微勾起，"司小姐要不要一起来玩？"

"咦，你们认识吗？"

他仍然看着司凌云，"是啊，我们认识很久了。"

对这种明显的若有所指，司凌云此时已经能保持镇定了，她余光一瞟，留意到琪琪一下流露出的研究神情，也笑了，"阿乐叫我呢，你们玩吧。"

司凌云走到吧台边，曲恒马上起身走开，给她让出位置，独自坐到另一个角落。这当然是一个毫不掩饰的疏离姿态，但他一向特立独行，并不合群，旁人也不以为意，司凌云更是只能选择忽略，她接过李乐川递过来的酒，“我的礼物呢？”

李乐川拿出一条 Burberry 的格子围巾，用献哈达的姿势捧到她面前，她不屑地“嘁”了一声，“我才说了小峰，你居然比他更省事，次次从英国回来都买一打这个牌子的围巾，手信、生日礼物全是它，孝敬你妈、泡妞加送朋友，见人发一条，这已经是我收到的第三条了。”

“心意比较重要嘛。”李乐川哈哈大笑，抖开围巾替她严严实实绕脖子围上，歪着头端详她，“很衬你啊。”

司凌云一把将围巾扯下来，“谢谢！你看看现在的温度吧。我会收好的，时不时睹物思人，铭记你的心意。”

卢未风笑着摇头，他当然也收到过李乐川送的围巾，“凌云，去年你不是跟我说打算继续读法学博士吗，怎么没去考试？”

“我妈不同意。”

李乐川诧异，“你什么时候这么介意她的看法？”

司凌云涩然一笑，只有她自己清楚，她枉担了一个叛逆自我的姿态而已，回想一下，其实很多选择都没能逃过妈妈的影响。

李乐川多少了解她的家事，安慰地拍拍她的肩膀，“不读博士也好，小心读成灭绝师太，没人敢要你。”

司凌云不愿意多谈这个话题，“哎，琪琪旁边坐的那人是你朋友吗？”

李乐川摇摇头，卢未风说：“你是说那位傅先生吗？一个月前，他被我一个朋友带来，最近偶尔过来喝上一杯。有时我们会聊聊音乐跟红酒，他的见识很广，品位不错，是个很风趣的人。”

“琪琪那丫头，真是一如既往的豪放，跟谁都能马上搭讪混熟。”李乐川并不喜欢琪琪，但琪琪除了跟司凌云一样是他的中学同学以外，同时还是他大嫂的表妹，有这种曲折的亲戚关系，他多少能容忍她的爱闹爱疯。他瞟了一眼她，回头看着司凌云，“你认识这人吗？”

“几年前见过。”这个夜晚大概已经不可能更混乱了，司凌云心想。“不如我们换个地方吧，再吵下去，阿风的老顾客该抗议了。”

尽管卢未风说没关系，李乐川还是站了起来，征求大家的意见要不要换地方，琪琪一声欢呼，马上跳起身，“我们去蓝色天空。”

其他几个人也点头同意，纷纷起身，只有傅轶则坐在原处没有说话，琪琪俯身相邀，“嗨，你也一起去嘛，那边比这里有趣得多。”

傅轶则微微一笑，“司小姐不介意我这个不速之客吧？”

司凌云并不看他，挽住李乐川的胳膊，“欢迎之至。”

李乐川转头去招呼坐在角落的曲恒，司凌云原本以为他会断然谢绝，没想到他站了起来，谁也不看，很干脆地说：“好，我骑摩托车先过去。”

他们一行十来个人离开 Forever，浩浩荡荡到了蓝色天空，琪琪一路上都忙着不停打电话叫她的其他朋友过来，李乐川刚要制止，司凌云马上表示，人越多越热闹。不多时，酒吧便又聚集了十多个人，其中不乏司凌云与李乐川的旧识，大家打招呼跳舞喝酒，一时之间气氛十分热烈。

司凌云满意地看到，傅轶则被琪琪拖走了。她发现，在远离旧时的朋友，过了近三年安静的校园生活后，如今重新面对灯红酒绿，她没办法再跟过去一样投入了。人太多，味道太复杂，音乐太吵，灯光太晃眼，而她心中充塞的想法太多……她想，哪怕她只比琪琪大一岁，也没法像琪琪那样永不疲倦乐在其中，一进夜店便如鱼得水，可以一直玩到放空的地步——一念及此，她的嘴角挂了一个苦笑。

“在想什么？”李乐川附在她耳边问她，“表情这么哲学。”

“阿乐，我觉得我老了。”

“女人过个生日不感叹一下时光无情简直就对不起自己。放心吧，宝贝儿，你离老还远着呢。”李乐川一本正经地打量她，“除了——”

“除了什么？话说一半留一半最讨厌了。”

“除了你的眼神以外，你现在看人比以前冷漠。”

“谢谢你提醒我。”司凌云更加沮丧，“这一点我的前男友也指出来了。”

“男友加上‘前’字就该丢到垃圾箱里去，别为他破坏心情。”

司凌云借着酒意喃喃地说：“我没法心情好。我二十六岁了，阿乐，一事无成不说，没有一段感情是成功的。”

李乐川嘿嘿乐了，“这好像也是在说我，不枉我们从小同病相怜。要不我牺牲一下，讲我这三年的悲惨情史给你听吧，保证你听了之后会觉得失恋这事也可以来得非常喜感。”

司凌云拿他没办法，摇头叹气，“你真是个无可救药的享乐主义者，一点儿没变。”

李乐川搂一搂她的肩，“别想太多了，活在当下，小云，既然没有别的选择，不如享受现在，别浪费生命。”

“我们能永远这样吗？我是说，只享受乐趣，把那些痛苦的事丢到一边不理。”

李乐川正视着她，诧异地问：“你该不是真的在为失恋的事难过吧？”

她无可奈何地笑了，“有什么可难过的？没事，可能就是有点儿喝多了。”

李乐川被人拖去跳舞，司凌云懒洋洋地靠吧台站着，对着立柱上镶嵌的镜子整理微微有些凌乱的深棕色短发。从小到大，她再怎么跟母亲闹意见，都感谢是母亲而不是父亲遗传了长相给她。她有一张标致的雪白面孔，漆黑的眉毛形状完美得根本无须再修饰，深刻的双眼皮，挺直而小巧的鼻子，用挑剔的眼光看，她也是挺漂亮的。

可是她的眼睛却无精打采，甚至不及成天熬夜、生活没有规律的琪琪有光彩。想起李乐川刚才的评语，她有些恍惚。这时，一只手端了杯红酒递到她面前，她先看握着酒杯的修长手指，再慢慢抬头，傅轶则正在极近的距离内看着她，眼神在闪烁的灯光的映衬下变幻不定。

她不接，他也并不介意，将酒杯放在吧台上，身体倾向她，凑到她耳边，“凌云，生日快乐。”

在这样嘈杂的环境里，要想交谈就必须用耳语的姿势，他的动作并不突兀，却含着隐约的诱惑和说不出来的侵略气息。他的面孔英挺，神采飞扬，夹了银丝的头发反而为他添了几分说不出来的成熟韵味，古龙水混杂男人特有的味道一下充满了她的嗅觉，温热的呼吸扫到她的耳垂，她需要努力克制，才抑制得住向后退缩的冲动。

“谢谢。”

“不问我为什么会突然出现吗？”

司凌云抬头正要说话，却看到曲恒正站在不远处，她看不清他络腮胡子下的表情，却可以想见他唇边肯定挂了一个略带讥讽的笑。她收回视线，也笑了，缓缓摇头，“一个人什么时候出现、什么时候消失，是不需要理由的。”

傅轶则的嘴唇已经看似不经意地贴上了她的头发，“可是你的身体绷得很紧，似乎如临大敌，非常紧张。”

司凌云蓦地站起身，“傅先生，请你自重。”

她头也不回地走开，加入跳舞的人群之中。

3

跟以前一样，李乐川喝高以后便成了一个彻头彻尾的话痨，他坐在酒吧二楼休息区的沙发上，滔滔不绝地对曲恒与司凌云讲着他写的一个电影剧本，曲恒面无表情，司凌云则听得断断续续，完全理不清他要讲的是一个什么样的故事。她看看时间，不得不打断他，“明天一起吃饭吧，我要先走一步了。”

“现在还早啊。”

“研究生宿舍楼零点到六点关闭大门，再不回去就进不去了。”

“索性今晚别回去了。你都快毕业了，谁还管得那么严格？”

她摇头，站起来拍拍他的肩，“我今天又老了一岁，熬不了夜，改天一起吃饭吧。”

“让曲恒送你回去，他好像是这里唯一没有喝高的。”

司凌云连忙说：“不必了，我叫出租车很方便。”

曲恒并不看她，淡淡地说：“我骑的摩托车，的确不大方便。”

司凌云步履有些摇晃地走出酒吧，招呼保安帮她叫出租车过来，没想到身后一对男女一把拨开她，嬉笑着抢先上了车，她被推得险些失去平稳，幸好一只手伸过来扶住了她。

出租车发动开走，她气得破口大骂道：“他妈的，你们这么抢，赶着去投胎啊。”

“公共场合，女孩子讲这种话太难听了。”一句冷冷的批评从她身后传来。

她回头一看，扶住她的人是傅轶则，他笔直地站着，与曲恒一样，他似乎也保持着完全的清醒。

她触电般甩脱他的手，“关你什么事？”

“那个曲恒，不是你男朋友吗？他怎么不送你？”

她不耐烦地重复道：“关你什么事？”

他耸耸肩，“好，不关我事。我送你回去吧。”

“不用，我坐出租车。”

他挑起一道眉毛，好笑地看着她，“久别重逢，就算不惊喜，也可以亲切一点嘛，何必这么躲着我？”

她厌倦他这个理直气壮的挑衅，但她在喧闹的酒吧里待了太长时间，酒意上涌，身体慵懒飘浮，已经没心情提起精神冷嘲热讽了，“你倒是一如既往自恋。不过很遗憾，我既没期待过你重新出现，也没理由特意躲你。”

“大家都没变，你也是直截了当得一如既往。”

“你要听客气话吗？其实我可以换一个社交的口气：傅先生，你好；傅先生，再见。”

“很高兴你长大成熟，多少肯敷衍人了，不过成熟的女人肯定不会喝得醉醺醺后非要一个人去坐出租车的。”

她被噎住，他和颜悦色地说：“送喝高的人回家并不是那么有趣的事，我也不是总有日行一善的兴致。预先警告你，你最好不要吐在我车里，不然我说不定会半路把你丢下去。”

她气得一时竟然不知道说什么才好，不过他也不等她再说什么，拖着她走到停车位那边，打开一辆大众旅行车的前座车门，托着她的手肘微一用力，她身不由己地坐了进去。

傅轶则发动车子，司凌云突然起了一个孩子气的念头，她只恨自己这几年在喝酒方面非常节制，并没有醉到想吐的地步，不然就可以直接吐到他身上，理直气壮地弄出一片狼藉，算是出一口浊气。

车开出好一会儿，她平静下来才注意到，傅轶则根本没问，就直接将车开往她就读的财经政法大学。她决定，她也不用费事多问什么，好在他一路没有再说话，直接将她送到了学生公寓楼下。

她简单说声谢谢便下了车，匆匆往宿舍大门走去，然而又马上站住。昏暗的灯光下，一对男女正压低声音争吵着，挡住了她的去路，他们同时看见了她，一下停了下来。

“借过。”

那男人拉了女孩子一把，可是那女孩子甩开他的手，没有任何闪开的意思。

楼上已经有人探头出来看热闹了，司凌云捂嘴打了个哈欠，“二位不会是特地等在这里给我唱生日歌的吧？要唱的话赶紧开始，我想回去睡觉了。”

那女孩子定定看着她，眼神怨毒，一字一句地说：“别得意，司凌云，你以为你看到笑话了吗？照我看，谁是笑话可真说不定。”

“照目前的情形看，我们都已经是冷笑话了。”司凌云抬头扫了一眼上面，窗口那些面孔缩回去了一些，还有一些人则毫不客气地停在原处，“你们两个人愿意给别人提供免费娱乐没关系，请不要再拉扯上我。”

“倩如——”那女孩子刚要开口，男人叫她的名字喝止了她，转头看着司凌云，“我们没有来挑衅你的意思，我们这就走。凌云，生日快乐。”

他的声音沙哑，神情颓丧，司凌云的心不由自主地紧缩了一下，然而那女孩子先她一步做出反应，“韩启明，她生日关你什么事？你都看到了，自然有男人跟她庆祝到深夜，有好车送她回来，你有什么必要自作多情？”

司凌云心中那一点隐约的柔软之意顿时消散了，她并不看那个女孩子，盯着面前这个斯文的男人，笑盈盈地说：“谢谢你，启明。去年我过生日，你存了两个月薪水给我买了一条手链，我很喜欢。今年有没有礼物给我？”

那女孩子怒不可遏，压低声音，“你真不要脸……”

“是吗？”司凌云耸耸肩，“不过，我以为跟别人的男朋友上床更不要脸一些。”

“现在他是我男朋友，请你以后离我男朋友远一点儿。”

“玩不起的游戏，就别玩；自己做不到的事，也不用要求别人做到。”

“你别妄想了，启明说你根本就是性冷感，他对你没兴趣。”

司凌云心底的怒意腾地升起来，脸上却还维持着笑意，“你是认真在挑衅我吗？那好，我从来没有睡过别人的男朋友，不介意拿韩启明来试一下。”

“够了——”韩启明低喝一声，咬紧牙避开她的视线，再度拉那女孩子的胳膊，这次她没有抗拒，任由他拖着走了。

司凌云看着他们的背影，脸上仍然挂着笑，心底的悲哀却涌了上来，浓重沉闷，让她几乎有窒息的感觉。她呆呆站着，直到傅轶则走到她的面前，这才回过神来。

“你怎么还没走？”

“本来我只打算抽支烟，看看晚归的女学生。”他轻轻一笑，“幸好没走，不然错过这场戏未免太可惜了。”

她没有力气发作，转身准备进宿舍，他却抓住了她的胳膊，直视着她的眼睛，声音轻而柔和，“我带你出去转转。”

她眼里已经含满了泪水，正努力撑着不流出来。

“从楼上楼下热心观众的表情来看，你的人缘可不怎么好。照你的脾气，一定不肯让别人看笑话的，所以别在这里哭。”他拢住她，那是一个小心呵护的姿势，声音温柔地说，“走吧。”

他的话击中了她的软肋，她当然不想在一道道视线下哭，更不想接受旁人审视的目光、旁敲侧击的打探，她一声不响地跟着他上了车。

“我们去……”

司凌云毫不客气地打断他，“对不起，我不会跟你去兜风、喝酒，靠你肩膀上哭、诉苦、谈心……更不会跟你上床的。麻烦你送我去滨江路 176 号滨江花园，谢谢。”

傅轶则哈哈大笑，“你认定我留下来就是想利用你的脆弱时刻跟你重温旧梦吗？”

“不然呢——”司凌云疲惫地说，“我没记错的话，你可是并不屑于隐瞒目的冒充什么善良的好男人。”

他拐上左转车道，在红灯前停下，一只胳膊漫不经心地搁到打开的车窗上，“真遗憾，看来我大概已经被你划到不可以再碰的那一类人的名单里面去了。”

她知道左转便确实是开上了她报的住址方向，略微放心，靠到椅背上，“我一向不费事保留名单，更不会把删除的人留着排位置。”

“你这一点也跟过去一样，还是无论如何也要硬撑着不肯示弱，我喜欢。”

司凌云暗暗一惊，毫不客气地说：“五年不见，你跟过去倒是有些不一样了，头发白了不少还是其次，最要命的是有了中年人气质，话多了很多。”

傅轶则根本不以为忤，再度大笑，“这么说你注意到我的头发了。嗯，很合理，你以前就特别喜欢把手指插到我头发里。我也记得你留一头长发的样子，飞扬起来既狂野又性感，你的前男友居然会跟他的现女友说你冷感，真是错得离谱……”

“闭嘴！”司凌云忍无可忍地打断他。

“好吧，不说这些了。不过我有一个疑问，刚才你本来伶牙俐齿，把那两个人逼得很尴尬、很狼狈，差不多说得上大获全胜了，怎么又突然露出那么难过的表情？”

“你观察得这么仔细干什么？”

“看戏嘛，我向来投入。”

司凌云木着一张脸看着前方，她并不是赌气不理，只是根本无法给出回答。

原因太多太复杂了，从在酒吧碰到曲恒开始，这个夜晚便已经开始变得诡异。傅轶则的突然出现，再加上韩启明带着葛倩如挡住去路，已经过去的生活突然如此密集混乱地浓缩到了今天，她该从哪里说起呢？

然而傅轶则并不打算放过她，继续用漫不经心的口气说：“那个不敢正视你的可怜男人应该是你的追求者之一吧，他完全不像是你会喜欢的类型，只要他还爱着你，大概就永远得由着你嘲弄他，甚至是当着他现任女朋友的面。”

“谢谢你对我行为的尖锐评论。”司凌云冷冷地说，“不过我没义务讲故事来满足你的好奇心。”

傅轶则笑了，“对于一个很高兴跟你重逢、急着跟你叙旧的人来讲，你表现得太冷漠了。我承认我对你还有不少好奇，不过算了，以后有的是时间。看样子你今天的生日过得并不痛快，这样吧，你可以向我要求一件礼物，看能不能让你心情好起来。”

她微带嘲讽地问：“任何事情？”

他笃定地说：“任何事情。”

一个埋藏已久的问题几乎不受控制地涌动到了嘴边，她想，这大概是她最接近某个答案的时刻，但她说出口来的却是：“好，我要求的礼物就是请你在将我送到目的地之前保持沉默。”

傅轶则大笑，“你不知道你浪费了什么机会。”

“跟空白支票一样的机会，意味着要付出什么代价也是未知的。所以，谢谢，不用了。”

“如你所愿。”

接下来傅轶则果然再没说什么。

到了滨江花园后，司凌云跳下车，这一次她连再见也没说，径直向里面走去。

这里是临江闹中取静的豪宅区，一栋栋板式高楼错落有致，园林绿化优美，司凌云刷门禁卡进了自己家住的单元，乘电梯到 12 楼。她不想惊动妈妈，取出钥匙开门，随手按亮玄关灯，开鞋柜取拖鞋，却一下定住，只见鞋柜前赫然摆放着一双男式皮鞋。

她叹了一口气，心想，明明已经过了午夜，生日成为过去，可这倒霉的一天却好像仍未结束。想到有男人留宿在离婚的妈妈这里，她顿时不愿意待下去了，关上鞋柜的门便要走。

客厅的灯亮了，她妈妈程玥走出来，黑色真丝睡衣衬得皮肤分外白皙，她皱着眉头看着她，“怎么突然回来了？”

“宿舍关了门，要是不方便，我去住酒店好了。”

程玥瞪她一眼，没好气地说：“有什么方便不方便？那鞋子是你爸爸的，他睡着了，你也赶紧去睡吧，别吵他。”

这个答案并没让司凌云好受多少。她父母已经离婚多年，她父亲更已经再婚，她的异母弟弟都十多岁了。不过司霄汉似乎把程玥这里当成了行宫，以前来看她们，留宿得十分坦然，只是这几年行踪相对稀少了很多。司凌云知道程玥根本不在乎她怎么看这件事，她也没心情说什么，换了拖鞋便打算回自己卧室，程玥叫住她："明天早点起床，陪你爸爸吃早餐，顺便谈一下你工作的事。"

果然是一个没完没了的长夜——司凌云没有搭腔，回了自己卧室。

4

第二天，司凌云被妈妈叫醒。她看看时间，呻吟一声，"才六点半，我难得回来，不用这样折磨我吧。"

"你爸每天六点半起床，你必须十分钟以内梳洗好出来吃早餐，不然你得专门去他公司跟他谈，你觉得哪一样更方便？"

司凌云叹了一口气，坐起身来，一眼看到程玥从衣柜取出搭在床尾的那套衣服，立刻烦躁了，"我多大了，还逼我穿这种少女装？"

"平时我不管你，今天是穿给你爸看，你又不是不知道他口味就这么土气，喜欢你的打扮走甜美路线。"

"要不要给我绑马尾戴公主发箍，要不要我穿白纱裙、芭蕾鞋扮 Lolita？"司凌云一把掀去那套衣服，压低声音说，"妈妈，你迎合他的审美，到四十多岁还穿粉色系带蕾丝的衣服是你的事。我是他女儿，不是必须取悦他、帮你把他留在身边的女人。"

程玥的脸一下发白了，抿紧嘴唇瞪着她。她也不再说什么，翻身下床，去了浴室。

司凌云去餐厅时，穿的是白色 T 恤配牛仔裤，她跟穿着衬衫坐在那里的父亲司霄汉打招呼。

"爸，你早。"

司霄汉个子不高，身材发福，略微有些谢顶，相貌平常，非常不起眼，但精神健旺，自有一股长期处于支配指挥位置形成的傲慢与威严气度，在六十六岁的年纪，并没有丝毫老态。他打量一下女儿，笑了，“你留长头发多好看，怎么偏要染成这种颜色，还剪这么短？”

司凌云懒得去提醒他，她已经将头发剪短几年时间了，只笑了一笑，“时尚嘛！不过据说今年又要开始流行黑发了，等几时有空我去染回来。”

“瞎折腾。”司霄汉毕竟是宠爱这个漂亮女儿的，下了一个没有责备意味的评论，便没再说什么。

程玥放下心来，端出豆浆和小笼包放到女儿面前，“你爸记得昨天是你生日，特意过来，说有礼物要给你，神神秘秘的，我都不知道是什么。”

司凌云笑着看向父亲，“爸，什么礼物？”

司霄汉起身，去西装口袋里摸出一串车钥匙，递到了司凌云面前。如果刚才的热切是配合妈妈做出来的，司凌云现在真的有些吃惊了，她下意识地看看程玥，程玥显得比她还要诧异，双手合在胸前，瞪大了眼睛，一副不胜惊喜的样子，司霄汉显然很高兴看到她们的这个反应。

“红色的甲壳虫，应该很适合女孩子开，停在地下车库里，既是生日礼物，也祝贺你马上拿到硕士学位毕业。加上你大哥拿的 MBA，现在我们家里已经有两个硕士了，哈哈。”

司凌云不能不动容了，接过钥匙，“谢谢爸爸。”

“我跟你妈谈过了，你妈妈的考虑是对的，女孩子成家生孩了之前是应该有一个正当工作，你有没有什么具体打算？”

她瞟了一眼妈妈，“也许跟同学一样，找间律师事务所先应聘当助理，然后参加司法考试，争取成为律师。”

“当律师也不是不好，不过用不着去那些小律师所混，顶峰一样需要法务，我已经交代给了张阿姨，让她在公司安排一个合适的职位给你。我今天出差，你上午直接去她办公室吧。”

他说的张阿姨，是他现在的妻子张黎黎，在他一手创办的顶峰集团里做副总，主管财务、人事与后勤。司凌云再度与程玥交换目光，程玥对在她面前提到张黎黎毫无反应，只是紧盯着女儿，眼睛里不由自主带上了恳求的意味。司霄汉这根本不是商量的语气让司凌云本能地反感，可是她看看妆容无懈可击、神情紧张的母亲，心却不由自主地软了，避开视线。

“好。”

司霄汉很满意女儿这个难得的乖顺姿态，又顺口问起司凌峰的学习情况，程玥絮絮地夸奖着儿子，并提议找时间一起吃饭，司霄汉则说要看时间安排。

这场景很像寻常和美人家的寻常早晨，然而司凌云清楚地知道，眼前一切只是一个反常的假象。从严格意义上讲，这个家根本不是她父亲该坦然停留过夜的地方，她妈妈的身份是一个前妻，而她是她父亲众多儿女中的一个。如果不是程玥提前打电话谈及她，忙碌的司霄汉大概不可能记得昨天是她生日，更别提去买礼物了。

司凌云早就接受了现实，当初没有特别难过，当然现在更不会感伤，她只能把突然低落的情绪归结到昨晚的延续。可是车钥匙摆在面前，既然已经做出决定，她便不愿意再去犯别扭，更不打算说什么扫兴的话。

司霄汉的司机已经到了楼下，打电话上来，司凌云送父亲出门，他突然嘱咐她，“小云，对张阿姨要有礼貌。”

司凌云扑哧笑了，“爸，我什么时候没礼貌来着？”

“你这坏脾气，我还不知道吗？”

“那是以前孩子气发作的时候嘛，不算数，我现在可是马上要工作的成年人了。”

司凌云难得在父亲面前撒一回娇，司霄汉果然十分喜欢，呵呵笑了，摸摸她的头发，满意地走了。

司凌云关上房门，回头看着她妈妈程玥，再看看手里的车钥匙，她还是头一次收到如此贵重的礼物，哪怕来自有钱的父亲。她的心情十分矛盾，而程玥当然比女儿更有理由心情复杂。

程玥是司霄汉的第二任妻子，他在结束上一段持续了十四年的婚姻的第二天，顶着非议娶了她，那一年，他四十岁，她二十一岁。婚后四个月，司凌云便出生了，而司霄汉当时已经有一个十二岁的儿子。

司霄汉的风流史并没有在年轻貌美的舞蹈演员程玥那里终结，司凌云很小的时候，就已经知道父母之间有问题。在司凌云八岁时，程玥去香港生下了司凌峰，她的这个努力，也不过使他们的婚姻多延续了几年，到司凌云十三岁、司凌峰五岁时，程玥与司霄汉正式协议离婚了。

那时司霄汉年满五十三岁，他以一如既往的迅猛速度马上第三次结婚，这次的妻子是他的前任秘书，小他整整二十岁的张黎黎。他的公司已经做大，更加不把别人的议论放在眼里。就在同一年，张黎黎专程去美国为他生下了他的第三个儿子司震寰。

程玥嫁给司霄汉时，他只是一个草根出身的商人，从微不足道的小生意做起，抓住改革开放里的每一个机遇慢慢发达起来，称得上有钱，出手大方，但远没有达到大富大贵的地步。

到两人离婚时，她从精明强悍的丈夫那里分到了一套房子、一辆车，再加一笔在当年算得上数目可观的现金，当然，他定期打钱到她的账户，负责司凌云、司凌峰姐弟的生活费、教育费，从不拖延。

程玥还来不及想好将来的路，就发现司霄汉的生意开始以让她瞠目的速度发展起来，小小的贸易公司变成了顶峰集团，业务涵盖地产、物流、贸易，他的名字时不时见诸报端，今年甚至被某财经杂志排到本省富豪榜前几名，那个量化的数字让她当初分得的那笔钱显得少得可怜。

但是，她再怎么不平，他的巨大财富都已经与她完全没有关系了。

5

程玥的神情松弛下来，踢掉带有羽毛装饰的高跟拖鞋，坐到沙发上，将腿蜷到身下。她今年四十七岁，一直坚持每天练舞保持完美的体态，一丝不苟地做各种皮肤护理。司凌云客观地评价，以妈妈目前的身材容貌，完全可以轻易瞒去十岁年龄，这个慵懒的姿势看上去仍然带着性感。

“你达到目的了，开心了吧？”

程玥微微一笑，“没错，我很开心，你也别不开心了，毕竟不是每个女孩子都能收到将近三十万的车子当生日礼物。”

程玥越是好整以暇，司凌云越是恼怒，“我早说过，我根本不想去他的公司上班，你这么逼我有意思吗？”

“你去应聘，接受别人的指挥，当个朝九晚五的小白领就有意思吗？”

“我只想过我自己选择的生活，有没有意思，由我自己判断。”

程玥凝视着女儿，放缓语气，“别跟我赌气，小云。没错，你爸算是疼你，可他到现在已经有了三个儿子、一个女儿。他的大儿子早就进了公司，一路做到地产公司总经理这个级别，又是长子，铁定能争取到足够的利益。那个小的更不用说，老来得子，一直跟他生活在一起，应该是他最疼的，算来算去，只有你跟小峰最危险。你是女孩子，以他的老脑筋，将来给你一笔嫁妆，让你风光出嫁就算对得住你了。小峰现在还只十八岁，你又坚持要送他出国读书，等学成回来再加入他公司也是几年以后的事。他的公司现在是发展的关键时期，甚至有可能上市，你再由着性子置身事外，到时候可能什么都得不到。”

“从我读高中起，你就开始跟我念这一套经，我早听腻了，我不在乎他的钱。”

程玥笑了，“你昨天满二十六岁，不是高中生了，别再这么孩子气好不好？真正有钱的人才有资格讲不在乎钱这种话，也许我最大的错误就是从小到大没让你吃过任何没钱的苦。”

“那你干吗不让我去吃下这个苦再回头求你？”

程玥一下站了起来，光着脚走到女儿面前，拿起她握着车钥匙的手，“不，小云，你再怎么跟我对着来，我也没打算让你去吃苦。苦我吃过，相信我，并不值得特意去体验。更何况你这脾气，再后悔也不会回头求我。我生下你和小峰，就希望你们和你父亲其他的孩子一样，过最好的生活。别的不说，他开的车价格超过五百万，张黎黎开的车将近两百万，他们住的是本市最高档的别墅，可以去全世界任何地方度假，他们的小儿子在美国出生。我是前妻，那些没有我的份儿，行，我都认了，但你父亲所有的一切，你和你弟弟都应该有份。你的朋友琪琪早早开的就是宝马 Z4，难道你父亲送一辆不到三十万的车子你就满足了？”

司凌云看看她，再看看手里的车钥匙，一时无语。

“你说你想过你选择的生活，其实你已经过了。从十五六岁起跟玩乐队的男生在一起疯，大学读你选的专业，毕业后，不听我的话去爸爸公司，非要去读研，跟一个没前途、没家境的男生谈了快三年没结果的恋爱，最后还被他背叛，这么长的青春叛逆期还不够吗？”

司凌云被戳到痛处，手往回一缩，可是程玥将她握得更紧了。

“你已经比一般人享受了多得多的选择。不过女孩子并没有太多青春可以挥霍，你父亲的公司也不一定总有空位置等着你。”程玥凝视着她的眼睛，“小云，我离婚后没有再嫁人，努力和你爸爸维持良好的关系，一点一点替你们争取利益，让他不至于完全把你们姐弟俩丢到脑后。可是我只能做到这一步，接下来，必须看你的。”

司凌云苦笑，“别搞得这么戏剧化，妈妈，也别拼命煽情，我们正常交谈行不行？”

程玥也笑，松开她的手，“我还真不敢指望感动你，你这孩子从小就比你弟弟心硬得多。”

“你要这么握着他的手对他讲这么一番话，叫他跳火坑，他也会去。所以我答应不读博，换你同意送他出国念书，不然他的人生就一直被你控制了。”

“你一向把我想得这么邪恶。”

“你不邪恶，可是你确实有控制欲。”司凌云毫不客气地说。

程玥耸耸肩，“想控制你可真的很难，这么多年下来，我碰的钉子还不够多吗？”

“你觉得我能怎么做——去爸爸公司上班，听他现任太太指挥，然后一步步进入董事会，分到股权，最后甚至掌控他的公司？这种天方夜谭，简直是三流商战肥皂剧的剧情。”

“你从来不算特别用功，也读到了硕士，以你的这个聪明，有什么不可能？你爸爸开始做生意之前，只是一家街道小工厂的业务员，初中文化程度而已，这个例子够励志吧？！”

司凌云再怎么心情不好，也不得不扯一下嘴角，笑了，干巴巴地回答：“果然很励志。”

6

母女俩一齐下楼到了地下车库，一辆红色甲壳虫停在程玥开的银灰色凯美瑞旁边，虽然光线昏暗，但依旧显得艳丽夺目。

司凌云早就拿了驾照，之前偶尔开妈妈的车出去。她坐进车内，调整着座椅，试着插入车钥匙点火。她不得不承认，这样如同玩具般可爱的造型，闪着光泽的仪表盘，加上新鲜的皮革气息，确实令人有愉悦感。她从后视镜中看到程玥站在一边，神情复杂。她多少能体会母亲的感触，收回视线，发动车子驶出了地下车库。到了顶峰大厦，她停好车，却不急于上去，站在楼下仰头看上去。

这幢12层高的写字楼是司霄汉集团的自有物业，位于市区不错的路段，落成有近十年，方方正正的外形十分平庸，甚至有几分丑陋，顶楼天台上竖着巨大的顶峰地产一处楼盘的广告牌，反射着阳光，刺目地映入司凌云的眼帘。

她妈妈搬入滨江花园前，有相当长一段时间住在离此不远的地方，但她路过这里，从来没有进去过。

她从读初中开始住校，在此之前，司霄汉便是忙碌的生意人，从来没空陪儿女玩，跟他们谈心，关心他们的点滴成长，与程玥离婚后，更是在他们的生活里来去匆匆。和别的离异家庭的孩子不一样，她一向接受现实，没觉得遇上的算什么不可弥补的损失。对于父亲的生活，她没有太大好奇心。顶峰集团这个名字，就算看到，也从来不觉得跟自己有多少关系。

然而现在，她必须走进去，如果不出意外，她以后要在这里工作。尽管已经做了决定，司凌云心底仍有莫名的烦恼。

这时，两个工人抬着足有两米的高大盆栽走出来，舒展的枝叶挂到她穿的衬衫袖子上，她一声惊叫，走在前面的那个中年工人回头一看，吓了一跳，慌忙站住，连声说着对不起。

司凌云拨开树叶，检视一下出门之前程玥坚持让她换上的这件深蓝色衬衫，真丝质地果然娇嫩，已经扯出一个破洞，她对这个不算好的开头有点哭笑不得，还没来得及开口，只听一个低沉的声音说："不好意思，弄破了你的衣服，我赔你一件吧。"

她一抬头，后面那个抬盆栽的人穿着灰色T恤和松松垮垮的旧牛仔裤，短短的头发加一脸的络腮胡子，居然是曲恒。

"你在这里干什么？"

"更换大厦里租摆的室内植物。"

前面那个中年工人看到两人居然认识，顿时放下心来，笑道："你是老板，要赔你一个人赔，不许扣我薪水啊。"

司凌云打量一下那工人，旧T恤上套了件黄色马甲，上面印着"宜园园林公司"的字样，她问曲恒："你开了园林公司吗？"

曲恒淡淡地说："小本生意，混饭吃。衣服多少钱？"

司凌云被他这个保持距离的腔调弄烦了，再不看他，挽起衬衫袖子，同样淡淡地说："做小本生意的话，更应该小心一点，不然赚的钱都不够赔的。这次算了。"

她不理会他们，疾步走进去，上了电梯。

大厦下面楼层出租给不同的公司，顶峰占据了最上面四层办公。司凌云走出电梯，前台小姐摆着公事公办的面孔问她有没有预约，她报上名字，那女孩子的神态顿时一变，显然知道这个姓意味着什么，恭敬中带着一点好奇与揣测，先打内线电话到张黎黎办公室，然后领她穿过长长的走廊，交接一般地告诉坐在办公室外面的秘书，秘书礼貌地跟她打招呼，再去敲门通报她的到来。

司凌云不动声色地看着这一整套几乎有仪式感的排场，随秘书进了张黎黎的办公室。

与写字楼有些土气的外表不同，这间办公室布置得十分雅致洋派，铺着厚厚的米灰色羊毛地毯，摆放着时髦的几何形状沙发、精致的插花、大盆阔叶植物，墙上挂着现代派油画，空间通透，光线明亮，宽大的办公桌后坐着一个穿奶白色香奈儿套装的女人，她随手合上正在看的文件，脸上露出恰如其分的浅笑，“你好，凌云。”

这不是两人头一次见面，司凌云曾在父母离婚的半年前，撞见程玥约张黎黎谈判，当时的张黎黎还是司霄汉的秘书，但已经挽了名牌包包，光鲜亮丽地出现，面对程玥的最后通牒，她唇枪舌剑，毫不退让，最后扬长而去，只剩程玥怔怔发呆。后来司凌云又在十四岁那年曾与她见过匆匆一面，但那都不是什么愉快的会面，她们甚至没有正眼看彼此。

司凌云读大学后，在学校图书馆的一份财经期刊上看到张黎黎和司霄汉的合影，才研究性地打量父亲旁边的这个女人，心里同时掠过一个奇怪的念头：原来男人的审美是有延续性的——张黎黎的脸型五官与她妈妈程玥分明有着微妙的相似之处，以司凌云的目光来看，张黎黎并不比程玥漂亮。不过这当然只在她心里一闪而过而已，她不认为告诉妈妈会让她开心。

“你好，张总。”她客气地回应着。

“请坐，喝茶还是咖啡？”

“咖啡，谢谢。”

秘书从办公室一角附设的小吧台那边给她端来咖啡后，就退了出去。

“听司总说，你想到顶峰来上班。”

“确切地讲，是我父亲告诉我，在顶峰为我提供了一个合适的职位，让我过来上班。”

张黎黎耸耸肩，“你是董事长的女儿，严格讲起来，大家都是一家人，我不希望有任何不愉快。不过如果要在一起工作，有些话我觉得还是预先讲清楚比较好，希望你不要介意。”

司凌云最怕的情形是张黎黎端出深明大义的继母款来跟她套近乎，这样公事公办的口气，倒让她暗自松了一口气，她微微一笑，“张总有话不妨直说。”

“顶峰是个民营家族企业，但这几年一直在走规范管理的路子，包括我在内，只要是公司员工，都要严格执行公司制度，并且证明自己能够胜任工作，才能在这里待下去。”

“我对这一点有心理准备，既然答应我爸爸来上班，当然就意味着愿意认真工作。”

“这个态度很好。你现在还没毕业，什么时候可以正式上班？”

“下周一就可以，我只需要五月中旬请一天假回学校做论文答辩。”

“你学的法学专业，马上可以拿到法学硕士文凭，学历是没有问题的。但顶峰毕竟是一个大集团，法律事务比较复杂，而且已经有专门的律师事务所负责。司总跟我商量了一下，你先到人事部，从法务专员开始做起，没有问题吧？”

“没问题。”

张黎黎按内线电话，吩咐秘书叫来人事部经理鲁林，显然事前都已经交代清楚，并不需要再做过多介绍，“鲁经理，请带司小姐去办入职手续。”

鲁林带司凌云下到10楼，介绍同事给她认识。他是个十分精明的中年男人，态度亲切自然，显然很知道应该怎么对待身份特殊的新下属。

司凌云正在埋头填写全套入职资料，格子间挡板上响起两声敲击，她抬头一看，面前站了一个矮胖的中年男人，正笑容满面地看着她。

来人是司霄汉第一段婚姻生下的长子司建宇，他今年三十八岁，足足比司凌云大了十二岁。司建宇笑眯眯地问："小云，终于决定来上班了吗？"

司凌云也笑，"大哥，你好，在公司里是不是不方便叫大哥？"

"难道跟别人一样叫司总吗？"司建宇担任着顶峰集团地产公司的总经理，当然是名副其实的司总，他摇摇头，"叫我大哥就好，兄妹之间没必要太生分。"

司凌云还没来得及说什么，他已经回头对站在一边的鲁林说："我妹妹才毕业，这是她第一份工作，鲁经理要尽心指点。"

鲁林自然马上点头答应下来。

程玥当年以第三者的姿态介入，终结了司霄汉与司建宇母亲的第一段婚姻。但司建宇似乎对往事没什么芥蒂，还曾带司凌云吃过一次饭，非常有长兄姿态地给她提出诚恳的建议，司凌云对他一直有一份亲近感。

他们之间并没太多往来，司凌云也完全能理解他们作为异母兄妹不可能太过亲近。此刻司建宇特意过来当着众员工公开表达亲善，让她多少有些意外。他探头看一下她正在填的表格，"你先忙吧，办完手续后去我办公室，中午我请你吃饭。"

7

司凌云办完手续，去了占据10楼的地产公司，这里装修豪华气派，但没有张黎黎那么多繁文缛节，司建宇的秘书显然得到吩咐，马上请她进去。一张转椅向着落地长窗，只露出一个头顶，似乎正看着窗外的风景出神。

她随手关上门，一边走过去，一边说："大哥，鲁经理让我下周一正式上班，不过我在公司里碰上爸爸该叫什么——董事长吗？"

椅子一转，出现在她面前的却是傅轶则，她猝不及防，差点惊叫出来。

“你好，凌云。”傅轶则站起身，他穿着浅灰色衬衫、黑色西裤，逆光而立，显得神采奕奕，“恐怕你确实得叫董事长，至少我听到你大哥是这么称呼他的。”

司凌云恼火地看着他，“你怎么在这里？”

“别这么惊讶，我跟你大哥有合作，听他说你到顶峰来上班了，恐怕以后得习惯不时看到我。”

“他人呢？”

“他送一个客人出去了，马上回来。”

“那我等会儿再过来。”

她转身要走，傅轶则却拦住了她，“他还记得我跟你是在他婚礼上认识的，特地嘱咐我们好好叙旧，等他回来一起吃饭。”

司凌云想，她的坏运气从昨天延续到现在，已经不可能更坏了。她没再说什么，去会客区沙发坐下，随手拿了本财经杂志翻看。

她这个拒绝交谈的姿态显然对傅轶则没有任何影响，他闲闲地说：“我记得你说过，你讨厌在家族企业里做事。”

她哗哗地翻动着杂志，没有作答，好在这时门开了，司建宇走了进来，“小云，你还记得轶则吧。”

司凌云努力笑笑，“傅先生这样的人，不大可能让别人轻易忘记的。”

“这几年他都在外地发展，现在过来跟我这边有一个合作项目在谈。我们去吃饭吧。”

餐厅就在顶峰对面，三个人步行过去，进了司建宇预订的包间。司凌云知道这顿饭吃得注定不会痛快，她抱着挨过去就好的心情埋头吃东西，不怎么说话，但司建宇和傅轶则的对话还是引起了她的注意。她插进去，疑惑地问："可是大哥，这种融资方式是不是会有法律风险？"

司建宇笑了，对傅轶则说："我这妹妹是法律专业的高才生。"

"而且我毕业论文写的刚好涉及金融监管，前后花了大半年时间做这方面的研究，所以对这个问题比较留意。"

傅轶则懒洋洋地说："我毫不怀疑司小姐具备丰富的理论知识，不过你似乎要多了解一点现在国内地产行业的资金运作才能胜任顶峰的法务工作。"

这是司凌云没法反驳的，司建宇点点头，"小云，轶则说得没错，房地产开发需要的资金量巨大，国家银根政策有变数，对于地产的调控又很严格，我们不可能单纯依赖银行这一个融资渠道。"

司凌云瞥了一眼傅轶则，将一个刻薄的评判用开玩笑的语气说了出来，"所以傅先生经营的业务其实就是民间高利贷。"

司建宇有些诧异地看了妹妹一眼，傅轶则却不以为忤，笑了，"高利贷太难听了，我倒是倾向于把这种业务叫作风险投资。"

司建宇正要说话，手机响了，他站起身走出包间接听。

他一出门，司凌云便收起笑容，毫不客气地说："据我所知，地产业可不是风险投资通常指向的新兴高科技行业。"

"司小姐太抠字眼了，鄙公司主要的投资方向确实是IT和生物制药这样的高科技企业，不过中国房地产开发无疑具有高风险和高回报率，完全符合广义的风险投资范畴。"

"我没记错的话，五年前傅先生还自嘲会当两袖清风的穷学者，现在居然操作大笔资金做起了地产投资，暴发速度真的蛮惊人啊！"

傅轶则哈哈大笑了，"我看得出来你对我这几年的经历颇有好奇心，没问题，凌云，我们有很多时间可以加强相互了解。"

司凌云似笑非笑地看着他，"我没你想象的那么好奇，不打算听冒险发家故事，我只关心我大哥和你做生意是否安全。”

“我愿意接受你的就近监督。”他凝视着她，依旧带着半真半假开玩笑的口吻，“我已经跟你哥哥说了，我一直对他那个漂亮的妹妹有深刻印象，他有些意外，不过还是很乐意看到我追求你。”

司凌云再没法按捺怒意，“你这算干什么……”

“嘘，他回来了。”

司建宇推门进来了，笑道：“小云，轶则在融资方面长袖善舞，非常厉害。既然你来顶峰做法务，以后肯定会经常接触他，可以跟他学很多东西。”

司凌云眼角余光看到傅轶则的神情，她按捺下心中翻腾的情绪，扯着嘴角露出一个微笑，“好啊，有机会请傅先生多多指教。”

从顶峰出来后，司凌云接到李乐川打来的电话，他告诉她晚餐的地点和时间，她连忙叮嘱，“别再叫那么多的人了，吵得我头疼。”

“放心吧，我只叫了阿风跟阿恒。”

司凌云的头顿时提前开始疼了起来，“你没见阿恒昨天晚上都懒得理我吗？我觉得他不会高兴再见到我，更别提跟我一起吃饭了。”

“你又不是刚认识他，他一向就是这么摆着个臭脸对谁都爱理不理的。以他的脾气，对你算很好了，我记得当年你为了跟某任男朋友赌气，还拉他充当过你的追求者。这也就是你，换其他女孩子试试，他会理睬才怪。”

司凌云无话可说，李乐川突然起了一点疑心，“难道你们之间还发生了什么事是我不知道的？”

的确发生过一些事，而这些事恰巧与突然重新现身的傅轶则有关系。就算对着最好的朋友，司凌云也不知道从何说起，只能苦笑，“你去英国之后，我再没见过他好不好，我跟他能有什么？你又不是不知道，他一向认为我这个人既无聊又任性。”

李乐川嘿嘿直笑，“老曲这人啊，有时候真是直率得可怕，不过话说回来，好多人他根本懒得评价，所以他对你还是不一样的。”

司凌云想，这个不一样，不要也罢，“你少八卦，我们晚上见吧。”

她放下手机，开车回学校，打算收拾一下寝室里的衣物。车开到半路，她变换车道，停到了路边法国梧桐的树荫下面。

这里曾经是财经政法大学的旧址，她读到大学四年级时，学校从这片狭小的旧址搬到了郊区的大学城，后来原地陆续修建了写字楼和成片的住宅区，几乎没有留下一点过去的遗迹。她不情不愿上了这个大学，一直讨厌狭小的校园，学校搬迁走，她根本没有一点遗憾，更不曾特意回来怀旧流连，然而现在看过去，却有一点感伤。

对于司凌云而言，大四那一年几乎是一个分水岭。

第二章

遗忘是最好的武器

1

按照程玥的看法，司凌云一直算不上一个温顺听话的女孩子，她的叛逆是从幼儿期而不是青春期开始的。她从小便任性固执，几乎在每一件事上都不肯跟妈妈合作。

就算在父母婚姻破裂以前，忙碌的司霄汉也没空管她，程玥管不住她。父母离婚之后，她上了本地有钱人家子弟聚集的私立住宿中学，如同脱缰的野马，比小时候更多了几分放任。她与包括李乐川在内的一帮同龄孩子一道，时常找机会悄悄溜出学校，那种牵手看电影的青涩早恋当然不在话下，略大一点，又加上飙车、闲荡、流连酒吧、抽烟喝酒……种种离经叛道，让老师和她妈妈都大伤脑筋。

在她读初三那一年，那所收费昂贵、会集了一流师资的学校接连出了几件有损名誉的事件。先是一对少男少女到酒店开房偷吃禁果，偏偏赶上警方扫黄，被连同一帮买春、玩婚外情的成年人士一起抓到警察局，险些被送去劳教。一波刚平，另外一个初三女生悄悄到小诊所打胎，弄到大出血，被送往大医院抢救才捡回一条命。最严重的一件事则是一个月后，又有几个初、高中生与来历不明的社会青年参与械斗，一人丧命，三人重伤，酿成了一起性质恶劣的刑事案件，轰动一时。

学校方面大受震动，董事会问责之下，换了一任校长，开始以铁腕抓校风，惊骇之余的家长也开始对各自的孩子严加管教。程玥本来一意维持女儿在前夫心目中乖巧可爱的形象，从来只报喜不报忧，这一次也不得不恳求他的干预，让他跟女儿好好谈谈心。

不过司霄汉本人没有上过大学，从来不把学校教育看得太神圣，他把女儿从学校带到公司，说来说去，就是让她要有一个女孩子的样子，当然没什么说服力。而且他当时忙碌异常，正在修建顶峰大厦，办公室里人来人往不说，还不停接听电话，讲着讲着，便全然忘了女儿还等着他发落。

司凌云笔直地坐在办公室角落的沙发上，一动不动。司建宇再一次进办公室找他父亲签字，临出去时瞥她一眼，突然停下脚步折回来，主动说他愿意带妹妹出去吃午饭，司霄汉这才记起司凌云仍在办公室，当然马上点头答应。

司凌云对这个异母哥哥根本没印象，冷着一张脸跟他出去，一直到坐在餐厅里也爱答不理的，他问她想吃什么，她的回答是随便。不过司建宇并不介意她无礼的态度，点好菜，轻松地问她："一个半小时前我进办公室，你就那么坐着，你打算那样坐多久？"

"我想看看他什么时候想得起来我在那里。"

司建宇摇摇头，"以后别做那个尝试了。我十二岁时，曾经试过离家出走了三天，你猜怎么样？他根本不知道有那么回事。"

司凌云一怔，有无名的难过，又有些好奇，"那你妈妈呢？"

"她身体不好，当时在住院。我花光了身上的钱，灰溜溜地回了家，从此知道自己在乎自己，比等他来在乎我要可靠得多。"

司凌云突然想到，司建宇十二岁时，也就是司霄汉离婚再娶程玥、她出生的那一年，这个大哥经历过的痛苦也许比她要多得多。她恼恨地说："他既然根本不在乎我们，何必一个接一个地生个没完，还非要摆出个当爹的架势来管着我们，假惺惺的，真讨厌。"

她这个激烈的语气让司建宇一怔，他随即摇摇头，"他——我是说我们的爸爸，不见得不在乎我们，不过我想，每个人性格不一样，有的人父性或者亲情意识比较强烈，有的人比较淡漠。你可以认为他很自私，可他还真不屑于对谁都装假。”

司凌云只得承认，司建宇说得没错。

她的很多行为能够马上激怒她母亲，然后两人大吵起来，可放到司霄汉那里，他甚至根本不会注意到她跟平时有什么不同。他算得上疼爱她，喜欢她对他撒娇，给她买礼物大方得过分，差不多从来没有对她发过火。可是除此之外，他再没给她什么过多的关心——她不止一次怀疑，他看不到她，八成也不会特意想起他还有她这个女儿，也许她恨的正是他的那份淡漠。她沮丧地撑着头，“我觉得没意思透了。”

“所以你逃学，不听你妈的管教？”

她反问：“我该乖乖当个好学生、好女儿，让他活得更心安理得吗？不瞒你说，我妈说得太轻描淡写了，我还早恋、抽烟、泡酒吧。”

司建宇大笑，“真的吗？你吓到我这个成年人了。”

司凌云听出他的调侃之意，悻悻地瞪了他一眼。

“你做过的那些事，我基本都经历过，你愿意听的话，我想说说我的看法。”

她没有吭声。

“任性地生活，有时会有快感，但解决不了任何问题。我告诉你当年我离家出走的事，就是想让你明白，你现在经历的一切并不新鲜。不管你怎么做，父亲都会心安理得，他绝对不会觉得他这个爸爸当得差劲。你就算努力当个坏女孩，也惩罚不了他。到头来，你还得自己承担当坏女孩的后果。”

对于生活中缺乏父亲、兄长这些角色存在的十四岁女孩子来讲，这个已经成年、面貌敦厚的哥哥非常有亲和力，也非常有说服力，司凌云垂下头，努力控制着不流泪。

“我们有一半血缘关系，我又从你那个年龄过来，所以知道你的感受。你表现得叛逆，不过是因为你很孤单，你希望有人在意你的感受。但是成年人的思维跟你不一样，他们不见得理解你传达的信息。你也不可能这样不管不顾一直厮混下去，你会一天天长大。人都是社会动物，必须依照一定的规则生活，谁想打破规则，谁就会付出代价，或早或晚。”

司凌云能够理解“代价”这个词。差点死于堕胎的那个女孩子与她同年级，宿舍只隔两个房间，平时看着非常乖巧斯文；开房被抓的小情侣背着处分，被家长转到不同的学校；死于械斗的那个男孩子更是李乐川的铁哥们儿，也是她的好朋友，他高高的个子，一双机灵的眼睛，一笑便露出左边一颗不太整齐的虎牙，与李乐川一样，爱开有几分粗野的小玩笑，是个快乐的话痨。李乐川那天是因为重感冒才没有跟他一起出去打架，事后长时间陷入深深的沮丧中，任她怎么安慰，也无法释然——他们付出的代价可谓惨痛至极。这一段日子里，她跟其他同学一样，相互之间不肯谈论这些事情，心里却都有了浓重的阴影。

她垂下了头，烦躁地说：“不管是学校，还是爸妈，他们什么事都要管，总想为我做决定，根本不理我的想法。我要是再什么都顺着他们，真的会有发疯的感觉。”

“恐怕在这一点上我得说一句让你扫兴的话，你先得证明你能为自己负责，才能让别人不再抢着为你做决定。”

司凌云默然。

司建宇诚恳地看着她，“凌云，坦白讲，生在我们这样复杂的家庭，没法指望一个正常亲密的兄妹关系，我当不了经常跟你谈心的大哥哥，不过我希望你好好生活。谁也没权利选择父母，别为了叛逆而叛逆，知道怎么做对自己好，才是最重要的。”

司建宇送司凌云回家，后来并没有再联络她，但司凌云确实听进了他的那些忠告，她没有马上摇身变成好学生、乖乖女，不过她开始悄悄约束自己，将心思放回到学习上。与此同时，她的好友李乐川突然对音乐产生了狂热的兴趣，他学习打鼓，参与组建乐队。那些激烈张扬的摇滚音乐也迷住了司凌云，业余时间她会去看他们排练，结识的新朋友兴趣更为广泛，阅历更为丰富，跟他们在一起，眼界开阔，很自然地便不再参与那些没意义的恶作剧、逃课。

高中生留学的风潮那时刮起不久，学校里高一年级的同学有不少逃过高考，去了不同的国家，司凌云也有些动心。她收集好资料，试着跟妈妈讨论，然而程玥明确告诉她，不会支持她的留学计划，“你就留在国内上大学，毕业以后去你爸爸的公司工作。”

程玥没有任何商量的余地，司凌云头一次主动去找司霄汉，可是他也一样不以为然，“这件事我同意你妈妈的决定，你一个女孩子，独自在国外不安全，国内大学多得是，没必要跑那么远。”

司凌云的成绩远没好到能拿国外大学奖学金独立出去的程度，只得带着几分不甘心考上了本地的财经政法大学，她做出的反抗是不听妈妈的建议，没有报工商管理或者会计专业，而是进了法学院。相比读中学时，少了课业的压力，多了几分自由，她长得漂亮，衣着时髦，很快便有了系花之名，身边聚集了不少新的追求者。

这些跟司凌云同龄的男孩子不知道的是，她和其他女孩子不一样，从有性别意识开始，她对爱情从来就没什么憧憬和想象。她对朋友能够做到友善大方，对她的追求者却表现得不耐烦、霸道、蛮横，苛刻到不讲道理，容不得一点欺骗、敷衍，稍不如意便会翻脸分手。

2

读到大一下学期时，一直顺风顺水的司凌云终于踢到了铁板。

她喜欢上了一个叫祁家骏的英俊男生，他来自南方，高她一年级，身上有某些特质跟同龄的男生不一样，冷淡得近乎阴郁，对她若即若离，让她的好胜心与好奇心同时被激起。她头一次认真跟人相处，他对她似乎也无意疏远。然而，他对另一个一年级女生关爱有加，给司凌云的解释只是简单地说："她跟我一起长大，就和我妹妹一样。"

包括李乐川在内，司凌云有一大把一同长大、关系很好的朋友，她能理解的友情是不一样的。她当然不满意祁家骏这个说辞，不过她决定收敛一点任性，对祁家骏、对那个女孩子表现得大度一点。

她的大度没维持太久。在她十九岁生日那天，祁家骏以她男友的身份在一间酒吧帮她庆祝生日，却当着一帮同学对那个女孩子再度表现了亲昵。她终于不肯忍下去了，发作之后，拍案扬长而去。

祁家骏追出来，硬是上了她叫的出租车，却不像她从前的追求者那样低声下气一意挽回，只礼貌性质地要求送她回学校，以保证她的安全。

那个年龄，容易受伤的与其说是爱情，不如说是自尊。司凌云更加被激怒了，拿手机打电话给李乐川，问清楚他们已经结束演出从酒吧出来，正去一处排档消夜，她叫司机直接开过去和他们会合。

下了车，她顺手抓住曲恒——平时他是深黑乐队四人组合中跟她最不亲密的一个人，见面机会再多，他也总与她保持着一份距离感。但她跟李乐川太熟，下不了手，而卢未风和温凯都有女友，只有他一直形单影只——她不由分说地踮脚吻上他的嘴唇，他分明错愕，可是她不等他推拒，抱得更紧。李乐川、温凯在旁边吹着口哨，年龄稍大一些的卢未风则笑着摇头。

曲恒身上除了长时间待在酒吧内必然沾上的烟酒味道外，还有属于草木的清气，她来不及分辨这个陌生的气息，就结束那个带表演性质的吻，勾着他的脖子，斜睨着跟下车来的祁家骏，冷笑道：“看到了吧，你可以走了。”

祁家骏没什么表情，耸耸肩，“好，我先走了，你也不要太晚回学校。”

曲恒看着他上车离开了，才扒拉开司凌云的手，语气厌烦地说：“玩够了没有，真是又无聊又任性。”

她难以排遣心底的挫败感，不理会这个评价，哼了一声，“阿恒，好人做到底，帮忙送我回学校，至少再跟我约会一个月，管接管送，我请你吃饭。”

曲恒不置可否，温凯被逗得大乐，李乐川好笑地拍拍她的肩膀，“你就是这样死要面子活受罪。”

李乐川固然没拿那一吻当真，司凌云与曲恒也都没受到什么影响。曲恒依旧是乐队里最沉默寡言的一个人，他跟从前一样专注于音乐，对司凌云的态度没有任何改变，从不主动搭讪。司凌云打电话叫他去学校接，他只要有时间，心情又不错，便会答应下来，接了她，也不找话题跟她攀谈。他有事的话，则会毫不客气地拒绝。她既没有将他真的当成男友，当然丝毫不会生气。

人人都知道司凌云甩了祁家骏，与另一个追求者火速在一起了——曲恒的相貌不及祁家骏英俊，但他是在学生中有不少粉丝的地下乐队的成员，有出众的音乐天分，吉他弹得很好，会作曲，瘦削修长的身材配合他的一头乱发，他的沉默让他在同龄人中显得不同，他的孤僻冷漠中带有一股落拓不羁的文艺气质，一样会让女生们注目。

司凌云不落下风地结束了前一段感情，没有丢掉身为系花的面子，却有些意兴消沉。

她想，比起父母失败的婚姻来讲，她始自十三岁的恋爱史也好不到哪里去。一团烈火般爱她的那些男孩子，她既不爱，也不理解他们追求的热情；唯一一个她有感觉的男孩子，明摆着并不爱她，把感情倾注在另一个女孩的身上。如果说这样拉锯与相互折磨就算是恋爱，那么她并没从中得到太多乐趣。

她早就从书上、从她那些更为早熟的同学那里了解到男女更进一步会走到哪里，但她更直观的经验来自她的父母。他们离婚前，程玥用尽手段想将司霄汉留住，将这段婚姻的寿命尽可能延长；离婚后，她又想尽办法地吸引他回来留宿，向他提各种物质要求。这个过程落在一个半大孩子眼里，甚至比离婚本身更不堪，伤害也更大。

司凌云眼睁睁看着两个人突然由夫妻变成了纯粹的肉体关系、男女之间的纠缠，她无法接受，却也不可能改变什么，只是被深切地腻味到，并由此产生心理与生理上的反感，从来没有哪个男生激起她身体上的欲望，她需要的只是有人做伴打发孤独。从这个意义上讲，跟朋友在一起，更有效一些。

一旦认识到自己害怕的是孤独，司凌云心情沮丧，觉得恋爱这个游戏越发没意思了。

3

过完暑假，司凌云读大四，这一年财经政法大学从市区搬迁到了交通不便利的郊区，只有一路公交车进去，间隔时间还特别长。学生们来不及欣赏大了很多的校园、气派的图书馆和教学楼，便纷纷抱怨好像被关进了一个牢笼里。再加上本地演出市场不景气，深黑乐队开始接外地的演出，司凌云与又一位追求者吵翻，她的生活冷清了很多，不可避免地陷入情绪低落期。

她和她母亲的关系从来就没有寻常母女亲密，一语不合便会争执起来。在一次大吵后，她有两周没有回家，这天接到程玥打来的电话，不冷不热地说："眼看要搬家了，你也该回来打包一下自己的东西吧，而且小峰也一直在问姐姐怎么不回家。"

司凌峰是司凌云最惦记的人，她只得答应下来。到了周五，她回家一看，室内一片混乱，程玥正在指挥钟点工打包行李，见她进门，当然还是高兴的，"大小姐，你总算肯回来帮忙了。先去看看小峰，这孩子不知道闹什么脾气，我怎么叫他他都肯不出来。"

她嘀咕着，"这兵荒马乱的，我先去帮他收拾好了。"

她进了弟弟的卧室，他正戴着耳机躺在床上发呆，她过去，推他让开位置，摘掉他的耳机，面对面躺到他身边。这一年司凌峰十三岁，他是一个漂亮的男孩子，性格略为沉静，跟姐姐的感情一向很好。

"小傻瓜，干吗这么不高兴？"

"你这么久不回家。"

她胡乱揉着他的头发，"姐有事嘛，而且姐的学校那么远。等明天搬完家，我带你去吃比萨看电影好不好？"

司凌峰偏头避开她的手，咬着嘴唇不吭声，她只得继续逗他，"要搬去新家了，在江边，等到了夏天，我可以带你去游泳，在长江里游泳可比游泳池里有趣得多，这也不开心吗？"

司凌峰闷闷地说："不开心。"

"今天怎么这么别扭？跟谁生气了？"

"妈妈叫我找爸爸再要一辆车子，说好接送我上学。上次找他要房子，我……"司凌峰的声音带着一点哽咽，眼泪流了出来，不过就算在姐姐面前，他也有大男孩的羞耻感，猛然将脸扭开。

司凌云大吃一惊。

自离婚以后，司霄汉的会计在每个月第一天毫不拖欠地往程玥账户里打钱进来，但那只是生活费而已，足以保证他们一家三口人相对优裕的生活，远没有多到可以奢侈挥霍的程度。

司霄汉并不小气，对程玥和她生的一双儿女也不刻薄。不过当一个男人已经再度结婚，有了孩子，现任太太由秘书上位，深知前车之鉴，索性到公司任职掌管财务大权，对丈夫严防死守，任何一笔大的支出都要经过她时，前妻想要得到额外的财产可想而知是十分困难的。

程玥想要的东西很多，她最初的策略是让司凌云代她开口，司霄汉毕竟疼爱这个唯一的漂亮女儿，可是司凌云从小就不受人摆布，连妈妈硬逼她穿上讨父亲喜欢的可爱少女装都不情不愿，更别提找爸爸要什么了。

司凌峰过六岁生日时，程玥约司霄汉吃饭庆祝，正要开口让他暑期送母子三人去欧洲玩一趟，张黎黎突然杀到了那家餐馆，大模大样地坐下，也只有司霄汉的神经强悍到没觉得这个场面有什么尴尬。尽管张黎黎对着司霄汉只一本正经讲公司的事，然而她轻蔑掠过的眼神已经足以刺痛一个正处于过于敏感时期的十四岁女孩子了。司凌云一怒之下，站起身来，跟谁也没打招呼，提前离席，直接去了住宿学校，足足一个月拒绝回家，最后还是司凌峰打电话哭着央求，她才回去了一趟。从那以后，程玥就再没有打她的主意。

程玥离婚时分得的那套房子是本地建得较早的豪宅，无论是配套还是外观，都已经显得落伍，有条件的邻居纷纷搬迁，此处不复昔日风光。她当着姐弟两人念叨，他们都已经长大了，需要更好的生活环境，应该让他们的父亲再买一套房子。司凌云根本不肯接腔。

去年程玥拿到滨江花园新居钥匙，喜不自禁地展示，司凌云只当是妈妈自己去跟父亲开的口，完全没想到是逼弟弟做了她不愿意做的事，这且不算，居然还想再要一部新车。司凌峰的个性远比她敏感内向，在父亲面前一向有些畏缩，她当然想象得到他受到了多大折磨。

她心疼地伸手过去摸着弟弟湿漉漉的脸，“你不用去跟爸爸开这个口，我会去跟妈说。她要再跟你说这件事，你只管不答应。”

司凌峰努力压抑着哭声，“那妈妈会不开心的，她又要跟你吵架，我不想看你们吵，更不想让你气得不回家。”

司凌云替他擦着泪水，搂着他低声说：“姐答应你，以后尽量不跟妈妈吵架，你还是小孩子，别去操心别人开不开心。妈妈跟姐一样是大人，大人碰上不开心的事，总有解决的办法，不会看得太认真的，你觉得开心最重要。”

当然，司凌云没有兑现对弟弟的承诺。

她等到搬完家，送司凌峰去了学校，才跟程玥谈判，要求妈妈不再逼弟弟向父亲开口要什么。

程玥正站在新家单独辟出的一间舞蹈室内对着四壁镜子摆着姿势，一听这话顿时大怒，“小峰是他儿子，找他要什么都是天经地义的。”

“问题是，那都是你想得到的东西，不是他想要的。”

“我拿到的一切不是为了你们吗？有哪一样是我独自在享用？”

司凌云冷笑，“真的吗？Hermes 的包包可是你一个人在背，Cartier 的表是你一个人在戴。”

程玥气得直哆嗦，“谁家女儿像你这样，一心一意要跟妈妈作对？”

“我不反对你享受，你能要到手尽管要，可是别让我们去要。不换房子，不要新车，我们一样可以过得好，麻烦你考虑一下小峰的自尊心。”

“这跟自尊心有什么关系？他爸爸的财产他都有份儿。”

“你以为现在是分遗产吗？爸爸爱怎么花他的钱是他的事，我和小峰用不着向他伸手。”

程玥也冷笑了，“真清高啊，司大小姐。你爸爸现在有多少财产，你根本一点概念没有，他每个月给你一点生活费，你就满足了。”

“你倒是对他的财产很有概念，可又能怎么样，不是白白垂涎吗？”

母女两人不出意外地再度大吵起来，言辞比以往任何一次都要激烈地翻着旧账，相互指责对方无情无义，自私得不可救药。她摔门而去，回了学校，又一次连续几周不回家，只抽时间去司凌峰的学校看他。

她的心情极度低落，对一切消遣玩乐都没了兴趣，这天正躺在宿舍床上发呆，突然接到程玥打来的电话，转告她爸爸的通知，她大哥司建宇婚期在即，让她去给新娘充当伴娘。

“为什么找我？”

“又不会发请柬给我，我怎么知道？”程玥酸溜溜地说，“你爸叫你去，你就去吧。”

她尽管对这个大哥有好感，但还是有些意外。她知道司霄汉一向非常自说自话，根本不理会旁人的感受，她可不愿意去自讨没趣，于是直接给司建宇打了电话。

司建宇看来早有准备，爽朗地笑，“你嫂子说她的朋友差不多都已经结婚了，找伴娘有些困难，爸爸说家里现成有一个漂亮女儿，何必还要找别人救场？我觉得他说得有理。小云，来帮一下大哥的忙吧。”

她马上一口答应了下来。

4

司建宇的那场婚礼极尽奢华，排场之大，在本地轰动一时。

早上司霄汉的堂弟司洪民开车将司凌云接到司建宇的新娘米晓岚那里。她家在一个新建小区内，宽大的三居室房子连同装修和所有的家具陈设全是崭新的，如同样板间一样，气派堂皇，没有丝毫居住磨合的痕迹。米晓岚的相貌比司凌云想象的还要娇美，她的父母看上去则十分普通，而且老实寡言，穿着同样崭新的衣服，在自己家里说话做事都轻手轻脚，那种在生人家做客一般的难为情和拘谨，弄得司凌云这个真正的客人十分奇怪。在场的数个亲戚也都是一个类型：木讷、过分客气、不怎么讲话。司建宇过来，门一敲即开，没有受到任何为难，顺利进来接到新娘。离开那所房子，司凌云几乎有松了一口气的感觉。

司霄汉当时已经在本地商界颇有影响力，他一向行事张扬，从不奉行低调原则，为长子婚礼更是出手十分豪阔，一长排名车组成迎亲车队从城市主干道穿行而过，包下城中最好的酒店，会场用空运过来的名贵鲜花布置得花团锦簇，城中政要和工商界人士悉数到场，同时请了知名电视台主持人主持婚礼，一众表演嘉宾中还包括两位当红的香港艺人，场面盛大得让人眼花缭乱。

司凌云早就知道父亲有钱，却还是头一次直观认识到父亲居然有钱到了这个程度，她不得不承认她有小小的震动。

除了司霄汉、他的堂弟和司建宇，她一个人也不认识。司建宇的母亲微微发福，长相普通，面容憔悴，头发染黑后，仍比实际年龄要显得苍老许多，听儿子介绍她后，脸色如她预计的那样沉了一下，再不肯正眼看她。倒有她家不少亲戚偷偷看她，再相互交头接耳，窃窃私语。

不过让他们失望的是，司凌云性格最大的特点是从来不肯示弱，旁人明显的八卦表情落在她眼内，她只在心底暗暗冷笑。她当然也不去主动找任何人搭腔，尽伴娘职责陪着新娘米晓岚以外，就是一个人坐在一边，毫无不自在的表情。

司建宇过来问她："小云，看到你大嫂没有？来了重要客人，爸爸要她跟我过去一下。"

"大概在化妆室吧。"

她陪司建宇过去，推开门，只见米晓岚正跟一个男人面对面站着在交谈，她已经换下那套缀着细密珍珠的曳地婚纱，穿着刺绣凤凰的大红色旗袍，越发显得高挑娇美，而那男人穿着深色西装，背影十分修长。

见他们进来，米晓岚连忙说："介绍一下，这位是傅轶则，他家跟我家是世交，我们双方的父母是同事。他刚从美国回来，来参加我的婚礼。司建宇，我先生，司凌云，我先生的妹妹。"

傅轶则对司凌云点点头，跟司建宇握手，"祝贺你们。"

司建宇客气地说："谢谢。小云，你帮我招呼一下傅先生。晓岚，我们得出去了。"

司凌云没料到招待客人的任务落到自己头上，她无可奈何地看着傅轶则，傅轶则正看着司建宇和米晓岚离开的方向，若有所思。

"傅先生请跟我出去吧。"

她将他带到大厅，随便找一张有空位的桌子请他坐下，他彬彬有礼地说："司小姐，我跟这里谁都不熟，如果你不介意的话，坐你旁边可以吗？"

司凌云看看傅轶则，他大概二十七八岁的样子，有轮廓清晰而俊朗的面孔，浓黑的头发，两道醒目的剑眉下，一双眼睛异样深邃，深色西装搭白色衬衫，在非富即贵的如云宾客中，也显得十分出众。她想，她刚好只能坐在一群陌生人中间，起码这男人看上去足够赏心悦目，便点头答应了下来。

傅轶则不怎么看台上的节目，也几乎没动筷子吃东西，只一杯杯喝着红酒。他天生有一种距离感，而司凌云根本没有身为主人要招呼好客人的自觉，既不去招呼他，也不跟同桌客人搭腔。

司霄汉满大厅走动着，与客人寒暄敬酒。他看上去已经有点儿喝多了，脸红通通的，额角冒着汗珠，声音过分洪亮。他一眼看到了司凌云，显然很得意标致的女儿，马上献宝一样拖着她去跟刚结束表演的那两位香港明星合影。父亲这样拿她当追星的小孩子看待，她不免好笑，可是她不打算扫他的兴，听话地过去拍照，然后去了洗手间。

她正要出来，只听外面化妆室有两个女人一边补妆一边聊天，谈的居然还是她。

“刚才跟老司合照的那个女孩子就是他第二个老婆生的。”

“想不到今天她会来。”

“你来得太晚了，没看到好戏，下午在新房那边，不光大姨懒得理她，其他人也都不跟她讲话。不过她年纪轻轻的，脸皮倒是很厚，态度跩着呢。”

“还是老司的第三个老婆识相得多，根本没露面。”

司凌云为之气结，她当然不在乎别人跟不跟她讲话，事实上，她巴不得不用跟陌生人应酬。换个场合，碰上这样背后讲坏话的，她多半会促狭地现身出去吓对方一跳，再刻薄上几句。不过她知道在这里议论的人肯定是司建宇母亲那边的亲戚，看大哥的面子，她决定忍了，挨到她们走后，她才出去。

她走回来，隔了几步远，便听到同席几个男男女女也大声谈笑得正欢。

“老司真是财大气粗，这场婚礼的规模，大概是本地近几年最大的。”

“听说新娘好像家境不好，人丁单薄，都没什么亲友来出席婚礼，这场婚事说不上门当户对啊。”

“只要男人还存着好色之心，女人的姿色就是天生的资本，家境不好算什么。”

一个胖男人邪气而别有深意地笑着对前面示意一下，“你们女人啊，总是不理解，男人娶漂亮太太，绝对不是浅薄。好色和以貌取人其实是一种生物学的本能，能够保证下一代的基因改良。”

司凌云顺着他们的视线看过去，新婚夫妇正并肩敬酒，在高挑娇美的米晓岚的衬托下，司建宇矮了她半个头，更显得肥胖且其貌不扬。

又一个中年女人接腔，“看看老司女儿的长相就知道，他已经亲自给儿子做出示范了。”

司凌云强忍着的那一口恶气再也按捺不下去，待他们笑声稍微停歇，冷笑一声，“几位吃着酒席八卦主人，八卦得好，八卦得妙，八卦得真有意思。”

那几个人这才注意到她回来了，顿时都有些尴尬，司凌云正待继续发作，傅轶则突然站了起来，一手放在她肩上，力道不轻不重，她吓了一跳，他却笑道：“你回来得正好，你大哥找你，我们过去吧。”

傅轶则托着司凌云的手肘，带着她一直走出了大厅，她不耐烦地挣开，“这是干什么？”

“你一脸要跟人吵架的表情，虽然看你骂人肯定很有趣，不过我可不想让你搅了晓岚跟你大哥的婚礼。”

“听起来你还真维护她。”

他耸耸肩，“她也说了，我们是世交嘛。”

“不过别人说她难听的话，你可以安然坐在那里听着，真是好修养。”

傅轶则笑了，司凌云注意到，他那张冷漠的面孔一笑之下，嘴角出现一个纹路，十分优雅，“我拿晓岚当成年人看，她选择了她的生活，既不需要别人对她下结论，也不需要我帮她辩护。”

这个超然的态度让司凌云无话可说，她转身向外走，傅轶则仍然跟着她，“你去哪里？”

她没好气地说：“没伴娘什么事了，我待腻了，不打算继续跟那帮嚼舌的小人坐一起。”

“我也不想留下来参观闹洞房，送你回去吧。”

司凌云心情不好，不想说话，报了地址后，只看着车窗外，好在傅轶则显然也没打算攀谈，两人一路沉默着。出租车到一条僻静小路口红灯处停下，司凌云一眼看到了母亲程玥挽着一个中年男人的手，两人并肩而行，一边亲密交谈着。她一下呆住，眼睛定定跟着他们，直到他们走进了路边的一家经济型酒店。

车子启动，她如梦方醒，敲着车窗玻璃大叫停车，司机不明所以，开过路口才靠边停下。司凌云开门下车，往回跑着冲过十字路口，一口气上台阶进酒店，狭小的大堂内已经没了客人。前台工作人员诧异地看着她，礼貌地问：“小姐，要开房吗？”

她喘息着，一时张口结舌说不出话来，跟着她走进来的傅轶则忍着笑说：“你确定要这么做吗？我没意见，不过我们可以找一间好一点的酒店。”

她回过神来，意识到这么不假思索、气势汹汹地追进来，简直是个笑话。她当然不打算跟傅轶则解释，一语不发，转身就走。她虽然穿着高跟鞋，还是走得又急又快，傅轶则身高腿长，毫不费力地跟在她身边，“不用跑，女生随时有改主意的权利，我不会介意的。”

他的调笑终于惹恼了她，她一下站住，“我们差不多不认识，你还跟着我干什么？”

他坦白地说：“因为你很漂亮，漂亮女孩子穿成这样到处乱走，很容易出事。”

她冷笑一声，“你多虑了。”

“还因为你很脆弱。”

这句话让她为之愕然。

“你这种年龄的女孩子，应该对所有浪漫的仪式满怀向往，可你大概是婚礼上最心不在焉的人，对婚纱、仪式、明星都没什么兴趣，活像一只刺猬，绷得紧紧的，随时准备扎那些胆敢来冒犯你的人，并且不给任何解释。”

她撇嘴，不客气地说：“这算什么——街角坐着的算命先生也会这一套：小姐，你印堂发暗，像有心事，我帮你批批八字流年，说得不对分文不取。”

他被逗乐了，“我倒没想到我看上去像神棍。”

她看看他，他神情自若，薄唇挂着一点笑意，显然清楚地知道自己的魅力，也没有怀疑过别人对这份魅力的感受。她突然有了一点模糊的警觉之意，仿佛意识到某个说不出的危险悄然无声地逼近。她从来没有过这种感觉，不及细想，转身要走，他仍然跟着她。

“时间不早了，我送你回去。”

“我不回家，我准备找个地方喝酒。”

“正好，我也想喝两杯，你会发现，我是个很不错的酒友。”

5

那是一个司凌云后来再不愿意回忆，却根本无法忘记的混乱夜晚。

酒吧内音乐喧闹异常，司凌云往虎口撒上一点盐，舔了一口，仰头喝下一大口龙舌兰酒，再含一口柠檬吸吮。她这样重复着，柠檬的酸涩多少中和了烈酒的味道，可是烧灼感还是让她张嘴吐着气，像缺氧的鱼一样。傅轶则打量着她，她斜睨他一眼，“看什么？”

“你舔盐的样子确实非常性感。”

从小到大，她早听惯了别人对她容貌的夸奖，却还是头一次听到“性感”这个赞美，表情瞬间有些凝滞。

他的声音保持着平静，似乎根本没注意到她不自然地闪避开他的眼神，“不过照这种喝法喝下去，明天早上就够你受的了。”

这个酒吧她跟朋友来过，尝过一次他说的那种清晨起床头痛欲裂的滋味，本来发誓再也不沾龙舌兰酒，可是她根本不愿意想明天的事，只期待从口腔一路延伸的烈性酒精像小小火球一样穿过体内，将满心郁积的混乱情绪一下烧成灰烬。

她再度撒盐，抬手腕去舔虎口，他夺过她的酒杯，找服务生要来冰、可乐、苏打水，加进柠檬，倒龙舌兰酒进去混合一下，再递给她，“慢慢喝。”

她尝一口，做个鬼脸，“没劲。”

“相信我，宿醉头痛的滋味没那么有趣。”

“喝酒为的就是不去想明天，今晚过后，哪怕洪水滔天，谁还在乎明天的头痛。”

“这已经是标准酒鬼的口气了。”

她无心再跟他争论，呆呆看着前方，脑袋里盘旋的全是刚才在十字路口看到的画面。

她父母离婚多年，她倒从来没有让妈妈守身如玉的念头，不过眼睁睁看着妈妈挽着一个穿着浮夸的成套白西装、白皮鞋的男人，走进挂着“钟点房80块起”招牌的廉价酒店，实在让她觉得恶心。

她又能怎么样？

她撑着微微发晕的脑袋，自嘲地笑。一直以来，她跟她母亲的关系都很紧张，吵架的起因多半是程玥试图干涉掌控她的生活，而她刚才脑袋里一片空白，几乎要冲进酒店“捉奸”，可她又有什么资格去干涉妈妈做什么？

傅轶则一直看着她，在音乐的间隙突然说：“你的表情一直都这么跟环境不协调。”

司凌云隔了一会儿才做出反应，“什么？”

“在婚礼上，你不够兴奋投入。现在嘛……”傅轶则漫不经心示意一下台上跳钢管舞的女郎，“你也是游离的，大概根本没留意到你在看艳舞吧？”

“说实话，我甚至没留意到你还留在这里没走。”

她看看周围，变幻的灯光不停扫过场内，台上的女孩伴随音乐舞动得更加活色生香，一双双紧盯着台上的眼睛里赤裸裸的欲望热切流露。她再看傅轶则，他保持着神态的清明，她凑近他，认真端详他，他不避不让地坐在原处。

“看出什么来了？”

“那女孩子跳得够不够热辣，或者说性感？”

“我看过更热辣性感的。”

她不客气地说：“所以，你也不是什么坐怀不乱的君子，只不过见识过更大的刺激而已。”

他笑，意味深长地看着她，“情欲是很自然的事，我犯不着去掩饰。”

说到情欲，司凌云不免想到了妈妈。她刚才劝解自己，她在读大学，弟弟在上寄宿中学，平时家里只有妈妈一个人，她一定会很孤单。可男女携手走进酒店，想必更多的是为了满足情欲而非打发孤单——她更加恶心了。

他的笑意加深，嘴角现出一条浅浅的纹路，眼神更加魅惑，“你显然还根本不知道情欲是怎么回事。”

这是她根本无可辩驳的事实，她同时觉得两人的距离已经近得危险，他的目光、他的身体语言、他散发的男性气息，让她嗅出明白无误的诱惑意味。她退后一点，喝了一大口酒，只觉那个小火球在身体里冲撞，所到之处如同火焰蔓延，让她血液涌动得燥热。她蓦然站起身，“太闷了，我要出去走走。”

6

司凌云跟刚才一样，迈步疾走，她先去超市大事采购，傅轶则看着那些像是为郊游野餐准备的酸奶、薯片、饼干和牛肉干，一脸好笑的表情，但还是什么也没说地付了钱。她上了出租车，叫司机开到寄宿中学的侧门。

“你不会想溜进中学操场喝酒吧？”

她竖个手指到唇边示意他别作声，走到紧闭的铁门那里，敲门卫室的玻璃，熟门熟路地拿出一包刚买的香烟递给门卫，门卫点点头，关上了窗子。

过了一会儿，那门卫领着她弟弟司凌峰出来，他隔着铁门看到姐姐，一声欢呼，迫不及待地接过食物袋。

“姐，妈妈带给我的东西早就吃完了。”

司凌云摸摸他的头，“拿进去吧，想吃什么给我打电话，我下次再送过来。”

司凌峰转身要走，却又停住脚步，招手示意姐姐低头，悄声问她，“那个人是你男朋友吗？”

司凌云笑着在他头上敲了一记，“小傻瓜，当然不是，快回宿舍去睡觉。”

“怎么弄得跟探监一样？”

见过弟弟以后，司凌云心情好了很多，“你肯定没上过这种寄宿中学，确实有一点像监狱，家长有固定的探视时间，带什么东西都有限制。学生平时不能出校门，不能用手机，吃厌了食堂饭菜，馋得连方便面都能干咽下去。”

“这种准军事化管理有用吗？”

“天知道，我也是这所学校毕业的。不过我读书的时候，校规没这么严格，围墙也没修这么高，可以偷偷翻出来，跑到那边湖边去玩。”

“我们现在也去湖边吹吹风吧。”

她确实需要让湖边的风吹散龙舌兰酒带来的燥热之感，她带着傅轶则往学校旁边的湖走去。本地以湖泊众多闻名，像眼前这样一眼看不到边际的大湖都在相对偏远的城市边缘，湖岸线逶迤蜿蜒，周围星星点点的灯光迷离闪烁，映照得湖面波光粼粼。

她在湖边站定，深深吸气，深秋时节的风拂面而来，带着轻微的水腥味和凉意，她只穿着吊带伴娘小礼服裙，微微瑟缩。他马上脱下西装，披到她身上。

她拢住西装外套，笑道：“以前我跟同学经常在半夜跑到这里来吃消夜、抽烟、聊天，或者绕湖暴走。”

“听起来很像是精力过分旺盛的孩子爱干的事。”

司凌云感叹：“可惜这一片现在全开发成了住宅区、酒店和写字楼，以前湖边荒凉得多，也好玩得多。”

他轻声笑，“在这一点上我同意开发商，这片风景，只给小鬼头抽烟的话，未免太浪费了。”

她正想反驳他，他突然伸手揽住她，嘴唇轻轻触了一下她的额头，“别跟我说你没偷跑到这里来接吻。”

被他说中了，她确实曾跟早恋的小男生来过这里约会，可是那个初吻甚至比他随随便便印的这一下还要蜻蜓点水，便被她嫌恶地推开了。

她哼了一声，“口水交换，没意思。”

“那是因为你们不懂怎么接吻。”

他拿起她的左手，在她做出反应以前，已经低头舔到了她的虎口。她完全没有预料，震惊得如同石化一般，没有做出任何反应。

“还有一点咸味。”他的声音带着丝绒一般柔和的质感，“从看你喝酒开始，我就想这么做了。”

他根本没让她多想，他的舌尖继续掠过那片皮肤，这样身体的挑逗纯粹、直接，准确击中她心底从不示人，甚至自己都模糊略过的欲望，让她如同被催眠了一般停留在他怀里，失去了推拒的能力。

来自一个成年男子的进攻，从容不迫，目的明确，他清楚地知道会碰到什么样的障碍，应该怎样瓦解对方的防御。

司凌云完全没有招架之功，她发现，傅轶则和她以前认识的男孩子不同，他明显具备心理上的优势，这种优势对她而言几乎具有无法言喻的压迫感，让她失去一向在男孩子面前的自信与倨傲，重新成了一个幼稚的女生。

他的确是在教她怎么接吻，一点一点，由浅及深，辗转吸吮，那个感觉让她惊骇地迷失。

上一个男友愤怒地指责她是冷感冰山的情景浮上脑海——也许她只是没碰上对的人而已，她模糊地想。她的心如同身后的湖水，被风拂过，激起连绵不绝的涟漪。她本能地想退后，脱离他如同磁场般危险而强大的引力，可是她的身体却不由自主贴得更近，让这个吻加深到足以让她忘记自我。

她意识到眼前这个陌生男人深不可测的危险，可是她对自己说，那又怎么样？克服诱惑的最好办法就是向诱惑屈服，让它不再具有诱惑力。她还从来没跟这样的男人有过交集，也不打算因为害怕而示弱逃开。

司凌云一向自认为，她对爱情这件事早已经看得透彻，没有小女生愚蠢的向往与患得患失。可她忘了，她毕竟只有二十一岁，她的全部恋爱经验不过是恃靓行凶，跟同龄男孩子如同过家家般地吵吵闹闹、分分合合，到了傅轶则这里，她根本只算一只待宰的羔羊。

随着傅轶则到对着湖的那间酒店开房，司凌云处于混沌状态。傅轶则办着手续，她突然记起她的妈妈——这个不合时宜的联想再次刺痛了她，一进电梯，她便投进他的怀抱，不给自己任何反悔的机会。

无论怀着什么样的情绪走进那间客房，司凌云都自那一夜起从一个女孩子变成了女人。在被傅轶则占有的刹那，她所有忐忑、畏惧、咬牙强装的镇定全数化为云烟飘散开去，他覆盖着她，妥帖、严丝合缝，月光透过敞开的窗帘洒在他的背上，让他身体的线条反射着清冷的光，她仿佛迷失在这一片夜色之中。

她头一次体验到如此极致的身体亲密的感觉，痛楚与欢乐交织，一瞬之间，她似乎完全失去了自我，忘记世间种种。原来她经历过的那些肤浅得不值得再想起，原来她也可以感受到激情，原来这才算是灵欲合一的恋爱——她叫着他的名字，那样陌生的两个汉字组合，几乎带着让她哭泣的声音。

他叹息着，低低地回应她，吮去她的眼泪，吻她的眼睛。她在那一刻沦陷了，从身到心。

7

第二天早上，傅轶则带司凌云去了他家。

那里离她就读的大学不算远，小区整个就是拷贝所谓西方小镇风格，钟楼、雕塑、修剪成几何形状的灌木一应俱全。傅家住着一套三层联排house，虽然房间距不够宽，院子也狭小得不像话，却基本符合商品房开发之初消费者对异域居住环境的想象。

他告诉她，他父母都在桥梁设计院工作，是业内知名的桥梁设计专家，两年前买下了这套房子，不过他们目前在南亚做一个项目，他也刚从美国回来，这边有半年多没有住人了。他拿钥匙开门，里面装修得十分朴素大方，家具全罩着防尘白布，他的两只行李箱还放在门厅没有打开，但整个房子看上去很洁净，并没有无人居住的闭塞感。

“我父母把钥匙给了晓岚，请她有空时帮着照看一下这里，她很细心，大概是她打扫过了。”

他打开窗子透气，然后一样样撤着防尘布，司凌云故意和他反向拉扯，灰尘被抖起来，在秋日阳光的照射下，每一粒尘埃都像细小的金沙，飞舞不定，仿佛具备了某种魔幻的力量，让整个场景突然显得不真实。她有片刻失神地看着他，他一用力，她被拖得跌到沙发上，他丢下白布，过来捉住她的双手，将她钉在身下，作势打她屁股，她气息不定地躲闪，笑着讨饶：“救命，救命，我再不捣乱了。”

他停了手，改为抚摸她，“你确定你要逃一整天课吗？真是个不乖的学生。”

她坦白承认，她从来就不算一个好学生，今天更没有上课的心情。他引她去楼上主卧，打开他母亲的衣柜，让她去挑件衣服，换下揉皱的丝质小礼服。她换好衣服下楼，发现他已经躺在沙发上睡着了。

她知道他大概是倒时差，走过去在他身边蹲下，他眉目舒展，呼吸平缓，显然睡得正熟。她打量着他，她还从来没有这样近距离、长时间地细致看一个人。尽管他们缠绵了整整一夜，但此刻他安静地躺在她的俯视之下，依旧显得十分陌生。

她意识到，从昨天七点在婚宴上见面到现在，他们只认识了十来个小时而已，对她而言，他确实是一个陌生人，他们之间发生的一切，近似于露水情缘。

她的我行我素更多表现为性格上的叛逆，而不是行为上的豪放。程玥从来不像其他母亲那样对女儿的早恋充满恐惧担忧，她甚至没有对司凌云做过贞操教育，只在她青春期来临时，给她一本书，特意圈了避孕一节警告她。如此开放的态度，加上父母之间离婚前后的牵扯不清，反而让她对性这个问题没有任何不切实际的憧憬。

她那些更为早熟的同学以及李乐川那帮玩音乐的朋友，全都表现得远比她放纵，她也许是那个圈子里唯一一个到二十一岁还保持着处女之身的女孩子，更可笑的是，几乎没人认为她仍是处女。她并无守身如玉的决心，有时也不免疑惑，她的冷漠是天生冷感，还是得追溯父母的婚姻给她留下的巨大阴影。

然而，眼前这个男人轻易便摧毁了她的心理堤防，他唤醒、激发她欲望的过程如此直接，让她对自己一向的认知产生了怀疑，她突然不能确切知道自己到底是什么样的人了。

而他又是谁？

在头天晚上激情的间歇，傅轶则点了一支烟，告诉她，他结束了纽约大学的两年神经生物学博士后，“我父母希望我继承家里的传统，当清贫的学者，不过我对做研究有些厌倦了，想尝试一下其他工作，他们知道我的打算，似乎不大开心。”

她枕着他的手臂，向他介绍自己，“我正读大四，学的是法律。跟你一样的就是，我也不确定将来会做什么工作。”

“可能跟你大哥一样，进家族企业工作吧。”

“那多没劲，我才不要去。”

“你看起来不大像适合做律师的那种人。”

她接过他手里的烟，吸了一口，再吐出来，半明半暗之中，那个烟圈扁扁的，然后不成形状地飘散开去。这是李乐川教她的，她并不喜欢抽烟，但无聊之下，还是练了，“那你觉得我适合做什么？”

“这我还真说不好。”

“你不是会算命吗？”

他拿过烟，将烟头按灭在烟灰缸内，俯身看她，“我的水晶球出故障了。”他的手游移到她的腰际，“我本来以为，你只是缺乏好的体验，谁知道你根本没有过体验。”

她从跟他进酒店登记房间时起就强装镇定，不肯暴露一丝胆怯犹疑和毫无经验，可这又怎么可能瞒过他的眼睛。她窃笑，小声说：“我不打算处女到大学毕业的，你不出现，我也会找一个我看得顺眼的人体验一下。”

“我很高兴我出现得还算及时。”

“自大狂。”

他在黑暗中无声地笑了，“好吧，你已经得出了结论，我是自大狂。现在，让我仔细研究一下你……”

他的吻再度密密落在她的身体上，她接受他的探索，同时也探索他，只不过她想不起来还应该了解些什么。

这样的体验，她不希望止于露水情缘，她想要跟这个让她心动的男人经历一场完整的恋爱。也许他有相同的看法，否则他大概不会带她回他家。

她凝视着他，心底涌动着陌生的柔情，蓦地有几分茫然。

傅轶则足足睡了三个钟头才醒，他起来时，看到司凌云正驻足在他家一楼阳光室的一面照片墙前。她穿着他母亲的一件米白色暗纹亚麻直身连衣裙，略微宽松复古的式样衬着她一头浓密的长鬈发，形成有趣的对比。

“想看我的成长过程吗？”

软木墙面上密密钉满了他和家人的各式生活照、风景照，最吸引她注意的当然就是傅轶则的照片。她已经从照片上发现，他从小就引人注目，不管是弹钢琴，还是举着学科竞赛的奖杯，都显得十分出众。不过她不打算助长他的傲慢，只答非所问地说：“我讨厌练钢琴。”

“一看就是小时候被你妈逼着学过琴。”

“她逼我做的可不止弹琴这一件事。”她最不想谈的就是她母亲，指了一下另一张照片，“你父母完全可以当知识分子的标准版本。”

他父亲看上去并不算老，但头发已经大半银白了，丝毫没有染黑遮掩的打算，从相貌到气质都十分儒雅。母亲则面容清秀，有着浓浓的书卷气，优雅中又带着几分干练，很符合衣柜里那些黑白灰蓝几色、式样简单、质地考究的衣服。

“他们确实是标准的知识分子，有相同的价值观，对世故人情全不介意，把做学问看得比什么都神圣。”他含着笑意看他们的照片，调侃的语气中分明带上了几分温情。

她不大愿意再谈父母这个话题，“我家大嫂少女时期可真是个美人儿。”

在角落处，有一张傅轶则与她的大嫂米晓岚的合影，两人看上去都不到二十岁，站在一栋不算高的建筑物前。米晓岚穿着白色连衣裙，直直的头发扎成马尾，明眸皓齿，皮肤白皙得近乎透明，秀丽动人，神情有几分紧张地盯着镜头；他穿着白色 T 恤加牛仔裤，十分放松，漫不经心地看着远方。

“她在我们以前住的宿舍区确实是出名的美女。”

“她的父母跟你父母是世交又是同事，怎么看上去完全不同？”

“有什么不同？”

“你父母一看就是知识分子，她父母……”她耸耸肩，“看上去又老实又拘谨，文化程度好像并不高。”

“你观察力很强，不过这么说可太以貌取人了。”

她不喜欢他口气中的教训意味，耸耸肩，“轮不到我对她下判断，那是我大哥操心的事，他都不在乎岳父母什么样，我哪管得着？”她继续看照片，“喂，这些外国女孩中哪一个是你的女友？”

她手指的那一处是傅轶则在国外拍的照片，背景似乎是室外烧烤，他与不同人谈笑合影，其中不乏各种肤色的女孩子。他好笑，“晓岚也这么问过我。搭肩头拍个照就女友了，那我简直人尽可妻。”

“这个蓝眼睛的金发女孩多漂亮，简直像精灵女王一样。”

他做惊吓状，“那个可是我教授的女儿，外国妞发育得好，她看着成熟，其实才十五岁，属于未成年人，招惹不得。”

她扑哧笑了，“别给我普法，我是学法律的。”

“你将来会不会是个好律师，我暂时不能确定。”他搂过她，“但我能确定，现在你穿这条裙子真的很美。”

接下来的时间里，司凌云除了去上非上不可的课，更多的是跟傅轶则待在一起，吃饭、去酒吧喝酒、看电影，或者去他家里，他做简单的西餐给她吃，讲关于生物学研究的冷笑话，偶尔弹一下钢琴，放他带回来的 CD 给她听，她对西方流行音乐的熟悉程度让他有几分惊讶。

跟傅轶则在一起，司凌云觉得每一分钟都过得十分快乐，这样全新的感受让她充实而满足。唯一让她踌躇的是，她能看出，他乐于与她相处，表现得十分轻松，但并没有她那样迷醉。

当然，他比她大八岁之多，应该早就有过各种体验，不像她初次尝试。她同时想，她不应该如此没有安全感地斤斤计较于付出多少，还是尽情享受一段如此亲密的关系比较重要。

这天晚上，傅轶则在洗澡，她一边听音乐一边准备考试。电话响起，她随手调低音量，拿起听筒，“喂”了一声，那边一时没有任何回应，她才记起，这是傅轶则家，有可能是他父母打回来，她贸然接听，未免有些尴尬。

“你是找轶则吗？我去叫他。”

“请问你是哪位？”

电话里传出来的女人声音十分柔美，司凌云舒了口气，“大嫂，是你啊，我是凌云。你跟大哥度蜜月回来了？”

米晓岚停了一会儿才回答：“对，我们今天回来的。凌云，你……怎么在这里？”

司凌云被问住了，“那个……我帮你去叫轶则吧。”

“不用了，没什么要紧事。你哥哥在催我跟他出去吃饭，再见。”

她放下电话，继续看书，过一会儿傅轶则洗完澡出来，她告诉他：“我大嫂刚才打电话过来找你，不过她说没什么要紧事，她跟我大哥出去了，你打她手机吧。”

“她还在蜜月，没什么要紧事，何必打搅她？”他擦着头发，漫不经心地说，“我对国内乐队不熟悉，这是谁的专辑？”

“我几个朋友组的地下乐队。”

傅轶则走过来坐到她身边，一手搂住她，一手接过CD封套端详着，略带粗糙质感的纹理，印着深黑乐队四个成员的照片。他念着底下印的那句话：“蔑视这个世界是我们最好的伪装——有意思，不过这样的专辑不像是能够取得商业上成功的那种。”

“他们自费出的专辑。”她为朋友辩护着，“可我真的认为他们很有才华，特意拿过来给你听的。你听，我最喜欢这首，名字叫《蔑视这个世界是我们最好的伪装》——”

你说你已踏上归途，
我却等不及走上另一条路，
甚至没有擦肩而过，
我们注定回不到最初。
……

“小孩子听歌，都会沉迷于青春愤怒的感觉，难怪你会喜欢。”

“喂，你不要用这么老气横秋的口气好不好？”

“跟你一比，我确实老了。我没批评你朋友的意思，这些歌也许从技术角度讲不算完美，但确实有想法。”

“对了，他们约我明天吃饭，你要不要一起去？”

李乐川上午给她打来电话，告诉她，乐队从外地回来，面临解散，准备最后聚一次，用他的话说是吃散伙饭。

他摇头，“我去的话会妨碍你们小朋友的兴致，你去玩吧。”

“你收藏了那么多CD，可惜没多少摇滚乐。”

“早期摇滚是包含民谣的，我偏好的是这种。”

他拿起来的是 Leonard Cohen 的专辑 *The Best Of Leonard*，司凌云皱起鼻子扮个鬼脸，“我听过他的歌，阿风是他的粉丝，对我来说，他太中产阶级口味了。”

他被逗乐了，“迷他的人可不只是中产阶级。我认识一个女孩子，喜欢反复听他唱的 *I'm Your Man*，她说这首歌很像一封私人化的情书，永远不会背叛她。”

“真感伤，真诗意。”

他开玩笑地捏捏她的脸，“口气太不屑了。别这么激烈，你这个年龄，多少来一点少女情怀总是不会错的。”

“哎，你是不是喜欢那种文艺腔的女孩子？”

“我听出来了，就算我喜欢，你也不会装，而且多半会鄙夷我的品位。放心吧，我欣赏有性格的女孩子，至于我喜欢喝红酒、你喜欢喝啤酒都不是问题，偶尔拿你喜欢的歌来轰炸我的耳朵，我乐意奉陪。”

“你交过多少女朋友？”

他耸耸肩，“学神经生物学的女生很少，所以我的机会并不多。”

她也不穷究下去，突然攀着他的肩膀，手指插入他浓密的头发中，“别动，你有白头发。”

他还来不及说什么，她已经拔了下来，展示给他看，他看看那根短短的白发，禁不住笑得肩头抖动，“谢谢你。不过按我家的遗传，我想我头发会白得比较早，希望到时候不会被你拔成秃子。”

她注视着他，他笑的时候，那张英挺的面孔神情放松，嘴角的纹路迷人，全然没有不经意的傲慢冷漠。他问：“怎么，还要继续找白头发吗？”

她摇摇头，抱住他，“我喜欢看你笑的样子。再说，你爸爸头发全白看起来真的很帅。”

8

第二天上午，天气阴沉，司凌云赖在床上睡懒觉，突然被一个紧急刹车的声音惊醒。她迷迷糊糊往旁边一摸，傅轶则并不在床上，窗帘被风卷起，有细雨飘了进来。她下床，光着脚走到窗前，正要关上窗子，一低头，看见一辆白色宝马停在院子前，车头险些擦着院门。

她认得这辆车，司建宇结婚那天，在等待他来迎亲时，她陪着米晓岚，两人闲聊，米晓岚指给她看，说是她哥哥求婚时送的礼物，而且很有心地将她的生日设置成牌照尾数。

宝马来回倒了几下，仍然停得歪歪斜斜，米晓岚从车上下来，锁上车子，推开虚掩的院门，一边径直走进来，一边拿钥匙开门。

米晓岚有钥匙，可以说是方便照管世交的屋子，可是她昨天才度完蜜月，刚回来就给傅轶则打电话，又一大早赶过来，司凌云多少有一点不对劲的感觉。她随手推上窗子，走出卧室，顺楼梯向下，走到一半，就听到底下客厅传来米晓岚激动的声音。

“你跟我的小姑子在一起，是报复我在结婚前一周才通知你吗？”

司凌云如同被雷击中一样，耳朵中嗡嗡作响，好一会儿听不到其他声音，她需要扶住墙壁才能站稳。

“……她是个有趣的女孩子，而且诚实。”

“轶则，别这么说，我……我有我的苦衷。”

“我完全理解，别放在心上。我认为你做了聪明的选择，在你婚礼上我就说了，我并不介意。”

可是米晓岚显然并没有因为这句话感到宽慰，声音反而更加急切，“如果你认为我是个骗子，我给你发的那些邮件通通都是撒谎，那你就大错特错了。”

他轻声笑了，语气仍然不疾不徐，“说到邮件，真巧，你进门之前，我正在清理邮箱，准备删掉你写给我的那些信。我不得不承认，晓岚，你很有文采，是我认识的女孩中情书写得最好的一个，连通知结婚的邮件都写得一样婉转动人。”

米晓岚声音凄婉地说：“我永远不会删除那些信的，如果你回复我，哪怕只说一个‘不’字，我也不会跟他结婚的。”

她已经无法集中注意力，不知道她错过了他们之间多少对话，事实上她口干舌燥，心突突乱跳，也失去了理解这些对话的能力。她不想再呆站下去，机械地转身返回二楼，下意识朝卧室走，却又站住，停在了楼梯右手的书房前，傅轶则的笔记本摆在书桌上，进入了屏幕保护状态。

她不假思索地走了过去，伸手按一下鼠标，显示屏上出现的是一封邮件，发件人正是米晓岚。

那果然是一份情书，写得十分缠绵悱恻。

亲爱的轶则：

酷热的天气终于结束，入秋了，气温降得不易察觉，道路两旁法国梧桐树叶慢慢转黄，晚风吹过，沙沙作响，飞舞盘旋着落下来。这个城市又进入我最喜欢的季节，短暂而又美好。我承认我很俗气地伤春悲秋了，到夜很深的时候还睡不着，只是因为很想念你，于是起来给你写邮件。你想我吗，哪怕只是短短一瞬间？我不确定。多么可笑，我受这种不确定折磨太久，以至于有些依赖这种不确定的状态了。

我从那么小的时候就开始爱着你，爱你似乎成了我的一个习惯。你总说我是自由的，可是我早就放弃自由，甘愿成为这份爱情的囚徒。你不能怪我想你太多，我热切地希望你也想我，却又觉得这个希望来得实在太卑微……

她看不下去了，回到收件箱，来自米晓岚的邮件很多，她点开最新一封，这正是傅轶则提到的通知结婚的邮件。

亲爱的轶则：

我犹豫彷徨了好长时间，不知道该以什么方式告诉你这个消息。在这个世界上，我最不想对你有所隐瞒，在你面前，我愿意我始终是透明的。

我要结婚了，我知道我永远没办法像爱你一样爱他，可是他很爱我，他能给我安定的生活。你的世界太广阔，我爱了你这么多年，也没能打动你。我始终不确定我能够在你心里占据我希望的位置，也许最终没人能够占据那个位置吧——我自私地希望，但愿如此。我如此深爱你，以至于我决定不再用我的爱束缚你，让你的自由不受一丝约束。想到这一点，我竟然有些安慰。

对，我说过我会永远等下去，等你像我爱你那样爱我。可是我已经二十六岁了，随着青春流逝，来自世俗的压力越来越大，内心的孤独感越来越强烈，请原谅我只是一个软弱怯懦的小女人，没有你那样成熟淡定的心态。答应他求婚的那天晚上，我哭了很久，眼泪完全无法控制。

……

一行行规整的字句开始变形，司凌云的眼睛仿佛遭遇强光突然照射一般地被刺痛了，她啪的一下合上笔记本。

所有零碎的事实突然全涌到她眼前，仿佛在自行挣扎着奔赴合适的位置，组成一幅拼图，将真相揭示给她。

他们两家是世交，他们从小认识，他们是一对恋人，她爱他，他出国做博士后，她用邮件不停地诉说思念。她厌倦了无休止的等待，突然接受了另一个男人的求婚，在婚礼前一周以邮件的方式通知他这个消息。他从美国回来的当天，放下行李便来参加她的婚礼，然后在她的新婚之夜和她丈夫的妹妹上床……

司凌云的大脑一片空白，不知道这样站了多久，恢复意识后第一个念头就是：还有比这更痛快、更直接的报复吗？

你竟然以为你体验到了突如其来的爱情，你是一个多么可悲的白痴——她冷冷地对自己说。

她走出书房，回卧室拿起手机，打给李乐川，“阿乐，过来接我好不好？”

李乐川笑道：“我出了点儿小事故，驾照被扣了，等一下，我叫阿恒过来接你。”

曲恒的声音从听筒中传来，依旧是冷冷的，“地址？”

她将地址报给他，他简洁地说：“半个小时以后到，我按喇叭你就下来。”

司凌云深吸一口气，慢慢下楼，在还有五六级阶梯的地方停住，“咦，大嫂，你什么时候来的？”

客厅里的两人同时抬头看着她，她凌乱的长鬈发披散在背后，穿着傅轶则的一件白色T恤充当睡衣，空荡的下摆下，两条修长笔直的腿近乎挑衅地裸露着。米晓岚的嘴一下张开了，停了一会儿才机械地回答：“我刚过来。”

司凌云无视她的目光，漫步下楼，给自己倒了一杯水，喝了一口，问她："欧洲好不好玩，在希腊度蜜月一定很浪漫吧？"

米晓岚的神情怔忡不定，勉强一笑，"还好。我有事先走了，再见。"

傅轶则送她出去。司凌云放下水杯，上楼进浴室洗漱、化妆。傅轶则上来时，她正在涂唇蜜。他走进来，拢住她的长发，随手拿了一把梳子给她梳着。

"都不问晓岚过来干什么吗？"

她对着镜子微微嘟起嘴唇，看唇蜜的效果，粉嫩的颜色衬得她的唇丰盈闪烁，她勾起嘴角，做出一个笑容，漫不经心地回答："你们是世交嘛。所谓世交，我理解就是一起长大，情同兄妹，非常亲密。她过来不是很正常吗？"

梳子突然碰到她的鬈发纠结处，牵得她的头向后一坠，她轻呼一声，他放下梳子，用手指一点点将头发理顺，动作十分温柔。她仰头，他俯首，两人的目光交织在一起，她突然伸手，勾住他的脖子，将他拉向自己，吻上他的嘴唇。

这个吻来得重而激烈，她咬痛了他，他闷哼一声，试着移开一点，她却站起来回过身，双手抓住他的衬衫，向两边用力一扯，纽扣四下迸落，她的嘴唇、牙齿密密落到他裸露出的身体上。他在短暂的愕然后一下被激发了同样的热情，甚至没有脱下衣服，一手抱起她，将她推靠到洗手盆边缘，另一只手撩起她的 T 恤，凶猛而直接地进入她。

从湖边酒店的第一次开始，他一直充当那个经验丰富的导师。可是今天她表现得让他陌生，她完全没有像过去那样，跟从他的指引，追随他的节奏，体会他赋予的感受，而是沉浸于他无法感知的情绪中。

她身后的镜子中清晰反映出猛烈纠缠的两个人，她的腿缠在他的腰际，她的手指缠绕入他的头发之中，她的眼睛亮得异乎寻常，她脸上有他看不懂的孤注一掷，她乌黑的长发披散着，随着他的动作在她脸庞边飘拂。

他托着她的下巴，让她回头看着镜中。这一切带来的感官冲击如此强烈，她似乎坠入迷惘之中，蓦然合上眼睛，在一个近乎失控爆发的瞬间，他意识到她的指甲掐进了他背上的肌肉，刺痛伴随狂欢而至。

傅轶则将司凌云抱出浴室，放到床上，然后躺到她身边搂住她。经过刚才的迸发，两人都已经精疲力竭，他抚着她颈项上的斑斑红痕，在她耳边说："没想到你还有这么狂野的一面。"

这时楼下传来有节奏的两声喇叭响，她坐起身，淡淡地说："关于我，你没想到的事情还很多。"

她下床，在他的视线之下，一件件穿好衣服，走到窗边，楼下停着李乐川那辆黑色帕拉丁，曲恒倚在车边抽烟，她探头出去高声对他说："等一下，我马上就下来。"

她将散落在房间里的手机、化妆包一一装入背包内。

"什么时候吃完饭，我过去接你？"

她回头看着半靠在床头的他，浮起一个笑，"不好意思，我男朋友从外地回来了，正在楼下，所以，我以后不能再跟你见面了。"

傅轶则脸上浮现出不能置信，而她静静地看着他，脸上的表情没有一点变化。

"所以——你是有男友的？"

"当然。我昨天给你看过那张专辑，他是深黑乐队的吉他手，非常有才华，我很爱他。他们去外地演出，一走三个多月，总算回来了。"

"那么跟我在一起，算是接受性教育吗？"

"嗯，追求他的女孩子很多，我以前在这方面很无知，太在乎他了，更想表现得好一些。我得承认，你是一个很不错的启蒙老师。"

他神情不定地盯着她，“真是一个 surprise。”

“我想你应该能理解各式各样的 surprise。谢谢你这段时间陪着我，帮我打发了寂寞，让我知道性这件事还是很有乐趣的，再见。”

她再不看他，拎起包，扬长下楼而去。

9

曲恒丢下烟头，正要上车，却被司凌云那个惨淡的表情吓到。

“怎么了？”

司凌云扑进他怀里，他一怔，下意识抬头，刚才她探头出来跟他打招呼的二楼窗口站着一个男人，正面无表情地冷冷向下看着他们，白色衬衫敞开，随风吹拂不定。

曲恒顿时醒悟，压低声音烦躁地说：“你又来了，这一手怎么玩也玩不腻对不对？这么一直无聊任性下去有意思吗？”

“等会儿再教训我吧，是哥们儿的话，就什么也别说。”

她脱力一般软软瑟缩在他怀里，声音疲惫而低哑。这个如同受伤小动物的姿态让他原本僵硬的手臂软了下来，他默默抱住她，迟疑片刻，安抚地拍着她的背，直到她不再发抖。他反手拉开副驾驶座车门，抱起她坐了上去，然后上车发动了车子。

曲恒并没有再教训司凌云，他一路保持着沉默，将车开到了卢未风家里。这里还未改建，保持着租界区老房子的幽深残破，门虚掩着，一楼光线昏暗，放满了旧家具。他们走进去时，楼上传来了歌声，两人不约而同地站住。

如果你不曾给我承诺，

我也不会计较你的模棱两可。
我们混迹的世界如此荒唐险恶，
我们的未来如此变幻莫测，
你却说，大家总要学习它的规则。
谁来告诉我怎么习惯一个又一个妥协，
做到与所有不如意讲和。
如果我向你要求承诺，
你的回答是否仍旧这样冷漠？
我们共度的岁月如此轻易溃落，
所有的过往抵不住时光消磨。
你在笑，你的笑容牵引我为之沉没，
谁来告诉我怎么抵挡一个又一个诱惑？
哪怕永恒是一个美丽的错。
……

司凌云腿一软，坐倒在楼梯最下面一级，双手抱住了头。曲恒迟疑一下，蹲下来看着她。

“我记得我们给这首歌编曲的时候，你也在旁边。”

这首歌叫《我要的承诺》，由曲恒作曲，卢未风作词，三年前就是在这所房子里完成编曲排练，司凌云是他们的头一批听众之一。

他轻轻一笑，“当时你给我们泼冷水，说要承诺的人是傻子，给承诺的人是骗子。我就想，这小妞自以为看透一切，可真是冷漠得讨人厌。”

她哑声说：“结果现在发现，我也不过是一个装酷的傻子而已，对吗？”

“不，你恋爱了，你特别在乎他，他才有可能伤害到你，这可不是犯傻。”

她再也控制不住，眼泪扑簌簌落了下来。她绝望地想，他也没有说对，这其实跟爱情完全无关，那个男人甚至没有用花言巧语哄骗她。他只是精确控制了她的反应，用最快速度征服了她，这个过程里并没有一丝一毫的感情成分。她当然是犯傻，才会一度以为自己邂逅了爱情。

他坐到她身边，轻轻拍拍她，“偶尔犯犯傻，也许没你想象的那么可怕。”

她靠着他的肩头，再不肯说什么。

这个旧房子幽暗的一楼，家具逼仄地摆放着，空气不够流通，楼上的喧哗谈笑如隔云端地传下来，旧地板上不时响着空洞的脚步声，只有她身边这个肩膀沉稳不动，他身上有青草般的味道。这样无言的存在，让她觉得，这个世界毕竟并没有就此分崩离析。也许她只是做了一个噩梦，陷身于光怪陆离、种种荒谬之中，来不及挣脱而已。

不知道坐了多久，又有一个朋友推门进来，他们才起身，跟他一起上去。

跟深黑乐队熟识的朋友差不多都已经过来，不过和以往的欢聚不一样，这一次气氛十分伤感。

地下摇滚乐队赚不到什么钱，演出市场越来越萎缩。相貌英俊的温凯打算去北京发展，李乐川在家里的压力之下，准备去英国读书，乐队面临解散，这也差不多是本地曾大量涌现的地下乐队的共同命运。

来的多半都是玩音乐的圈内人，深知个中甘苦，一瓶接一瓶地喝着二锅头、红酒、啤酒，抱怨着往远处看不到将来，往四周看找不到可供发展的空间，不时有人有一句没一句地弹着吉他唱歌。

司凌云头一次这样如同喝水一般地喝酒，到后来甚至失去了味觉，再分辨不出喝下去的是什么。夜深时分，差不多所有人都喝得酩酊大醉，她的醉来得尤其惨烈，她没法再忍下去，冲进卫生间里呕吐。

这时外面响起吉他声，一个破音破得厉害的嗓子唱起的是她熟悉的崔健的《不再掩饰》：

我的泪水已不再是哭泣，
我的微笑已不再是演戏。
你的自由是属于天和地，
你的勇气是属于你自己。
……

她想，她的全部勇气，竟然只是用来掩饰伤害，实在是可笑。她靠在卫生间门上，跟他们合唱，她最后的意识是嗓子里翻涌出咸腥的味道，随即昏迷不醒。在场唯一还算清醒的只有曲恒，他一向喝酒非常有节制，不管什么场合，都只浅尝即止，他及时发现了她，马上抱她下楼，开车送她去医院，医生诊断她为急性酒精中毒，胃底黏膜裂伤引起消化道出血。

司凌云清醒时已经是第二天中午，她发现自己正躺在病床上输液，而闻讯赶来的程玥则在一脸狐疑地审问着曲恒。

曲恒那时留及肩的长发，穿松垮的卫衣、有破洞的牛仔裤，带着宿醉后泛红的眼睛和一脸倦意，依旧表情漠然，见她醒来，如释重负，“有什么事你问她吧，我先走了。”

程玥追了出去，不知道又说了些什么，过一会儿回来开始盘问女儿，问题包括：他是谁？你为什么一直抓着他的手哭？发生了什么事？你怎么会喝这么多酒？你脖子上和身上的印痕是怎么回事？你是不是被他占了便宜？

司凌云木着一张脸，合上眼睛，通通不回答。

10

司凌云知道，酒精伤害的只是她的身体，她受伤更厉害的地方是她的心，但她根本不想去探测这伤口到底有多深多重，也不允许自己舔着伤口自怜。她只能暗暗下决心，就像处理从小到大的那些不开心的事一样，遗忘是最好的武器。

可惜这世界从来不肯按某个人的意志来运转，哪怕这意志来得再理由充分一些。她面对的，当然远不止是一件不开心的事。她内心充满羞辱、愤怒和无以名状的悲哀，要在短时间内将这一切碾碎消化掉，是肉身不能承受之痛。

好在身体帮她找出宣泄管道。酒精中毒如同一场自找的大病，足以消磨她所有可以自我憎恨、自怜的气力，让她理直气壮地借病装死，彻底放空躺平，什么也不去想。

司凌云醉酒入院的第三天，米晓岚突然过来看她，带着水果篮和鲜花，柔声说："我给你打电话，想约你吃饭，把从欧洲带回来的礼物给你，你手机一直关机。没办法，只好找建宇要了你家里电话，才知道你住院了。建宇今天出差，不然他也会来看你的。"

米晓岚从皮包里拿出一瓶包装精致的香水。司凌云当然清楚，出国回来的人总会顺手买一堆香水当手信，米晓岚不会为送一件礼物为她费这么大周折。她也并不点破，接过来放在床头柜上，"谢谢大哥大嫂。"

"胃痛怎么会弄到住院这么严重？"

她知道妈妈绝对不肯张扬她是因为酒精中毒住院，轻描淡写地说：

“朋友聚会，一时高兴多喝了点儿，可能是空腹不大适应，刺激了胃，没什么。”

“你得好好休息，早点恢复。第一次见到你的时候，就是我结婚那天，我真羡慕你的好气色，还跟你大哥说，这个妹妹实在是青春无敌。”

她微微一笑，“大嫂太夸张了，那天你才是我见过的最漂亮的新娘。”

“还要住几天院？”

“不清楚，明天医生来查房时会确定的。”

“想吃点什么，我现在去给你买。”

“不用了，医生嘱咐我这几天吃流质食品，我妈马上会送粥过来。”

她想米晓岚应该再找不到什么话题可聊了，可是米晓岚居然问起了她这学期开了哪些课，最感兴趣的是什么，她头一次见识这样的应酬功力，只得耐着性子有问必答。

米晓岚终于转入正题，“前天你在轶则家……”

她一口打断，“我知道你在那里看到我很意外，我看到你也同样意外啊。”

“我跟轶则从小认识，我们之间不是你想的那样……”

“我对别人的生活没有想象力。对了，大嫂，你跟我大哥在一起多久才决定结婚的？”

“我们一年半以前认识的，他三个月前向我求婚，你怎么有兴趣问这个？”

司凌云扯着嘴角微微一笑，“好奇嘛，这个过程多浪漫多有趣。”

她表情中有某种东西让米晓岚隐约不安，只能也勉强一笑，将话题拉回来，“对了，你和轶则……”

“大嫂，我跟你一样，去他家做客而已，大家都是成年人，有什么关系？”

米晓岚顿时语塞。

“哦，多少还是有点关系的，你跟大哥正当新婚，他又属于那种保守的男人，知道这事训斥我是小，影响你们的关系就不好了。所以，我们都别再提这件事了，好吗？”

米晓岚完全没想到，这个小姑子眼神黯淡，脸色憔悴，头发凌乱，活脱脱一副病猫相，讲出来的话还如此绵里藏针。她一时不知道说什么才好，停了一会儿，才说：“我以为你在跟铁则恋爱交往，我只想告诉你，他交过很多女朋友，不会为谁安定下来，而且他马上要去外地工作，并不适合你。”

“谢谢大嫂关心，我早就有男朋友，至于傅先生……”她停一下，轻声一笑，“他是一个有意思的男人，可不见得是我愿意长久交往的对象。至于他要去哪里，跟我无关，我不关心他的去向。”

米晓岚仍有疑惑，审视着她，“你男朋友怎么没过来陪你？”

“他在一个乐队工作，今天还有演出。”司凌云疲惫不堪，信口胡扯着，突然一眼看到曲恒如同听到召唤一样出现在病房门口，不觉大喜过望，“嗨，你来了。”

曲恒还是穿着破牛仔裤加 T 恤，他走进来，“好点儿没有？”

“好多了。”

“那就好，你吓掉了我半条命。”

她拉住他的手，带着撒娇的口气说：“哎呀，哪至于生这么大的气？”

米晓岚这才起立，“既然你男朋友来陪你了，那我先走了，凌云，好好休息。”

“得了吧，她已经走了。”曲恒面无表情地说，“演这个真的会上瘾吗？”

司凌云讪讪地放开他的手，有气无力地说："对不起。我还没谢谢你，医生说你送我到医院很及时，再晚一点有可能呼吸衰竭送命。虽然我又无聊又任性，可还真不想死在阿风家的卫生间里。"

曲恒在病床边坐下，口气依旧略带挖苦地说："别客气，反正我是你生活中负责救场的那个人嘛。"

司凌云苦笑，没精神再嘴硬，"以后不会了。"

他伸手替她理了一下遮住眼睛的头发，"快点好起来吧，我还是宁可看你任性的样子。"

他的声音与动作带着某种陌生的温柔，让她心底一酸，几乎要流出泪来。

"你又来干什么？"

程玥提着保温饭盒走进来，声音尖厉，神情严峻。

"妈妈——"

程玥不理会司凌云的阻止，冷冷地看着曲恒，"我那天就跟你说了，希望你有一点自知之明，不要再接近我女儿。"

"你这是干什么，阿恒救了我的命。"

程玥转头看着她，"你一直由着性子来，把我的话当耳旁风，自甘堕落，跟这帮没出息、没目标、不三不四的人混在一起，才会差点送掉自己的命。"

"我交什么样的朋友是我的自由，轮不到别人来指手画脚。"

"我是别人吗？我是你妈妈，我辛辛苦苦照顾你们姐弟两人，你时时处处跟我对着干，什么时候把我放过眼里？"

司凌云急怒交加，努力要坐起身，曲恒按住了她，淡淡地说："别动。其实我是来跟你道别的，我接了一份配乐的工作，要去广州一段时间，你好好休息。”

他谁也不看，转身走了。

程玥继续絮叨：“谢天谢地。我根本不敢告诉你爸爸你是酒精中毒住院，他如果知道你一个女孩子出这种事，肯定要怪我管教不严……”

司凌云再也提不起精神做出回应，只能颓然将头埋入枕中，紧紧合上眼睛。

她原本对昏迷入院那一段没有任何记忆，医生也告诉她，急性酒精中毒有可能导致短暂失忆，可她脑海中突然飘过恍惚的片段，颠簸起伏中，她觉得整个人在下沉，所有东西都如同渐渐隐入迷雾，一点点消失，离她而去。在惊骇与无能为力之中，有一个人抱着她，叫着她的名字，充满焦灼，她试图捕捉那个缥缈的声音，握紧那只手，仿佛那是她与世界唯一的连接，可以保证她不至于迷失。

不知道过了多久，她的指甲深深陷入自己的掌心，刺痛让她恢复了意识，如同从梦中醒来，周围已经安静下来，她以为妈妈走了，睁开眼睛，却只见程玥坐在病床边，正在默默流泪。

她和程玥激烈冲突、反目的次数太多，她还从来没见过如此示弱的母亲，她的心在一瞬间软了下来。

“妈——”

“昨天医生说，你要是再晚一点送来，有可能脑细胞受到永久损害甚至送命。如果你真的出了什么事，小峰还那么小，我可怎么办？一想到这一点，我整个晚上都没法合眼。”

“我已经没事了。”

“为什么会这样？是我不够关心你吗？我知道，在你眼里，我从来不是一个好妈妈，也许有时候我没有考虑周到，可是我做的一切，都是为你和小峰好。”

她此时完全是麻木的，既没心情听一场忏悔，也没心情做一场忏悔来与妈妈的眼泪唱和。她努力抬起沉重得如同绑了铅袋一样的手，拍拍程玥的手以示安慰，声音微弱地说：“我们扯平了，我也不是一个好女儿，什么都别说了，妈妈，我以后再不会这样了。”

司凌云出院以后，索性又在家休息了一周，才回学校上课。从那以后，她的生活彻底进入了另一个状态。

第三章

我确实一直没有忘记你

1

葛倩如出生于邻省一个小城市，毕业于当地一所不出名的大学，以优异的成绩考入财经政法大学读研。她爱干净，不多话，不爱管闲事，跟司凌云同寝室三年，两人就算没有成为无话不谈的闺密，但也发展出了一定的友谊，相处算得上愉快。直到两个月前，司凌云意外撞见葛倩如与她的男友韩启明厮缠在他与别人合租房子的床上。

司凌云对爱情固然缺乏天真烂漫的想象，可她并不是男人性本恶论调的信徒，她从来不曾怀疑韩启明的操守，对这种场面完全没有心理准备，几乎不能相信自己的眼睛。

小小的一间卧室，从床头到门不过三米距离，面面相觑之下，韩启明十分慌乱，倒是葛倩如，抓着被子遮住自己，非常镇定地看着她，似乎在等她发作。

她的确发作了，一把抓起散落在床边的衣服，推开窗子，全扔了出去。楼下传来行人的惊叫声，她又准备去拉扯他们身上的被子，韩启明哀求地叫她，“凌云，不要这样。”

她的动作定住，突然没了兴致，扫一眼这个凌乱丑陋的场面，放开手，转身扬长而去。

那一带紧邻财经政法大学校园，租住了不少嫌校内住宿吵闹、预备考研图清静的学生，不乏她的同系同学。她被室友插足挖走男友的消息不胫而走，迅速传遍了法学院乃至全校，可是她和葛倩如接下来的表现却让不少想看热闹的人失望了。

葛倩如完全没有表现出任何羞愧理亏的样子，而往日性格暴烈的司凌云也没有继续大闹，两人谁都没提出要换宿舍，继续共处一室，除了彼此不再讲话外，进进出出，行若无事。

再过了几天，韩启明居然像过去两年多里接司凌云那样，来接葛倩如了。而司凌云视而不见，没有任何反应。

这荒诞的发展一时之间成了法学院的一大谈资，传得沸沸扬扬。

2

其实，司凌云本人比谁都觉得发生的一切实在荒诞。

李乐川去了英国，温凯去了北京，卢未风先开起了酒吧，随后又经营一家汽修厂，时常出去参加爬山，行踪飘忽，曲恒干脆销声匿迹再没有露面。司凌云谢绝了其他朋友的邀约，只偶尔被琪琪等人拉出去玩，更多的时候，都是待在学校里上课、自习，去图书馆写论文，周末回家，进入了最标准的学生生活状态。

她知道同学们对她的转变颇多议论，可是她无精打采，根本不在乎保持被人簇拥、生活丰富多彩的表象，当然就更不在乎别人揣测她为什么会这样了。

程玥发现，女儿过去一点就着的暴躁脾气突然之间不见了，她不再任性与喜怒无常，母女两人可以偶尔聊聊天，说说生活琐事，哪怕碰上她不感兴趣的话题，她也不像从前那样动辄出言刻薄、针锋相对。她并没有变得温和，只是似乎没有与人争执的兴致，可从另一方面讲，她变得更加我行我素了。

司凌云毕业之前，程玥便计划着安排她去顶峰工作。她明确地拒绝了，程玥刚要跟她讲道理，她就表示要出去租房子住，准备第二年报考本校的法学研究生。

程玥激烈反对，司凌云明白无误地告诉她："如果不是放心不下小峰，怕他一个人承受你的控制会受不了，我会投考外地高校。你如果实在不甘心，断我生活费好了。"

司霄汉这一次却对女儿的决定表示了赞成，"女孩子待在学校里单纯一些，多读点儿书也不是什么坏事。"

程玥无法可想，只得由着她去。

司凌云闭门花一年时间备考，如愿拿到录取通知书，并没有什么惊喜。但韩启明突然来学校找到她，对她表白，却真的完全出乎她的意料。

她与这个男生同学四年，只知道他样貌端正，用功、斯文，每天早起跑步，是沉稳的学生会干部、标准的有为青年，在班上率先通过了司法考试，除此之外，两人并无任何私下往来。

"我喜欢你很久了。"

她差一点儿脱口问他：可是你喜欢我什么？然而看着他真诚坚定的目光，她收敛了她的尖刻戏谑，笑道："很多喜欢都是建立在误会上面的，也许你并不够了解我。"

"给我机会，让我对你多一点儿了解。"

她已经有一年多时间没跟任何人约会，也很少参与朋友聚会，一旦与热闹保持距离，习惯独来独往以后，便不再觉得孤独有从前那么难挨，她不预备为他的一句话破例，但也不打算给他难堪，转移话题地问他，"你现在在哪里工作？"

韩启明在本地一间律师事务所工作了一年，他很高兴地谈起通过的层层面试、复试争取来的这份工作。两人毕竟学同一个专业，倒也有不少话题可聊。

韩启明后来约她出去，她并没有答应下来，两人偶尔在网上聊聊，他会突然出现在学校图书馆，只是坐在她对面看书，这当然也算不上约会。到了寒假，他再度打电话给她，想约她看电影。她兴趣不高，推托要带弟弟出去玩，他马上表示，可以带他一起看《哈利·波特》。

生性内向的司凌峰与韩启明相处得很不错，韩启明表现得完全是一个和蔼可亲的大哥哥，看着弟弟跟他交谈热烈，司凌云对他突然有了几分好感。

与司凌云以前交往过的男生完全不一样，韩启明性格开朗善良，从小到大一路成绩优秀，热衷于参加各种体育与社团活动，对未来有明确目标，生活习惯十分健康。

两人不咸不淡地约会起来，司凌云起初根本没有什么恋爱的感觉，对这段关系不免有些困惑。

可韩启明显得十分投入，他不顾上班路途远，特意租了财经政法大学附近的房子居住，为的是方便跟她会面。小律师入行之初，客户资源有限，收入平平，工作繁重。他平时过日子十分节俭，但对她绝不吝啬，记得她的生日，送她的礼物明显超出他平常的消费水平，情人节会安排好节目，买花送给她，偶尔会玩玩小情趣，她就算不惊喜，也是开心的。

这样相处下来，司凌云虽然没有感受到激情，可是她必须承认，她将自己置于孤独的状态，只是厌弃自己，下意识地进行自我惩罚，而他的出现安慰了她的寂寞。她喜欢这种平稳而不乏温馨的感觉，在韩启明面前，她没有以前对待追求者动辄不耐烦的坏脾气大发作。

真正让司凌云下决心接受韩启明的，还是司凌峰发生的一桩小意外。

一天，他们两人正在图书馆看书，她接到她弟弟的班主任老师打来的电话，“司凌峰食物中毒，现在正在医院，我们联络不上你妈妈，你能过来一趟吗？”

司凌云吓了一跳，来不及收拾东西便往学校外面跑，韩启明追出来，帮她拦下出租车，两人往医院赶，她在路上反复拨家里电话和妈妈的手机，果然都无人接听。到医院后，她才知道司凌峰上的寄宿学校有几十个孩子不约而同出现腹泻、呕吐症状，被集体送过来检查输液，陆续赶来的家长将急救室围得水泄不通，差不多每个孩子周围都是一大家人在忙碌关心，只有司凌峰独自缩在一角，显得十分孤单可怜，看到姐姐来了，他顿时高兴起来。

一位副校长被家长团团围住质问，再加上有记者闻讯赶来采访，场面十分混乱。司凌云随手抓住一个医生问有没有危险，这医生虽然早已经被家长们盘问得失去了耐性，可还是乐于回答这个漂亮女孩子的问题。他告诉她：“应该是食物中毒，输液观察以后没有大碍就可以出院了。”

司凌云松了口气，一转头，只见消失了一会儿的韩启明重新出现，拿了一件新 T 恤和几条毛巾，正打来温水在替司凌峰擦洗，“换上干净衣服会舒服一些。”

司凌云感激他想得周到，她从小照顾弟弟已成习惯，看着他动作温和而耐心，她的心头第一次被深深打动了。

当他再次开口时，她终于点头，答应做他的女友。

程玥转达司霄汉的意思，要安排司凌云与某位商界人士的儿子认识，“他条件非常好，从国外留学回来，马上要继承家族生意，和你爸爸会在很多方面有合作往来，你爸爸和他爸爸都十分看好你们。”

她摇头拒绝了，“告诉爸爸，我已经有了男朋友。”

程玥十分恼火，马上盘问这位突然冒出来的男朋友的情况，她也没什么可隐瞒的，一一告诉妈妈：“律师，很正当的职业，有上进心，有前途有目标，不抽烟不喝酒，无不良嗜好，对我很好，小峰见过他，很喜欢他，他对小峰也很好，你应该满意了吧？”

程玥对这些优点全都嗤之以鼻，继续刨根问底：“他家在哪儿，父母是干什么的？”

“他老家在省内一个地级城市，父亲是一家化肥厂的工人，母亲身体不好，已经提前退休了。”

程玥倒吸一口凉气，得出了结论，“不行，这个家庭条件太差了。”

司凌云哈哈大笑，她心情很好，妈妈近乎夸张的反应一点没有让她生气，反而把她给逗乐了。她调侃地问：“难道家庭条件差比你以前看不惯的游手好闲、不务正业、玩摇滚更不能接受？”

“你知道跟他在一起意味着要过什么样的日子吗？”

“我们只是在恋爱，现在在一起很不错，以后能不能在一起，我也不确定，反正我没想那么远。”

“你们完全不考虑将来吗？”

“对将来他很有规划啊，他肯定会争取当大律师、合伙人。至于我嘛，还没想好。”

“他知道你父亲是谁吗？”

她耸耸肩，“他没问，我觉得也没有说的必要，只是一个生意人而已，哪至于把名字挂嘴边？”

程玥盯着女儿，“那让我来告诉你，你跟这样的男孩子恋爱，他就算不知道你的父亲多有钱，也肯定是把感情当一种投资，他玩不起，容不得你说对以后不确定、没想好这种话。”

“如果没意外，我也不介意一直跟他在一起啊。”

“跟他结婚，陪着他一点点奋斗，操心柴米油盐、物价房贷，你觉得这种生活有吸引力吗？”

“大部分人都是这样生活的嘛。”

“你凭什么要过大部分人过的生活？有爱情的时候，这种生活也许不坏，可爱情这东西总会消失。拜托你想得稍微远一点好不好？等他终于奋斗出经济基础了，你也老了，到那时候可怎么办？”

司凌云撇一撇嘴，“妈，你一直想得这么远吗？”

程玥被女儿话里隐含的嘲讽刺痛了，“我有现成的例子给你看。你大哥的妈妈，跟你爸爸一起长大，一到法定婚龄就嫁给了他，当时他穷得叮当响，两人一起挨了好多年穷日子，然后……”

司凌云冷不丁地打断她，“然后他发财了，你出现了，她的婚姻完蛋了。”

“别对我做道德批判。”程玥一怔，冷笑了，“在我出现之前，你爸爸已经开始有钱了，我可不是第一个破坏他们婚姻的那个人，当然我也不是最后一个被破坏婚姻的人。”

“的确很惨痛。”司凌云承认，她当然没打算审判她妈妈，也不想继续这个肯定没法达成一致的谈话，下结论地说，“我同情大哥的妈妈，可我看不出来这跟我有什么关系。还是那句话，我现在跟他在一起，不考虑再跟别人见面，就这么简单。”

3

跟所有的恋爱一样，再和谐甜蜜的关系，也会存在着不确定的因素。

琪琪一向自封司凌云的闺密，对她的感情生活兴趣强烈，再三约她带男友出来玩，她推托几次后，终于答应了。

韩启明与这帮人气场不合，几乎没共同话题可聊，她倒也毫不意外。不过酒吧聚会尚未结束，韩启明便把她拉到一边发作了，“以后不要再跟他们来往。”

她跟他们的来往早就已经压到最低限度，不见面也不会觉得可惜，可是听他用这种口气说话，她多少有些不舒服。

韩启明继续发着牢骚，“这些人根本是一群寄生虫，讲来讲去就是哪个专柜上了新货，哪一款跑车驾驶感最强，哪家酒吧的节目最 high，哪里要开演唱会，从头到尾没一个人谈工作。”

“你不能要求每个人都跟你一样吧？而且这儿本来就是玩的地方，当然谈吃喝玩乐多。”

“还有那个琪琪，太……”韩启明简直难以启齿。

“她是我朋友，一向口无遮拦，说了什么不好听的，你也犯不着跟她生气。”

韩启明脱口而出，“你看看你交的什么朋友，她把我堵在洗手间外面，明目张胆勾引我。”

司凌云一怔，回头看向琪琪那边，韩启明忙说：“我可没上她的当，我把她推开了。”

“她跟你开玩笑的，你别介意。”

她这个完全不当回事的态度让韩启明既意外，又有些被激怒了，他咬着牙说：“难怪她说你根本不会在乎的。你们这些人是不是都把感情看得很随便？你是不是根本就没拿我们的关系当一回事？”

司凌云太了解琪琪了，如果说她已经成熟，而那个女孩子几乎就凝固在青春期，读了个大专，凑合混毕业后也不找工作，仗着家境好，专精吃喝玩乐，随心所欲，根本不打算长大，绝对不可能喜欢韩启明这种过分踏实到无趣类型的男生。她对韩启明卖弄风情，与其说是看上了朋友的男友去大胆勾引，不如说是存心捉弄他，顺便跟她搞搞恶作剧而已。司凌云耸耸肩，息事宁人地说："你想得太多了，琪琪就是爱疯爱闹，没什么恶意……"

但是韩启明已经愤怒了，不理睬她，拿了外套，转身便走。

司凌云头一次面对别人的甩手而去，回想自己过去无数次同样的举动，有一点好笑，又有一点无可奈何。她清晰地意识到，她好久没有那样坏脾气发作了。究竟是韩启明的温柔体贴无可挑剔到让她无从发作，还是她到底已经长大到了一个足够成熟理智的年龄？她不知道。她心底有一点隐隐作痛，可是她不愿意细想，只提醒自己，没必要纠结，还是忽略这个情绪比较好。

琪琪摇摇晃晃地走过来，没事人一样的嬉皮笑脸，"你得提醒一下他，他穿的衬衫太廉价了，领子已经变形了。"

她懒得理睬，琪琪继续批评，"他盯着酒水单看的样子显得很小家子气。"

"少说一点废话，没人拿你当哑巴。"

琪琪还是不肯放过她，"凌云，我们认真探讨一下，和这样从外形到内在都跟白开水一样平淡沉闷的男生谈恋爱有劲吗？"

"你阅男无数了吧？不如你来告诉我，什么叫有劲。"

"喂，你不会生我的气了吧，我逗逗他而已，哪知道他这么纯真无辜未经人事，简直跟处男一样。"她凑近一些，放低声音，"跟我说实话，他不会真是处男吧？"

司凌云跟琪琪认识的时间太久，更多的时候，她容忍琪琪，像是容忍当年那个偏执任性的自己，提不起兴致认真跟她生气，只能没好气地说："你以后别去招惹他，更别跟他开那种无聊的玩笑。"

隔了一天，司凌云主动给韩启明打电话，他的气倒是消了，情绪却十分低落，“你会不会觉得我这人很没意思？”

“怎么会呢？你不觉得我也是没意思的寄生虫，我就谢谢了。”

“你的朋友都是有钱人，跟他们一比，我简直一无所有。”

司凌云完全没料到他还有这种想法，“我父母早就离婚了，我跟妈妈生活，单亲家庭，她也算不上什么有钱人。”

她的低姿态取得了效果，两人重归于好。韩启明提到，现在本地房价相对较低，家里愿意支持他首付，让他贷款买房，“等你研究生毕业，我们就结婚。你去考公务员，或者继续读博士，争取以后留校当老师。我会支持你，我们可以晚一点再要孩子。”

司凌云迟疑了，她对婚姻没有任何想象，并不向往嫁给一个人，过操心柴米油盐的家常日子，更别提生孩子了——最重要的是，她根本不习惯别人把她的生活规划得如此清晰。

可她记起了妈妈的警告，马上意识到，一转眼他们相处了近两年时间，他是性格平稳、凡事有计划的男人，比她还大一岁，提到婚姻也很正常，而她这样不负责任就很不正常了。到底是父母的离婚让她恐惧、不信任婚姻，还是她根本就自私得不足以承担认真的感情？也许维持一段感情，仅靠一方的付出是远远不够的。

她侧头看韩启明，他正研究着报纸上各类让人眼花缭乱的地产广告，旁边小折叠桌上摆着他为她做的晚餐。程玥从来没有培养她下厨的打算，她看了一眼这边狭小腻黑的厨房，也完全没有进去的兴致，但韩启明却十分乐于做饭给她吃，他手艺不错，简单的两菜一汤，荤素搭配，已经吃得没剩多少东西，不够流通的空气里还有油烟的味道，电脑音箱放着他喜欢的张学友的情歌。

的确像她妈妈预言的那样，这是没法让人激动的平凡生活，她也不是那种善于抒情、能从贫困中看出诗意的女孩子。可是，她告诉自己，这个男孩子爱她，平凡生活自有平凡的乐趣，值得她好好珍惜。

司凌云还在沉思，韩启明已经丢下报纸，开始吻她，喃喃地说：“你安静的样子真美。”

“头一次有人这样说。”

“那是因为没人注意到你的这一面。你一直那么引人注目，我根本不敢接近你。大四的时候，你一个人坐在自习室角落看书，安静、忘我，好像周围根本没有别人存在，我就是那个时候开始爱上你的。我鼓了好长时间的勇气，才敢去找你。”

这个吻渐渐加深，他的手开始在她身上游移，她能感觉到他的激动。一直以来，他都非常尊重她，而且他们相处的地方没有多少隐私，他又是一个保守得几乎有些害羞的男生，从来没有向她提进一步的要求，他们之间有的只是拥抱和短促的吻。只是这一次，他的呼吸渐渐粗重，吻越来越热切，突然他解开她的衬衫，嘴唇一路向下。

司凌云微微吃惊，但是并没有被唤起同样的热情，也许她永远再不可能有那种感受了——这个念头突然涌现，强压的记忆翻涌，让她的心神瞬间恍惚。她猛然意识到自己在走神，内疚地伸手抱住韩启明，强令自己收回思绪，将注意力集中到眼前。

他被她的动作鼓励，更加大胆地抚摸着她，她担心地看看那道薄薄的卧室门，外面共用的客厅中有合租的人正在看电视，声音隐约地传进来。当他将她推到床上时，她矛盾地想，就这样吧，但还是悄声提醒他，“门锁上没有？”

他含糊地应着，继续吻她。

“哎，你这里有安全套吗？没有的话，下楼去药店买。”

韩启明的身体突然僵住，停止了动作。

她解释：“我现在是危险期。”

韩启明从她身上起来，哑声说：“你是有经验的。”

她从来没想到会面对这个问题，讶然之余，不禁有些哭笑不得，“我二十五岁了，有经验不是很正常吗？”

韩启明面孔一紧，她意识到他可能没有经验，这句话对他未免是个冒犯，只得苦笑一下，“启明，我可不能装成一无所知。”

韩启明没有说话，站到窗前，看着外面。司凌云知道这里是城中村，外面毫无规划可言，乱糟糟没有任何赏心悦目的风景，他只是不愿意面对她而已。

“如果你不能接受……”

“如果我不接受，你也能理解，对不对？”

他回过头看着她，眼睛里闪动着她不理解的愤怒，她头一次看到他这个样子，不免有些吃惊。

“你什么都能理解：别人来挑逗我，你不介意；我的欲望，你不害怕；我的挫败感，你能一眼看穿。我并不是伪君子卫道士，凌云，我不介意你有经验，可是我不禁要想，你过去的生活丰富到什么程度，到底经历了多少男人，才有这样广泛的包容力。”

司凌云慢慢扣上衬衫纽扣，“其实我不理解的事情很多，你如果把我想象成红尘里打过滚的风月老手，我会惭愧。我只能说，我很早就有过恋爱经历，从来没有对任何人装清纯的打算，你跟我同学那么久，应该知道这一点吧。”

韩启明默然，眼睛里满是矛盾挣扎。司凌云心底泛起凉意，站了起来，“如果你就是介意，也不用天人交战了。对不起，我一向认为欺骗、撒谎才是最大的罪恶。我不为过去的事觉得抱歉，也不需要别人的包容。”

她整理好衣服，准备离开，然而韩启明蓦地起立，死死抱住了她。

“我在乎你更多一些，我认了。”

4

司凌云完全不喜欢韩启明说“我认了”时那个近乎悲壮的牺牲姿态，然而他抱紧她时流露出的脆弱与痛苦却触动了她。从那以后，两人心照不宣地都不再提起这件事，相处得有些小心翼翼，他也没有再对她提出过身体上的要求。

她知道他们的关系有问题，可她不知道该怎么解决这种问题，而且，她还有别的事要操心。

一向品学兼优的司凌峰成绩突然一落千丈，而且情绪十分低落，在课堂上发呆，或者干脆躺在宿舍不去上课。程玥软硬兼施，问不出所以然来，不得不求助于跟儿子的关系远比她亲密的女儿。

司凌云清楚地记得她在弟弟这个年龄时的混乱迷惘，自责这段时间忽略了跟弟弟交流。她去学校接司凌峰出来，打算带他找个咖啡馆坐坐，他却径直往湖边走，她也只好跟在他后面。两人在湖边坐下，司凌峰一向乐于跟她讲心里话，这次却很沉默，任她怎么问，他都说没事，她当然不会真的当他没事。

“是不是妈妈又让你去找爸爸了？她已经要到了房子，又换了新车，虽然牌子大不如她的预期，但也可以了，还要怎么样？我去跟她谈。”

司凌峰拉住了她，“姐，不是因为这个。”

“你一定要让我猜谜吗，小峰？是学习太繁重、压力大、老师批评了你，还是被哪个傻女生甩了？”

她本来是随便猜测，不料司凌峰突然一下将头扭开，她倒松了一口气，在她看来，这简直算不了一个问题。

“那是她的损失，你还会遇到更好的女孩子。”

“但那有什么意义，她们统统都不是她。”

司凌云被他这个沉重的口气给气乐了，“一场恋爱绝对不会是人生的全部，更别提是在十七岁的时候了。”

她看到司凌峰眼里的绝望，猛然顿住。她知道，弟弟的性格完全不同于她，他一直是个善良、敏感的孩子，她不能要求他跟她一样看淡感情，把伤害丢到一边。

“爱情是两相情愿、两情相悦的事，小峰，如果她没有跟你一样的感觉，你就得试着学会放弃。”

“她也喜欢我，我们在一起很开心，三个月前，她全家移民加拿大了。”

司凌云只得将又一个“傻孩子”咽了回去，她一向没罗曼蒂克的情怀，还是没法认真看待弟弟这个被迫分开的初恋，“有她的照片吗？给我看看。”

司凌峰果然随身带着他们合照的人头贴，与他头挨头扮各式鬼脸的是一个标准的高中女生，乌黑的头发扎成马尾，露出干净的额头，按她的标准看，只能算清秀，不过司凌峰看上去笑得那么开心，她明智地没把这个评论讲出来。

“妈妈不喜欢她。”

“她谁也不喜欢，别理她。”

“其实……她主要是不喜欢她父亲。”司凌峰补充道，“她父亲是爸爸的律师，姓侯。”

司凌云真有些吃惊了，“那可难怪妈妈，她一向觉得侯律师处理她跟爸爸的离婚时坑了她。”

“那是过去的事了，跟她又没什么关系。”

司凌云再看看那张照片，笑了，“幸好她长得不像她爸爸。”

“姐，你对她没成见吧？”

“没有。”

司凌峰似乎松了口气，“她走的那一天，我整晚睡不着，不停看门户网站的新闻，生怕会有什么飞机失事的消息，还好，她很平安。那种终于松一口气的感觉，我永远也忘不了。”

她没有体会过如此强烈的牵挂，有点好笑，却又多少有点感动，完全不知道说什么好了。

“我本来答应了她，高三毕业了也去那边读大学，我都想好了，我会自己去跟爸爸开口要留学的费用，我想他会给的。可是妈妈不答应，她说我应该留在国内读书，毕业后马上进爸爸的公司，她甚至给我选好了专业，要我读工商管理。”

司凌云顿时按捺不住怒气，拿出手机就要拨打程玥的号码，司凌峰一下按住她的手。

“姐，别跟妈吵架。她跟我谈了很久，她说你不肯听她的话，她只好在我身上寄予全部希望。我就算不理解她的要求，也不想让她难过。”

“你很想去加拿大吗？”

“我不知道，姐。”

“什么叫你不知道？”司凌云恼火地推了一下他的肩膀，“你这孩子，连自己真正想要的是什么都不知道，就痛苦得要死要活，这算什么？！”

司凌峰回头看着姐姐，眼圈有些泛红，却忍住泪，勉强一笑，“我只知道，我的一切都被安排好了，从来就没有什么选择留给我。”

司凌云将弟弟送回学校，回家跟程玥理论，程玥十分好整以暇。

“没错，我是这么说的，我才不会让他为了一个不成熟的早恋放弃他的前途。”

她挖苦道：“为了加强效果，你大概还是含着眼泪盯着他的眼睛说的吧。”

程玥根本不生气，“小峰是个好孩子，能体谅我这个当妈妈的感受。”

“那他的感受呢？”

“他的感受？”程玥讪笑，“你还记得十七岁时在楼下等你四个小时不走的男生的名字吗？”

被丢到脑后的事情太多，司凌云要想一想，才记得起那个同学，“你少偷换概念，我没把那男生当一回事，小峰可是认真在恋爱。”

“几年后回过头来再看，我怀疑谁会把这场‘认真恋爱’当回事。”

“就算撇开恋爱这回事，他出国念大学也没什么不好。”

“你爸这个人你还不清楚吗？谁不在他眼前晃，他基本上就想不起谁的存在。你打定主意跟我作对，读完硕士还要读博士，不沾顶峰的边。等小峰念完书回来，司建宇大概早已经站稳一席之地，你们的爸爸还会不会老当益壮到给你们再添几个弟弟妹妹，谁也说不清，顶峰哪里还会有小峰的位置？”

“你有没有想过小峰对他的人生有他自己的想法？你凭什么把你的想法强加给他？”

程玥冷笑一声，“我年轻的时候想法多着呢！我向你保证，其中没有一条是我会成为带两个孩子的别人的前妻，成天操心他们被他们的爸爸忘得一干二净，而他们一点也不领我的情。”

司凌云倒真没料到妈妈会讲出这话，不禁苦笑，“好吧，我知道你辛苦了，可是你得想想，小峰的性格，你再怎么逼着他，他也不可能摇身变得冷血算计，去争接班人的位置夺家产。”

“我当然了解我儿子的性格，可是没办法，他姐姐不肯负责任，担子就只有落到他肩上。”

司凌云上下打量妈妈，程玥若无其事地端起茶杯，吹一下浮起的茶叶，慢慢喝着，姿态娴雅至极。安静的屋子内仿佛有一场看不见的拔河正在进行，司凌云突然打破沉默，“这一军将得真好，你放他去加拿大留学吧，我明年不考博士了。”

她如此轻易让步了，倒让程玥失去重心般吃了一惊，“毕业以后就去顶峰工作？”

“那得看爸爸怎么说，总之，我不会去求他给我安排工作的。”

“这个包在我身上。”程玥大喜过望，“小云，以你的能力，一定能在顶峰争得一席之地。”

司凌云完全清楚，在她妈妈眼里，她远比乖乖牌的弟弟冷漠理性，更适合负担起争夺家产的工作。程玥逼司凌峰的目的，其实就是想逼她就范。

她虽然一直抗拒妈妈的安排，但她对韩启明替她计划好的考公务员、考博士、当老师也都没有特别的兴趣。既然她总得去工作，那么去顶峰上班，至少能给司凌峰一个平静的成长期，她不后悔她的决定。

然而她告诉韩启明她不打算考博士，毕业以后去父亲公司工作，他十分错愕。

“你父亲是顶峰集团董事长？”

“他跟我妈早就离婚了。”

“可是——”

韩启明欲言又止，她不想谈混乱的家事，只得拣其他话题说：“我想了想，这样也好，我毕业以后开始工作，你如果想买房子，我可以跟你一起还贷，你的压力会轻一些。”

“你一定觉得我这样努力存钱，小心计算生活开支和能承受的月供，简直就是一个笑话。”

“你怎么会这样想？”

他闷闷地说：“我没办法不这么想。”

司凌云不知道怎么宽慰韩启明，她没法向他解释：她父亲的财产与她无关，她要投入的是她本人并不看好的夺产之争，想一想都觉得厌烦；要她主动向他表白：她不在意金钱、更喜欢与他相守过平凡的日子，她未免觉得矫情说不出口。

她只希望他慢慢看淡这件事。接下来，她经常回家，将时间花在司凌峰留学的准备工作上，与韩启明见面较少，直到不经意之间撞见了韩启明与葛倩如在床上纠缠。

她不知道他们是怎么在她眼皮底下开始这段关系的，更不知道这段关系持续了多久。

当然，韩启明时常送她回宿舍，早就认识了葛倩如，而且去年还介绍葛倩如去他工作的律师事务所实习。可是除此之外，两人并没有更多交集，至少她没看到他们之间迸发火花的蛛丝马迹。

这个对身体关系有洁癖、拒绝过琪琪大胆诱惑的男人竟然会劈腿，而对象是身材瘦小单薄、长相最多只能算清秀的葛倩如，司凌云完全不能理解整件事的发展进程。

韩启明来找过她，她一口浊气堵在胸口，拒绝听任何解释，只刻薄地祝贺他终于顺利摆脱了处男之身。这句话一出口，他的脸色变得惨白，转身便走了。看着他的背影，她觉得心里空荡荡的。

再以后，他与葛倩如开始公然在她面前出双入对。事情到了这一步，司凌云最初的愤怒已经过去，只剩一片茫然与沮丧。

她不愿意再多想这件事，更不愿意采取任何行动证明什么，在旁人看来，她表现得满不在乎，完全符合大家对她一向的判断。

5

虽然这年头不少大学女生有神秘豪车接送，但司凌云开着红色甲壳虫返回学校，一停到学生公寓楼下，还是引起了围观，她的室友葛倩如的目光尤其复杂。

司凌云进了寝室后，随手将个人物品一样样往箱子里放，一直沉默的葛倩如突然阴恻恻地开了口："索性开车来学校了，大概懒得再装扮成父母离婚、身世可怜的孩子了吧。"

她们两人住在一间宿舍里，彼此视而不见已经快两个月。对葛倩如的这个嘲讽，司凌云有些意外，可是她想，她当然用不着去解释什么。她头也不抬地继续收拾着自己的东西，这个不屑于理睬的姿态更加激怒了葛倩如。

"也只有韩启明这么单纯，只看到你一年四季穿牛仔裤，完全对你那些牛仔裤多少钱一条没概念，才会被你哄。我还真是不理解，明明是有钱人家的大小姐，为什么非要扮可怜玩低调？难道只有这样才能激发男人的同情心？"

司凌云想，韩启明居然说她对什么都能理解，实在太言过其实了，起码她完全不理解葛倩如这个公然挑衅的态度。她回过身，看着葛倩如，"昨天还没闹够吗？如果你觉得这场闹剧不以大吵大闹告终未免太可惜了，我不介意在搬走之前满足你大大出场风头的意愿。"

葛倩如张了张嘴，一时说不出什么来，这时她的手机提示收到短信，她连忙拿起来看，毫不掩饰得意之情，"我男朋友在楼下等我，对不起，没空奉陪。"

她拎起背包，一阵风般地出去了。

司凌云想，看来葛倩如不光不宣而战，而且已经自动宣布获胜。她走到窗边，韩启明果然正站在楼下，那是他以前通常等她的那个位置，隔了一会儿，葛倩如走出来挽住了他的胳膊，两人仿佛知道她在楼上看着，款款走远，姿势尤其亲密。

司凌云目送那一对背影消失在视线里，将剩下的衣服和书一股脑儿塞进箱子里，转身走出来，把箱子丢进后备厢，开车回家。

她想，以她一直易怒、不肯饶人的个性，在以前的恋爱中，曾经为小得多的事情坏脾气发作，现在竟然没有任何生气的心情，这件事带来的沮丧感远远抵过了其他。既然谁负了谁、谁挑衅谁都不过如此，再纠缠这件事就有些无聊了。

6

司凌云开始了她的职业生涯，比她想象的容易，也比她想象的还要枯燥乏味。

她周一准时将车开进公司去停车场，保安殷勤地过来告诉她，已经接到通知，给她安排好了固定车位。

“就在左边这一排，搭了车棚，进出最方便。第 9 号是您的，您以后上班可以停这里。”

她顺他指的方向看过去，那里当先停着一辆黑色宾利，牌照尾数是 777。两年前，程玥曾将司霄汉、张黎黎夫妇从车展上订走这辆车的报道给她看，试图证明她父亲已经豪阔到如此程度，向他提一点要求根本不算什么。

再旁边一辆黑色奔驰 S600，牌照尾数 888，这是司霄汉买下宾利之前的座驾，不知道是怀旧还是不愿意过分张扬，显然他平时还是更愿意坐这辆开了多年、不那么打眼的车出行。再旁边依次是张黎黎的银灰色

7系宝马、司建宇开的黑色奔驰ML350，空着指定给她的9号车位再过去，是奥迪A6、A4、帕萨特等车，显然这是公司高管停车的地方，而她不用熟悉车子的型号、价格和主人是谁，就能看出次序。

她将车驶过去停好，打量这一排车子，清晰地意识到，她已经进入了一个讲究等级排序的小世界，而她父亲是这里的主宰。她是他的女儿——她除了是他女儿以外，什么也不是。

上下班指纹打卡、中午进餐、午休一小时……上班族的生活规律而刻板。

司凌云从上班的第一天起，就意识到她在公司里不可能交到朋友。所有同事都知道她的来历，对她表现得友善、恭谨，但同时敬而远之。工余时间几个人闲聊得好好的，看到她走过来便会噤声，转而谈“今天天气哈哈哈”。中午吃饭，公司高层有单独的餐厅，她很自觉地直接去普通员工食堂。没人会主动过来跟她一桌，她去的那一桌，大家会吃得特别快。她头一次受到这种待遇，当然不可能发作，可也做不到安之若素。

顶峰集团聘请了本地知名的经天律师事务所主任侯律师担任常年法律顾问，处理各类诉讼案件。公司具体的法务工作十分琐碎，她从第一天开始，就陷入了文字工作中，整理人事合同占据了大部分时间。好容易有一桩案子，也只是金额不大的工程款纠纷，判决书下来，到期对方却避不见面，她与公司律师上门，吃了闭门羹，又去法院申请强制执行，但跑了几次，日期始终确定不下来。

她的上司鲁林显然对此毫不意外，听取她的汇报时表情轻松，只嘱咐她继续跟进，没给她任何压力。

托能够看到员工档案的福，上班大半个月，司凌云总算大致弄清楚了公司的结构。

这个庞大的集团并不如张黎黎向她吹嘘的那样“管理规范”，从她了解的方面来讲，它的制度有很多不合理的地方，管理甚至可以说是粗放的。

司霄汉是集团中说一不二的人物，长期培养的权威之下，所有员工对着他都难免有些战战兢兢的感觉。房地产公司是顶峰集团毫无争议的最重要的子公司，掌握在司建宇手中；另外有一家物流公司，由张黎黎的弟弟张毅担任总经理；张黎黎主管集团财务审批，而集团人事经理鲁林是她的妹夫，也是当然的嫡系。此外，集团投资部总经理王军是张黎黎读EMBA结识的同学，在她的力荐之下，加入顶峰任职。办公室主任金亚兰是张黎黎的表妹，管后勤的经理是司建宇的姨父，公司保安经理兼车队队长是司霄汉的堂弟司洪民……

司凌云为之头晕，她想，看来她爸爸从私生活到管理公司都是一个风格，酷爱错综复杂、混乱到无序的关系。她妈妈执意要她插进去，乱上添乱，算是填补了某个空白。

她不用做太多分析，也能看出司霄汉虽然是顶峰董事长，占据着说一不二的位置，在公司具有绝对的权威，但张黎黎已经悄然安插人手，一点点争取话语权，而司建宇正在努力与之抗衡。

公司的气氛固然让她有压抑感，回到家里，她同样不轻松。程玥不免会问起她上班的情况，她一肚子没好气，“要不要我明天偷偷溜进董事长办公室，拍下绝密文件回来好向你汇报啊。”

程玥连忙安抚她，“我可没逼你，一步步来，慢慢来。”

她发狠，“还说没有逼我。等下个月一领到薪水，我就租个小房子搬出去一个人住。”

程玥好笑，“凭你当法务那点儿薪水，买得了衣服买不了包，居然还想搬出去住。请问你是跟人合租呢，还是去又偏僻又不安全的地方租个单间？”

司凌云见识过韩启明的居住环境，知道程玥所言不虚，她没赌气到非要主动吃苦证明自己独立的程度，一时无语。

“说正经的，你倒是可以借这个机会开口找你爸爸要一套房子，非常名正言顺。”

她被妈妈无处不在的算计给打败了，只得拔腿回房，摔上门表示这个话题到此结束。

除此之外，司建宇偶尔叫司凌云去吃饭，饭桌上照例必会有傅轶则，这也是叫她头痛的一件事。

司建宇与米晓岚已经结婚五年，他们的儿子今年两岁半，司建宇的办公桌上分别放着一家三口的合影和米晓岚、儿子的单人照片，他的婚姻看起来十分美满。司凌云当然不打算去搬弄是非，更不可能无凭无据地直接对他讲，要警惕傅轶则这个人。

傅轶则的表现则让她无从揣测真实用心。他彬彬有礼，当着司建宇并不跟她调笑，他们两人多半是边吃饭边谈正要进行的一个合作，完全没有避讳她的意思，她听得十分认真，并不随意插话，吃完便走，绝不多作停留。他打来电话约她单独见面，她一口回绝，他也并不多作纠缠。

这天司建宇突然打电话给她：“小云，周末没安排的话，到我家里去吃晚饭吧，你嫂子的厨艺很不错。”

他们毕竟不是那种平常相互亲密走动的兄妹，她有些发愣。

“轶则也会过来，我们需要把合同条款最终确定下来。”

“那侯律师也去吗？”

“这个项目我已经跟董事长商量好，由地产公司直接操作。我会发一份邮件给你，你按照我列的基本条款负责起草合同，也就是说，直接对我，不必通过集团。”

司凌云应了一声，放下手机，大脑急速转动着。

当年她离开傅轶则家时，对他的报复来得如此脆弱，也许根本没对那个男人造成一丝一毫的伤害，只是当时的情境下，她能做出的维系她自尊的唯一选择而已。

她一直拒绝让自己再去回想那短短半个月发生的事情，也回避与米晓岚的碰面。好在米晓岚大概有同样的想法，过去几年时间里，她们打的唯一交道就是她在司建宇的儿子出生时去医院看望了一次，摸摸新生婴儿，随便说几句话，放下礼物便告辞了。

可是傅轶则如此高深莫测地重新出现，与她在顶峰唯一亲近的大哥合作，由不得她再回避了。

她知道司建宇事业心极强，几乎是个工作狂，并不是那种以做媒为乐的三姑六婆，不会找这种借口来给她和傅轶则创造机会。他需要她的法律意见，是对她的信任，然而，这信任又似乎并不仅仅因为她是法学硕士。顶峰集团的常年法律顾问侯律师算得上是本地业内名人，同时还是司霄汉交情不错的朋友，深得他信任，两人经常结伴去打高尔夫。哪怕有司霄汉的首肯，如此重要的合同绕开他直接交到她手里，多少还是有些奇怪。

她面前的液晶显示屏进入屏保状态，她移动鼠标，将处理完毕的文件保存，同时做出决定，不管怎么说，这差不多是她参与公司高层决策的唯一机会，如果她不安于每天处理枯燥的人事合同，就没有理由拒绝参与其中。

7

六月中下旬，本地正值梅雨期，周六这天，连日阴雨总算停了，天气仍旧十分潮湿沉闷。

下午四点，司凌云开着车找到司建宇的新家。这里是位于市郊的别墅区，里面全是独栋别墅，司家院门敞开着，她将车停在车道边，走进去，迎面看到的是米晓岚与一个高大男人交谈着，一边指点着院子一侧，那里有两个工人正在翻土，将几株桃树挖出来。几年不见，米晓岚看上去气定神闲，长发松松绾起，穿着灰蓝色短袖针织上衣配白色长裤，颈间挂着一串珍珠项链，显得既随意又知性，风韵十足。

“……院子里的土质不合适，全部需要更换。现在也不是适宜移栽的季节，再加上你选的那棵树树龄很大，没有做后期处理，移栽难度相对就更高了，我根本没把握。马上出梅雨期，天气会越来越热，如果不搭上遮阳纱，更会影响成活率。”

这个低沉的声音让她一下停住脚步，这时米晓岚看到了她，笑容满面地打招呼：“小云，下午好。”

她还未及答话，那个男人也转过身来，正是曲恒。他仍旧穿着 T 恤加略微破旧的工装裤，健康的古铜色皮肤上挂着汗珠。那天她在公司撞见他与工人搬盆栽出去，晚上给李乐川饯行，他却并未到场，只打一个电话过来，说有事来不了。后来她在公司看到宜园园林的工人每周过来给植物做养护，他也再未露面。她完全没想到会在这里碰上他，不禁吃了一惊。然而曲恒扫她一眼，神情漠然，好像根本不认识她一样，她决定不去碰钉子跟他打招呼。

“大嫂，你好。”

“凌云，你真准时。”米晓岚过来挽住她的胳膊，俨然是经常见面、关系亲密的姑嫂模样，同时转头对曲恒说，“师傅，那就按你说的搭遮阳纱好了，你嘱咐一下工人，弄得美观一点，尽量今天全部完工。”

曲恒点点头便走开了，米晓岚低声说：“这些人真是粗鲁，照顾他的生意，他的态度却傲慢得要命，事事都要按他说的来，要不是看他做事还算细致，我早就炒了他。”

司凌云想，曲恒的臭脸倒是对着谁都一视同仁，真不是特意对米晓岚冷淡。说起来，米晓岚五年前去医院探视她时，见过曲恒，只是那时他留着长发，不似现在短发加满脸络腮胡子的样子，想来米晓岚并没有认出他来。

“凌云，我们进去吧，你大哥正等着你呢。”

她一向不习惯与不算熟悉的人肢体接触，却不好意思马上挣开，只能随着米晓岚进去。

“这房子装修得真漂亮。”

司凌云倒不是随口奉承，米晓岚带她参观的这间别墅从某种程度上几乎可以当样板间，没有任何华丽炫耀的家居元素，从灯具到角落处一个个不起眼的小陈设，所有精致的设计、考究的细节按一种看似不经意的方式组合起来，处处透着优雅与舒适。

司建宇带着儿子从他的游戏室出来，笑了，“全是按晓岚的思路完成的，我觉得做完这个装修后，她完全可以抢一般设计师的饭碗了。”

米晓岚嗔道：“好在凌云是自家人，换个人听了，不免会觉得这么夸老婆太肉麻了。来，冬冬，叫姑姑。”

司建宇的儿子冬冬才两岁半，长得雪白粉嫩，非常可爱，一双晶亮的大眼睛很像他妈妈。他好奇地仰头打量司凌云，那个样子，让她想起弟弟司凌峰小的时候，她心底一下柔软，索性蹲下去，“嗨，冬冬，你好。”

冬冬的眼睛仍然眨呀眨地看着她，却没叫她，“我以前没见过你。”

“你这么小的时候，”司凌云比画出一个长度，“我见过你，你当时在睡觉，根本没睁开眼睛，所以没有看到我。”

冬冬咯咯笑了，“真的吗？”

“当然是真的。我还知道你小名为什么叫冬冬，因为你是冬天很冷的时候出生的。”

他笑得更加开心，一个劲儿点头，“对，妈妈告诉我，我生出来第二天就下了雪。姑姑，我带你去看小蝌蚪。”

冬冬牵着她的手往外走，司建宇、米晓岚也随着出来，屋子回廊下放着一个大缸，凑近一看，浅浅的水中果然有黑色的小蝌蚪在活泼游动。

米晓岚笑道：“这缸本来是我养金鱼的，冬冬会走路以后，你大哥说怕小孩子跑来跑去栽进去不安全，结果把我的鱼全送了人不说，他居然养起蝌蚪给儿子玩，我还真怕以后满院子都是青蛙在蹦。”

司建宇摸着儿子的头，“小孩子就该多接触一点大自然。”

冬冬扒着缸沿，“爸爸，你看，那只小蝌蚪后面长出腿来了。”

司建宇抱起儿子，一齐往缸里看，这个父子亲密的场面让司凌云有一点感慨。她一侧头，发现米晓岚正打量她，表情多少有些复杂，却马上浮起亲切的微笑。

“我打算在那边搭架子种葡萄，前面再种两棵蜡梅，中间花圃种上玫瑰、百合，前面种竹子，这边修一个凉亭，旁边种一株桂花树，树是我亲自挑中的，形状特别漂亮。你大哥嘴里说我喜欢瞎折腾，还是帮我找来了这家园艺公司，他们的设计不错，很合我的心意。”

她想，至少混乱的司家有了一个看起来很正常和美的家庭，不过她实在对这个话题没什么兴趣，笑道：“大嫂的爱好很风雅。对了，大哥，有点事我想先跟你谈谈。”

司建宇站起身来，将儿子交到米晓岚手中，“进去说。”

8

两人到了楼上司建宇宽敞明亮的书房，他问司凌云："是不是对合同有什么看法？"

司建宇的计划是拿下土地拍卖中心下个月将要公开拍卖的一个地块，不过顶峰地产目前在建在售项目遍布市区，集团公司又为一个投资项目抽调了大量资金，而傅轶则目前是一家背景神秘的投资公司的总经理，手中刚好掌握了资金资源。他们已经就这个项目研究了近两个月的时间，基本达成了一致，她要做的就是帮着敲定合同细节。

司凌云已经提前做了功课，但却不仅仅是针对合同条款。她迟疑了一下，还是提出了自己的看法："大哥，我查了一下资料，今年上半年房产新政出台后，已经有多宗土地流拍，市场观望气氛很浓。哪怕是以底价成交拿下这个地块，地价也比顶峰拿到的上一个项目涨了近一倍，楼面价相应上涨，如果要保证利润，势必得提高房价，不过目前的市道，开盘前楼市会不会出现变故，谁也说不清。按这个利率合作，里面存在一定风险。"

司建宇似乎有些意外，但一点也没有不耐烦的表示，"小云，考虑问题谨慎是对的。但是你必须知道，地产有一个可控制的开发周期，顶峰几个项目都是2003年拿地，几年时间里政策调整不止一次，大的经济环境也有变化，2004年看空的呼声一度高到董事会都产生了担心，过了两年时间，到去年楼市突然走强，我们才动工开发，哪怕今年政策调整，也不会影响利润。而且，我认为本地高端商业地产市场才开始起步，土地储备就是最好的投资，没有比现在更好的进入时间了。"

司凌云毕竟对地产开发环节并不熟悉，她只能承认，司建宇这番话非常有说服力。

"我觉得有些条款还有可以争取的地方。"

“待会儿你只管讲出来，我们一起商量。”

这时米晓岚带着傅轶则过来，“建宇，轶则来了。”

傅轶则走了进来，他穿着白色T恤、灰色长裤，样子十分闲适地跟他们打招呼。

米晓岚说：“你们聊吧，我去给你们做下午茶。”

司凌云打开笔记本电脑，调出拟好的合同给他们两人过目，并按他们的意见做调整。不过在某些细节上，她坚持自己的看法，抠得很细，甚至出乎了司建宇的意料。

“分期还款从开盘算起，但必须考虑购房者签订按揭合同后，银行放款有一个滞后期，对于我们资金回笼有一定影响，把这个时间周期计算进去是必要的。”

考虑到合同金额的庞大，她提出的这个要求看似细微，但多少放宽了合同草稿中的还款期限，从资金运作角度来讲会影响对方成本，她做好了讨价还价的准备，但傅轶则根本没有提出异议，轻快地点头，“没问题。”

司建宇出去接一个电话，傅轶则突然说：“凌云，因为合作方是我，所以你才会对这个项目心存疑虑，寸土必争，对吗？”

她淡淡地说：“我相信我大哥不会因为合作方是你，就对这个项目充满信心。生意就是生意，有不同看法很正常，斤斤计较更是必要的，用不着想得太多。”

“我不认为我想多了，倒是你，凌云，你心事很重。”

她讪笑，“傅先生，你该不会是在注意我、研究我吧？”

“我们重新见面后，你就一直表现得很奇怪，一个玩了游戏潇洒脱身的女孩子，碰到被甩掉的男人，似乎不应该有这种如临大敌的戒备姿态。”

司凌云心底一紧，她知道，傅轶则说得没错，她本该表现得跟过去一样满不在乎，才算是延续那个报复，让他对她的伤害落空。可是自从在酒吧意外见到他的那一刻起，她便根本无法轻松下来，更别提表现出居高临下的心理优势。

不等她做出回答，傅轶则起身踱到窗边，“这个世界看起来很小，没想到在这里也会碰到你的前男友。说起来，昨天我们都在 Forever 酒吧喝酒。”

她要想一想，才意识到他指的是正在院子里干活的曲恒，不禁暗自警惕地看着他。

“他看来是个很沉默的人，坐了一会儿就先走了。”没等她放下心来，他紧接着说，“不过我跟阿风聊了下他们乐队的往事，唯一让我奇怪的是，阿风告诉我，他们乐队五年前解散，你那位前男友离开汉江市去了广州，差不多跟我离开的时间完全相同。”

她不动声色地耸耸肩，“那又怎么样？”

“从我那里学到的东西，并没有帮你留下他吗？”

这个挑衅让她顿时怒火升起，一个硬邦邦的回答已经到了她的嘴边，可是她眼角余光一瞥，发现米晓岚端着托盘走到了门口，她突然笑了，那个笑容十分妩媚，“傅先生，你这么不停追问我，未免让我有一点儿误会：当年我们那一段，不过是逢场作戏，戏散走人而已，难道你一直对我念念不忘？”

他也笑，十分坦然地说：“我确实一直没有忘记你，凌云。”

只听哐啷一响，米晓岚手里的托盘一歪，咖啡杯和饼干掉到了地板上，她的神情怔忡不定，没看脚下的一地狼藉，却紧盯着他们两人。

司凌云连忙站起身走过去，“呀，大嫂，怎么了？”

米晓岚的目光从傅轶则身上转移过来，勉强一笑，“不好意思，我煮了咖啡，想让你们尝尝我刚烤出来的曲奇，刚才手一滑，摔了。”

司建宇正好走回来，连忙拿起她的手查看，“有没有烫到？叫小文送过来就是了，何必自己动手？”

“我没事。小文在陪冬冬玩，你去叫陈姐过来打扫一下这里，我去楼上换件衣服。”

他们两人各自走开，司凌云重新坐下，漫不经心地说：“可惜了这么丰盛的下午茶，我最喜欢吃曲奇了。”

“谁说戏散场了，我的兴致很高，愿意陪你玩下去。”

司凌云冷笑一声，“要玩，没问题。不过加入什么样的游戏都讲一个你情我愿，你不会自负到以为任何人都没办法拒绝你吧？”

他哈哈大笑，“看来我们之间有些误会。漂亮的女孩子我见过很多，知道我一直最忘不了你什么吗？就是你这股子率性而为，决绝起来不留任何余地的狠劲。”

保姆陈姐过来打扫后，司建宇重新进来跟他们讨论合同，终于最后敲定了所有细节。到晚饭时间，米晓岚才再度出现，看上去神态恢复了平静，她准备的菜式中西合璧，十分丰富，而且一看就知道，每一样都不是简单的家常菜，都是需要花工夫才做得出来的。

司凌云很喜欢金枪鱼蔬菜沙拉，“这道菜真好吃。”

司建宇告诉她，“这是你大嫂亲自做的。”

她捧场地夸奖，“看不出来大嫂的厨艺这么厉害。”

司建宇含笑看看米晓岚说：“我前年查出脂肪肝，血糖也稍微偏高，晓岚就一直研究食疗的办法，帮我控制饮食，逼着我去做运动，今年体检还不错，各项指标差不多快接近正常了，只是辛苦了她。唉，其实我不希望她这么操劳。”

司凌云被带着参观的时候已经看到，他家配了两个保姆，一个年轻女孩子小文主要带孩子，陈姐做家务兼给厨房打下手，司建宇的助理兼司机也差不多是米晓岚的助理，虽然在周末，还是听从她的支使去超市买东西送过来。司凌云就算对持家没什么概念，也觉得这种情况下当一个全职主妇大概说不上是一件多操劳的事。不过司建宇疼爱老婆是确定无疑的，她当然不准备扫兴，笑眯眯地说："大哥好福气，娶到大嫂这么贤惠的太太。"

米晓岚带着一点儿娇嗔地自嘲道："不用安慰我，凌云，我知道其实在你这年龄的女孩子看来，我大概就是个煮饭婆，别跟你大哥一唱一和说得我都坐不下去了。来，尝尝这道竹荪鸡汤，很清淡，绝对不会增加脂肪的，我帮你们盛。"

她依次为司凌云、傅轶则和司建宇盛汤，再给冬冬盘子里的白切鸡去骨，逗他吃青菜补充维生素，轻声叮咛陈姐更换餐具，上她亲手做的甜品。她表现得完全是一个好客得体的优雅主妇、温柔的妻子和母亲，但司凌云仍然捕捉到她偶尔飘落到傅轶则身上的视线，短短一瞥就迅速移开。

而傅轶则是一个十分彬彬有礼的客人，他主要跟司建宇交谈，谈的仍然是工作，夹杂了一点投资圈里的趣事，间或逗一下冬冬，表扬菜式可口。

司凌云想，所谓应酬，不过如此，实在是够无聊的。

饭后米晓岚请他们去茶室品尝朋友从杭州带来的新茶，傅轶则说他有要事必须先走一步。等司建宇夫妇送他上车后回来，米晓岚看上去有些意兴阑珊，司凌云也想告辞，司建宇却留住了她，"小云，还是喝了茶再走。"

司凌云觉察到司建宇还有话要跟她说，点头答应。

9

茶室用的是日式装修，陈设雅致简洁，唯一的装饰是屋角架子上搁着一只陶瓷罐子，里面养着碗莲，矮桌边放着几个草编蒲团。

米晓岚说她要去陪冬冬，安排好茶具便上楼了。司凌云走到正对着院子的落地长窗前，只见园艺工人仍在忙碌，曲恒高大的身影醒目地映入她的眼帘内，他正独自整理着搭遮阳纱的支架，昏暗的灯光下，他长手长腿，动作简练而干脆利落。此时天气更加阴沉，刮起了带有凉意的风，空气中混合着隐约的花香与草木的气息，这个味道仿佛触动了她某个记忆，她不禁微微失神。

“在看什么？”

“我在想，按大嫂说的把这边种上葡萄，坐在这个茶室喝茶一定很有韵味。”

司建宇招呼她坐下，“你大嫂的爱好之一就是折腾这个花园，她嫌以前种的石榴、桃树形状不美，没什么韵味，全都要换掉。我其实最怕看这种凌乱场面了，希望快点弄好。”

“研究园艺、厨艺多风雅，比打麻将、购物有意思多了。”

司建宇笑着摇头，放好茶叶，给两只茶杯加入热水，摇晃一下倒掉，再重新加水，递一杯给妹妹，“这是今年明前的西湖龙井，口感香醇。”

司凌云抿了一口，“很爽口，不过我平时不喝茶，完全说不出来这茶的好处。”

“爽口确实是明前茶的最大特点。”司建宇看似不经意地说，“小云，你上班已经一个多月了，有什么感觉？”

她坦率地说：“工作按部就班，很琐碎、很乏味，目前说不上有什么感觉。”

“和同事相处得怎么样？”

她耸耸肩，“这就更没什么可说的了，虽然我在爸爸眼里差不多是隐形人，可他们还是忌惮我。”

“别介意他们怎么想，我也经历过这个过程，你得努力表现，才能让爸爸注意到你的存在。”

“做法务工作，他怎么也不会注意到我的。倒是大哥你现在做的项目，让我接触到了一点实质性的东西。”

“知道我为什么特意让你来草拟合同？”

“给我锻炼的机会？”

“那是原因之一。”司建宇笑了，“我也希望能对你的判断力和工作能力有一个比较全面的了解。”

司凌云也笑了，“大哥，我提的那些关于项目前景的疑问是不是显得很幼稚？”

他摇摇头，“不，你在这么短时间里能有这些看法，非常难得，我觉得假以时日，你有能力承担非常重要的工作，绝对不仅仅是做做法务就算了。”

司凌云头一次得到如此直接的肯定，意外之余，非常开心，“谢谢大哥给我机会。”

“而且，你的担心也不无道理。如果地产公司是在一个正常环境下运行，其实不应该存在资金问题，哪怕跟投资公司谈合作，也能争取到更有利的条件。但是，不瞒你说，小云，目前顶峰存在很大的隐忧，一旦处理不好，我怕会有谁都承担不了的后果。”

这番话让司凌云大吃一惊，她怔怔地看着司建宇，昏暗的灯光下，他脸上毫无表情。

“你已经见过公司投资部总经理王军了吧？”

她点点头，王军现在也是顶峰的实权人物，他大概三十六七岁，开一辆奥迪A6，高高的个子，总是一身合体的名牌西装，领带打得一丝不苟，模样精干，颇有精英人士的味道。

“他去年年初在张总的推荐下，从外企跳槽加入公司，拿出一个上市计划，声称按这个步骤来，三年以内，顶峰可以上市。父亲很受打动，再加上张总一力支持，这个计划启动起来，核心就是要把顶峰业务进行多元化，为此地产公司不得不拨出大笔资金支持投资部的收购运作，我这边的业务已经受到极大影响。”

司凌云疑惑地问：“上市似乎是很多公司的目标，毕竟舍不得孩子套不到狼，有所投入也说得过去吧？”

“前提是公司能挨到上市圈钱的那一天。现在国家调控的重点是地产业，上市并不容易。这个道理，我不解释，你也应该能想得明白。”

“难道顶峰已经到了危险的地步吗？”

“目前看，还没有，但是顶峰最大的利润来源就是地产开发，如果地产公司没办法维持良性运作，失去造血功能，所谓上市最后就只能是镜花水月、黄粱一梦。”

“那……你跟爸爸谈过没有？”

“从去年到今年，我们谈过无数次，不过很遗憾，我没能说服他。我能争取到的就是进一步将地产公司独立出来，这样起码可以把风险控制在一定范围以内。”

司凌云略微嘘了口气，“大哥，爸爸很信任那个王军吗？”

“恐怕现在的问题不完全在于王军。王军是张总引荐加入顶峰的，爸爸最信任的不是王军，甚至也不是张总，而是他自己。”

司凌云就算没跟司霄汉在一起生活多长时间，也知道他一向极其自信，加上这些年发展得顺风顺水，甚至说得上是狂傲了，“那怎么办？”

“只能走一步看一步，尽量争取控制住局面。之所以叫你参与这个项目，我还有一个私心。”司建宇放下茶杯，看着司凌云，“你对轶则这个人怎么看？”

话题急转，司凌云本能地警觉了，谨慎地说：“我对他不熟悉，没特别看法。大哥，你怎么突然问这个？”

“他对你似乎很有好感，我看得出他想追求你。晓岚告诉我，轶则出生于书香世家，不费吹灰之力，一路读到博士后，转头做金融行业也很成功。单从个人条件讲，他也是一个很值得你们女孩子交往的对象。”

司凌云勉强一笑，“大哥，你还有闲心管这事吗？”

“小云，坦白讲，我倒不光是管闲事。轶则虽然跟你嫂子是世交，但他在国外留学两年后，从研究神经生物学突然转做风投，并没有家世支持，五年时间做到背景神秘、资金雄厚的纪元投资公司董事总经理，实在不可小觑。你嫂子也不真正清楚他这几年的经历，我刚才告诉了你现在顶峰面临的情况，这就意味着我跟他还可能有长期的交道要打，需要对他多一些了解。如果你没男朋友，不妨试着跟他交往一下，顺便弄清他投资公司的背景。”

司凌云早就知道，司建宇必然有所图谋，不单单是兄长关心那么简单。她苦笑一下，“他这人一看就很复杂，恐怕不是随便交往一下就能摸清老底的。”

司建宇诚恳地看着司凌云，“我没有要求你一定要达到一个什么目的的意思，正常来往就可以，我相信你的判断力。当年我跟你大嫂交往的时候，爸爸不同意，他先给我介绍了政要的女儿，后来又要我跟他生意伙伴的侄女结婚，都被我坚决拒绝了。事实证明我的选择是对的，我的婚姻很幸福。小云，我绝对不会拿爸爸那种标准去烦你，最终你喜欢谁，决定跟谁在一起，完全看你自己的意愿，那个人能让你信任、开心才是最重要的。”

这句话里包含的温情是兄长式的，大大冲淡了他提出那个要求的目的性。司凌云想，客观来讲，如果没那一段过往，傅轶则确实是对所有女人都具备吸引力的男人，她几乎讲不出什么站得住脚的推托理由。而且，她对傅轶则接近司建宇一家的目的也充满疑惑，毕竟无法置身事外。

“大嫂怎么看这件事？”

司建宇呵呵笑了，“我觉得她大概一直崇拜轶则的智商，把他给神化了，总认为他不可能看上任何女孩子。”

司凌云也笑，“大嫂从小认识他，肯定很了解他，也许他就是那么自恋的男人也说不定啊。”

“一个人再怎么自恋，也会将这份自恋投射在除他以外的某个人身上，他会被你吸引，我毫不意外。”

“大哥对我评价这么高吗？”

“我对你绝对有信心。”

“我对他没什么感觉，不过大哥既然这样说了，下次他约我，我会答应的。”

司建宇点点头，“这就足够了，小云，顶峰是一个标准的家族企业，无论好坏，我们都有份儿。作为董事长的子女，比一般人多一点机会，但也比一般人面临更复杂的局面。你是我妹妹，在顶峰做下去，慢慢会感受到和我一样的压力，我希望我们能齐心协力，把顶峰做得更好。”

她知道此时应该表明态度了，当然，表态就意味着明确选择阵营，不过她想，在一个父亲忽视其存在、继母隐含敌意、同事敬而远之的公司里，她根本没有其他选择。

“我明白，大哥，我知道该怎么做。”

第四章

你永远有让我意外的时候

1

司凌云准时赶到区法院去参加一起劳动合同纠纷的开庭前调解，她刚停好车，手机响起，是傅轶则打来的，她一边往里走，一边接听。

“凌云，晚上有没有时间一起吃饭？”

她略微矛盾，答应了司建宇是一回事，要真正单独面对傅轶则就是另一回事了。一想到跟他约会，她提前便有一些说不出的警惕与疲惫感。

他很有耐心地等着，她终于还是说：“好，几点钟？”

“六点半我过来接你。”

“不，哪家餐馆？我自己开车过去。”

他笑，显然知道她想掌握主动，还是把餐馆地址告诉了她，“七点，我会在那边等你。”

她将手机放回包里，腋下夹的文件夹不小心掉到地上，她正要蹲下去捡，已经有一个人先她一步捡了起来，她定睛一看，竟然是韩启明。他与出入法庭的很多律师一样，穿着白色衬衫，打着领带，拎着一个大大的黑色公事包。

她接过文件夹，说声谢谢，转身要走。

“等一下，凌云，你——还好吧？”

“我好得很，启明，我就不问你好不好了。我们不用非要扮演相逢一笑泯恩仇，偶尔碰到，你装不认识我，我不会觉得你礼数不周的。”

“现在想碰到你，也许只能在法院了。”

“我倒觉得这里碰面很好，除非你对挽着女朋友的手出现在我面前这件事上瘾了。”

“你有受到刺激吗？我所做的一切，你都只是不屑。”

她一怔，随即有些厌烦，“我以为只有怨偶才会特意赶到法院来吵架，我欠你多少，你恨我几分，一条条翻来覆去没完没了，你可千万别指望我陪你玩儿这个。”

韩启明已经工作近四年，完全知道打离婚官司是怎么一回事，他看着她，神情复杂，好一会儿才冷冷地说：“不管你愿不愿意，我们接下来免不了还会见面，我是刘志他们这个案子的委托代理人。”

司凌云好不恼怒，韩启明说的刘志正是被顶峰物流公司辞退的员工之一，他们为辞退的程序与补偿问题跟顶峰发生激烈争议，在劳动争议仲裁委员会调解之后，本来已经基本达成一致了。上一周以刘志为首的七名员工突然变卦，对仲裁裁决表示不服，起诉至法院。

“你一向代理经济案件，怎么会插手这种劳动合同纠纷？”

“我也会不定期志愿接一些法律援助案子。”

司凌云当然不相信这是一个巧合，她正要说话，一个人叫她，“不好意思，司小姐，堵车，我来晚了一点儿。”

来人是经天律师事务所的年轻女律师白婷婷，顶峰的法律顾问侯律师对这个案子不屑于亲自出马，派她来接手。她大概二十八九岁，个子不高，穿着米色短袖衬衫、黑色长裤，手里拎着的公文包与韩启明一个样式，对她来讲，尺寸未免大了些，急走之下，圆圆的脸上渗出了汗珠。

韩启明说声失陪，转身先走进了调解室。

白婷婷看看他，有些诧异地问：“你们认识？”

“大学同学。”司凌云简单地说，“到时间了，我们进去吧。”

她们两人一起进了调解室。跟在劳动仲裁委员会的调解一样，七名原告全数到场，他们情绪十分激动，哪怕是法官和他们的律师韩启明说话，也会被随意打断，到白婷婷与司凌云开口，甚至有人跳起来对着她们爆粗口。司凌云头一次碰到这种场面，多少有些惊怒。好在法官发了火，及时喝止住他们，韩启明开始一条条讲他们的要求，他声音平和，似乎一点没受他们的影响。

白婷婷与韩启明一样平静，她显然也已经见惯各色当事人，不急不恼，根本不理会仍然不时指到她面前的那些手指，一条条引述法律条文予以反驳。司凌云看她年龄不过比自己大两三岁而已，不得不暗自佩服她这份从容。

她想，她居然还在分心琢磨韩启明的来意，未免表现得太不专业了。相比之下，无论是韩启明还是白婷婷，都已经具备了标准的律师职业风度，起码在职场上就领先她太多了。

法官眼见双方分歧太大，没法调解下去，通知等排定开庭日期再说。韩启明与他们礼貌地打个招呼，拎起公事包先走了。

司凌云与白婷婷出来，提议送她回去，两人走到停车场，白婷婷看到司凌云开的车，吹了一声口哨，“喂，你太让我沮丧了。我当律师三年，做死做活，买车也才列进明年的计划，还根本不敢觊觎十万以上的车。你刚毕业而已，投胎真是技术活。”

她快人快语，司凌云倒也不反感，“刚才你在法官面前的淡定全是装出来的吧。”

“如假包换。”她得意地笑，“那点儿粗话算什么，我代理过一年刑事案件，更难堪的场面我都见过。按前辈的教导，养气是律师必修的一门功课，我修炼了这么久，完全可以唬住一般人了。”

“依你看，这个案子还存在和解的可能吗？”

“够呛。这类劳动争议的案子在区法院积压很多，不会很快开庭，一场打下来累个半死，不然侯主任也不会推给我。我还是尽量在排期前与对方律师再做协商，争取能够调解结案。”

“需要做到什么程度的让步，我们先商量一个方案出来，我好向上汇报。”

白婷婷“嗯”了一声，似乎有些若有所思。

“怎么了？”

“我昨天看到对方委托代理人的名字，就有点儿意外。你这个同学韩启明既然会接这种没什么看得见的利益、麻烦倒是不小的案子，恐怕不会轻易同意和解。”

“你认识他？”

“认识，但不熟。大家是同行，以前在别的场合碰到过。他刚成功代理了两个很难打的官司，我们侯主任都相当欣赏他，说想挖他过来。他有没有跟你谈过这个案子？”

她避重就轻地回答：“我刚知道他是原告方的委托代理人。”

白婷婷点点头，“我得再好好研究一下，看看他究竟有什么目的。”

司凌云不语，她隐约知道韩启明的目的，却实在不能理解。韩启明一向工作投入，事业近一年来颇有起色，他开始在这一行崭露头角并不令她意外。但他们不仅没有留个背影给彼此然后就此作罢，居然还要在法庭上相见，实在让她既意外又烦恼。

2

回到公司，司凌云向鲁经理汇报情况，他一反平时的轻松，眼神马上警觉起来，好一会儿没有说话。

司凌云完全理解鲁林的反应，她详细研究过这个案子的前因后果。

顶峰集团旗下的物流公司一直经营不善，去年更出现大幅亏损，董事会责成总经理张毅拿出扭亏方案。张毅的应对方法之一就是根本没通过集团人事部门批准，擅自开除了一批员工。这些员工自然不服，集体到劳动部门和媒体投诉，记者采访之后写了一篇负面报道，引起多方注意，甚至有法律界人士拿这件事举例，指出劳动法有必要加快修改的步伐。虽然后续报道被公关部门压了下去，但这并不能阻止一些意志坚定的前员工继续奔走告状。而张毅是张黎黎的弟弟，恃着这一身份，十分骄狂。公开场合，顶峰员工为区别开张黎黎，管他叫“毅总”，私下里则戏称他为“小舅爷”。尽管此事对顶峰造成了极坏的社会影响，他也并没有因此受到任何处理。

“有没有调解的可能？”

“白律师说她会尽力，但对方这次看上去态度很坚决，我会再跟她商量一下和解方案。”

鲁林点点头，“我会向总经理汇报这件事。”

接近下班时间，司霄汉的秘书闻洁突然通知司凌云到董事长办公室来一趟。这是司凌云上班后头一次进父亲办公室，她和司霄汉在不同楼层办公，只在大堂碰到过两次，司霄汉都是被人簇拥着正要出去，父女俩只打了个招呼便各忙各的。

司霄汉的办公室远没有张黎黎的办公室那么时髦，装修走气派路线，看上去中规中矩。除了司霄汉外，张黎黎、张毅、侯律师、白婷婷都已经坐到了那里，他们的目光齐刷刷地集中到司凌云身上，她隐隐觉得不妙。

“小云，过来坐。”

司霄汉语气很和蔼，她到他旁边的位置坐下，他问她，“帮那些被辞退的人打官司的那个律师，跟你是什么关系？”

她警觉地说：“他是我大学同学。”

张黎黎开了口，她的声音甚至比司霄汉更加和蔼，“他也是你的前男友吧？”

司凌云一怔，张黎黎不等她说话，皮笑肉不笑地接着说：“放心，我当然不管员工的私生活，可是据说你们在一起近三年，突然分手，他为了跟你斗气，放着能赚钱的案子不接，怂恿那些人漫天要价打官司纠缠顶峰，直接危害公司的利益，我就不能不管了。”

司凌云正视着她，努力心平气和地说：“张总，你要管这个案子，我没意见。不过我们最好搞清楚这件事的因果关系好不好？第一，诉讼的起因发生在我进入公司之前，跟我完全没有关系；第二，如果公司因此陷入被动，那也是因为前期没有处理好员工离职问题；第三，我的前男友跟我在四个多月前分手，再没有什么联系，他是律师，接了这起官司，事前没有知会我。我倒要请问一下，是哪一位从哪一点推导出官司的起因在我？”

张毅插了进来，“要是没有那个姓韩的律师突然跳出来，本来这件事已经平息了。现在他已经放消息出去，声言要代表所谓弱势群体讨回公道。几家报社记者不停找我、找董事长，摆明要把事情闹大，你倒装得跟没事人一样。”

韩启明居然弄出这么大声势，显然不肯轻易善罢。司凌云心底一沉，冷冷地看着他，“请你把话说明白，我有什么可装的？”

“要不是白律师向她的朋友打听，我们都还蒙在鼓里，你大概根本没打算跟我们讲你跟他之间有这种说不清道不明的瓜葛。”

司凌云好不恼火，扫了一眼白婷婷，下午她们在网上商量和解方案，白婷婷只字未提此事。此时白婷婷一脸不自在地避开她的目光，低头盯着鞋尖。

“都已经是前男友了，我当然没任何义务向任何人汇报什么瓜葛。”

张毅冷笑，“刚才张总说的话还不够清楚吗？既然影响到公司，就不能这么推得一干二净。”

司凌云也笑了，那个笑意比他更冷，并且毫不退缩地直视着他，“这件官司因何而起，为什么会影响到公司，相信大家跟我一样清楚。我一向的做人原则就是，该我负责的事，我绝对不会往别人身上推诿。”

张毅完全没料到她态度如此强硬，怔了一下，恼火地说：“你这是什么意思？”

“我说得已经非常清楚了。”

“好了，小云。”司霄汉制止住女儿，同时瞪了脸红脖子粗的张毅一眼，转头问侯律师，“老侯，依你看这件事会怎么样？”

侯律师年近五十岁，是个有些发福的小个子男人，头发染得乌黑，油光光地向后梳看，穿看颜色粉嫩的衬衫、时髦的尖头皮鞋。他跟司霄汉相交多年，甚至亲自处理过他的第二次离婚，完全清楚他的家事。他个性圆滑，当然谁也不肯得罪。

“我也接到了晚报一个调查记者的电话，他很难缠，问的问题很尖锐，肯定有人给他爆了料。依我看，不必追究谁该为这事负责，对方有备而来，存心想炒作。大家先商量一下，接受采访的时候统一说法，不要自乱阵脚。”

司霄汉点点头，“上市规划才刚刚起步，我不希望再看到负面报道。老侯，你拿个解决方案出来，赶在上庭前搞定他们。”

侯律师笑了，“那肯定需要进一步满足他们的要求。下午司小姐和白律师初步商量了一份可行的和解方案，我也看了，觉得大部分想法是不错的。”

他示意一下白婷婷，白婷婷连忙拿出打印好的方案，分发给司霄汉、张黎黎、张毅和司凌云。

“不行。”张毅只看了几行，便气呼呼地说，“要是跟他们让这么大的步，我的脸往哪儿放？”

老侯委婉地说：“毅总，你这话私下说说也就算了，千万不能当着记者说，不然就是给他们提供现成的新闻，他们肯定得乐死了。”

“这件事我来搞定，领头闹事那个小子叫刘志，以前在公司就跟我叫板，我早就看他不顺眼。我去找人好好收拾他一顿，他肯定就老实了，顺带也教训一下那个姓韩的律师，看他还敢不敢在太岁头上动土。”

司凌云完全没料到他竟然会说出这种话，惊怒交集，“你这是想干什么？你要敢用这种流氓手段，就别怪我不客气。”

张毅带着几分痞气地笑，“怎么着，你要为一个早就跟你分了手的男人去举报我不成？”

“够了。”司霄汉厉声打断了他，“张毅，你不许这样跟小云讲话，更不许胡来。”

他在公司一向有无上权威，这几年等闲并不发火，偶一发作，当然颇有威慑力。室内一片安静，隔了一会儿，张黎黎若无其事地开了口：“张毅也只是讲气话而已，这件事还是要走法律途径解决。不过，如果对方律师早就知道我们的底牌，那狮子大开口也就好理解了。把这个方案拿出去，恐怕已经在对方掌握之中，我们只会更被动。”

这种明确的含沙射影让司凌云气得微微哆嗦，她努力克制，并不接张黎黎那句话，对着司霄汉说：“既然如此，董事长，请你让侯律师、白律师处理这件事，我先走了。”

她将文件啪的一下拍到茶几上，霍地站起了身，不理会司霄汉叫她的名字，谁也不看，大步走了出去。

3

司凌云开了车从顶峰大厦停车场出来，漫无目的地转着。

太阳一点点西沉，一团团浮云被落日余晖染上金边，慵懒地堆积在天际。脱离了闹市区拥堵的车流后，一条笔直的道路在她眼前伸展，仿佛可以通往任何地方，提速带来一种快意的感觉，让她的怒气一点点消散，取而代之的是烦恼、自嘲与无可奈何。

她想，她早就已经不是十四岁的女孩子了，看到讨厌的继母可以一走了之以后再不见面。她周一还要继续上班，可她深深怀疑自己是否能在顶峰待下去，并争得一席之地。

夏天的黄昏，光线由明转暗十分缓慢，差不多是一个让人无法察觉的过程。暮色渐渐深厚，路灯亮了起来，道路上方的指示牌提醒她，再开下去就要出城市上高速公路了。她放慢速度，看看时间，突然记起与傅轶则的约会。

她本来打算下班后回家换件衣服、化化妆再去赴约，现在已经迟到了近一个小时。她心情落寞，不过犹豫了一下，她还是打方向盘掉头，驶回市区。

傅轶则预订的餐馆叫壹会所，位于旧租界区的一栋旧别墅里，司凌云到达时，已经是晚上八点半了，有专门的迎宾女郎穿着制服站在巷口指引停车带位，听到她报傅轶则的名字，马上说："司小姐，傅先生正在等你。"

小巷两边挂着灯笼，暗红光芒随风摇曳之间，让夜色无端冶艳了几分。厚重的院门无声地打开，出现在司凌云面前的是一座结构精巧的小洋楼。

这里楼上楼下加起来，也只有大小不等的七八个包间，司凌云不用看菜单也知道，在环境与气氛上如此狠下功夫，消费价格必定高昂。进门门厅陈设着品相完美的和田玉雕，悬挂着名家字画。迎宾女郎带她上楼，打开右侧一个房门。这是一个幽深的套间，全套黄花梨木的家具，外间一个穿着白色旗袍的娟秀女孩子正在抚筝，旁边点了一盘线香，淡淡青烟袅袅而上，若有若无的檀香味道萦绕在室内。

司凌云在门口站定，看着这个场景，有一种恍惚之间穿越时空的感觉，她定一定神，才看到傅轶则坐在里面房间深处靠窗边的一把明式圈椅上，就着旁边的落地灯看书，神态十分悠闲，完全没有久候客人不至的急躁。

她想，她先是愤怒之下忘记了时间，后来也存心不打电话过来解释，迟到达一个半小时之久，他却根本没有打电话催问她，这个笃定的姿态已经让她没任何歉意了，不过她还是口头上道歉："傅先生，不好意思，我迟到了。"

他站了起来，放下书，微笑道："凌云，请进。"

司凌云进去，再次打量四周，"这又是走的什么路线？待会儿吃饭时可以叫姑娘在旁边唱小曲助兴吗？"

傅轶则哑然失笑，"很明显，走的就是附庸风雅的路线，我猜老板如果知道客人有这种雅兴，大概真会考虑提供这项服务的。"

司凌云撇嘴，"既然是餐厅，我比较重视能吃到什么。"

"这里的清蒸鲥鱼做得很不错。"

"一边听人弹筝，一边吃鲥鱼，恐怕会被鱼刺卡到。"

傅轶则笑了，示意一下，弹筝的女孩子缓缓站起，过来给司凌云倒了一杯茶，然后走了出去。

“你脸色不大好。”

司凌云既没换衣服，更懒得补妆，只简单地说：“有点儿累。”

“不要太为工作的事情烦恼，毕竟不是每个人都好命可以一语不合拂袖而去的。”

她吃了一惊，瞪着他，“谁告诉你的？你的消息未免太灵通了吧。”

他笑了，“别紧张，我没在你父亲办公室装窃听器。两个多小时的时间，什么消息都足够扩散开了。我是听你大哥说的。”

她往椅背上一靠，再不想勉强掩饰疲惫与烦恼。

“这件事没有你想象的那么严重，你父亲的公司从一开始就遍布各种亲戚，他早知道该怎么平衡，甚至利用他们之间的关系。”

她涩然一笑，“听到我父亲这么善于玩弄权术，我还真觉得安慰。可惜我在公司什么也不是，没有利用的价值。”

“那也不见得，司董事长做到今天的地位，完全不缺人迎合，你坚持你的立场，他反而会重视你的存在。”

一个女儿需要用尽心机争取才能让父亲看到她的存在，仍然不可能安慰到她，她摇摇头，不想再谈这个话题。

“去什么地方一个人生闷气了？”

他猜中她的行为，并不让她意外，“开车转了一下，认真想想，也没什么可气的。”

“你确实长大了。”

“我都二十六岁了好不好，这么讲简直是一种讽刺。”

“跟年龄无关。”他深深地看着她，“其实今天晚上我已经做好被你放鸽子的准备了。你肯来，证实了我一个猜想：你根本没打算跟我约会，不过，因为某种原因，你打算敷衍我，几年前你绝对不会这么做。

你学会了敷衍别人，也学会了说服自己不再一个人一直愤怒下去，当然能算长大了。”

被傅轶则这样精确地分析行为，她不得不更加戒备，勉强一笑，“你想太多了，我只是没生气到要绝食的程度。我饿了，如果你要继续讨论下去，我就另外找地方自己吃饭好了。”

“好，不说了。”他按了电铃，服务生进来，“上菜吧。”

隔了一会儿，服务生送上了两盅汤，傅轶则给她倒红酒，她拒绝了，“我还要开车。”

他也不勉强，给自己倒了一杯酒，慢慢喝着。

紧接着其他菜送了上来，菜式十分精致，鲥鱼也确实美味，但司凌云根本没什么食欲。她一边无精打采地吃着，一边想，司建宇根本不了解她，她也高估了自己，她完全没有抱着目的与人从容周旋的天赋，更别提对手是傅轶则这样高深莫测的男人。第一次约会已经这么难熬，以后该怎么办?

她一抬头，发现傅轶则正带着好玩的表情看着她，仿佛等着看她会出神到什么时候，她叹一口气，放下筷子，不想再撑着吃下去。

“喝杯茶再走。”他莞尔，按铃叫服务生进来收拾桌子，重新沏茶，两人到窗边坐下。

傅轶则语气悠闲地问：“你打算怎么处理这件事?”

“我跟董事长说了，交给侯律师处理，我不再跟进。”

“希望你别认为我好为人师想教训你，凌云。甩手不干很快意，不过你有没有想过，在关系盘根错节的家族企业里做事，你接下来走的每一步都可能被人这样质疑、诟病、掣肘，你能推掉所有的工作吗?”

司凌云默然，以她的个性，既然已经进入了顶峰集团工作，就算没有妈妈那种不切实际的期待，她也不会容许自己轻易退出。可是想到坚持下去必须面对的一切，她就有无名的厌烦和茫然。

“如果你真在意这份工作，再细小的环节也不能轻易退让，想办法让自己变得重要起来。”

“听起来倒也不难做到，有详细攻略吗？

她挖苦的口气让傅轶则笑了，“我有两点建议。第一，跟你大哥合作。他目前在顶峰地位举足轻重，但跟你们的继母相比，他的力量仍然单薄。他的目标当然是接你们父亲的班，要证明他能做到这一点，他需要培植更多有能力、足以信任的人共事，结交更多共同进退的盟友。对他而言，你是很好的人选。”

她明知道他说的是实情，可是一想到在父亲的公司里如此拉帮结派意味着什么，便一阵烦躁，“我只是一个法务——”

“别妄自菲薄，在旁人眼里，你首先是司霄汉的女儿。”

她沉默一下，问：“第二呢？”

他站起来，走到她面前，低头笑吟吟看着她，“第二，做我的女朋友。”

司凌云一怔，顿时恼怒了，不过没等她发作，他伸出双手，按住了她的肩，“听我说完，我是有充足理由的。”

她狠狠地看着他，他丝毫不为所动，嘴角带着笑意，“不管是要跟人合作还是对抗，都得先掂一下自己的分量。没错，你是司霄汉的女儿，不过目前，你也只是司霄汉的女儿而已。”

“所以我得卖身给你——”

“说得真难听，我可买不起你。”

这个调笑的语气勾起某个回忆，让她更加生气，她扭动身体试图挣脱他的手站起来，他却索性按得更紧，并且俯下身体逼近她，她被牢牢钉在那把圈椅内，只得气咻咻地怒视他，“你要干什么？”

“少安毋躁，听我给你分析一下。如果你只是一个女儿的身份，能在司董事长的天平上有多大分量，你大哥比你更清楚。他对你仍然持观望态度，让你加入这个项目，差不多是一种试探，看你的能力，更看你具有多少发展空间，值不值得他下大注培养支持。不用我解释，你也应该明白，你大哥一心要把地产公司做大，在顶峰集团取得更大话语权。在资金方面，他非常需要跟我合作。如果你在这中间起到的作用能够超出一个法务，那么，你在他心目中的位置就非常重要了。”

这与她对司建宇的判断隐约相合，可她还是不寒而栗，“你凭什么认为我非要跟你做这种交易不可？我可没像我大哥那样对顶峰志在必得，愿意付出一切代价去交换。”

“你在对我声明你与世无争，进顶峰只是想做一份平凡的工作，没有野心、没有贪婪吗？我愿意相信你，可是别人不会这么看你。你既然加入了一个所有人都虎视眈眈的游戏，就没有资格说你不在乎了。”

她哑然，他深邃的眼睛如此近距离地凝视着她，声音放得低沉，仿佛耳语，带着难以言传的魅惑气息，“而且，这不算一个交易，你应该记得，我是一个相当不错的男友人选。”

她定一定神，克制住身体本能的退缩冲动，一动不动停在原处，静默片刻之后，她突然笑了，“那么你呢？傅先生，你想得到什么？千万别跟我说，你一无所求，特意就是为了成全我而来。”

“这是在探我的底牌了？”

“你也可以不回答。”

“我不想让你瞎猜。”他的回答来得直截了当，“坦白讲，我要的是你。”

他毫无掩饰之意，她反而没办法获取任何心理优势，只能苦笑一下，问：“这算是再一次表白你忘不了我吗？”

他突然将她拉了起来，手扶在她的腰际，她比他矮大半个头，只能抬头看着他。

“我当然没法忘记约了男友来接之前还要跟我做爱告别的女孩子，事实上，我对你印象十分深刻。”

就像你没法忘记结婚前一周才告诉你的那个女孩子一样吧——这个冰凉的想法蓦然掠过她的心头，她却冷静了下来，歪着头看着他，“我一向觉得，一场艳遇应该在恰当的时间内结束才有美感。”

“问题是谁来界定这个恰当的时间是多久。”

“如果我没理解错的话，你想当叫停的那个人，对吗？”

他笑，眼睛微微眯起，露出雪白而整齐的牙齿，嘴角出现一个纹路，带着成熟男性的优雅气度，这是她一度为之着迷的笑，此时再度让她呼吸略微停顿。

“凌云，我不是爱赌气的小男生，你的这点好胜跟倔强用错地方了。没错，我们开始是一场艳遇，不过跟你在一起的那半个月我过得很开心，你用那种方式跟我告别，只会让我更觉得你有趣。人生太短暂，难得遇到有趣而又能让你念念不忘的人，所以我想跟你重新开始。”

她带着几分讥诮与调侃地笑了，“重新开始——以一种做交易的方式吗？”

“我更想做的事是跟你谈情说爱，可惜现在我不显得对你有用的话，你大概只会继续敷衍我，所以，你一定要认为这是交易，也未尝不可。我保证，跟我在一起，会非常有意思。”

她想，表面上看，这一场周旋里他步步紧逼，实际上她已经把自己逼得无路可退了，“我才跟以前的男朋友分手，大概需要一点时间恢复谈恋爱的心情，所以，让我先考虑一下吧。”

“我们可以慢慢来，我有足够的耐心。”

4

Forever 酒吧的生意清淡如故，爵士乐荡气回肠地从老式唱机里飘出来。司凌云走上二楼，卢未风跟她打招呼：“小云，今天怎么有空过来？”

她自从生日那天在这里意外遇到傅轶则后，便没有来这里，哪怕李乐川约她过来，她也推掉了。不过刚从壹会所出来，傅轶则说他还要回公司处理事情，两人各自开车离开，她不必担心在这里再遇到他，只笑道：“阿风，给我拿半打啤酒。”

卢未风拿了六罐一提的啤酒，“坐哪里，我给你送过去？”

“我想上天台坐坐，透口气。”

卢未风当然记得当年他们在天台上喝酒神聊的情景，微微一笑，“去吧，我忙完了上去找你。”

司凌云提着啤酒上了天台，她知道墙壁上装了一盏白炽灯，但懒得去摸索开关的位置，就着黯淡得若有若无的月光，找一把藤椅坐下，踢掉鞋子，盘起腿来，拿出一罐啤酒打开，仰头大大喝了一口。

本地还没有到最炎热的时候，晚风带着些微凉意拂过，四周并不安静，可反而显得这个天台是个独立的空间，与那些喧嚣保持着微妙的距离。她的心情慢慢平静，烦恼却丝毫也没有减少。

她试着想列出问题，再一一给出答案，可正如傅轶则分析的那样，她没有太多选择。在顶峰集团，她唯一可能与之结盟的人就是司建宇。而接下来的问题是，她该怎么拒绝傅轶则才算合理？

当年她为了掩饰受伤，不让傅轶则拿她来报复米晓岚的目的得逞，扮演了一个游戏感情玩世不恭的角色。可她清楚地知道伤口在哪里，她怎么可能再去碰那个危险的男人，那几乎相当于玩火。

然而，她心底有另一个声音冷冷地说：你不是五年前那个自以为是、轻易动心的傻姑娘了，你清楚对方的目的，你肯定不会再投入感情，你甚至可以利用他的狂妄扳回一城。

这么做真的值得吗?

你既然加入了一个所有人都虎视眈眈的游戏，就没资格说不在乎了——意识到她竟然不知不觉引用傅轶则的话说服自己，她有些沮丧，猛一仰头，将最后一点啤酒灌入口中，仿佛想下决心一样，手指狠狠用力，将易拉罐捏得微微变形，再一抬手，扔向天台角落里放的一个垃圾桶。她的准头并不好，易拉罐碰着垃圾桶的边缘，发出哐啷一响，弹到地上滚动着。她正要穿鞋子过去捡起来，拐角另一侧走过来一个高大的身影，俯身拾起易拉罐，手掌收拢，轻而易举地将它完全捏扁，丢进垃圾桶中。

她的眼睛已经适应了天台幽暗的光线，认出这个人是曲恒。

“嗨，你也在这里喝酒啊？”

曲恒点点头，向天台门走去，她被他这个冷漠的态度弄火了，“从我生日那天见面开始，你就一直这么踟着是什么意思？我什么时候得罪你了吗？”

“没有。”

这个简短的回答让她气结，她挥一下手，“好走好走，我以后会知趣就当不认识你的。”

她拿起另一罐啤酒，用力拉开拉环，泡沫漫出来流得满手都是，她也不理会，仰头大口喝着。

“小心你的胃。”

她不理他这个劝告，继续喝酒，可是急饮之下，不一会儿便呛得大咳起来，好不狼狈。她丢下啤酒罐，用手背胡乱擦擦嘴角，往藤椅中一窝，呆呆看着天台外高楼的灯光出神。

一只手将纸巾递到司凌云面前，她一侧头，发现曲恒并没有走，她接过纸巾，“只是几罐啤酒而已，你不用怕我再把自己喝到吐血，非要尽道义责任在这里守着。”

曲恒却在她旁边坐了下来，那把藤椅在他身下发出轻微的吱呀声，他调整了一下坐姿，“阿风得买几把新椅子回来了。”

“不行，我喜欢这些旧椅子，坐着跟过去一样舒服。”

“其实几年前你坐过的那些椅子早就换掉了。”

她想一想，她有差不多近五年时间没来这里，而那些藤椅当时就已经被他们坐得老旧不堪，摇摇欲坠，确实不可能挨到现在。“物犹如此”四个字浮上心头，她不能不有些感慨，撑住头不作声。

“有不开心的事吗？”

“很多。”

“喝酒并不能解决问题。”

她翻了一个白眼，“你还是干脆绷着脸别搭理我好了，我不缺这类教训。”

“好吧，不教训你，想谈谈吗？”

这个提议甚至比他留下来没走更让她吃惊，在她印象里，他一直非常不喜欢管闲事，然而奇怪的是，她一点儿也不觉得他讲的话来得突兀。此刻她心里各种烦乱思绪冲撞，似乎急需一个听众，她最好的朋友李乐川昨天动身去了北京，还有谁比沉默的曲恒更合适当树洞。

她侧身拿一罐啤酒递到他手里，“我不喜欢在我爸爸的公司里工作。”

“顶峰看起来是很大很赚钱的公司。”他客观地评论着。

“赚不赚钱，跟我没什么关系。”

“多少还是有关系的。”

她再度横他一眼，却没办法否认这一点，“我爸爸是一个非常自私的男人，我以前一度很恨他，后来总算看淡了。可不管怎么说，我不想参与去算计他。”

“不是每个人都能有一个慈父。”他平淡地说，“理论上讲，摊上什么样的父亲都有可能。至于算计，有时候你得做一些你不想做的事情，但你自己会有一个底线。”

“不见得，好像有非常多的理由，一步步逼你陷进去。我怕开一个头以后，会做越来越多违背心愿的事情，直到最后习以为常。”

“那就经常提醒自己，你真正想要的是什么？值不值得放弃？会不会后悔？”

她惘然地看着远方，“这些问题我回答不了，我并不确切知道我想要的是什么。我羡慕我大哥，他目标明确，一心就是将来能从我爸爸手里接过顶峰集团；我也羡慕我妈妈，她的全副心思都放在怎么让我在顶峰争得一席之地上面。他们都不会对自己的行为有什么疑惑，我做不到跟他们一样。”

“夺财产这种事对我来讲太复杂，我给不出什么建议，我能肯定的是，每一个人都应该有自己想要的东西。”

司凌云深思良久，喝一大口啤酒，还是摇头，“我说不好。我没清高到视金钱如粪土，可我提不起精神像我大哥、我妈妈那样去争。我对感情、对男人没什么期待，我也不打算结婚，你看，我还能想要什么？”

他反问她：“这几年发生了什么事？”

她怔了一下，“没什么啊。我读完了研究生，谈了一次恋爱，分了手，再平淡没有了。你呢，你怎么不做音乐了，倒去开什么园艺公司？”

他不回答，只盯着她，看得她有些发毛，“怎么了？”

“那个傅轶则，当年伤害你这么深吗？为什么你会说到对感情没期待？”

她对这个名字从他嘴里说出来完全没有防备，然而他差不多是唯一见证了她那段往事的人，她只能断然摇头，“你想得太多了，那是过去的事，提他干什么？”

“可是他又重新出现了。”

她冷笑，“那又怎么样？只有爱一个人才会受伤，现在他伤不到我了。”

曲恒默然片刻，“我不喜欢你脸上这种表情。”

她抚一下面孔，嘲讽地说：“我以为你不喜欢我的事情多着呢，不然也不会一直摆张臭脸给我看。”

他的表情被遮掩在络腮胡子后面，她完全看不清，可是隔了一会儿，他笑了，雪白的牙齿在灯光下一闪，“按阿乐的说法，我一直就是一张扑克脸。”

“尤其是留了这胡子以后。好吧，现在轮到我来问你了，你对我到底有什么意见？”

他看着她，就在她以为他会毫不客气地讲出她犯的某个让他不能容忍的无聊错误时，他却摇了摇头，她说不清是不是松了口气。

“那你这几年发生了什么事？”

他耸耸肩，“也很平淡，先在广州做些编曲、作曲的工作，三年前回来开了这家园艺公司养家糊口。”

“所以，不是什么失败的感情刺激得你蓄须颓废？”

“你比我想得还多，我只是懒得刮而已，不过阿乐临去北京之前跟我打了一个赌，他的剧本如果顺利卖出，我就得把胡子刮掉，否则，他就开始留头发不再剃光头。”

司凌云哈哈大笑，“我都快忘记他有头发是什么样子了。”

曲恒的手机响起，他拿出来，看看号码，微微皱眉，站起身往天台另一侧走，一边接听着。可是天台并不算大，他说的话仍然飘到司凌云耳内，等他打完电话回来，她正打开另一罐啤酒。

“我一个朋友从广州过来，我得先走了。”

她促狭地笑着问：“接电话的口气真古怪，是你不想见的前女友吧？”

他没有说话。

“得了，用不着这样严肃，我不打听了还不行吗？”

她懒洋洋举地起啤酒罐向他示意，他拿起他刚才喝的那一罐，跟她碰一下，仰头喝光，手一扬，罐子划出一个抛物线，准确地投进了垃圾桶内，“现在心情好点儿没有？要不要我叫阿风上来陪你？”

司凌云扑哧笑了，摇摇头，“不用，我没事了，喝完这罐啤酒，我就马上回家睡觉。”

5

司凌云到家时，已经将近十一点钟，她拿钥匙开门，发现家里没人，司凌峰即将启程去加拿大留学，这段时间时不时会与同学约出去做告别聚会，但程玥也还没有回来。

她从学校搬回家住已经有两个多月，如果说她的生活没什么规律，比较随兴之所至，那么她母亲与她截然不同。程玥非常注重养生，社交、逛街与打麻将都安排在白天进行，晚上会跳舞健身，然后做烦琐的全身皮肤保养，在十一点钟准时上床睡美容觉。

不过她的日程并非一成不变，她偶尔会在某个晚上出去，到家时间多半已经是转钟以后。程玥不解释她的去向，司凌云也绝口不问，哪怕程玥毫不客气地探听她的私生活，她也不肯拿这个问题回敬过去——潜意识里，她想她根本不需要知道答案。

虽然只喝了两罐啤酒，她多少还是有点儿头晕，直接进浴室洗澡，突然听到客厅那边对讲门铃响了起来。司凌峰和程玥都有门禁卡，也知道单元入户门密码，没什么客人会这么晚过来，她本待不理，无奈对讲铃声响得没完没了，她只得草草冲掉身上的沐浴液，裹上浴衣跑出来，一眼看到对讲显示屏上出现的居然是司霄汉，不由得吓了一跳，按了对讲键，“爸，你怎么来了？”

司霄汉似乎也有点儿喝多了，眼神蒙眬地挥了一下手，“小云，开门。”

她按了单元门的开启键，慌忙回身找手机拨程玥的号码，程玥却迟迟没有接听，司霄汉已经上来按响了门铃，她只好开门。

“你妈呢？”

“她打麻将去了。”她不假思索地回答。

“她不是总在下午打麻将吗？”

“朋友临时约的，应该快回了。爸，你坐一会儿，我还没洗完澡呢。”

她跑回浴室，锁好门，再度打程玥的号码，听到无人接听的提示后又拨第三次，程玥终于接了手机。

“喂——”

她压低声音，“妈，爸来了，你赶紧回来。”

程玥显然大吃一惊，那边响起一连串杂乱不明的声音，她同时匆忙地说：“好，告诉他我在打麻将，马上回来。”

司凌云丢下手机，坐在抽水马桶上，双手抱住头，烦躁地想，她已经开始身不由己了。

她的第一反应竟然是毫不迟疑地撒谎，并帮程玥圆谎。她质问自己，为什么你不能坦然地告诉你爸爸，他离婚的前妻有自己的约会、自己的生活，这里不是他的行宫，妈妈也不应该每晚苦苦守着，等他偶尔临幸？你一直嘲笑母亲做出的这种基于物质利益考虑的选择，可你又比母亲强到哪里去了？

这是妈妈想要的生活，你没理由干涉、改变——这个理由并不能安慰她。她呆坐了一会儿，扯掉浴帽，换了衣服出去，发现司霄汉正靠在客厅沙发上打着盹，头一点一点的，稀疏的头发垂落下来，不知道是不是灯光和角度的原因，他脸上的老人斑看起来十分醒目，一下显得比平时苍老了不少。

“爸，要不你回卧室去睡吧。”

他醒了，摇摇头，拍拍身边的沙发，“坐下，小云，我有话跟你说。”

她很不自在地坐下，但司霄汉显然误解了她的满腹心思，“下午生那么大气，我叫你你都不理，在家就算了，在公司里这么任性可不好。”

她闷闷地说：“我能怎么样？都恨不得指着鼻子说我出卖公司利益、泄露公司机密了，难道我还呆坐在那里听着啊？”

“你张阿姨也不是那个意思。”

司凌云被勾起火来，“她是什么意思，我不想多说。我没当着你的面跟她吵架，已经是很给面子了。”

“你看你，从小到大这个暴脾气一点儿没改。那个律师是怎么回事？他欺负你了吗？”

“没有，就是分手了。”

司霄汉也不深究，“你走以后，我跟他们说了，这件事还是由你全权处理，不许再说三道四。”

司凌云大吃一惊，怔怔地看着父亲。

“我的女儿会为一个分了手的男人把公司利益放到一边，简直是笑话。”

司凌云哭笑不得，“这个推论可真是无懈可击，谁也反驳不了。”

“明天上班后跟老侯他们碰头，决定怎么谈条件。我看了看你跟那个白律师提的方案，还不错，总之一定要尽快把这件事平息下去，不要再造成公众影响。”

她不语，他拍拍她的手，用呵哄的口气说：“女孩子有点性格不要紧，太任性就不好了。”

她当然也没打算任性下去，笑道：“你特意来跟我说这些的吗？”

他点点头，“我几个孩子里，建宇心思细密，但是性格阴沉内向，心机太重，患得患失，小峰又太软弱了……”

她从来听不得任何人说司凌峰坏话，更别说是他们的父亲了，马上抗议道：“哎，小峰怎么软弱了？他那叫善良。”

司霄汉显然根本没把善良当成什么了不得的优点，继续说起张黎黎给他生的小儿子，“震寰现在还小，不过已经被他妈宠得太娇气，简直不像一个男孩子。说来说去，你最有性格，最不怕我，也最像我。唉，小峰要跟你对换一下，你是个儿子就好了。”

她心底才生出的些许温情一下子消散了，没好气地横他一眼，“女儿怎么了？有三个儿子还嫌不够，这么重男轻女，老封建，老脑筋，老古板。”

他也不以为忤，“女儿总归是要嫁到别人家的。将来等我老了，还是得靠儿子接手公司，继承家业，分担我的工作嘛。”

“那我要是也想在公司里做出一点成绩来呢？”

“我不是说过了吗？结婚前安安分分做好工作，我会支持你。不过对女孩子来讲，最重要的还是嫁个好男人，我会给你留意合适的人选，不许再招惹那种不着调的小律师。”

她哼了一声，知道根本没办法改变他的成见，心里记挂着妈妈还不回来，也没心情再争论。好在这时门一响，程玥开门进来了。她一边脱掉黑色高跟鞋，换上拖鞋，一边若无其事地笑：“霄汉，你来了。怎么不先给我打个电话，我好不出去打麻将，给你准备消夜。”

司凌云眼神犀利，已经留意到妈妈妆容有些零乱，身上那件红色连衣裙对于仅仅出去打一场麻将来讲，未免过于隆重。她不安地看一眼司霄汉，好在司霄汉看上去对这些细节浑然不觉，只打了个哈欠，“应酬到十点多钟才完，吃不下什么东西了。”

“那我去给你放水，你泡个澡，我给你按摩一下，早点休息。”

司凌云站起来，“我累了，先去睡了啊。”

她与程玥的视线短暂一碰，各自移开，这种突然之间近乎同谋的感觉，让她的心情更加郁闷了。

6

白婷婷认真地说：“你一定得听我解释。”

司凌云摆出一副公事公办的表情，“没这个必要，白律师，我并不介意这件事。”

白婷婷盯着她，“明明讨厌一个人，表面还若无其事地说不介意，我以为是我们上班族的必修课，你这样的天之娇女不需要这样的城府吧？”

“有城府的人根本不会当着那么多人甩手就走，不过没关系，随你怎么想。”司凌云仍旧看着笔记本显示屏，“白律师，第四点你看有没有必要修改一下，补交养老保险应该以他们在顶峰服务的实际年限计算才对，但是他们最初都没有签订正式劳动合同，公司头几年的人事档案也不够完整，万一他们抠字眼就不好说了。”

白婷婷点点头，“好，我再研究他们几个人的资料，分别确定年限。”她合上自己的笔记本电脑，“司小姐，你甩手就走，令尊照样让你负责这件事，我既得罪了你，又在上司那里落了个不够合作的印象，可谓两头不讨好，所以，这已经不是我怎么想的问题了，你得听我解释。”

面对这样的坚持，司凌云不好再拒绝，只得抬头看着她。

“我无意刺探你的隐私，不过昨天下午四点钟，我的一个校友来我们所里面试，我跟他谈了几句，发现他跟韩启明同事过一段时间，而他的女朋友恰好是韩启明，也是你低一年级的学妹。”

这种曲折的关系让司凌云感叹：“这世界可真小。”

“司法这个圈子确实很小，我留他在会议室攀谈，本来只想打听一下韩启明是不是对公益事业有热情，以便判断他对这个案子起的作用，我完全没料到听来的是一个财经政法大学里谈得那么热闹的八卦。”

司凌云知道关于她的八卦一度在校园内疯传，可毕竟没有人公然当着她的面谈论，她倒来了一点好奇，“他们怎么说的？”

“按照他转述他女朋友的说法，韩启明曾狂热地追求你，你们在一起快三年时间，就在几个月前，你将韩启明与你的室友捉奸在床，丢掉他们的衣服，在大庭广众之下把他们赤条条赶了出去。”

司凌云一怔，随即失笑，“然后呢？”

白婷婷声音平静地继续说：“韩启明为了报复你的羞辱，公然跟那个室友走到一起，出双入对；你不动声色，重新勾搭了韩启明，他对你忏悔，你毫不理会，马上又把他给甩掉了；为了刺激他们，你还找了一个十分英俊、开豪华轿车的男人送你回宿舍，刻意让他们看到。”

司凌云想，经传闻添油加醋演绎之后，剧情比肥皂剧还要俗滥，她也没什么可辩解的，也许在别人眼里，她一直就是那样任性、剽悍，行事毫无顾忌。

“就这些吗？”

白婷婷摊手，“还有一些细节，挺夸张的，我就不转述了。总之，我承认我听得挺起劲，完全没注意侯主任路过会议室，听到了我们的谈话，他进来接着打听，得出结论，你们之间有复杂的恩怨情仇，韩启明接手这案子是为了报复你。他马上给张总打了电话，我拦都拦不住。跟你讲这些，不是为了让你别恨我，去恨我的上司。看你这态度，我猜你不会屑于恨我们这些不相干的外人。不过就像你昨天在司董事长办公室说的一样，我不推诿责任，可也不想主动给谁扛雷。”

司凌云点点头，她虽然跟侯律师这个人打交道不算久，但完全知道他堪称老滑头，确实清楚该优先取悦谁。

解释开误会以后，两个人交流更加顺畅，她们很快敲定了和解方案，白婷婷当着司凌云的面给韩启明打电话约时间，讲了几句之后，她捂住听筒，小声对司凌云说：“韩律师同意十一点见面，但他要求会谈时你也在场。”

司凌云点点头，“可以。”

放下手机后，白婷婷一脸的若有所思，“他可能确实还爱着你。”

司凌云呵呵一笑，“白律师，恕我直言，你不该有这种小女生的玫瑰色想象。他恨我应该更接近事实一些，虽然我也不大理解他为什么要恨我。”

“爱和恨可能本来就是容易混合转换的两种极端情绪。”

司凌云还真是弄不懂韩启明的心思，她了解的那个男生性格阳光而明朗，几乎是她内心那些负面阴暗情绪的对立面，她想她之所以会接受他的追求，正是基于这个认识而产生的安全感与信任感。在两个人相处的过程中，她唯一疑惑的是，他对她的爱到底是出于了解，还是出于生物学上的吸引力。可是自从撞见他与葛倩如在床上纠缠的那一刻起，她就彻底迷惘了。她只能断定，她其实并没有识人之明，所有的了解都不过是一场误会。她不想跟白婷婷讨论这个问题，好在白婷婷并不刨根问底，马上转移了话题。

两人接着聊起来才知道，白婷婷是法律硕士，本科学的管理专业，两人不免很关心对方的职业情况。按白婷婷的说法，女律师想在业内混出名堂，个中艰辛简直一言难尽，她不止一次考虑去外企做法务，图个高尚清静，可又做不到彻底放下这个职业，而司凌云自然是希望能通过司法考试，有机会当律师。

“我们两个简直可以玩交换人生了。”白婷婷撩一下头发，扮个鬼脸，“不过你肯定不愿意跟我换，甲壳虫不用说，单把你的皮囊换给我，你就未免太吃亏了。”

“那可不见得。”

“你还算不虚伪，没安慰我说，美貌没有智慧重要。”

“确实没有，不是安慰你，我能接受总有一天我会变老变丑，但是我可不能忍受我变蠢。”

白婷婷大摇其头，“这是美女思维。你不知道，我长得完完全全像我的父母，他们就是丢进人堆里面马上找不着的那种人。我一直的梦想就是基因突变一下，某天一睁开眼睛，突然青春美貌多金再加上魅力无边，让男人不明原因深深迷恋无法自拔，然后我高傲走开，留一个背影给他。不过活到现在，我只收获了无数背影，先转身的人真是一群讨厌的生物。”

司凌云被逗乐了，哈哈大笑，“我要是男的，一定爱你，又独立又会赚钱又风趣，多好。”

“唉，男的才不这么想，姐告诉你，男人多半觉得他们负责独立风趣加多金，我们负责小鸟依人仰慕他们就好。嘁——”白婷婷往椅背上一靠，“想得倒美，我办案顺利自我膨胀到迷失的时候，还巴不得有人来这么满足一下我呢。”

司凌云回想了她有没有经历自我膨胀的时刻，结论是没有，哪怕在年少轻狂、任性妄为的少女时期，她也只是看上去自信而已，在内心深处，她怀疑一切。她唯一彻底迷失的时刻，就是与傅轶则在一起的半个月时间，可惜，也只是一次迷失而已。

司凌云与白婷婷走出办公室，正好迎面碰上了傅轶则，他告诉她，他刚跟司建宇谈完事情，过来看看她有没时间一起吃午饭。

司凌云摇头谢绝，“我得跟白律师出去一趟，改天吧。”

傅轶则帮她们按了电梯，司凌云手机突然响起，她拿出来一看，是一个陌生号码，刚按了接听键，听筒里传出来的是一个歇斯底里的声音：“司凌云，你太卑鄙了。”

虽然这个声音尖厉得刺耳，司凌云还是辨别了出来，厌恶地将手机从耳边拿开一些，“你有病啊，葛倩如……”

“你才有病，你简直是丧心病狂，居然派人来打韩启明。我已经报了案，我要告你，你给我等着，就算你家再有钱，你也难逃法网。”

司凌云一只脚已经跨入电梯，顿时定在了原处，葛倩如的怒骂声继续从手机中传来，站在电梯内的白婷婷不解地看着她，“出了什么事？”

她不理会，只问葛倩如，“启明现在怎么样？他在哪里？”

“别妄想了，我不会告诉你的。”

司凌云将手机丢进包内，退出电梯，对白婷婷说：“韩启明被人打了。”

白婷婷大惊失色，昨天张毅扬言要动武，她也在场，从顶峰出来后，她隐隐不安，忍不住问侯律师，这位张总究竟是当真，还是口头上虚张声势。侯律师根本没正面回答，只打了个哈哈，说身为律师，并不需要对委托人的品德和习惯做审判。

“他女朋友已经报了案，说是我指使的，也许公安局会来找我调查。你马上去找你那个校友，看能不能打听一下韩启明现在的情况，有消息马上给我打电话。”

白婷婷满脸的不可思议，还是点点头，关上了电梯门。司凌云转身便大步向安全楼梯走去，傅轶则紧跟在她身后提醒她，“凌云，冷静。”

她不理他，推开安全门下楼，傅轶则一把抓住了她的胳膊，“你要干什么？”

“这件事摆明是张毅指使的，我要去……”

“你要去揍他不成？”

司凌云不答话，狠命甩他的手，然而他牢牢搂住了她，声音低而清晰地说：“你并没有证据。按你大哥的说法，张毅是一个不折不扣的浑人，你扮演不了替天行道教训他的那个人，现在你最应该做的是上楼去找你父亲。”

司凌云只是一阵暴怒之下再也想不到其他，此刻她挣扎得累了，无力地向后靠到墙上，良久才哑声说：“找他有什么用，他既然能容忍一个流氓管理物流公司这么久，哪怕出现巨额亏损都没撤换掉他，当然也不会为这件事把他怎么样。”

“不见得，目前在顶峰，除了司董事长本人，没有谁是不可替代的，任何处理也许只是需要一个恰当的时机而已。”

司凌云怔怔地看着他，他同样凝视她，显得温和而镇定，她突然问：“我大哥会跟你讨论公司内部事务到这么深入的程度吗？”

他的神态没有任何波动，“你的疑心又泛滥了。不，你大哥是非常谨慎的人，但我有自己的判断，而且这并不难推理出来。”

她默然，他放开她，抬手替她整理有些凌乱的头发，“冷静！你比对手冷静，就差不多先赢了一半。”

7

依据白婷婷打听来的消息，韩启明在走出律师事务所所在的写字楼后，走到转角处被两个粗壮的年轻男人拦住，未交一语，那两人便抽出铁尺同时动手。他们下手既快又狠，韩启明几乎没能做出任何抵抗，便被打倒在地，三分钟后，他昏倒在地，那两个人在路人的惊呼声中扬长而去。惊魂未定的路人打了 110，警车、救护车差不多同时过来，韩启明被送到市中心医院。

“目前的诊断是轻微脑震荡，鼻梁、右手尺骨和肋骨多处骨折，另有一些皮肉伤。我不得不说，对方下手非常狠，也非常有分寸。依这个伤势，哪怕立案也不是什么大案子，加上现场的人根本描述不清凶手的长相，除非有人提供更明确的线索，不然……很难破案。”

司凌云听着白婷婷的分析，半晌无语，刚放下电话，司霄汉的秘书闻洁就打来电话，通知她去他的办公室。

她走进去时，张毅正扯着嗓子大吵大闹，坚决不肯承认他是幕后指使人。

“姐夫，你了解我，我一向敢作敢当，是我做的，我一定认账。你昨天说了我以后，我怎么可能马上去做这事？天知道那小子还得罪了谁，也许是跟人争风吃醋惹祸上身也说不定。”

司凌云暗自咬牙，克制着不说话。显然，在场没有一个人肯相信张毅的话，甚至他姐姐张黎黎也不帮着辩解，厉声喝令他住口，对着司霄汉恳求地说：“董事长，张毅也是性格鲁莽一时冲动，你别跟他计较。他以前有过案底，这次千万不能再进去。”

司霄汉不客气地挥手打断张黎黎，让张毅交出物流公司所有的文件和公章，去天津出差办一件闲差事权当避风，“记住，我不叫你回来，你就老老实实待在那里别动。”

张毅气得额头青筋跳动，可在司霄汉的积威与张黎黎的眼色示意之下，只得出去。

“凌云，警方要来调查你，你知道该怎么说吧？”

司凌云冷笑一声，“我还真不知道该说什么，不如张总你来教教我。”

张黎黎哪里受过这种气，面皮顿时紫涨，却又发作不得，只得求救地看向司霄汉。司霄汉咳嗽一声，“小云，我昨天跟你说过，凡事不要任性，顾全大局。”

“对对，顾全大局，万一再招来媒体报道，对顶峰十分不利。”

司凌云不理会张黎黎，直接对着父亲，“我不会为谁撒谎做伪证，最多只能说我对此事一无所知。”

司霄汉点点头，“这就够了，警察如果打电话给你，你叫上老侯一块儿过去，他知道该怎么处理的。”

“那韩启明的赔偿……”

“现在谈赔偿就是不打自招，小云，这个道理你应该能懂。”

司凌云从司霄汉的办公室出来，刚走到电梯边，张黎黎便追了上来，“司凌云，我只想告诉你，张毅是我唯一的弟弟，不管是谁对他不利，我都绝对不会原谅。”

“这是威胁我吗？”司凌云不屑地说，“求人可不是你这个求法，张总。”

张黎黎脸色阴沉，紧紧地盯着她，“谁说我是来求你的，只是有一件事，我想提醒你注意一点。”

司凌云心想，她答应了父亲，当然不可能反悔，可张黎黎居然如此穷追不放，而且咄咄逼人，简直让她又好气又好笑，“注意什么？”

“我知道董事长昨天晚上在什么地方过的夜。”

司凌云着实吃了一惊，一时哑然。

“某人为老不尊，放着好好的前妻不当，偏要当小三。我不屑于上门去闹，可不代表我一无所知好欺负。”

这个羞辱让司凌云血往上冲，她握紧拳头，指甲掐入掌心，努力镇定住自己，“张总，你也到了该修身养性的年龄了，用为老不尊这个词，实在有点儿好笑。而且我依稀记得我妈离婚之前，有个女人对她说过，身为老婆，管不住男人，只能愿赌服输。”

张黎黎放声大笑，“我就知道你一直恨我，用不着拿这话来堵我。去问问你爸爸，他一向把公司财务交给谁在管？你妈那点儿可怜巴巴的用心，我根本没放在眼里，你爸爸这把年纪，去她那里，总好过在外面胡混，所以我也懒得弄得大家难堪，不过，我的好意一向只留给知趣的人。张毅这件事，当天在办公室里听他讲蠢话的，只有这么几个人，如果你做不到知趣，息事宁人，那以后我们走着瞧。”

司凌云回到办公室自己的位置坐下，已经气得手脚冰凉。她不知道这样坐了多久，白婷婷突然又打来电话，“警方给你打电话没有？”

她烦躁地说：“没有，你们侯主任要我去主动投案自首吗？”

“我不是这意思，不过我刚看到有人在网上发帖指控你，措辞十分强硬，看那个口气，我猜是韩律师的女友干的。”

她登录白婷婷告诉的几个网址一看，发现包括财经政法大学校内网的多个 BBS 都发了内容相同的帖子，指名道姓地说某集团老板的女儿司某某飞扬跋扈，在光天化日之下，公然动用黑社会势力打伤了“挺身而出，为弱势群体讨薪”的韩启明律师。帖子的指控来得直截了当，字字诛心，称得上刻毒，还配上了韩启明血淋淋的照片，下面是她与韩启明过去拍的一张合照，韩启明笑得十分开朗，而她刚好表情冷漠、心不在焉，摆在一起的反差效果十分触目。她的第一反应与白婷婷相同，这只可能是葛倩如干的。

她想，有些话不说，不过是良心与现实、情势作战做出不得已的妥协，而背上这种黑锅就是另一回事了，“白律师，我可以告她诽谤吗？”

“她不是实名发帖，这种名誉权官司打起来，中间取证有一定困难。”

“所以我只能忍了？”

“那倒不用，你马上来公安局跟侯律师和我碰头，我们向警方报案，正好避免被动。备案以后，我也好马上要求网站删掉这些帖子。”

她机械地答应，拎着皮包下楼。晴朗的下午，炽烈的阳光将整个城市都烤得热烘烘的，暑气逼人而来，她的车内温度更是高得惊人。她发动车子以后，开启空调，却只觉得整个人疲惫不堪，好像踩油门的力气也没有了。

她想，各种挑战她忍耐极限的状况层出不穷，要在这个环境里保持冷静实在太困难了。

侯律师在司法界摸爬滚打几十年，人脉颇广，没用太长时间，已经带着司凌云、白婷婷到相关部门报案，做好笔录。从公安局出来，侯律师与白婷婷回所里去与几个网站交涉删帖，司凌云打算去看看韩启明，当然，她也知道警方还在调查之中，她现在去也许并不明智，但她到底放心不下。

她到了医院，先去旁边商店买适合探视病人的礼物。她正在挑选，只听旁边一个熟悉的低沉声音不耐烦地说：“好了，别买这些花哨的东西。”

她抬头一看，曲恒正站在柜台前，旁边一个身材瘦高、留着一头及腰长发，穿着白色背心蓝色牛仔短裤的女孩子笑眯眯地回敬他，“这是我的心意，你别管。”

曲恒一转头，也看到了司凌云，“你怎么在这里？”

“我买点儿东西看一个受伤的朋友，你呢？”

那女孩子看上去只二十一二岁，十分爽朗，抢先说道：“我们来看他妈妈。嗨，你好，我叫可可。”

司凌云清楚地记得，昨天曾在曲恒接电话时听到他叫这个名字，“你好，我是司凌云。”她问曲恒，“你妈妈住院了吗？现在怎么样了？”

“她病了很长时间，已经快好了。”曲恒看上去并不想谈这个话题，对那女孩子说，“挑好了没有？”

“就这些吧，老板结账。”

曲恒掏出钱包付了账，那女孩子娇嗔地瞪他，“喂，你这个人老是这么大男子主义，自说自话的。”可是显然这不算一个责备，她刚要去拎那堆东西，曲恒已经先一步拿了起来，她对司凌云挥一挥手，“再见，我们先走了。”

司凌云买了鲜花、果篮和各式补品，提得满满一手走进医院，可进到住院部大厅内，满载病人与探视者的电梯在她面前上上下下，她却迟疑了。

该怎么面对韩启明和守在他旁边的葛倩如？她能做的解释无非就是她没有参与此事，然而她是知情人，就算对着警方可以隐瞒这一事实，对着曾经是她男友的受害人，她又怎么能厚起脸皮装作若无其事？

曲恒从电梯里出来，诧异地看着她，“你怎么还在这里转来转去？”

她沮丧地说：“受伤的是我以前的男朋友，我们之间……有一点误会。”

曲恒若有所思，“是那个律师吗？”

“你怎么知道？”

曲恒没有回答这个问题，只扬起一道眉毛，“以你这个做什么事都要做绝的性子，不大可能跟人再见也是朋友，居然肯来看前男友？”

被他一语道破，司凌云好不尴尬，她想，韩启明与葛倩如恐怕更有理由这么想。

“要是实在怕碰前男友的钉子，把礼物交给护士送进去就是了，犯不着在这里转圈。”

“谁说我怕了，我这就上去。”

曲恒好像被她逗乐了，难得地露齿一笑，“好，我出去买粥，等回来看你还在不在这里。”

被曲恒这么一激，司凌云终于下了决心，走进了电梯。

她很容易便打听到了韩启明的床位，到了病房门口，一下停住。韩启明躺在靠窗的位置，她不想见的葛倩如并不在病房内，可是床边坐着一对神情焦灼的五十来岁的夫妇。韩启明曾经给她看过他的全家福，她马上猜到他父母闻讯赶来了。

她站了好一会儿，还是一咬牙走了进去。韩启明的母亲先看到她，随即推了一下他父亲，她一下意识到，韩启明肯定也将她的照片给父母看过。

她期期艾艾地说：“我……来看看启明，他怎么样了？”

出乎她的意料，韩妈妈马上接过她手里提的东西，亲热地招呼她坐，“凌云吧，你别担心，医生说只要休息得好就会恢复，没什么后遗症的。启明说你出差了，没想到你这么快就赶回来了。”

司凌云一下有些傻眼了，她准备接受的是怒目横眉、恶语相向，没料到这夫妇两人极其和善，还带着一点儿兴奋。她看向躺着的韩启明，韩启明头上缠满绷带，颧骨上有一块血肿，眼睛里突然流露出一丝恳求，她领会了他的意思。

“叔叔阿姨，对不起，我来晚了。”

接下来她实在不知道说什么了，韩启明突然对他父母说：“爸爸、妈妈，有凌云在这里陪我，你们出去吃晚饭吧。”

他们出去以后，司凌云坐下，看着面目全非的韩启明，完全不知道说什么好，韩启明却扯着嘴角，挣扎出了一个笑，“谢谢你没有拆穿我，我没告诉他们你已经跟我分手了，他们还一心等着我带你回家去见他们。”

“你这是何苦，启明？”

韩启明眼神黯淡，“你不会懂的。”

司凌云想，她不懂的事情实在太多。韩启明既不想解释，她也不打算徒劳追问了。

“你挨打这件事，我很抱歉，但是……”她得狠一下心，才能接着说下去，“请相信我，并不是我指使的。我会负担你的医药费……”

韩启明恼怒地打断了她，“够了，我有医疗保险，所里也给每个律师买了意外伤害保险，我穷归穷，还不至于需要你出这个钱。”

“我不是这个意思。”

隔了半晌，韩启明重新开口，声音平静，“如果你真有一点儿歉意，有一件事你可以帮我。”

“你说。”

“我父母——你也看到了，他们都是老实人，我挨打这件事已经吓坏他们了，他们还要在这里多待几天照顾我，如果你不是太忙，每天下班之后过来坐一下，一直到他们回去。我也知道有些可笑，可是，他们现在非常担心我，我不想让他们更失望。”

司凌云迟疑一下，问：“那……葛倩如呢？”

“我没打算让我父母见到她，他们来之前，我就请她走了，再不要过来。”

司凌云顿时无语。

“你如果觉得这个要求过分，不答应也没关系。”

司凌云苦笑，她本能地觉得这个要求只会把事情弄得更复杂。可是她想，他父母的反应看起来似乎对他很重要，对她来讲，起码为他做这件事后，她心里可能会稍微好受一点。

“好，我答应你。”

8

第二天，司凌云信守诺言，推掉傅轶则的约会，下班后先去餐馆打包饭菜，然后到医院看韩启明。

她再度在电梯那边碰到曲恒，连忙提出要去看看他母亲，曲恒摇头谢绝，“谢谢你的好意，不过我妈这人很单纯，一个可可突然冒出来，已经把她弄晕了，我再带一个女孩子上去，实在没办法解释。”

她多少动了一点儿好奇心，“可可是你女朋友吧？”

曲恒顿时恢复了那张扑克面孔，没有表情地说：“我们是朋友。”

她扑哧笑了，老实不客气地说：“‘再见也是朋友’的那种‘朋友’吧。”

曲恒摇摇头，并没说什么。

她上楼进了病房，心头立刻一紧，有一个警察坐在韩启明病床边。韩妈妈小声告诉他，警察正在询问韩启明。她点点头，只听警察提到网上那些帖子，韩启明马上指出，那纯粹是造谣生事，司凌云与此事毫无联系，事发突然，他也没有更多线索可以提供。警察做完笔录后，承诺将继续调查，便告辞了。

韩启明已经做了近四年律师，见过不少无头案子，他十分清楚此案告破的希望很渺茫。他不由自主看向站在窗边的司凌云，司凌云恰好也正看向他，两人眼神都十分复杂。

接下来的几天，司凌云一直处于尴尬和左右为难之中。

韩启明的父母看上去正如他说得那样，是十分老实忠厚的好人，待她礼遇有加，尤其是韩妈妈，一直跟她说着他们正在筹钱，准备给他们做首付买房，“年轻人在大城市里奋斗不容易，我和你韩叔叔苦一点没关系，一定全力支持你们。”

她不可能全无表示，只得说：“没这个必要，阿姨，启明肯定也不赞成你们一味苦自己的，你们还是应该享受生活。”

韩妈妈显然完全没想到她会说这话，“难怪启明说你很大方。别为我们操心，小城市生活成本低，我们节约了一辈子，也习惯了。”

她害怕进行这种谈话，不过更让她诧异的是，不管是不是当着父母的面，韩启明都表现得跟从前一样深情款款，仿佛他们之间没有发生任何变故。如果他是在表演，那他的动作、眼神都称得上无懈可击。司凌云有说不出的感触，只得安慰自己，起码他不再恨她了。

韩启明在医院又住了三天，出院那天，司凌云特意向公司请了假，开了妈妈那辆空间较大的凯美瑞去接他回家。他已经退掉了过去在财经政法大学附近跟人合租的房子，搬到离律师事务所不算远的一座旧宿舍楼五楼的一居室住着。这几天韩爸爸韩妈妈抽空把房间打扫得十分干净整洁，还买了菜回来，说要给他们做一顿好吃的。

韩爸爸扶韩启明去卧室里躺着休息，她知道一般合格的女友这个时候都得主动进厨房帮忙，可是她既没有任何下厨经验，也拉不下脸皮将戏做到十足，正有些坐立不安的时候，手机响了，她拿起来接听，葛倩如的声音冷冷地传了出来，“司凌云，你马上下楼来。”

她哑然失笑，“不然呢？”

“不然我就上来，当着启明父母的面拆穿你，看谁会难堪。”

她叹了一口气，“好，等着，我下来了。”

她先探头到厨房，跟韩爸爸韩妈妈说下楼去买点东西，然后下楼来，一眼便看到了葛倩如。

天气异常闷热，旧宿舍区楼间距狭小，头顶到处是横七竖八晾着的衣服，葛倩如站在树荫下，脸色十分阴沉。

司凌云看看四周，停在离她一米开外的地方，“有什么事？”

“我丢了工作，你满意了吧？”

“什么意思？”

“你太卑鄙了，仗着家里的势力让网站删了我发的帖子不算，又叫经天律师事务所的侯律师跟我上司交涉开除了我，现在居然还赖在我男朋友家里扮演体贴贤惠的女友，脸皮可真厚啊！”

白婷婷只跟司凌云通报了与几家大网站交涉删帖的情况，没提及葛倩如的工作。她完全没料到圆滑的侯律师会去干这件事，不过再想一想也明白，显然是她父亲指使的。她耸耸肩，“启明的父母明天回老家，我再不会出现在这里。至于你丢了工作，我刚刚才知道。我既谈不上满意，也没什么可抱歉的。你一个法学硕士发那种帖子，我没起诉你诽谤、侵犯隐私跟名誉权，你就已经该偷笑了。”

“你敢摸着良心说韩启明被打这件事跟你毫无关系吗？”

“你还真动了审判我的瘾头了？”司凌云反问，“好吧，你敢摸着良心说，你发帖子毫无根据地诽谤我，是为了还原事实真相、伸张正义吗？”

葛倩如一时语塞。

“我搞不懂你为什么要这么恨我，不过随便你吧，你好自为之。”

葛倩如顿时被激怒了，“你有什么资格警告我？你以为你赢了吗？你一向自视过高，我告诉你，司凌云，你错了。我根本不恨你，我只是可怜你，你自以为要风得风要雨得雨，永远不可能知道我为什么要抢走韩启明。我唯一能告诉你的是，真正恨你的那个人不是我，而是韩启明。当初是他要我配合他在你面前出双入对来刺激你，至于我发的那些帖子，他也是知情的，他甚至一边打着石膏，一边提供你的照片，修改我的措辞。”

司凌云骤然惊呆了。葛倩如看着她的表情，怒气突然平息，嘴角流露出嘲讽的笑意，“完全没想到他也会要你吧？司小姐，醒醒吧！别老把自己当成天之骄女，自以为长得漂亮、家境优越，这个世界就该围着你转，男人就该理所当然为你无条件着迷，天下哪有这么便宜的事情？”

葛倩如转身扬长而去，司凌云没有上楼，直接走到停车的地方，上车发动车子开走，过了半个多小时，韩启明打来电话，“凌云，你买什么东西去了这么久？我妈的饭都快做好了。”

“告诉叔叔阿姨，我公司有事，不回来了。”

“那……晚上能不能过来？”

她再也忍不住，“韩启明，你真的认为我会指使人打伤你吗？”

“我当然没这么认为，你也听到我是怎么跟警察说的，干吗突然问这个问题？”

“那你跟葛倩如一起发帖子骂我是凶手的时候是怎么想的？”

他没有回答。

“你真的恨我恨到这种程度吗？为什么？”

听筒内长久没有声音传来，这样炎热的夏天，他的沉寂让她的心一点一点冰凉，她想，葛倩如说对了一部分，她确实自以为是了，现在她要这个答案还有什么意义？

她挂断了电话。

9

司凌云将车停到路边，拨通傅轶则的电话。过了好一会儿，他才接听，声音压得很低：“凌云，我在开会。”

她声音平平地说："我想见你，马上，你要是觉得会议更重要一些，那也随便你。"

"出了什么事？"

"什么事也没有出，你没时间对吧，那我找别人。"

"等一下——你在什么地方？"

司凌云看看四周，"我现在去江边的明珠酒店，大概需要二十分钟时间，你最好快点儿出现。"

她不等他做出回答便挂断电话，也不给自己任何思考的时间，将车驶往明珠酒店，她到前台刷信用卡开了16楼一个大床房，进了房间以后，拉开厚厚的落地窗帘，扑入视线的是一路之隔的滚滚长江，浊黄的江水在阳光下闪着耀眼的光，刺得她闭上了眼睛，连忙拉上了窗纱。

外面骄阳如火，城市在炙烤之下仿佛有些变形扭曲，室内温度恒定在怡人的23摄氏度，她不期然有些瑟缩，抱住双臂，却意识到这股寒意其实是从心底蔓延开来的，跟空调没什么关系。

只过了十分钟，她手机响起，傅轶则的声音传了过来，"我到了。"

她将房号告诉他，隔了一会儿，他按了门铃，她打开房门，他一步跨了进来，反手摔上门，神情颇为恼怒。

"你这是干什么？"

她不回答，一粒粒解开自己的纽扣，薄软的深紫色真丝衬衫随着她手指灵巧的动作徐徐敞开，露出里面的黑色蕾丝内衣，衬得裸露的皮肤越发雪白细腻。他眼睛里蓦然闪过她看不懂的情绪，一把抓住她的手，"够了。"

她歪着头，微笑道："你不想要吗？"

他眉毛一扬，说："上一次你这么主动以后发生了什么事，我记得很清楚。"

她耸耸肩，“那你何必过来？”

他盯着她的眼睛，仿佛要一直看进她的内心深处。自从两人重逢以来，她头一次这么不避不闪，任由他看着。终于，他缓缓松手，将她抱进了怀中。他的嘴唇压到她的唇上，那个触感让她清楚地意识到了自己的嘴唇是冰凉的。他身体散发出的温度让她不由自主地贴近，似乎想从他那里汲取热量。

明亮的光线经白色纱帘过滤后照进来，室内通透得没有阴影。雪白的天花板犹如银幕一般展现在司凌云眼前，肌肤相接、喘息起伏之间，这个盛夏炎热的午后、这家她从未入住过的酒店、这个她不曾踏足过的房间、这张柔软宽大的床……仿佛都源自她某段已经忘怀的记忆，让她恍惚觉得似曾相识。而覆盖着她的这个男人身体的味道、他有力的双臂、他灼热的吻、他的汗珠滴落、他直抵她身体深处的猛烈冲击……所有这一切，本该都是她曾亲身经历的一部分，此刻却让她异样陌生。

这样悖逆的感觉，像望不到尽头的一次旅行，像做不完的一场白日梦，令她迷惘、疲惫，直至迷失。

当一切终于归于平静，司凌云将雪白的床单拉上来盖住自己，深深呼吸，试着让心跳慢慢恢复正常节奏，但傅轶则显然并不想就这样放过她。

“这一次外面没有人等着接你吗？”

“没有。1600块的房费，我没打算现在退房，你要走的话请便。”

“跟我说说，如果我不来，排在你名单上的下一个男人是谁？”

她想，她的初恋是一本乱账，最大的心动迅速终结在眼前这个男人手里，第二次恋爱被人不明不白插足，生活已经苍白单调到了如此地步，哪有什么名单？又哪有什么下一个男人等她临幸？可是她只懒洋洋地说：“一场艳遇还不好找吗？要什么名单？”

“以你刚才生涩的表现来看，你那个前男友一定很差劲，而且你这几年肯定没什么艳遇的机会。”

这个苛刻的评判也没有能够惹她生气，她合上眼睛，漫不经心地说：“我如果说你也不见得比从前表现好，就未免太像赌气吵架了。我们暂时休战好不好？我太累了，想睡一会儿。”

她本来只是没有精神再跟傅轶则唇枪舌剑说下去，可是不知不觉中，她由佯睡变成真的睡着了。她做着没有什么情节却充满不安定情绪的梦，时而独自在卢未风家的天台上，四周一切变得异样破败沧桑，脚下街道没有一个行人，安静得反常，四顾一片茫然；时而她又回到了中学时光，周围是她的同学，他们在湖边抽烟，开心地高谈阔论，她却无法参与其中……

司凌云醒来时，已经是薄暮时分，室内光线变得柔和慵懒，她一转头，枕边空无一人。她以为傅轶则已经走了，刚要舒一口气，然而马上看到，他衣着整齐地坐在窗边的沙发上，看着窗外，光影勾勒出他的侧面轮廓。她伸着懒腰，舒展困倦酸软的身体，他突然回过头来，逆光之中，她看不清他的表情，可是她知道他正看着她，十分专注，他的目光穿越一室寂静，完全笼罩住了她。

“心情好一点儿了吧？”

她只得承认，他虽然不可能知道她心情不好的原因，但他说得没错。她现在再想韩启明的行为，心平气和，完全没有开车离开韩家时充塞心间的愤怒与悲凉感。她有近五年时间没有任何身体的欲望，重遇傅轶则后，面对他露骨的引诱，也只顾逃避，却没有想到，一场不假思索的纯粹性爱竟然可以如此彻底地驱散心中的阴霾，这样看来，好像也没什么可纠结的，她转移话题地问：“现在几点？”

“快七点了。”

她还是头一次睡这样漫长的午觉，再赖在床上也觉得说不过去了。她努力忽略他的目光，坐起来抓了床单裹住身体，再捞起自己的衣服，去浴室洗澡，等她出来，天黑了下来，他开了身边的落地灯，仍旧坐在原处。

“走吧。”

“现在退房值回 1600 块了吗？”

她不理会他这个挖苦的口气，“我饿了，想去吃饭，这里顶楼的意大利餐厅好像还不错……”

他突然拖住她的手，用力一拉，她毫无防备地跌坐进他怀里。

“喂，干什么？”

“你一定不想跟我在意大利餐厅吵架，所以，我们最好在这里把话说清楚。”

她倒镇定下来，“行。”

“先跟我解释一下今天是怎么一回事。”

他盯着她，可是她一旦下了决心，便不再忌惮他的审视，反而笑了，“我没记错的话，上周你向我提出要我做你的女友，莫非我误会了你，你只是想跟我维持一种柏拉图的关系？”

这显然是一个让傅轶则意外的回答，他的眼神莫测，停了一会儿，嘴角突然向上一勾，也笑了，“所以说，你同意跟我在一起了。”

“前提是你先同意几个条件。”

“说来听听。”

“第一条就是：不要事事都问为什么。”

“我只能理解为，你其实给不出答案。”

司凌云耸耸肩，“随你怎么想，我只是提醒你，这一点对我有同样的约束力，你并不吃亏。”

“很好，第二条呢？”

“我讨厌混乱，比较喜欢简单干净、一对一的关系。也就是说，如果有一天你想跟别的女人在一起，请明白告诉我，大家好聚好散，我不会纠缠。”

“这一条也同样适用于你吧？”

“没错，我也不喜欢受到纠缠。”

他往后一靠，饶有兴趣地看着她，“继续。”

她轻快地挣脱他的手，站了起来，“第三嘛，我保留继续追加条件的权利，同意吗？”

他也站起身，“知道我为什么这么喜欢你吗？从认识你的那一天起，你永远有让我意外的时候，我想我们在一起会非常开心。”

10

司凌云回到家时，程玥在舞蹈室内健身，她去敲司凌峰的房门，“小峰，睡了没有？”

“没睡，姐，进来。”

她推开门，看到司凌峰正在上网与女友视频交谈，她摆摆手，“不妨碍你，我等会儿再过来。”

“姐，别走。”司凌峰一把拉住她，将她拉到电脑前，“小艺早就说想认识你。”

屏幕上一个清秀干净的女孩子正在微笑，司凌云没多少兴趣寒暄，弯腰对着摄像头招一下手，“嗨，你好。”

“姐姐你好，你要是能跟阿姨一起陪小峰来多伦多就好了，我可以给你们当导游。”

“谢谢你，我要上班，走不开。哎，对了，我建议你千万别自告奋勇陪我妈逛多伦多，她热爱的是购物，你带她去看风景，她肯定会让你非常扫兴的。”

司凌峰悄悄拉司凌云的衣角，那女孩子也一脸不知道说什么才好的表情，她只得浮个笑出来，“我开玩笑的，小艺，我争取明年存够钱去看小峰和你。”

那女孩子也释然地笑了，“好的，小峰，我去做作业了，明天见，姐姐再见。”

司凌云往司凌峰床上一倒，司凌峰关上电脑，坐在床边看着她，“姐，你喝酒了吗？”

“只喝了点儿红酒而已，我可没醉，”她胡乱挥挥手，“也没有酒后开车，不用教训我。”

“你今天不是去接启明哥出院吗？他好了没有？”

她前几天告诉高考完毕放假在家的司凌峰，她要去医院陪韩启明，不回家吃饭，同时嘱咐他不要告诉妈妈，省得多事。司凌峰很喜欢韩启明，马上跟她说想去看看他，她哭笑不得地告诉他，他们已经分手，他去的话只会把事情弄复杂。现在她只“嗯”了一声。

“你还在生他的气吗？”

“没什么可气的。”

“姐，我搞不懂，你既然不生启明哥的气，肯去医院陪他，干吗不跟他和好呢？我觉得他真的很爱你。”

司凌云扯着嘴角一笑，“你从哪儿看出他很爱我了？”

“你们在一起时，他看你的表情、眼神，这些都是骗不了人的。”

司凌云沉默一会儿，反问他：“小峰，你有多爱小艺？也是很爱吗？”

司凌峰有些不好意思地笑，但还是很肯定地点头，“是的，我很爱她。”

司凌云看着他清澈明净的眼睛，“如果你觉得她爱你没你爱她那么多，你会怎么想？”

他认真地想了想，“又不是做买卖，付出多少，一定就能得到多少，这个好像是没法要求公平的事。”

“如果你跟她之间出现了问题，她让你失望了，你会跟别的女孩子上床发泄吗？”

他大吃一惊，“姐——”

“唉，我忘了你这傻孩子肯定不会那样做的。”

司凌峰疑惑地看着她，“姐，你到底想说什么？”

“你马上要去加拿大一个人生活了，我想给你补补课。”

“姐，你还是不放心我？”

“我就是没法放心，你这么相信所谓的爱情，这么单纯。”她坐起来，苦笑道，“我真怕你将来受伤害。”

司凌峰哭笑不得，“你在瞎想些什么啊？谁伤害我，小艺吗？姐，你不了解她，她是非常善良的女孩子。”

“那你看韩启明是什么样的人？他够善良吗？”

司凌峰一下怔住，琢磨着司凌云这番话的用意，半晌才难以启齿地寻找着措辞，“启明哥他……真的伤害你了吗？你们之间是不是有什么误会？”

司凌云气结，伸手指狠狠戳了一下他的额头，“你这傻瓜，这么会为别人对你的伤害找借口的人是懦弱的。”

司凌峰看着她，眼圈突然微微泛红，她又心疼起来，“喂，弄疼你了吗？”

“没有，我不是为他找借口，姐，我只是……你这么好，他怎么可能不爱你？”

司凌云心底一酸，勉强笑道：“嘿，幸好这里只有我们两个，肉麻一点儿不要紧。小峰，我们是至亲的亲人，看彼此好，无条件信任彼此，是非常自然的事。不过，你得知道，在别人眼里，我们不见得算得上好，就算我们真有那么好，他们也没义务珍惜，还有一些人，也许会因为各种原因把我们看得很糟糕。出了这个家门，我们完全有可能遇到各种欺骗、背叛、冷漠、算计，这个世界从来不会围着谁转。接受这个事实以后，再遇到什么，也不会太意外太难受了。”

“可是，这是告诉我要随时做好被人背叛的准备吗？这样的话，怎么还有信心去爱一个人？”

司凌云凝视着他，清晰地说：“我不知道，小峰。我只想告诉你，如果有人令你失望了，也没什么大不了的，迟早那些不愉快的事会成为翻过去的一页，别把那当成世界末日。”

司凌峰长久地不说话，司凌云推一下他，“你已经十八岁了，小峰，一个人在外面，迟早会见识成人世界的种种讨厌，我宁可你有准备、有怀疑，提前破灭掉一些幻想，也不想你傻呵呵去受别人欺负。”

司凌峰还是不吭声，司凌云无可奈何地说：“我知道，你一定觉得我心里太阴暗——”

他突然伸手过来，抓住她的手，“姐，你有不开心的事，为什么一直不肯告诉我？”

“我没有什么不开心的。”

“你还骗我，你今天情绪明明很反常。”

她干涩地否认，“胡扯，我哪里反常了？”

司凌峰抿紧嘴唇盯着她，她强忍住眼睛发酸的感觉，努力挣出一个微笑，“好了，别这么疑神疑鬼的，我真的没事。告诉你吧，其实我今天晚上跟新男友一起吃饭，喝多了一点儿酒，才会跟你说这么多的。”

司凌峰将信将疑，“你交了新男朋友吗？我走之前能不能见见他？”

“嘁，你以为我用得着编个男人出来哄你？”

“我就是想亲眼看看他什么样。”

“你的新男友是谁？”

程玥的声音突然从半开着的卧室门口传来，司凌云半是厌烦半是无奈，“妈，你总也不记得进别人房间之前要敲门。”

程玥酸溜溜地说：“我的女儿从来都不跟我讲心里话，好在我儿子对我没这么多防备。我偶尔听到一句两句你不想让我知道的话，也不是什么了不起的事吧？！”

司凌峰到底心疼妈妈，马上说：“妈，姐也没想瞒着你。”

“那跟我说说，他是什么人？家庭条件怎么样？”

司凌云一本正经地说：“他是大哥的生意合作伙伴，生物学博士，管理一个风险投资公司，完全符合你的条件——不穷，有能力，而且长得很帅。”

程玥满是怀疑地看着她，“什么时候带他来见见我？”

司凌云笑着摆一摆手，“那就不必了，我没打算跟他结婚，你还是趁早别做丈母娘见女婿的梦了。”

程玥哼了一声，“我就知道你不会轻易让我称心，别急着气我，我没那么容易被你气到。说真的，我倒不反对你趁着年轻及时行乐，不过，凡事适可而止，放聪明点儿，千万不要招摇。结婚最讲究的还是门当户对，你看看你大哥，不顾你爸爸的反对，娶了那样一个老婆，多不合算。”

“什么叫‘那样一个老婆’？大嫂挺漂亮贤惠，他们的婚姻看着也很幸福，你别没事说人家闲话。”

“她要是没那几分姿色，你大哥怎么会鬼迷心窍非要娶她。她的父母一个是桥梁设计院的门卫，一个是食堂工人，这种亲家，你爸爸根本没办法跟他们来往，他们结婚到现在，总共就见过一面。”

司凌峰一脸惊讶，“妈，你从哪儿打听来这么多八卦？”

程玥十分泰然，“这还用特意打听？司建宇一结婚，新娘的家底就被大家翻遍了。算了，说正经的，像我们这样的家庭，女孩子还是要谨慎一些，万一玩坏了名誉弄得以后嫁不掉，你爸爸可不会高兴的。我去睡了，你们慢慢聊吧。”

司凌云看一眼司凌峰，司凌峰笑了，“你看，我有这么剽悍的妈妈和姐姐，还用得着担心我是一只小白兔吗？”

她重新躺下，闷闷地说：“唉，你就是一只小白兔。我们同父同母，生长的环境完全一样，为什么性格会完全不同呢？”

司凌峰躺到她旁边，“姐，你记得我们小时候的事吗？”

“什么事？”

“有时候妈妈把我从幼儿园接回来就出去了，保姆说她有事也走了，家里就剩下你和我。我们就是这样躺着，你一直跟我说话，说到我睡着为止。”

那是司凌云不愿意回想，却永远不可能忘记的童年记忆。

早在司凌峰出生之前，司霄汉已经不怎么回家了，到司凌峰三岁时，司霄汉提出离婚，干脆搬了出去。程玥变得喜怒无常，情绪很不平稳，时不时要出去找他，或者干脆不说理由地失踪。

他们姐弟两人实际上已经被托付到了不时更换的保姆手里。碰上不负责任的保姆，把他们扔下不管也是常事。很多个漫漫长夜，只有两个孩子留在那所装修豪华却空荡荡的大房子里，她当时还在读小学，也只是一个孩子而已，被迫在年幼的弟弟面前扮演小妈妈的角色，喂他吃东西，给他讲故事，哄他睡觉。一学到“相依为命”这个成语，她马上联想到弟弟。现在想到那段日子，她胸口便涌动起无名的难受，堵得难受。

“姐，小时候只要有你在我身边，我就不会害怕，哪怕妈妈说她有事要出去几天，我都不在意。可是她一说你读中学要去住校，一周回一次家，我就号啕大哭起来，恨不能满地打滚说不干。”

她当然记得，一向文静的乖孩子司凌峰突然如此蛮横不讲理地发作，哭得上气不接下气，程玥想抱他，他却连踢带打。她过去拉他，他竟然狠狠咬了她一口，疼得她也哭了起来。两个孩子坐在地上一齐号哭，程玥傻了眼，顿足叫道：“我真是前生欠你们两个小讨债鬼的。”说着也哭了。那样凄惨的往事，一经提起，更觉心酸。

“傻孩子，妈妈跟我保证，她会改正，多留在家里陪你，而且再过一年会安排你去上寄宿小学，我才同意读寄宿中学的。”

“当时我懵懵懂懂，长大以后才明白，你一直在保护我，你能理解的事情比我多，承受的不愉快也远比我多得多。”他撑起头看着她，“可是我现在也长大了，姐，应该轮到我保护你了。”

她的泪水在眼眶中打转，抬一只手遮掩住眼睛，“讨厌，无缘无故这么煽情干什么？”

司凌峰拿开她的手，“你还是对我没信心。”

她勉强笑了，“你个头高出我一大截，跟你说话我都得仰着头。我有这么帅这么好的弟弟，凭什么没信心？”

他仍然看着她，眼里也有泪光，她不愿意气氛如此沉重，笑着逗他，“我还要怎么表白你才满意？要不这样，你好好练拳击，以后谁欺负我，我马上告诉你，让你去揍他。”

他被气乐了，“你这口气，明明还是拿我当幼稚孩子看。”

“没办法，谁让我大你八岁这么多。”

他躺下，看着天花板，“姐，你放心不下我，其实我更放心不下你。”

她“嘁”了一声，“少来装成熟报复我，我有什么可让你放心不下的？”

“你总是硬撑着要表现得强悍、满不在乎，我知道你心里是很累的。”

她勉力微笑，“你今天可真是——存心要招惹我跟你抱头痛哭吗？你错了，小峰，我跟你不一样，很多事情，我真的不在乎了，用不着装。”

“我最担心的就是这一点，不在乎也许能少受伤害，但也会错过很多美好的体验。姐，我希望你过得开心，可我更希望你能享受到爱情。全心全意爱一个人，真的是很好的感受，你不应该放弃。”

她没法做出回应，一时之间，她只觉得心境异样苍凉。十八岁的弟弟确实长大了，他为她思考了这么多，一心只想让她跟他一样生活得明朗平和，可她怎么可能被他说服。

她妈妈是标准的现实主义者，没有任何浪漫的情怀；她弟弟则是一个理想主义者，善良重情，而她偏偏两样都不是。不知不觉中，她已经成了一个怀疑主义者。

她能够确定的是，也许对爱情的憧憬，放手爱一个人的能力，是一种天赋，而被一个人无条件深爱的运气只与命运有关。如果命运在这方面放弃了她，她也不打算苦苦追问为什么。

她想，如果享受不到所谓的爱情，那么至少先享受了快乐再说。

第五章

一场周旋，一场迷失

1

市土地拍卖中心气氛之热烈，不仅让头一次来此的司凌云感到惊讶，也出乎所有与会人士的意料。上半年土地市场不温不火的气氛似乎一扫而空，每一宗地块的竞价都异常激烈，价格一路上扬，以至于拍卖师也数度提醒大家注意风险，保持理性。可是在场的开发商代表恍若不闻，出价的热情有增无减。

司凌云出去打电话向没有到场的司建宇汇报这一情况，司建宇十分镇定，“开发商对于走势有共同的判断，现在就看大家的魄力和资金实力了。”

“大哥，我还是不明白，这么重要的事，你自己怎么不来？”

司建宇派来参加拍卖举牌的是顶峰地产公司的常务副总李元中，他是司霄汉的老臣子，几乎从顶峰开始涉足地产业便进了公司，现在是司建宇的心腹干将，看来深得他的信任，“老李应付拍卖出价这件事很有一手，凌云，你好好感受一下，不用慌，有什么事，马上跟我联系。”

司凌云返回拍卖厅内坐下，只听一声槌响，拍卖师宣布了土地归属和价格，她身边两个媒体记者模样的青年男女不约而同低低“哇”了一声，那女记者兴奋地说：“今天没白来，本市新的地王出来了。”男记者则笑道：“别急，还有一块地，说不定纪录转眼就被刷新了。”

司凌云的手心禁不住出汗了，他们说的另一块地，位于市区交通便利的位置，正是司建宇与傅轶则签订融资协议、志在必得的那一块。她已经提前研究了土地拍卖中心的文件，对那个地块的所有数据都烂熟于心，可是现在突然紧张了起来。她侧头看看前方就座的李元中，他也恰好侧头，两人视线相碰，他点点头，然后握着号牌，面无表情地看向台上，全神贯注于即将开始的拍卖。

随着拍卖师报出底价，价格便开始不断攀升。司凌云记起以前看的某部好莱坞电影中艺术品拍卖的场景，不禁哑然失笑，那样的温文尔雅，举重若轻，跟眼前弥漫着的剑拔弩张气氛的现场一比，完全是两个世界。她情不自禁地再一次环顾场内，所有举着号牌的人好像戴了同一款面具，有着惊人相似的面部表情：专注、紧张，和一点掩饰不了的贪婪。

她的心脏随着价格一步步推高而加快跳动，无暇去想自己脸上该是什么表情。她将最新出价发消息给司建宇，回复来得十分简洁迅速，“继续。”

她看看前方，李元中正稳稳举起手中号牌。她想，傅轶则说得对，要想修炼得镇定，她还有很多东西要学。可是待到她脸上也戴了同样的面具，她还是她吗？

一个又一个出价，数字好像与具体的人民币失去了对应，慢慢爬升过司凌云的预期，她试着想象相应的楼面价，可是新的喊价马上出现。在这一轮拍卖开始后，李元中第一次微微侧过头来，她看看手机上的又一个“继续”，向他略微颔首示意，他再度举牌。

此时场上只剩顶峰与本市另一个民营开发商丰华地产在角力了，价格先一直是每次五十万元往上加，双方咬得如此之紧，可又如此谨慎，正在场面有些乏味时，李元中突然举牌，报出了一百万元的加价，拍卖师明显兴奋起来，报出价格，丰华举牌跟上，仍然是加五十万元，李元中抬起手来，再度加了两百万元。其他竞拍者带着不甘与好奇观望着两家轮流出价，间或相互窃窃私语。

如此拉锯到几个回合，当李元中报出五百万的加价后，丰华的代表不再出价，拍卖师落槌宣布，顶峰竞得了第某某号地块。司凌云迅速在心里计算最终的成交价，只觉得头一次具体感受到了一笔钱如此沉甸甸的分量。突然，旁边的女记者递上名片，“小姐，我是晚报记者王灿，可以接受采访吗？”

王灿是身材娇小的女孩子，有一双弯弯含笑的眼睛，十分可爱，提出问题非常简洁利落，“我注意到顶峰地产的李总在出价过程中两次回头征求你的意见，请问你在顶峰担任什么职务？对今天的成交价格满意吗？”

李元中坐在司凌云侧前方一排右侧位置，他的侧头动作十分细微，差不多只是跟她交换眼神而已，在如此喧闹的场所内却被王灿注意到，她不得不佩服王灿的观察能力，但她不打算接受任何采访，随手将那张名片交到李元中手里，“王小姐，有什么问题请直接向李总提，不好意思，我有事先走一步了。”

李元中打发起记者来比她更加利落，只声称会有统一通稿发给媒体便道了失陪。两人摆脱记者的包围，李元中去土地中心办理完相关手续，她返回公司，直接进了司建宇的办公室。

司建宇表现得十分平静，甚至还打趣地问司凌云，“拍卖够不够刺激？”

“太紧张了，我手心一直出汗。”

“所以特地让你去感受一下，这种场合没什么大不了的，习惯了就好。”

司凌云决定还是把心里的疑惑讲出来，“大哥，丰华咬得太紧，我算了一下，这个成交价高出起始价八千五百万，涨幅达 110%，比我们当初设想的最高成交价足足多出了将近九百万，这意味着楼面价达到五千二百元，创了那个区域性内的新高。以本地的人均收入，能卖得出去吗？”

“你对地产趋势没有信心，有这个疑问也是正常的。”司建宇转动着手里的万宝龙金笔，“要知道，丰华一直是我们在本地最强劲的对手，它的老板王丰、徐华英夫妇眼光出了名的精准，他们这样积极参与竞价，本身已经说明了对这个地块的认可。如果不是老李今天出其不意打乱了丰华出价的节奏，价格有可能抬得更高。”

司建宇桌上的电话响起来，他按一下接听，是米晓岚打来的，“建宇，今天回家吃饭吗？”

“那块地已经拍下来了，我今天下班以后就回来。”

“太好了，要不要约轶则一块儿吃饭庆祝一下？”

司建宇似乎有些意外，“临时约他，他未必有空。”

“我去给他打电话。”

司凌云随口说：“不必打电话了，大嫂。轶则今天出差回来，我跟他约好了晚上去翠工吃饭，你和大哥没别的安排，可以一起过来。”

那边安静了一会儿，米晓岚才重新开口：“小云，你们在约会吗？”

司凌云坦然笑道：“是啊。”

“那……不太方便吧。”

“大家难得有空聚聚，没什么不方便的。”

“那就这么定了。”司建宇也说，“晓岚，等会儿我让司机去接你。你把家里安排好，嘱咐小文带冬冬的时候细心一点儿。”

挂断电话后，他对司凌云说：“谢谢你，小云，你大嫂成天待在家里，也实在太闷了，是需要一些社交的。”

“别客气，大哥，你真是体贴大嫂。我先走了，待会儿在翠玉见。”

“好，你还是提前跟轶则说一声。”

司凌云打电话给傅轶则，傅轶则笑道："既然你安排了，我没意见。不过照这么发展下去，我猜我很快会和你妈妈坐在一起吃饭了。"

她有些无可奈何，从一开始，她就下了决心，不要介入彼此生活太多，不过傅轶则这话当然是有所指的。

在司凌峰的坚持下，司凌云不得不带他跟傅轶则吃了一顿饭，他见过傅轶则，马上认出了他，"你跟我姐姐去过我的学校，对吗？"

"对，那天我跟你姐姐刚认识，时间过得真快。"

傅轶则待他亲切而风趣，指点他在国外求学要注意的问题，问他未来专业的选择，适时提出他的看法。晚餐气氛十分愉快，但司凌云送司凌峰回家后，他却跟姐姐直言："我觉得这人并不适合你。"

她有些诧异，"为什么？我看你跟他谈得很好啊。"

"是很好，他的相貌、风度、学识外加谈吐，一举一动都无懈可击，但是我觉得他太过完美了。"

她开玩笑地说："这是什么逻辑？完美不好吗？多少人想求完美求不到呢。"

"问题是，他完全知道自己有多完美，习惯了表现完美。"他问她，"姐，他有没有在你面前流露过什么弱点？"

她想，她根本不用费心去找他的弱点，她要做的，不过是少在他面前暴露自己的弱点而已，可是她当然不会把这话对司凌峰说出来，只摇了摇头。

司凌峰下了结论："所以，他那样的男人其实是用来仰慕，不是用来爱的。他太容易收到大量的爱，多到让他忽视的地步，我很难想象他会去全心全意爱别人。"

司凌云暗自惊叹，只有十八岁的司凌峰竟然具备了这样的判断能力，而且这和她对傅轶则的看法简直不谋而合。"分析得倒也挺有道理，我不能再当你是幼稚的小鬼了。不过你放心吧，我既没打算仰慕他，更不准备爱他，跟他在一起，有挑战，有趣味，这就足够了。我让你见见他，也只是证明确实有这样一个人在追求我，免得你把我的生活想得太孤单、太悲惨。”

“可是——”

“没有可是了，姐姐跟你要的东西不一样，不要再为我担心。”

傅轶则过后问起她弟弟对他的观感，她直言不讳地告诉他，“他不怎么喜欢你。”

他故作惊讶，“我以为我已经能够做到男女老少通吃通杀了，太打击我了。”

她斜睨他一眼，“自恋的人大概容不得别人居然会不喜欢他吧。”

他却正色说道：“你错了，这跟自恋没关系。我很喜欢你弟弟，他是个善良的好孩子，我看得出来他很爱你，也看得出来他对我心存疑虑，所以我才希望有机会能让他喜欢我。”

她讪笑，勉强把那句“你们用不着相互喜欢”咽了回去，“他马上去加拿大，以后再说吧。”

现在一想，她的弟弟见过他，她的父亲认识他，她的哥哥与他有生意在合作，她的大嫂更与他从小相识，有一段雾里看花般的暧昧过去。她唯一能做的，大概也只剩下绝对不安排他跟她妈妈的见面了。

2

米晓岚跟司建宇一起走进来，她穿着紫色真丝无袖连衣裙，颈间挂着一串黑色塔西提珍珠项链，化着淡妆，秀发如云般披散着，显得年轻而楚楚动人。她笑盈盈地道歉，“轶则，我不知道你和凌云今天晚上已经安排好二人世界，贸然来当灯泡了，真不好意思。”

傅轶则微微一笑，“没事，我们的时间还多着呢。”

米晓岚的目光迅速在他们两人身上一转，用大嫂打趣小姑子的口气问司凌云，“这么说，你们……恋爱了？”

司凌云毫无忸怩之意地笑着回答：“只是开始约会了而已。”

傅轶则搭在她椅背上的手轻轻抚一下她的肩头，略带调侃地说：“一定要加个‘而已’吗？”

司建宇呵呵笑道：“晓岚，我早说过他们很般配，没说错吧？！”

米晓岚干笑了两声，低头去研究菜单，没有答话。

菜上齐以后，傅轶则与司建宇照例谈的都是生意，司凌云因为刚刚参与他们的合作项目，也能参加这个话题，三个人讨论得很热烈，只有米晓岚完全插不上话，显得十分沉默。

司凌云偶尔接触到米晓岚带着研究意味看过来的目光，不愿意冷落了她，“大嫂，我们一直讲这些，听得很闷吧？”

米晓岚笑着叹一口气，“是呀，我当家庭妇女太久，完全与你们的世界脱节了。”

“怎么会呢？”司建宇给她倒茶，“你问我工作上的事，我都跟你讲了，而且你研究烹调、园艺，还学钢琴，生活比一般人要丰富有趣得多。”

“可是圈子毕竟太狭小了啊。”她半开玩笑半认真地说，“冬冬这个秋天要上幼儿园了，要不我也到公司来上班吧？”

司建宇明显吃了一惊，“这个……恐怕不太合适。”

“顶峰不就是家族企业吗？有什么不合适的。”

“你怎么会突然有这个念头？”

“你不同意的话，我出去应聘也可以。”

“那像什么话？”司建宇摇头，“想打发时间有很多办法，如果你觉得在家里待得闷，可以多跟同学朋友联系，以后我也会多带你出来参加社交活动。”

“你是不是觉得我根本不可能自己找到一份像样的工作？”

米晓岚的声音依旧轻柔，可是话里的意思分明有些咄咄逼人，完全不似她一向表现出的温婉样子。司凌云瞟了一眼傅轶则，只见他毫无插话打圆场之意，只得开了口：“大嫂，大哥也不是反对你出去工作，不过合适的工作要慢慢找，我有几个同学到目前还在不停面试呢。”

米晓岚似笑非笑地看着她，“你的意思是说以我的学历跟中断了好几年的工作经历，就更不用说了。”

司凌云一点也没想到引火烧身，反而弄得米晓岚的情绪更加失控，她笑笑，“别误会，大嫂，我当然不是这意思。”

司建宇显然也被妻子的突然发作弄得一筹莫展了，“晓岚，小云是好意，你别激动。”

“我哪有激动？我……”米晓岚的眼圈一下红了，猛然咬住嘴唇。

傅轶则总算开了口：“时间也不早了，建宇兄不妨先带晓岚回去休息，至于要不要工作，可以慢慢商量。”

司建宇点点头，刚将手放在米晓岚肩头，她触电一般猛地甩开，站起身，谁也不看，先走了出去。司建宇一脸尴尬，对傅轶则和司凌云苦笑了一下，追了出去。

司凌云有些被米晓岚出门之前的那个动作惊住了，平时看着那么温柔似水的女人居然会有如此不假思索、猛烈迅速得几乎出自身体本能的反应，似乎不能用简单的负气撒娇来解释。她不得不再度想到米晓岚与傅轶则从前的关系，一抬头，发现傅轶则正在看着她。

“在想什么？”

“我在反思我说的哪句话会引起大嫂误解。”

“她内心有焦虑感，跟你没关系。”

“拥有爱自己的丈夫、可爱的儿子、漂亮的家、丰富的业余爱好，为什么会焦虑？”

“这可问住我了，你会在拥有这一切后就心满意足吗？”

她想了想，“我对结婚没什么兴趣，所以这些从来不是我的目标，大概不至于有机会体验这种什么都有之后产生的焦虑。”

“也许只是看似什么都有，毕竟不是每个人都确切知道最想要的是什么。”

“你呢？”她冷不丁问，“能让你心满意足的是什么？”

傅轶则微微一笑，坦白地说：“最开始做生物学研究，一个实验成功，掌握足够的数据，就会觉得由衷开心。到后来这种满足感越来越难找，继续留在那个领域，我会是一个平庸的教授，所以我转行做投资，这一行的刺激与满足相对更多一些。”

“于是赚钱成了你新的满足源头。”

“不，公司属于大股东，我只是握有若干股份的职业经理人，赚到的钱不过是个量化成功的指标罢了，我喜欢的是操控的感觉。”

她漫不经心地说：“这也不稀奇，好多男人好像都醉心这种感觉，我父亲，我大哥，你……”

他大笑，握住她的手，“幸好你没列举你的前男友。”

她认真想想，“哎，说起来，我以前交往过的男生倒都不是这种类型。”

“这是你一直抗拒我诱惑的原因吗？”

“你说呢？”

他开玩笑地伸另一只手捏捏她的下巴，“你看你马上警惕了，好像非常不喜欢我分析你的行为。”

她的确不喜欢，也不想再讨论这个话题，泛泛地说：“因为你往往想得太复杂了，比如大嫂，也许就只是女人情绪周期发作，跟焦虑什么的扯不上关系。”

“你是不是该给我机会来了解你的周期，看什么时候能再等来一次酒店约会。”

她失笑，“我觉得那天你好像并不愉快嘛。”

“谁说的？我永远喜欢你给我的surprise，而且我可以保证，我能给你更愉快的体验。”

“这也是诱惑的一部分吗？”

“其实诱惑成不成立，全看你想不想抗拒。我们走吧。”

傅轶则没和他父母住一起，而是住市区的一套高层公寓内，室内空间宽敞得奢侈，装修十分豪华，但没有什么个人气息。司凌云扔下背包，四下看看，坐到客厅中央那张宽大气派的棕色真皮沙发上，“我确实不想拿你跟我爸爸比，但这张沙发跟他办公室里的那张简直一模一样。”

他站在吧台那边开红酒，笑着说：“公司秘书帮我租的房子，只能说房东跟你父亲趣味相同。”

“不过我喜欢这里的视野，实在很开阔。”她面前便是落地长窗，窗帘拉开，坐在沙发上，便可以看到很远的地方。

“这一点我们感觉相同，我喜欢住在楼层高一点、看得远一点的地方。”他端着两杯酒走过来，“尝尝。”

酒杯内深红色的液体色泽诱人，扑鼻而来的味道混合着隐约果香气息，入口细腻绵和，司凌云虽然不懂酒，也觉得与平常喝的红酒不大一样，“好喝。”

“这是我朋友代理的一种西班牙葡萄酒，改天我带你去他的酒窖好好品一下他的珍藏。”

她不置可否，放下酒杯，起身走到落地窗前，眼前无遮无挡，高高低低的楼房轮廓密集地叠加着，交叉纵横的道路如同一道道光带，车灯雪亮得如同河水流淌，连绵不断的霓虹灯光闪烁迷离，延伸至目光尽处，与暗沉的天空融为一体，整个城市仿佛都在脚下。

他打开音响，传出暗哑沧桑的男声唱的英文歌，她不由自主被吸引，侧耳听着：

I disappear in your name 我在你的名字里消失

But you must wait for me 但你一定得等等我

Somewhere across the sea 在海那边的某个地方

There's a wreck of a ship 那儿有一条破船

Your hair is like meadow grass on the tide 你的发丝如同潮水中的水草澎湃

And the raindrops on my window 如同落在我窗子上的雨滴

And the ice in my drink 如同我酒里的冰

Baby all I can think of is Alice 我能想到的一切都是 Alice

……

“Tom waits，他难得唱一下单纯的情歌。”他从她身后抱住她，附在她耳边说，“喜欢吗？”

她点点头，“他是阿风喜欢的老男人歌手之一。”

“他的确从来就没有年轻过。”

他低头吻她的颈项。楼层如此之高，根本不需要担心落入别人的视线范围内，就着如此广阔得没有边际的夜色，两人无所忌惮，放纵裸裎。她手指撑着玻璃窗，承受他一个个亲吻，一次次冲击，他们交织的身影在她眼前晃动不定，如同在平行世界有陌生人不顾咫尺之间有人旁观，忘情沉浸与激情之中，与她全无关联。

……

And so a secret kiss 这样一个秘密的吻

Brings madness with the bliss 带来喜悦也带来痴狂

And I will think of this 我会想起这一吻

When I'm dead in my grave 当我在坟墓里死去时

Set me adrift and I'm lost over there 让我漂走吧，我在那儿迷失了

And I must be insane 我肯定是疯了

To go skating on your name 要在你的名字上滑冰

And by tracing it twice 还要把那名字划上第二次

I fell through the ice 我通过冰感觉到你

Of Alice

There's only Alice 只有 Alice

Tom waits 苍凉的声音在室内回落。恍惚之间，他冲击的力度将她挤压到窗子上，他的唇越过她的肩头，落在她左手虎口，舌尖温柔舔舐，某个回忆突然如失控的风筝，拖曳着看不见的尾线掠过她的脑海。然而在复杂交织的感官刺激之下，任何思绪都在飘散迷失，瞬间即逝，留下的仿佛只剩身体快乐，因激烈迸发而更加纯粹。

第二天，司凌云对镜整理好衣服，准备去上班，傅轶则拿出一把钥

匙递到她面前，“拿着，我公寓的钥匙。”

她马上摇头拒绝，“我可没打算跟你同居。”

他笑了，“明白，只是开始约会而已。不过钥匙你还是拿着，你向我提了条件，要求一对一的关系，我想了想，这能够表明我的基本态度。”

她的目光从钥匙转到他的脸上，“也就是说，我不至于在这里碰到别的女人。”

“除非你介意我请的钟点工是女性。”

她扑哧一笑，将钥匙装入包内，“我跟我妈妈住一起，没法给你同等的待遇，希望你别介意。”

3

再一次面对面坐下，司凌云、白婷婷和韩启明表现得同样镇定。韩启明瘦了一些，骨折愈合以后的鼻子略有些歪，让他原本斯文端正的面孔添了说不出的冷峻意味。他们心平气和地商讨着和解条款，一度十分暴躁的那几个顶峰前员工也变得沉默，不再随便插话，更没有像上次在法庭那样对司凌云和白婷婷发作。气氛如此祥和，仿佛中间不曾有过任何风波，却让司凌云有说不出来的滋味。

从律师事务所出来，她正要上车，手机响起，是米晓岚打来的，声音如往常一般轻柔：“对不起，凌云，我昨天太失态了。”

“没什么，大嫂。”

“我想请你出来喝下午茶，当面道歉。”

“没这个必要，大嫂，大家是自己人，一点小事不用放在心上。”

“我已经出来了，要我到公司去接你吗？”

司凌云明白这一场碰面是躲不过了，只得笑道：“我正在外面办事，这样吧，大嫂，你说一个地方，我开车过来就是了。”

米晓岚报了市区一家五星酒店的名字，她答应下来，收起手机，拉开车门，只听身后韩启明说：“请等一下，凌云。”

她回过头，“韩律师，还有什么事吗？”

“这一起案子也许就这样了结了，不过我得提醒你，你最好好好清查一下顶峰积压的诉讼案子，也许还有你意料不到的事情会发生。”

她冷笑一声，“这样没完没了有意思吗？”

“有没有意思，得看案子本身，不是吗？”韩启明摸一下鼻子，“我唯一能告诉你的是，我们接下来还有可能在法庭上相见。”

“为什么你要这么做？我们可以谈谈，用适当的方式补偿你这次受的伤，这样不是更好吗？”

韩启明也冷笑了，“你想开个价收买我吗？”

“韩律师，麻烦你用词严谨一点。”

韩启明看着她，隔了一会儿，断然地说：“你根本不知道我要的是什么，再见。”

司凌云坐入车内，看着韩启明走出去站在路边骄阳下拦出租车，那个停留在她视线里的挺直身影看着依然熟悉，她不会将他与路上行人混淆。

她担任法务以后，曾经粗略翻阅过顶峰集团未结诉讼案件的卷宗，全是牵扯复杂、久拖未决的债务与合同纠纷，不少三角债务之间的牵扯形同乱麻，一看便让人头痛，加上她平时事务性工作太多，根本没来得及一件件细细研究，现在完全回想不起哪一件案子可能被韩启明盯上。可是她清楚知道，以韩启明素来沉稳的性格，不会无凭无据虚言恫吓。她发动车子，从韩启明面前驶过，后视镜中的他渐渐变小直至看不见。陌路至此，她心里突然有一种不祥的预感。

直到走进酒店，司凌云仍在琢磨这件事，米晓岚举手招呼她，与她寒暄，请她点咖啡，给她介绍这里的招牌点心，重新成为标准的可亲大嫂模样，完全没有昨天情绪不稳定的影子，她却有些心不在焉。

“……我最近学着做了几样意大利菜，建宇说味道很地道，改天请你和轶则过去尝尝，看你们什么时候方便？”

司凌云只“嗯”了一声，过一会儿，她回过神来，抱歉地说：“对不起，大嫂，你刚才说什么？”

米晓岚勉强掩饰不悦，用开玩笑的口气说：“是不是跟我一起喝下午茶很乏味？”

“不好意思，大嫂，我被一件很麻烦的公事缠住了。”她尝了一口面前的点心，“不是我当面恭维你，你做的苏芙蕾比这个更精致好吃。”

“这个周末有空吗？到我家来吃饭，我专门再烤苏芙蕾给你吃。”

“谢谢大嫂，不过我这个周末恐怕得加班，轶则后天也要出差，大概要过一周才会回来。”

她叹了一口气，“你们都很忙，跟建宇一样，难免觉得我闲得无事生非。”

“怎么会呢？带冬冬就要花去好多时间，更别提你把家里打理得井井有条，还有风雅的爱好，把日子过得这么精致，实在让人羡慕，我觉得大哥他真的非常以你为荣。”

米晓岚笑了，带着一点揶揄的表情，“凌云，你这话讲得一点儿也不真诚，你明明完全不羡慕我的人生。有你这样的家境和出身，也许从来就没试过羡慕任何人吧？”

司凌云也笑，索性不再勉强讲客套话，“那倒不是，关于大哥对你的看法，我绝对是真诚的。你也知道我爸爸的婚姻把我家搞得有多复杂，谢天谢地，在家庭观念这个问题上，大哥跟我爸爸完全不同。”

“是啊。”接触到司凌云的目光，米晓岚强打精神地说，“我也觉得他实在是难得的好男人，除了工作就是家庭，从来不去乱七八糟的地方应酬，对儿子关心得比我还要无微不至。”

“真好。我觉得嫁给我大哥这样的男人，一定很幸福，你的选择很明智。”司凌云实在受不了继续这样闲话家常，“大嫂，我是典型身不由己的上班族，现在得回公司去处理一些文件，我们改天再找时间好好聊。”

“等一下，凌云。”

她只得缩回准备拿包的手，笑眯眯地看着米晓岚，一派坦白无邪、只等她发问便会知无不言言无不尽的样子。在这个目光下，米晓岚早就准备好的各种委婉提问方式一下哽住，只得直接转入正题，“几年前，你告诉我，你觉得轶则是一个有意思的男人，可不见得是你愿意长久交往的对象，现在你改主意了吗？”

“我不大会轻易改主意的。”

“也就是说，你跟轶则不是以结婚为前提交往？”米晓岚脱口而出地问，随即连忙补充道，“我跟轶则是世交，很关心他，当然，你是我小姑子，我也关心你，你别怪我多事。”

“我怎么会怪你呢，大嫂。”司凌云笑道，“恐怕在家庭观念这方面，我跟我爸爸和我大哥都不一样，准确地讲，我对结婚没什么兴趣。”

“那你和轶则……”米晓岚仿佛难以启齿地嗫嚅一下，“算不算是认真交往？”

这种连续的逼问让司凌云心生反感，却仍旧维持着笑意，“要看怎么定义‘认真’这个词了，如果‘认真’就意味着以结婚为前提，那我确实没打算认这个真。”

米晓岚张了张嘴，似乎不知道说什么好。

她妩媚地笑，摆出小姑子淘气撒娇的口气，“我吓到你了吗，大嫂？”

米晓岚的神情变幻不定，勉强笑道：“那倒不至于，不过我多少有些意外。轶则他……知道你的想法吗？”

“大嫂，你从小跟他一起长大，应该比我更了解他，你认为他会介意我有这个想法吗？”

米晓岚再度哑然。

“这里咖啡味道很不错。”司凌云将最后一口咖啡喝掉，抬手腕看看表，站起了身，“大嫂，我真的得赶回公司去打卡了，谢谢你的下午茶，改天我请你，再见。”

4

一连几天，司凌云做完手头工作后，便开始研究卷宗，这些大部头文件携带不便，她索性便一直留在公司看到深夜再回家。

这天下班后，同事们陆续离开，人事部大办公室只剩她一人，她正看得聚精会神，突然听到高跟鞋的声音由远及近。她抬起头，发现站在她位置不远处的是张黎黎，穿着米色上衣、同色阔脚裤，手臂上挽了一只暗绿色爱马仕包。

她还是头一次见到张黎黎出现在这一层楼办公区，而且显然是奔她而来，心底暗暗警觉，“张总，有事吗？”

张黎黎似笑非笑看着她，“工作很认真啊，可惜你爸爸没有下班后视察公司每一个角落的习惯，不然该有多欣慰。”

“张总特地来用这种方式鼓励员工，我倒是很欣慰的。”司凌云将文件往桌上一放，同样笑着。

“我还有一个能激励你的消息，应该明天公布，不过提前告诉你也没什么。就在下午结束的集团办公会上，司建宇提出，随着顶峰的发展，公司法律事务日益增多，有必要将法务从人事部门中独立出来，而你正是合适的负责人选，你父亲也同意了。你马上会得到一间办公室，一跃成为公司中层。”

司凌云的确有些意外，但没有表露出来，只是静静地看着张黎黎。

“我果然没猜错，你对此早有准备，看来你和你大哥已经正式结盟，要在顶峰兴风作浪，共同对付我这个继母了。”

“张总，我和大哥都已成年，各有母亲安好健在，不需要什么继母。在私而言，你是父亲的现任妻子；在公而言，你是集团副总。我们的关系仅止于此，不要平白想象一些恩怨情仇出来，把事情弄复杂。”

“好一张利嘴。”张黎黎森然冷笑，“你妈坚持要求你父亲同意你进公司，我就猜到来意不善，不过我倒确实没料到你这么快就跟司建宇搅到一块儿，合伙使出那样阴毒的招数把我弟弟赶走。”

司凌云失去了耐心，“麻烦你反省一下令弟都做了什么，没受到法律惩处，已经算他侥幸……”

“住口。”张黎黎一掌拍在她面前的隔板上，发出一声闷响，“事到如今，你居然还要反咬一口。”

“你要是特地来跟我吵架的话，我可没空奉陪。”

“我低估了你，你居然能伙同你哥哥去打你的前男友，再栽赃到我弟弟身上，算你们狠。不过我警告你，想骑到我头上，门儿都没有。”

司凌云霍地站起，怒视着她，“你给我把话讲清楚，什么叫我伙同哥哥打前男友？你要为了开脱你弟弟跑来造谣污蔑我，哪怕是爸爸出面，我也跟你没完。你现在就去把你弟弟从天津叫回来，我们去公安局对质。”

张黎黎却突然冷静了下来，上下打量她，仿佛在估量她愤怒的真实程度，然后发出一声讥诮的笑，声音倒缓和了，“看来你的好哥哥做这件事的时候，索性连你也蒙在鼓里了。”

“你什么意思？”

“张毅也许蠢，也许冲动，也许没头脑，可是他什么也不会瞒我。去天津之前，他跟我赌咒发誓，绝对没动你那个律师朋友。我是他姐姐，反正是会无条件给他收拾烂摊子的，对着我，他可没必要演戏。”

“所以你就推断这事是别人做的？证据呢？”

张黎黎哼了一声，“有证据的话，我还跟你在这里讲什么废话？司建宇早就想把张毅挤走，控制物流公司，就是因为没证据，张毅这个哑巴亏算吃定了。”

“一个历史最高盈利不过百来万，最近连续两年巨额亏损的物流公司值得大哥这么做，你还真是高看你弟弟了。”

“我只高看了你，看来你白长了一张聪明面孔，比我想的没头脑多了。物流公司确实是亏损的，可物流公司名下的货场位于市区，将近三十亩的黄金宝地，司建宇觊觎已久，先后数次在集团董事会提出想收到地产公司名下进行开发，张毅不肯白白把好处让给他，坚决反对，同时也在跟别人谈合作开发，已经有了眉目，这样一来，他自然成了司建宇的眼中钉。你的前男友突然鼓动那些离职员工打官司，给司建宇提供了一个再好不过的机会来栽赃陷害赶走张毅，加上你在其中搅和，他还真得逞了。你总该听明白了吧？你如果没参与，就是被利用了。”

司凌云咬紧牙关地听着，“你的故事讲得很精彩。”

“动动脑子想想，我用得着编故事哄你玩吗？这些话我甚至没跟你爸爸说，说了他也不会相信，他一门心思认定他的大儿子有点小心机没有大能耐，翻不起大浪呢。我之所以让张毅什么也不用再说，还是按老头子的安排去天津，就代表我暂时咽下这口气，来日方长。我只是提醒你，以你大哥一向不择手段的作风，会怎么利用你都不稀奇，你别只顾着跟我作对，被他卖了，还帮着他数钱。”

跟来的时候一样，张黎黎的高跟鞋敲着铿锵的节奏走了出去。司凌云缓缓坐下，目光停留在面前的电脑显示屏上，她的屏保是一只四处晃动的小熊，她的眼睛追随这只小熊漫无目的地移动，耳中不断回响着张黎黎刚才说的话。

她知道，在这件事上，张毅没必要骗张黎黎，而张黎黎也确实没必要再来骗她。重新推敲整件事的过程，司建宇的嫌疑一步步放大，唯一欠缺的是直接证据。

她翻看的案卷里也有一起无关痛痒的官司是关于物流公司那个货场的，她参加土地拍卖会后，了解那块地的价值，还琢磨了一下为什么不尽快做地产开发，倒任由它充当停车场停满大货车，完全是一种浪费，到处拿地的司建宇不可能没注意到。就在张毅发出打人恫吓的第二天，不等韩启明赴约谈和解方案，便被打了。消息传来，包括张黎黎在内的所有人都认定是张毅所为，她急着打发弟弟躲到天津去，却更进一步坐实了他的罪名。

司建宇置身幕后，不动声色地把一切安排得天衣无缝，从笼络傅轶则，到赶走张毅，她只是在不知不觉中成了他的一枚棋子。

她得到的奖励，居然是一个升职，这何异于扔过来的一块骨头？既然加入了游戏，她并不打算抱怨遇上陷阱，可是算计来自她有好感与尊重之情的司建宇，她还是觉得寒心了。

在经历过太多匪夷所思以后，怪诞反而成为生活的常态，她已经没有了任何义愤感，只觉得失望而沮丧。再想一想，她对司建宇又了解多少。在她到顶峰工作之前，他们只见过区区数面，唯一一次交谈发生在她十四岁时的那次午餐上，他的善意感动了她，至少那一次，他是真诚的，让她对他产生了对兄长的信任。一转眼十二年时间过去了，她已经不情不愿地进入家族企业，他也早已经在这里身居高位，心底怀着更大企图。一对同父异母的兄妹，各怀心思，谁又能要求谁坦诚相待？

“好像要下暴雨了。”

司凌云抬起头来，发现曲恒站在面前，在开足冷气的办公室内，他额头仍挂着汗珠，双手端着一只种了高大发财树的花盆，看上去分量颇重，但他并无吃力的感觉。

她“嗯”了一声，突然回过神来，问他：“你刚才听到什么了？”

曲恒将花盆安置在墙角，调整好位置，不客气地说：“我在外面，没听到几句，放心吧，不关我的事，我不会泄露天机的。”

司凌云沮丧地往椅背上一靠，“其实没什么可泄露的，这里面唯一的天机就是我很蠢。”

“你才从学校出来，这种人事斗争不在行，我倒会当你是个正常人类。”

“你真是一如既往地会安慰人。”她苦笑着嘲讽道，“谢谢。”

“别客气，稍等一下。”

他出去，很快重新进来，手里拿了一只小小的青花瓷盆，里面是一株植物，跟瓷盆一般迷你，可是枝叶舒展，绿意盎然，看上去十分可爱。

“送我的吗？”

他点点头，她高兴地接过来，只见瓷盆上粘贴着一张小小纸条，上面字迹遒劲流畅地写着：

豆瓣绿，又名青叶碧绿，喜湿润，5~9月生长期要多浇水，秋冬减少浇水，空气干燥时应对叶面喷水以维持较大的空气湿度，保持叶片清晰的纹样和翠绿的叶色。

曲恒

“今天转到这边来比较晚，我怕碰不到你，特意写了养护重点。不值什么钱的小玩意儿，也别几天给弄死了。”

她挪开办公桌上的东西，放在电脑旁边，“不会的，我一定会照顾好它。”

“你们这些职场家族争斗，我搞不懂。我的园艺公司只几个人，不过跑市场的一样跟做园艺的不和，出纳看不习惯带账的会计。我猜在大公司做事，矛盾只会更加放大，别太放在心上。”

她叹了一口气，“现在想想，我这一辈子最开心的是以前看你们乐队排练、一起喝啤酒吃大排档的那段时间。”

他笑出了声，摇头，“你才多大，居然讲到一辈子。而且，那个时候你也是很别扭尖锐的女孩子，看不出有多快乐。”

“非得回忆起来才知道，那么无忧无虑的日子，我居然就别扭尖锐过去了，没有好好享受，真是浪费。”

“没什么日子是白白浪费掉的。”他简洁地说，“能让你回忆珍惜，就是它的价值。我得接着干活，你也别在这儿发呆了，早点下班回家。”

“放心吧，我还得抓紧时间把功课做完。”她伸了一个懒腰，“总不能一直蠢下去啊。”

曲恒点点头，走了出去。司凌云重新翻开文件。过了一会儿，窗外夜空扯起一道闪电，接着传来沉闷的隆隆雷声，她走到窗边，只见暗沉夜空翻滚涌动着大团大团的乌云，随着雷声再度响起，大颗雨点骤然迎面打在玻璃窗上，视线一下模糊成一团。

她回头再看看桌上摆的那株小小盆栽，不知道为什么，她的心境忽然异常平和。

5

当傅轶则出差回来时，已经将近晚上九点，他打电话给司凌云，发现她仍然在公司，不禁吃惊，“你发愤图强到这种地步了吗？这个时间，我相信你的工作狂大哥也该下班了。”

“我得把这件案子的材料看完。”

“吃过晚饭了没有？”

“吃了盒饭。”

“我马上过来接你。”

半个小时后，他过来，人事部开放式办公区内的灯关着，她原先的格子间座位上并没有人，但走廊对面一角一间办公室门开着，灯光透了出来，他走过去，只见司凌云正坐在里面翻阅着厚厚的文件。

“有自己办公室了？祝贺你。”

她伸个懒腰，环顾小小的房间，脸上却没什么开心的表情，“两天前刚分配给我，也没什么值得祝贺的。”

傅轶则过来，将她吃剩一半的饭盒合上，扔进垃圾桶，坐到她办公桌上看着她，“嫌它不够大？”

她耸耸肩，“怎么会呢？平常新人入职满三个月，度过试用期，得到一份转正就会心满意足。我得到的是一间办公室，当然不会嫌小，不过——”

她打住，多少还是怅然。她得到的当然不仅仅是一间办公室，而是至少在名义上独立负责一个部门，以后不必向人事部经理汇报工作，有资格参与公司某些决策运作。

“是不是觉得升职升得太快，不够名正言顺，不足以服众？”

她失笑，“在顶峰里，我大哥这么多年熬下来，做得再努力再出色，都会有人觉得他不过是司霄汉的儿子而已，何况是我。不，我不跟别人去较这个劲。”

“聪明。”他赞许地点头。

“可能也正是因为这样，没办法体会到兴奋。”

他的视线落在那个小小的盆栽上面，随手拿起，曲恒手写的那张纸条还留在上面，他扫一眼，笑了，“前男友已经送礼物庆祝你升职了吗？”

她没法辩解曲恒不是什么前男友，只得随口说：“很好看吧，放在桌上，办公室显得不那么压抑了，也许你桌上也该放上一盆。”

他将花盆放回原处，“我带你去喝酒，放松一下心情。”

“哎，我还没有——”

他不由分说地合上案卷，“你看看你的脸色。”

她自知气色不佳，“等会儿回去敷面膜。”

“没必要绷得太紧，今天就到这里，跟我走。”

她已经连续有超过一周的时间天天研究卷宗到深夜，周末也没有休息，脑袋里被各式术语塞得满满的，确实感觉疲惫了，便不再坚持，收拾好文件，跟他出来，上了他的车。

傅轶则的车子驶上一条偏僻的路，穿过一大片低矮房屋密集的城中村，前方是有些荒凉冷落的工厂区，路的尽头开着一间酒吧。这里完全没有寻常酒吧的喧闹，门前几乎看不到人来人往，只两长排静静停放的各式豪华车辆显示光顾此地的客人并不少。

司凌云随傅轶则走进去，只见酒吧里面内空高得异乎寻常，抬头看去，裸露的钢结构与各式管道都漆成黑色，有一种出乎意料的冲击感。四周全是大大小小的深紫色丝绒沙发，用半透明紫色帷幕分隔，与冷酷的装修相映成趣。

“这里感觉真复杂。”她啧了一声，“抬头往上看是后现代工业感，往四周看直接变成土耳其后宫。”

“我们去里面，我介绍老板给你认识，他听到你这个形容肯定会笑的。”

“等一下——”

酒吧深处有一个小小的舞台，一个身材纤细高挑、披着一头长鬈发的女歌手正在唱一首爵士乐风格的英文歌曲。虽然灯光迷离，司凌云还是一眼认出，站在台上的是那天跟曲恒在一起的可可。

“你现在不再喜欢愤怒的摇滚，改为欣赏爵士了？”

她顺口回答：“她的声音很特别。”

“以前没见过她，应该是刚来这边驻唱的，你要喜欢，以后我多带你过来。”

她听完这一首歌，看可可微微鞠躬后走下去，才随傅轶则向后面走。穿过狭长的通道，前方有一个向下的楼梯，他握住她的手，继续向下，她不免疑惑。

“难道要去地下室？”

“酒窖当然要向下，不过不是地下室，这里以前是防空洞，温度湿度都很适合贮藏葡萄酒，所以我这位朋友租了下来，顺便把上面改建成了酒吧，本地品红酒的人都知道这个地方。”

她吸一下鼻子，“好古怪的味道，哎，这里很适合拍悬疑恐怖片。”

“真会胡思乱想，难道不觉得这里适合接吻吗？”

“完全不觉得。”

他笑着停住脚步，搂住她，吻她的嘴唇。

“我真的不想打搅你们。”

一个浑厚低沉的声音从下方传来，司凌云低头，楼梯尽头站了一个穿着灰色T恤、深色长裤的中年男人，他中等身材，相貌斯文，正含笑看着他们，“不过我觉得下面有更适合说情话的地方。”

傅轶则放开司凌云，仍旧牵着她的手下来，给他们做介绍，“我朋友高翔，这间酒吧是他开的。我女友，司凌云。”

两人相互点头致意，高翔带他们往里走，穿过一道门后，司凌云情不自禁低低“哇”了一声，眼前整齐地排列着一排排葡萄酒架，上面一只只酒瓶反射着幽微的光，几乎可以说得上壮观。高翔领着他们穿行其间，大致介绍着那些酒的产地、年份。

“这里大概是酒鬼梦想的天堂吧。”

高翔失笑，“司小姐，信不信由你，酒鬼的首选肯定不是红酒，真正爱喝红酒的人都很有节制，豪饮的比较少见。那种动辄嚷着开几瓶拉菲当水喝的，其实都不懂酒。”

傅轶则笑道：“老高，以你的定价来讲，豪饮可得带上支票本来才行。”

“轶则喜欢拿我当奸商宣扬，别相信他。”

高翔招呼他们到品酒室坐下，这里装了通风装置，没有酒窖中那种奇特的气味，装修没有楼上的柔靡气氛，而是偏向简洁硬朗，一看就是男人喝酒聊天的地方，很少会有女性涉足。服务生给他们端来红酒，傅轶则晃动酒杯，嗅一下味道，“你新进的这种酒橡木气息很特别。”

“按那边酒庄的说法，这种酒经上好的橡木桶贮藏了四年，你真应该来替我开酒吧。”高翔转头对司凌云说，“你知道吗，司小姐，我有过敏性鼻炎，对气味很不敏感，完全讲不出红酒关键微妙的味道区别，靠卖酒过活简直是阴差阳错。”

司凌云喝了一口酒，“有什么关系，知道它好喝，值得定什么价卖出去就足够了。”

高翔笑着点头，“有道理。你们随意，我先失陪了。”

他走后，傅轶则倒另一杯酒给她，“试试这种，有香瓜和蜜桃的味道，应该是女孩子喜欢的口味。”

她一口喝下去，“还行。”

“你是标准的实用主义者。”傅轶则好笑地看着她，“不肯为你不感兴趣的东西费任何脑筋。”

她点头承认，“所以我妈从小让我学钢琴、学跳舞，全都是白费工夫。”

他接过她手里的酒杯放到一边，搂住她，“我是不是得庆幸，你对我仍然有兴趣？”

她打一个哈欠，“傅先生，女人要对你产生兴趣，实在太容易了，重点是不要被这兴趣困住，不然你会先失去兴趣的。”

他似笑非笑看着她，“所以你对我追求你这一件事得出了结论：尽量克制对我的兴趣。”

“我不需要克制什么，比如有一件事，我就很有兴趣知道，既然你朋友开着酒吧，卖的又是你喜欢的红酒，为什么你有一段时间常常去阿风那里？”

他没一点迟疑地回答：“我想碰到你。”

跟往常一样，他总能坦白得不落下风，但是她仍然不解，“你怎么知道我跟阿风是朋友？”

“五年前，你留了一张 CD 在我家，主唱就是阿风。”

她记得那张 CD，更记得她离开他家的情形。流年逝去，旧事随风，眼前竟还是他，她怅然若失。他眯起眼睛，警告地捏她的下巴，“不许想你的前男友。”

她苦笑着，“你可把我想得太多愁善感了。”

“刚好高翔认识阿风，而且对这张 CD 也有印象。我回来后，他带我去了阿风的酒吧。”他放开手，半带调侃，半是认真地说，“你看，我怀念了你这么长时间，又这么用心重新遇见了你，你居然不感动吗？”

她看着他，隔了一会儿，顾自笑了，“对不起，我的心不够软，没那么容易被感动。而且我认为……”她拨弄着他衬衫的纽扣，眼睛亮晶晶地注视着他，“你的目的是征服，不是感动我。”

“被征服和被打动有什么本质的区别？你只是不打算让我轻易得逞而已。”

“那多别扭，我只打算好好享受这个过程。”

他好一会儿没再说话，她窝到沙发里，调整着身体，找到最舒服的姿势，却没法放松下来，这些天看的案子如同过电影一般在脑海中回放，那些案子比她想象的更复杂，不过她并没有找到韩启明预报的大案子，始终无法松弛下来。她不知道出神了多久，再看傅轶则时，发现他仍在喝酒，神情淡漠地看着前方，似乎也在想什么想到出神了，面前摆的酒瓶已经空下去大半。

“喝了这么多，你待会儿不要开车了，让我来开。”

傅轶则没有回答，她也没多说什么，翻皮包找出笔记本和笔，匆匆记下刚想到的几个疑点，准备明天到办公室再重新看一下几个案子。

“我们走吧。”他突然站起了身。

6

司凌云与傅轶则上去，跟高翔道别，走到门口，一个高挑的女郎已经站在那里，正是在台上演唱过的可可。她卸过妆，换下了演出时穿的亮片晚装，穿着T恤、牛仔短裤加平底鞋，手里拎了个大包，一边嚼着口香糖，一边向外张望，她一转头，看到司凌云，马上认出了她，跟她打招呼，“嗨，你好，还记得我吗？”

司凌云笑道：“当然记得，你的歌唱得真好听！”

“谢谢。”她显得十分开心，“我刚签了合同，一周有三天在这边驻唱，下次你来喝酒，记得告诉我你喜欢听什么歌。不过这个酒吧的风格就是唱爵士和怀旧老歌，完全是老男人的品位，选择有限。”

她这么无拘无束，口无遮拦，自有一股洒脱不羁、让人乐于亲近的味道，司凌云也禁不住微笑，“那你自己喜欢什么风格？”

“我比较喜欢电音摇滚，不过阿恒也说我的嗓子其实适合唱爵士、民谣。”

“你是要走吗？我们可以带你出去，这里似乎很难等出租车。”

“不麻烦你了，阿恒说他来接我，我正在等他。”

正在这时，一辆摩托车停在了酒吧门口，曲恒摘下头盔走了过来，他扫了一眼司凌云与傅轶则，淡淡地点点头，将另一只头盔递给可可，“走吧。”

可可对他们挥下手，跨上摩托车先走了。司凌云伸手，“车钥匙给我。”

傅轶则拿出钥匙交给她，上车后，她调整座椅，发动车子，不一会儿，远光灯内出现那辆摩托车，可可的长发随风飘扬起来，她双手紧搂着曲恒的腰，下巴搁在他肩头，跟他说着什么，两人姿势十分亲密。司凌云赶上去，摩托车放慢速度驶到路边让她超过去，可可再度笑着对她挥挥手，而曲恒也侧过头来，视线与她瞬间交错而过。

“你注意到她，不仅因为她声音特别吧？”

司凌云没想到他会提起她进酒吧时随口说的那句话，可这样的细枝末节如果也需要辩解说她并没有刻意隐瞒，反而荒唐，她一时无话可说。

傅轶则仍然用那种调侃的腔调说：“这女孩子知道你是她男友的前女友吗？”

她恼火地说：“过去那么久的事，需要知道吗？”

“有时候，我们都得面对一些难堪的真相。”

“谢谢你的今日金句，我以后出来之前，一定先探头打听一下，有没有什么真相等着让我难堪。”

“也许我们双方诚实一点，什么问题都解决了。”

司凌云气结反笑，“轶则，幸好你说的是双方诚实，不然我只好认为你想充当神父听我告解了。对不起，我没什么可忏悔的，而且我也负担不起别人对我无条件坦白。”

“很好，又是你讲求的事事公平，这条界限画得可真妙啊，简直可以抵挡任何问题。”

司凌云默然了，她想，这个晚上的所有争论似乎都起源于几年前她声称曲恒是她男友，她从未想到那个谎言的影响会绵延至今。幸好她与傅轶则不是普通意义上的恋爱，不然怎么经得起这样的相互隐瞒与刺探。

到了傅轶则住处地下停车场，司凌云停好车，与他一起上电梯，他按了 34 楼，她按下 1 楼，“你刚出差回来，好好休息，我打车回家。”

电梯到了 1 楼，她正要出去，他一把将她抓住，用力之大，她险些脱口惊呼出来。她又惊又怒，可是眼见几个人走进来，挣扎起来未免难看，只得不动，电梯上上停停，到了 25 楼，里面重新只剩他们两人。

“你干什么？”

他一声不响，低头吻向她，突如其来的压力让她后退，背一下撞上电梯壁，痛得微微皱眉。他迫近，手借势探进她的裙子里，她气急败坏地推拒着，挣开他的嘴唇，“电梯是有监视摄像头的，你想演活春宫给人看吗？”

他低沉地笑，呼吸中有红酒的味道，可是笑声没什么愉悦，反而有几分难以言传的挑衅，“也许你更喜欢我这样演给你的前男友看。”

“你喝多了，要表现深情可不是这么个玩法，大家过去都不是一片空白，阿恒跟我……现在是普通朋友。”

电梯停在了34楼，傅轶则一把将她打横抱起，大步走了出去，“这么说你不喜欢看到我为你吃醋？”

“我怕我没有相同的醋意回报给你。”

“又来了，你还真是无时无刻不记得你那些条件。”他放下她，一手牢牢搂她，一手拿钥匙开门，“好吧，我道歉，我确实喝多了。今晚别走，我们已经一个多星期没见面了，我真的很想你。”

她睨他一眼，他已经完全恢复了彬彬有礼的轻松模样，嘴角上扬，笑意迷人地看着她，手指轻轻摩挲着她的颈后，力道温柔。她多少放下心来，又觉得疲倦，也不想再争执，随他走了进去。

傅轶则打开音响，播放的仍是Tom Waits的歌曲。

In a land there's a town 在那里有一座小镇
And in that town there's a house 小镇上有一所房子
And in that house there's a woman 房子里住着一个女人
And in that woman there's a heart I love 女人有一颗我爱的心
I'm gonna take it with it with me when I go 若我离去我会将它带走
……

他走到酒柜那边拿出酒杯倒着红酒，“你要吗？”

她摇头，“不要。而且你也喝得够多了，远不止高翔说的品酒。”

“别听他的，他豪饮起来比我厉害得多。”他漫不经心地说，仰头喝了一口酒，“我们不止一次在纽约酒吧喝得烂醉，最后他那个书呆子表兄气得说再也不救我们回去了，哈哈。”

“你们喝醉了会做些什么，不见得总是找人吵架吧？”

“我们不止一次打架，别看老高现在一派斯文，当年动起手来狠着呢。”

司凌云再想想高翔那个儒雅的样子，真有些不可思议，“你们一个博士，一个商人，居然以结伴喝酒闹事为乐，太神奇了。”

“每个人都有胸中块垒嘛。不过他开始做红酒代理以后，反而喝酒少了很多。”

“你们认识很久了吗？”

“对，很久了。说起来是他最先看出我顶多是个二流学者，当不了一流的科学家，我进入风投行业，还是他建议的。”

这还是他第一次对她谈起他转行的由来，她不免有些好奇，“他也做风投吗？”

“他是我公司的大股东之一。”

这也是他头一次谈起公司的背景，她回想一下高翔，“他看上去倒确实不像一个酒吧老板那么简单。”

“那么我看上去像什么？”

她上下打量一下他，半开玩笑半认真地说：“不用我评论，所有人都会告诉你答案，你看上去就是会取得成功掌控局面的那种人，做哪一行倒是其次了。我觉得以你的性格，你要真想成为一流科学家，也一定会做到的。”

“谢谢你对我这么有信心。去美国之前，很多因素都让我有职业倦怠感了，我想换个环境看看。不过，那也没能拯救我的职业生涯，倒让我知道了，没有人是无所不能的。”

“我很难想象你会觉得无能为力。”

他笑，“凌云，你这就不是对我有信心，而是觉得我偏执了。”

“有时候偏执与狂妄才是成功的保证嘛，比如我爸……”

他连忙举手示意她打住，“再拿我跟你爸爸类比，今天晚上的气氛就完全破坏掉了。”

她也笑，“别害怕，我又没有恋父情结。”

他放下酒杯，过来抱住她，深深凝视，“那么你迷恋什么？”

“我不知道，跟你吵完架还进来，也许我就是迷恋跟你上床也不一定。”

“我倒是越来越觉得，其实你对性这个事并不迷恋。”

“单纯迷恋性的女人本来就比男人少得多，更多的时候，我们喜欢的是亲密的感觉。”

“可是你其实很逃避跟我过分亲密。”

“要不要挖掘我的童年回忆供你做心理分析？”

“你看，你又马上警觉了，你现在警惕性实在太高，跟我在一起，甚至不肯多喝酒。要知道，当初我就是被你喝龙舌兰酒的样子迷住了。”他执起她的左手，吻她的虎口，声音低低，带着难以言传的诱惑，“以后一直觉得，这里是你身上最性感的部位之一。”

语言是多余的，他呼吸的热气喷到她的皮肤上，带来的酥麻感似乎顺着神经末梢悄然蔓延开。他这份挑动她身体反应的能力，再度让她起了一丝畏惧，仿佛灵魂虽然筑起防御工事，严阵以待，可他的触摸、亲吻所到之处，肉身正在节节溃败。她哪里是警觉他？所有内心交战与挣扎，她警觉的是自己而已。

Tom Waits 粗糙沙哑的歌声回荡着，一瞬间，她疲惫得只想丢开所有思绪，忘情沉溺，再没有明天。

7

入秋之后，房地产市场再度放出回暖信号，司建宇主持在售的楼盘一片飘红，销售势头惊人，他与傅轶则合作的地产项目也正式开工。司凌云毫不惊讶地看到，物流公司换了一位新的职业经理人担任总经理，货场置换给地产公司被提上了讨论日程。司建宇迅速拿出项目规划，也得到董事会的认可，同时跟傅轶则开始新一轮合作的谈判。

对于地产公司的频繁大动作，张黎黎保持着超然的态度，丝毫没有加以任何干涉。司凌云决定也咽下所有疑问与愤怒，静观其变。

顶峰进入了最繁盛的时期，司霄汉时不时会在各类媒体露面，是各地区政府招商洽谈的座上宾，他的社会活动空前增多，同时也加快了寻求上市的努力。他一方面寻求本地政府的支持，另一方面投资部总经理王军推出的上市计划却执行得并不顺利，几个耗资巨大的并购都在集团内部引起争议，看不到成功的迹象，王军转而推出一个借壳上市的初步构想，与司霄汉频频飞赴北京、上海、深圳、香港等地出差，而这也当然涉及了更大笔资金的运作。

经白婷婷推荐，她的一名精明肯做事的学弟小伍到顶峰来应聘，成为司凌云手下的法务助理，只有两个人的法务部门虽小，但一件件理顺积压的诉讼，应付新产生的法律纠纷，处理各式合同，忙碌运转得有模有样，任谁也不能再小视了。

相比之下，傅轶则更加忙碌，他时常加班出差，两人相处时间有限，反而令司凌云隐约有松一口气的感觉。将一段关系限定在只享受乐趣以内，需要这种距离感来时时提醒她保持清醒。尤其她经常意识到，傅轶则其实是在不断突破、挑战她的防线。

他不在本地时，她偶尔会去阿风的酒吧消遣。

有一点傅轶则并没说对，就算他不在她身边，她也不打算买醉，到了酒吧，不过是拿一罐啤酒，独自坐上天台慢慢喝完而已，这里最能让她平静放松下来。

这天她熟门熟路地上去，卢未风与曲恒已经坐到了那里，一个抱着吉他，一个抱着贝斯在弹。

“凌云，过来坐。”

卢未风招呼着她，曲恒恢复了那个寡言的模样，甚至没有看她。她也懒得介意，坐下打开啤酒，“你们继续，不用管我。”

他们也是一边喝酒，一边断续弹着吉他和贝斯，商量一首曲子的和弦搭配，曲恒时不时就着昏暗的灯光用笔做着记录。

凉风习习而来，音符零散跳跃，恍惚之间，司凌云仿佛回到当年看深黑乐队排练的时光，当然那时要热闹得多。温凯和李乐川常常一边做着练习，一边插科打诨，不停斗嘴，卢未风多半与曲恒就这样商量着给他做好的曲子填上词，她在旁边看书，跟他们闲聊，对他们的歌发表尖刻的评论。卢未风的女友琳琳在上学，只能偶尔过来，通常都是不声不响坐在一边。温凯漂亮的女友苏珊当时在一间咖啡馆工作，下班过来时会给他们打包一些老板烘焙的点心。时间太晚以后，会有邻居大声抗议他们影响休息，李乐川则会不顾卢未风的阻拦，敲一轮急骤的鼓点作为回应，美其名曰《催眠曲》……

那的确是她生活中最轻松愉快的一段时光，一想起来，她便禁不住嘴角含上笑意。

如果随手便可将电灯按亮，
谁会在意满天星光？
如果轻易就能做到遗忘，
谁会在意前路渺茫？
从前的日子一天天更为漫长，
一段段记忆过去，只剩迷惘。

每个人都在为生活奔忙，

所有面孔都已悄悄改变模样。

昔日的理想在默默退让，

只有我还想停驻在年少轻狂，

继续为你歌唱。

……

卢未风的声音与过去一般充满磁性，歌声传入司凌云耳内，她听得怔住，等他停下来，她禁不住问："你们又在合作写新歌吗？叫什么名字？"

"这是阿恒几年前在广州时写的，名字是《为你歌唱》，阿乐听了以后说很适合他剧本的情境，特地打电话来说想要一个小样，看能不能一起推销出去。"

司凌云前天也接到了李乐川的电话。"真好听，可是完全不像阿恒以前的风格。"

"是啊，我完全想不到这家伙自己写的歌词也这么厉害，只有失恋的人才写得出来，我有没有说错？"

曲恒总算开口说话了，对卢未风的打趣不置可否，"得了，我只写了一段而已，一直没有最后完成，副歌部分还得你来。"

服务生在楼梯口叫卢未风，他站起身，"我等会儿再上来。"

曲恒放下随手拨弄的贝斯，拿起一罐啤酒，却没有打开，只顾看手里的笔记本。

她没话找话地说："今天不用去接可可吗？"

他头也不抬地回答："她今天在市区酒吧唱歌，交通方便，不用我接。"

“阿乐昨天打电话给我，说剧本的事有眉目了，你会刮胡子吗？”

“看吧。”

她不耐烦了，“大哥，前几天在我办公室还好好的，怎么又开始摆张臭脸给我看了，我又得罪你了不成？”

他终于放下笔记本，“你又跟那个男人在一起了吗？”

司凌云回过神来，懊悔挑起这个话题，却没法否认。

“我没权利过问你的私生活，不过，我记得五年前那天你从他家出来的样子。你一向骄傲，如果不是伤心到极点，绝对不会在别人面前示弱。你现在还是跟他在一起，真的爱他爱到愿意忘记伤害的地步了？”

她一口否认，“我说过，我不爱他。”

“你家境优越，可以有很多选择，可你选择和一个不爱的男人厮混在一起，又算是什么？我还以为几年不见，你应该多少长大，能够认真对待生活，不再像以前那么任性无聊了。”

他以前尽管冷淡，偶尔嘲讽她，倒从来没有用如此严厉的口气跟她讲话。可是她却根本没有拍案而起，叫他闭嘴少管闲事的力气。她只将剩下的啤酒喝掉，站了起来，并不看他，漠然地说：“有一点你弄错了，任性那个词，早就已经离我很远了。”

她下楼，碰到卢未风正要上来，“这么早就走？”

她笑道：“明天还要上班啊，阿风，我很喜欢刚才那首歌，完成以后再唱给我听，好吗？”

“好。”

“再见。”

司凌云坐入停在路旁的甲壳虫内，摇下车窗，将椅背放倒，随手按了 CD 播放键，放的是爵士乐专辑，她只在拿到车后，集中买了一次

CD，居然没选一张摇滚歌手。

远离她的，何止任性，还有她充满不安定想法、激烈情怀与快意恩仇的青春时光。

关于为什么要跟傅轶则在一起，她当然可以有很多解释，不过那些解释，只够用来说服她自己。她不能否认，与傅轶则在一起后，她并没有后悔自己的选择。她和他共处时，多半是开心的，哪怕她对自己宣称那只是身体快乐，可如果还要为此去找一个冠冕堂皇的理由去说服别人，就未免太虚伪了。

她一向我行我素，本来不希冀旁人理解，不在乎别人的看法，可是她确实被曲恒刺痛了。也许曲恒是唯一见证她那段受伤害的人，他和她一样不曾忘却，通过他的问题，她似乎猛然间看清了她行为悖逆可笑的地方。她力图保持一段看似洒脱轻松的关系，不在意他的目的，也不打算去爱他。这样下来，肉体也许得到了满足，可是心底那片空虚未能填上，反而更加放大了。被忙碌的工作、淋漓尽致的做爱打发掉的寂寞，不知不觉中变成更为深刻的孤独感，悄然侵蚀内心。

手机响起，她懒懒拿起来，是司建宇打来的。

“大哥，这么晚了有什么事？”

“小云，我想找你谈谈，你现在有时间吗？”

她实在没心情跟他谈公事，“明天上班谈行吗？”

“是我的私事，不大方便在公司谈。”司建宇的声音有几分压抑，“小云，我很抱歉要占用你的时间，可是这件事我只能跟你谈了。”

“好，告诉我地点，我马上过来。”

8

“我跟晓岚的婚姻出现了问题。”司建宇直截了当地说。

司凌云本能地不喜欢充当这种事件的听众，她甚至一点儿也不知道该摆出什么样的表情才算合适，但又不可能不做出回应，只得硬着头皮说："大哥，我不大懂婚姻这件事，可是你们一向很恩爱，如果只是小问题，就不要太介意。"

司建宇表情苦涩，"小云，你看我是介意小节的人吗？"

她实事求是地评论，"从你在公事上的作风来看，不是。不过人在家庭里难免会表现得非理性一些。"

"我跟晓岚结婚五年了，一直很好，甚至没为什么事起过争执。但最近几个月来，晓岚的表现越来越反常。从冬冬两岁半起，她就为冬冬上幼儿园做了很多准备，可是上个月冬冬正式开始入园，一直不太适应，有时无缘无故哭得非常厉害，她倒完全漠不关心了。今天幼儿园老师打电话给她，她也不理，白天你也看到了，我只好中断会议赶过去。"

"哎，大哥，不是我说你，别把这事看得太严重。"司凌云松了一口气，"小孩子这样太正常了，我记得以前我弟弟小峰上幼儿园，有至少两周的时间天天从早哭到晚，揪着我的衣服不肯撒手，那个凄惨相谁看了都不忍心。我天天逃学去陪他，被我妈吼走拖回学校，我就跟她吵，还骂她简直是后妈，把她气得半死。可她说得没错，我不去搅和，小峰后来也适应了。大嫂的表现没什么不合理，你可不能为这个指责她。"

"那么，她这几个月停了钢琴课，不再修剪花草，不再学插花，不再烤点心，不再做菜。只要一出去，就是胡乱购物，买回东西，连包装都懒得打开。我跟她讲什么，她都只是敷衍，你也觉得这些事通通没什么不正常吗？"

"这个……"司凌云一下词穷了，"是不是家里发生了什么事？"

"问题就在这里，家里一切正常，没有什么特别的事发生。不瞒你说，年初我们还说起，等冬冬上幼儿园后，我们可以再要一个女儿，当时她谈起这个话题兴致勃勃，只是突然之间，一切都不对劲了。我从来不在外面乱来，发现她情绪不对后，还特意减少工作和应酬，多回去陪她，可是没用，我越这样，她表现得越不耐烦。”

“我只能猜猜啊，大哥，也许大嫂是情绪周期，或者心情抑郁什么的，可以试着看心理医生调节。”

“我也想到了这一点，我甚至找了本地最有名的心理医生，约好时间，想让她去做一下心理咨询，她冷笑，说完全没有必要，她正常得很。她以前从来没用这种口气跟我讲过话。”

司凌云不安地注视着面前的茶杯，再度不知道说什么才好了。

“本来我想自己解决自己的家庭问题，但有些事和你有关，所以我不能不来找你。”

她吓了一跳，“大哥，我跟大嫂不算熟，见面次数都很有限，怎么会跟我有关？”

“她第一次跟我吵架，就是那天跟你和轶则吃完饭后。我好歹哄好了她，她对我道歉，又说第二天要约你当面道歉。”

“嗯，大嫂的确约我喝咖啡来着，我也跟她说了，小事情，不足挂齿，不用放在心上，我觉得当时气氛很融洽啊。”

“可是她回家以后，再度跟我吵架了，哭得非常厉害。”

司凌云心里叫苦不迭，苦笑道：“大哥，我对大嫂是很尊重的，请你相信我，我可真没欺负她。”

“别误会，小云，我没这个想法。但她确实是从那个时候起性情大变的，所以我找你一起分析一下，到底是什么事被我忽略了。”

司凌云张口结舌，她想，唯一被司建宇忽略的事情可能就是，他的太太从小开始便长久地爱慕着另外一个男人。

从米晓岚发给傅轶则的邮件可以推断出，米晓岚甚至一边跟司建宇交往，一边给傅轶则写情书；跟司建宇确定婚期前一周，才告诉傅轶则这个消息，字里行间，分明仍旧情意绵绵。两人蜜月归来的第二天，她便急着过去看他。傅轶则有长达五年的时间不在本地便也罢了，一旦回来，她心情波动，似乎也可以理解。

可是面对司建宇诚恳探询的目光，司凌云认为自己既没权利拿这些往事伤害别人，也没义务当那个逞口舌之快讲实话的人。她咬着嘴唇想了想，“大哥，我真的想不出跟她吃饭、喝咖啡时有什么异样，我只觉得……她好像在家里待久了有些烦闷，仅此而已。”

“小云，我不是没有考虑这个可能，我跟她谈，愿意支持她找一份工作，或者开一间小店打发时间，她都一口拒绝了。”

她委婉地说：“大哥，也许你该多听听她的想法，而不是急着拿出你认为合理的解决办法。”

“现在的问题是她什么都不说，我只能靠自己推断。刚认识她时，我觉得她非常单纯，简直近乎透明。后来跟她交往了一年多，我才发现，她性格还有另一面，好像习惯于把一部分想法藏得很深，当然这也不算什么缺点，只是一种自我保护罢了。只是这一次，我完全没办法了解她在想些什么。”

司凌云苦笑，“这个……太复杂了，我不知道该说什么好了。”

“我很早就下了决心，要找性格安静、人品善良纯洁的女孩子结婚，同时我自己要洁身自好，给孩子最稳定的生活环境。晓岚完全符合我的理想，所以尽管爸爸给我很大压力，我还是决定娶她。小云，你跟我一样出生在我们这样混乱的家庭里，应该能理解我的这个想法。”

她对婚姻没向往，却完全理解司建宇的心情，郑重地点点头。

“我自问我对家庭付出了很大诚意，可是现在……”司建宇颓然抚住额头，讲不下去了。

“大哥，你不需要这样悲观，要一起生活一辈子，夫妻双方都有诚意，小的摩擦碰撞总会过去。”

“今天是我们结婚五周年纪念日，她一向非常重视各种纪念日，我提前做好了安排，想带她去吃晚餐看电影，可是她说没有心情，径直回了卧室，再也不肯出来。”

司凌云由他们的结婚纪念日想到的却是另一件事，心不由自主抽紧了一下。

“我是真的觉得无能为力了。这些事不能跟朋友讲，不能跟父母讲，特别不能在冬冬面前流露出来。这孩子很聪明，我觉得他在幼儿园里表现失常，其实也是对家里的气氛感觉不对劲，一下失去安全感造成的。”

司凌云非常喜欢冬冬，同时一下想起小时候和弟弟的那段经历，“小孩子有些方面确实比大人想象的要敏感，大哥，你一定要留意。”

“我明白。小云，你能帮我一个忙吗？”

“我……该怎么帮？”

“跟晓岚谈谈。她很喜欢你，经常跟我提起你，而且现在你的男友轶则又是她从小到大的朋友，也许她会跟你讲她的真实想法。”

司凌云想，绕来绕去，终于还是绕到她身上，躲也躲不过。她隐约有些疑心，司建宇在她面前坦然表现出颓唐无力，也许就是诱她蹚这浑水的手段，可她马上又责备自己，他肯讲这样的家事，总归是信任她的，如果时时处处寻找阴谋的痕迹，杯弓蛇影，未免活得太累。

“大哥，我真的觉得我跟大嫂交情有限。不过你既然开了口，我待会儿就打电话约大嫂明天出来吃个饭，能谈到什么程度，我不敢保证。”

9

司凌云回到家时，程玥正敷着面膜在看电视，连忙问她，“吃过饭没有？”

“吃过了。”

“还有红豆莲子粥，很清淡，想不想吃点儿？”

她连日不是应酬，便是吃盒饭，真有些饿了，点了点头，程玥揭掉面膜，去帮她盛了一碗，“看你累成这个样子，就坐这里吃，吃完了早点休息。”

她嘀咕着，“我还真不习惯你当这么体贴入微的慈母。”

程玥瞪她一眼，“我是看你工作辛苦，你别这么不领情。小峰刚才跟我视频，还问你怎么老是回来这么晚。”

司凌峰已经顺利进入大学预科就读，时常借助网络跟妈妈和姐姐交流。司凌云叹了一口气，“他还好吧？”

“他今天说他长胖了两公斤，我警告他千万别把自己吃成个胖子。”

“你这当妈的可真是，他以前太瘦，才长点儿肉你就这么说他。”

“我告诉他了，你现在升了职，工作很忙。”

“你倒是很久没细细盘问我的工作情况了，我居然有点儿不适应。”

司凌云与程玥的关系现在似乎到了最缓和的时期，她毫不隐瞒地告诉女儿，“我看着你这么努力工作，就已经大喜过望了，不用多问什么来烦你了。”

司凌云哭笑不得，吃了一口粥，说：“我离你的目标还远得很，天知道什么时候到那一步，你别高兴得太早。”

“哪怕你跟我对着干的时候，我也是一直对你有信心的。”

“别说得你好像耐心守候到浪子回头终成正果一样好不好？”

程玥一笑，正要说话，这时电视上放本地新闻，出现司霄汉接受采访的镜头，她马上看得专注，“最近他好像出席了好多活动。”

司凌云便有些不耐烦了，“你守着看这么枯燥的新闻干什么？”

“消遣。”

“这是什么消遣？为什么你不试一下别再关注他，过自己的生活？你看起来还年轻……”

“而且还算有几分姿色，对吧？你就完全不想想男人的心理，跟我同龄甚至五十多岁的男人，只要条件略好一点儿，恨不能找二十来岁的小姑娘。叫我找个年过六十、条件平平的男人，倒也不难。”程玥瞥了她一眼，靠到沙发上，“可既没有经济能力，又没有赏心悦目的身体，我看不出来能得到什么。”

“你可真直白。”司凌云只得表示叹服，“除了身体跟经济实力以外，你也可以考虑一下其他嘛。有人关心你、照顾你，让你不至于孤单，还是有吸引力的吧。”

“幸好你没叫我去考虑爱情。拉倒吧，我还没到需要人照顾的时候，经历过出众的男人、精彩的生活，再去将就一个不怎么样的男人，一起过抠抠巴巴的日子，还不如就这么一个人来得自在呢。”

“我看不出爸爸怎么就能算男人的标本了，他冷酷、花心，又自私，又自我中心，难道有一点钱就能增加这么多魅力值，值得你把其他男人都不放在眼里？”

程玥哈哈大笑，“你爸爸的缺点哪只这些？我刚认识他的时候，他活脱脱是个土财主、暴发户，头发染得黑亮，穿袖口缝着商标的西装，领带花哨，跟衬衫完全不搭，白袜子配黑皮鞋，成天挽一个手包，口袋里永远别着一厚沓现金，讲话粗声大气，吃完饭就当着别人面剔牙。你知道我为什么会看上他吗？”

司凌云无可奈何地说：“重点是土归土，可是有钱。”

“你错了，有钱人多得是。我当时在歌舞剧团当演员，不是我吹牛，追求的人实在不少，也算见过世面。你爸爸的优点是土归土，可是自信，有让人忽略他那些缺点的气势。这可不是简单的拜金主义，看看他现在的成就，就知道我看人的眼光是不错的。”

“可是他的成就最终跟你没什么关系了，你慧眼识人又有什么意义？老纠结于他，反而白白耽误了自己的生活。”

“我还有什么可耽误的？该享受的，我已经享受过了。保养得再好，我现在能吸引到的也不过是些不可能让我看得上眼的男人，我不想降低生活品质，找个老伴相依为命什么的，对我可没有吸引力。你不用把我老了以后想得太凄凉，将来我不会赖着非要跟你或者小峰过的。”

“又来了又来了，我还真怕你跟我说这个。”

她放下碗便要站起来，程玥按住她，“哎哎哎，别走，我们母女俩好容易坐着好好说会儿话。”

“我可不好意思在这儿跟你表忠心，说我一定会是个孝顺女儿，将来不会嫌弃你。可是不说吧，又显得我特别冷血。”

“得了，不用说，我知道你嘴硬心软，我倒巴不得你心也硬起来才好。”

“非要我变得跟爸爸一样你才开心吗？”

“当然。那样别人就伤害不到你了。”

程玥轻描淡写讲出的这句话，司凌云竟有说不出的感触，她一时默然。

“听你爸爸说，你那个男朋友傅轶则做风险投资，能力很不错，他难得肯这样夸一个人，我就知道我的女儿眼界是有的。”

司凌云想，妈妈到底是妈妈，偶尔感动她一下，马上便会回到现实的话题，她大大地伸了一个懒腰，“别怪我给你扫兴，妈妈，我没有跟他结婚的打算。”

“我没那么容易被你扫兴。你跟平庸没背景的男人在一起，被他拉低你的各种底线，跟着他一起变得平庸，才会让我着急。女人只有经历过强大的男人，才会知道自己要的是什么。等你彻底想通了，婚总归是要结的，我不发愁这个。”

司凌云大笑，站了起来，“你可真不是个传统的妈妈。好了，今天谈心时间到此为止，明天还要上班，我去洗洗睡了。”

洗完澡躺到床上，司凌云拿起手机准备关机睡觉，发现有傅轶则打来的未接电话，她拨回去。

“我现在在你家小区外面。”

“不是说明天才办完事回来吗？”

“我想你，所以提前回了。你想我吗？”

她承认被他这个声音一下撩拨得心头荡漾，“想过。”

他显然不满意她这个回答，“下来。”

她笑道：“可是我都已经换了睡衣。”

他也轻声笑，“有什么关系？你以前可是会翻墙逃出学校的孩子。”

她被问住了，想了一想，还真是循规蹈矩得太久，没有破坏规矩的兴致，也几乎忘记那样肆意的感觉了。她起床开衣橱，拿了一件风衣披上，系好腰带出来，正碰上程玥关灯回房，诧异地问她，“这么晚还要出去吗？”

她并不隐瞒，“轶则出差回来了，在楼下想见我。”

程玥挥挥手，“年轻真好，再怎么肉麻一点儿都不要紧，去吧去吧。”

她想，有一个非传统的妈妈，好处在这种时刻便体现出来了。

傅轶则的车停在路边，司凌云坐上去，一下嗅到了花香，回头一看，车子后座上放着大束玫瑰与百合。

傅轶则发动车子，“送你的。”

她从座位中间探身过去，深吸一口气，“怎么突然送花？”

“记得今天是什么日子吗？”

一天内被第二次提醒这一天，司凌云犹如被当头浇了一盆冷水，所有的情绪都没了，坐回座椅，呵呵干笑两声，“有什么特别？”

“五年前的今天，我从美国回来；也是这一天，参加了你大哥和晓岚的婚礼，然后遇见了你，所以也是我们的纪念日。”

“你特意为这一天提前赶回来的吗？”

“对。我一向以为女人对纪念日这类事情要比男人重视得多，可是你好像根本不惊喜。”

“看来你以前认识的某位女友给你留下不少关于女人的推论。”她懒洋洋地说，“对不起，你回来我很高兴，可是我确实不怎么记日子，今年的生日要不是妈妈和阿乐提起，都差点儿忘了过。”

“没关系，我们可以重温，从那个湖边开始。”

司凌云已经后悔没有直接睡觉，而是下来赴这个约会了，看来翻墙逃学注定只是孩子的专利，过了那个年龄再做，简直是自寻烦恼。她无话可说，只得靠到椅背上不吭声了。

夜晚道路通畅，车子很快驶到司凌云母校寄宿中学的湖边，她下车，环顾四周。五年过去了，城市半径进一步扩大，湖边建筑更显得密集，哪怕是偏远的对岸都新出现了星星点点的高楼灯火，四周合围下来，衬得湖面似乎比从前小了不少。而且湖边砌起栏杆，大理石铺就的小道工整蜿蜒，俨然已经成了公园模样，更加找不到她当年与同学席地坐着抽烟闲聊，眼前除了暗红烟头一闪一闪，间或还会飞过萤火虫时的感觉。她倒嘘了一口气，景物与人既然都面目全非，哪里还有什么伤感。

“大哥去年在湖的那边还拿了一块地，今年年初已经动工，前几天我在他办公室看策划公司给他想案名，什么湖光山色、湖景帝苑、香湖名园，来来去去都是这几个字，俗得要死。”

“别谈那些扫兴的公事。”

“讲情话你比较在行，你先来。”

一阵风吹拂过来，掀开她风衣，露出黑色真丝吊带睡衣和下面修长的腿，他搂住她，吻向她的锁骨，“我喜欢这件睡衣。”

“喂——”她阻拦住他不老实的手，“这里现在可不算荒无人烟，不适合玩野合的。”

“你真的跟五年前完全不一样了，现在对哪里适合做什么哪里不适合做什么，简直跟清教徒一样严谨。”

“我以前听到过一个说法，年轻时放纵过的人，到老了都会是最严格的道德家，也许我只是提前衰老了。”

他被她气得笑，狠狠掐住她的腰，再度吻下来，这次落在她的唇上，长而深，让她窒息到发出轻喘，他才放开她，“你只是不肯再纵情任性罢了。你上一个男友肯定是一个无趣的傻瓜，活生生把你闷成这样了。”

她调整着呼吸，抬手拢着被风吹乱的头发，苦笑一下，“那可很难说谁改变了谁。我加了好多天班，真的累了，回去吧。”

10

司凌云走进与米晓岚约好的日式料理店，推开包间门，米晓岚已经先到了，正打着电话，声音严厉，“……我不管那么多，我只知道现在那棵桂树已经死了，你们必须赔偿。”

不知道那边回答了什么，她似乎更恼火了，“这跟我有什么相干？如果明天你们不给我换一棵新的、一模一样的桂花树，我就找律师告你们，我们走着瞧。”

司凌云还是头一次见米晓岚这样提高声音讲话，一改平素的温柔，居然颇有几分凌厉，想来司建宇第一次看到难免也会意外。她同时记起司建宇家院中的树是曲恒的园艺公司种的，等米晓岚放下电话便问：“大嫂跟谁生这么大的气？”

“还能是谁，你大哥帮我找的那家园艺公司，给我移栽的那棵桂树已经枯死了，我找他们，他们居然说树是我自己挑的，他们只负责移栽，而且过了三个月，不在他们赔偿范围以内。开玩笑，那棵树花了我将近七万块，他们想这样赖过去可没门，凌云，你是学法律的，我可以去告他们吧？”

“我得看看你们签的合同。”

“放在家里了，明天我叫你大哥带给你看。”

“好。”

米晓岚恢复了温文尔雅的样子，笑道：“凌云，你这么忙，怎么有空约我出来吃饭？”

“上次大嫂请我喝咖啡，我说了改天请你嘛。刚好我发了薪水，大嫂想吃什么只管点。”

菜很快上来，司凌云一边吃着，一边开始她最不擅长的拉家常，“冬冬上幼儿园还乖吧？”

“唉，不算很乖，他好像突然变得调皮了，三天两头吵着不愿意去幼儿园。别的孩子都已经适应了，真不知道他是怎么回事。”

“每个孩子情况不一样，好在大嫂很有耐心，他一定会适应的。”

米晓岚警觉地看她，“是不是你大哥跟你说什么了？”

“那倒没有，不过白天开会，大哥突然提前走了，说是冬冬在幼儿园那边有点事。”

“他有点儿小题大做了，其实没什么。”

“这个不能怪大哥，他小时候吃过苦，出于补偿心理，肯定也格外疼冬冬一些。”

“他吃过什么苦，不就是父母离婚吗？”她看到司凌云脸上的诧异表情，笑了，“对不起，我没别的意思。不过爸爸离婚后把你们的生活都安排好了，也没什么大不了的，对不对？”

司凌云暗自嗟叹，司建宇与米晓岚甚至在这个问题上也没有共识，她这么一个压根没跟嫂子亲密过的小姑子，突然要去打听家事，还真是一个难题，“这道文思豆腐不错，大嫂你尝尝。”

米晓岚的食量小得惊人，每样菜浅尝即止，吃得慢而细致，不时加以点评，“嗯，这边的本帮菜算是做得挺地道的。这道菜里的笋不够好。”

司凌云正苦于找不到话题杀时间，她突然开口问：“你现在跟轶则还好吧？”

“呃，还好。”

“我前几天碰到他妈妈，她好像完全不知道轶则正在跟人交往。”

她差一点儿呛到，拿餐巾擦一下唇角，忍笑道：“她老人家不至于认为她儿子还是十八岁的处男，守身如玉，不会跟人交往吧？”

这个轻慢的口气显然有些惹恼了米晓岚，她皱起眉头，“我的意思是说，你们交往有几个月了，轶则还根本没跟他妈妈提过他有女朋友。”

“很正常，我也没打算去见他家人。”

“这……原谅我有些古板，凌云，你们真的不像是正常的恋爱关系。”

“那大嫂认为他在跟我耍花枪，做样子给别人看吗？”她清楚地看到米晓岚的瞳孔瞬间缩小，脸上的表情变幻不定，一时甚至来不及摆出惯常的温柔笑意。她慢悠悠地接着说，“可是他要做给谁看呢？”

米晓岚张了张嘴，又紧紧闭上，隔了一会儿才说：“他父母确实一直很希望他早些结婚安定下来的。”

“他没有把父母的教训转达给我听，我也不打算过问他的家事。”

“就算你不介意他父母的想法，也不介意他的想法吗？”

“他讲，我会听，我只是不喜欢费心猜测。”她认真地问，“大嫂，你是过来人，依你看，正常的恋爱关系应该是什么样的？”

米晓岚疑惑地看着她，思索了一下，“当然是认真交往，肯定对方是自己的唯一，愿意负责任，愿意两个人的未来联系在一起。”

“所谓负责任，指的是求婚吧？”

“求婚肯定是一个男人对一个女人能付出的最大诚意。”

“看来大哥对大嫂真的是非常有诚意。”

米晓岚再度警觉，“你怎么突然说这个？”

司凌云一脸诚恳表情地说：“大嫂，老实讲，我以前还不大理解大哥为什么不顾爸爸的反对娶你。我爸爸这个人，一向自说自话，非常刚愎自用。他对大哥这个长子很看重，也有很多安排，听说还给他介绍过一位政府要员的女儿，条件十分优越，可是大哥硬是没听他的话，坚持跟你结婚。那次我给你当伴娘，在他家听了不少议论，他可是顶住了不小的压力，才让我那老爸同意你们的婚事。”

米晓岚张张嘴，一时说不出话来，司凌云微笑，“跟你熟了以后才发现，大嫂，你不光长得漂亮，持家有道，还心地善良，对我都这么关心。我完全能理解我大哥的选择，他的眼光实在是很好。”

米晓岚勉强一笑，“你这个恭维太夸张了。”

“一点儿也不夸张啊，你们让我对婚姻多少恢复了些信任。”

“婚姻可没你想的这么简单。”米晓岚有点苦涩地说，“凌云，你一定觉得嫁给建宇这样的男人，我这全职太太当得太轻松自在，所以才无病呻吟。你知道我得付出多少忍耐吗？别的不说，我那位婆婆大概就是我见过最难相处的人，她一直生活在爸爸跟她离婚的阴影里，占有欲强、挑剔、专制，小心眼到了你想象不到的程度，偏偏建宇又是个大孝子，根本容不得对他母亲有任何非议。我跟她在一起生活了三年，生下冬冬居然没得抑郁症简直是个奇迹。去年建宇终于听我的建议，在离她住处不远的地方买了别墅搬出来住，我才算解脱了。我装修房子，按自己的想法布置自己的家，整理院子，总算有了家的感觉，你不至于觉得我不孝吧。”

米晓岚突如其来的坦白让司凌云苦笑，“不会。我不打算结婚，不过也一向没把婚姻想的简单，掺杂进别的关系，肯定只会更复杂。不管怎么说，看到大哥大嫂，总觉得有共同价值观的人如果能坚持自己的选择，也未尝不是一种幸福，很值得双方珍惜。你说是吗，大嫂？”

米晓岚默然喝着汤，过了好一会儿才抬起头，“凌云，你对爱情怎么看？”

司凌云打个哈哈，“这个问题太玄奥！大嫂，你难住我了。”

“难道你从来没爱过谁。”她追问着，“包括轶则在内？”

“我理解的爱无非就是两情相悦，随缘聚散。”她敷衍地回答。

“随缘聚散，那只是露水情缘吧？凌云，我总觉得女孩子如果对感情不认真，也就别指望男人会认真了。”

“感情这件事，从来不遵循公平交易原则，认真换回来的也不见得就是认真。大嫂把爱情看得这么郑重，听了我的回答难免会觉得我轻浮随便吧。”

米晓岚倒没办法继续批评她，想了一想，叹了一口气，“唉，话说回来，随便也是需要有底气的。你家世好，含着金匙出生，没有经济上的压力，当然可以过随心所欲的生活。”

“难怪大嫂觉得大哥小时候吃的不算是苦。看来生在我们这样的家庭，想撒撒娇都没有人肯理。”她调侃地说，随即话锋一转，“其实这也更衬出我大哥的可贵。他对待感情和家庭跟工作一样认真，律己很严，我从来没看到他随心所欲任性胡来过。”

“你还真是爱你大哥，这样不停地夸他。”

“他确实有值得夸奖的地方嘛。我上班不到半年，听了不少本地商界名人的八卦。对他们这些人来讲，离婚是常事，出轨不稀奇，家家都有一本狗血烂账，像我爸爸这样几个儿女几个妈的情况也不算特例。没错，我爸把前妻都给安排了，可也只是安排而已，你婆婆、我妈妈恐怕都不满意身为下堂妻的生活，大哥、我，还有我弟弟，更是不可能感激父亲，所以我越发觉得大哥珍惜婚姻是非常可贵的。”

“凌云，我没理解错的话，你一直在敲打我吧？”

司凌云嫣然一笑，“大嫂，你这么冰雪聪明的人，哪用得着我多事敲打，而且你看我像是爱搅家务事的小姑子吗？你首先是我的大嫂，其次是我侄子的妈妈，然后还是我男朋友的发小世交，对我又这么关心。我重视这几层关系，才额外多说一点废话。我随便说说，你随便听听罢了。来来来，吃甜品。”

米晓岚正要说话，司凌云手机响了，她说声“对不起”，拿起来接听，是傅轶则打来的，他问她，“吃完饭没有？”

“还没有。”

傅轶则笑道：“你真的不到老高的酒吧来吗？我本来想让你见见我公司的股东。”

“改天吧，我还有份文件今天晚上得看完，不过来了。”

她放下手机，继续吃着甜品，米晓岚突然问她，“是轶则打来的吗？”

“是啊。”

“陪我吃饭，耽误你们约会了吧，其实你可以吃完了过去的。”

“不算约会，他公司有个合伙人过来出差，晚上在酒吧喝红酒。我不喜欢喝红酒，而且有工作没做完。”

“他在什么地方？”米晓岚补充了一句，“建宇对红酒也有点儿兴趣，告诉我位置，改天我带他去品品。”

“他朋友开的一间酒吧，在建设路顶头的工厂区内，叫 Fly，那边红酒品种很多，气氛也很不错。”

“既然你还有工作，那我就不耽搁你了，我们走吧。”

司凌云觉得，虽然没有打听到什么司建宇想要的信息，可是谈到这个程度也算是尽了做妹妹的心意，很可以交差了。结账出来，她与米晓岚挥手道别，上了自己的车子，颇有松了一口气的感觉。

11

“谢谢你，小云，你跟晓岚谈过话后第二天，她主动跟我谈了好久。”司建宇对司凌云说，“我们难得这样交流，看得出她情绪恢复了平静。”

司凌云原本预计她的话最多只能对米晓岚略有触动而已，这个立竿见影的效果让她十分意外。她看得出来，米晓岚并不爱司建宇，她多少有些为司建宇感到遗憾，不过那是司建宇的问题，而不是她的，她不打算跟司建宇就这个问题交流得更深，只笑道：“还是你们夫妻原本感情深厚，外人能帮多少忙呢？”

“对了，她让我把这份合同给你，说是你答应帮她看看的。”

司凌云回办公室后，翻看那份庭院绿化合同的条款，不免有些头痛，马上打曲恒的电话。

“喂，你好。”他很快接听，声音一如平时的冷淡，这个态度每回都能令她气馁，疑惑与他究竟算不算相识多年的朋友。

“你现在在哪儿？”

“有什么事吗？”

她对这个反问有些恼火了，“我当然是有事才找你，需要见面谈谈。”

“你最近还好吧？”

她有些惊讶，“我很好啊，怎么问这个？”

电话那头安静了一下，“本来我也有点儿事想找你。”

“什么叫本来？下班以后去阿风的酒吧。”

“今天恐怕不行，我在公司里，苗圃新到了一批苗木，我得抓紧时间做好移栽，大概要忙到深夜……”

“那我现在过来好了，告诉我地址。”

宜林园艺公司在郊区，紧挨着一座占地面积很大但人烟稀少的林场。司凌云停好车，推开虚掩的大门走进去，左边是种得密集的各式树木，右边是一排排大棚，里面种着整齐密集的各式花木种苗，没有看到一个人影，安静得几乎让人不安。她正不知道该往哪边走，一个绑着马尾的女孩子推着自行车出来，疑惑地看着她，“有事吗？”

“请问在哪儿可以找到曲恒？”

那个清秀的圆脸大眼睛女孩子打量她的眼神突然变得冷淡而严格，隔了一会儿才说：“你有什么事？”

司凌云有些不耐烦了，“我来找他，自然是有事。”

那女孩子看来脾气也不小，将自行车一转，冷冷地说：“跟我来。”

她带着司凌云往里走，转过一个大棚，才看到曲恒半蹲着，与两个工人在苗圃内移栽小树。天气颇有寒意，他只穿了件长袖T恤，袖子高高撸起，露出手臂，神情十分专注。那女孩子叫他，“阿恒，有人找你。”

他抬头看见她，站起身走过来，“什么事？”

司凌云瞥见那女孩子毫无避开的意思，没好气地说：“一定要在这里谈吗？冷死了。”

“去我的办公室吧。”

他的办公室其实是后面一排活动平板房中的一间，不大的空间里放着陈旧的办公设备，除了桌上放着一盆景天科的植物外，再没其他东西作为装饰品。司凌云有些诧异，几乎想问他，在广州做了几年音乐，回来经营了几年园艺公司，看起来生意也不算差，办公环境怎么会如此简陋，可是想想他的臭脾气，她决定不多这个嘴，直接谈正事。

“我家大嫂那棵死掉的桂树是怎么回事？她把合同给我看了，要认真抠条款，她是有权利找你索赔的。”

曲恒似乎有些意外，冷冷地说：“原来她说的请律师告我就是请你。”

“我还没通过司法考试，算不上律师。”

“随便她吧，我没法跟她讲通道理。”

“也许你能试着跟我讲讲道理。”见他抿紧了嘴唇，司凌云提醒他，“别这么跩，我不是管闲事，不过那棵树值将近七万块，对小本经营来讲，这也不算小数字了，扯到打官司更是费时费力。”

曲恒烦躁地脱掉帆布手套，拍打一下上面的尘土，丢到办公桌上，“你这位大嫂找我重新布置她的院子，我按她的要求设计了庭院，签完合同后，我带她去看她要的桂树。她嫌林场里的树太小，提出要一棵胸径超过 40 厘米、姿态漂亮的大树。我告诉她，那么大的树，我的苗圃没有，市场上也不可能有现成的，只能去乡下找。按现行的管理办法，哪怕买胸径超 10 厘米的树，都得办采集证、木材运输证、植物检疫证才能运输移栽，非常麻烦。我明确讲了，我不是树贩子，只给客户提供林场里正规出售的树木。结果她自己弄来了，还得意扬扬地告诉我，重赏之下必有勇夫，卖树给她的人是从 200 多公里以外一个偏远的村子挖来的。”

司凌云也有些吃惊，“为一棵树，至于费这么多事吗？”

曲恒冷笑一声，“看来你也只觉得你大嫂为这棵树费心了。你有没有想想，她为了让自己的院子美观，就直接砸钱买大树过来。那棵树在村子里种了超过六十年，差不多两三代人看着长大，做贩树生意的人最多给树的主人几千块钱，就能把它挖走，这真的说得过去吗？”

“她付钱买了，人家愿意卖，中间人赚钱也说得过去。没有强买强卖，没有巧取豪夺，我看不出来有什么不妥。”

曲恒表情更加冷漠，“这就是你们有钱人的逻辑，总以为钱能解决一切问题。我要是事先知道她会这么干，情愿不接这个单子。”

司凌云只得摊了一下手，“好吧，有钱人有原罪，我对树不够尊重，对不起。然后呢？”

“移栽最合适的时间是一月中旬到二月上旬，专业的移栽要对大树进行截枝、断根、取桩，每一个环节都有讲究，运输也要特别小心，把所有的功夫全部做足后，存活率也不过70%，大树还得有三五年才能恢复原来的形状和枝叶。你家大嫂根本没听进我的话，在六月份让人把这么大一棵树活生生挖过来，更要命的是，她找的人也不懂行，活干得很不利索，树的根系受损厉害，而且按她的要求，为了美观几乎保留了所有枝叶，以便当年就能开花。她看到拖过来的是一棵完整的大桂树就开开心心付了钱，我看到时可完全傻了眼。”

她老实不客气地说：“既然如此，你当时就应该拒绝种这棵树的。”

“你说得轻巧，那棵树不管是拖回去还是就那么搁着等她另外找人种，都是一个死。我马上动手种下去，还算有一线生机。”

“那你把后果跟她讲清楚没有？”

“我充分警告了她，但是，令大嫂这个人……”曲恒顿住，将一个不算客气的评价咽了下去，“她听不进别人讲话，只一味要求按她说的做。”

司凌云倒真没想到看上去温婉可人的米晓岚居然有如此固执、一意孤行的一面，“你们后期养护做得怎么样？”

“这几个月时间，我定期派工人上门去维护，搭了固定支架，给树挂瓶输营养液，做了所有能做的工作，根本没收额外的费用。可是她说树叶看着是青绿的，应该没事了，既不许工人剪枝，又早早就撤了遮阳纱。这么折腾后，那棵树回天乏力，终于枯死了。她现在要求我照原样赔一棵树给她，别说这要求根本不合理，就算合理，我也不可能去干挖大树移栽这种缺德事。”

司凌云有些无语，“她根本没告诉我这树是她自己找人弄来，而不是你提供的。”

“她当然不会说，打来电话一开口就威胁我说，我如果还想继续做顶峰的生意，就得马上给她把这件事办好。我说我没法答应她的要求，生意不能做就不能做吧。”

司凌云几乎被逗乐了，这完全是只有曲恒讲得出来的话，“然后她说要告你吗？”

“让她去告好了，你要帮她也随便你。”

“我……再劝劝她。”她想，她去把道理讲清楚，这个面子米晓岚总还是要给的，只不过想着跟她讲道理，便提前有点儿累罢了。

曲恒不作声，她无可奈何地说：“老兄，我们怎么说也认识这么久了，你别动不动对着我充硬汉耍性格行不行？我不是那个非要挖别人大树又非要你赔的人。我忙得要死，还得管这种鸡毛蒜皮，你以为我很乐意吗？你刚才说也正要找我，什么事？”

他默然了一下，她猜也许正是此事，再提未免让他难堪，“等你想起来给我打电话吧，我还有事，先走了。”

“等等。”

司凌云站住，曲恒却闭紧了嘴唇，似乎仍在犹豫着，她不免奇怪，“怎么了？有什么事这么难开口？”

“三天前的晚上，就是你大嫂给我打电话后几个小时，我去 Fly 酒吧接可可，碰到她了。”

司凌云想了想，记起三天前正是她与米晓岚吃晚饭的日子，没想到米晓岚出了餐馆与她分手便直接跑去酒吧，这个举动令她更加无语了。

曲恒并不看她，沉着脸如同对空气讲话一般，“我去得稍早了一点儿，在侧门那边等可可，不留神看到她跟一个人在一起。”

她直接问：“那个人是傅轶则吧？”

“对，他们的谈话很奇怪，似乎认识很久了，然后……”曲恒耸耸肩，“你大嫂突然抱了傅轶则。”

司凌云一脸的若有所思，没有说话。

“傅轶则并没有跟她拉拉扯扯，马上脱开了身，说她喝多了，他开车送她回家，过程就是这样。我也不喜欢管这种鸡毛蒜皮，本来我不想跟你说这件事，不过……你如果认为我在搬弄是非也随便了。”

“我至于那么不知好歹吗？”司凌云没好气地说，“你别只顾着维持风度当君子，就忘了跟我算是老朋友。我一向觉得，真相再难看，也比捂着眼睛当傻瓜有意思。”

“你愿意怎么处理这件事，是你的自由，我只是希望你不要……”他停住，仿佛难以措辞。

司凌云一怔，却突然完全读懂了他没有讲出来的话——他当然不是希望她不要误会他说这件事是为了打击她大嫂，回报她的帮忙。

五年前那个深秋，他去傅轶则家里接她，天空飘着细雨，她投进他的怀抱，他帮她保留了她的尊严。他们坐在阿风家的老式木质楼梯最后一级，光线昏暗，看不清彼此的表情，听着楼上传来的歌声，他把肩膀借她靠着。他将她送到医院，守候她度过病危。

他是唯一知道傅轶则对她造成伤害的人，他只是希望她不要再次经历那样的时刻。

她一时不知道说什么才好，好容易艰难地挣扎出一个笑，轻声说："我知道，再见。"

12

司凌云开车回公司，进办公室坐下，心绪紊乱如麻，有一些念头如同流星般骤然划过脑海，却根本抓不住端倪便消失了。她手下的法务助理小伍敲门她都没有留意到，小伍不得不加大力度在开着的门上又敲了几下。

"什么事？"

"我把这一期的合同全整理好了。"

"好，放这里等我看了再说。"

小伍出去后，她无意识地翻着合同，一个字也没看进去。意识到自己在浪费时间以后，她丢开合同，目光落在办公桌一角上放着的那盆豆瓣绿上。她拿剪刀剪掉最下面一片稍微枯黄的叶子，再用小喷壶往叶片上喷了薄薄一点水雾，细小的水珠在叶面上滚动，更加晶莹可爱。

做完每天必做的这件事，她稍微平静了一些，决定抛开不着边际的玄想，考虑一下现实的问题。

原来米晓岚的平静来自与傅轶则的酒吧会面，而不是她煞费苦心讲的那些话。傅轶则昨天见到她时，并没提起这个插曲。她倒不认为那个晚上他们之间发生了什么事，可是联想起往事，一种不洁的感觉浮上来，就足够让她倒胃口了。

最要命的是，她竟然不能直截了当地发泄出来。

她无意去破坏司建宇与米晓岚已经出问题的婚姻，她也不想去质问傅轶则——决定跟他在一起之前，她便知道他与米晓岚有旧情。她唯一不清楚的是，傅轶则对那段感情是否认真到了现在。

少女成长的过程中，身边有一个傅轶则式的男生，大约很容易爱上他；被一个像米晓岚那样美貌的女孩子从小爱慕，不动情也似乎很难。他们之间至少是有某种暧昧的，只是傅轶则迟迟不肯给她婚姻的承诺，米晓岚失意之下，转而决定嫁给司建宇，而傅轶则再怎么自负，也被这种背叛伤了自尊，转而勾引她的小姑子以示报复。过了五年之久，他会用引诱米晓岚出轨来继续报复吗?

似乎不必。

自从她与傅轶则再度见面后，她便一直冷眼旁观，经过与米晓岚的两次谈话，更能断定，米晓岚仍旧爱着傅轶则是无疑的。以傅轶则一向洞察别人心理活动的能力，不会看不出这一点。可是他表现得完全正常，一举一动都牢牢将关系限定在早已相识的朋友范畴，既没有特别的亲密，也没有刻意的疏远。更重要的是，他知道米晓岚的心思后，应该犯不着再用她来刺激米晓岚了，也不会用米晓岚来刺激她——这是她答应与傅轶则在一起的前提之一。

然而，米晓岚这几个月反常的行为足以证明，她已经被傅轶则与司凌云的关系刺激到了。她能够被傅轶则安抚到重新跟丈夫修好，更加证明傅轶则对她的影响，她还会有什么举动，傅轶则会做什么反应?

傅轶则与米晓岚以为她不了解他们之间曾经的关系，米晓岚不了解她与傅轶则现在的关系，而她与米晓岚大概都不能说完全了解傅轶则。

这样一团乱麻，实在令她厌倦，她突然动了结束的念头。

结束能有什么损失?

这毕竟不是一份正常的感情，开始于年轻时孤独鲁莽、心甘情愿的自投罗网，留给她的却是长久的自我否定；他对她的追求来得直白大胆，甚至给她提了一个交易的建议，而她也不过是出于寂寞，重新和他在一起。她必须对自己坦白承认，他让她的身体得到了满足，一旦结束，她可能必须重新寂寞，但肯定不会再有五年前从傅轶则家里出来时的伤痛绝望了。

只是她讲不出分手的理由，最多只能说厌倦了。拿这个说辞去触犯一个高傲自恋的男人，会有什么后果？这是她不愿意去想象的。

司建宇与傅轶则的合作仍在继续，甚至司霄汉也将目光投向他，与他商量海外上市的可能性。只是傅轶则对司霄汉的建议十分审慎，告诉他目前美国正陷入次贷危机的影响之中，这场金融风暴波及之下，资本市场动荡不安，现在寻求海外上市不是一个明智的选择，还是争取国内上市比较好。至于资金方面的合作，可以进一步协商。

他不至于拿公事泄私愤，可是他完全会报复她；她也许没有感情可被伤害，却要冒险在这场游戏里成为弃子。

司凌云意识到她考虑来考虑去，完全是在计较得失，心底的自嘲顿时涌了上来。

上了近半年班，她已经开始彻底用损益表的模式进行思维了：一个案子，是上庭还是和解更为有利；一个合同，哪里该强硬，哪里该适当让步，才能做到利益最大化……也许她身体里确实先天便流淌着来自司霄汉的商人血液，哪怕对待感情，也能做到计算分明。

她唯一能为自己辩护的就是：这份感情本来就并不纯粹。

既然如此，就周旋下去好了——司凌云得出结论，重新拿起合同开始看起来。

第六章
谁能逃过时光追逐

1

每到年终，顶峰集团按惯例都会有一场尾牙，今年恰逢集团正式成立八周年，司霄汉早早便发话下来，要大肆庆祝一番。张黎黎亲自接管了统筹工作，带着公司行政部门提前很久便开始准备，选在圣诞前夜，包下一家酒店做庆典，除了顶峰全体员工以外，还广邀城中政要、合作伙伴和商界人士参加。

司凌云来到现场才发现，张黎黎将心思动得很足，在酒店前方搭起充气拱门，升起气球，门前铺了一段红地毯，让员工排列两旁，等候以司霄汉为首的公司高层陪同嘉宾盛装穿行而过，到了前方接受司仪简短访问，在宣传背板上签名拍照，除了邀请媒体记者以外，公关部门还安排专人拍照录像，活脱脱拷贝各种娱乐颁奖礼的排场，让他们过足了一把明星瘾。

她看到这煞有介事的铺张场面，不免有些错愕。她的级别既不够走红地毯，行政经理也不敢指使她和其他员工一起充当活动布景鼓掌拍手。她索性直接进了酒店的咖啡座去喝咖啡，等到盛宴开始才上去，却正看到张黎黎正在大厅入口大发脾气说主席台上摆放的棕竹不够气派，四周放的一品红看上去太大路货，缺乏贵气，而听她训斥的除了满脸是汗的行政部陈经理，她的表妹、总经办主任金亚兰以外，另外一个人竟然是曲恒。他照例保持着沉默，处于围攻之下，表情也十分冷漠。

金亚兰是张黎黎表妹，当然帮腔兼撇清自己，“我早说了，你们这些人做事，只要一个环节不盯着就会出问题。”

行政部经理正极力解释开脱，“我早就已经把您的想法全部告诉他们了，没想到他们弄出来的是这个效果……”

“陈经理，按我的理解，会场布置应该是早就沟通好，然后今天下午提前完成，得到你的认可的。”她不客气地插上去，“园艺公司不可能自作主张吧？”

陈经理脸上的汗珠更加密集，尴尬得不知道说什么才好。张黎黎正要说话，这时她的秘书一路小跑过来，提醒她有贵宾来了，她瞟了一眼司凌云和曲恒，转身走了，而金亚兰则兴致浓厚地留在原地。

“你们之前认识吗？”

司凌云冷冷地说：“金主任，其他环节你都确定盯牢不会再出问题了吗？”

金亚兰横她一眼，走开了。

陈主任不安地说：“司小姐，我……”

司凌云做个手势止住他，“这么大的活动，张总求完美可以理解，但尽善尽美是不可能的。现在嘉宾已经进场，再解释是谁的责任有什么意义？陈经理还是去跟进接下来的安排比较好。”

曲恒看着陈经理点头急急离开，笑着摇头，“你现在很有气势啊。”

“据小伍告诉我，在公司里我已经有了一个不好招惹的名声。无所谓，反正不能白有一个董事长爸爸嘛。我先进去了。”

不得不说张黎黎的组织工作做得很到位，大厅内衣香鬓影，觥筹交错，特邀的两位电视台主持人妙语连珠，一下将气氛搅热。嘉宾致辞、司霄汉讲话、表彰模范职员、一轮轮抽奖，奖品丰厚到让所有人惊叫。员工的节目以外，再加上邀请了不少明星穿插，从晚上七点开始，高潮一直不断，气氛十分热烈欢快。

司凌云早就接到通知，所有部门都要出至少一个节目，她连具体要求都没看完，便把邮件转给小伍，吩咐由他搞定。可怜小伍没有任何表演细胞，从小到大没有上台演出的经验，只得付出请行政部几个女同事吃牛排的代价，挤进她们的一个 cosplay 节目里，被涂抹得面目全非出场，才算过了关。

司凌云安心充当着观众，不过随着晚会的进行，看到顶峰各部门员工对司霄汉的吹捧如此集中、赤裸裸地表现出来，不仅有让她恶寒的诗歌朗诵，还有明目张胆拍马屁的小品。而司霄汉甘之如饴，毫无难为情之态，从一开始便显得十分享受，让她几乎觉得不可思议。

跟她的不参与态度不同，司霄汉、张黎黎上台对唱，司建宇参加了一个部门的合唱，她不得不佩服他们的娱乐精神和投入程度。

宴会厅内实在喧闹，司凌云出去接听一个电话，讲完之后，回望里面，眼前场景，在《红楼梦》里看到过的“烈火烹油，鲜花着锦”八个字不期然浮上心头。她觉得这联想未免太不吉利，可是不知道为什么，就算上班这么久了，董事长是她父亲，但她仍有游离在外的边缘感觉，没有融入其中，更没有主人意识，用一个超然的态度看过去，无法被感染，反而会生出莫名的感慨。

她不想进去，无意识地顺着长廊走着，发现曲恒在走廊尽头靠窗站着看书。

“哎，去里面坐着看啊，又不是没有空位置。”

他合上书，摇摇头，“坐在一群狂欢的人中间看书未免太可笑了。对了，我已经把你家大嫂家里死掉的那棵大树挖出来运走，补种了一棵桂花树，她虽然嫌小，可再也没说什么了。”

这是司凌云提出的和解方案，米晓岚尽管老大不情愿，但还是接受了，“那就好。”

“谢谢你。”

“居然跟我这么客气。”

“再怎么讨厌她的态度，我也知道闹到打官司没意思，所以，谢谢。”

她看看书名，叫《地被植物与景观》，“你还真是敬业，随时都在看专业书。”

“没办法，要当好园丁，有很多功课要做。”

“你一直没告诉我，为什么不再做音乐，倒开起了园艺公司。明明你有音乐才华，就算不作曲编曲，只弹吉他也会有乐队抢着要嘛。”

“那就是靠音乐谋生了，我在广州时就试过那种生活，没什么意思。我情愿保留兴趣，靠我没那么喜欢的行当混碗饭吃，好过随便对待我最热爱的事情。”

司凌云一时哑然，他却笑了，“这理由很矫情，对不对？”

“不，我一直很羡慕别人有愿意认真对待的事情和……人。”

“投入之后，认真对待就没那么难了。”

她耸耸肩，“这么一说也有道理，至少我现在对工作是十分认真的。”

“我得恭维你一句，你非常有成为女强人的潜质。”

“听着好像不是恭维而是讽刺啊。”她开玩笑地说。

他突然垂下眼帘，轻声说：“你男朋友过来了。”

司凌云回头一看，傅轶则停在不远处，手里拎着一件西装，领带拉松，白色衬衫解开一颗纽扣，正看着她。

“过去吧，玩得开心。”

“一送走客户我就马上赶过来了。”傅轶则懒洋洋地问，“不知道我来早了，还是晚了？”

司凌云权当听不出他言下的隐约嘲讽之意，“看几个节目以后，你就能做出判断了。”

他们进了大厅，在司凌云坐的那一桌坐下，旁边的同事仍旧一边看节目一边议论着。

“快看，张总又换了一套衣服，这次穿的好像是范思哲今年的新款。”

“哈哈，王总真豁得出去。”

“哇，这不是才做了饮料广告的那个……”

这份充盈全场的快乐亢奋情绪尽管有增无减，可还是感染不到司凌云，她无精打采地喝着酒。到张黎黎与司霄汉十三岁的儿子司震寰登台表演萨克斯独奏时，桌上其他员工的目光有意无意投向她这边，她当然清楚他们的好奇心态，事实上，她头一次看到这个异母弟弟，面无表情地看着他的表演，完全不带感情色彩地下一个判断，这孩子无论气质、相貌都远远不及她弟弟司凌峰出色。

傅轶则突然问她：“你怎么没出节目？”

“我没有娱乐天分。”

他毫不客气地加上一句评语：“而且很难被娱乐。”

她没有说什么，最近一个多月，两人相处得并不算好。她不怎么回应他的热情，约会时对他的任何安排都表现得无可无不可，而他显然不是容得下任何敷衍的人。如果不是因为他在年底经常出差，有大半时间不在本地，他们可能早就起争执了。这时台上主持人报出的下一个节目吸引了她的注意力。

“下面有请顶峰地产司总的太太米晓岚为大家献上一首钢琴独奏，《献给爱丽丝》。”

米晓岚一向没有在顶峰公开露面，底下员工顿时起了轻微的骚动，目光一齐聚集到舞台上。米晓岚穿着湖蓝色曳地礼服，颈间挂着钻石项链，头发松松绾起，步履轻盈走上来，非常引人注目。员工开始小声议论："哇，没想到司总的太太这么漂亮，又这么有气质！""是呀，她穿的这件礼服真好看，不知道是什么牌子的。""还会弹钢琴，真是才女啊！"

她姿态娴静地与主持人寒暄两句，坐到白色三角钢琴前开始弹奏，技法并不纯熟，可是那个楚楚动人的姿态已经足够令全场为之倾倒。一曲终了，司建宇领着冬冬抱了大束鲜花上去送给她，她先亲吻儿子，再与司建宇拥抱一下，这个和谐有爱的场面让员工们看得激动不已，掌声再度如雷响起，远远胜出司霄汉夫妇的那个合唱。

"这个表演很成功。"傅轶则漫不经心地评论道。

"是指钢琴独奏，还是一家三口的恩爱场景？"

"你从小也学过钢琴，应该知道成年后学两三年钢琴会达到什么水准。建宇兄很懂得怎么与员工建立心理认同，谁会不喜欢在这样的老板手下工作呢。"

这时司霄汉大声招呼女儿，非要她过去跟一位当红的电视明星合影。她与傅轶则对视一眼，同时记起当日在司建宇结婚典礼上的往事，她耸耸肩，轻声说："我父亲这可不是表演，他爱热闹招摇的天性从来就没有变过。"

她过去参与拍照，冬冬一眼看到她，扯着她的衣角叫她，"姑姑。"

"咦，还记得姑姑，真不错。"

冬冬指了一下旁边不远处的张黎黎，"他们要我叫她奶奶，可是我奶奶不是长这个样子。"

他的童音清脆，张黎黎显然听见了，却只能做充耳不闻状，司建宇有几分尴尬，司凌云强忍住笑，"冬冬，爸爸妈妈都只有一个，不过叔叔阿姨爷爷奶奶会有很多个啊。"

冬冬点头，接受了这个解释，转而展示印在手腕上的一朵红花给她看，自豪地说："这是我在幼儿园唱歌比赛得的，妈妈还帮我录了下来，夸我唱得好听。"

"肯定很好听，几时有空放给姑姑看看。"

米晓岚走过来，显然还沉浸于刚才接受全场掌声注目的兴奋之中，眼睛亮晶晶的，"凌云，轶则还没来吗？"

她对他坐的位置示意一下，"他来了。"

"干吗坐那么靠旁边的位置，我去请他过来这边坐。"

冬冬牵着她的手，"姑姑，我想去看那边的尼莫，妈妈说她没空带我去。"

她要想一想，才明白他说的尼莫是指《海底总动员》里的小丑鱼，也知道他想去哪边看，"好，我带你去。"

司建宇正跟人说话，她跟他打了个招呼，"大哥，我一会儿带冬冬回来。"

司凌云牵着冬冬的手，穿过一个小宴会厅和一条长廊，下了步梯，来到大堂一侧，咖啡座旁边人工水幕下一个巨大的水族箱内各式热带鱼正悠然游动，冬冬双手扒着水族箱，面孔贴在玻璃上，鼻子压得扁扁的，瞪大眼睛看着。

"冬冬，你养的小蝌蚪后来变成青蛙没有？"

"有一天早晨我起来就全都不见了，妈妈说它们变成青蛙跑走了。"

"你最喜欢什么动物？"

"我喜欢尼莫鱼，还喜欢熊猫、小狗。"

她想了想，"熊猫只能上动物园去看。冬冬，你马上快过三岁生日了，到时候姑姑送只小狗给你，好吗？"

他一下回过头，高兴得扭动着小身子，点头不迭，“好，姑姑，你说话要算数。”

“嗯，姑姑保证。”

她就在他旁边一把椅子上坐下，招呼服务生送一杯咖啡过来，静静看着冬冬整个身子贴在水族箱上痴迷看鱼的样子，再度想起小时候的弟弟。司凌峰在冬冬这么大时也想养狗，她帮着积攒零用钱，打算去买一条回来。可惜程玥知道后马上声称对狗毛过敏，坚决不同意，姐弟俩只得作罢。

她正想得出神，恰好司凌峰打来电话，跟她说圣诞快乐。

“你在那边入乡随俗过洋节也就算了，今年爸爸拖了一个公司的人陪他过这节。”

“真够他老人家威风的。姐，我打算跟小艺去滑雪。”

“嗯，注意安全。”

她跟他闲聊了几句，放下手机，冬冬问她，“姑姑，你跟谁说话？”

“我弟弟，你应该叫他叔叔。”

“那叔叔在哪里？妈妈说今天我家里的人都来了。”

“他在加拿大，离我们这儿很远的一个国家上学。”

“哦，我妈妈说我长大以后也会去外国上学。”

米晓岚计划得这么远，她不禁莞尔，慢慢喝完咖啡，再看冬冬，发现他坐到地毯上，眼睛眨啊眨的，显出困倦的样子，她说：“冬冬，我们上去吧，不然你妈妈该找你了。”

他不大起劲地“嗯”了一声，反应比刚才迟缓得多，她好笑，伸手抱起他，上了扶梯，电梯缓缓上升，二楼出现在她眼前，跟着映入眼帘的是长廊窗前站着的两个人，一个穿着深色西装，一个穿着湖蓝色长裙，正是傅轶则与米晓岚，柔和的灯光下，他握着她的手，说着什么。

司凌云抱住冬冬，让他的头倚到自己肩上，轻轻拍着他。这时他们也看到了她，傅轶则松开手，并无尴尬之色，米晓岚的神情却紧张了一下，几乎有些虚张声势地提高声音问：“你把冬冬带到哪里去了？”

“楼下，看鱼，我跟大哥说过。”她回答，将冬冬交给她，“小声点儿，他睡着了。”

米晓岚将声音调回温柔，“冬冬，想睡了吗？好，妈妈带你去找爸爸。”

她抱着冬冬急急向宴会厅走去。司凌云嘲弄地看向傅轶则，“这可不大好。”

傅轶则漫不经心地说：“她只是跟我讲她的一些烦恼，人人都有需要倾诉的时刻。”

“关于丈夫不够让她爱慕崇拜，生活不够让她兴奋满足的烦恼吗？”她敛去那一点儿笑意，冷冷地说，“你看，不用她跟我倾诉，我都能理解。”

傅轶则做诧异状，“据我所知，你们可不算亲密无间的姑嫂，你这么快判断她的行为，未免对她不够公平。我要不要提醒一下你，一个多小时前，我看到你跟你前男友在一起，一样是讲话，我可没有你这么大反应。”

“你在提醒我做人要公平吗？在这方面，我还真没什么可挑剔的。我和阿恒之间没有任何暧昧，我也不反对你跟任何人讲话，不过麻烦你下次听我家大嫂倾诉时，请尽量保持一定距离，不要握手，更不要有安慰的拥抱什么的，可以吗？”

傅轶则冷冷地看着她，“作为女友，提这个要求倒不算过分，可是你提要求的口气很过分，完全不是基于女友的立场。你并不生气，也不吃醋，你不需要解释，甚至不想知道到底发生了什么事，你只是厌烦。”

“虽然我不喜欢你分析我的行为，不过我必须告诉你，你真说对了。

我厌恶这种场面，我们这个乱哄哄的司家，不需要再多制造一点儿丑闻给别人当谈资了。”

她转身要走，傅轶则一把抓住她的胳膊，她不假思索地用力甩开他的手，大步向宴会厅走去。

2

一连好多天，傅轶则都没和司凌云联络。

司凌云想到还曾考虑怎么跟他分手，不免有些苦笑，但也无意去做挽回的尝试。她忙着年底的工作，懒得多想这件事。不过这天司建宇跟她谈完公事后，却突然提到他很看好傅轶则正在上海考察的一个生物制药项目，她对这个项目一无所知，甚至不知道傅轶则出差，当然没法接腔，好在司建宇另有想法。

“房地产眼下红火风光，但上市远没高科技产业迅速，前年集团投资部门提出上市构想，选择的项目匪夷所思，名义上搞的是多元化，其实杂乱无章，缺乏战略布局，有些还会带来无穷后患，实在让人担心。”

她正好对投资部总经理王军也有一点看法，此人曾经态度颇为诚恳地来请她吃饭，她一来另有安排，二来顾忌他与张黎黎的同学关系，不肯跟他有任何私下往来，客气而坚决地回绝了。后来他再没提出类似邀请，对她始终十分彬彬有礼，但他去年做的一个兼并项目从一开始便官司缠身，让她头痛不已。

“我最不理解的还是那个棉纺厂的兼并，简直是穿着新鞋往泥潭里蹚。花费巨资，盈利预期说得朦胧不清，麻烦倒是一清二楚、接连不断地来了，现在还冒出一笔不明不白的债务。真不知道爸爸当初批准项目时是怎么想的，审计又是怎么做的。”

司建宇摇摇头，“董事长一向自负，近几年更是信心膨胀，差不多已经觉得世事无不可为了。上市申请没有过会，他只觉得运气不够好，根本不反思原因，这个心态很要命。”

这还是司建宇头一次在她面前如此直接地批评他们的父亲，司凌云当然也没什么可替司霄汉辩护的。刚过去的集团八周年庆典，不仅让她与傅轶则闹翻，也证实了司建宇此言确实不虚。她见司建宇拿手绢擦额头的汗，问他：“是不是暖气打得太高了？”

司建宇摇摇头，“还好。你说的棉纺厂兼并那个项目，当初我也不看好，开董事会时我持反对意见，可惜没有用。王军做的计划，从兼并到上市，全都抓住了爸爸急于扩张的心理，他很难再听进别人的意见。我这几天在办公室计算今年地产公司的预期利润，发现我拼死拼活做下来，很可能不够他老人家一个心血来潮批准一个项目败掉的钱多。”

司凌云没有司建宇那么强烈的危机意识，可是仍然暗自心惊，“大哥，你要不要再好好跟爸爸谈一下？”

司建宇摇摇头，“我和老李试过无数次了，凌云，他反而觉得我保守，认为老李站在我这边跟他作对。他现在有了新的计划，甚至不愿意跟我商量。你也知道，顶峰名义上有董事会，但其实他老人家一人独大，没人制衡得了他。这样继续下去，迟早会出大麻烦。”

涉及这个敏感的话题，她不肯轻易表态，司建宇自然明白她有她的考虑，将话题拉回到王军身上，“去年上市受阻后，王总又提交了一个新的借壳上市计划，他看中的壳资源是巨野集团。你有时间的话，着重帮我研究评估一下法律方面的风险和问题。”

她接过来，“如果启动这个计划，侯主任应该会做出相应的法律评估吧？”

“坦白讲，我对老侯这个人的能力一向有疑问，他老于世故，跟红顶白，最擅长的事不是处理法律问题，而是社交跟公关。要依我的想法，顶峰应该换一家更专业的律师事务所，但是没办法，爸爸就是信任他。”

她对老侯有同样的判断，“我只能试一下，大哥，毕竟我对于借壳上市没什么研究，更缺乏实务经验。”

“我相信你，凌云，现在让我不放心的也不只是老侯那边。唉，投资部对于顶峰来说太重要了，我不能冒险让它完全掌握在一个我信不过的人手里。”

司凌云无法接这句话，司建宇意味深长地看着她，“凌云，记得去年在我家，我跟你说过的话吗？我们都姓司，顶峰是司家的产业，我希望你能跟我齐心协力把它做好。”

司凌云心头沉甸甸的，点点头，“我会尽快看完这份文件。”

王军的计划繁复无比，牵扯到许多司凌云陌生的法律领域，她抓紧时间做着功课，但心里未始没有一点疑问。

司建宇的意图再清楚没有了，他想赶走王军，夺取对于投资部的控制权，进而在顶峰占据更重要的位置。司凌云对他当初赶走张毅所用的手段记忆犹新，想必张黎黎更是如此。张黎黎会容忍他故技重施吗？更重要的是，他们的父亲对于这个举动又会做什么反应？所谓与虎谋皮，莫过于此，无论她参与与否，其实已经没有安全地带留给她了。

这种事情，就算她没与傅轶则闹翻，也未必能够征求他的意见，现在她更是只能自己权衡。她再不优柔寡断，也实在难以马上做出决定。

她每天的时间都被填得满满的，伏案工作到颈项僵痛，就算这样，到了深夜，仍然有静下来难以打发的时刻。

她尚未养成跟傅轶则生活在一起的习惯，留在他那边过夜的晚上睡得并不踏实，偶尔午夜梦回，看到枕边男人的面孔，总会微微一惊，睡意顿时全消。电光石火之间，一些沉淀的往事泛上心头，似乎有一个声音问她：你在干什么？这就是你想要的吗？

她并不爱忏悔或者拷问自己，只能坦白承认，肉身所需要的慰藉有时比百转千回的理性思考更为强悍有力。他的吻、他的情话、他的身体接触，能够让她不知不觉中忘掉烦忧，于满足之中沉迷。在他床上失眠之后辗转反侧，她试着将手放进他的手里，他会下意识握住，或者在睡梦中搂紧她，身体依偎靠近后，多余的念头照例便被挤到了一边。

这种做法，如同将待处理公事放进专门的文件夹一般搁置一边，她当然知道她心头这个文件夹只会越积越厚。她安慰自己，哪天分开了，可以直接视同作废文件送入碎纸机不再操心。然而这一天真的到来了，所有因为和他在一起而产生的内心纠结并没有就此消散，而是以另一种形式爬上心头，其中最清晰的就是寂寞。

她以为她有足够耐受寂寞的能力了，可她不知道的是，这种能力极难获得，却极易失去，几个月的欢娱之后，要待那些脆弱下来的地方重新生出铠甲，抵御得住寂寞消磨，还得寄希望于时间。

日子这样过下去，她肯定她能挨过去，可是她也能肯定，这样挨着，一颗心只会慢慢磨砺得更加冷漠，也许终有一日，她会成为她妈妈那样的女人，再不会因为感情而冲动。

这个前景甚至比本地寒冷潮湿的冬季、难以做出选择的公司事务更让她全身发冷。

程玥显然完全不知道女儿的心事，她兴冲冲地宣布，她要和几个朋友结伴去欧洲旅行购物。司凌云微微皱眉，“你总跟我叫穷，叫了十几二十年，现在倒要和琪琪的妈妈这帮阔太太组团血拼了。”

“跟她们比，我当然算穷人，以前只能撑着场面，维持不让她们看轻的生活而已。不过你现在工作努力，在顶峰站稳了脚跟，又交了不错的男友，我吃老本也比以前胆子大了一些，不至于一花钱就想你们将来怎么办，马上缩手缩脚起来。”

司凌云哭笑不得，“算了，你的钱你放心花吧，不用跟我讲这么详细。”

话是这么说，到了程玥出行那天，她还是开车送妈妈去机场。一个人回到滨江花园空荡荡的大房子里，与司凌峰视频聊了一会儿，再去查专业书看那份投资计划，不免记起去年这个时候，仍与韩启明一起看书，听他讲些对于未来的规划，他热切的表情让她有些不以为然，又有一些感动。

一年过去了，她没有读博士，没有去参加司法考试，与一个男友分手，又与另一个男友冷战，成天困顿在琐碎的工作里，参与阴谋与权术之中，所有对于未来的想法都没有了感情色彩。

她不想一个人待在家里发呆，随手拿了钥匙出门坐出租车去阿风的酒吧，这里全是熟客，既安静又安全，是打发时间的好去处。

在如此寒冷的天气，当然不再适合坐在天台上吹风，她跟别的客人一样待在二楼，阿风问她想喝点什么，她说：“喝啤酒太冷，随便什么红酒吧，反正我又不挑剔味道。”

他把红酒给她送过来，她就着唱机里播放的音乐慢慢喝着。

今天阿风放的是电影《阿甘正传》的原声唱片，阿甘对珍妮情窦初开，却不知如何是好时，背景响起这首*（I Don't Know Why）But I Do*：

> I don't know why I love you but I do 我不知道为什么爱你，但我爱你
>
> I don't know why I cry so but I do 我不知道为什么哭泣，但我哭泣
>
> I only know I'm lonely and that I want you only 我只知道我孤独，并且只需要你
>
> ……

这是她印象非常深刻的电影，里面的音乐从爵士乐、摇滚乐到乡村音乐，十分丰富，贴合时代背景。她除了在电影院看过，后来又在阿风家中与李乐川、曲恒、温凯还有其他几个朋友一同重温。阿风特意给他们介绍电影中出现的不同时期的摇滚乐名曲，曲恒也拿着吉他给他们完整弹奏了其中一些曲子。

那个凌乱的房间、老旧的家具、14 英寸的电视机、不够完美的音画、东倒西歪在地上滚动的啤酒瓶，都不曾妨碍他们高昂的兴致。

阿风将酒送到她隔壁的桌子，顺便过来替她往空杯子内再加一点红酒，“表情这么严肃，有什么不开心的事吗？”

“唉，问题就出在这里，没有什么值得一提的开心也就罢了，似乎也没有什么值得一提的不开心。”

“你这句话，可以写成歌词了。”阿风笑着坐下，“好像没有大喜大悲是很多人的状态。”

“阿风，你开酒吧这么长时间，肯定听过不少来买醉的客人向你诉说心事吧，老实跟我讲，你烦他们吗？”

他莞尔，“我不是心理医生，不过分得清自己的立场，大家都只是别人生活的过客，代替不了别人的喜怒哀乐，听听而已，怎么可能厌烦？再说这里大部分客人是我的朋友，更别提你差不多是我看着长大的。”

她伏在桌上笑，“喂，你只大我五岁而已，就这么充长辈亏不亏心？”

“阿乐第一次带你过来的时候，他十六岁，你只有十五岁，确实都还是孩子啊。琳琳后来还特别说到，你是她见过最漂亮最骄傲的小姑娘，她说她以后如果有女儿，就希望是你这个样子。”

司凌云失笑，她当然记得卢未风过去的女友琳琳。那是一个清秀瘦弱的女生，性格内向，几乎不参与他们的喝酒谈笑，对言笑无忌的她颇为疏远冷落。“不会吧，我一直以为琳琳姐蛮讨厌我的。”

“胡说。她只是不善于跟人搭话，加上你当时又几乎安静不下来。”

“琳琳姐……她现在还好吧。”

“她嫁到澳洲，过得很好，生了一个女儿、一个儿子，给我看过照片，真的都很漂亮，长得像小天使一样。”这时另一个客人招呼结账，他让她慢慢喝，然后去了柜台那边。

司凌云怔怔地看着他忙碌的身影。一转眼十一年过去了，阿风现在已经是一个温润成熟的男人，打理这间酒吧，墙壁上悬挂着他在各地登山越野时拍摄的照片。琳琳远嫁异国，他仍保持单身，好像也享受这样的生活状态，然而他提到昔日女友时的口气自然而亲切，仿佛她已经成为他的亲人。再想想其他几个人，李乐川的兴趣已经转移到电影方面，仍在北京与人洽谈着剧本；曲恒放弃以音乐谋生，辛苦经营一家小公司，似乎已经成为敬业的园丁；温凯索性连名字都改了，成为演出热门电视剧的新晋偶像，面孔时不时会见诸报端，身边的绯闻女友当然早就不再是当年的苏珊。

不管最初的意愿是什么样的，所有人的生活都终将变得面目全非，她又何必为此惶惑？她原本决意要享受生活中每一个变化，居然也会为之心乱，岂不是对不起自己。

她喝到有几分薄醉之后，便与阿风告别，结账出来，裹紧长羽绒服，顶着萧瑟刺骨的北风走出酒吧前的单行道，找出租车回家。

3

琪琪打来电话，邀请司凌云晚上参加她的生日 party，司凌云含糊地应着，却记起冬冬的生日也快到了。答应送冬冬小狗后，她还特意去征求了司建宇的同意，同时上本地宠物论坛，仔细挑选以后，和一个卖家取得了联系，约定时间去对方那里拿狗。琪琪在电话那头喂了几声，她回过神来，“我今天有些头痛，回头把礼物快递给你，就不过去了。”

琪琪老大不高兴地说：“这个借口太差劲了。我一年也就过一次生日，你算算我约了你多少次，你好意思再推我吗？”

她只得答应下来，“好好好，寿星最大，我晚上过去就是了。”

琪琪顿时高兴起来，叮嘱她一定要穿得性感一些。她没好气地说：“你过生日，爱穿比基尼爱裸奔也随便你，你管我穿什么干吗？”

话是这么说，她并不想在一帮盛装的人中间要性格素面朝天格格不入。下班后，她回家换衣服。她在三年读研期间，与韩启明在一起，他十分保守，最欣赏素面朝天的清新学生范儿，她倒不是迎合他的趣味，只是刚好那段时间也对衣着打扮兴致缺缺，索性一年四季都穿牛仔裤。程玥看不过眼，几度恨恨地批评她邋遢，她都充耳不闻，依旧故我。上班之后，她不得不去购置新衣，不过全都是中规中矩的职业路线，打开衣柜，居然找不出一件适合参加琪琪那种衣不惊人死不休的聚会。

她只得去程玥的主卧衣帽间内翻找，这才诧异地发现，里面居然有整整一橱都是各式晚装，密密排列着，每一件看上去都隆重、精致。而她离婚后的社交活动有限，明明没什么特别的场合穿得出去，想来多半都只是在家里穿了对镜自照而已。程玥除了要对儿女打感情牌时叫叫苦以外，平时并不动辄谈这个话题，她也一向并不为母亲选择的生活感到遗憾，可是此刻面前琳琅满目的华服与高跟鞋、手袋排列出的寂寞如此浓重，让她不自禁生出了感伤。

她再度想到，她将来的生活会不会是这样？这个念头让她提不起精神，她无精打采地拨弄着那排晚装，随手拿下一件样式最简洁的暗紫色露背小礼服换上。她比程玥高将近 4 厘米，程玥身材维持得非常好，只比她略微丰满一点而已，她穿上去还算合身，便懒得再试其他衣服了。她本来只想上点粉底，然而镜子里的面孔有些暗沉憔悴，她只得化比平时浓的妆，一边暗暗下定决心，必须开始注意保养了。一想到保养，不免又想起保养得一丝不苟的妈妈，情绪越发低落。

她披上大衣出来，顿时被冻得哆嗦，进车里开了暖风吹了好一会儿，身体倒是暖和了过来，头却更痛了，她一边开车，一边暗暗骂在本地这种潮湿阴冷、没有集中供暖的条件下，出门赴这种聚会简直是找罪受。

琪琪独居着一套大公寓，里面已经挤满红男绿女，空调开得充足，音乐高分贝地响着，气氛十分热烈。司凌云进去，琪琪过来打招呼，她穿着高得不能再高的高跟鞋，短得不能再短的白色裹胸裙，形状姣好的胸部呼之欲出，果然性感得要命。司凌云将香水递给她，她皱着鼻子笑，“Chanel 的 No.5，一看就是从你妈那里顺过来的。”

司凌云也笑，她懒得专程出门去选礼物，的确顺手在程玥的梳妆台抽屉找来这瓶没开封的香水凑数，“你嫌老气就给你妈用好了，生日快乐！”

琪琪倒是不计较，“谢谢！今天来的帅哥多吧，看上谁了告诉我，我给你介绍。”

“你知不知道你讲这话口气很像妈妈？”她扫了一眼室内，“再说你从哪儿找的这么些人，那边那个穿印花衬衫的娘娘腔男人居然画眼线、打粉底，妆比我还浓。”

琪琪乐了，“人家是知名化妆师，网上红人好不好，我费老大劲才请过来的。你先把大衣放那个房间里，过来喝酒。”

客房充作临时的衣帽间，她一推门，便看到一双男女在里面热吻，她对这种场面并不意外，预备视而不见。只是那两个人闻声回头，那个衣服有些凌乱的长发高挑女孩竟然是可可，她看到司凌云，却没有任何羞赧不安的表情，反而跟她打招呼：“嗨，你好！”司凌云猝不及防，倒僵了一下，才收拾起惊愕，回了一个“嗨”，随手将大衣扔到床上高高的一堆衣服上，退了出去。

她去吧台取了一杯酒，靠在那里再度扫视满屋的客人，只有一小部分她认识，另一部分看来是琪琪新结交的朋友。他们一律打扮得时髦新潮，一些人在喝酒猜拳玩游戏，另一些人索性在放纵调情，一张张面孔上都写着一样的满不在乎、无忧无虑的表情。司凌云对他们能乐此不疲地耽于享乐只得表示叹服，她看见可可与那个男人从客房内出来，连忙拖住琪琪问：“哎，站在那高个子女孩旁边的男人是你朋友吗？”

琪琪瞟了一眼，坏笑道：“那是周志超，以前跟我一个班的，他还追过你，你忘了？”

“哦，难怪看起来有点儿眼熟。”

“你以前说过他是猥琐加强版的韦小宝，哈哈。”

司凌云再看一眼，“还是那么爱勾搭女孩子吗？”

“真没说错，他仗着老子有的是钱，最大的爱好就是泡妞，看样子又钓上了一个。”

周志超发现她们正看着他，马上走了过来，“嗨，凌云，好久不见。听说你也去你父亲的公司上班了，这下我们老同学总算有共同语言了。”

司凌云记得他父亲周绍德是本地最大建材市场的老板，生意做得很大，跟顶峰有商业往来，和司霄汉有交情，还曾出席顶峰的那场周年纪念晚宴，特意过来跟她说起他儿子和她是中学同学。她笑一笑，“你女朋友挺漂亮啊。”

他回头看看可可，故作矜持，“你认识她吗？”

“我在一个酒吧里听过她唱歌，她的英文歌唱得很不错。”

“对，她是个很有潜力的歌手。”

琪琪撇嘴，“不是歌手，就是模特，你的品位一向如此。”

“彼此彼此。”周志超显然颇为风流自许，丝毫不认为琪琪是在挖苦他，“对了，凌云，这几年很少看到你出来啊，改天约在一起坐坐。”

司凌云随口敷衍，“好啊。”

他取了两杯酒，“你们聊，我先失陪。”

司凌云看看可可与周志超旁若无人的亲密模样，不免纳闷。一个留莫希干发型、身形健硕的年轻男人过来与她搭讪，她没有兴致，三言两语打发了他，独自去厨房，一边给自己泡杯红茶，一边拿出手机给仍在北京的李乐川打电话。

“阿恒的女朋友可可你见过吗？”

“你是说他以前在广州的那个女朋友吗？没见过，只听阿恒说，她是歌手，嗓音条件不错。”

“他们两个感情怎么样？”

李乐川笑，“你对阿恒的感情生活有兴趣吗？这家伙，你又不是不知道，低调得要命，很少谈自己的事，怎么了？”

“没事，随便问问而已。”司凌云还真不好在电话里谈这件事，“你今年回来过年吗？”

“怎么着也得回来待两天，不然我妈会来北京追杀我的。”

她跟他聊了几句，挂了电话，端起热茶喝着，外面音乐突然停了下来，她双手捧着茶杯走到厨房门口看去，只见琪琪站在客厅中央，站在她面前的男人居然是傅轶则，他与客厅内打扮千奇百怪的时尚男女完全不同，穿着简单的米色条纹衬衫和深色长裤，夹着银丝的头发在灯光下异常显眼。他将一份包扎好的礼物交到琪琪手里，琪琪一手接过来，另一手搭住他肩膀，踮起脚尖，一个吻径直奔他嘴唇而去，他一偏头，她的唇一下落在了他的面孔下方，周围看客一阵口哨和掌声，还有人鼓嚷着要求“再来一个”。

司凌云分明看到琪琪的眼角余光向她瞟来，她倚门而立，继续喝茶，事不关己地看着，不过傅轶则并没有满足观众的打算，马上脱开身，“生日快乐，琪琪。”

“你肯来给我过生日，我当然很快乐。”她继续往他身上腻着，娇声说，“陪我跳舞吧。”

音乐再度响起，傅轶则一转头，看到司凌云带着嘲弄看好戏的表情，他不动声色地扶住琪琪的腰，让她不得不止住向他怀里靠的势头立稳。不知道他低头说了一句什么，琪琪没有继续贴过去，摊了一下手，一脸又无辜又无所谓的表情。傅轶则拿出手机，一边接听，一边向阳台那边走去。琪琪向司凌云走来，搂住她的胳膊，撒娇地说：“没生我的气吧，亲爱的？”

“有什么可气的？”

“我以为傅轶则只是在追求你，不知道你们是认真的，居然已经订婚了。”

司凌云怔住，“谁告诉你的？”

“他刚才跟我说的啊。”

“他怎么说？”

“他说：‘凌云是我未婚妻，她的脾气，你应该比我清楚吧？’他说这话的口气太帅了。要换了是别人的未婚夫，我拼了命也去把他抢过来。”

“嘁——”司凌云忍不住好笑，“说得好像你几时跟我讲过温良恭谨让一样，你的优点不就是一向这样贱在明处吗？去抢吧，我不介意。”

“唉，算了，我试了几回，他这人太有自控能力，一句‘别胡闹’就能把我僵住，没法继续，我不去碰钉子了。”琪琪哈哈一笑，把手上的礼物给她看，“瞧瞧，他送我的礼物是 Armani Code，一样不是我会用的香水，你们还真有默契。”

这时傅轶则接完电话，朝他们走来，琪琪扮一个鬼脸走掉了，大声招呼重新放音乐开始跳舞。司凌云瞥了他一眼，回身抽一张纸巾，擦一下琪琪留在他面孔上的口红印子，“你好，未婚夫。”

他轻松地说：“你似乎并不介意你的朋友跟我有亲密举动。”

“她从还没发育起就开始当着我的面勾搭每一个追求我的男生，我要生气也不用等到现在。能被她勾搭走的男人，倒替我省了事。”

“你这种豁达的实用主义真厉害。”

“另外，我都不知道我们什么时候订婚了，没立场介意。”

傅轶则哈哈大笑，“我主动替自己盖章宣示你的所有权，不好吗？”

“这个人情太大了，我不敢领。”

“现在跟我讲公平已经晚了。”

她一挑眉毛，看看四周，“你会来参加这种聚会，实在让人意外。”

他毫不掩饰地说：“因为琪琪说你会来，否则我出差刚回，累得半死，哪有空理她。”

“原来专程到这里碰我，并且散布这个让我意外的好消息，我可真感动。”

“没办法，为了申明我的未婚夫身份，只好这么做了。”

她回头再看客厅那边，琪琪没有跳舞，正与几个人谈笑着，同时向她这边看来，并且挤一挤眼。她完全清楚琪琪讲闲话传八卦的劲头，一时之间有些哭笑不得。傅轶则伸手搂着她，手指若不经意地描摹着她裸露的背部曲线，“你穿这件深紫色晚装很美。”

他的手指温热，触到她冰凉的皮肤上，让她的身体不由自主地一僵，才控制住了一个轻微的战栗，而他已经准确捕捉到了她的这个反应，手停在她的腰际，嘴唇附到她耳边轻声说："我们跳舞吧。"

此时灯光突然被调暗，音乐节奏由激烈变得柔靡缠绵，那边男男女女开始贴身慢舞，动作极尽挑逗，室内气氛一下暧昧起来。司凌云以前参加过此类聚会，完全知道接下来会发生什么，她微微一笑，"顶了一个未婚妻头衔，突然觉得混在他们中间借跳舞上下其手未免太没格调，我想先走一步了。"

傅轶则笑得意味深长，"我想琪琪完全能够理解我们同时消失。"

她不理会他，去客房拿大衣，他替她穿上，一起走了出来。

天空不知什么时候飘起细雨，夹杂着零碎的雪花，寒意逼人而来。司凌云按遥控开了车子，傅轶则却一步跨入她车内副驾座坐下。

"这是干什么？"

"想让你上我的车大概比较难，我只好将就一下。"

她也不多说什么，发动车子，径直开回滨江花园地下停车场，下了车，"麻烦你自己出去叫车回家。"

傅轶则下车，调侃地看着她，"我以为你至少会把我拖去荒郊野外赶下车，报复我说的订婚消息，没想到居然这么客气。"

她捂住嘴打了一个哈欠，"不过是订婚而已，甩掉一个未婚夫，虽然比甩掉一个男朋友听上去严重一些，可也没什么大不了。真得倒退五六年时间，我才有精力和兴致玩那种恶作剧，现在我只想回家泡个热水澡，裹上棉被睡觉，省得头痛更厉害了。"

她锁上车，去电梯那边按了上行键，然而傅轶则从她身后搂住她，"我们讲和吧，凌云。"

冬日深夜的地下车库内寒冷彻骨，被一个有力的手臂搂住，一个带着呼吸热气的声音在耳畔低语，很难抗拒，她并不为上一场争执生气，犹豫的只是继续下去，会不会陷溺深到难以抽身。

“我这几天太累了，头也很痛，真没力气跟你周旋。”

“你暂时放下跟我周旋的念头，行不行？你的麻烦就是太不肯示弱，生怕哪一次落在下风就会被我征服。”

她恼火地反唇相讥，“你的麻烦就是太想征服别人。”

他举一只手示意休战，“又来了，我道歉，行了吧。”

她也自觉未免太剑拔弩张，苦笑了一下，“算了……”他不等她说下去，将她扳过来，开始吻她。电梯下来，叮的一声轻响，停到他们面前。

她勉力挣开，“别这样。”

他笑，“怕被你妈看到吗？”

“她刚好出去旅行血拼了，我不想白给邻居看戏而已。”

“她不在正好，我们上去。”他用呵哄诱惑的声音说，“我给你按摩，这一招对付头痛，保证比热水澡和棉被有效得多。”

她来不及说什么，已经被他拥入电梯，她只得按了楼层键，苦笑道：“你老是这么牺牲色相，拿身体来说服我，未免太自贬身价了吧？”

“人总得知道自己手里哪一张牌最有说服力嘛。”他对这个嘲讽满不在乎。

出了电梯，司凌云拿出钥匙开了门，按亮客厅的灯，“请坐。”

“去你卧室。”她板着脸，还没来得及说话，傅轶则好笑地说，“你一副兴致缺缺的样子，我没打算把你怎么样，你先去洗澡，然后躺到床上，我好给你按摩。”

她瞪他一眼，再打不起精神说什么，带他进了卧室，他四下看看，“你的卧室装修得这么有甜美少女气息，真出乎我的意料。”

关于她的房间，她还真是无话可说。当年搬到新居，她一看到自己贴了粉红墙纸、挂着白色镂空玫瑰图案窗纱、摆着全套白色家具的崭新卧室就无端恼火，跟程玥交涉要求换掉，可程玥轻飘飘一句“那你得找你爸爸另外申请经费”便把她打发了，她除了赌气把毛绒玩具和限量版芭比娃娃丢到客厅外，也没有再为这事折腾。现在她早已经达到对这个房间一切布置熟视无睹的程度。

“原来你是《丁丁历险计》的粉丝。”

她顺他视线看看墙上贴的那张丁丁带着白雪奔跑的海报，“其实小峰才是，这是他从国外给我寄来的。”

“会弹吉他吗？”

她看看那把搁在梳妆台边的吉他，“凑合会几个和弦，几首简单的曲子，好久没弹了。”

傅轶则继续打量着房间里的陈设，目光落在窗边那张花朵造型的红色沙发上，眉毛一挑，却没说什么，只是慢慢解开袖扣，将衬衫袖口挽起，那个姿态从容自如，而且有着几分难以言传的挑逗意味，让她心底一荡，她马上意识到，她继续呆立下去，只会被他对比得反而像一个拘束的客人。她有些好气，又有些好笑，径自去浴室卸妆，冲了一个澡，换上浴袍出来。他坐到床上，示意她过去，让她半躺在他怀里，一只手扶住她的头，另一只手开始替她按摩太阳穴和头顶的百合穴。他的手指修长有力，用的力道恰到好处，几天来困扰她的隐隐头痛不知不觉缓解多了，她舒服得叹了口气。

“最近很累吧？”

“是呀，年底事情多，还要赶着看一份报告。”

“所以完全没空想我？”

她叹了一口气，“夜晚睡不着的时候，会想。”

他微笑，“我一向喜欢你的坦率。”

她没有问他有没有想她，也不去追究他消失这么多天突然重新出现，并且公开声言与她订婚算是什么意思，只享受着他的怀抱与按摩带来的温暖和舒适感。

松懈下来以后，疲倦如同潮水上涨，慢慢淹没全身。她想，她半推半就放傅轶则进来，要的无非也就是这个怀抱而已，她不打算责怪自己突然软弱到希望此时此刻无止境地延续下去——没有窗外的纷扰世界，没有明天必须面对的种种问题，没有对于感情的角力与计较……

4

司凌云从冰箱里拿出果汁，倒了两杯，然后将切片面包放进吐司机内烤。傅轶则在她身后看着，“你妈不在家，你就吃这个吗？”

“她在家我也吃这个，不过多一个水煮蛋。”司凌云嘟哝着，“我妈可不是会天天做饭的那种慈母，她恨油烟，钟点工管做饭，她平时煲点养生粥就了不得了。”

“不用问，你肯定不通任何厨艺。”

“煮方便面我是会的，但是我不爱吃面，你要吃吗？”

他摇摇头，开冰箱看了看，取出培根和鸡蛋，选了一只长柄平底锅，打开天然气灶，先用中火，再改小火将培根煎得略微焦熟，然后倒少许油进去开始煎鸡蛋，她只有捧着果汁杯看着的份儿。

“喜欢吃什么程度的煎蛋？”

“嫩一点儿，谢谢。”

“拿盘子出来。”

司凌云开了几个橱柜门，才从消毒柜内找到两个盘子递给他，他将培根煎蛋盛好，两人坐到餐桌前开始吃起来。

“头还痛吗？”

“好多了。”

“趁周末休息两天，你就会彻底好了，有力气再跟我折腾。”

司凌云别过头去闷笑，他一怔，随即会意，伸手拨弄一下她的鼻子，笑道：“你这脑子还真不纯洁，都往什么地方想了。”

她笑着躲开他的手，“等一下我送你去琪琪家楼下取车。”

“要赶我走？”

“我得去宠物市场卖家那里拿狗，冬冬今天过生日，我答应送他这份礼物，然后我还要去图书馆查资料。”

“我们先好好谈谈。”

她拿起果汁喝了一口，“谈订婚那件事吗？开开玩笑就算了，不必再提。”

“我要谈的是我们的关系。”

她想，那个虚幻的愿望注定已随昨晚过去，这确实是没法回避的问题，“你总该记得我说过跟你在一起的条件吧？我要求的是一对一的关系，不可以搅进第三个人，更别提这人是我大嫂了。”

“我跟晓岚从小认识，双方家人对我们的关系的确有过一些期待。她是很漂亮很有吸引力的女孩子，但是我们价值观差异很大。”

“照我理解，人在陷入恋爱的时候，不会考虑价值观这么虚无缥缈的事情。”

“问题就在这里，陷入不是人人都能同步达到的状态，我从小就认识晓岚，她对我来说是邻居家的女孩子，性格温婉、漂亮，但不是我有兴趣的类型。而且晓岚希望恋爱明确指向婚姻，我肯定没法像她要求的那样爱她，所以也不想耽误她的青春，出国之前我就跟她讲清楚了这一点。她决定跟你大哥结婚时通知我，我对她的选择表示祝福。”

她想起来晓岚写给他的那些邮件，涩然说道：“大家都是成年人，我没兴趣追问你的往事，但是如果你想将我们的关系继续下去，我需要知道你是不是爱她。”

傅轶则镇定地看着她，十分简洁地说：“不，她只是一个朋友。”

司凌云并没有因这个答案而释然，“不过，她显然爱你，这一点对你有意义吗？”

这一次傅轶则思索了一下，“如果说别人的爱对自己毫无意义，那就太虚伪了，所以我的回答是，我是关心她的。”

司凌云不得不承认，这个回答既不冷血，也不自负。

“晓岚一向考虑问题十分周全，不会冲动行事，她嫁给你哥哥的时候，完全了解他，也知道婚姻意味着什么。近来她情绪不稳定是事实，但这并不代表我跟她有任何暧昧。我尊重我跟你的关系，也尊重她跟你大哥的婚姻，你满意这个回答吗？”

她苦笑一下，“谈不上满意或者不满意，我不喜欢纠结不清的事情。”

“如果你对我没有一个起码的相互坦诚与信任，那么不要说订婚，结婚也没办法把你我绑在一起。”

她抬头看着他，叹了一口气，“轶则，如果你认为我不够信任你，恐怕我也觉得你一样不够信任我。”

“你只是不够爱我，你抗拒跟我关系更亲密。我信任你的诚实坦率，你根本不屑于伪装自己，但是不知道出于一种什么心理，你有时候实在太想证明你并不在乎我。”

司凌云无言以对。

“待会儿我陪你去买狗，然后送去给冬冬。”他站起来，将空盘子放入水槽，回过头来，微微一笑，“我不介意将我跟晓岚的关系对你讲清楚，就意味着我没什么需要回避。”

司凌云事先联系的宠物店在宠物市场的角落中，店主是一个和气的矮胖中年男人，他指点笼子里的两只西部高地白梗给她看，“上次在视频里你挑中的是左边的那只。”

司凌云马上从笼子里抱出了小狗，“太好玩了。”

“还说你不是丁丁的粉丝，这不是他养的那种狗吗？”傅轶则打量着她怀里那毛茸茸的一团，“你别以你的兴趣来决定，男孩子似乎更适合养边牧或者哈士奇一些。”

“这狗多有趣，我跟小峰小时候都迷丁丁的白雪，特别想养一只。再说冬冬还太小，西部高地白梗体形小，性格活泼，很适合跟小孩子做伴。”

“没错，这种狗很友善聪明，学习能力强，适合送给小朋友。”店主出示着证书，“我卖的所有幼犬都严格按照30天驱虫、40天起英特威六联疫苗的规范程序进行过了，你可以放心带回家，到时间我会提醒你过来打其他疫苗。”

“我直接送给我侄子，你把所有资料给我，以后打针就是他妈妈跟你联络了。”

司凌云意犹未尽地选购了配套的狗窝、咬胶、颈圈、牵引绳、狗粮，傅轶则帮她提到车上，她将车钥匙交给他，“你来开车，我还可以陪它玩一会儿。”

他发动车子，“这么喜欢的话，索性我买下另一条给你好了。”

“我妈说她对狗毛过敏，和她住当然她说了算。”她的手指梳理着坐在她腿上的小狗厚实的白毛，“再说我上班哪有时间养。唉，幸好没听那个卖家的话提前接回家，不然真舍不得送走了。你看它的眼睛多聪明。”

她将不安分地想爬上中控台的小狗按回膝上，却看到傅轶则嘴角挂一个浅笑，分明是平时要评论她时的表情，“有什么话，你就直说吧。”

他安慰地腾一只手拍拍她，“别这么敏感，小狗很可爱，不过你抱着小狗的样子更可爱。”

她知道他言下之意不止于此，但也不想再追问，顾自逗弄着小狗。

车开到司建宇家，傅轶则下去按了对讲门铃，门很快开启，虽然是冬天，司家庭院仍旧一片葱绿，右边几株蜡梅开得正香。

她抱了小狗先走进去，发现宽大的一楼客厅整个成了儿童乐园，家具移走，放置着各式玩具，有差不多一二十个孩子正奔来跑去玩得开心，另一边餐厅坐着的全是孩子的家长，正在喝茶聊天。

冬冬看到小狗，一声欢呼：“姑姑，是给我的吗？”

她点头，“姑姑答应过你的嘛。”

冬冬把小狗抱过去，眉开眼笑，小朋友全围了上来，叽叽喳喳兴奋异常。

“姑姑，它叫什么名字？”

“送给你了，你来取名字。”

米晓岚指挥工人端咖啡出来，一见却大为紧张，“冬冬，哪儿来的狗？快放下，小心它咬你。”

“不会的，大嫂，这狗很友善，特别喜欢小朋友。”司凌云把预先打印出来的几张纸给米晓岚，“这是饲养要点。”

米晓岚匆匆扫视一下，皱起眉头，“‘个性活泼，需要较多的活动量和活动时间’，要每天带出去散步，还要每天梳毛，好麻烦，你怎么会想到送冬冬这种礼物？”

司凌云完全没想到喜欢侍弄花草、研究厨艺的妈妈会觉得给儿子养狗麻烦，不免哑然，好在司建宇笑道：“凌云提前问过我，冬冬也跟我说过他想养一条狗。”

“你可没跟我商量。”

司建宇息事宁人地说：“我一时忘了，一条小狗而已，房子这么大，养了也没什么，以后我早晚牵它散步算是健身，梳毛也由我来吧。”

这时傅轶则提了狗窝等一大堆东西进来，插言道：“国外家长是很支持小孩子养狗的，认为有益于保证身心健康，培养他们的责任感。”

米晓岚显然完全没料到他会来，僵了一下，勉强笑了，“轶则，我也不是觉得不好，只是……每天事情太多，怕照顾不过来。谢谢你啊，凌云，看来冬冬最喜欢这件礼物了，它……你确定真的不会咬人吧？”

司建宇看看那一堆兴奋的孩子，“别紧张，晓岚，你看小朋友们都喜欢小狗。”

另外一个过来看的年轻妈妈也说：“是啊，我家小艾跟家里养的金毛好得不得了，完全是她的心肝宝贝。”

米晓岚的表情总算松弛下来，“生日蛋糕应该快烤好了，我去拿出来。”

司建宇轻声对司凌云说：“别介意你大嫂的态度，她只是太紧张冬冬了。”

“没什么。”

随着米晓岚端出蛋糕，司建宇和其他家长分头领自家孩子去洗手，司凌云去厨房拿盘子，她回到客厅时看到，傅轶则正帮忙将蜡烛插上去，而米晓岚立在桌边一动不动，视线完全追随着他修长的手指动作，那张秀美的面孔几乎陷入失神的状态。司凌云愕然止住脚步，这时傅轶则也意识到米晓岚的失态，似不经意地说：“给小孩子搞派对还真不是件省心的活，晓岚，打火机呢？”

米晓岚有些茫然地看着他，隔了一会儿才回答：“我去拿。”然后匆匆从司凌云身边走过，进了厨房。

家长带着孩子们回来，一番嬉闹后，总算让他们簇拥着冬冬，等他吹熄蜡烛，然后一齐唱生日歌。司建宇拿着 DV 拍摄，米晓岚恢复了优雅的母亲模样，帮冬冬切着蛋糕，分发给小客人们。

吃完蛋糕后，司凌云开口告辞，司建宇留他们吃饭，傅轶则的手搭在她的肩上，先开了口："我跟凌云另有安排，你们有这么多客人要招呼，不用管我们了。"

司凌云与傅轶则出来，伸手找他要钥匙，上了司机座，从后视镜内看到米晓岚穿着单薄的毛衣立在门廊那边，她想，这个目送当然不是对着她来的。她不知道她与傅轶则的这个亮相会让米晓岚死心回归家庭，还是反而刺激到她，可是她想，她没办法操心更多了。她驶出司建宇家，再度建议送他去取车，他若无其事地说："我陪你去图书馆好了。"

她气馁，停了一会儿，用安抚温和的口吻说："你最近受什么刺激了不成？就算和好，也不用这样二十四小时黏在一起吧？"

他大笑，"嗯，我出差十一天奔波六个城市没干别的，尽看各地情人恩爱缠绵朝朝暮暮受刺激了。"

她横他一眼，"那我实在想不出你这么拨冗陪我是为什么。"

"趁着我这两天有时间，我们试验一下黏在一起多久会相看两厌倦不好吗？也许我会主动收回那个订婚也说不定。"

她无话可说，只得开车驶向财经政法大学图书馆。资料室一般不对外开放，更别提假期周末，头一天她已经联络了留校的同学李卓奇带她进去。李卓奇看到陪她来的傅轶则，有些诧异，悄声告诉她，"凌云，启明休息时经常来图书馆，你不是特意带男朋友给他看的吧？"

她完全没想到这一点，又记起李卓奇与韩启明是同乡兼好友，一时百口莫辩。李卓奇越发以为说中她的心思，“就算做不成恋人，也还是老同学，凌云，别再用这种方法刺激他了。”

她干笑一声，“卓奇，我从来没为这种事斗气过，大家都已经工作了这么久，怎么可能反而越活越幼稚！”

他明显未被说服，叹了一口气，“但愿是我多虑了。”

进图书馆后，她下意识扫视了一圈，没有看到熟悉的面孔，不自觉地松一口气。李卓奇将资料室的门打开，让她自便，就去了另一间办公室，她抓紧时间查着需要的资料。傅轶则也取了一本英文期刊看起来，他的专注程度不亚于她，偶尔走出去接听电话，回来拿起她做笔记的那本书看了看，有些诧异，但什么也没问。差不多到下班时间，她还没有查完所有资料，不得不谢过李卓奇，约好另外找时间过来，跟傅轶则一起出了资料室。

“顶峰借壳上市的事交给你负责了吗？”

“这个还是由投资部王总负责，不过我比较关心涉及法律的部分。”

“现在上市也许并不是一个好时机。”

“这话怎么讲？”

“眼下看，美国经济暴跌危及的只是中国的出口，但迟早会拖累中国股市，波及资本市场和地产行业。我认为顶峰的当务之急是确保资金链的稳定，而不是急于烧钱谋求上市。”

她确实没想过远在美国暴发的次贷危机会影响到顶峰的经营，查的资料全是法学期刊中与借壳上市有关的法律实务和案例分析，其中几个知名律师写的深度分析让她颇有些触目惊心。伏案几个小时，加上心事重重，她的头又隐约作痛起来，禁不住抬手揉着太阳穴，“还没到实施的阶段，我也只想多了解一下中间的步骤。”

他将她的外套替她披上，“走吧，今天晚上听我的安排，接受我的监督好好休息。”

傅轶则带司凌云去吃饭，然后回他住的公寓，他在按摩浴缸内放入一缸热水，加入浴盐，她浸泡进去，将头枕在浴缸边缘的浴巾上，舒服地闭上了眼睛。过了一会儿，他端着红酒进来，她接过来喝了一口，“太殷勤周到了，你是想让我迷上这种生活吧？”

他在浴缸边缘坐下，笑吟吟地看着她，“这样不好吗？有人早上给你做早餐，管接管送管陪同，晚上放洗澡水、按摩。”他俯下头，声音放得低沉，“再加做爱——要温柔还是要狂野可以任你选择。喜欢养狗也没问题，我对狗毛绝对不过敏。”

“听起来倒真是很有诱惑力。”

“可还是没让你动心。”

“完全不动心就是撒谎了。不过我真得问问你，我没搞错的话，你有大半个月时间没理我，肯定是生着我的气，怎么突然决定不跟我计较了？”

他耸耸肩，“看来你始终不相信我出一趟差后，想你想到只好回来求和的程度了。”

她并没认真指望他给出答案，微微一笑，将酒杯搁在一边，头往后一仰，重新合上眼睛。他的手指按到她的眉间，缓缓抚过她漆黑的眉毛，“你还是一个美女，凌云，可你最美的时候是五年前，穿着粉红色裙子，整个人好像会发光，满脸都是骄傲和不妥协。”

她没有睁开眼睛，懒懒地说：“谢谢你提醒我，我已经老了，没了过去的锋芒。不过你错过了我的十五六岁，一个不算喜欢我的姐姐都说我那时候是她见过的最漂亮的小孩。”

“我能想象你飞扬跳脱的样子，不过我没有 Lolita 情结，对幼稚女生没兴趣。我喜欢的是现在这个你，充满矛盾，表面平和了，内心依旧不愿意被人驯服，不管面对什么，你随时都能摆出不在乎的姿态。”

她的眼睫毛在他手指下微微颤动，却突然无法睁开眼睛面对他。她喉咙干燥，想说什么，又不知从何说起；她下意识地等待他继续说下去，又隐约害怕听到更多。正在矛盾之际，客厅那边传来他的手机铃声，不间断地响着，打破了存在于浴室内的这份微妙寂静。

傅轶则走出去接听电话，司凌云说不出是失望还是解脱，顿时松了一口气，静静浸泡在浴缸内，热气氤氲缭绕，水流柔和地冲击按摩着她的身体，浮力作用下的轻盈感让她有了一点蒙眬睡意。过了好一会儿，他重新走进来，没有坐下，“凌云，我需要下楼一趟。”

她“嗯”了一声，他却没立即出去，她有些诧异地睁开眼睛，“怎么了？”

“刚才的电话是晓岚打来的，她正在楼下，想上来跟我谈谈。”

“需要我起来腾地方给你们吗？”

傅轶则凝视着她，脸上看不出表情，过了一会儿，他扯一下嘴角，笑了，“别淘气，我下楼带她去马路对面那家咖啡馆坐坐，完全符合你要求我跟她谈话在公共场合进行的要求吧？”

她也忍不住笑，“嗯，听起来我真是又爱吃醋又彪悍，标准的河东狮子吼。”

“别在浴缸里睡着了，我尽快跟她谈完上来。”

司凌云的睡意已经消散，等他走后，她起来擦干身体，披上浴袍，先去厨房煮咖啡。傅轶则有一台价格不菲的意大利产咖啡机，能很方便地煮出香浓的意式咖啡，她一用便喜欢上了。

她捧了热咖啡回到客厅，踱到落地窗前。从某种意义上说，马路对面的那间咖啡馆就在她眼皮底下，但她并不为在那里进行的谈话觉得困扰，那是米晓岚的问题，是司建宇的问题，甚至还可能是傅轶则的问题，她不认为该由她来操心，她想得更多的是在米晓岚那通电话打来之前傅轶则对她说的话。

如果那些话不是出自傅轶则之口，就很像一份动人的表白。可是经他一讲，带着研究与征服的意味，爱慕的成分若有若无，让她无法单纯地看待。

她提醒自己，他既然表现得高深莫测，她要做的无非是见招拆招，分析得太多，只会让自己不自觉陷于未知更深，把已经不够简单的事情弄得更复杂。

她喝下咖啡，走进卧室，靠到床上，取出摘抄的资料重新细细研究了起来。

5

春节假期迅速过去，第一天上班时，每个人脸上都多少带了松弛的神态，整个公司都弥漫着节后的气氛，再严苛的上司也不会要求下属马上恢复到工作状态之中。

司凌云敲开司建宇的办公室的门，发现他面色十分凝重。

“大哥，度假开心吗？”

司建宇一家三口的春节是在海南三亚度过的，他勉强一笑，“冬冬很开心，我答应他，等他再大一点儿，就带他去学潜水。”

她留意到他只提到儿子是开心的，可是她不打算细问他的家事，将她利用假期写的报告交给他，“我初步写了一份报告，目前有近五十家A股上市公司被各地房地产企业成功借壳上市，它们在重组之后，都有大规模的非公开增发，获取的资金远远超过通过银行途径融资的。这种情况已经引起各方面的关注，壳资源成为大家注目的焦点，我仔细研究了王总的报告，他的计划看上去很完备，但有一个很大的问题……”

她停住，看着眼神飘忽的司建宇，“大哥，你在听吗？”

“在听，你继续说。”

她无可奈何地接着说：“王总着重分析了巨野集团的股本结构，但它的财务状况在报告里体现得并不明确。短短几年时间，它由上市公司沦为壳资源，历史债务一定很复杂，如果不弄清楚，财务和法律风险都十分巨大，难以控制，借壳上市的公司被这个问题拖累到损失惨重的不是没有先例。”

司建宇似乎这才回过神来，拿起她的报告，草草看了一下，却仍是心神不属，又重新放下，“好，我会细看的。”

司凌云回到自己的办公室，有些烦躁。整个春节，她除了与来去匆匆的李乐川吃了一次饭以外，其他时间都用来收集资料，研究那份借壳上市报告，顺便也对次贷危机可能的影响做了研究，心底的担忧越来越严重，然而司建宇的明显不在状态让她不免担心她写的报告引不起他足够的重视。

她跟小伍交代一声，离开公司，开车去母校，再次找到李卓奇。

“凌云，刚过完年就又来查资料，你这么用功，难道还是想接着考博士吗？”

“没那个想法了，我只是想查一些会计学财务报表方面的资料，不过对这个领域没概念，你有没有什么推荐？”

她读硕士的专业方向是民商法学，商业法、证券法等内容都曾学习过，写毕业论文时还着意研究过金融监管，对于会计学有一定认识，可一涉及实务，马上觉得纸上得来的经验终究太浅，需要恶补。而李卓奇早她一年读研，学的是财税法，这方面自然比她专业得多。他马上给她推荐了几本书和资料，同时有意无意地说：“还有一本书符合你的要求，不过启明借走还没有还给我。他如果去年没意外受伤，应该能考过注册会计师，顺利升职的，实在太可惜了。”

她当然知道韩启明对职业生涯颇有规划，不甘于一直打普通的民事商业纠纷官司，他从前年起开始为考注册会计师做准备，打算拿到这个颇有含金量的证以后，便去尝试将执业领域扩展到公司并购、上市和融资等更具发展的方面，而去年他被打伤恰好是考试前一个月。她心底的内疚被勾起，问他：“他现在还好吧？”

“好不好可真是不好说，他现在比以前沉默多了。”李卓奇犹豫一下，突然好像下了某种决心，“不要怪我多事，凌云，我觉得你还是误会了他。”

她一怔，“误会了什么？”

“你知道他为什么会跟葛倩如混到一起？”

她不想谈这个话题，“现在再去谈这事没什么意义了。”

李卓奇有些失望，又有些不高兴，“难怪他说你从来没太在意过他，你要真爱过他，至少会想搞清楚弄得你们分手的真正原因吧？”

她哭笑不得，“当时我是想知道的，可是已经时过境迁……”

“凌云，启明那样用心追求你，是因为爱你，当时他对你家的财产背景完全没有概念。你知不知道，在出那件事以前，你妈妈去找过他，许诺可以给他一笔钱，让他跟你分手。”

司凌云吃了一惊，“他没跟我提起过。”

“你妈妈很有手腕，看他拒绝要钱，就跟他长谈，告诉他，你从小到大从来不缺男生追求，你爱的是别人，不想结婚，跟谁在一起也不会认真，他对你来讲，不过是一个寂寞时的替代品而已。”

“我跟他在一起快三年，我妈跟他谈话再长也不会超过三十分钟，他就因为这次谈话去跟别的女孩子上床，怎么也说不过去啊。”

“那种情况下，他非常苦恼，你总该理解吧？刚好那段时间你又忙你弟弟出国的事，根本没时间跟他交流。”

“还是说不过去，卓奇。我知道你们是朋友，但对我来讲，背叛就是背叛，没什么理由可扯。”

李卓奇摇头，“听我说完，凌云。我说你母亲有手腕，可不只是找启明谈话这一件事。你知道葛倩如为什么会去纠缠启明吗？你母亲没能说服启明，转而去找了她，给了她一万块钱，让她勾引启明，拆散你们，事成之后，又给了她两万块。”

司凌云这一惊才非同小可，她倒是毫不怀疑程玥会去找韩启明，但拿钱收买她的室友勾引她的男友出轨，就未免有些出离想象了，“这是谁说的，有什么证据？”

“去年启明受伤，不许葛倩如留在医院见他父母，葛倩如就对他怀恨在心，后来两人分分合合，一直闹得不痛快，就在上个月，她又跟他大吵，一怒之下把这事说出来了。当时我就在场，我没必要哄你。那姑娘……”他摇摇头，“性格偏执得可怕，一方面，她是贪图你妈给的那笔钱；另一方面，她也是真对韩启明动了心，觉得他是不错的男朋友人选。可怜韩启明一时糊涂郁闷，不明不白就着了这种道。”

如此离奇的情节让司凌云好一会儿回不过神来，她想起最后一次见到葛倩如时她曾断言“你永远不可能知道我为什么要抢走韩启明”，不免半信半疑。

“我不是为启明辩护，实际上，我一直劝他忘了你，好好过自己的生活。可是从你妈妈去找他开始，他心里就有了一道过不去的坎，那就是你从来没爱过他，从来没在意过他。”

“所以他用跟别的女人上床，跟我父亲的公司打官司，上网发帖诽谤我，来报复我吗？”

李卓奇苦笑，“我不会替他找理由的，我只能说他钻牛角尖越走越远了，善良的好人也会有偏执的时候——”

这时办公室门被敲响，他说声“请进”，门打开，站在门口的正是韩启明，一时之间，三个人的表情都是错愕的。

韩启明走了进来，带着一股室外的寒气，并不看司凌云，将几本书递给李卓奇。李卓奇顺手将其中一本转手交给司凌云，“喏，就是这本，写得还不错，比较偏实际案例分析，不是那么纯理论。”

司凌云有好几个月没见到韩启明，他神情阴郁，看上去丝毫没有从前阳光开朗的大男生气质，倒是有了一张律师面无表情的职业面孔。她不想僵在这种尴尬的气氛中，将书装入包内，对李卓奇说：“谢谢你，卓奇，书看完了我拿来还你，先走一步了。”

她刚走出办公楼，韩启明便从后面追上来，叫她的名字，“凌云。”

她站住，他将她丢在李卓奇办公室的羊皮手套递给她。

“谢谢。”她接过来戴上，迟疑一下，还是说，“你受伤，还有耽误考试、升职的事，我很抱歉。”

“原来是对我觉得抱歉了。”他似笑非笑地看着她，“那么我问你，我跟别的女孩子上床，辜负过你，欺骗过你，你会接受我的解释跟道歉吗？”

“早就过去的事，不用再提。”

韩启明似乎一愣，眼中随即涌上怒气，压低声音恶狠狠地说：“是的，对你来说，都是不用再提的小事，你可以轻易丢开，连同我这个人，根本在你的生活里留不下任何痕迹。”

“不然你要怎么样？一直跟顶峰纠缠下去吗？你就算恨我，也没必要搭上你自己的生活。”

“何必装得你在乎我怎么生活呢？我只告诉你，你别想这样就算跟我两清了，司凌云。”

她看着他那双带着愤怒的眼睛，知道她就算让一步，也化解不了他这股无明的恨意了，只能耸耸肩，掠开被风吹乱的头发，“随你便吧。”

6

过了好几天，司建宇没有给司凌云任何答复，她正在烦躁之际，张黎黎的秘书突然打来电话，请她去一趟张总办公室。

虽然已经立春，天气仍然乍暖还寒，只是张黎黎的办公室看不出冬天的影子，暖气开得充足，除了四下摆了高大碧绿的阔叶植物以外，茶几上还放了一盆盛开的大花型仙客来，娇艳恣意，衬得室内春意盎然。

张黎黎的头发绾成精致的发髻，只穿了杏粉色针织上衣、黑色窄裙和黑色丝袜，抱着双臂站在窗前，开门见山地问：“谁让你调查巨野实业的？”

司凌云厌烦地说：“我负责公司法务工作，有权研究我认为有疑问的部分，而且我从来没有接到任何关于我研究调查范围的禁令。”

“王总刚向公司董事会提交收购巨野实业的可行性报告，根本没对外泄露消息，但是从前天开始市场出现传言，巨野股价发生异动。董事长接到证券记者的电话，声称握有顶峰意图收购巨野的文件，要求他证实这一消息，他不得不紧急赶去深圳。”

“张总这是直接指证我泄露了消息吗？”

“这个消息目前根本不应该传达到你这个层面。你不仅拿到了收购计划，还擅自未经授权开始调查，我们有充分理由怀疑你。”

司凌云保持着冷静，“我没有对外泄露过任何公司机密，如果公司对我有怀疑，请按规章制度展开调查进行处理。还有什么事？”

“这又是一次向你大哥效忠的表示吗？你我都知道，这份收购计划只可能是司建宇给你的，他一心想由他来把持顶峰上市这件事，在他爸爸和董事会那里没有得到支持，就开始私下搞鬼。你最好讲清楚你在这件事里扮演的是什么角色，不然……”张黎黎森然一笑，“就算是你父亲，也不会庇护你的。”

司凌云不理会她，再一次问：“还有什么事吗？”

“倒还真有一件事。”

张黎黎走到办公桌边，拿过一沓报销单据拍到她面前，她定睛一看，竟然是程玥春节前去欧洲旅游购物的发票，惊愕之余，一时说不出话来。

“缠着前夫让他给报销各种名目的开支这种事，令堂不是头一次干了。以前我看董事长的面子，睁一只眼闭一只眼，反正对我来说也不过是几个小钱而已。不过我早警告过你，我的好意一向只留给知趣的人。既然你始终做不到知趣息事宁人，那以后就别怪我做事不留余地。”

司凌云咬紧牙，拿起单据，三两下撕得粉碎，随手一扬，纸屑在两人之间纷纷扬扬飘飞着。她冷笑一声，“知趣和息事宁人这门功课，要学的人肯定不止我一个。张总想拿这个羞辱我，差得太远了，想想自己当第三者的日子，哪有那么容易洗白，辱人之前何必自辱？”

司凌云扬长出门，径自进了楼梯间，她准备从12楼下到位于10楼的地产公司，可是心跳得既快且乱，腿一软，坐倒在楼梯上。

她伸手一摸脸，面孔火辣辣发烫，她猜她的脸色不会比张黎黎好到哪里去。

程玥居然能把去欧洲旅行购物的费用堂而皇之拿到前夫公司来报

销，让她着实倒抽了一口冷气。父母之间的这种关系，不用张黎黎出言嘲讽，已经足够让她尴尬，她再怎么尖刻还击，心底也还是被刺痛了。

上方安全门一响，她回头一看，先看到一双锃亮的皮鞋，往上是笔直的西装裤管，她视线再向上移，站在那里的是投资部总经理王军。他一手拿着香烟，一手拿打火机，似乎是到楼梯间来过烟瘾的，看到司凌云，有些错愕地笑了，“司小姐，你好。”

司凌云站起身，一边回了一声“你好”，一边下楼。

“请等一下，司小姐。”

他走下来，在离司凌云两步阶梯的地方站定，“司小姐，在这里碰到你真巧，我看了你写的那份报告，觉得我们之间可能有些误解，需要好好谈谈。”

“首先，我的报告没有到处散发，你能拿到，已经让我有误解了。其次，那份报告只研究借壳的风险，并不针对任何人。”

“我明白，司小姐。”王军颇有涵养地保持着笑容，“我同意你报告里的某些见解，但评估壳资源是一件全方位的工作。我正在继续对巨野进行研究，如果你能把我所做的工作了解得更多一些，肯定会少很多疑问。”

“王总，不如把你的其他研究报告也礼尚往来给我看看吧，我相信我能做出我的判断。”

王军被噎住，只得说：“我的报告交给了董事长，已经得到了他的认可。”

“既然这样，我也没什么可说的了，失陪。”

7

司凌云当然看出了王军的示好之意，也知道比较明智的做法是虚与委蛇，掌握更多底牌，可是她一口浊气堵在胸口，完全没心情敷衍他。她下楼直奔司建宇的办公室，他的秘书位置上坐着一个陌生女孩子，马上站起来拦住她，“小姐，你找谁？”

“刘秘书呢？”

“她不在这里工作了，小姐，你有什么事？”

“司总在不在？”

“你跟他有预约吗？”

司凌云懒得再解释，直接推开办公室门，司建宇正与他的副总李元中交谈着，秘书跟在她身后，紧张地说：“对不起，司总，我拦不住她。”

司建宇摇摇头，“小王，这是我妹妹司凌云，集团的法务主管，以后记住，她可以直接进我办公室。”

那女孩子惶恐不安地看着司凌云，嗫嚅着想说什么，司凌云做了个手势，“没事，你出去吧。”

“别生气，她刚进公司，谁也不认识，刚才还拦了老李。”

“这有什么可气的？李总，方便让我跟大哥单独谈谈吗？”

李元中点点头，收拾文件站起身出去了。

“张总刚刚把我叫到她办公室，指责我越权拿到收购文件，对巨野实业展开调查，泄露了公司借壳上市的计划。从前天开始巨野股价发生异动，召来了有关方面的调查。大哥，能不能告诉我这到底是怎么一回事？”

“放心，我已经跟爸爸讲清楚了，收购计划书是我给你的。”

司凌云尖刻地说：“这算是开脱我窃取公司机密的罪名吗？如果我只需要辩解这件事，根本不用来找你。知道我在调查巨野评估收购计划的人只有你，我的报告也只给你一个人看了。张总从什么渠道得到的消息，股价异动又是因何而起？我需要明确的解释。”

司建宇沉默了一会儿，“你刚看到我换了秘书吧。小刘是我亲自面试招进来的，给我当了快三年秘书，做事沉稳干练，我一直很信任她，待她也不薄。不过昨天晚上爸爸叫我去大骂，我才知道，她把你写的那份报告连同我这边几个其他文件复印给了张总。”

这种凭空冒出的间谍战一般的情节让司凌云目瞪口呆，她想问为什么，可再一想，老臣子叛主，无非受利益驱动，又有什么可问的。

“我今天上午一上班，让小刘走人，然后就跟老李商量对策，还没来得及跟你说，对不起。你不用担心，爸爸不会怪你的。”

司凌云想，其实司建宇挨骂过后，大可以打个电话给她，让她提前有个心理准备，不至于今天被张黎黎突然叫去弄得如此狼狈，不过，再来计较这一点也没什么意义，“我写的报告只是指出收购巨野实业可能存在的风险，她拿去没关系，爸爸要怪我也随便他。我只想知道收购消息是从哪儿泄露出去的？”

司建宇叹了一口气，“你还没明白吗？这个借壳上市计划是王军提出来的，张总一力支持，你的报告对她来讲，就意味着公然跟她作对。至于消息，我可以肯定地说，是张毅放出去的。”

张毅在年底从外地回到公司，虽然司霄汉再没有给他安排任何职位，但他时不时大摇大摆地在顶峰大厦进进出出，碰上司凌云时表情十分倨傲。司凌云不解，“他再怎么胡来，也不可能有胆子破坏他姐姐支持的上市计划啊？”

“从张总这次的反应来看，她参与了她弟弟的计划也有可能。”

司凌云惊愕地看着他，他继续说：“据我所知，张毅那几个月并没有老实在天津待着，他数次往返澳门豪赌，张总曾让财务先后从顶峰账上划出两笔数目巨大的款项出去，可想而知就是帮她弟弟还债。爸爸知道后为这事大发脾气，已经收回张总的大额财务审批权，只让她管公司日常开支。赌场放债，全是高利贷，利滚利累积下来十分惊人，张毅要在短时间内翻身，最好的办法就是筹一笔钱，趁着巨野的股价仍在谷底，大量购入，然后放出顶峰收购的消息，就可以脱手获利。反正借壳只处于研究阶段，任何消息都只是传言。这三天时间，巨野的股价飙升了近30%，明天赶在顶峰发声明前，他们出货，钱已经轻松赚到了手。”

司凌云将信将疑，“你这全都是推测，并没有真凭实据。”

司建宇苦笑一声，“凌云，你连大哥也不信了吗？”

“那倒不是，我把这份报告交给你已经有近半个月时间，你没有任何反应。如果你认真看过报告，早些跟爸爸谈，至少张总和张毅根本不可能抓住我大做文章，把消息泄露的责任推到你我身上。”

司建宇表情复杂，过了好一会儿，他才开口：“对不起，凌云，这件事确实怪我，这段时间，我耽误了不止一件公事。”

他再也控制不住情绪，肥胖的身躯微微佝偻着，额头上渗出细密晶亮的汗珠，整个人看上去突然显得颓唐而沮丧。司凌云不得不问：“出了什么事，大哥？”

见司建宇不语，她只得说：“我不打算打听你的私事，可是你也清楚眼下的状况，我被张总陷害，或者被爸爸骂一顿都是小事，我能应付。你坐的位置跟我不一样，没我这么容易搪塞过去，而且借壳计划还没正式开始，他们就这样玩内幕交易渔利，迟早会危及顶峰。”

司建宇依旧沉默着，就在司凌云打算放弃走人时，他突然开了口：“你现在跟傅轶则关系怎么样？”

司凌云略微皱眉，“大哥，这点分寸我还是有的，我没有把收购计划给他看，他知道顶峰有借壳上市的打算，但不可能从我这里知道目标是巨野实业。”

“不，我不是怀疑你泄密给他了。”

两人目光碰到一起，司凌云心底一沉，顿时明白过来，努力按捺下一走了之远离这个尴尬状态的念头，尽可能平静地说：“大哥，你早就知道轶则跟大嫂从小认识。夫妻之间应该怎么相处，我没有概念，但我想宽容、相互信任和交流比什么都重要。”

“是的，宽容、信任，还有交流，确实都很重要，可这些都是双向的，我一个人再怎么努力，也无济于事。”司建宇面无表情地看着她，“凌云，上次你跟晓岚谈话以后，我们关系改善了很多，她基本上恢复了原样，我们甚至重新谈到再生一个女儿的计划。不过这也只持续了几个月，从年底开始，她又开始变得心不在焉、焦躁，我很担心。冬冬生日那天晚上，她说她被小孩子吵到头痛，想出去转转，我开车跟着她的车，看到她去了傅轶则那里。”

司凌云故作轻松地笑，“哦，这件事我知道，那天晚上我在轶则家。轶则告诉我，大嫂心情不大好，他下楼陪她在咖啡馆坐了一个小时，只是聊天而已，然后大嫂回家，他就上楼了。轶则说了，他拿大嫂当普通朋友看，他没理由骗我。大哥，你不要捕风捉影，他们之间没有发生什么事。如果我怀疑轶则跟别的女人之间有暧昧，不管那个女人是谁，我都不会容忍，我没必要为他做任何隐瞒。”

“她后来确实回家了，但从那一天起，她开始用各种借口拒绝跟我……在一起。”

讲到夫妻隐私，司凌云的尴尬更甚，只得垂下眼帘。

“我想跟她谈谈，她都是回避。春节我们去三亚度假，她……”司建宇突然顿住，咬紧了牙。

办公室里的寂静一时间漫长难挨，直到房门被敲响，新任秘书小王怯怯地探头进来，“司总，安吉建筑公司的徐总来了，他……”

司建宇有些粗暴地打断她，“出去。”

小王吓得僵在原地，仿佛要哭出来，她是个瘦小的女孩子，这个可怜巴巴的样子弄得司建宇越发暴怒起来，额头青筋跳起，正待进一步发作，司凌云站起了身，尽可能温和地说：“你请客人去李总办公室，由他接待。”

小王表情仓皇地将门关上，司凌云无可奈何地说：“大哥——”

他做了个手势，努力放缓声音，“对不起，凌云，拖住你讲这些事。除了你，我的家事从来没跟别人讲过。能讲给谁听呢？我母亲中风半身偏瘫，父亲——你也知道，他本来就不赞成我跟晓岚结婚，再加上风流一生，听到男人会为这种事情困扰，肯定只会觉得可笑，更加不信任我的能力，至于生意场上的朋友更不必说。可是这些天我完全没办法专心处理工作，以致连累到你。”

“自家人，也不用说连累。”她放弃找机会走掉的念头，靠回椅背，看着司建宇，“大哥，你既然信任我，我想冒昧问你几个问题，请你衡量一下，你内心有多爱大嫂。”

司建宇一怔，苦笑道：“要是不爱她，当初我不会娶她，现在也不会这么焦头烂额。”

“那么她爱你吗？”

“我懂你的意思，凌云。我并不具备吸引到漂亮女人青睐的资本，从青春期我就知道这一点。”

司凌云扬眉笑了，“我问这话可不是为了打击你，大哥。看看爸爸，到现在结了三次婚，娶的老婆一任比一任年轻，我妈被他甩了，居然不肯再婚，还是一意讨好他，认为他比其他男人有魅力。除开财产，他又有什么别的资本？可见财产和权力对他来讲，早就不是什么身外之物，而是他这个人的一部分。你是他的儿子，为什么要刻意把你拥有的一切和你自己割裂来看？”

“你大概跟很多人看法一样，觉得晓岚嫁我，无非看中我的钱。不，她不是那种物质女人。她家境的确很差，可是以她的相貌气质，追求她的人很多，也有人给她开出很好的条件，她都没有动心，一直守身如玉，非常洁身自好。”

她毫不客气地诘问：“如果大嫂不是漂亮女人，你会不会注意到她、爱上她、娶她？”

司建宇一时语塞。

“别嫌我肤浅现实，大哥。我对爱这个东西，看得没那么矜持苛刻，爱一个人由灵魂开始，当然很纯粹很理想。可是世人最先接触的毕竟是皮相，由爱相貌、才华、肉体、财富这些东西开始，又何尝不是爱？有钱人多得是，漂亮女人也多得是，你肯娶她，她会嫁你，自然都是有理由的。去追问那个理由的本质没什么意义，重要的是你们已经结婚了，你珍惜你们的关系，就必须让她明白，你需要的不是一个心不在焉的太太、一段有人游离在外的婚姻。”

“问题就在这里，晓岚一向非常敏感，我不知道怎么才能跟她沟通，但又不伤害她的感情和自尊。”

司凌云老大不以为然地说：“大嫂既然是这么敏感的女人，想必应该注意到丈夫这段时间很困扰吧，她尊重你的感受吗？她为维护你们之间的关系做了什么努力吗？”

司建宇再度说不出话来。

“我没挑拨离间的意思，也许你们有你们的相处模式，别人管不着。不过我觉得，尊重女人当然是美德，可别把大嫂想成玻璃心，吹弹可破。不管什么女人，被你这么对待久了，都会产生容易受伤的错觉的。”

司建宇苦笑，“凌云，现在我有些明白爸爸为什么偏爱你了，你怎么呛他，他都不生你的气，说真的，你对待感情的某些部分是像他的。”

“这是在批评我冷漠无情吧？”司凌云耸耸肩，“他也谈不上偏爱我，在他眼里，我只是个女儿，迟早要嫁到别人家，所以不必事事较真而已。大哥，你处理公事游刃有余，自然知道，不管最开始手里握有什么筹码，一向都是保持冷静的那个人能笑到最后。”

“但是晓岚毕竟是我太太，我不能把工作上那一套搬回家里。”

司凌云蓦地想到他利用她来嫁祸张毅的手段，在心底再度做了个耸肩的动作，语气却放得更加温和，“我没劝你使用心计对付大嫂，也没劝你计较付出多少得到多少。感情这件事，从来不讲公平，只讲情愿。如果你要尊重她的心神不定，那你就得尊重到底，放弃所有抱怨，默默咽下伤害——问题是，有必要当这种情圣吗？”

“你一定也在心里笑话我这个大哥软弱可笑。”

“你真拿我当爸爸的克隆版了，不，我没他那么冷酷自私，不会觉得你软弱。其实我完全理解你对大嫂的爱、对家庭的重视，只是建议你调整表达爱的方式。你得做出选择：情愿要一份平等的，甚至由你掌握主动的关系，重新回到平静的家庭生活里去；还是情愿成天坐困愁城，揣摩太太在想什么？”

她看着陷入沉思的司建宇，在心里默默加上一句：恐怕有些想法，你太太自己也未必能够面对，你又何必去挖掘？

8

司霄汉从深圳回来，将司凌云叫到他的办公室，他表情严肃，她也做好顶着挨骂据理力争的准备，可是他开口问的却是：“你打算跟傅轶则结婚吗？”

她吓了一跳，“谁说我们要结婚？”

“老周昨天晚上在会所打牌时跑来恭喜我，说听他儿子讲，你跟傅轶则已经订婚了，弄得我一头雾水。我打电话问你妈，你妈也说完全不知道。订婚这么大事，都不跟大人说一声，你未免任性得过分了。”

老周的儿子便是司凌云的中学同学周志超。司凌云没料到琪琪家聚会时发生的事到会传到父亲这里来，她也没什么可解释的，索性耍赖，“我没跟谁订婚，他儿子一向无聊，不知道从哪儿听来的闲言碎语就乱传一气。”

司霄汉将信将疑，想了一想，“老周那个儿子也确实很不成器，前几天为一个歌手跟人争风吃醋打架，伤了人不说，还砸了酒吧，赶上酒吧老板也不是好惹的，一场大闹下来，弄得老周颜面扫地，四处找人求情，赔了一大笔钱才算了结了这件事。”

司凌云顿时联想到曲恒，紧张地问：“跟谁打架啊，伤着人没有？”

“我哪有闲心管他们那些破事？老周在别的事情上顶精明，就是拿他这个宝贝儿子没办法。”

她也并不关心周志超闯了什么祸，见司霄汉似乎完全没有怪罪她的意思，她反而有些悻悻，只得主动问他：“我写的报告你看了吗？”

“我看过了，写得不错，但是有些部分你多虑了，巨野公司曾经风光一时，当地政府为了保住唯一的上市公司，做了不少输血的工作，债务问题没有你想象的那么复杂。”

“我的报告并不是建立在想象之上的，我看了巨野的财务报告，含混不清的地方实在太多，需要一一调查……”

“借壳的计划已经定了，你不要再插手了。”

司凌云不肯罢休，“这样太草率，爸爸。你今天发声明说目前顶峰没有收购巨野的计划之后，巨野股价应声跌停，证明它的基本面很差，如果没题材，不会有人看好它。ST 股不少，可以找比它合适的壳资源，何必非要认定它呢？”

“小云，时间不等人。顶峰去年冲击IPO没有过会，回头走借壳上市的路子，已经耽误了不少时间，现在中央对地产行业的调控政策很多，如果只依靠银行或者风投，我们的发展会受很多限制，上市已经成为顶峰必须走的路。合适的壳资源并不像你想的那么多，相比之下，巨野的盘子小，最适合我们的要求。有风声说丰华集团也盯上了巨野，我们必须抓紧进行。”

“可是万一……”

“我把你的报告给了王总，让他做参考，提交相应的分析报告给我看。”

司凌云无话可说，司霄汉拍拍她的手，“你肯这么用心做事，而且报告写得很有条理，我是开心的。这次捅出的娄子也不怪你，建宇这事做得太不地道，居然利用你的单纯来达到他自己的目的，我已经好好教训了他。”

“爸爸，你这么怪大哥对他不公平，他没哄我，我负责法务工作，他让我去做法律风险评估是很正常的，大家都是为了公司好。”

“你到底才踏入社会，想法简单。别的不说，这次他让你写调查报告，却又扣在手里迟迟不提交给我看，然后把消息泄露出去，做得实在太过分了。”

“不，他只是……”她记起答应过司建宇绝不把他的家事讲给别人听，一时不知道如何替他辩护才好，“谁能证实消息是他泄露的？你不能把他想得这么阴暗，要是连自己的儿子都不信，还能相信谁？”

“正因为他是我儿子，所以我很了解他那点小心思。我把地产公司交给他，对他的具体运营从不多加干涉，已经是对他最大的信任了。”司霄汉并没有怒容，只不容反驳地说，“可是我还远远没到退休的时候，不可能现在把顶峰交给他。他想法再多，也只能老实等着。希望他明白这一点，不要动不动生出非分之想。”

司凌云发现，她再辩解下去，不仅让父亲坐实了她头脑简单无辜，而且更加认定司建宇在背着他搞鬼，她不禁气馁，闷了一会儿，“那借壳计划什么时候启动？”

“股市天天都有新热点出来，用不了多久，大家会忘了这件事，我们的计划是趁股价合适的时候在二级市场上收购一部分股份，然后启动谈判收购。你不用操这个心了。”

司凌云好不恼火，“你这明明是歧视我，一边说我报告写得不错，一边让我别管了。”

司霄汉叹了一口气，肩膀突然垮下来，带着倦容的面孔现出一点老态，再怎么不服老，出差往返奔波对他而言也已经是一件劳累的事情了。司凌云想，换作平常与父亲关系亲密的女儿，自然应该上去慰问加按摩，可是她意念一动已经别扭，无论如何做不到孝顺亲热的举动，这感觉让她很是烦恼。

“小云，我不想你当什么女强人来拼死拼活证明你的能力，那样既辛苦又没意义。你是我女儿，有条件好好享受生活。你马上快二十七岁，这个年龄结婚也很说得过去了，到时候我会给你办个风光的婚礼，再送一大笔嫁妆。”

她翻了个白眼，“等我随便找个阿猫阿狗结婚，你就该后悔逼我嫁了。”

“我会让你随便嫁阿猫阿狗吗？婚姻讲的是门当户对，女孩子尤其不能下嫁。你看看你大哥，不听我的话，娶了你大嫂，完全没从婚姻中得到任何好处。老实讲，老周前一段时间一直跟我套近乎，很有撮合他儿子跟你的意思。”

司凌云又是好笑又是好气，“你怎么说？”

“我直接告诉他，他的身家倒也算说得过去，但是他那个儿子就完全配不上我女儿了。”

这句话居然让司凌云眼眶一热，她连忙掩饰地大笑了，“这话我爱听。”

“傅轶则这人嘛，能力、学历都是很出色的，不过，他可不是能轻易驾驭的类型，你这个脾气，跟他也不见得合适。”

这已经是她从父亲那里听到最接近于关心的话语了，不想破坏此时的心情，“我跟他交往的时间还不长，没到结婚那一步。没什么事我先走了。”

“等一下，以后不要那样跟你张阿姨争吵。不论在公在私，礼貌还是应该讲的。”

这个批评显然是张黎黎告状的结果，但来得如此轻描淡写，几乎是走个过场而已。她努努嘴，决定给父亲面子，“好好好，大家都要讲文明讲礼貌，我知道了。”

“也别再那么气你妈妈了。”

为了程玥报销旅行购物费用的事，母女俩前天大吵了一架。司凌云将程玥从欧洲带回来的礼物摔过去，请她以后不要再做这样丢脸的事情，更不要再试图控制她的生活；程玥则毫不客气地数落她矫情、小题大做、吃里爬外……两人谁也没说服谁，接下来几天处于冷战之中。显然，她昨晚不在家，程玥也跟司霄汉诉苦了。她哼了一声，“你不给她报销她才会生气，我哪能气得到她。我走了。”

出了父亲的办公室，司凌云马上拿手机给曲恒打电话，然而手机响好久都没有应答。她回到自己办公室，却有些心神不宁，正准备查他公司的号码再打过去，他总算打回给她了。

“你怎么不接电话？”

“我在医院……”

她懊恼地说：“对不起，我应该早点儿告诉你可可的事，也许你就不会挨打了。”

“告诉我可可什么事？谁告诉你我挨打了？”

司凌云一下哑然，停了一会儿，懊恼地问：“你在医院干什么？”

“我母亲病了。”

“啊，她……还好吧？”

“情况不大好，凌云，我正好有事想请你帮忙。”

“什么事？”

“顶峰行政部陈经理前几天通知我，要跟我中止花木租摆合同。”

司凌云一怔，“为什么？”

“原因我不关心，合同没了就没了吧。只是我现在急需用钱，财务部汪经理一直拖着没跟我结上两个季度的账，我……想麻烦你帮着说一下。”曲恒的声音低沉而疲惫，“对不起，医院在催费，我公司账上已经没有流动资金了，如果不是太紧急了，我不会跟你开这个口。”

“我明白，交给我吧。”

司凌云放下电话，叫小伍进来，问他知不知道与宜园园林中止合同的事，他也茫然，“金主任倒是来打听过你跟曲恒是什么关系，跟这事有关系吗？”

司凌云大怒，“你怎么说的？”

小伍好不委屈，“我只说你们是朋友，早就认识，我想这层关系对曲恒应该有帮助吧。”

“算了，你再去打听一下，取消跟宜园的合同到底是谁干的？”

小伍自从去年底与其他部门女同事合作过节目后，已经有了自己的消息网，过一会儿便带回了消息，“据说是张总亲自下令中止这份合同，行政部门当然马上照办。其实宜园园林的花木供应和维护工作一直做得不错，真不知道怎么得罪了张总。还嫌我们的事情不够多，都不通过我们办公室就这么干，虽然是个小合同，可完全可能又埋下官司隐患……”

她心底一沉，她只是在公司年会上帮曲恒解过一次围而已，张黎黎这次居然迁怒发作到中止他的合同。她马上起身去了财务部，汪经理是个长着标准会计面孔的五十岁男人，一副谨小慎微而又精明的模样，眼镜滑落到鼻尖，小眼睛从镜框上方看人，无端带着一点窥视的意味。

“汪经理，我想知道报销审批的流程，正常情况应该是多长时间？”

汪经理十分客气地说：“对不起，司小姐，今天早上程女士打电话过来，我也跟她解释过，我没有见到审批下来的单据……”

司凌云打断他，“我不是问这件事。给顶峰做花木租摆维护的宜园园林被解除了合同，但还积压了两个季度的花木维护费用没有结，正常来讲，不应该拖这么久吧？”

汪经理目光闪烁了一下，“这个情况我不太清楚。司小姐，我们现在正在推行规范管理，重新审查所有开支项目，同时还要一一审查供应商资格，所以确实比以前有延迟。”

“会延迟多久？”

汪经理赔笑道：“司小姐，既然你过问了，只要张总批下来，我马上加急办理，绝不耽搁。”

她明白他的言下之意，“顶峰一共欠宜园那边多少钱？”

汪经理叫职员翻看账目，报出一个数字，接近八万块。她点点头，“好，谢谢。”

出来以后，司凌云还真有些左右为难。只区区八万块，并不算大数目。张黎黎此举明明针对她而来，她去理论，只会招来羞辱，不可能解决问题；这种事在司霄汉看来大概不值一提，她去告状只显得幼稚无能；她自己是标准的月光族，总是一拿到工资便要还卡债，从来没有一分钱存款；她刚刚跟母亲吵翻，没办法低声下气去借钱。可是曲恒这样硬气的人，肯向她求助，一定是到了非常为难的时候，更何况他这次是受她连累，她父亲公司还拖着他的货款不结，她不可能不解决这件事。

她想了想，下楼去了司建宇办公室，这次他的秘书小王马上站起来，“司小姐，你好，司总正好马上要去出差了。”

说话之间，司建宇拎着公事包走了出来，“凌云，有什么事吗？边走边说吧。”

两人站到电梯前，她问：“大哥，你要去哪里出差？”

“我去一趟上海，后天回来。”

她只能单刀直入，“大哥，我想找你借八万块钱，私人有急用，会尽快还你，方便吗？”

“没问题，我得去机场了，你要得急的话，我打电话让晓岚跟你联系，让她转给你。”

“谢谢大哥。”

送走司建宇后，她考虑到已经接近银行下班时间，又已经安排好了与白婷婷碰面加班，可能来不及去取现金送给曲恒，便发短信说已经帮他从财务结了款，让他将银行卡号给她。过了一会儿，米晓岚果然给她打来电话，记录下她报的卡号和名字，却有些诧异地问：“咦，这不是那个给我种树的园林公司的老板吗？”

她这才记起他们之间的那场不愉快，不免有些尴尬，“他是我一个朋友，现在急需用钱，大嫂，谢谢你了。”

米晓岚笑了，别有意味地说："你早告诉我这层关系，我也不至于为了一棵树跟他扯皮了。好吧，我马上划钱过去。"

她总算松了一口气，半个小时后，曲恒打来电话，"钱已经收到了，谢谢，但顶峰跟我结账应该是 78970 块，你打多了 1030 块。"

"算是拖欠的利息吧。你妈生的什么病，在哪家医院？我过去看看她。"

"她是扩张型心肌病引起的胸腔积液，目前在重症监护室，不用过来，过来也看不到她。"

她听得出他声音里的疲惫，只得说："你好好照顾她，还需要钱的话，我再帮你想办法。"

"不用了，应该差不多够了，谢谢你。"

9

司凌云与白婷婷、小伍在一起加班整理一起债务纠纷的起诉材料，一直忙到晚上九点。三人都累了，司凌云正打算打电话叫外卖，白婷婷连忙说："今天小伍说请我去同仁里吃大排档，凌云，你也一起去吧。"

"顶峰不是已经拍下了那块地吗，怎么还没有拆迁？"同仁里是本地一处有名的排档，司凌云有几年时间没去过，不过看集团出的简报，知道顶峰通过土地市场参与旧城区改造，拍下了同仁里地块。

"据说居民因为拆迁补偿问题僵持了一段时间，好容易才谈妥，马上要开拆了，过几天同仁里的排档都要正式结束营业。"

"听说我在这边好几年，居然从来没去过那里，小伍好心要带我去见识一下。"

小伍笑嘻嘻地说："最近好多人专程过去怀旧，生意好得不得了。"

这几天司凌云跟程玥赌气，没有回家，住在傅轶则的公寓里，他今天晚上有应酬，给她打了电话说要晚归。她心情不好，回去也不过一人向隅，便点头答应同去。既然要去大排档喝酒，她便没有开车，三个人招了一辆出租车，直奔同仁里。

三月初的天气，仍旧带着些许寒意，窄窄一条老街巷，不过 100 多米长，沿路墙壁全写着大大的红色“拆”字，却比司凌云记得的还要喧闹。高瓦数的灯泡将街道照得亮如白昼，放眼看去，一家接一家帐篷支起来，所有的大排档全都生意兴隆。她环顾四周，手写的菜单，简易的折叠桌，一次性盘子装的卤牛肉、鸡翅、花生米、猪蹄，刚出锅的生煎饺子，各式小粥，竹筒装的筷子，风一吹便歪歪斜斜的塑料杯……空气中混合着油烟与烘烤的味道，复杂莫辨，豪放的谈笑声中伴随着各类乐器吹拉弹唱，男男女女的卖艺人或者唱戏或者唱流行歌曲，声音交织一处却又各不相扰，场面世俗，气氛欢快，再冷静的人一走进去，也会被感染得有几分目眩神离。

眼前的一切看上去似乎跟从前完全一样，这种没有变化的熟悉感简直让人有几分说不出来的欣慰。

白婷婷惊讶地瞪大眼睛，“这哪里像是要拆迁的样子，简直是末日狂欢。”

“不是末日，不过真的是狂欢。”

小伍的家就在离此不远的一个街区，从小到大生活在这里，自然是同仁里的常客。他领着她们熟门熟路向里走，到一处排档前停下，跟老板打着招呼，老板非常利落地在一个狭小得转不了身的过道里又支了一张桌子，让他们坐下。

白婷婷看什么都觉得新鲜，指着隔壁正弹琵琶的女孩子对司凌云说：“这简直是民国电影里才会有的场面。”

“以前有一段时间更热闹，这几年娱乐场所多了，再加上拆迁的消息传出去以后，好多艺人都去了别的地方。”小伍热心地介绍着。

司凌云想，每个人的记忆片段都是不一样的，同仁里留在她印象里的不是热闹。她刚读大学之初，跟李乐川他们曾是这里的常客，那个时候这条街初成气候，排档没有现在这么密集，除了民间艺人献技，还有音乐学院的学生到这里来拉小提琴或者唱歌剧、咏叹调，他们卖艺并不单纯为了钱，更多是为了练胆子和乐趣。深黑乐队甚至也到这里来唱了一整晚，可惜一般食客并不接受他们的原创风格，对英文歌曲更是兴趣不大，点唱寥寥，到后来索性成了陆续闻风而来的圈内朋友大聚会，高歌纵饮持续到半夜才结束。

后来同仁里排档日渐知名，学生们陆续退出这里，他们来得日渐稀少了。她打电话给在北京的李乐川，让他听这里嘈杂的声音。他顿时兴奋了，“我剧本里还写到过这里，咦，现在唱的都是口水歌嘛，难怪上次我回来，说想来这里，阿恒说没什么意思，坚决不肯过来。”

“你上次来了就好了，这里马上要拆除了。”

李乐川好不感伤地叹气，“看来我赶不上跟这条街告别了。”

她笑，“什么都会改变，要一一告别，未免太多情了。”

“告诉你一个好消息，我的剧本有投拍希望了，现在正在谈合同细节。”

“太好了，等你确定以后回来，我们帮你好好庆祝一下。”

司凌云放下手机，只听小伍仍在给白婷婷起劲地介绍着，“等会儿我请这边有名的人气天王来演唱，你听了就知道，草莽之中真的是藏龙卧虎。”

白婷婷半信半疑地哼了一声，“人气天王——谁封的？太搞笑了。欺负我没来过，你就使劲吹吧。”

司凌云原本心不在焉，却忽然意识到，小伍对白婷婷的态度似乎不是纯粹的学弟尊重师姐，而一向干练洒脱的白婷婷在小伍面前似乎也有几分娇憨感觉，她想她今天晚上大概来得多余了，可马上就走又未免太着痕迹。

他们点的菜陆续上来，并没有什么特别，不过就着如此热闹的气氛，吃什么好像都不重要。不管是挤坐在一起的客人、走马灯一样不停过来的各路艺人，还是穿梭忙碌的老板、伙计，每个人看上去都没有任何心事。正如小伍说的，这条街也许到了末日，可是竟然没人流露丝毫伤感情绪，买醉的买醉，赚钱的赚钱，大家狂欢得十分默契。

小伍想点的歌手仍在别的排档演唱，迟迟没有过来。在周围一片嘈杂声中，司凌云突然捕捉到了一串似曾相识的音符，她回头，只见一个扎着马尾的男人正背朝他们，无所事事地倚坐在排档旁边，信手弹着吉他，不时拿起身边的啤酒瓶喝上两口。

小伍顺她的视线看过去，“那是阿平，他租住在我家隔壁，以前也在同仁里唱歌，有点小名气，不少客人是专程冲他过来的，不过最近大半年嗓子哑了，没什么生意了。”

“小伍，请他过来唱歌吧。”

小伍马上起身拍拍那男人的肩膀，跟他说了几句，他放下啤酒瓶，抱着吉他走了过来，灯光之下，看得出他是一个五十多岁的老男人，有一张沧桑的面孔，穿着皮夹克、牛仔裤，中等个子，及肩的头发扎成马尾，面带笑容，但并没有一般艺人那股子招揽生意的意味，“几位想听什么歌？”

“就是你刚才弹的那首，名字应该是《蔑视这个世界是我们最好的伪装》。”

他听到歌名颇为讶异，不过还是点点头，坐了下来，随手拨动琴弦。

蔑视是我们最好的伪装。
当这个世界如此虚无，
就像爱你看起来那么容易，
我却无法表达得准确无误。
两个人相守，
也不能逃过时光追逐。
当你说你就要离开，
我们全都笑得满不在乎，
只是看着背影消失，
将名字刻到心底深处。

蔑视是我们最好的伪装。
当这个世界充满谬误，
我还记得那些再见的约定，
以及所有关于告别的祝福。
一个人等候，
任内心慢慢变得荒芜。
当你说你踏上归途，
我却等不及走上另一条路，
甚至没有擦肩而过，
我们注定回不到最初。
……

这并不是适合热闹夜市上演唱的一首歌，阿平的嗓子也确实沙哑得厉害，越发显得沧桑意味浓郁，与整个环境有着格格不入的怪异，然而司凌云听得入神，一曲终了，她才发现放在桌上的手机在不停闪烁，是傅轶则打来的，她歉意地对阿平鼓掌，示意小伍付报酬，然后起身走到旁边接听。

“在哪里，怎么这么吵？”

“跟同事在大排档吃消夜，吵是吵一点儿，不过很放松啊。”

“你喝酒了吧？”

她承认喝了不少啤酒，“也不知道是不是这边太闹了，真有些头晕。”

“我过来接你好了。”

她把地址和排档编号告诉他，回来坐下，“咦，那位阿平呢？”

“那边有人叫他，司小姐，你刚才点的歌我从来没听过。”

“那是我朋友原创的一首歌，真没想到会在这里听到，本来想问问他怎么会唱的。”

“等会儿再请他过来就是了。”

白婷婷赞叹：“果然唱得很好。”

小伍得意扬扬，“他以前嗓子好的时候，唱得更厉害。”

“其实唱歌的技巧还是其次，关键他真的很享受很投入，完全没把一次次重复唱歌当成机械化的工作，真的很有感染力。”

小伍突然站了起来，“咦，那不是给我们公司供应花草的曲恒吗？怎么跟阿平打起来了？”

司凌云转头一看，果然看见曲恒拖着阿平从前方排档出来站到路中间，阿平护着吉他甩脱他的手，他再度逼近阿平，狠狠说了一句什么，同时重重一推，阿平踉跄倒退几步，吉他磕在桌子角上，发出破裂的声音，四周顿时一阵吵嚷，有顾客兴奋地叫：“嘿，打起来了。”“这人是奔着阿平来的。”“什么来头？”“以前好像没见过。”更有人煽风点火，想把场面弄得更混乱。

她连忙起身，小伍紧张地说："司小姐，你别过去看热闹。"

她来不及解释，努力想挤开聚集过来围观的人，可是还没挨近，只见阿平已经出手，重重一拳打在曲恒脸上，发出沉闷的一响，曲恒的头被打得偏到一边，嘴角裂开沁出血迹，她吓得大叫："阿恒，小心。"曲恒向她这边看来，可是目光一扫而过，随即也一拳挥向阿平。两人扭打到了一起，周围阿平的朋友，还有几个喝得半醉的顾客也唯恐天下不乱地加入战团，一时之间，桌椅杯子倒了一地，啤酒瓶乱飞起来，小伍拖着她向后避。

"太危险了，千万别凑近。前几天这里喝醉的客人也是无缘无故打起来，好几个人被打得头破血流进了医院。"

白婷婷受惊不小，"那你还带我们来这种地方。"

"只有最后几天生意了，来一次少一次。"老板站在他们旁边，倒是非常处变不惊，"再说也不是天天会打架啊，没人发酒疯的时候，这里还是很开心的。"

这时警察和市场保安闻讯赶来，扯开扭打在一起的几个人，乱作一团的现场平静下来，伙计们麻利地扶起桌椅，清扫满地垃圾，招呼客人重新入座，而客人也欣然坐下，艺人们又开始招揽生意，就像什么也没发生一样，白婷婷看得目瞪口呆，"这也太淡定了。"

司凌云问小伍："他们会被带去哪里？"

"应该是去了派出所，穿过同仁里左拐，往前走两百多米就到了。"

她抓起自己的包，"曲恒是我朋友，我得过去看看。"

小伍和白婷婷要陪她去，她谢绝了，"只是打架，也没出什么大事，如果需要专业律师，我再给你们打电话。"

10

司凌云顺利找到派出所，向值班民警说明情况，“其中一个叫曲恒的是我朋友，他有正当职业，平时很守法。今天……大概是喝多了，我可不可以保他出来？”

“喝多了也不是参与斗殴的理由，得先等审问完，确定他的行为有没有触犯治安条例。”他看看司凌云，“要不你坐在这里等着吧。”

她只得在靠墙的长椅坐下，一时有些六神无主，可是没人能够求助，李乐川远在北京，卢未风正在四川做登山训练，她只能安慰自己，毕竟没人严重受伤。果然，过了一会儿，陆续有人被放出来，却不见曲恒和阿平，她随便拦住一个年轻男子问里面的情况，那人邪气而满不在乎地笑道：“小事情啦，警察训我们一顿就放了，不过那个高个子最先动手，大概会关上几天。”

她当然知道这次打架是曲恒挑起来的，如果警方认为他涉嫌寻衅滋事的话，确实有权力拘留他。她只是不理解，曲恒脾气有些古怪，但从来不算好勇斗狠，这次居然会跟一个上了年纪的卖唱艺人动粗，实在不像他会做出的事。

她重新坐下，又过了差不多半个小时，民警一边带着曲恒与阿平走了出来，一边教训着他们：“你们既然是父子，有什么矛盾在家里解决就好，以后不许在公共场合这样动粗，扰乱社会治安。”

司凌云有些惊呆了，下意识地看向曲恒与阿平。曲恒那张被络腮胡子遮掩住的面孔依旧毫无表情，只听阿平笑道：“我知道了，警察同志，谢谢你们。”

警察挥挥手，“走吧走吧。”

出派出所以后，司凌云刚要开口，曲恒先说话了，“什么也别问。”

她恼怒地说：“你少跟我来这一套，我没那么强的好奇心一定要问你，就当我是闲得无聊才在这里等着看警察怎么发落你好了。”

她转身要走，曲恒拉住了她的胳膊，哑声说：“对不起。”

她回头，他松开手，她看见他嘴角开裂，左边颧骨上带着青紫，眼神黯淡，到底不忍心，“你这又何必，你妈还在医院里，你居然……”

她打住，看向站在几步开外的阿平，阿平的神情同样复杂，突然开口问曲恒：“你妈怎么样了？”

“以后她怎么样都跟你不相干，滚，我不想再看到你了。”

阿平没再说话，转身走了。司凌云看着他沿着空旷的小街，拖踘着一个影子步履沉重地走远，心里突然生出一点苍凉感。虽然认识曲恒的时间很久，可是她有一个复杂的家庭，本能地不愿意去过问任何人的家庭状况，除了拿他当男友救急的时刻，他们并不曾真正接近。现在看来，曲恒一向的沉默冷漠也是有原因的。

“我先走了。”

“等一下。”她取出包里的湿纸巾，刚扬起手，他便向后一闪，她烦躁地说，“别动，你也不想挂个打架的幌子回家让你妈担心吧。”

他站住不动，她小心地替他擦着嘴角凝固的血迹，这时一个冷冷的声音传了过来，“我来得还算及时，没错过一场好戏的高潮部分吧？”

伴随着这个声音，傅轶则从马路对面走过来。司凌云这才记起他会来接她这件事，有些歉意，正要说话，曲恒先开了口：“对不起，凌云，今天耽误了你时间，我先走了。”他走的是与阿平相反的方向，步子迈得大而且急，很快便走远了。

“你怎么找到了这里？”

“我去了同仁里，你的助理小伍告诉我，有个叫曲恒的园艺供应商因为打架被抓进了派出所，你来上演美救英雄的戏码，我当然不想错过。”

“没事了，我们走吧。”

傅轶则站在原地没动，“这么说，你借他八万块钱，也没有能解决他的问题，他还是要喝酒闹事发泄？”

她一怔，顿时恼火了，套用他的语调说：“这么说，我家大嫂又找你诉说苦闷了吧？我猜在你的劝慰下，她的问题肯定解决了，没必要再向她先生施加冷暴力。”

“不用摆出这么挖苦刻薄的口气，她确实刚给我打了电话，告诉我一点她认为我应该知道的事情。我不理解的是，我的女友需要用钱为什么不找我，而去找她没好感的大嫂，除非——”他拖长声音，“你觉得没办法跟我解释借钱给前男友这种尴尬的关系。”

提起“前男友”这个称呼，她便有勾起往事的沮丧，冷冷地说：“既然你已经帮我下了结论，我没什么可说的了。”

“我要是不来，你接下来打算怎么做，保他出来，送他回家，帮他醒酒，安慰他再多不如意也会过去？”

她咬紧嘴唇不理他，可他显然并不打算罢休，继续嘲讽着：“司凌云，我发现你跟倒霉落魄的前男友保持联系，并不是因为你同情弱者珍惜旧情，而是你可以一直在他的生活里扮演拯救者的角色，你需要这种心理优势，他刚好给了你这方面的满足。”

司凌云压抑着怒气，“可惜今天晚上好像没有更多有趣的剧情了，是不是有些遗憾？”

傅轶则若有所思，“有一点我得提醒你，你要还爱着他，就必须知道，男人并不喜欢女人充当他生活的拯救者，他稍微缓过劲来，就会巴不得忘记他出的那些丑。”

“你不光分析我上了瘾，还拿我当痴情的圣母看，准备给我指导，可真是有趣，保持这个错觉吧，不用纠正。”她打个哈欠，转身也准备走。他却一把拖住她的胳膊，拖着她穿过马路，走到他的车子前，伸手拉开车门，想将她推进去，她恼火地挣扎着，“放手，不然我可喊了。”

他松开她，却用双手撑着车顶，将她圈住，似笑非笑地说：“警察今天晚上工作到现在，实在够辛苦，我们就别去给他们添麻烦了好不好？”

她毕竟没有真打算在派出所门口演出一场闹剧，身体向后一靠，“我也很累了，你要是想跟我吵架，我不会奉陪。”

“还是不打算给我任何解释？”

她毫不客气地挖苦道：“不如你先给我从头解释一下，你和我大嫂的关系算什么？”

他似乎僵住，她摊摊手，“所以我们别玩这种幼稚的游戏了，好吗？相互不信任，解释来去又有什么意思？”

“那么你打算信任我吗？”

轮到她默然了，黑暗之中，他慢慢倾身，逼近的面孔英挺迫人，她平视过去，目光正好落在他弧度完美的上唇上，可以嗅到他须后水的味道；她目光微微向上，与他视线相接，跟往常一样，他的眼睛仿佛要一直看到她心底，她再一次生出荒谬的念头，只想身体蓦地缩小，避开他近乎危险的注视，逃脱他在不知不觉中施加的影响。可与此同时，他又如同磁石一般将她吸住，让她只想无穷无尽地站在原处，被他这样牢牢圈住，整个世界都挡在他的臂弯以外。

这个内心无声的挣扎让她充满疲惫感，良久，她涩然一笑，“好吧，我信任你的判断能力。今天的场面没有看上去那么暧昧，曲恒只是我的朋友，他母亲生病住院，我借了八万块钱给他，也不过是垫付顶峰拖欠他的货款。至于救他什么的，你都看到了，只是恰好撞上他跟人打架，放心不下，跟到派出所来看看，还需要我继续解释吗？”

“我不需要跟女人暧昧来满足欲望，我跟你大嫂没有不正常的关系，我想要的是你，这是我的解释。”

她看着他，他夹杂银丝的头发在昏黄的灯光下有朦胧的光晕，他的目光依旧牢牢笼罩着她，尽管他们早已经如此接近，她熟悉他身体的每一个线条，可他看上去仍然具有陌生人的魅力，深不可测。如果她放纵虚荣心，也许可以认为他是爱她、在为她吃醋，然而，再怎么被他迷惑，她身体的某一部分总保持着清醒——他并不爱她，只是占有欲受挫、自负受伤而已。她心底遍布看不见的疑云，叹了一口气，垂下眼帘，将头靠到他撑在车顶的手臂上，他随即抱住了她。

两人默默站了一会儿，他打开车门，“走吧，跟我回家。”

他发动车子，车内音响播放着 Extreme 乐队被广为翻唱的歌曲 *More Than Words*。

> ……
>
> Now that I've tried to talk to you and make you understand 我一直试着和你交谈，让你明白
>
> All you have to do is close your eyes 你只要闭上眼睛
>
> And just reach out your hands and touch me. Hold me close don't ever let me go 伸出手，触摸我，抱紧我，别让我走
>
> More than words is all I ever needed you to show 我只需要你在言语之外的表示
>
> Then you wouldn't have to say that you love me. Cos I'd already know 然后，你就不用说你爱我
>
> ……

司凌云过去曾在卢未风家中听他与曲恒用吉他弹唱过这首歌，音乐声穿越时间的距离重合于一处，仿佛同在耳边唱和。然而现实生活里，

爱情如此遥远，再多触摸，再多拥抱，也无法轻易触及另一个心灵，所有不用说出口的，也许就此沉寂在心底。

她默默看着前方，灯火依旧通明的同仁里从她的视线里一晃而过，消失在后视镜内。随之而来的是正常的夜色，路面安静地伸展向远方，路灯切割拖曳出光影错落，行驶的车辆宛如汇入流淌不自的河流。

大部分人已经沉睡，用睡眠对抗漫漫长夜，做着无人知晓、只属于自己的梦；然而这个城市并未沉寂，另外一些人仍在欢宴、在纵情高歌、在人群中孤独、在独自消化无人可以分担的悲伤、在路上……

Best Time

白马时光

我们的千阙歌 下

（完美纪念版）

青衫
QING SHAN LUO TUO
落拓
著

百花洲文艺出版社
BAIHUAZHOU LITERATURE AND ART PRESS

命运的玄妙在于，它不曾对任何人有特别的眷顾与放弃，
谁在原地等候，谁在陌路相逢，
没有人能够预知下一个安排是什么。

目　录
Contents

第七章

风雨欲来

1

司凌云盯着面前摆放的两份文件：一份律师函来自一家建筑施工单位，催促顶峰结清招标垫资款和几项工程欠款，否则将诉诸法庭；另一份起诉状则是在被顶峰兼并的棉纺厂的一起债务官司中，顶峰被本省K市的原告列为追加被告，涉及资金高达四千五百万元。

棉纺厂那边本身麻烦重重，多一起官司，虽然金额惊人，但也只能算虱子多了不痒，接下来走法律程序，陷入漫长烦琐的取证质证之中，够她和律师忙碌的；可是另一份律师函就没那么简单了，施工单位垫资是业内不成文的规则，对于顶峰这样多个地产项目同时在建的大型房地产公司来讲，垫资、付款、拖欠的关系错综复杂，如果对方发来律师函追讨，就意味着拖欠已经超过了容忍限度，宁可承受断绝以后生意往来的风险，也要理清债务。司凌云想，顶峰的资金问题恐怕不算小，而地产公司的运作也已经被涉及。

她拿上律师函去了司建宇办公室，想谈谈这件事，然而司建宇看后，却轻描淡写地说："你把这个交给老侯处理吧，小事情，不会闹到法庭的。"

"但他们的唯一要求就是立即结清欠款。大哥，你在这个行业干了这么多年，应该比我清楚，这种事一旦传扬出去，会有示范效应，引发结账恐慌。顶峰的现金流是不是真的出了问题？"

司建宇的眼神闪烁一下，苦笑道："我告诉过你，张总为了替张毅还赌债，汇巨款到澳门，多少影响了现金流。”

她追问：“巨款的数目到底是多少？”

“开年以来，张总分两次总共从顶峰账上划走了两千九百万。”司建宇补充一句，“据我了解，张毅欠那边的赌债应该接近四千万。”

司凌云倒抽一口冷气，其实前几天小伍也告诉她，张毅在澳门赌博输钱，张黎黎帮忙还债，惹得司霄汉震怒一事已经在公司悄悄传开。只是小伍不知道具体数目，她对金额如此庞大完全没有心理准备。

“以他的身家，他怎么可能这样豪赌？”

“你以为物流公司守着现成的生意却弄得连年亏损是怎么回事？张毅经常往返澳门，不是第一次欠下巨额赌债，物流公司的账做不平，张总就帮他出手搞定，赌场对这样有支付能力的客人一向欢迎，只要他开口，无论多少，都会有人放码给他。去年他被爸爸赶走后，赌得更加一发不可收拾了。”

他提起张毅的被逐，语气没有任何变化，司凌云自认没他这份镇定，沉默一下，问：“两千九百万确实不是一个小数字，但是我看过报表，以公司去年的盈利，应该不至于影响到运营啊？”

“话是这么说，不过地产公司的利润不断被董事长调走，投入二级市场，目前借壳计划搁置，那笔钱也已经失去了流动性。另外，一般地产公司想要上市，至少需要三百万平方米的土地储备，从去年到今年，顶峰为竞买土地所做的投入累积起来已经是你想象不到的数字。突然抽走两千九百万，就足以弄得我们左右为难了。”

司凌云只是看了去年的财务报表，并不够级别看公司的实时账目，但她研究了巨野的资料后，也知道一旦买壳，资金投入会数倍于张毅的赌债，而这还只是开始，要继续收购，还需要巨额资金投入。

“不过你不用担心，现金流量虽然受到了一定影响，但周转问题没你想象的严重，目前地产公司这边楼盘销售顺畅，运转完全正常，马上还有几笔应收账，问题就解决了。”

她将信将疑，点点头，“那就好，我先回办公室处理棉纺厂的案子。”

“工作先放一下，凌云，我带你去一个地方。”

她只好随他下楼，坐上他的车，出乎她的意料，他车上CD放的音乐竟然是重金属摇滚乐，如果不是她心中有事，肯定会跟他讨论一下他的这个爱好。车子开到了一个月前她刚来过的同仁里，但眼前的同仁里被圈在了临时砌起的砖墙之内，小半个街道已经成为废墟，一辆履带式推掘车正爬行在瓦砾堆上，所到之处，发出轰鸣，老式房屋在飞扬的尘土中一点点土崩瓦解。

“顶峰已经从土地中心拍下这块地，准备建一个包括购物中心、娱乐中心、酒店和精装修高层公寓在内的综合商业中心。”

“这个地段做商业地产需要投入的开发费用，肯定是一个天文数字——”她打住，突然有些明白他带她来这里的目的了。

司建宇却并不接她的话，“早在去年旧城区改造的计划出台时，我就已经看中了这里，做了有针对性的研究，相信没有一家地产公司会比我更早拿出详尽的开发计划，这个项目一旦启动建成，利润会非常可观。”

在刺耳的噪声的包围下，眼看着昔日热闹的街市成为断墙残垣，一片狼藉，司凌云没有被激起任何兴奋与好奇心，她一转头，发现不远处站着的一个穿旧牛仔外套的男人，从那个绑马尾的背影便能看出是曲恒的父亲阿平，恰好他也回过头来，看到她似乎一下怔住。她并不打算跟他打招呼，移开目光，这时一阵风刮来，将灰尘卷起，扬得漫天都是，她抬手捂住鼻子，笑道：“这个地段确实很不错，不过我们还是走吧，太呛人了。”

她与司建宇走向停车的地方，后面传来阿平低沉的声音：“小姐，麻烦你等一等。”

她停住脚步，司建宇回头看看阿平，有些诧异，低声问：“这人是干什么的？”

“大哥，你先上车，我马上过来。”

明晃晃的阳光下，阿平穿的牛仔外套看上去厚重而肮脏，不合季节，他的面孔也显得十分沧桑，一条条皱纹如雕刻般深刻清晰，眼睛浑浊，完全没有那晚在夜市大排档演唱时散发出来的自信从容的光彩，如果不是花白头发扎成一条马尾，他就是街巷之中寻常可见的那种老男人，略带潦倒，闲散无事，盯着一点热闹看个没完。

“小姐，你是阿恒的朋友吧？”

司凌云略微点头，“你有什么事？”

“我想打听一下，他妈妈现在怎么样了？”

“你们是夫妻，生活在同一个城市，去看看不就知道了吗，何必要向一个陌生人打听？”

阿平哑然，停了一会儿才说：“那天晚上你也看到了，我跟阿恒关系不算好，跟他妈妈也多年没来往了。”

司凌云毕竟不想干涉别人的家事，简短地说：“我前几天给阿恒打过电话，他说他母亲现在略有好转。”

阿平点点头，“那我就放心了。”

“你还真容易放心。”司凌云被勾起了一点火气，“既不问她得的是什么病，危险到什么程度，也不关心略有好转是不是就没事了。”

阿平苦笑一下，“我只是不想假惺惺装成一个好老公、好父亲。”

他如此坦然，司凌云倒无话可说了，不过多少动了好奇心，“他那天到底为什么找你？又为什么动手了？”

阿平倒也并不打算隐瞒，“同仁里拆迁后，我没有生活来源，手头不大方便。我知道阿恒给他妈妈买了新房子，所以打电话给他妈妈，想把以前林场分的一套旧房子卖掉，多少分一点钱给我。”

司凌云想，摊上这种父亲，也难怪曲恒生那么大的气。

“我跟他妈妈分居多年，真的不知道她生病了，不然不会开这个口的。阿恒有理由恨我，我并不怪他。麻烦你转告阿恒，我不会再去打扰他们的生活，再过几天，我就去外地了。”

跟那晚从派出所出来一样，他拖着一个沉重的影子，慢慢走了。

2

司凌云上车以后，司建宇却没有开回公司，而是去了顶峰地产旗下一处刚开盘的楼盘，售楼部内人声鼎沸，所有销售人员忙得不可开交。司建宇示意司凌云看一边张贴的销控表，上面已经有不少房号插上了已售标志，“一期全部卖完，二期才是开盘三天而已，销售成绩非常好。今年房地产市场的形势持续下去，顶峰的利润将会创一个纪录。”

“很不错啊！”司凌云惦记着自己的工作，又实在不耐烦继续凑趣，敷衍地称赞着。

司建宇对工作人员简要吩咐了几句，带着司凌云上车，开了十来分钟，停在市中心的两座高层公寓楼前，他告诉她，“这里也是顶峰开发的物业，已经销售到尾盘了，进去看看。”

她无可奈何地随他进去，这边售楼部相对要安静得多，但仍有十来个客户，有人在会客区一边品着咖啡一边看楼盘介绍，有人在沙盘前听销售人员做讲解，看上去忙碌又秩序井然。销售经理迎上来，“司总，那套房子已经按您的吩咐准备好了。”司建宇接过他手里的钥匙，对他摆摆手，他知趣地退开了。

司建宇带着司凌云上电梯，直接按下 24 楼，打开右边那扇门，对她示意一下。她走了进去，眼前是一套按样板间标准装修完毕的两居室公寓，宽大的客厅，时髦的开放式厨房与餐厅连为一体，水晶灯光线柔和，深色木地板光可鉴人，玄关上摆放着大束百合花，茶几下面铺的羊毛地毯图案雅致柔和，每一样家具、家电都搭配得妥帖精美，足以打动最挑剔的购房者。

“喜欢这个装修风格吗？本来是样板间，我又让人重新布置了一下，直接就可以住进来。”

“挺漂亮。”她对房子没什么兴趣，草草扫视一圈，“大哥，干吗带我来看这个？”

司建宇示意她坐到沙发上，将那串钥匙交到她手中，“喜欢就好，是你的了。”

她一下怔住，比司霄汉在她生日时递给她甲壳虫车钥匙时更加错愕。本地房价远远不及北上广那样的一线城市，但这样地段的公寓，按时下的房价，最少也要将近两百万元。她出生于富豪之家，不过一直过的并不是要什么有什么、可以完全视金钱为没有意义符号的生活，她根本没想过会从异母哥哥手里随随便便收到如此大手笔的礼物。

“这个……”她看看手里的房门钥匙，完全不知道说什么才好。

“不必跟我客气，这并不是我私人给你的礼物，而是你应得的。”司建宇微笑着说，“我早说过，顶峰也有你的一份，你将来能从顶峰得到的会远远比区区一套房子多。回头你把资料交给我的秘书，让她给你办产权证明。”

她并没有被说服，也微微一笑，顺手将钥匙放到了茶几上，“大哥，这套房子跟你刚才带我看的同仁里项目有什么联系吗？”

室内一阵难堪的沉默，司凌云并不急于说话，静静地看着司建宇。他神情变幻不定，隔了好一会儿才重新开口，语气十分诚恳，“你误会我了，凌云。上次你找我借八万块钱，我就觉得有些讽刺，我的妹妹居然需要为这样一个小数目跟人开口。我确实觉得我没有照顾好你，更不要提还连累你在张总那边受气，我希望能对你多少尽一点做兄长的责任。房子给你，没有任何附加条件。”

司凌云就算没有被这番话打动，当然也不会再加以冷嘲，叹了一口气，“大哥，别怪我说话尖刻，我只是不喜欢兜圈子。你这么忙，不会无缘无故带我到处转。我们是兄妹，有什么话都可以直说的。”

“我喜欢你这个直率的性格。之所以带你去同仁里，就是想让你知道，我十分看好这个项目，不过，从拿地到开发都需要大笔资金。眼看同仁里就要到土地中心挂牌交易了，我已经拟好了融资计划书，想约轶则谈谈，但他一直没有时间。”

“他最近还是在忙那个他很看好的生物制药项目，这次去美国出差也是为这件事。大哥，我有一点不明白。”司凌云问他，“以顶峰今年开年以来频频拿地的出手来看，资金应该很充足，而且现在才是第一季度，各家银行的授信应该不难争取，只要有切实可行的开发方案，从银行融资不是成本更低吗？”

司建宇苦笑一下，“凌云，你只知其一不知其二。爸爸接受王军的计划，不断增加土地储备，将所有能够调度的资金和银行信贷资源都用到买壳这件事上，严格控制开发项目，一心只想借壳上市成功，再从二级市场吸金。没有他的支持，中间这大段空白只能靠我自己千方百计筹资运作，地产公司眼下还有一些项目可以一直撑到年底，但已经有近半年没有安排新项目开工，到了明年，肯定没新楼盘可售，没现金可回笼了。这个行业不进则退，不继续投入，就意味着丢掉现成的市场份额。到时候就算成功上市又能怎么样？万一上市不成功，顶峰就处境堪忧了。”

司凌云默然思索着他说的话，司建宇往沙发上一靠，样子十分疲惫，“我跟爸爸谈，他总说我瞻前顾后，不足以成大事。你的性格比较像他，不妨判断一下，像他那样一条道走到底，不留任何备选方案，甚至自断退路，真的算明智吗？”

她没办法给他回答。她从来不是那种有恋父情结的女孩子，并不喜欢别人觉得她像父亲，更不曾设想站在他的位置，她会做出什么选择。可是上班近一年，成天处理顶峰乱作一团的诉讼官司，她多少能够理解司建宇的焦虑。

“轶则去美国之前，我跟他在电话里大致交流了一下，他看起来并不热心。”司建宇字斟句酌地说，“你有没有无意中跟他谈起公司最近的现金状况？”

司凌云想，自己要求有话直说，要是发火未免有些自相矛盾了，她冷冷地回答：“大哥，张总怀疑我也就罢了，如果你也觉得我嘴巴这么大的话，真不该跟我谈你的这些计划。”

“我当然是信任你的，凌云。可是我跟轶则去年的合作相当成功，面对这样一个前景可观的项目，他表现冷淡，实在有些说不过去。”

“顶峰是我父亲的公司，我分得清亲疏远近。别的不说，我个人借钱都是找你开口，没有找他，怎么可能跟他提起公司的财务状况。我不打算赌咒发誓证明清白，不过我可以给你提供一个解释。年初我听轶则提起过，按照董事会的安排，他们公司今年的投资重点将是高科技项目，对于地产项目的投资会放到一个次要位置。他还说有房地产公司想跟他谈融资的事情，他都推了。”

司建宇好一会儿没说话，看上去似乎在沉思，样子十分平静，可是司凌云一瞥之间，发现刚到四月，室温只有 14 摄氏度，室内没开空调，她穿着针织上衣，仍微有凉意，他只穿薄薄一件衬衫，腋下竟然已经渗出明显一圈汗迹。她隐约有些不安，补充道：“他也没说不再投资地产项目，这个周末他会回来，大哥可以约时间跟他再好好谈谈。”

“我需要跟他沟通，不过我更需要你的支持。”

“怎么支持？”

他从公事包里取出厚厚一份项目融资计划书递给她，“你好好看看，然后尽快说服轶则对这个项目产生兴趣。”

她接过来，再也按捺不住，轻声一笑，“我的支持值一套房子吗？大哥，我不知道你这算是高看了我，还是轻视了我。”

司建宇又一次良久没有说话，安静的室内，他呼吸之声突然变得粗重，脸色泛白，额角有大颗汗珠滚落下来，司凌云大吃一惊，“你怎么了，大哥？”

他没有回答，伸手去解衬衫最上面一粒纽扣，可是手指哆嗦得厉害，竟然解不开，司凌云跳起来，替他解开纽扣，惊慌地问：“大哥，你是不是不舒服？我送你去医院。”

他艰难地摇摇头，“不用去医院，我……很渴，给我点水。”

她奔进厨房，扫视一圈，这套设施齐全的房子里唯独没有备饮水机，打开冰箱，里面空空如也。她手足无措，来不及多想，“大哥，你等一下，我去楼下拿水上来。”

她急急出门奔进电梯，跑到售楼部，一把抓住刚才碰过面的那个售楼经理，“马上给我两瓶水。”

那经理十分机警，立刻取过两瓶矿泉水递给她，她飞奔回电梯那里，粗暴地拦下一个售楼员带着的一对看房夫妇，“你们去坐那一部电梯。”在那对夫妇的抱怨声里，她关上电梯门，看着楼层数字变换，乱成一团的脑子里突然意识到，接一杯自来水给司建宇喝也不会致命，万　司建宇是心脏病发作了，她居然不叫急救，却把他一个人留在那里，跑下来取水，岂不是犯下无可挽回的大错？她的心吓得狂跳起来，好容易到了24楼，她从敞开的大门看到司建宇仰靠在沙发上，双眼紧闭，脸色惨白，那个胖胖的身体瘫软松懈，看上去几乎没有生气。她丢下水瓶叫他，又慌乱地找手机。他总算睁开了眼睛，“水……”她赶忙拧开瓶盖，将水递到他嘴边喂他喝着，手抖得比他刚才更厉害，水顺着他的下巴流下来，洒到他的衬衫上。他却似乎缓了过来，接过水瓶，声音微弱地说：“我没事。”

她松了一口气，从包里拿出纸巾替他擦拭额头上密集的汗水，“大哥，我马上打电话叫急救车来，你必须进医院好好检查一下。”

他一把按住她抓住手机的手，他的手心冷而潮湿，她必须强忍住本能地缩回手的反应，“我真的没事，凌云，休息一下就好了。”

她顿时烦躁起来，“你这个样子叫没事吗？生病又不是什么丢人的事，为什么非要撑着，连检查一下都不肯？”

“一个月前，我去最好的医院检查过了，做了核磁共振、CT、心电图……所有可能的检查项目全做了，没有器质性病变，甚至连以前偏高的血脂都恢复得不错，接近正常水平了。”

她怔怔看着他，知道他说的是实话，可是又一个疑问浮上心头：去做如此详尽的非常规性检查，肯定事出有因，“你不是第一次这样了，对不对？”

司建宇没有直接回答她，抽出纸巾，慢慢擦着额角的汗，呼吸看上去渐渐恢复了平稳，“不好意思，吓到你了。那份计划书对顶峰来讲真的很重要——”

她不客气地打断他，“大哥，计划书先放一放。我没那么多好奇心，一定要打听你的隐私，可是我需要知道你的身体状况，是心脏病吗？”

他的面部绷得紧紧的，不过接触到她一点也不肯退让的眼神，只得摇摇头，无可奈何地说：“我的心脏没问题，医生说我这是焦虑症的一种表现形式。”

“焦虑症？”司凌云头一次听说这个病症，“你是不是太为公司的事操心了，所以才会得这个病？其实公司去年业绩那么好，利润创了集团成立以来的最高水平，眼下的周转问题也是多方面原因引起的，不必太忧虑啊。”

他摇摇头，神情复杂，“事事求完美，难免会焦虑。医生跟我说了，这种症状很平常，只要自己有意识做自我调节，配合药物，是完全可以控制的。我有一个不情之请，凌云，希望你能答应我。”

“不要跟别人提起这件事吗？放心，我对谁都不会说的。”她想，关于这位大哥，她需要保守的秘密还真不少，可她不愿意再刺激看上去虚弱苍白的司建宇，拿起了计划书，“我会跟轶则谈这个计划，大哥，你也必须答应我，好好注意身体，放轻松一点。”

3

李元中不自在地避开司凌云的目光，“司小姐，我不知道你指的是什么。”

司凌云微微一笑，将办公桌上放的同仁里项目融资计划书推到他面前，“李总，这样一份大的融资计划，大哥没有提交给董事会讨论，而是直接给了我，意味着什么，你总该知道吧？”

李元中点点头，“司总跟我说过，这份计划需要得到你的支持。不管是从地段，还是从投资回报来讲，同仁里都是一个很好的项目。从土地拍卖开始，就已经有包括丰华集团在内的至少两家地产公司对同仁里表现出强烈的兴趣。”

“别跟我装傻，李总，我要问的可不是这个。你对大哥忠心耿耿没有错，不过你必须明白，如果我不怀好意，只需要置身事外就能坐收渔利，根本不用把你叫过来刨根问底。”

他终于有些招架不住，“司总最近可能工作上的压力大了一点，除此之外就没什么了。”

司凌云手扶着办公桌边缘，身体略向前倾，仍旧目不转睛看着他，“你在顶峰工作超过十年时间，我大哥最信任的下属就是你，你应该比我更清楚，工作上的压力不会造成他反常。也许我跟他不可能像一般家庭的兄妹那样亲密，但我确实担心他，需要知道他出了什么状况，有多严重，为什么会这样，是否影响到他的工作。只有了解到足够的情况，我才能帮他。”

李元中仍然犹豫，显然内心在激烈争斗，司凌云也不再说什么，静静等着，终于，他苦笑道：“有些事情，我也很担心。”

“比如——”

“最近几个月，他取消了很多会议，甚至把每周工作汇报改在电话中进行；过去我进出他办公室很容易，但现在都要跟他秘书预约，还经常被拦在外面。”看得出李元中被这些疑窦困扰了很久，一旦下决心讲出来，便说得十分流畅，“他总是把自己一个人关在办公室里，几乎不去任何应酬场合；他以前不轻易发火动怒，但现在似乎很容易就不耐烦了，对很多事情的要求也比从前要严格得多。”

“这跟房地产公司的经营状况有关系吗？”

李元中一口否认，“司小姐，房地产公司的销售形势很不错，至于资金周转问题，是集团调度造成的，很快就能解决。我可以保证，司总的压力不是来自这里。”

他与司建宇的口径如此统一，反而让司凌云有些微异样感觉，“那么他的变化总该是有原因的吧。”

“就算在董事长面前，我都一向实话实说，哪怕他不喜欢，我也没办法，请司小姐不要认为我唐突。司总的压力，其实更多是来自董事长。他们在地产公司的经营战略上一直各有想法，董事长喜欢搞兼并运作，司总则主张从土地市场公开拿地，减少中间环节，通过加速开发和现金周转来争取更大利润空间。”

“但是董事长明确说过，地产公司由我大哥负责。”

“司小姐，顶峰是你们司家的家族企业，有些事，你肯定了解得更透彻。没有董事长的首肯，司总很难完全按自己的想法来实施。就拿现在来说，集团目标锁定上市，可是司总真的需要资金来启动一个大项目，保证地产公司的持续盈利能力。”

司凌云点点头，“这一点我能理解。”

“我大概是顶峰集团里资历最老的员工，坦白讲，这些年董事长越来越自负，听不进别人的意见，重要部门基本上都被张总掌握着，司总从进公司以来，一直如履薄冰，打起十二分精神，付出了很多。可是我也不知道他们父子之间问题出在哪里，借壳上市这件事，董事长无端就对司总产生怀疑，已经差不多将他完全排除在外，他的压力可想而知。”

涉及司霄汉的态度，司凌云默然了。

“还有一点，希望司小姐不要认为我乱讲老板的隐私。”

“你尽管说。”

李元中再度犹豫片刻，“司总跟他太太……关系好像有点问题。”

“这话怎么说？”

“他们以前很恩爱，司总没有应酬的话，就会尽快回家。他太太一向十分讲究生活品质，对他关心备至，每天会把衬衫、领带、西装给他搭配好，时常打电话到办公室，嘱咐他的秘书给他安排好中午的营养菜谱。现在他的秘书几乎没接到过这种电话，他一套西装可以穿很多天，下班后在公司待到很晚才走。本来老板的私事轮不到我多嘴，但司总的状态未必跟这无关。”

司凌云想，李元中外表粗放，可是不枉做销售多年，这个观察确实非常细致。

李元中恳切地看着她，“司小姐，不管我做什么职务，也只是顶峰的员工，分内该做的事，我一定会尽心尽力做到。你跟司总是兄妹，他对你十分倚重，更需要你的支持。”

“我有数的，李总，你去忙吧。”

李元中走后，司凌云打开电脑上网搜索“焦虑症”。在工作近一年后，她对“焦虑”这种状态并不陌生。面对那些错综复杂的法律文件、一地鸡毛的人事纷争，她时时会有焦虑感，要保持淡定超然的心态几乎是不可能的。

然而，仔细察看网上关于“焦虑症”的定义后，她才发现，她的焦虑充其量只能算一种情绪反应，并没有造成多大困扰。而病理性焦虑则持续时间很长，伴有痛苦的躯体症状和生理反应，像司建宇在她面前表现出的面色苍白、大量出汗、呼吸急促、心跳过速、口渴都是十分典型的表现。与李元中的谈话，让她更加确认，司建宇患的焦虑症根本不像他描述的那么简单，医生之所以会对他做出焦虑症的诊断，证明他至少已经有六个月时间为那些症状所苦了。

司建宇大学毕业后就到顶峰工作，差不多十五年时间里，在冷漠自我并不慈爱的父亲和先后两任继母手底下求生存，见证了这家公司由一家小贸易公司发展到一个综合性的集团，稳稳坐牢房地产公司总经理的位置，历经过大风大浪，也经受过她想象不到的压力。至少在她去年入职时，这个大哥看上去沉稳老练，心机深刻，处理任何问题都游刃有余，那么强势霸道的张黎黎都吃了他的哑巴亏发作不得。然而现在他竟然被焦虑症困扰到失控的地步，她只能推测，造成他焦虑的原因是多方面的。

他没有再跟她提及家事，她当然不会主动开口去问。但是婚姻出现裂缝之后，他对妻子与傅轶则的关系肯定仍旧充满疑忌。在这种情况下，他竟然煞费苦心出动亲情攻势，更拿出一套房子想让她促成与傅轶则继续合作，这种对资金的急迫需求让她不得不踌躇。

她头一次面临这样复杂的局面。

区区一套房子，她自然并没有放在眼里。不过，一边是父亲的公司，就算她是不被重用的女儿，也不可能坐视公司经营出现问题而袖手旁观；一边是号称希望与她合作的兄长，几乎是她在公司唯一的盟友，可是在司建宇做出打了韩启明然后嫁祸给张毅那件事以后，她不再无条件信任他。对他解释泄密事件，再度将责任推到张黎黎姐弟身上，她也持保留态度。她并没有被他表现出的独自扛着公司重担的悲情形象打动，可他被焦虑症折磨这件事是确定无疑的，她不可能做到无动于衷。

而另一边则是与她若即若离的男友，这段从一开始便不单纯的关系，是否经得起再加进赤裸裸的利益因素？

接连几天，她都认真研究那份投资计划书，试图从中找到线索，来说服自己决定如何行动。然而计划书写得十分专业、详尽，从投入、规划、资金分配、回报到项目前景都无懈可击，至少把它拿给傅轶则看没有任何问题。

接下来呢？她问自己。

她怎么能说服傅轶则接受这个项目？更重要的是，她真的想这么做吗？

4

司凌云觉得她也陷入了焦虑之中，没等她将所有疑问想明白，傅轶则从美国回来了，那天正好是周末下午，她决定去机场接他。

让她意外的是，那天在到达厅内等着接机的人多得异乎寻常，而且多半是打扮得花枝招展的时髦少女，拿着鲜花、条幅和大幅照片，更要命的是她们似乎相互认识，聚在一起兴奋地叽叽喳喳，根本没一刻安静。她站在一边，不免被吵得有些头痛。好在傅轶则从北京转机乘坐的航班准点到达，远远看到他高大的身影出来，那一大群少女先是起了一阵骚动，近乎歇斯底里地一齐尖叫着“出来了，出来了”，随即又有人失望地纠正“不是他”，有人却说“哇，这人也很帅啊”，后边的人急着问“他是谁，他是谁”，一时之间乱成一团。走到乘客之中的傅轶则原本一手拖着行李箱，一手拿着手机在看，这时诧异抬头，不禁哑然失笑，继续将注意力放回到手机上。

司凌云等他走过来，笑道：“本来想给你个惊喜，不过好像对男人来讲，一出机场有一大群少女欢呼更惊喜一些吧。”

他一怔，丢开行李箱，一把抱住了她，转了一圈，“你来接我，足够惊喜了。”

他表现得如此热情，让她几乎有些窘迫，疑心自己来接他的动机未免不够纯洁，轻声说：“哎哎哎，旁边可都是未成年人，别闹了。”

他放下她，手依然停在她的腰际，“看着她们，有没有想起你的年少轻狂？”

她撇嘴，“我跟她们一样大的时候，可没为一张面孔神魂颠倒过，走吧。”

他们到了停车场，放置好行李后上车，司凌云刚倒出停车位，便从后视镜里看到那一大拨少女冲向了这边，她嘀咕着，“小姑娘们可真疯。”她还没来得及回正方向盘，对面一辆宝马抢先上道，她急踩刹车，但还是与那辆车前侧撞在一起，发出刺耳的刮擦声。她吓出一身冷汗，傅轶则迅速伸手过来按住她握着方向盘的手安慰她，“别怕，刚起步，车速不快，没什么。”

她定定神，放下车窗刚要说话，那边副驾驶座上坐的一个年轻女人探出头来，态度蛮横地说：“你是怎么开车的？赶紧把车挪开。”

她勃然大怒，正要回击，那辆宝马后座车窗降下来，一个人叫她的名字，“凌云。”

她回头一看，车窗内是一张异常英俊的男人面孔，虽然架着大墨镜，她仍然认出他是昔日深黑乐队的鼓手温凯，如今已经改了名字，成了新晋当红的电视剧明星温令恺，她早就从那群粉丝拿的照片知道她们接的是他，倒也并不意外，“阿凯，你好。”

“对不起，我过来做一个宣传活动，刚才司机想躲开影迷，走得急了一点儿。”他露出万人迷式的招牌微笑，“你把电话留给我经纪人，我负责让他们给你修车，回头一起吃饭。”

很显然副驾驶座上那态度嚣张的年轻女人便是他的经纪人，她急速转换表情，赔笑说：“原来大家都认识，真是大水冲了龙王庙，不好意思啊。”

这时，那群热情过度的粉丝已经奔跑着扑过来，尖叫着拍打着车子，司凌云懒得多说，对温令恺挥了一下手，“算了，你们走吧。”她升起车窗，将车倒开一点，让他们一行两辆车先走，再等那群小姑娘失望地散开，才出了机场。

“我现在相信你十四五岁的时候不会迷恋明星了，明摆着你对他的面孔免疫。”

“认识时间太久，除了承认他长得确实好看以外，真没觉得他有魅力。”

“所以我能推断出，你是喜欢我的内在而不是外表。”

她握着方向盘，努力忍笑，“没错，我就是对自恋的男人没有抵抗力。”

没等他说话，她的手机响起，是小伍打来的，他被她派到 K 市出差处理顶峰兼并的棉纺厂的一起债务纠纷，这会儿急着跟她汇报进展。她刚讲了几句话，傅轶则便摘掉她的耳机，拿过手机，用毫无商量余地的语气说：“小伍，司小姐现在正在开车，等一下会打给你的。”

她瞪他一眼，他若无其事地放下手机，打开 CD，放了舒缓的音乐，然后伸手过来抚摸着她的颈后，“你看你最近绷得实在太紧，我们找个地方去度假吧，关掉手机，看谁先撑不住。”

“我先投降，我觉得我已经有了手机依赖症，随时需要看看有没有未接电话和新邮件。前天急着上班，把手机忘在家里，顿时就焦虑了……”提到焦虑，她不由自主顿住了。

“祝贺你，你已经完全进入了职业状态。”

他的手掌仍在她颈项上游移，指腹薄茧摩擦皮肤的那个力道让她无法心神专注，她抗议道：“喂，既然不许我接电话，你也别在我开车的时候骚扰我，好不好？”

“下次换我开车，你可以任意骚扰我，我保证绝对不叫停。”他的手指继续挑逗地向下探入她衣领内。

“喂，我可不想一天撞两次车。”她笑着避开他的手，“你这次去美国谈的这个项目顺利吗？”

“有些波折，不过能算顺利了，董事会对这个项目非常看好。”

“接下来你还有什么计划？”

“我说了啊，我想带你去休假。”

“我可没假期。你接下来没安排工作？”

“排上日程的是考察一家信息技术服务企业。不过我打算过一段时间再安排出差，最近在外奔波得太累了，而且陪你的时间也太少。”

她终于问了出来，“还会考虑投资地产项目吗？”

“这次我去美国，看到那边的房地产市场哀鸿遍野，虽然国内的情况跟那边完全不同，但资本市场的震荡已经慢慢波及过来。我认为你应该找时间跟你大哥谈谈，提醒他审慎行事。”

她不以为然，“顶峰现在每个楼盘都卖得很好，我大哥还看中了一个市中心商业地产项目，我看了计划书，感觉也不错。”

“你也对地产项目运作有兴趣？”

她摇摇头，“谈不上兴趣，工作就是工作。有一个目标，比不知道需要什么还是要充实得多。”

“这种心理状态，没办法支撑你一直透支工作下去了，你看上去几乎比我还累。”

她看了一眼他多少带着倦意的面孔，没再说什么。

到傅轶则的公寓停好车后，司凌云连忙拨通小伍的电话，一路通话进门，正谈到最关键的部分，便被傅轶则从背后抱住。他低头吻着她的脖子，她无法躲闪，努力保持声音平稳，可思绪在热吻之下渐渐涣散开来，小伍絮絮而谈的内容变得天马行空，她没法抓住重点。在他将她扳过来，重重咬住她颈间动脉后，她再也没法控制自己，匆匆打断小伍，“好，我知道了，回头再说。”

她在一声呻吟冲口而出的同时挂断了电话，几乎怀疑小伍会听到点儿什么，可是她来不及再操心这件事——事实上，所有的事都在瞬间被一只手推到了一边。

他一件件褪去她的衣服，他的手游移抚摸她的每一处起伏，他的嘴唇密密烙下。这样的爱抚，更像一种唤醒，一种撩拨，当身体内所有细胞焦灼叫嚣着争先臣服于本能的激情时，再多疑虑，也抵不过一个毫无间隙的拥抱。她回应他的吻，意识模糊地想，先满足这部分需求，不算罪恶。

早春的傍晚，天气阴沉，光线幽暗，司凌云看着枕边的傅轶则，他仰躺着，面孔以高挺的鼻梁为界，有一半沉在阴影里，呼吸平稳均匀。她心底有柔软的情绪蔓延开来，几乎想伸手抚摸一下他，可是她伸过去的手指定在了半空，差不多同样的一幕浮到眼前。

六年前那个秋天，在他家中，他也是从美国回来倒时差，这样酣睡，她蹲在沙发边看她。

她颓然放下手，自嘲地笑：你不会再一次把性与爱混为一谈了吧。

有人会在得到满足后感激，有人则会向往更多，只是所有极致的满足都有结束的一刻，如果不及时堕入梦境，随之而来的是难言的空虚，仿佛激情如同看不见的火焰焚烧消耗，让身心的某一部分出现无形的空洞，需要时间慢慢弥合还原。等心情平复下来，她再看看他，几乎妒忌他的熟睡——放松、平静、安详、无思无虑。他们分享同一张床，但并不能分享同一个梦。她知道恨一个倒时差的人睡得熟未免太不讲道理，可是她忍受不了这样身体疲惫，却没有丝毫睡意地躺着，索性起来洗澡。

从浴室出来，她收拾着两个人从卧室到客厅丢了一路的衣服，傅轶则的手机从上衣口袋中滑落出来，她拾起来，显示屏正无声闪烁着，来电话的是米晓岚，这已经是第三通未接电话。她厌倦地看看这个名字，心想，接听电话出其不意吓大嫂一跳倒是容易，可对眼前一团乱麻的局面没有任何帮助，她也实在没这个闲心，便顺手将手机放了回去。

她去厨房给自己煮了咖啡，然后给小伍打电话，详细询问案子的情况，小伍告诉她，看来上法庭已经是不可避免，当地地方保护主义严重，官司前景不容乐观。

“我明天向董事长汇报，找老侯来商量一下，这起官司标的太大，他没理由躲懒不去亲自处理，看他派哪个律师协助他，也许我也会过去一趟。”

小伍的声音顿时活泼了一些，“白律师的老家就在 K 市这边，她其实很熟悉这个案子，已经给了我不少意见。”

她暗笑，“我会跟老侯提这一点的。”

放下手机，她喝着咖啡，再重新细看投资计划书，试图找出与傅轶则谈这个项目的切入点。所有细节都已经烂熟于心，她却更加意兴阑珊。这时她的手机响了起来，是卢未风打来的，约她去 Forever 酒吧坐坐，说有神秘客人约她。她扑哧一笑，“不会是阿凯吧？”

“咦，你怎么知道他回来了？”

“下午我们在机场碰到过。”她警告他，“当心追星族把你的酒吧挤爆。”

“不会的，他一个人悄悄过来，很低调。来吧，还有一个人你肯定想不到。”

5

走进 Forever 二楼时，司凌云确实有些惊讶，坐在靠里面一张桌边的三个男人分别是曲恒、卢未风和温令恺，而李乐川正站在那里，按着曲恒的头给他刮胡子。卢未风第一个看到她，招呼她过去坐，“这算不算惊喜？”

“勉强能算吧，你们现在能凑齐真不容易。”

多年没看到他们四个人坐在一起固然意外，最让她惊讶的是曲恒剃去了络腮胡子，突然暴露出来的光洁面孔看上去异样年轻而斯文，和过去一样有几分学生气，又有一点说不出来的陌生感。李乐川退后一步，端详着他，得意地笑，“凌云，你来得正是时候，没错过这出好戏。”

卢未风做证，“拦都拦不住这家伙，看到曲恒进来，就冲上楼去我房里拿剃须刀下来动手了。”

接触到司凌云的目光，曲恒似乎有些腼腆，接过卢未风递给他的纸巾，擦着下巴上的剃须膏，苦笑道：“我说我自己来都不让，好险没把我喉咙给割破。”

温令恺直摇头，“剃得太可惜了，阿恒有胡子的样子挺有性格。其实我的造型师也建议我留点胡子，增加一点野性气质。”

李乐川坏笑着挥舞手中的剃须刀，“有人说你新拍的杂志封面太娘了吧，要不要我帮你剃个光头回击他们？”

温令恺护住脑袋求饶，“你饶了我吧，经纪人会杀了我的。”

司凌云笑着问李乐川，“你不是说下个月才有时间回来吗？”

李乐川指了一下另一张桌上坐的几个人，“投资方有兴趣看看故事的背景，我刚陪他们从上海过来。刚好阿凯这个大忙人也回来做活动，正好一起聚聚。”

“下午在机场，为了躲粉丝，接我的车不小心擦了凌云的车，”温令恺给司凌云倒酒，“真的是不好意思，这杯酒算我给你赔罪。”

司凌云摆摆手，“这么客气干什么？小事情，不用放心上，不过你那个经纪人态度未免太不亲切了。”

“她不知道我们是老朋友嘛，也不能怪她态度不好，平时被围堵得太厉害了，她不能不扮黑脸解围。”温令恺解释着，“还是阿风这里清静，不会被人认出来，可以跟你们好好聚一下。”

李乐川取笑他，“哥们儿，跟老朋友在一起不许唱高调，要是始终没人认出你来，你肯定就恨这份清静了。”

曲恒一直没怎么讲话，当温令恺说他是他们四个人中几乎完全没有变化的那个人时，他也只是笑了笑。司凌云有一个奇怪的感觉，如果说曲恒没有变化，那么温令恺就几乎变成了一个陌生人。

当他还叫温凯时，已经有一张英俊得让人过目不忘的面孔，但他并不是一个健谈的男生。在他们的朋友圈子里，各人家境并不一样，李乐川跟司凌云一样来自算得上非常富裕的家庭；卢未风的父母一个是老师，一个是技术人员，家境小康；而温令恺与曲恒则来自有很多负担、相对贫寒的家庭。现在再见面，他参与老朋友的疯闹打趣，开无伤大雅的玩笑，依稀回到了过去的时光里。可他似乎把他的性格连同姓名一起换掉了。他表现得远比过去风趣开朗，而且似乎能够成为中心人物，控制着话题的走向，虽然他也回忆组乐队时的往事，但一会儿就会不着痕迹地将话题带回到李乐川的剧本上。李乐川则一向都是圈子里话最多的那个人，谈起他的得意之作，更是滔滔不绝，制片方几个人也加入了进来，两张桌子拼到一起，谈的多半是影视圈里的趣事。

司凌云对他们的话题没有多少兴趣，同时记挂着投资计划，不免心不在焉，不经意间抬眼一看，对面坐的曲恒也是一副神游天外的表情。两人目光碰到一起，不由得会心一笑。她示意一下，走到吧台边，过一会儿，他也走了过来。她问他：“你妈妈现在怎么样了？”

“她还好，扩张型心肌病最要命的是没药可以根治，内科治疗的效果越来越不起作用，唯一的办法是做心脏移植，可这种器官移植想要找到合适的供体是个大问题。”

她猜想做心脏移植的费用一定不低，不知道他是否承受得起，却也不便贸然问他，他脸上也有踌躇的表情，过了一会儿才说：“凌云，那天的事，很不好意思。”

“不用放在心上，我还真没把爸爸看得太神圣。过去就过去了。”

他苦笑，“别提他了。你和你男朋友没什么吧？”

“我们没事。”她马上感觉这个回答来得太迅速，未免有些欲盖弥彰，自嘲地一笑，“好吧，也不算没事，不过我和他之间的问题跟那天没什么关系。”

“既然订婚了，就好好维护这段关系，不要任性。”

她有几分恼怒，又有几分说不出的好笑，“看来你已经认定我就是个任性的人了，难道又是琪琪那个大嘴巴告诉你我订婚了吗？”

“可可跟我说的。”

“我也管管闲事，你跟可可在一起多久了？”他的脸微微一沉，不过她可不怕，“别摆臭脸给我看，我不吃你这一套。”

他无可奈何，“我在广州时认识了她，她当时……算是我女朋友吧，不过我们分开很久了，现在只是普通朋友。”

“那就好。”她倒松了口气，“老实告诉你吧，我看到我过去一个中学同学似乎在追求可可，前段时间据说还为她在酒吧里争风吃醋打伤了人，我当时以为挨打的是你，吓了一跳。”

曲恒皱眉，“她又惹出这种事来。本来她在广州驻唱得有点儿小名气了，就是扯进一起酒吧斗殴里，避风头跑到这边来的。你那个同学人怎么样？”

“她如果喜欢男人为她打架的话，那恭喜她了，我的同学就是个仗着家里有钱惹是生非的典型。”她见曲恒眉头皱得更紧，耸了耸肩，“你要真紧张她，最好劝她离我那个同学远点儿。”

“恐怕她不是听得进劝告的女孩子。”

司凌云挖苦道：“看来会被你批评任性的人不止我一个。”

他再度苦笑一下，看上去也不想再谈这个话题，转头看看那边谈笑风生的一桌人，“阿凯对阿乐那个剧本好像很关注。”

“他毕竟是演员嘛。”

“按说写的一部分是你们的中学生活，你怎么没什么兴趣的样子？”

“也不是没兴趣啦，我脑子被别的事占住了，找时间好好读一下他的剧本再说。”

她也看向李乐川，有些惆怅地意识到，李乐川虽然跟她是从小到大无话不谈的朋友，可是他们这几年的生活圈子不同，在一起的时间有限，谈心的机会越来越少。就像她对他的剧本提不起兴趣一样，他恐怕对她的工作也没有多少兴趣，他们仍然相互关心，珍惜彼此之间的友情，但两个人再没办法像过去那样相互心照理解了。

突然楼梯传来杂乱的上楼声，一群叽叽喳喳的少女拥进来，将温令恺坐的那张桌子团团围在当中，举相机、手机拍照，要求签名，送花、送礼物……曲恒一脸惊讶，司凌云乐了，“我下午在机场见过这一幕，你们都没想到阿凯红到这种程度了吧？”

卢未风显然很意外，“她们怎么会知道阿凯在这里？我这酒吧开了好几年，头回来这么多人，真怕她们把楼板给踩塌了。”

这倒不是没有根据的担心，还有人源源不断上来，楼梯发出咯吱的响声，旁边空桌上的花瓶被挤得打翻摔碎。曲恒皱眉看看那个渐渐扩大的包围圈，“阿风，让阿凯走吧，不然不知道还要招来多少疯丫头。”

卢未风踌躇，司凌云知道他不愿意对远道归来的兄弟开这个口，“你盯着点儿，我们去楼下让服务生关门，只许出不许进，不能再放人上来了。”

她和曲恒好不容易侧身挤下了楼，仍有女孩子拼命往里拥，曲恒大声叫站在门前不知所措的服务生关门。一个女人夸张地挥手阻止，她定睛一看，正是在机场见过的温令恺的女经纪人，显然对方也认出了她，挤过来低声说：“令恺的粉丝正在往这里赶，先别关门，人数太少根本没气氛。”

司凌云没好气地说：“小姐，这是超过 80 年历史的老房子，容量有限，承重有限，老板不好意思开口逐客，你们好歹自觉一点，麻烦你打电话让阿凯下来马上离开。”

“那怎么行，记者马上会过来，无论如何也要等他们拍照了再关门。”

说话之间，又有不少女孩子挤了进来，司凌云恼怒地看着她，“这么说，是你放消息让粉丝到这儿来的，对吧？”

她显得十分理直气壮，“报道中会提到酒吧名字，这对酒吧也是一个宣传，我看在老板是令恺朋友的分儿上才给他这个面子的。”

“酒吧不需要这样的宣传，请你……”

司凌云的话还没说完，身后传来一连串惊叫声，明显已经不是粉丝见偶像的激动声调。她回头，只见楼梯扶手断裂，有人从上面滚了下来，曲恒护住她，被砸得踉跄向前，险些扑倒，楼梯上不断还有人滚落下来。曲恒抱起司凌云，奋力将她举上了吧台，她被这突如其来的变故惊呆了，直到听到曲恒的声音盖过满屋的号哭尖叫，她才回过神来。

“都不要动，听我的话，都不要动。”

他的声音响亮而具有权威感，酒吧内惊恐得陷入狂乱状态的女孩子稍微安静了一些。

“大家停留在原来的地方，凌云，马上打电话叫急救车。”

曲恒俯身去抱离得最近的一个女孩子，司凌云一边摸出手机打电话，一边跳下来，帮他将那女孩安置在吧台上，他回过身再去抱另一个女孩，然而温令恺的女经纪人突然扯着嗓子叫，“怎么办？怎么办？令恺还在上面，他不会出事吧？”

室内又是一阵骚动，外面又有女孩子叫着温令恺的名字往里挤，司凌云勃然大怒，恶狠狠地逼近女经纪人的脸，“你给我闭嘴。”

女经纪人被她吼得一脸错愕，却真的闭上了嘴。

眼前这个混乱的场面继续着，她完全看不清曲恒在哪里，不停有人撞向她，她的背贴着吧台，几乎有绝望的感觉。说不清过了多久，外面由远及近传来警车与救护车的鸣笛声，不一会儿，警察将外面的粉丝清理开，开始把里面的人疏散出去。

司凌云看到曲恒抱着一个女孩走出去，才松了口气。她正要随着走出去，这时温令恺从断裂的楼梯那里下来，而他的经纪人马上叫他，“令恺，把这女孩子抱出去。”

温令恺过来，抱起曲恒放在吧台上的那个女孩走了出去，司凌云惊讶地看到，他一出去，竟然引起外面粉丝一阵完全不合时宜的尖叫，而这 幕正好被赶来的记者摄入镜头。他姿态完美地将女孩交到医护人员手中，他的那个经纪人则以夸张的手势和尖厉的声音阻止粉丝再靠近他。

“凌云，你没事吧？”这时李乐川和制片方几个人走出来，他们显然都受惊不小。

她摇摇头，“没事。”

李乐川犹有余悸，“我在楼上楼梯边拦着这些姑娘，都看到了，好在阿恒及时把最先摔下来的女孩子转移了，不然真要出大事。”

她努努嘴，示意他看温令恺和经纪人上车，“真行，惹下这么大麻烦，就这么走了。”

这时曲恒走了过来，淡淡地说：“他走了也好，不然这些粉丝们还得在这里没完没了。”

“阿恒，你没事吧？”

他的衬衫已经被扯破，身上沾着血迹，看上去十分狼狈，但神情镇定，摇摇头，“没事。”

李乐川盯着温令恺坐的车子启动开走，欲言又止，叹了口气，“我先送他们去酒店。”

6

正像曲恒说的那样，粉丝们渐渐散去。他们走进酒吧，里面一片狼藉，桌翻椅倒，楼梯扶手断裂开来，吧台也被挤得挪了位置，仿佛经历了一场小型的龙卷风过境，惊魂未定的服务生正在清扫一地的杯盘碎片。这时卢未风和一个警察从楼上下来，他的神情疲惫，“凌云，阿恒，我和服务生都要跟警察过去说明情况，这里麻烦你们照看一下。”

警察神情严厉地说：“马上关门，等我们通知之后才能重新营业。”

司凌云不知道情况严重到什么程度，一时愕然，曲恒站起了身，“凌云，你就在这里等着，我跟阿风去一趟。”

“好，如果需要请律师，你马上给我打电话。”

他们走了以后，仍有围观的路人向里面探头探脑，相互议论。司凌云不胜其烦，在他们的注视之下，关掉外面的招牌灯箱，将打烊的牌子挂出去，关上了门，才算觉得清静了一点。

她再环顾室内，一时觉得这所老房子显得既凌乱，又过于空旷荒凉，仿佛某部恐怖电影的布景般让人不舒服。为了消除这点可笑的心神不宁，她走进吧台打开了唱机，随手放一张爵士乐 CD 进去，又拿了瓶啤酒，环顾四周，却找不到一把可以坐的椅子，索性坐到楼梯的第一级，喝着闷酒。

刚才发生的意外固然讨厌，但毕竟已经过去，她首先想到的还是那份计划书。她出门时，傅轶则仍在沉睡，她给他留了张纸条，讲明与朋友聚会，把纸条顺手放在了茶几上的计划书上。

当然，她在潜意识里希望他看到计划书，并主动跟她谈这件事，可以让一切进行得更容易一些。现在想到自己动的这个心眼，她简直有些难为情——这太不像她一向的行事风格了。可是，她心存疑虑，不确定的事情太多了：不管是司建宇描绘得如锦绣般灿烂的项目前景、司霄汉认定的辉煌无比的公司未来，还是她与傅轶则之间扑朔迷离的感情……

那应该能算感情吧？所有长夜拥抱、缠绵情话、别后热吻，与其他恋人有什么区别？然而，他们偏偏没有一个好的开始，没有对彼此毫无怀疑的肯定，反而掺杂了太多别的因素，以至于她根本不愿意去拿爱情定义他们之间的关系。对于一个一心想征服她的男人，做出不臣服的姿态，当然意味着游戏继续。游戏自有游戏的乐趣与吸引力，问题是，要沉浸于单纯的情爱之中，必须放弃一点自我意识，可是面对傅轶则，她需要打醒所有心力，时时提醒自己，不放弃，不迷失。这种不由自主紧绷的状态既能刺激肾上腺素，带来刺激，同时也让她疲惫了。

一瓶啤酒差不多喝光了，司凌云百无聊赖地想，索性继续喝得半醉回去，倒也可以暂时不去想那些烦人的事情，马上又自责这个想法太过怯懦无聊。这时外面响起敲门声，她走过去开门，只曲恒一个人回来了。

“阿风呢？”

“他去医院看望伤者，顺便支付医药费。”

她有些意外，“明明那些疯狂粉丝是阿凯的经纪人招来的，阿风难道没有跟警察讲清楚，凭什么让他代人受过支付医药费？”

“我们去派出所的路上，阿凯的经纪人特地给阿风打电话，说阿凯现在准备接新戏和广告代言，不能出负面新闻，阿风当然把责任都担下来了。还不知道那几个姑娘伤势到底严不严重。”

司凌云挖苦道：“那阿凯的经纪人有没有至少表示一下他们来埋单？”

曲恒扯了一下嘴角，没有回答这个问题，可是答案不言自明，司凌云一下恼火了，“这算什么？你们都是胸怀宽广的大男人，义薄云天，不介意认下烂账，对吗？好，只有我是爱计较的真小人，我去跟警察讲清楚。”

“别这样，凌云。”他拦住她，“阿风不是要当滥好人，就算那个经纪人不打电话，他也觉得阿凯这些年混演艺圈，出头不易，现在处处有狗仔盯着，算公众人物，不宜有是非，所以宁可替他扛下这件事。”

“阿风讲义气愿意帮他扛是一回事，他摆出别人理所当然应该帮他扛的态度就是另一回事了。刚才看他走掉，你的脸明明比我还臭，现在倒来劝我。”

他又扯了一下嘴角，“看来没胡子遮掩，我以后得注意收敛一下表情了。这件事就这样吧，我们尊重阿风的决定，毕竟他是主人。”

她看看他的 T 恤衫下摆沾染的血迹，“你没受伤吧？”

“没有，只被踩了几下，倒是这些疯丫头们叫得歇斯底里，快把我耳膜给刺穿了。”

“以前你们乐队演唱的时候，底下女孩子不也这么叫吗？”

他摇摇头，“太遥远了。我老实对你承认，我从来没享受过那种叫声，演出的时候也从来不看下面。”

她撇了一下嘴，“有的人可是一直乐此不疲，享受得很啊！”

“不用生阿凯的气了。”他微微莞尔，“客观地讲，他也不想出这种事的。”

“也没什么可气的。我讨厌的只是，他原来是多没心机多单纯的一个人，现在表演欲居然这么强，到最后还不忘记扮演少女拯救者的角色去抢镜头。”她瞥见曲恒脸上笑意加深，不免有些疑惑，“你笑什么？”

“至少你这个脾气一点没改，看不顺眼的事从来不肯忽略不计。”

司凌云承认，他说得没错，她的坏脾气只是埋藏得比以前深了而已，并没有消失。他伸手去扶墙壁上一幅摇摇欲坠的画，她一眼看到他的手肘上破了一大块。

“你这里还在出血。”

他弯起手肘看看，不在意地说：“只破了点皮，没什么。”

“别动，我给你清洗一下伤口。”

她小心地上楼，找出医药箱，下来后让曲恒坐到楼梯第一级上，她蹲到他面前，抬起他的手臂，小心地用碘酒擦拭着伤口周围，烧灼感让他本能地一缩，她伸手握住他的手，继续清洗，然后换棉签给伤处涂上红汞。

“我很专业吧，以前我经常给我弟弟处理受伤的地方。”

她得意地抬起眼帘，发现他正神情专注地看着她，两人离得很近，她头一次注意到，他有着对于男人来讲几乎过于长而浓密的睫毛，在眼睛下方投下阴影，柔和的灯光衬得他才剃去胡须的面孔显得异样年轻，宛然便是昔日那个沉默寡言、独来独往、专注于音乐的大男孩，他薄薄的嘴唇抿得很紧。她一时有些恍惚，直到他移开眼睛，她才回过神来，猛地站起身来，暗暗责怪酒精作怪——也许还有这灯光、这房子、这楼梯，所有造成昔日重来错觉的一切……

她合上医药箱，突然有没来由的局促感，空气也似乎变得怪异凝重，而 CD 恰好在此时停住，骤然而来的寂静让她几乎听得到自己心跳的声音。他也站起身，正要说话，她抢先开了口。

“我先回去了，你留在这里等阿风回来吧。”

“你喝多了，不能开车，我送你。”

“不，我坐出租车好了。”她头也不回，匆匆走了出去。

7

司凌云一边喝牛奶，一边看报纸，娱乐版的头条果然是温令恺抱着粉丝走出酒吧的大幅照片，记者选取的角度强调了他俊朗的轮廓，可是画面太过完美，让人几乎意识不到发生了一起踩踏伤人事故，只在报道末尾轻描淡写提及受伤粉丝在医院治疗，酒吧被有关部门强令停业整改。她再翻到经济版，看到的是关于美国次贷危机对中国影响的研讨会消息，其中关于“调控”的呼声再度高涨，让她联想到顶峰对于资金的需求，心情实在无法轻松。

程玥突然问她：“你有跟傅轶则结婚的打算吗？”

她不明所以地从报纸上方看着程玥，程玥以过来人的口气说：“其实趁感觉浓烈的时候结婚是比较好的选择，条件好的男人并不是总有求婚的热情。”

她不耐烦地说：“别瞎操心，我都说了我没跟他订婚。”

“最近你一直都这么魂不守舍的，我不操心不行啊。他这次出差怎么去这么长时间？”

司凌云懒得跟妈妈解释，她其实是在为一件毫不浪漫的事情苦恼，“我就不该告诉你他出差了。他昨天已经回来了。”

程玥的疑问更多了，“久别重逢，你昨天晚上怎么反而回家睡了，还一身酒气？你脸色怎么这么差？你们的关系是不是出了问题？”

她长叹一口气，“我可受不了你好奇心太强，你问个没完，不会是变相暗示我还是搬出去住比较好吧？”

“你如果看看其他太太们管教女儿的方式，就会知道我已经最大程度尊重你的自由了。”程玥越发语重心长了，“小云，就算你不爱听，有些话我也不能不说。你得时刻保持头脑清醒。要知道，男人喜欢看女人适当犯傻，可女人当真头脑发昏了，他们一般躲都躲不及。”

司凌云哭笑不得，将报纸折好放到一边，“谢谢你的忠告，不过别这样用指导我生活来表现你的母爱，我会更感激你的。”

“当妈的就是这一点贱，被你气的时候恨不得吐血，又狠不下心真不理你。”

“我们别一大早就来悲情对话，行不行？不用担心我，我很好，我没事，我要去上班了。”

“等一下，顶峰真的要上市吗？”

她一惊，警觉地看着妈妈，“谁告诉你的？”

“还能是谁？当然是你爸爸，他说准备收购一家亏损的上市公司，然后让顶峰代替这家公司成为上市公司——他说这叫借壳吧。”

司霄汉居然毫无顾忌地将理应保密进行的事情跟前妻讲，实在让她意外，她无可奈何地说：“上市这事只是规划，你千万不要随便跟别人讲，尤其不要跟你那些麻将搭子、逛街朋友炫耀。”

“我有数的，不会跟任何人提起。我跟你爸爸说了，如果顶峰上市，一定要记得给你弟弟股份。”

“他答应了？”

“他说他知道了，还夸你能力很强，分析问题有头脑，不愧是他的女儿。”

司凌云撇一撇嘴，想到的却是另一件事，“你最近好像跟爸爸打得火热的样子，他常来这里吗？”

“这可是你在管我的闲事了。”话虽这么说，程玥却是春风满面，显然默认了女儿的疑问，并且为此而得意。

“你们毕竟离婚了，不觉得这样不正常吗？”

“有什么不正常？”

想想这个家种种不正常的事情，她还真没办法回答，只得摊手，“随便你们吧，我管不了。商量个事，能不能借我八万块钱？别问用途，不是乱花，还你的时间不确定，但保证会还。”

她从来没找母亲要过如此大数目的钱，本来以为不免会多费口舌，但出乎她的意料，程玥非常痛快地说：“行。”然后去了卧室，随即拿了八扎整整齐齐的现金递给她。

“你怎么放这么多现金在家里？”

程玥得意地说：“你爸爸给了我十万块，算是报销我去欧洲旅行购物的一部分费用，我还没来得及去银行存。”

她不知道她妈妈是用什么手段达到目的的，不过也实在懒得再为这件事跟她吵架，“恭喜你了。下次你们直接这样给现金好了，不要再弄到公司报销那么兴师动众，多生事端。”

“你懂什么，你爸爸让那个女人签字给我报销，比我直接从他手上拿钱要爽得多。”

她讪笑一声，“这是什么心理？他不尊重他现任太太，可不等于就是尊重你这个前妻了。容我也给你一个忠告，他只是根本不考虑别人的感受，对他来讲，所有问题，都不过是能用钱解决的问题而已。让前妻去欧洲血拼一趟就换到随意进出的通行证，多合算。”

程玥丝毫没有败兴的样子，“你当我还会多愁善感到去要求重新得到他的心吗？对我来讲，他既然不是老公，就是战利品，谁笑到最后，谁才是赢家。”

司凌云不想给妈妈继续发挥的机会，将钱塞进皮包，匆匆出门上班了。

8

一到公司，司凌云便忙着与老侯联络，交换对那起债务纠纷的看法，决定下午开会研究对策。安排好工作，她给米晓岚打电话，“大嫂，谢谢你上次借钱给我救急，我想把钱还给你。我手头拿的是现金，你看我是直接还给大哥，还是打到你卡里？”

不出她的意料，米晓岚马上提议与她见面，“你大哥这个人，根本懒得理钱，还是直接交给我吧。”

“好，现在我有空，我们约个地方见面。”

她准时到了米晓岚说的咖啡馆，米晓岚已经先到了，她穿着白色丝质衬衫，头发松松绾起，依旧风韵十足。司凌云一落座，便将钱取出来递过去，但米晓岚的注意力显然不在钱上，随手将钱放入了包内。

“冬冬现在适应了幼儿园没有？”

“哦，他适应得还不错。”

“我送他的那条狗，他喜欢吗？”

“你是说皮皮啊，他喜欢得不得了，就差晚上睡在一起了。”米晓岚心不在焉地回答，突然转换话题问她，“凌云，听琪琪的表姐讲，你和轶则订婚了，这事是真的吗？怎么没在家里宣布？”

琪琪的表姐就是李乐川的嫂子，与米晓岚一样，是位养尊处优的富家少妇，司凌云毫不奇怪小道消息会流传开来，她笑道：“大嫂，你昨天打了轶则好几通电话，是想求证这件事吗？他有没有给你答案？”

米晓岚一怔，表情多少有几分尴尬，“哦，昨天我只是打电话问他出差回来没有，想请他和你到家里来吃饭，倒没想到问这件事。”她话锋一转，“你看他的手机不大好吧，他一向是非常注重个人隐私的人，而且，我从来不看你大哥的手机，两个人之间相互信任比较好。”

“信任确实是个好东西，不过我恰好是个不太容易相信别人的人，”司凌云不客气地说，“而且，信不信由你，大嫂，我早就发现，随便多看几眼，总能看到不少有趣的东西。”

米晓岚无可奈何，只得勉强一笑，“别误会，我也不是要教训你。”

“姑嫂之间聊家常嘛，我不会误会。大嫂，本来我是不想结婚的，可是关于订婚的闲言闲语都传开了，我爸妈也听到了一些风声，也许我该嫁给轶则算了。毕竟他也不错，长得帅，有魅力，又有情趣，是一个很好的情人，家庭背景也很好……”

米晓岚脱口而出，“不，你不能这么做。”

她笑盈盈地看着米晓岚，“为什么？我父母跟大哥倒是都相当乐观其成啊。”

“我……不是要干涉你的选择，不过，好情人并不见得是好丈夫的人选，我认识轶则的时间很久了，非常了解他。他这人很自我、骄傲，在这一点上，其实你们两人很相似，我觉得个性太过相似的人并不适合结婚。我是过来人，婚姻这件事，苦乐自知，可有些基本规则是不变的，比如性格的包容、互补，远比你想象的重要得多。”

“大嫂的意思是说，轶则比较适合跟一个谦和大度、懂得包容、不那么自我任性的女孩子在一起，对吗？”司凌云做沉思状，冷不丁突然说，“听起来大嫂很符合这些条件啊。”

米晓岚先是一惊，随即不悦地说：“你这是什么意思？不要随便开这种玩笑。”

司凌云勾起嘴角笑，“大嫂，你从六年前就开始跟我兜圈子，乐此不疲，我可是有点儿烦了。没错，我知道你爱他，具体从什么时候开始爱的，我不关心，我只关心你打算放纵你这种爱到什么时候。”

“你……怎么敢这么胡说八道？”

“既然我已经是一个公认的任性的人，当然就有胡说八道的特权了。我认为一个人只要善于保守内心的秘密，爱一个人而嫁另一个人，当事人没意见，旁人完全管不着。不过，你好像越来越急于把你的秘密暴露出来了。考虑到你嫁给了我大哥，性幻想对象却是我男朋友，我再不吭声，就说不过去了。”

米晓岚拿着咖啡杯的手指微微哆嗦着，一字一字地说：“你怎么能用这么肮脏的口气来说我？太过分了。”

“别激动，我可从来没觉得性幻想是一件肮脏的事情。”

“我跟傅轶则之间干干净净，绝对没有你影射的那种关系。”

司凌云摊了一下手，“这正是我从头到尾最大的困惑，消除欲望的最好办法无非就是满足那个欲望，然后回过头嘲笑一下自己，为什么会被那个欲望困扰。你那么爱他，以你的美貌和痴情，轶则又不是什么守身如玉、清心寡欲的君子，怎么居然没跟你发生一点什么，否则你也不用一直不甘心到现在了。”

这句话正正击中了米晓岚，她的嘴张了张，似乎要反驳，可是脸红一阵白一阵，好一会儿才勉强开口，声音有些嘶哑，“你这是无中生有，信口雌黄。”

司凌云微微一笑，“对自己诚实一点吧，大嫂。我没记错的话，你今年应该三十二岁了。”

“那又怎么样？”

“容我当面夸奖一下你，你并不老，长得还是很美，比以前甚至更有风韵了。可是你在二十六岁时没得到的那个男人，到你已婚六年、有夫有子的三十二岁，一样得不到。你玩得最漂亮的一招就是突然撒手，嫁给了我大哥，这可能是你能给他的唯一一个意外。不过有一点你得明白，那个在你二十六岁时扛着压力非你不娶的男人，再怎么珍惜婚姻，也不会一直隐忍老婆跟别人玩哪怕是柏拉图的恋爱——大哥这人，付出得多，对感情纯度的要求也会比一般人要高得多。”

“如果你想挑拨离间我和你大哥的关系，你就打错算盘了。”

“因为大哥无条件信任你吗？”司凌云呵呵笑了，“我觉得，这实在是一个夸张的修辞说法，其实所有的信任都是有条件的。你们结婚这么久，你应该比我更了解大哥这个人吧？他也许长了一个粗放的外表，可是心细的程度应该超过绝大部分人，我能看出来的东西，绝对瞒不过他的眼睛。如果我没有向他保证我跟轶则的关系很好，轶则对别的女人没有兴趣，恐怕你早就面临他的质问了。”

米晓岚放在桌上的双手紧紧握到了一起，“我没有做过任何对不起他的事情。”

“躺在丈夫身边幻想另一个男人，不算实质的出轨，当然就谈不上亏欠——不过这个逻辑是否成立，我很怀疑。”

她冷笑道：“像你这样放纵自己、随随便便的女孩子，突然来高举道德大旗审判我，我觉得有点滑稽。”

“给我下这个评语，只能证明大嫂你远比我热衷道德审判嘛。”司凌云不急不恼地坐在原处，“放心，我没那个好兴致，不然不会等到今天才把六年前就知道的事讲出来。”

“你到底想怎么样？”

“很简单，请大嫂做回你成功扮演了这么多年的贤妻良母。”

米晓岚脸上那个冷冷的笑意加深了，挖苦地说：“一口一个‘我大哥’，装得你有多关心他似的。你们这种家庭是怎么回事，我还不清楚吗？到我面前来演亲情深厚兄妹情长的戏码未免可笑。你分明是害怕轶则并不真想跟你结婚，于是胡乱吃醋，怀疑我跟他有什么，实在太可笑了。”

司凌云扑哧一声笑了，“大嫂，我早说过，我对婚姻没什么兴趣，你再这样激我的话，我不免想试一下，让傅轶则也管你叫大嫂，看看你会有什么反应。”

米晓岚一时哑然，司凌云也不急于开口，端起咖啡慢慢喝着，停了半晌，米晓岚换回温柔恳切的声音，“凌云，别误会，我对你没成见，有时候我甚至是羡慕你的。你有好家世、好相貌、好学历，甚至还有很强的工作能力，不需要在意别人的看法，当然有资格活得潇洒自在。可是你不适合轶则，我说的性格相似只是一个方面，最重要的是，你甚至并不爱他。”

“我以为大嫂应该比我更明白爱情并不见得是婚姻的必需条件。”

米晓岚竭力按捺住怒意，“我就知道你会拿我跟你大哥的婚姻来讽刺我。幸好你家也只是暴发户而已，不是什么世家名门，不然不知道会以为我这灰姑娘高攀你家，占了多大便宜。”

“别逼我跟你对讲刻薄话，大嫂。我爸爸倒真是如假包换的暴发户来着，而且我大哥就算举着水晶鞋求婚，也离王子模样有一段距离，另有所爱的灰姑娘肯屈就他，总是有原因的吧？”

米晓岚脸色铁青，正要说话，司凌云做了个手势，“我对你没有成见，无意侮辱你，只是想说明，我理解所有的选择都必然有一个至少自己认为合理的原因。你嫁给大哥，最主要的原因应该还是他足够爱你，至于物质条件，我们都诚实一点吧，是加分因素。对我来讲，这样的婚姻没什么不正常的。”

“你是在暴露你的市侩现实。轶则是我多年的朋友，以他的条件，没必要落进一个没有感情的婚姻里。如果你真想这么干，我会跟他好好谈谈，提醒他……”

“啧啧，大嫂，我要是你，就不费这个事了。枉你声称认识了傅轶则很多年，居然还没看明白，他这种男人从来不缺乏女人的爱慕关心，他热衷的是征服游戏。你对他摆出大爱无边的保护姿态，动不动就要跟他谈这些乏味的话题，在他眼里只会丢掉你的性别特征。他家庭和睦，出身完美，性格成熟，早已经从心理上断奶，难不成到现在还会需要一个事儿妈在他身边喋喋不休？”

米晓岚紧紧咬住嘴唇。

“我们还是谈谈我大哥吧。”司凌云将咖啡杯放下，正视着米晓岚，“谁愿意凄美暗恋谁一辈子，不关我的事，也不构成威胁，我完全可以不理。不过，你和我大哥已经结婚，我不会坐视你把暗恋玩成明恋，把他搞得焦头烂额，甚至危及他的事业。”

“我从来没有伤害过建宇。”

“如果他认为他太太爱另一个人不算一种伤害，我当然无话可说。”

“你要是拿这种无中生有的话挑拨我跟他的关系，对他才是一种伤害。”

司凌云不耐烦地说：“大嫂，我没那么多空跟你绕来绕去，你对大哥目前的身体状况有什么看法？”

“他很好，两个月前刚做过全面体检，各项指标基本正常。”

“你确定他没有任何问题吗？”

米晓岚一下闭紧了嘴巴，好一会儿才说：“我也不知道从什么时候开始，你大哥性情大变，动辄疑神疑鬼，根本不信任我，今年春节我们带着冬冬去三亚度假，为了一件小事，他跟我争执起来，他突然……”

她猛然打住，司凌云替她说下去：“大量出汗，心跳加快，呼吸急促，接近昏厥状态。”

“这么说你也见过他这样发作了，当时我和冬冬都吓坏了，一回家，我就逼着他去做体检。医生说他得的是焦虑症，他完全不肯跟我谈，我上网去查，才知道是怎么回事。焦虑症的原因很多，你总不会把他得的病赖到我头上吧？”

“请问一下，对于一个一直对婚姻认真、对太太信任的男人来讲，妻子的——”司凌云挑一下眉毛，“幻想，会不会构成他焦虑的理由之一？”

“够了，我不想听你继续胡说下去。你以为你是谁？你不过只是跟他有一半血缘关系的妹妹而已……”

“又说到‘我们这样的家庭’这个问题了，大嫂嫁过来这么久，对司家有多少了解？你知道顶峰现在面临的是什么局面？”

米晓岚有些茫然地看着她。

“这个家庭复杂到什么程度，不用我来细说。我只能告诉你，司家暴发归暴发，不过财富既不是从天而降，也不是固若金汤，可以无忧无虑一直享用下去。”

“什么意思？”

“顶峰正处在发展的关键时期，有机会上市，实现一般人想象不到的增长，可是同时也危机四伏，一着不慎，都可能导致严重后果。大哥在公司的地位举足轻重，他必须保持足够的冷静应对各种压力，不能因为焦虑丢掉理智判断的能力。所以他现在需要和睦的家庭、体贴如昔的太太、最大程度缓解焦虑的环境。大嫂就算不相信我真关心大哥和冬冬，也应该能理解我不希望公司因为大哥的状况而出事吧？”

“拿这个来恫吓我未免可笑，你凭什么认为我应该为司家做牺牲？”

“恕我直言，你能牺牲什么？”司凌云做诧异状，“是一个得不到的男人，还是一段见不得光的无望感情？”

米晓岚再度被激怒了，怒视着司凌云，面孔微微扭曲，一双美目里好像要喷出火来，“你自认为天之骄女，字典里根本没有‘牺牲’这个词，所以把别人做的一切都视作理所当然。我为这段婚姻已经付出很多，谁也没资格额外再要求我什么。”

“大嫂，如果嫁给一个有钱、专情的男人，享受优裕而有安全感的生活，就能算得上牺牲的话，我相信很多女人乐于做这个牺牲的。”

这个嘲讽来得尖刻直接，米晓岚似乎有些不相信地看着司凌云，司凌云的表情却是亲切的，口气甚至说得上推心置腹，“偶尔犯犯糊涂没什么，一直糊涂下去，就成笑话了。你很走运，我大哥还很爱你，愿意默默忍受，对你游移不定的小心思还迟迟不肯确认。不过不要以为男人的爱来得无穷无尽，可以尽情挥霍。趁着你的婚姻还有救，大哥没有对你失望，现在放下，只算解脱你自己而已。”

“如果我说我已经受够了这种生活呢？”

司凌云收敛了笑，冷冷地说：“受够了这种生活之类的话，我倒是说过不少次。借用我母亲常常用来嘲讽我的一句话来讲，她最大的错误就是从小到大没有让我吃过没钱的苦头，我想大嫂的成长过程里一定不存在这个缺憾。”

米晓岚似乎又一次被戳到痛处，“你有什么资格来威胁我？”

“算不上威胁，只是表明一个态度。大哥跟轶则现在正在商谈合作项目，这个项目对他而言十分重要，我不会容许谁来无端生事，把气氛弄尴尬。你继续做我大哥的好太太、冬冬的好妈妈，我当然会继续拿你当大嫂尊重，再不会跟你讲这些废话。你真要受够了富贵荣华，想有一个别的选择，当然也行，坦白讲出来，我会佩服你丢掉一切重新来过的勇气。大哥就算再难过，最后也能承受得住的，以他的条件，找爱他的女人并不难。”

她一边招手叫服务生结账，一边漫不经心地说：“你说傅轶则并不爱我，我完全同意；恐怕同时你也得承认，他更不爱你。如果你想改变你的生活，就麻烦你做好失去现有的一切，又得不到你想要的一切的准备。现任太太和前妻分别是什么境遇，张总和我妈妈就是最好的例子。大嫂，你好自为之吧。”

9

司凌云接到司霄汉秘书的通知，准时到位于顶峰顶楼的会议室，白婷婷和老侯已经坐在那里翻看文件，她起身走到司凌云身边，悄声说：“我刚知道，对方律师是韩启明。”

司凌云不由得皱起眉头，她当然不相信这是一个巧合。

“被一个男人这么爱恨纠缠，是什么感觉？”白婷婷问她，“别怪我多事，我感情经历太贫乏，实在是很好奇。”

司凌云苦笑，“坦白讲，我不理解。我跟他之间发生过的事，实在没什么值得刻骨铭心纠缠不放的，等会儿不要在我爸爸面前强调这一点。”

白婷婷点头，“只是告诉你一声，让你有个准备而已。老侯这人圆滑知趣得很，也不会提的。”

这时司霄汉会同投资部总经理王军以及总经办主任等人一起进来，和老侯寒暄后坐下，老侯开始介绍情况，诸如证人证言收集、调查证据提交之类。司霄汉明显心不在焉，过一会儿便打断他，问及当地政府的态度。老侯告诉他，K 市相关部门官员都没有明确表态。他烦躁地说：“我不是让你去找张厅长，请他跟那边打个招呼吗？”

老侯委婉地说：“我找过，不过张厅长的态度不肯定，说要转给下面研究一下。”

司霄汉又接着跟老侯谈起当初经手兼并事宜的某副市长、某局长应该起的作用。司凌云对官场结构不明所以，也不喜欢将讨论案子扯到这方面来，待听到老侯提出打算让白婷婷充当此案的法定代理人，第二天出差去K市时，她再按捺不住了，“侯主任，这个案子难道你不亲自出马吗？”

老侯笑呵呵地说：“主要工作当然还是我来做，不过我刚才说了，涉及地方保护主义，就算我去，意义也不大，让白律师去做好基础工作，确保不出差错就可以了。我倒是可以把精力放在这边，走一下上层路线，做做工作，尽量先争取让当地中院因为标的巨大，案情复杂，把这个案子移送到省高院作为一审管辖，回省城来，我们就能够多掌握主动权了。”

司凌云正要说话，司霄汉却已经饶有兴致地点头了，“嗯，这个主意不错。”

她暗自恼怒，却也不便再出言反对，“那好，我想过去一趟，调查一下原告当初与棉纺厂之间的协议，弄清楚为什么兼并棉纺厂进行审计时，对它的净资产评估与第二次评估相差那么远，甚至离谱到弄掉一笔债务，以至于弄得我们现在这么被动。”

一直没怎么说话的王军开了口：“司小姐，侯律师已经委托当地律师事务所做过调查，破产国企出现账目混乱这种情况并不奇怪，考虑到对方律师，我觉得你还是回避一下比较好。”

司霄汉奇怪地问：“对方律师是谁？”

王军干笑一声，“董事长，对方律师就是上次代理物流公司职工劳动纠纷，惹得毅总不得不去天津一段时间的那个韩启明。”司霄汉似乎不大记得这名字，他进一步解释，“他是司小姐的前男友。”

会议室中一下安静下来，老侯与白婷婷低头避开目光，司凌云怒气攻心，不过着实感谢白婷婷先提醒了她，让她现在不至于措手不及。她冷冷地看着王军，“王总这是什么意思？”

王军一脸真诚地说："司小姐，别误会，那个韩启明一再有针对性地挑起、参与对顶峰的诉讼，摆明了是个无赖讼棍，想跟你纠缠不清。不如把这件事交给侯主任和白律师处理，以你的身份，犯不着出面跟他计较，落人口实。"

"王总既然觉得我不方便去调查，刚好当初兼并棉纺厂这个项目是你主持进行的，不如你给我解释一下目前这个局面吧。"

王军一怔，"兼并棉纺厂是董事会做出的决定，我是执行人，每一项决定我都请示过董事长，如果董事长认为我应该为此承担责任……"

"好了。"司霄汉举手制止住他，"只是一件小官司，不必扯得这么远。老侯，就按我们刚才说的来准备吧。凌云，你留一下。"

偌大的会议室里只剩下父女二人，司凌云合上笔记本，看着父亲，"您不会打算跟我讨论我的前男友吧？"

司霄汉将香烟按灭在烟灰缸内，"一个被你丢到一边的小律师，有什么值得讨论的。不过王军说得对，你用不着去调查。"

"什么意思？"

"王军在那个项目上有失误，我不是不清楚，但是当初兼并棉纺厂，确实是董事会的决定。接下那个烂摊子，更多的是考虑到附加条件很优厚，符合我们当时的战略。"

"既然有失误，难道不用追究他的责任吗？"

"现在顶峰的当务之急是把借壳上市这件事办好，这个时候没必要跟王军算旧账。"

"您放心把这么重要的工作交给一个出现过严重失误的人去负责？"

司霄汉重新抽出一支香烟点上，深深吸了一口，"放心，我会亲自盯着他。"

“退一步讲，起码我过去可以协助白律师，看能不能把那个协议的内情弄清楚，也有利于打这个官司。”

“这种兼并总有无数灰色地带，中间利益关系太复杂，你不可能弄清楚的。”

“可是万一官司败诉，顶峰就得不明不白背上一笔数目不小的债务。”

司霄汉倒笑了，“这起官司虽然很棘手，不过中间涉及的人和事都很复杂，取证、审理、上诉，肯定会拖上相当长一段时间，等到出最终结果，也是顶峰买壳成功以后的事，到那个时候，官司本身已经不重要了。你一个女孩子，跟前男友纠缠不清的话，传出去不好听。交给老侯去办，你不用操这个心了。”

“可是……”

她想说的是上市并不能解决所有问题，更何况能否上市也不确定，将一切押宝在上面未免太过冒险，可是司霄汉打断了她，“凌云，你做事这么努力，看问题这么清楚，我实在是没想到。”

那又怎么样，到底还是要嫁人的女儿——司凌云扯着嘴角勉强一笑，没有说话。

“你大哥跟轶则谈同仁里项目融资的事，进行到哪一步了？”

司凌云心知地产公司的任何举动都瞒不过父亲，“他们约好今天商谈这件事。”

“没想到他又开始打你的主意。”

司凌云不悦地说：“他跟轶则谈合作也是很自然的事，没打我什么主意，而且他压力很大，您对他别太苛刻了。”

“我什么时候苛刻了？他一向拥有比别人更多的机会来证明自己的能力。”

她耸耸肩，“您意思是说，您的每个儿子都需要在您面前证明自己的能力吧？大哥可正是在按您的要求办。好在小峰还小，不用来接受这种考验。”

司霄汉笑了，“你总抱怨我重男轻女，其实我是真心疼你，宁可让你生活得轻松些，女孩子的青春只有几年，说过就过了，何必去操那些心？”

“人各有志，也许我喜欢的不是生活轻松嘛。”

“那你想要的是什么？”

这还是她父亲头一次问她这个问题，可是他口气随便，她也没法当真，只轻轻一笑，“难倒我了，生在我们这种家庭，这个问题最难回答。很难猜中您最想给我什么——要得多些，您会觉得我要么是败家子，要么是有野心，贪得无厌；要得太少，您又会觉得我是一个没心眼的傻孩子。”

“你这孩子。”司霄汉被逗得哈哈大笑，悠闲地弹了一下烟灰，“如果你真的想在公司有所作为的话，我可以给你一个机会，让你负责更重要的工作。”

她谨慎地看着父亲，“前提条件是什么？”

“告诉轶则，不要投资同仁里项目。”

她一怔，接着便大大地恼怒了，“爸爸，您不支持大哥也就算了，居然还要我去拆他的台，您真当我们是您的亲生儿女吗？”

司霄汉十分冷静，“我有充足的理由让你这么做。”

“说来听听，看我能不能理解。”

“我指示建宇拍下同仁里那块地，意在增加上市前的土地储备，顶峰的当务之急是谋求上市，尽一切可能增加土地储备，加强上市砝码。以前我总批评你大哥过于谨小慎微，他这次铁了心跟我背道而驰，拿出的计划又大胆又激进，完全不顾我的反对，你认为原因是什么？”

“顶峰也不可能把上市当成唯一目标啊，大哥想做这个项目，是基于公司中长期的发展考虑的。”

“这话一听就是建宇的口气。”

司凌云哑然。

“小云，对于公司的中长期发展，我早有安排。先全力以赴争取上市成功，然后通过增发，将这一年多的土地储备迅速投入开发，在上市头两年交出好看的年报，进一步吸纳资金，接下来才会考虑同仁里的开发。这个项目的确有非常大的利润空间，但是商业地产的回报周期至少在五年以上，需要投入的资金太多，不应该在眼下启动。”

“如果只是出于资金考虑，您不拨款也就是了，为什么连大哥自筹资金开发的路都要断掉？”

“你认真看过建宇做的项目计划书没有？这个项目要分三期开发，在目前的形势下，做最乐观的估计，他也只可能筹到一期开发的资金。我如果让他就这么启动项目，接下来顶峰集团就等于被他绑架，他将拿到最大的话语权，上市之后，公司所有资金都必须向他倾斜，支持他把项目做完。”

司凌云呆住，这些天她翻来覆去考虑司建宇的计划，计算风险与利润，判断启动的时机是否合理，却从来没从这个角度看问题。大哥与父亲之间居然如此相互算计对方的用心，让她心底凉透。停了好一会儿，她虚弱地反驳，“这只是您的猜测。”

“小云，你非常聪明，可是如果你真的想在公司有所作为，就不能太天真。”

她固执地重复着：“但这确实是猜测，对不对？”

司霄汉叹了口气，“我不会做无端的猜测，以我对建宇的了解，我的判断肯定没错。我把这中间的利害关系都跟你讲清了，该怎么做，你应该有数吧？”

“爸爸，您有没有想过，万一借壳上市不顺利——”

“小云，你知道我是怎么白手起家做到今天这一步的吗？”

她带了点儿挖苦地说：“您很幸运，比别人更善于抓住机会。”

司霄汉哈哈笑了，“每个人面前都摆着机会，我只是比别人更豁得出去。当年我做电子产品代理，一年赚个几十万毫不费力，跟我一起做那个行当的其他人都安于现状，小日子过得很开心。只有我看好地产开发后，马上结束了现成赚钱的生意，把所有钱投到了房地产项目，当时还是福利分房的时代，没几个人有买商品房的意识，根本没人看好我，都等着看我的笑话。结果你看看，谁笑到了最后。”

司凌云扯着嘴角勉强一笑，“好吧，除了幸运，您还有远见。”

“你呀，别不以为然。我要教你的另一件事你得听好了。”会议室静了下来，司霄汉吐出一口浓浓的烟雾，待烟散开，他站起身，神情自若地看着女儿，“一旦定下目标以后，就得自断退路，下定清除所有障碍走下去的决心，不然不可能成大事。”

司霄汉先离开了，司凌云独坐在会议室内，顺手拿起父亲忘记在桌上的香烟和打火机，抽出一根点上吸了一口。

她最初抽烟只是青春期与同学们一起图好玩而已，香烟捏在手里，更多的是一个叛逆的姿态，并无烟瘾，这几年再没抽过。看着袅袅青烟在眼前徐徐散开，她只觉得心底空空落落的。

她倒不为没有看出司建宇的用心难过。想到终有一天，她会和父亲一样看人看事，就算彼此之间亲如父子兄妹，也必须不带任何温情地权衡立场，分析动机，做出决定，她有些不寒而栗。

司霄汉突然给了她这样一个明确的示意，表面上看，她离她母亲的期盼更近了一步。然而，她勉为其难进顶峰工作的初衷，只是为了让弟弟司凌峰得到解脱，如愿去加拿大留学。她跟母亲从来不算亲密，也不会把程玥的期望看得很重要，更不可能把她的意愿当成自己的人生目标。

工作一年之后，她不得不承认，至少程玥采取的策略是对的，被母亲用尽心机拖着加入这个游戏以后，哪怕她起初再不情愿，现在也有些欲罢不能了。一方面，顶峰到底是她父亲的产业，其中出现的每一个问题都让她没法漠然置之，付出的心力越多，就越难以回到当初疏离的状态；另一方面，她的好胜心完全被激发起来，更高的职位、更大的权力、与张黎黎抗衡、与司建宇平起平坐、证明自己的能力，对她都是有吸引力的。

这是所谓的野心在暗暗滋长吗？

从小到大，旁人对她的最大的负面评价无非就是任性。对一个有资格任性的女孩子来讲，“野心”这个词似乎具有更多刺激，能够激发她更多的潜力，也许她的父兄能做到的事情，她都能够胜任有余。可是这个念头只一掠而过，她坐在这里，一片茫然，并不兴奋。

要得到父亲许诺的机会，就意味着更多付出——她问自己：你真有那么爱工作吗？真的愿意越陷越深吗？而她下意识回避的那个问题变得越来越清晰：你该怎么做？

她把玩着那只俗气的金色 Dupont 打火机，拇指轻轻一按，叮的一声清脆响声，小小的火苗摇曳不定。她关上再打开，正出神之间，一只修长的手从她身后伸过来，合上了打火机，她回头一看，傅轶则正站在她的身后。

他将她另一手指间夹着的香烟取下来，按灭在烟灰缸内，“平时不抽烟的人，突然想起要抽烟，通常是因为压力。”

“没有那么复杂的原因。”司凌云抬手掩住嘴，打了个哈欠，“不过是因为香烟跟打火机就在手边而已。”

“既然这边的会议开完了，我现在打算跟你大哥谈方案，一起下去吧。”

司建宇上午便打电话邀请她过去，她本来打算托词避开，但她现在改了主意，站起身整理好文件，“走吧。”

10

司凌云与司建宇几乎同时看完手里的计划书，抬起头来，交换了一个眼神，意识到对方眼里有跟自己一模一样的错愕与意外。她早就将司建宇做的那份计划书看得烂熟于心，也提前设想了傅轶则会提出的条件，但完全没想到拿到手的会是这样一份文件。

傅轶则交给他们的可以说是一个全新的方案，既不同于双方前度合作的模式，也跟司建宇做的项目计划书没有多少关联，而是要求顶峰地产以项目用地作为抵押取得借款，借款按项目进度分期给付，对于还款期限、项目运作有十分严格的要求。

司凌云内心转过无数个念头，心想，她几乎找不到比这更顺理成章的拒绝时机了，她用尽可能平静的语气说：“这已经完全不是风险投资，而是披着融资外衣的借贷了。”

傅轶则的平静则来得毫不费力，“你学法律，应该知道国内现行法律并不认可企业之间的借贷行为。所以这仍旧是一笔信托性质的投资，不过，董事会研究了建宇兄的方案之后，希望以项目股权抵押的方式确保投资回报。”

司凌云冷冷地看着他，“这个条件太苛刻，我们不可能……”

然而这时司建宇打断了她，“凌云，我们可以再好好研究一下。”

她正要说话，突然发现灯光照射之下，坐在她对面的司建宇脸色苍白，额头有亮晶晶的汗珠涌出。而傅铁则显然也留意到了，关切地问："建宇兄，你是不是身体不舒服？"

司建宇勉强一笑，司凌云抢先说："大哥，你这办公室太闷了，我也觉得很热，是不是空调有问题？"

司建宇反应已经略显迟缓，停了一下才点点头，"空调大概是得维修了。"

"建宇兄想必也知道，信和的老沈最近一次又一次向我们公司提交融资方案，甚至没被拿到董事会上去讨论就被否决了。对于同仁里这个项目，我们的兴趣要大得多。"

司凌云也曾在土地市场的拍卖会上见过信和地产公司老板沈家兴，那是一个十分高调张扬的男人，以做服装起家，涉足房地产只两三年时间，用出乎众人意料的价格拿了一块郊区工业用地，没想到马上便遇到了资金瓶颈，甚至影响到公司其他在建项目的开发。不过她偷眼看到司建宇衬衫腋下汗迹变大，呼吸已经开始急促，眼神涣散，越来越难以撑住一个正常姿态了，不得不当机立断中止谈话。

"铁则，你不是说你要去机场接国外回来的朋友吗？"

"对。"傅铁则抬腕看看手表，"时间来得及。"

"你去吧，路上也许会堵车。"

"晚上我订好了餐馆，你直接去那里，我介绍你们认识。"

司凌云摇头，"今天算了，我还有一堆工作要做。"

傅铁则看她一眼，没有坚持，起身告辞出去了。门一关上，司建宇便站起来冲进了办公室附设的卫生间，司凌云清楚地听到里面传来猛烈的呕吐的声音，她已经不像第一次看到那样惊慌，可也没办法漠然置之。过了一会儿，司建宇蹒跚地走出来，靠倒在椅背上，拉松领带，大口喘息。司凌云将他的毛巾打湿拿出来，覆到他额头上面，然后又给他倒了一杯冰水，交到他手里，“慢慢喝，休息一下，没事的。”

办公室内十分安静，司凌云嘱咐司建宇的秘书不要再转电话进来，有公事交给李元中处理。她随手拿起自己带来的卷宗文件看着，窗外暮色渐渐转浓，司建宇终于恢复了常态，走进更衣室，换了件干净衬衫出来。

“凌云，谢谢你。”

“何必跟我客气？大哥，不要嫌我多事，我觉得你应该去看医生，做彻底的治疗。”

“我并不讳疾忌医，凌云，相信我，我在看医生，而且在服药。”

“放松一点儿，会好的。”

“放松？谈何容易。”司建宇苦笑，“你不明白焦虑症的可笑之处，仅仅这个诊断本身，就会让人更加焦虑。如果没有药物帮助，我真的没法放松。”

两度在她面前发作之后，他似乎不想再对她隐瞒病情了，她却感觉更加沉重，不知道怎么安慰他才好。

“今天幸好有你在场。要真在轶则面前出丑，这次合作就彻底没戏了。”

“这种条款，还谈什么合作？”

“我知道你不高兴，不过，没必要跟他赌气，等会儿还是去见见他的朋友，一起吃饭吧。”

司凌云指指面前的大堆卷宗，“我确实有工作。”

“轶则这人太聪明，你拿工作当借口挡他，我都看出来了，他怎么可能看不出来？”

“不然我要怎么样？”她反问，“赔笑脸跟他周旋，一点一点磨一个更为有利的方案出来吗？”

“凌云，我没有到要用妹妹换投资的地步。”

司凌云也笑了，耸耸肩，用同样开玩笑的口吻说：“看看这个方案就知道，就算你有这个心，我也换不回来投资。”

司建宇收敛了笑意，正色说：“你错了，如果没有你，轶则在不看好目前形势的前提下，连方案也不会拿出来。”

“不用拿这话安慰我了，大哥，他这个方案，我粗粗估算一下，需要支付近30%的利息回报给他们，负担实在太重，不如试着再找别的融资渠道吧。”

司建宇眉锋紧锁，“从其他渠道融资的可能性我都研究过了，最近有传闻银监会可能会加强调控，银根紧缩初露征兆。包括轶则刚刚说到的老沈在内，本地有几家小地产公司年初兴冲冲地举牌拿地，哄抬地价，只几个月的时间，就陷入了没有资金开发的窘境。”

“可是这个协议的条件实在……”她找寻着合适的形容词，还是只能像刚才一样下结论，“太苛刻了。万一项目出现拖延，我们要付出的代价会大得惊人。”

“项目进度是可控的，资金是一个高速运转的公司的命脉，突然断掉的代价才最可怕，地产行业这样的先例太多，谁也承受不起。”

联想起司霄汉刚对她讲过的话，她再一次没来由地生出寒意，仿佛掌心也沁出了冷汗。司建宇仿佛看出了她的不安，放缓声音，“公平地讲，生意就是生意，不存在谁占谁的便宜，这个方案虽然跟我们预想的不一样，但还是可以接受的。”

她有些急了，“为什么非要接受这样霸道的方案？如果资金有缺口，可以暂缓开发这个项目，勉强硬上岂不是太冒险了？”

“时间不等人，凌云，我跟你讲过这个道理。”

“爸爸不会同意这个方案的。”

“我会说服他的。”

“他是好被说服的人吗？”

司建宇看上去胸有成竹，“如果他不接受这个方案，我会试着跟其他地产公司合作开发，丰华集团同样也对同仁里这个项目很有兴趣，他们可是一向以资金雄厚著称的。”

司凌云再度大吃一惊，丰华是本地一家知名民企，由王丰、徐华英夫妇经营，是顶峰集团长期的竞争对手，经常会与顶峰在土地拍卖市场上同时出手，争抢土地资源。更有传闻说丰华与顶峰一样在谋求上市，在地区上市名额有限的情况下，两家关系现在已经紧张到微妙的程度，而司建宇居然会拿跟丰华合作来逼父亲就范，完全出乎她的意料。她想，难怪她父亲会说她天真，跟他们一比，她确实天真得有些可笑。

“这么说，你打算接受这个方案了？”

“具体条件我再跟轶则商量，你不用参与了，不要因为这件事影响你们的感情。”

“感情——”她挑一挑眉，心想，刚刚还在谈生意，突然扯到这上面，可真是让人觉得奢侈得负担不起，“别担心，大哥，大家都知道自己要的是什么。”

“在这方面，我要向你学习。”

她再怎么苦闷，也不禁被这句话内只有她体会得到的反讽意味逗乐了，看了司建宇一眼，一边收拾面前的文件，一边说：“我需要学习的地方恐怕更多。”

司建宇笑着摇头，这时他放在桌上的手机提示收到短信，他拿起来看了，眉头不自主地皱起。她问：“怎么了？”

“哦，没什么，你大嫂发短信说煲了汤，提醒我该回家吃饭了。”

司凌云猜想，米晓岚大约已经有一段时间没有如此体贴的举动了，不然司建宇的神情不会这么古怪，她闲闲地说：“大嫂真是体贴。”

司建宇笑笑，没有说话，更没像从前那样归心似箭，反而往椅背一靠，神情似乎怔忪不定。司凌云想，就算司建宇是只病猫，也远比她来得深沉，不需要她扮演他生活中的上帝。跟米晓岚撕破脸讲那番话，她已经算多管闲事了，不管对他们的夫妻关系能起到什么作用，她都不准备再多说什么了。

“时间不早了，大哥还不下班吗？”

“我再坐坐，这里安静，方便我想些事情。别为我担心，这个项目如果能拿下来，我想我就能松一口气了。”

“好，那我先走了。”

司凌云下楼到停车场，回头看向顶峰大厦，只有少数零星几间办公室仍旧透出灯光，大楼方正的轮廓隐藏在夜色之中，投下的阴影巨大而沉重。她只觉得她的心沉甸甸的，仿佛同样投射了阴影，压上了无形的重负。

第八章

我只是你旅途中的一站

1

司凌云打电话向司霄汉讲了司建宇的决定，司霄汉良久没有说话，她也不愿意再做无谓的解释，“情况就是这样。大哥决心已定，我影响不了谁，也帮不了谁。与其夹在中间操可笑的心，不如做好自己分内的事。我已经把手头的工作安排好了，明天我会去 K 市。”

K 市离汉江市两百余公里距离，出城之后便是高速公路，司凌云头一次独自跑长途，起初还有些小心翼翼，开出几十公里以后，发现专心行驶在笔直平坦的道路上，倒也颇能让心绪放松宁静下来。三个小时后，她顺利抵达，直接去了 K 市法院，与头一天到那边的白婷婷、小伍碰面。

他们目前办公的地方，是本地一间律师事务所，经天律师事务所早与他们联系好合作，协助调查取证，并提供办公室。接下来几天，司凌云都跟他们一起工作，收集与本案相关的法律、法规和司法解释，准备答辩状。

白婷婷告诉她，“这边刘律师提出可以行一步险棋，反诉对方合同欺诈。我觉得也相当可行，不过跟老侯联系，他浇来一盆冷水，不同意这个方案。”

“理由呢？”

“他就是一心想把一审弄到省高院进行，眼看开庭日期将近，一点儿动静也没有，看样子未必能够如愿。”

司凌云知道，老侯是投合司霄汉热衷于法庭外运作公关的心思，根本不重视庭审阶段的工作，她点点头，“不用理他，我这几天跟你们一起把该做的准备工作做好，回去我会再找他商量这件事。”

他们三个人足足花了四天时间，将所有材料准备好，到完工时刻，白婷婷揉着脖子，大叹精力不如从前，司凌云也觉得头昏眼花，只有小伍看上去还颇为精神，兴致勃勃地计划去唱歌消除压力。他们进电梯，韩启明和另一个律师正站在里面。双方客气地相互点点头，便全是默然目不斜视地看着前方，狭小的空间内，不自觉便有尴尬感。

电梯到了一楼，他们出来，韩启明突然开口：“凌云，请留步。”

白婷婷与小伍交换了一下目光，“我们去对面等你。”

司凌云点点头，转身看着韩启明，春日黄昏柔和的光线下，他拎着大大的公事包，穿着笔挺的深灰色西装，打着灰蓝色条纹领带，衬衫雪白，看上去沉稳干练，身上再也没有丝毫青涩的味道，完全是标准律师的模样，甚至他凝视着她的眼睛，也如深井般平静，没有透露出任何内心波动。

“生日快乐，凌云。”

今天确实是她二十七岁生日，早上她已经接到了司凌峰打来的问候电话，依旧是祝她十八岁生日快乐。她微微一笑，“谢谢。”

“前几天看过报纸，顶峰以天价拍下同仁里地块，要将那里开发成综合商业中心，相比之下，棉纺厂这件债务官司实在微不足道，居然会吸引你过来，一待好几天，我很意外。”

“韩律师，你不会是打算跟我讨论案子吧？那可不合适。”

“我早跟你说过，不管你愿意与否，我们还会在法庭上见面。”

“开庭时我不会在场，希望你的表现足够精彩。我也早就跟你说过吧，你会成为一个很不错的律师。现在我仍然这么看。”

三年前，韩启明头一次独立处理完一起颇为棘手的经济合同官司，胜诉之后，恰好正逢她生日，他带她出去吃饭庆祝，她对他说过这句话，而韩启明当时握紧她的手，眼睛里闪着光，说她对他的肯定远胜于上司的嘉奖。这样的回忆成功在他心底掀起了波澜，他张张嘴，仿佛要说什么。

“不过，官司会很漫长，胜负还很难说，希望你有足够的心理准备，有对我足够的恨撑下去。”

“你永远不会知道支撑我这样做下去的理由——”

她微微眯起眼睛，冷冷地说：“我不需要了解一切。”

这时一个声音在离他们不远的地方响起，“抱歉，打断一下，不过我的女朋友该下班了。”

司凌云回头，傅轶则正站在几步开外，似笑非笑地看着他们。韩启明脸色一变，一言不发转身走了。

“你怎么来了？”

“今天是你生日，身为男友，怎么可能忘记？不过只三个小时的车程，似乎不够让你感动的。”

“说得我该有多不解风情、不识好歹。”她笑，“男朋友特意过来看我，我当然是开心的。”

“上车。”

“稍等一下。”

她过马路，小伍和白婷婷都注视着这边，显然将刚才的一幕尽收眼底，白婷婷叹息，“这简直是我长久以来梦想的现实版——累得万念俱灰地下班，有前男友的纠缠，更妙的是，还有帅得过分的现任男友过来，前男友黯然走开。凌云，我妒忌你。”

小伍嗤地一笑，白婷婷瞪他，“你还太小，不懂职业女性的白日梦是怎么回事，趁早别说话。”

司凌云苦笑，她想，如果别人知道所有幸运的背后是什么，也许都只能苦笑。她顺手将车钥匙递给小伍，“你送白律师回酒店去。”

小伍与白婷婷上车走后，司凌云坐上傅轶则的车子，问他：“去哪里？”

“别问目的地，随便我往哪里开，我会觉得你是真开心了。”

她笑着叹气，“你太难取悦了。”

傅轶则看她一眼，“在这一点上，我们很相似。”

她只得闭上嘴，靠在椅背上。她来这边三天，靠GPS指路，除了去法院与医院，便是在宾馆和写字楼之间往返，心无旁骛，并没有去过其他地方。此时雨中夜色迷蒙，陌生的街道在车窗外一闪而过，微湿的路面反映着灯光，车内忽明忽暗，Leonard Cohen苍老和缓的歌声在车内回荡着：

> Trav'ling lady, stay awhile 旅行中的女士，暂时停留片刻
> Until the night is over 直到黑夜结束
> I'm just a station on your way 我只是你旅途中的一站
> I know I'm not your lover 我知道我不是你的爱人
> ……

她不知不觉辨认着那一句句歌词，无端涌起一个念头，其实每个人都在身不由己地旅行，每个人都不过是别人旅途中的一站而已，然而又自嘲地觉得这感叹未免过于抒情。倦意袭来，她在几分钟后便开始打盹

了，再睁开眼睛时，外面天色全黑了下来，车已停下，曲子换成了不知哪一首歌的吉他和弦伴奏，长而散漫，带着比歌声更难掩饰的萧瑟之意。傅轶则关上音响，“我们下去走走吧。”

她出来才发现，车子停在K市边缘一座小山的山脚下，山道修得工整而平坦，天色半明半暗，有情侣两两牵手散步，也有人慢跑而过，十分幽静，与喧闹的城市形成鲜明对比。他们慢慢向山上走着。

“建宇兄已经接受了我提出的融资方案。”

“大哥昨天下午打电话跟我说了。”

“可以不用再为这件事跟我冷战了吧？跑到这边一待三四天，接到我的电话三言两语就挂断。”

“你要不相信我在这边真有工作，我可没话说了。”她苦笑，“大哥的项目需要资金，你需要对你的股东和老板负责，你们各取所需，达成一致，我没什么不高兴的。”

“但你确实不高兴了。”他也轻轻笑了，“我不会介意你闹情绪，但我不喜欢你对我隐藏你的不满、失望。”

有一些话在瞬间涌到了她嘴边：她并没有对谁抱不切实际的期望，所以谈不上失望；她内心郁积的那些负面情绪，其实更多的是因为父亲兄长的言行；相比较之下，傅轶则带来的不满或者失望几乎可以忽略不计了。可是她想，说这些又有什么意义？她确实非常沮丧，宁可一个人跑到这个乏味的小城，把自己埋在工作里，又怎么可能瞒过一向对他人心理有洞察能力的傅轶则。在他面前当透明人并不难，他只是期待她主动在他面前袒露内心而已。她继续保持着沉默。

“建宇兄跟我详细谈过他的想法，我持部分保留意见。要求以差不多价值八亿的项目股权做抵押，提供两亿的第一期开发资金，分得项目三分之一的利润作为回报，看似不够公平，但在目前这种经济形势下，我需要承担的风险是客观存在的。建宇兄清楚这一点，不过，我更在意的是你的感受，希望你能理解。”

再继续缄默下去，就更近似单纯的赌气了，她耸耸肩，“这些我都想到了，不过还是谢谢你的解释。”

“别对我打官腔，凌云，女朋友是有特权任性的。”

她实事求是地说：“不用你纵容，我就已经够任性了。可在这件事情上任性，如果能够换来你的让步，倒像是我牺牲自己为顶峰换取利益——顶峰不至于到了要让我做这个牺牲的地步，我也想不出有什么利益值得我这样做；如果你不让步，我岂不是自取其辱？”

“同样的道理，我让步，你会感激我，同时会轻视我。”

她仰头笑，承认他不无道理，他们确实有一样的处事方法，宁可受到误解、埋怨，甚至是憎恨，也不愿意被轻视。这样的两个人，要做到相互理解也许并不难，可是却很难做到相互迁就，更别提为对方牺牲了，这中间的逻辑清晰冰冷，足以冻结一个比她更冷漠的心。她只能耸耸肩，“我们还是谈点儿别的吧，你看，春天这么好，没人像我们这样煞风景，专程跑来这里谈生意的。”

他伸手搂住她的肩，“不如我们结婚吧。”

她一下停住脚步，他也随之站定，她疑惑地看着他，他微微含笑，可是眼神并无玩笑意味，“你今天不会是专程过来求婚的吧？”

“有什么礼物会比把自己打包送给你更有诚意？”

“其实收收鲜花、香水，或者李乐川最爱送的围巾作为生日礼物，我就很满足了。”

“你可真会打击我。”他低头俯向她，声音放得低而温柔，“凌云，我确实想跟你结婚，不然不会早早放风说跟你订婚了。可惜你对什么都不肯当真，非要我明明白白跪下来求婚的话，这里也不错。”

“别——”她无端紧张起来，脱口而出。

他被她的惊吓逗乐了，作势往西裤口袋里一摸，“戒指我都备好了，要不要看一下？”

她摆手不迭，“别别，别拿出来。”

他大笑，她意识到反应过度，有些懊恼地瞪他，“玩我？小心我一口答应下来，你后悔都来不及了。”

“你认为我是一时冲动，肯定会后悔？”

“我可没把你想得这么幼稚。不过我觉得——”

她没法说下去了。就算她已经满二十七岁，之前父母以不同方式提醒过她，她一样觉得，她和傅轶则之间的关系甚至连恋爱都算不上，说不清什么时候就会结束，婚姻离他们应该是十分遥远、不可想象的事情。

他带着调侃的口吻，代她讲出来，“你只是觉得，我不像是会安于婚姻生活的那种男人。”

她没好气地说：“别自视过高，也许我考虑得更多的是，我比你更不适合婚姻生活。”

“看来我们的共同之处越来越多了。”

司凌云无话可说，沿着那条灰白蜿蜒的水泥路继续向前走，他不疾不徐地陪在她身边。

“你没有抱独身主义吧？”

“哪来那么多主义？起码上一次恋爱中我想过结婚这件事。”

“他？”傅轶则显然知道她指的是韩启明，做了一个轻蔑的表情，“他可实在不像是能够激发你爱恋的男人。”

这时他们已经走上了半山腰，有一个小小的亭子，可以驻足远眺，山实在不算高，下面城市正慢慢沉入夜色之中，远远近近的灯火次第亮起，绵延不尽，而她曾经认真设想过与之结婚的男人，恰好也正在这个城市里，莫名地仇恨着她，准备在一起官司里与她针锋相对。意识到这一点，她异样惆怅，“只能说他跟你完全不一样。”

“没人会和我一样。”

他这个毫不掩饰的傲慢口气终于把她也逗乐了，她将头抵在他胸前直笑，“是是是，错过了你，我该有多遗憾。”

“在你之前，我没有过跟谁结婚的念头。”

她定住，停了好一会儿，抬起头，夜色中他的轮廓英挺，嘴角纹路令那点儿笑意异样温存。为了他此刻看她的眼神，她几乎可以不假思索答应他任何事情，可也只是几乎而已。毕竟对她来说，让自己断然迷失，还是需要足够的勇气与冲动，或者是足够的爱——这个念头来得如此清晰，以至于她的心如同被针刺一般，紧缩起来。

“可是我实在想不出婚姻有什么用。”

“坚持用实用主义解释一切，你会丧失很多乐趣。”

“不然怎么解释？合法地住在一起，好像没那么大吸引力吧？”

“这个理解太庸俗了。可以分享更亲密的关系，可以过更有趣的生活，对你没有吸引力吗？”

她哑然，只能承认，她所见识过的婚姻范本来自父母，实在无法激发她的向往。所谓更亲密的关系、更有趣的生活，有如相隔云端的缥缈意味。可是她想，作为一个在离异家庭长大的女孩子，如果对感情已经没什么奢望，那么傅轶则许诺的婚姻也许是她能得到的最好的礼物。

停了好一会儿，她轻声说：“我们给彼此一点儿时间。如果到了明年这个时候，我们还在一起，你还想娶我，我们就结婚吧。”

2

司凌云盯着面前电脑显示屏上的巨野股票走势图出神。

她并不炒股，但自从知道顶峰想将巨野实业作为壳资源之后，从年初开始做详细研究，接着便密切关注这只股票的走势。顶峰发表声明之初，股价应声回落，之后起落不大，成交清淡，看上去和别的既无业绩增长点又没有炒作题材的ST股票没什么区别，只是进入四月份之后，股价开始悄然上扬，而分析师再度提到了重组的可能。

她注意到最近几个交易日里，成交都在逆势放大，今天更是牢牢收在了接近涨停的位置。而司建宇也告诉她，王军已经将启动借壳计划提交到了董事会，司霄汉表示同意，他前天出差就是为了与巨野集团董事长会面，如果商谈顺利，不日将发布公告。看来已经有人先知先觉地杀了进去。

她重新翻出当初写的关于收购巨野计划壳资源的报告，近几个月，她收集了不少房地产公司借壳上市的案例资料进行研究，越来越能理解上市对于司霄汉的吸引力，但同时也对巨野更加质疑。可是司霄汉并不需要她的意见，这种无能为力的感觉让她郁闷。

办公桌上电话响起，司凌云拿起来接听，是司霄汉的秘书闻洁打来的，声音急促地说："司小姐，你赶快上来一下。"

"什么事？"

她压低声音，"有人过来闹事。"

电话被匆忙挂断，她有些不解，不知道谁会直接闯到司霄汉那里闹事，而闻洁不通知保安，却要求她上去处理。她乘电梯上到12楼，刚一出来，便看到司霄汉的办公室门口有三个女人在拉拉扯扯，吵作一团，一个是闻洁，一个是张黎黎的表妹、集团办公室主任金亚兰，而另一个女人看上去三十岁左右，穿着蓝色亚麻连衣裙，瘦瘦高高，相貌普通，脸上的妆被汗弄花了，烫过的头发也有些凌乱。

“你们在搞什么？”她厉声说，“都住手。”

闻洁看样子是被动搅了进去，率先松手，金亚兰却气冲冲地说：“小闻，你怎么叫她过来了？”

司凌云没来得及说话，那女人先放声笑了，“去啊，去叫保安过来把我赶出去好了，我马上在顶峰楼下扯横幅，把这件丑事曝光给所有人看，我担保贵公司从此就红了。”

闻洁连忙说：“你先放手，有话我们坐下来好好说。”

那女人放了手，金亚兰怒视着司凌云，“你跑上来干什么？我警告你，你别想来浑水摸鱼。”

司凌云厌烦地看她一眼，“那好，你继续跟她打，打到够弄出官司的程度再找我。就算是我爸爸的烂账，我也没有一定要管的瘾头。”

“司小姐，别走。”闻洁失去平素的镇定，一把扯住她，附在她耳边轻声说，“那女的是王总的老婆，来找董事长告状，说王总……跟张总有那个……那个……董事长和张总都出差了。我没办法，只好找你。”

司凌云着实大吃一惊，她上楼以后的第一反应是父亲为老不尊，又惹下了风流债，看这女人其貌不扬，不免还嘀咕他一向没节操不说，眼光还每况愈下，完全没想到她居然是王军的太太，更没想到她会直接闯到公司指证自己的丈夫与老板娘有奸情。

意识到自己已经没法抽身，司凌云一阵恼火，可又不便对闻洁发作，只得冷着脸谁也不看，冷冷地说：“叫王总上来，把他太太领走，家务事处理好之后再来上班。”

闻洁为难看着她，小声说：“王总……也出差了。”

这时王总的太太冷冷接话，“真巧，他们同时出差了。”

“张总去了上海。”金亚兰叫道，“酒店还是我帮她订的。”

“王军去了深圳，不过，他们昨天晚上入住了香港的半岛酒店，出双入对，好不风流快活，这个差出得真有意思。司董事长如果还要给他们报销这笔差旅费，就实在太讽刺了。”

“你血口喷人。”金亚兰再度勃然大怒。

王太太哼了一声，“他们不是第一次借出差之名出去鬼混了，我有照片，有手机通信记录复印件，有邮件打印件，你想看吗？”

金亚兰顿时被堵得说不出话来，下意识看向司凌云。司凌云暗暗叹气，和颜悦色地说：“王太太，你今天过来想必是有话要说，在这里拉拉扯扯没什么意思，不如进去坐下来好好说吧。”

闻洁打开与司霄汉办公室相连的小会客室房门，金亚兰当仁不让地先走了进去，大刀金马地坐到主位上。司凌云做个手势，王太太也进去了。她再看向闻洁，眼神锐利，“麻烦你也一起进去，反正这场尴尬谁也休想逃掉。”

闻洁赔笑说：“我会跟董事长如实汇报，不会让你背黑锅的。”

两个人走进去，只听金亚兰正在逼问：“你今天来到底想怎么样？”

王太太并不理她，看着司凌云，“你是司董事长的女儿吧？”

司凌云点点头，“王太太，你既然掌握了这么多所谓的证据，又特意趁着他们都还没回就跑来公司，口口声声要求见我父亲，想必也不是打算认真撕破脸大闹一场图个痛快吧。”

王太太上下打量她，干笑一声，“跟聪明人打交道就是痛快。好吧，大家都有话直说。我跟王军结婚八年了，王军这人有很多致命的缺点，贪婪、经不起诱惑、自私、自以为是，可他是我孩子的父亲，我不想闹到不可收拾的地步，只想当面跟司董事长谈谈，请他约束一下他太太的行为，这样对大家都好。”

司凌云断然地说：“我父亲出差没回来，就算他在公司，也不可能跟你谈，我也不想跟你谈下去。所谓的证据，麻烦你交给他的秘书。你既然来，就应该知道这件事的后果，他会怎么对待他太太跟你没什么关系，你无须过问，但你的先生不可能再待在这个公司了。”

“这个请你放心，我这一辈子最后悔的事就是节衣缩食送他去读了个什么 EMBA，现在巴不得他回外企老老实实当个白领。”

司凌云知道，王军与张黎黎是 EMBA 同学，两年之前毕业，在张黎黎的力荐之下，王军从外企辞职到顶峰来担任投资部总经理，不知道他们之间这种关系持续了多长时间。她眼神一瞟，意识到闻洁与金亚兰跟她一样，肯定也是在考虑这个问题，不免又是一阵厌恶。

王太太从包里取出一个大信封，递向司凌云，司凌云抱着胳膊站着，根本没有接过来的意思。金亚兰倒是迫不及待伸出手便要去抓，王太太却一转手塞到闻洁手中，一边嘲讽地说：“金主任，你不用抢，抢走也没用，里面不是原件，你要实在好奇，只管开口，想要多少，我可以给你多少。”

金亚兰气得脸色铁青，但也没有再说什么。王太太背上包，“我希望等王军出差回来，他能够以一个体面的、不妨碍他再找工作的理由从顶峰辞职。不然……”

司凌云打断她，冷冷地说：“王太太，你既然还想挽救你的婚姻，就不用在这儿出口威胁。我希望贤伉俪以后能在家里把问题解决掉，这是你最后一次到顶峰来。”

王太太刚走，金亚兰也抬腿向外走去。

“金主任，留步。”

她回头看着司凌云，满含敌意，“你想干什么？”

司凌云反问她，“你又想干什么？”

“不关你的事。”

“如果你还想着通知张毅去恐吓或者打人解决问题，就关我的事了。”司凌云冷冷地说，“张毅去年背着打人的嫌疑去天津避风的事你没忘吧，他再来插手这件事，保不齐就能把自己搭进去。而且，王太太既然敢一个人跑来顶峰，一看就给自己留了后路，不是那种吓一吓就能搞定的胆小女人。你希望事情越闹越大，让我父亲和你家张总一样颜面无存吗？”

金亚兰盯着她，好一会儿才咬牙切齿地说：“我就知道，你巴不得看张总倒霉。”

“笑话，她倒这种霉，我能落着什么好？我爸如果赶走她，给我再娶一个更年轻的后妈回来，闹得满城风雨，也不算值得我开心的事吧。”

这话让金亚兰突然燃起了一点希望，她脸上堆起笑，放软声音，“司小姐，你真是明理。我们商量一下，能不能把这件事按下去？就当什么也没有发生，我们三个人谁也不说。我保证，张总一定会好好感谢你们。”

司凌云不屑地摔摔手，“我倒是巴不得没发生这种破事，可是麻烦你动动脑子想想，王太太都已经闹上门来了，就算我们几个一起装鸵鸟，她肯善罢甘休吗？”

金亚兰再度不知所措了，“那……我该怎么办？”

“王太太的要求你都听到了，马上打电话给你表姐，该怎么做，她比你清楚。”

“可是……”她眼睛瞄向闻洁手里拿的大信封，“董事长就快回来了。”

“所以请你抓紧时间，在张总拿出有效的处理办法以前，这个东西不会交到董事长手里。”

金亚兰走后，司凌云与闻洁坐倒在沙发上，一时都没说话，最后还是闻洁先开了口：“谢谢你，司小姐。”

司凌云瞟她一眼，“谢我什么？你可是答应了我，要跟董事长如实汇报的。”

闻洁有些讪讪的，“你能这样不计前嫌处理这件事，实在是很大度。”

“不用给我戴高帽。你本来就打算这么做，还特意拖我上来垫背，也算用心良苦了。”

闻洁也并不否认，“司小姐，请别见怪，我真的是没办法了才请你上来的。这女人有备而来，声称见不到董事长就不走，金主任的脾气，不能指望她灭火不说，居然一开口就要打电话叫张毅过来，我拼死拼活才拦住她。就算我有什么打算，可人微言轻，讲什么金主任也不会听的。”

程玥由秘书上位，之后对这个职位格外留意，闻洁能够担任司霄汉的秘书多年，自然不止相貌没有攻击性这一个长处。她做事细心周到，善于处理公司复杂的人际关系与各种突发状况，深得司霄汉信任，不像她自谦的那样人微言轻，司凌云来顶峰工作之前，程玥便特地嘱咐她，要对闻洁礼敬几分。不过闻洁的职位到底是秘书，碰上金亚兰这种仗着张黎黎撑腰，自认“皇亲国戚”、狂妄自大、没什么头脑的人，倒也确实无法可想。司凌云毫不客气地问：“你怎么不找我大哥过来处理？”

闻洁勉强一笑，“我只好实话实说，司总万一介入这件事，那就更不可能灭火了。司机现在已经去机场接董事长了，最多再过一个小时，他就会回到公司。近一年里，为公司上市的事，他已经十分奔波劳累了。他一向最疼爱你，相信你也明白，以他现在的年龄、身体和地位，来面对这种情况真的不合适。”

司凌云暗想，闻洁从来不多言多语，倒真是旁观者清，对他家情况了解得也许比她父亲还要清楚，难怪她父亲近十年时间没有换秘书了。她冷笑一声，“疼爱我？这个时候打亲情牌可不大合适。闻姐，你想按下这件事，动机无可厚非；你不想担责任，我也能理解。可是你跟了我爸爸这么多年，他对你信任有加，什么事都不瞒着你。你当然也应该想得到，以我跟张总的关系，你拖着我插手这件事，肯定会有人认为我在兴风作浪。你再怎么维护董事长心切，也不应该当我是颗棋子，能够由得你随意摆布吧。”

闻洁窘迫得一时语塞，停了好一会儿才说：“对不起，司小姐，我真的不想冒犯你。请你体谅我，我确实有一点私心。董事长再信任我，我也只是一个雇员，掌握老板娘的隐私又不愿意声张，对老板娘来讲，根本不足以约束她的行为。可你不一样，你是董事长的女儿，有处事的能力，镇得住场面，张总一向对你忌惮几分。要保全董事长的面子，不让情况继续恶化，我只能请你出面处理。如果以后有什么变化，我拍胸担保，我会在董事长面前给你做证的。”

司凌云再怎么讨厌张黎黎，也不得不承认，她同意闻洁的说法。她父亲已经是一个六十七岁的老人，花心了一辈子，大概从没想过会经历老婆出轨的这一天，而且，绯闻一旦扩散开来，只能成为他人茶余饭后的谈资。无论是顶峰，还是司霄汉，都确实出不起这个丑。

这时闻洁手机响起，她看看号码，苦笑一下，“张总打过来了。”

“她的效率倒是很高，告诉她，她立刻跟王军断绝来往，王军马上从顶峰辞职，这两个条件没价可讲，不然……”

她耸耸肩，没再讲下去，闻洁显然明白她的意思，马上点头，同时按了接听键，开始与张黎黎通话。司凌云清楚地知道，这件事她已经不可能脱了干系，也懒得再做出回避的高姿态。她走到窗边远眺，司霄汉这间办公室位于顶楼，有绝佳的朝向和视野，与从她那间狭小的办公室看出去的感觉完全不同。

闻洁平和的声音从后面传过来，她讲话果然十分有技巧，用词谨慎，语气始终不卑不亢。

“……这一点请您放心，司小姐十分明理，同意以大局为重。”

“我对这件事没任何看法。”

“我明白。”

“好的。”

“董事长应该快回来了，在您回来之前，我跟司小姐会守口如瓶的。”

闻洁挂断手机，长嘘一口气，“张总说她已经在去机场的路上，会搭最近的航班赶回来。这个信封怎么处理？”

“不管我们看不看，张总都会理所当然地认为我们已经看过。”司凌云淡淡地说，“不过我对偷情这种事没有研究的兴致。不管是送入碎纸机，还是锁进保险箱，随便你。”

“留着是个祸患，可碎掉又有什么用？王太太手里有原件，只要还有什么风吹草动出现，就还是一个定时炸弹。”

“那就是张总需要操心的事，希望她运气够好。”她看似随意地问，“闻姐，如果这种事情出在你家里，你会怎么处理？”

闻洁一怔，随即笑了，“我父母不算典型的恩爱夫妻，不过吵吵闹闹也过了一生，现在他们结婚三十四年，越来越相互依赖，我实在想象不出他们哪一方能给我这种震撼。”

“说起来，生在我们这种家庭还真是幸运，不需要任何想象力，就能体验各种震撼。而且……”她似笑非笑地看着闻洁，“别人认为，我们是跟他们不一样的怪胎，理所当然就有处理这些震撼的能力。”

“对不起，司小姐，我真的……”

司凌云举手止住她，“没什么，随便发发感叹。既然你恭维我有处理事情的能力，我再客气就未免虚伪了。有什么问题，请及时跟我沟通。”

3

王军突然放弃大好的上市前景与将要到手的股权预期，提出辞职，事前毫无征兆，顿时在顶峰引起了不小震动。不仅各个级别员工私下议论纷纷，做出各种猜测，司霄汉也措手不及，将王军招至办公室长谈。

没人知道他们的谈话内容，但王军显然去意已决，谢绝了挽留。他从董事长办公室里出来，便到了司凌云办公室，“司小姐，董事长说你这里有一份协议需要我签署。”

司凌云将事先打印好的一式两份《离职竞业限制及保密协议书》递给他，他逐字仔细阅读着，虽然极力控制表情，但偶尔抽动的面部肌肉、牙咬得紧紧的下巴，还是流露出了内心的不安与焦灼。

“司小姐，我希望你明白，我在顶峰工作期间，从来无意与你作对。”

“工作就是工作，已经发生的事就算掺杂了某种私人恩怨，也是你的私事，与我无关。”

“董事长一再挽留我……”

司凌云毫不客气地打断他，“王总，我们再谈这个就没意思了。”

“我没别的意思，只是想说，董事长认可我在顶峰的工作，完全没有提到要我签这种协议，你何必这样为难我？”

“职责所在，王总以前在外企做过，不至于连这一点都不能理解吧。”

“司小姐，你拟定的条款把竞业限制的范围放得这么宽，几乎堵死了我的大半出路。”

“顶峰目前正处于一个微妙的时期，不用我解释，王总也应该知道这些条款都是必要的。坦白讲，我拿出来的最初方案比这个协议要严苛得多，不过董事长考虑到王总对于公司的贡献，愿意就竞业限制这方面给予你一定经济补偿，”司凌云面无表情地说，“个人认为，这个协议对你而言十分合理，比你应得的要优厚得多，你没理由再讲条件。”

王军思索再三，颓然取出签字笔，草草签下名字，拿了其中一份，站起身来，“司小姐，顶峰现在风光无限，不过实际是怎么一个局面，投资部工作艰难到什么程度，都是一般人难以想象的，董事长最清楚这一点。也许我走之后，你也会了解到这一点，祝你好运。”

“再见，王总，临走之前，我也有一句忠告，外面天地广阔，有些面不必再见，对大家都好。”

接下来董事会商量新的投资部总经理人选，出乎所有人意料，张黎黎提议，由司凌云接替这一职务。

“包括爸爸在内，所有人都很吃惊。”司建宇开完会后，直接到司凌云的办公室，向她透露了会议内容，“不过张总列举出的理由倒是让人无法辩驳。她说你有能力、有想法，年初提出的分析巨野股本结构的报告显示你对投资十分有钻研，加上学的又是法律专业，将来处理起顶峰上市方面的业务更为有利。”

司凌云有些惊奇，她当然知道张黎黎必定会以某种方式跟她讲和示好，可没想到下的居然是如此重本。

“爸爸没说我早晚要嫁人，不适合这份工作吗？”

司建宇哈哈一笑，“你了解他，他确实有些老脑筋。不过我也支持这个提议后，其他董事没有反对意见，他倒是没再说什么了。”

“谢谢大哥。”

司建宇随随便便地说：“跟大哥客气什么。凌云，我相信你完全能够胜任这个职位。只是你要有足够的心理准备，买壳计划已经箭在弦上，你的压力会非常大。”

“我明白。”

司建宇走后，司凌云关上办公室门，将转椅转到对着窗子，开始琢磨这件事。

张黎黎的这个举动，她不能说完全意外，但多少有几分说不出的滋味。

她按下张黎黎与王军的偷情事件，并不借机大事张扬报复，当然不是因为心胸宽广、一念仁慈，只是纯粹站在为她父亲、为公司考虑的角度，权衡利弊后做出选择。一旦因此事而获利，她不免要踌躇随之而来的后果。

回想王军临走时说的那番话，她几乎可以断定，张黎黎的这个举动是他们两人商量后做的决定。

目前公司内只有她与闻洁知道张黎黎的秘密，张黎黎完全能够与闻洁达成某种默契，却绝对不可能放心任由把柄一直握在她的手中。闻洁也正是看出了这一点，才拖她出面，借以震慑张黎黎。此次张黎黎大手笔示好，更像是一个烟幕弹，而不是就此签订了永久和平协议。接下来她会怎么做？

所有引而不发的秘密都是一把双刃剑，不管各自拥有什么立场，一旦保守同一个秘密，就不可避免地有了同谋的意味。如果有朝一日司霄汉知道真相，会怎么看待他女儿在此事中扮演的角色？

以司建宇细密多疑的个性，明明怀疑张黎黎促成妹妹升迁的动机，进而怀疑两人之间会有交易，却只字不问缘由，又隐藏着怎样的心思？

手机响起，司凌云顺手拿起来接听。

“司总，祝贺你。”傅铁则带着调侃的声音从话筒中传来，“希望我是第一个打电话向你道贺的人。”

“你该不会窃听顶峰的董事会会议了吧？”

他哈哈大笑，“那倒不必，建宇兄告诉我的。很明显，他觉得我身为你的男友，应该早些知道这个消息。我过来接你吃饭庆祝，怎么样？”

“我突然很想喝酒。”

“那就更没问题了。”他稍稍放低声音，“我得承认，我一直想念你喝醉后的样子。”

放下电话，她嘴角上扬，心想，被搅得如此患得患失、心神不宁，她还真是需要一个放纵的夜晚来安抚一下自己。

傅铁则接司凌云去她喜欢的意大利餐厅吃饭，配合菜式点了香槟，然后去高翔的酒吧，品尝他新进的一批红酒。

高翔也过来举杯祝贺她升职，傅铁则开玩笑地说：“我揭露一下，老高这个祝贺是纯礼节性的。他最老派，一向说女人在职场上充当女强人是最恐怖的事情。”

司凌云被逗得失笑，“这很像我爸爸会说的话，不过比他来得委婉一些。”

高翔也并不窘迫，坦然地说：“铁则存心歪曲我的意思，我没反对女人当女强人，只是说有些女人为了证明自己的能力，竭力表现得比男人还男人，是一件很可怕的事情。”

傅铁则拍他的肩膀，“老高，你就承认了吧，你明明就是一个无可救药的大男子主义者，不用掩饰了。”

“好吧。”高翔摊手，“既然这样，我也揭露一件事，凌云，铁则这个人表面尊重女性，其实一向被女人宠坏了，他的大男子主义可不亚于我。”

司凌云喝了一口红酒，笑眯眯地说：“我向你们透露一个属于女人的秘密吧——适当范围内的大男子主义，并不会让女人反感，因为这让你们看上去有些孩子气，更有趣更好玩了。”

傅铁则与高翔一怔，随即不禁相顾大笑，高翔笑着摇头，“铁则，这么调皮的女孩子，只有你消受得起。”

从高翔的酒吧出来，傅铁则带司凌云回家，让她品尝他带回来的苏格兰威士忌。

她已经有了七分醉意，看什么都有些飘浮不定，抚着头说：“再喝可就真醉得不可收拾了。”

“我见过你半醉，非常迷人，非常想看看你醉到不可收拾是什么样子。”

“一般酒鬼是什么样子，我也不会太出奇，大哭大闹，扯着你唠叨个没完，呕吐……你会后悔让我喝这么多的。”

“呕吐这一环节可以省省，来吧，对着我唠叨，回忆童年，小伤感小烦恼都倒出来，鼻涕眼泪往我身上擦，我不介意。”

她扮个鬼脸，“太恶心了。”

他给她倒了一小杯威士忌，把着她的手，晃动杯内琥珀色的液体，嘱咐她，“先喝一小口，含在嘴里慢慢感受，真正的好酒，接触到口腔的不同部位，香气是变化无穷的。”

话音未落，她已经挣脱他的手，举杯一饮而尽，他笑得靠到沙发上，“你真是半点不肯敷衍，不耐烦就是不耐烦。”

“要做功课才喝得出妙处的酒太麻烦，所以我宁可喝啤酒。”

“有些乐趣，就在品尝的过程中，轻易放弃岂不可惜。”

“太累了，我想睡觉。”

“喝多了去睡是最无趣的酒鬼，过来，陪我跳舞。”

音乐响起，仍旧是 Leonard Cohen 的 CD。司凌云靠在傅轶则怀中，缓缓随他的步子进退。

“你到底有多喜欢这个老男人，听了这么多年，家里、车里都是他的 CD。”

“证明我其实是一个很长情的人。”

“不过是证明你还记得你那个喜欢听 *I'm Your Man* 的女朋友吧。”

“我真不记得以前跟你坦白到了这种程度。不过，给我留下最深印象的女孩子是你。”

“进一步证实了我的一个判断：审美偏执跟感情执着其实是两回事。”

他将她的头按在胸前，她听得到他在闷笑，“继续，继续。”

她喃喃地说：“奇怪，我今天才注意到，这个水晶吊灯是复古烛台款式，内侧的花纹非得站在正下方才能看清楚。设计这个产品的人把心思用在一般人不会留意的地方，是怎么想的？”

“还注意到什么以前忽略的细节没有？”

“你今天下班之前刮过胡子。”她伸手摸了一下他的下巴，“须后水的味道我喜欢。”

他低头看着她，“还有呢？”

“记得我跟你说过的那起债务官司吗？一审输了，我得催白律师和小伍准备上诉材料。”

他似乎又有些被逗乐了，却没有笑出来，“原来喝酒能喝成发散性思维。不过把输掉的官司记得这么牢，违背了喝醉放松的初衷嘛。”

她的思绪并没有就此停住，突然又问：“你有没有偷情的经验？是不是很刺激？”

他做严肃状，思索了一下，“这不是预备翻旧账跟我大闹吧？”

“你怕我闹吗？”

“我倒是很想看看你会怎么闹。好吧，我招认，几年前我跟一个有男朋友的女孩子来往过，站在她的立场上，能算偷情吧。刺激？我猜是有的，所有禁忌都会带来刺激与快乐，不然不会有那么多人飞蛾扑火乐此不疲。”

她似听非听，抓不住重点，也忘了为什么问那个问题，“小峰跟他的女朋友还是那么要好，也许世界上真的有一部分人是幸运儿，能够享受到没有猜忌、没有疑问的爱情。”

“你认为我们之间的关系并不算美好，对吗？”

她哧哧笑了，手指卷着他的领带，“不，没什么不好，各怀心机也不耽搁享受当下。”

“你认为我的心机是什么？”

“你心思太复杂，我不会费神去猜。”

“如果我明明白白摆在你面前，你也会拒绝去看的。”

她茫然看着他，“可是……你要我看什么？”

他也看着她，时间长得足以让一个因酒精作用反应迟钝的人开始不安起来，他突然摸摸她的脸，柔声说：“算了，把你灌醉了再跟你讲道理，真是活见鬼了。”

她没有说话，随着他缓缓而舞，越过他的肩头，出现在她视线内的，是落地长窗外的满城灯光，酒精让一切变得迷离恍惚。来日或许茫茫，可是此刻贴着她头发的嘴唇足够温柔，搂在她腰际的臂膀足够坚实，她没有更多要求了。

4

小伍打电话到司凌云的新办公室，“司小姐，我这里有一位姓陈的小姐想要见你，她说她是宜园园林公司的会计。”

“让她上来吧，谢谢。”

过了一会儿，一个穿长袖 T 恤、牛仔裤的圆脸女孩子走了进来，她大约二十四五岁的样子，个子不高，神情有几分拘谨，司凌云马上认出，她曾在宜园的林场见过这个女孩子，当时她向她问路，对方态度算不上友好。此时只见她一双圆溜溜的大眼睛迅速四下一转，打量眼前这间宽大的办公室，同时努力保持着不动声色。

“请坐，陈小姐，有什么事吗？”

那个女孩子没坐，而是打开斜背包的拉链，从里面取出八扎人民币，放到她面前的办公桌上，然后如同背诵事先写好的讲话稿一般有板有眼地说：“司小姐，顶峰财务部门通知我公司过来结账，我们才知道，之前你私人代为垫付了一笔八万的货款，阿恒让我过来把钱还给你，并且代他向你说一声谢谢。”

司凌云又是好笑，又不免有点好气。她升职之后，财务部汪经理几乎马上打电话给她，毕恭毕敬地汇报，按张总的指示，已经结清了宜园园林的货款。她对曲恒会第一时间还钱给她并不意外，但完全没有想到他会让会计来还。

“请司小姐点一下钱。”

“不用了，谢谢。”那个女孩子拔腿要走，她叫住她，“请等一下，陈小姐。”

陈小姐站住，“什么事？”

“请坐，我有事请教。”司凌云暗暗被她那副警觉的样子逗乐了，保持着不动声色，指一下宽大的办公桌上放的那盆豆瓣绿，原本翠绿的叶子有些黯淡，甚至软垂了下来，“我搬到新办公室后，它就变成这样了。麻烦你帮我看看，它出了什么问题？该怎么补救？”

陈小姐看看她，又看看那盆盆栽，坐了下来，“这盆豆瓣绿，是阿恒送你的吧？”

“没错，是他送的。”

她绷着脸，简单地说：“看样子好像是培基质水分过多，导致根茎腐烂。难道他没教过你怎么养护吗？你这段时间最好暂停浇水，只保持叶面温润没有灰尘就可以了。”

司凌云一向严格按照曲恒的指示浇水，现在只能推测大概是她的新秘书小周过度热心，浇水过于频繁了，她点点头，“好的，谢谢你。你在宜园工作了多久？”

她瞪大眼睛，那样子活像一只背部毛竖起、警惕性极高的猫，“我一毕业就进宜园工作，已经四年了。”

“这么说，阿恒从广东回来开园艺公司，你就开始为他工作了。”

“对。”

“阿恒的母亲现在情况怎么样了？”

“她又住院了，患扩张型心肌病的病人受不了炎热和低气压，一入夏会特别难熬，没办法。阿恒给她请来了国内一位知名的专家会诊，结论在心脏移植前还是只能保守治疗。”

司凌云闲闲地问：“宜园成立这么久，难道业务一直局限在植物租摆吗？明摆着利润有限。你们有没有为房地产项目做过配套的园艺施工？”

“当然做过。”陈小姐看上去有些悻悻然，“我们的园林设计和施工水平都很不错，如果不是受资金问题困扰，本来可以接到一些很大的项目的。”

“那好。”司凌云扯下一张便笺，写了李元中的名字和手机号码，递给李小姐，“这位李元中先生是顶峰地产公司的常务副总，手头正好有一个小区绿化项目准备招标，我已经跟他打好了招呼，你直接找他，只要报价合理，就可以接下来。”

陈小姐看看纸条，再看看她，一副迟疑不决的表情，停了一会儿才开口：“我不知道阿恒会不会接受。”

“他又不是傻子，有生意凭什么不做？”

“他知道那八万块钱是你垫的，就发了好大火，怪我没查清楚顶峰到底结账没有。”

司凌云诧异，又忍不住好笑，“真看不出来他这么暴躁。”

“不是，他人很好很温和的，我工作这么久，还是头一次看他发火。”看得出陈小姐非常维护曲恒，马上为他辩护。

司凌云再也绷不住笑了，心想，看样子这个女孩子是喜欢曲恒的，不过她并不准备将话题扯远，“既然他这么明理就好办了。你告诉他，生意就是生意，他的报价合理才可能接到合同，只要验收合格，以后肯定不会再出现拖欠货款的情况。”

陈小姐看上去神情更加复杂，好一会儿没说话。司凌云有些不耐烦了，“就算阿恒淡泊名利，觉得公司发不发展都无所谓，他母亲的病总是需要用钱的吧，你愿意眼看他继续为手术费发愁吗？”

司凌云的话似乎说中了陈小姐内心，她挣扎了一下，点头承认，“阿恒的妈妈病情复杂，他这几年为了给她治病，花了很多钱，几乎赔上了所有利润，公司错失了很多发展的机会。如果要动换心手术的话，确实还需要一大笔钱。”

“那你还犹豫什么？”

“这件事你为什么不直接跟阿恒说？”

司凌云一歪头，“你要想让我直接跟他说，也不是不可以，不过我对他可不会有对你这么好的耐心。他如果跟我玩发火玩矫情拒绝，我立马不会再管这件事了。你自己决定，我不勉强你。”

陈小姐显然没想到她说话如此干脆，一时更加犹疑不决了，眼睛转动着，“如果……如果我不提是你介绍的关系，你会介意吗？”她小心地补充道，“我真的不是故意想把接到业务说成是我的功劳，只是阿恒这个人，有时候有些莫名其妙的固执。”

司凌云想，幸好她的出发点无可指摘，不然面对如此单纯的女孩子，真有胜之不武的感觉，“完全不介意。我肯定不会跟他提起这件事。”

“那……谢谢你了。”

“别客气。”

她站起来转身要走，突然又停住，“你们……我是说你跟阿恒，认识很久了吧？”

她点点头，“对，的确很久了。”看看那女孩子的眼神，她生出一点不忍，微微一笑，“我们只是关系不错的老朋友而已。”

陈小姐的脸蓦地一红，什么也没说，转身便匆匆走了。

司凌云有一点说不清的情绪。

当然，用“老朋友”来定义她与李乐川、卢未风、曲恒之间的关系，完全没有任何疑问。只是经过在 Forever 酒吧的那个晚上以后，她跟曲恒的关系似乎已经到了一个尴尬的地步，他甚至再不肯直接跟她碰面，而她看到豆瓣绿出现问题，也没有马上打他电话求助。这种心照不宣的相互回避，更确证当晚并不是她一个人多心了。

司凌云的目光从那盆豆瓣绿移到旁边一个相框上。

前几天傅轶则来接她下班，顺便参观她宽大通透的新办公室，“不错，比楼下那间挤进两个人就关不上门的小办公室像样得多了。只是装修很刻板，没有个人风格，跟你不太搭。”

这间办公室原本属于王军，司凌云也不喜欢里面的装修风格，但她的升迁来得太突然，她不想在顶峰内引起更多人注目，所以不准备大动干戈重新布置，只让行政部门拿走了一幅古怪的油画作品，更换了座椅，然后订几盆绿色植物送了上来。

“这个送你，算是升职礼物。”

傅轶则突然取出一只 Tiffany 的银制相框，放在了办公桌上，相框里面镶着两人在高翔酒吧内参加一个活动时摄影师抓拍到他们对视瞬间的照片。

她先是惊讶，然后笑着求饶，“我带回家摆在床头柜上每晚看不行吗？”

“驳回。”

“喂，讲讲道理好吗？这间公司里除了偶尔几个当爹妈的摆摆孩子的照片，真没人公然秀恩爱。”

“我不认为摆上与未婚夫的合影会影响你的专业形象。”他这个开玩笑的口吻里别有深意，她再也没法说什么了。

她小心地将照片朝自己摆放着，不过多少还是有影响的。进她办公室的人，无论谈的什么公事，都会忍不住朝相框多看上两眼，胆子稍大的会找个借口绕过来看看照片。而秘书小周是差不多与她同龄的未婚女孩子，对这个合影尤其感兴趣，只要她语气稍微轻松，那个女孩子就不自觉想将话题带到私人性质上面，她只得正色敛容，不再开任何玩笑，弄得小周多少有些战战兢兢。

此时看着这张照片，更提醒了她，在二十七岁这个年龄，有了固定的男友，并且差不多接受了他的求婚，哪怕她对他们之间的感情极其不确定，她也不应该再去对某个莫名其妙的瞬间刨根问底。

她将办公桌上的钞票放进抽屉内，准备下班时拿回家还给程玥。至于曲恒，她想，他们认识了那么久，但真正谈得上友情，应该始自阿风家的楼梯间，她将头靠到他肩上，而他默然安慰她的那一刻。如果不明不白在同样的地方结束，注定只能关进记忆的抽屉，也没什么可遗憾的。

重新将注意力拉回到工作上以后，司凌云马上推开了所有个人情绪。

正如司建宇提醒的那样，她现在面对的局面，远比她想象的要艰巨得多、复杂得多。投资部的工作千头万绪倒是其次，她首次接触到顶峰的真实财务报表，理顺所有数字以后，就有些被吓到了。

表面上看，顶峰一切正常，一度紧张的现金流也不存在问题，土地储备更是创了历年纪录，达到了近 400 万平方米，按一天天飞涨的地价估算，这是一笔巨大的财富。但在这个数字背后，拖欠未缴的土地出让金同时达到了一个惊人的金额。

照她的推算，就算目前所有在售项目销售顺利，也只够铺开买壳需要的资产置换计划，而且这一切都建立在一个前提之上：资金回笼顺利，资金链保持正常。要在有限的时间里控制变数，抓紧完成上市圈钱，简直是在走钢丝，或者更准确地说，是在赌博。

司霄汉天生便是一个敢于冒险投机的赌徒，尽管文化程度不高，却有一份无人能及的胆识气魄。他当年从街道小厂辞职出来，从微不足道的小生意做起，拒绝平稳赚钱的机会，投身不被人看好的房地产，每一步都多少带着赌博的性质，一直不改本色。他跟司凌云说过他没有留退路的习惯，现在看来，他确实说到做到了。

只是这一次豪赌上市，压上的赌注实在太大——顶峰已经没有退路可言了。一想到这一点，司凌云便感觉到无形的压力。她研究着手头上的文件和所有能找到的相关案例资料，力图将王军写的计划做得更为周全。

秘书小周过来敲门，问她还需要什么。她看看表，才知道早已经过了下班时间，“以后到时间你就可以下班，需要你加班的话，我会提前交代。”

小周求之不得，马上走了。她继续工作，实在头昏眼花之后，便起身踱到窗前，看着远方舒缓疲惫的眼睛，后面响起敲门的声音，她回头一看，是司建宇，他还是头一次到她的新办公室来。

“大哥，请进。”

“本来我已经下楼到了停车场，回头一看，你这一层，只有你办公室还亮着灯。”司建宇语气十分关切，“我特意上来看看，凌云。工作认真是好事，但不能太拼了，这样下去，你会撑不住的。”

“我知道，不过过两天就要跟爸爸一起出差，得赶着把资料准备好。”

“跟巨野的谈判一旦展开，你肯定会经常出差，还是抓紧时间回去陪一下男朋友。”司建宇也注意到她桌上的那只相框，“不然轶则该有意见了。”

对这个打趣，她勉强一笑，“大哥，其实我正好有问题想问你。”

“你说。”

“为什么公司从去年开始拖欠了这么多土地出让金？会不会有什么问题？”

司建宇对这个问题回答得毫不为难，“凌云，你到底对地产开发的环节不够了解，开发商推迟上缴土地出让金是业内公开的秘密。有的小地产公司甚至只在竞拍前缴一个拍卖保证金算数，房子做完也没交齐土地出让金，一直没办法获得土地证。我们公司还算规范，拍卖成交后，至少都缴了 40% 以上款项，到开盘销售得差不多，就去补齐余款，这样对于资金周转更为有利。”

“可是积欠的数目实在太大，万一国家地产政策有变，严格按照规定清理起来，仅仅滞纳金就很可怕。”

“有关部门对大地产公司都有优惠政策，整治一般会集中针对那些小公司小项目进行。你看报表上的数字大，也只是因为公司去年到今年都只增加土地储备，没有投入开发造成的，等顶峰上市之后集中展开开发，就不成其为问题了，不用担心。”

尽管司建宇口气十分肯定，司凌云仍然没法被说服，怔怔出神。司建宇却笑了，意味深长地说：“凌云，你现在多少能体会到我为什么焦虑了。想不被焦虑压倒，就必须尽可能掌握主动。”

她能听出言外之意，可是无法回应，“大哥，你现在身体看上去好多了。”

“是啊，医生也这么说。”司建宇呵呵一笑，似乎不愿意再谈这个话题，“我先走了，你也早点回家。”

她送他到门口，正要回到办公桌前，又猛地停住，回头看着他的背影，他正顺着走廊向电梯走去。她突然意识到，一个人控制面部表情与言谈也许不难，可是要将整个身体语言都控制到正常状态就不容易了。司建宇看上去精神不错，差不多已经接近去年她刚入职时挥洒自如指点她的模样了。可是一旦从后面看去，他身影与步态都控制不住地显得凄凉、疲惫，仿佛一个负重远行的人，强打精神，却看不到道路尽头，只得拖着步子踯躅而行。

她现在完全理解了这个大哥被巨大压力催生出的焦虑症并不是那么轻易能消除的，同时不得不想，她并不见得比他有更强的心理承受能力。哪怕在整个顶峰里，只有他们两个人能理解彼此，却依旧各怀心事，不能相互安慰。她下意识地挺直身体，同时努力提醒自己，保持镇定，保持判断力，将焦虑不安消化掉。

5

汉江市的夏天出了名的炎热漫长，骄阳似火，热浪滚滚，空气仿佛可以直接点燃，持续的高温让人喘不过气来。司凌云一向很讨厌本地这种气候，每每在这个季节便会变得有些无名的暴躁。但今年夏天，她几乎感觉不到天气的影响。大部分时间，她都在连续不断地出差，有时是带着投资部工作人员，有时带着律师，有时是独自一人，还有一些时候是与司霄汉一起。

从第一次司凌云跟司霄汉去巨野集团开始，张黎黎便随同前往。她在与司霄汉结婚之初，对他提防得十分严密，但随着时间推移，生下儿子，坐稳太太的位置，而且在公司掌握着财务权，司霄汉也日见老迈，到了理论上就算还能花心也不大可能玩出新花样的年龄，她就没有再这样贴身跟随了。司霄汉当然不免奇怪，她的解释则来得既体贴又周到，“借壳谈判这事很操劳，你毕竟年纪大了嘛，助理哪里照顾得过来。”

司凌云自然明白张黎黎防范她的用心，不过与巨野实业谈判借壳的过程确实十分艰难，她根本再没心情去理会继母那一点小心思，当然更不会点破。

巨野有国资背景，因为经营不善，债务缠身，上市三年时间，便沦为 ST 股，公司董事长刘邦林更因此上了一个颇没面子的排行榜，被某本财经类杂志评为 A 股上市公司最差 CEO 之一。作为历史问题复杂的老国企来讲，公司业绩差到有退市危险，原因很多，倒也不能全怪刘邦林经营无方，昏庸无能。相反，他十分老奸巨猾，难缠到了让司凌云头痛的地步。恃着壳资源在手，股市题材炒作之下，巨野股价一天天拉升，他安然与顶峰讨价还价，各方大股东利益博弈更是暗流汹涌，让人应接不暇。

这种情况下，司凌云几度已经觉得无望，可是司霄汉却没有任何气馁，总能提出新的解决方案来。而刘邦林也能够适时妥协，将双方带回谈判桌前。这两个人旗鼓相当的表现，让司凌云不得不暗自生出几分不情不愿的佩服。

最让司凌云烦恼的不是谈判过程冗长曲折，而是满室缭绕的香烟。

司霄汉烟瘾不小，刘邦林与他不相上下，而参与谈判的巨野工作人员更有好几个烟枪，他们根本不用征求在场女士的意见，一坐下便开始相互递烟点烟，一支接一支吞云吐雾。被这样熏上一天，晚上回酒店，司凌云能嗅到自己头发与衣服上有浓重的烟味。

这一天的谈判好不容易有了进展，司凌云的头却痛了起来。她实在忍受不了，找个空子出去透气，信步转过巨野豪华写字楼的走廊，却一下停住脚步，只听拐角处清楚传来张黎黎压得低低的声音。

"……这边老刘已经松了口，明天召开股东大会，决定是否开始与顶峰重组，看几个大股东的意思，通过是没问题的。你抓紧时间把那笔刚筹到的钱进货，我预计在停牌之前还能有起码两个涨停。"

停了一会儿，她突然问："你确定公布重组消息后巨野不会停牌太久吧？"

又是一个暂停，她轻笑，"我知道，放心。这个账号千万不能让你那个神经病老婆知道。"

"嗯，我大概要待到后天回来。好了，我先进去了。"

张黎黎回头，正好与司凌云面对面碰上，她一惊，还没来得及调整好面部表情，司凌云瞟一眼她仍握在手里的手机，似笑非笑地说："我就不用问张总刚才在跟谁通话了吧。"张黎黎刚一张嘴，司凌云抬手阻止住她，“不必跟我解释。我只关心一个问题，这次巨野股票的异动如果到了引起媒体或者有关部门注意的程度，账还能算到我头上来吗？”

张黎黎总算恢复了镇定，挤出一点笑意，“不要大惊小怪，我承认我入了一点巨野的股票，不过这有什么。”她向会议室方向努努嘴，“刘董事长和巨野各位大股东对于股价的贡献是你想象不到的。”

在漫长的拉锯性谈判过程中，刘邦林的反复无常与巨野股价起落不定之间的联系当然也让司凌云起过怀疑，她只能耸耸肩，“需要壳资源的一方是我们，起码我们必须尽力排除某些人为因素，就这么简单。”

她不想再说什么，转身要走，张黎黎叫住了她，“等等，我希望我们能好好谈谈。”

“现在？没这个必要。我只有一句话提醒张总，请信守你的承诺，不要节外生枝。”

一天会议下来，例行的晚宴时间到了，司凌云提前告退回酒店休息，洗完澡后，精神稍微恢复了一点，打开笔记本电脑，看近几天巨野股票的走势，头几天都维持涨势，而当天早盘有大笔卖单将股价砸低，然后埋单迅速进入，最后收在了接近涨停的位置，成交放大得十分明显。

她从来不相信张黎黎会轻易与王军彻底断绝往来，由上午听到的几句话可以想见，他们之间不仅仍保持着联系，更在联手炒作巨野股票，试图借重组私下渔利——这才是她最不愿意看到的情况。她只希望她的警告多少能起到震慑作用，可是又想，股价走势如此怪异，她的这个想法未免太一厢情愿了。

她正在沉思，司凌峰发来了视频对话请求，她一向都乐意跟弟弟闲聊，借以缓解过于紧张的神经，马上丢下手头的文件。

“最近几个月你怎么总在出差？你应该多点儿时间陪男友才对。”

她被弟弟这个老气横秋的忠告逗乐了，“不，我跟轶则都不习惯腻在一起的生活，谢谢你的关心。”

“你们上次见面是什么时候？”

“干吗问得这么详细？”她还是回想了一下，“好像是在机场，他回来，我离开，恰好碰上了。”

司凌峰大摇其头。

“你以后工作了就能理解了。”

“你脸色不好。”司凌峰凑近屏幕看她。

“我头痛啊。”

“跟爸爸出差一定很紧张吧？”

“有什么可紧张的。可能是空调吹得太厉害，有点感冒了。”

“我忘了，你从来不怕他。”司凌峰惆怅地说，“我每次跟他在一起就觉得不自在，讲过的话来来去去就那几句，大概十个手指就能数过来。”

司凌峰出生时，顶峰的生意已经上了规模，司霄汉正当盛年，踌躇满志，与程玥的婚姻岌岌可危，一边为生意忙碌，一边无拘无束享乐，回家的时候少得可怜，对于这个儿子的出生比对当初司凌云更加淡漠，司凌云能理解司凌峰对父亲的感觉比她还要生疏。她安慰他：“没什么可遗憾的，小峰，我倒是头一次有了这么多时间跟他相处，可惜就算没有张总守在旁边，我跟他除了工作，也再没别的话可说了。”

他叹了一口气，“我将来要是有了孩子，一定不能像他那样当父亲。”

“你自己还是个孩子，我警告你，你可千万别急着弄出个孩子来证明你会是不一样的爸爸。”

那边司凌峰默然，司凌云本来只是半开玩笑随口一说，这时倒有点儿起疑心了，“小峰，你在想什么呢？”

“姐，我说了你别生气。”司凌峰迟疑了一下，“我跟小艺……打算大学毕业后就结婚。”

司凌云吃惊之余，确实已经无名火起了。她强压着不耐烦的情绪，好声好气地说：“你们讨论这个为时过早了吧？你们两个都还不到二十岁，好好恋爱，享受大学生活是正经的。就算毕业了，也应该找工作开始上班，决定职业方向、未来做什么，这些都够你们操心的，何必非要马上结婚？”

“小艺父母关系也不好，只不过维持着婚姻罢了，她跟我一样，很希望有个正常的家庭。”

“我可不认为两个半大孩子一毕业就结婚，甚至马上生孩子——”仅仅想到这一点，司凌云就皱眉了，“这样能算什么正常家庭？你们非把自己的生活搅得一团糟不可。难道她父母都不管管这个疯想法吗？”

“她父母是赞成的。”

她想想侯律师近来对她十分殷勤，原来不止是因为她得到升职，负责一个重要部门那么简单。

“其实她父母的婚姻也是名存实亡，侯律师留在国内，声称退休后才肯去加拿大。她妈妈很寂寞，说等我们毕业了，就可以结婚，跟她住在一起，我们有了孩子，她也可以帮忙照顾，不会影响我们的工作的。”

司凌云又是吃惊，又是恼火，“侯律师想跟爸爸攀亲家也就算了，这老太太操心操得可真是又长远又周到，有事没事跟你们讲这些话，难怪你们两个傻孩子会动傻念头。”

司凌峰好脾气地笑，“袁阿姨只比我们的妈妈大几岁，真不能说她是老太太。她对我很好，很照顾我，还说希望请你和妈妈过来玩，相互认识了解一下。可惜你这段时间这么忙，不如到圣诞节……”

“打住，小峰，我没兴趣认识她。”

司凌峰诧异，又有点儿受伤，“姐——”

“小峰，我并不想表现得无礼。你一个人在国外，能有人关心你的生活，我很高兴，也很谢谢她。不过有一点你得明白，就算我们成长过程中缺乏父母的爱，可我们都已经是成年人了，不能抓住一点关心就马上感恩不尽，不肯撒手。”

司凌峰一下咬住了嘴唇，司凌云也觉得话说重了一些，向后靠到床头，努力将声音恢复到和缓，“我知道我讲这话显得有些冷血，但我得给你分析清楚，你女友的妈妈因为婚姻不和谐，想法已经出现了偏差，你和你的小女友受她影响，才会有早早结婚的念头。以你这样善良的性格，就算将来有别的选择，也不肯辜负别人。现在草率做决定，只会把自己一辈子限制在一个框框里。”

“这样过一辈子有什么不好？”

司凌云被问住了。

“你总当我还是孩子，认识更多人，见识更多世界之后，想法会变，会想要不一样的东西。”司凌峰轻声笑了，“其实我很早就知道，姐，我没有你聪明，也没有野心，没有远大抱负，不打算像爸爸那样拼死拼活发财赚钱，扬名立威。家里的公司有你跟大哥就足够了。我最想要的，你知道是什么吗？”

司凌云生气地说：“你跟农民一样，想要的无非就是老婆孩子热炕头。”

司凌峰笑得前仰后合，顿时恢复了活泼大男孩的模样，“知我者，姐姐你也。”

“去去去，你少跟我臭贫。对生活、对自己的要求这么低，难怪你现在居然就有点小发胖了。”

“我哪有胖了，只是长壮了一点儿，好不好？你没看过这边胖子能胖到什么程度，跟他们一比，我根本就是个瘦子。”

“知道他们为什么会胖成那样吗？就是因为他们都过的你说的那种生活。”

他依旧直乐，“他们只是吃多了汉堡而已。”

“小峰，你知不知道人生长得很，最怕的就是单调乏味，而你说的那种生活，真的没有任何让人激动的地方，一天天重复下来，看似安乐，实际上无聊得要死。”她叹了一口气，“好多人之所以放弃大好环境从国外跑回来，就是因为受不了那种生活。”

“也有好多人留了下来，做一份平实的工作，按时上下班，回家陪太太做家务，种花、修剪草坪，自己动手修车，存够了钱去度假，生活得很充实很满足。”

“这不是一个十九岁男孩子应该有的想法。”

“非要我成天想着开公司赚大钱、到爸爸公司里挤走那些我不认识的兄弟占更多股份、继承到最大份的财产才正常吗？”

“那些本来就是应该属于你的。”

“姐，你这话像是妈妈说的。”

司凌云一下张口结舌了。

“那也许是妈妈希望我过的生活，但肯定不是我想要的。”

司凌云没好气地说：“哎，你莫非是在影射我受了妈妈的影响，跟她一样贪图财产，目前过的生活没意义？”

“不，姐，我怎么可能那样不知好歹，你进爸爸的公司是为了我……”

“小峰，以后别再说这个话了。”她打断他，“我真的并没有为你做什么牺牲。我得承认，我甚至是有些喜欢目前这种生活的，虽然有讨厌的地方，可是有刺激、有成就感，不会让我觉得无聊。”

“我说了啊，你一向就比我聪明能干，爸爸如果因为你是女儿就不重用你，那绝对是他的损失。”

司凌云无精打采地说：“你少来哄我。”

司凌峰对着她露出他招牌的微笑，拖长声音说：“姐，你是肯定不会嫌弃我没出息的，对不对？”

从他是个小婴儿起，便无师自通地学会了这样对她撒娇，让她心甘情愿充当他的小母亲照顾他。哪怕他现在是个头早就超过她的大男孩了，她仍然没法抗拒他装可爱的样子，只得叹了口气，“我不嫌弃管什么用？就算爸爸儿女太多没空理你，妈妈也一定会嫌弃你的。”

“反正她从来没满意过我，应该经得起再对我失望一次的。”司凌峰无可奈何地说，“我只是不想让你失望。”

“实话实说，我是有点失望的。”可是她也说不清这失望因何而来，扪心自问，也许她也不知不觉接受了时下流行的价值观，她补充上一句，“小峰，如果这真是你想要的，我也不会反对。”

“你对我最好了。”

司凌云按着隐隐作痛的太阳穴，没有吭声。

“姐，你头痛的话，就早点儿休息吧。”

这时门铃响起，司凌云让司凌峰等等，走过去从猫眼望出去，站在外面的竟然是张黎黎，一手扶着门框站着，她打开门，“有什么事，张总？”

“在忙什么，凌云？”

她看张黎黎面带红晕，说话之间喷出酒气，不免皱眉，“我正跟我弟弟聊天呢。你要喝多了请回房休息，我可没有陪别人酒后真心话大冒险的兴致。”

“我是喝了点儿酒，不过远远没醉。”张黎黎懒洋洋地说，“我们到楼下咖啡厅坐坐，我有点儿事跟你谈谈。”

司凌云不想跟她谈话，但知道她大概确实有正事要说，只得答应，“我换件衣服，一会儿就下来。”

司凌云跟司凌峰道再见，司凌峰再度叮嘱她早些休息，她点头答应，换了衣服下楼进咖啡厅，里面生意十分清淡，只零星坐了两三个客人。张黎黎正在讲电话，看她过来才收线。

“哎，看你跟你弟弟聊天，我也忍不住打电话给我儿子。”张黎黎已经将她儿子送去美国读中学，“你们姐弟感情真好。我一直觉得震寰一个人太孤单，可惜我跟你爸爸都过了再要一个孩子的年龄。”

司凌云没有答话。

“凌云，这段时间你辛苦了，你爸爸对你的表现也非常认可。”

司凌云被她这个来得突然的标准继母腔调逗乐了，瞟她一眼，依旧一声不响地搅拌面前的咖啡，任由气氛冷掉。张黎黎呵呵一笑，“你是打定主意要给我脸色看吗？”

“我只是不想跟你拉家常，你也最好不要勉强装出想跟我拉家常的样子，我们都会觉得不自在的。”

“你跟你大哥果然完全不同。他恨我的程度绝对不亚于你，可是他懂得隐藏他的个人好恶。在我们正式成为敌人之前，他用尽各种方法讨好我，跟我保持了相当长一段时间算得上完美的继母继子关系。就算反目，他也继续跟我维持表面上的礼貌周旋。你嘛，从踏进顶峰的第一天开始，就没打算做这个尝试，把不合作摆在台面上，更别提现在自以为捏着我的把柄了。”

司凌云笑了，“张总，我可真没闲情跟你讨论该怎么相处。如果你叫我下来就是想谈这个，我看还是算了。”

“那好，我们讲正事。我刚刚跟你爸爸陪着刘董事长和几个大股东吃完饭，他们还安排有娱乐活动，我就先回来了。看巨野几个大股东的态度，我想明天股东大会通过筹划重组决议的可能性很大。”

司凌云对这个消息也并不觉得意外，“如果股东大会通过，就能够正式向证监委递交申请，公布消息了。至于重组方案，还得进一步磨合讨论。在这期间，最好不要出现意外情况。”

张黎黎挥了一下手，“大家都心知肚明，公布消息这一步至关重要，可以说借壳上市就基本成了定局。”

“张总特意第一时间来跟我分享这个好消息，真是周到。”

“你再这么跟我针锋相对下去，未免孩子气。”张黎黎直视着她，“大家都是明白人，不如有话直说。借壳上市的事，你出力不少，可是以你父亲一向的老脑筋，一方面觉得自家人理应出力，另一方面又总觉得女儿总归会出嫁，未必会想到给你什么实质性的奖励。”

她知道张黎黎说的是事实，“那又怎么样？”

“我给你一个提议，请听好了。顶峰借壳上市成功之后，我会让董事长给你和你弟弟各一笔股份。之前不管发生了什么的事，我们都就此揭过，不必再提，同意吗？”

司凌云也看着她，停了一会儿，微微一笑，“张总此举是想证明你对我父亲做任何决定都有着最终的影响，向我示威的意思大过示好吧。”

“随便你怎么解读。”张黎黎也笑，“就算我一味示好，你也未必领情。各自亮出手里的牌，让双方利益最大化，不是更好吗？”

“所以张总认为，这件事情里面，我们需要考虑的只是利益？”

“我以为我们已经达成了默契，你不拿着亲情伦理的大帽子来谴责我，我当然也相应尊重你的智力，不假惺惺跟你演情非得已的苦情戏。”

“默契？言重了。我们达成的只是一个协议，你遵守你的承诺，我遵守我的。我不费事去评价别人的行为。”她懒洋洋地说，“而且，以张总一向的行事作风来讲，谴责对你来说没意义吧？”

“你到底还是忍不住要挖苦我了。司小姐，要不要也顺便评价一下你大哥背着老婆跟他那位新秘书鬼混在一起的事啊。”

张黎黎显然多少受酒精影响，说起话来傲慢直接，司凌云一时为之愕然，只得仓促地说：“他的生活跟我没关系，当然，更不关你的事。”

张黎黎欣赏着她的表情，哈哈一笑，“好吧，我们更直接一点，评价一下令尊一向对婚姻的态度也行。他最近一次搞大一个女孩子的肚子就在一年半以前，那个女孩子年龄比你还小一点儿。我花了好大一笔钱，才算让她打胎走人，没给你再添个弟弟妹妹什么的。”

司凌云胃里一阵翻腾，努力抑制住厌恶，冷冷地说：“你来跟我声讨我爸爸，就未免太可笑了。这么说吧，我对我爸爸这个人从来没有任何幻想。至于他对婚姻的态度，他的人品，应该是你从一开始就清楚并且欣然接受的，他做出什么样的烂事来，你都不用在我面前表现出一副惊讶兼委屈的模样。另外，我也真得谢谢那个姑娘没像你当年一样执着，不然司家不免又得再换一任女主人，白白让坊间多些八卦。”

张黎黎倒也并不动怒，保持着冷漠，“人人都有双重标准，涉及自己的亲人就更不必说了。我不怪你，不过我可真是烦透了你成天对我摆出一副居高临下的姿态。我不妨明白告诉你，王军已经摆平了他家那个疯女人，没有人证，又过去了好几个月，就算你跟闻洁想讲什么，我也没什么可怕的。我的提议不过是让大家都省心，放弃前嫌开始合作共赢而已。”

“不管你觉不觉得多余，我都需要一个明确的保证，有些事情，不能再发生。”

“司小姐，你明明不信任我，还非要我下这个保证，更多是想证明你对你父亲的关心超过对利益的关心吧？”她嘲讽地大笑，却将语气放得加倍柔和，“回去开股东会，我会正式提出给你们姐弟股份。大家彼此彼此，交易愉快。”

张黎黎站起身，头也不回地离开。司凌云待她走了出去，才垮下肩膀，伸手托住脑袋，手指使劲按压着痛得要爆裂一般的太阳穴。她想，她过得这种生活其实根本没她向弟弟说的那么有成就感，如此相互算计、各逞心机，甚至必须不时进行上不得台面的交易。浸润其中，她的某些言行甚至开始像她的母亲。也许像司凌峰那样单纯诚实的孩子，还是留在国外过简单、没有追求的日子比较合理。

她的手机响起，是傅轶则打来的，“这次出差顺利吗？”

“还好，就看明天的股东大会了。”

“今天汉江市刚下了一场雨，气温低了好几度，夏天好像快结束了。”他轻声笑，“你还要这样忙多久？”

“那我可真说不好。”她的手指移到脑后，一路揉捏到酸痛的后颈，“我也希望明天股东大会能有一个结果。”

剩下的话，司凌云没有讲出来：不然，不要说她吃不消，顶峰也拖不起了。

6

各类财经类报纸差不多在同一天发出报道，ST 巨野集团进行重大资产重组，股票于当日停牌。记者特别提到，巨野集团因连续数年亏损而沦为 ST 股票，此次停牌之前，重组双方都对谈判情况秘而不宣，但此前以地产为主业的顶峰集团试图借壳巨野上市的传闻不止一日，有消息称顶峰提前布局，已经通过某资产管理公司以并购债务的方式，购得了巨野7.4%的股权，成为大股东之一，虽然双方曾各自辟谣，但重组预期使得巨野股价稳步大幅上扬，近几个月来一直表现坚挺，成为股民寄予厚望的黑马股之一。

司凌云在出差回来的飞机上读到这篇报道，她的目光停在报道的最后，记者写道：耐人寻味的是，在巨野宣布停牌的前三天，股价大起大落，异动明显。明眼人一看便可知，这种背离股票真实价值的上涨不是来自巧合。

没有人会天真到相信巧合。合上报纸，司凌云看看前方一排坐的司霄汉与张黎黎，心想，除了当事人的小动作、各种机构进场以外，真不知道又有多少方方面面的投机客嗅到利益味道，闻风而至，可以赚得盆满钵满了。

顶峰的高层都已经提前坐到会议室中，司凌云随着司霄汉、张黎黎走进去，除了司建宇以外，他们居然齐刷刷全体起立，并且大力鼓掌，司凌云被吓了一跳，可是看司霄汉春风满面，张黎黎镇定自若，她又不免自叹没有他们这份长期以来被雇员培养出来的淡定与受用。

司霄汉十分乐观地通报与巨野谈判的细节，声言按他的估计，最迟到今年年底，顶峰便能成功借壳上市，公司同时将出台高层管理人员持股计划，与大家“分享巨大的财富与公司灿烂的未来”。他一向非常有感染力，现在情绪饱满之下，更是如此，偌大一个会议室内，所有与会人员都面现亢奋之色——仍然只有司建宇是个例外。他看上去心事重重，面色阴郁，甚至没有勉强摆出一个礼貌性质的笑意，目光定在会议室的上方，没有看任何人。

司凌云有说不出的担心，视线扫过全场，与张黎黎碰到一起，两人都若无其事地各自移开目光，可是她心底已经没有任何开心的情绪。

散会之后，她站起身正要下楼，司建宇叫住了她，“凌云，我有事情要和董事长谈，我希望你也能在场。”

他的声音平稳冷漠，司凌云一怔，嗅出了危险的味道，而其他高层管理人员显然比她更敏感，除了司霄汉与张黎黎以外，他们全都加快脚步走了出去。她只得重新坐下。

司建宇直视着司霄汉，“董事长，地产公司由我负责，集团就算要插手人事任免，也需要通过我。请你解释一下，为什么不经我同意，突然解除李元中的副总职务？”

司凌云一怔，看向司霄汉，司霄汉十分平静，“李元中恃着资格够老，在公司里拉帮结派，多次抗拒执行我的指令，主管销售不力，业绩下滑严重，让他走人，是我的决定。”

“业绩下滑——董事长应该不用我来分析现在的房地产形势给你听吧？所谓抗拒执行你的指令，就更可笑了，李总确实拒绝按照张总的意思，将地产公司账户内的所有款项划到集团账户里去，但那不是他自作主张，而是执行我的决定。”

“划走款项是我的决定，买壳正式展开，集团需要调用这笔钱。”

“董事长明确对我讲过，集团已经筹齐上市需要资金，我如果要做同仁里项目，只能自己想办法，你不支持、不干涉我的行动。我签订融资协议弄来资金，启动项目，你却突然抽空我的账户……”

司建宇的声音越拔越高，在这里戛然止住，会议室陷入一片死寂。司凌云只见他眼睛充血，衬衫被汗水浸透，脖子上的青筋暴起，搁在桌上的手在微微颤抖。她充满不祥的预感，却不知道说什么才好。

司霄汉的语气放得十分温和，“建宇，我刚才已经讲了，上市近在眼前……”

“别跟我讲大道理。”司建宇勉力开口，声音变得沙哑低沉，“我不是那些需要你打兴奋剂鼓励的员工，司董事长。你许的愿很吸引人，讲的前景都很激动人心，可是同仁里项目停工带来的后果你理解吗？”

张黎黎若无其事地插言，“凌云刚提交了新的报告，借壳计划需要这笔资金。顶峰现在最大的目标就是上市，所有的项目都必须无条件为这个目标让路。李元中自以为是，出言不逊，被免职是咎由自取。”

司凌云恼怒地刚要说话，司霄汉抬手制止了她。

“同仁里项目不是停工，而是暂缓进行。到了上市完成之后，所有的问题就都解决了。房地产公司仍然是顶峰集团最重要的子公司和最大的利润来源，重要性绝对不会降低。”

司建宇已经没有在听司霄汉说什么，而是将目光转向司凌云，如同看一个陌生人那样看着她，“这么说，你也参与了划走我账上的资金。”

“我……”

“凌云，你最清楚我融到这笔资金的艰难程度，还有铁则对于资金使用附加的保证性条款。你应该知道把这笔钱划走，他可以拒绝支付下一笔资金，并且要求巨额赔偿，你居然还跟着一起算计我？”

司凌云又惊又怒，“划走资金的事，我事先并不知情。”她看着司霄汉，“董事长，你……”

司霄汉沉下脸来，“你们两个人，既是我的儿女，也是公司高层，一个负责房地产公司，一个负责投资部门，居然会分不清轻重缓急，为这么点事跟我争论不休。建宇，这件事就这么定了。凌云，你让投资部马上拿出详细的资产置换方案来给我。”

他站起身，拂袖而去。张黎黎却慢条斯理地收拾着面前的文件，然后谁也不看，高跟鞋敲击着地板，款款走出会议室。

“大哥，你……需要喝水吗？”

司建宇冷冷地说："放心，我预先服了药，不会在这里发作。"

她看他虽然说话条理清楚，可是面色灰败，在冷气过分充足的会议室内仍旧不停流汗，不得不担心，只能再一次解释，"我真的事先并不知道这两件事。"

"那你至少可以帮我说服董事长把钱划回地产公司账户，保证同仁里项目的运转。"

"董事长既然已经做出了决定，我怎么可能说服他？"

"你能开口，起码证明我不是一个人在这里争取。我越是努力，在他看来，越像是为自己的目的想阻挠他上市的大计。"

司凌云踌躇了一下，"大哥，借壳上市的谈判进行得很艰难，对方提出的条件比之前预计的高出不少，我相信爸爸也确实是需要资金才出此下策。"

她的回答显然在司建宇预料之中，他看着她的目光已经没有任何温度，"他们许诺了你什么？加薪你肯定看不上。更高的职位？公司的股份？"

司凌云如同被针刺了一下，她想辩解，却无法反驳他的指责，"大哥，随你怎么想，但借壳上市进行到目前这一步，如同箭在弦上，真的容不得有任何因素耽搁了。"

"你们现在倒真是一个腔调，以为上市可以解决所有问题。可是同仁里这么大的投资项目，一旦停工，损失不必说，带来的连锁反应波及之下，影响不可估量。我倒要看看，最后由谁来收拾残局。"

"残局"这个词入耳惊心，司凌云皱眉，"大哥，我理解你的心情。你需要好好休息一下，然后我们再来商量怎么解决资金问题。"

"谢谢你的理解，来得可真宝贵。"司建宇讥讽地说，骤然止住，站起身来，向会议室外走去。

“大哥……”

司建宇头也不回地说：“没什么可说的了。”

司凌云回到办公室，心情沮丧，头重新隐约作痛起来。可是她根本没时间沉溺于这些情绪之中，她只来得及吃下两片阿司匹林，秘书小周便来告诉她，投资部的全体工作人员已经等着她过去开会。

要交出完整的资产置换计划，而且要根据新形成的借壳协议进行调整，需要布置的工作量十分巨大。等到会议结束，已经远远过了下班时间。司凌云这才意识到，傅轶则没有按约好的那样过来接她去吃晚饭。她拨打他的手机，过了好一会儿他才接听，“我现在在汉江心脏病医院。”

“你怎么了？”

“不是我，是你大哥心脏病发，被送来抢救，晓岚不知道怎么办好，打了我的电话。”

“他现在怎么样了？”

“还在急救室里。”

“我马上过来。”

7

汉江心脏病医院是国内最大的心脏病专科医院之一，司凌云进去以后，便有些搞不清方向了，抓几个护士问，都不得要领，正准备再打傅轶则的电话，却一眼看到司建宇的秘书小王坐在大厅一侧，连忙走过去。

“司总在哪里？”

小王一脸的失魂落魄，茫然地看着她，她不得不再次重复问题。

“他在二楼，左边的第三急救室。”

司凌云匆忙上楼，迎面看到的便是米晓岚正伏在傅轶则怀中痛哭失声，而傅铁则轻轻拍着她的背安慰她。司凌云吓得一下呆住，停了一会儿，声音颤抖地问："大哥他……怎么了？"

傅铁则轻声回答："还在里面，不过医生说他已经脱离了危险，正在上心脏监护装置，可能过一会儿就能出来。"

司凌云松了口气，同时有些恼怒，"既然大哥没事了，大嫂，你何必哭成这样？吓死我了。"

傅铁则摇头示意她别说话，然而米晓岚已经抬起满是泪水的面孔爆发了，"谁让你来的？你马上给我离开这里。"

司凌云惊讶地看着她，尽可能把语气放温和，"镇定一点，大嫂。"

"你破坏我跟你大哥的婚姻，怂恿他出轨，跟秘书鬼混来羞辱我。现在你开心了，司凌云。你居然还有脸过来看他。"

这出人意料的指责让司凌云失去了耐心，"你要撒泼也好，撒娇也好，都得换个场合，眼下你先生还躺在里面接受监护，你抱着别的男人哭也就罢了，无端端跟我吵什么？"

"凌云——"傅铁则沉声喝止她，音量并不高，但透着严厉。他从来没用这种口气跟她说过话，她一下抿紧了嘴唇。

米晓岚看看她，突然重新伏入傅铁则怀里，抽泣着说："铁则，请送我回去吧，我不想在这里受这种羞辱。"

傅铁则仍旧轻轻拍着她，同时对司凌云说："她现在情绪不稳定，在这里也帮不上忙，我送她回去。"

司凌云的目光从他们身上移开，耸耸肩，什么也没说。等他们下楼后，她颓然坐到靠墙的椅子上，还没缓过劲来，看到急救室门打开，条件反射地站起来。护士将司建宇从里面推出来，他仰躺着，面色苍白如纸，睁大眼睛张望，司凌云过去，他声音暗哑地问："你大嫂呢？"

她迟疑了一下，只得回答："她知道你脱离危险就放心了，冬冬也需要她照顾，轶则送她回去了。”

护士将司建宇送入监护病房，医生问病人家属在哪儿，她连忙答应。医生疑惑地打量她，“送他来的那位王小姐呢？”

“那是他的秘书，我是他妹妹。”

“好，这里有些文件需要你签字。”

她一边签字一边问：“我大哥现在怎么样？”

“他已经脱离了危险，现在需要给他做24小时的心脏监护。”

她略微放心，问：“他今年做过全面体检，排除了心脏问题，怎么会突然心脏病发作？”

“病人在我们这边建了病历档案，有检查记录，肯定已经不是第一次发作了。”

司凌云一怔，医生误会了她脸上的表情，安慰地说：“你也不用太担心，他的情况并不算很严重。”

“他有焦虑症，一直在服用药物调节，对于心脏有影响吗？”

医生十分有耐心地解释，“他上次来就诊也问了这个问题，甚至想停服药物。我告诉他，千万不能那么做。他表现出的心脏不适症状其实跟焦虑情绪反复发作有关，体内激素改变，导致左心室一块心肌变薄，局部血管痉挛，诱发了类似冠心病发作的反应，跟真正的心脏病还是有区别的。只是今天发作得太厉害，我们需要在完成心脏监护以后，再做一个详细检查。”

司凌云点点头，“我明白了。”

“只要心脏没有实质性病变，严格注意休养，心肌还是有恢复正常的可能。不过……”他含蓄地停顿了一下，“一定要注意保持情绪健康，避免紧张、激动和焦虑。”

她想想白天在会议室中那场争吵，只得苦笑，“我会劝他注意的。”

司凌云一转头，发现小王在走廊一侧探出头来，被她看到，明显受了惊吓，局促地抓紧自己的皮包，却还是鼓起勇气走了过来，小声问：“司总怎么样了？”

司凌云没想到她居然还留在这里，面无表情地上下打量了她一下，“他已经脱离了危险。”

小王嘘了一口气，“哦，那就好。”

“王小姐，麻烦你解释一下，你怎么会在这里？”

她小声说：“我送司总来医院的。”

“他在哪里犯的病？”

小王没有回答，其实她也根本不需要答案。她一直待在办公室，如果司建宇在公司发病，不管是小王还是保安，都会通知她；如果他是在家里发病，不会轮到小王送他就医，米晓岚更不会这样歇斯底里地发作。她想，原来张黎黎的那句嘲讽竟然是事实，她心目中忠实于婚姻，几乎是过于深爱太太、在意太太感受的大哥司建宇真的和他的秘书有了婚外情。

她不打算追问细节，“王小姐，你看上去是成年人了，知道跟结了婚、有孩子的老板发生私情意味着什么吗？”

小王的眼眶中一下涌出大颗泪水，她嫌恶地摆手，“别在我面前哭。你明天一早就去人事部门办理辞职手续，自己从顶峰消失，我会让鲁经理给你多结半年薪水作为补偿。”

小王面如土色，勉强开了口：“司小姐，不是你想的那样，我跟司总在一起不是为了钱。他很苦闷，压力很大，心里装满心事，没人可以讲……”

“于是你怜悯他、给他安慰、充当他的红颜知己？”司凌云冷笑一声，“你逾越了，王小姐。在公而言，你只是他的秘书，需要时刻谨记工作范围包括什么，不包括什么；在私而言，他有妻有子，就算婚姻有问题，也不是跟你玩婚外情的理由。请你现在马上离开医院。”

“我看到他太太走了，至少我可以在这里陪……”

“不必，他在接受心脏监护，有护士守着。”

“司小姐——”

“什么也不用说了，你应该庆幸是我来打发你，而不是他太太。不要再联络司总，不然，等着你的麻烦是你想象不到的。”

小王终于“哇”地哭出了声，捂着脸匆匆跑走。司凌云也想离开，可是一时全身无力，筋疲力尽地坐到走廊长椅上，合上眼睛，用手指按压着太阳穴。

8

“不用在公共场合把一个年轻女孩子弄得那么难堪吧？”

一个低沉的声音从她上方传来，司凌云睁开眼睛一看，曲恒正站在她面前。她知道他大概看到了小王在她斥责下哭着离开的一幕，可是他的声音里并没有什么责备意味，她也根本不想辩解，“你要是看不惯，刚才就应该过来英雄救美啊。”

他轻轻一笑，“我怕你会连我一起臭骂。”

再怎么满腹心事，她也苦笑了一下，“看来我已经是一个很有威慑力的泼妇了。”

他看看她，“你没事吧？”

“没事。你怎么会在这里？”

“我母亲在这里住院，接受心脏移植手术。”

“啊，她现在怎么样了？”

“按医生的说法，手术算得上成功，她现在生命体征平稳，应该度过了危险期。我刚过来看了她，正准备回家。你呢？”

“我大哥心脏不舒服送过来抢救，不过已经脱离危险了。”

“那就好。不过……”曲恒打量了一下她，“你的脸色看起来很不好。如果你大哥有人照顾，你还是早点回去休息吧。”

监护病房并不需要家属陪护，她留在这里也没什么意义，她站起身，“走吧。”

他们一起往外走，曲恒突然说：“凌云，那个小区园艺绿化项目，谢谢你。”

她带着点揶揄地笑，“你的小会计到底还是跟你说了啊。”

“小蓉从来不擅长撒谎，我又不是傻子，想也想得出来从天而降的招标合同是怎么回事。工程完成得很顺利，款也结得很迅速。幸好有这笔钱，又遇上合适的供体，我母亲做成了手术。”

“李总说你们公司的报价很合理，规划和施工质量都不错，没理由不把项目给你们做，而且还会考虑继续合作。所以，不用谢我。”

“你再这么照顾我的玻璃心，我可真的要难为情了。”

“好，我们都别再提这件事了。”她飞快地说。

他看着她，沉默片刻，嘴角上挑，笑了，那个笑容复杂，混合着一点自嘲与一点司凌云依然看不懂的情绪，“我还没祝贺你升职了。小蓉说你的办公室很大，又气派又豪华，你坐在里面的样子，跟她想象中的白领精英完全一样。”

“小蓉？是你那位会计小姑娘吧，还真是天真得可爱。”

“她一毕业就到宜园工作，你也看过我们的办公环境了，难怪她有大公司崇拜情结。”

司凌云抬手掩口打了个哈欠，“告诉她，想象总比现实来得有趣。

她那样小白兔一样的女孩子，最好还是待在单纯的环境里，才可能继续天真可爱下去。”

曲恒莞尔，“工作很累吧。你看上去好像很疲惫，一个夏天不见，瘦了不少。”

“是啊，最近总在出差，确实很累。”

司凌云站到车边摸出车钥匙，突然一阵心悸头晕，伸手撑着车子才站稳。曲恒本来已经走到他的摩托车那边，回头看到，连忙跑过来扶住她，“你怎么了？”

司凌云从来没经历过这种几近虚脱的感觉，定定神，勉强一笑，“我没事，大概是没吃晚饭，血糖低了的缘故吧。”

“这都几点了，你想把胃彻底弄坏吗？”

“出差回来就开会，又赶上大哥犯病，拖到了现在。没什么，我……”

他已经拿过她手里的车钥匙，不容分说地说：“上车，我先带你去吃点东西，然后送你回家。”

她没有精神拒绝他这个好意，绕过去坐到副驾座上，合上眼睛，尽量让自己放松下来，然而心头乱成一团，一会儿想到手头的工作，一会儿想到司建宇的病情，一会儿想到米晓岚离奇的指责，车子停下来，她睁开眼睛，发现曲恒载她来了他们以前聚会到深夜以后时常光顾消夜的一家半露天小吃店。

她下车，看着那个简陋的店面，喃喃地说：“真没想到这家店居然还在。”

“老城区改造还没有波及这一片。”

她已经多年没有光顾这里，进去以后发现，老板依旧是那个面目阴沉的大块头老太太，跟从前一样，对顾客没什么好脸色，根本不主动打招呼，只木然地站在那里，她老实寡言的儿子负责整理桌子，文眼线、化着夸张浓妆的精干儿媳负责收钱，店内闹哄哄的，各式打扮的人坐在一起，唯一的变化似乎就是狭窄的店铺内装了一台空调，没有过去那么闷热难受，赶得很多食客情愿坐到外面。

曲恒安排她坐到靠里边一张桌子，并没问她想吃什么，很快给她端来生滚鱼片粥、刚煎好的锅贴饺子，配着姜醋汁与辣椒酱，香气简单直白地扑鼻而来，让她顿时胃口大开。她拿起筷子便吃了起来。

“慢点，很烫。”

她已经被锅贴里溢出的油烫得一咧嘴，可是依旧把饺子吃了进去。

“你这样子，该有多久没好好吃东西了？”

她含着食物，含糊地回答：“我出差一向吃不好，再加上头痛……”

“好了，专心吃，别说话了。”

她一口气将锅贴吃完，粥喝得只剩一点，宣称再也吃不下任何东西了。曲恒带她出来上车，她系上安全带，摸了一下有鼓胀感的胃部，满足地叹气，“能够吃饱果然是一种享受。”

曲恒发动车子，开玩笑地说：“好了，现在你还过魂来，可以继续把人训得泪流满面走掉了。”

她好一会儿不说话，他有些奇怪地看她一眼，“生气了？”

“别人讲的实话，我才不会生气。不用你提醒我也知道，我大概真的很招人恨。我的秘书、下属见到我都有点战战兢兢，大哥认为我出卖了他的利益，大嫂甚至觉得我破坏了她的婚姻，继母不必说了，前男友恨我恨到非要一再找我打官司，现在——”她眼前浮现出傅轶则搂住米晓岚的样子，摇摇头，没有再说下去。

曲恒也并不追问，微微一笑，“你没有一点反省的意思，我就放心了。”

她横他一眼，“有什么可反省的，我从来没打算违背本性去装成一个友善的好人。”

“你想装也不可能装成功，还是做你自己吧。”停了一会儿，他轻轻加上一句，“我大概已经习惯你这个样子了。”

“无论我做什么，你都不会吃惊、谴责吗？”

“我觉得你可以放温和一些，不过我理解你不管做什么，都是有理由的。”

她蓦然有些百感交集，转头看着车窗外。路灯光掠过车内，明暗不定之间，两人一直保持着沉默，直到行驶到她住的小区外面，他停下车，“自己开进去吧，早点儿休息。”然后下车，头也不回地大步离开了。

司凌云坐到司机座上，看着他的身影消失在黑暗中，突然想到，渐渐远去的这个人，从她青春期开始，每一个疲惫颓废的时刻似乎都陪在她身边，这个念头让她吃惊而迷惘。

9

程玥显然已经收到消息，一看司凌云回家，便有一连串问题等着问她：

“这次出差很顺利吧？”

“顶峰借壳上市这事应该是铁板钉钉了吧？”

“你爸爸有没有说起会给你和你弟弟多少股份？”

“巨野会停牌多长时间再恢复交易？”

“你觉得到时候股价会上涨多少？”

司凌云无心详细讲解目前的形势，一边无精打采地随口敷衍着，一边往自己房间走，突然又觉得不对，回头盯住程玥，“你也买了巨野的股票吗？”

程玥沾沾自喜，“你爸爸说我可以买点儿玩玩。这次真是买对了，停牌之前涨得实在好。”

司凌云暗自恼恨父亲在这件事上的毫无原则，追问：“你买了多少？”

程玥看出她神色不对，打个哈哈，“你这么严肃干什么？没买多少啦，你又不是不知道，我坐吃山空的，能有几个钱，涨再多也就是赚点儿零花钱而已。”

她端详程玥，程玥一脸的泰然自若，她知道再问不出什么，摆一摆手，“既然这样，就别追着我问这些事了。记住，更不要对外人提起这件事。”

她回房间洗澡，出来后看手机，傅轶则并没有打电话过来，她也不打算打电话过去，顺手关机，去找程玥讨要一粒安眠药，程玥疑惑地打量她，“要这个干吗？你一向睡眠不错的啊！”

“我过去睡眠倒真是不错，不过现在被公事压得快神经衰弱了。”

程玥一下紧张起来，“真的吗？要不要我带你去看中医调理一下，千万别在这个时候影响工作。”

她给气乐了，“你这当妈的可真是贴心。谢谢你了，快拿药给我吧。”

程玥取了药递给她，同时叮嘱：“这玩意儿偶尔吃吃可以，千万不要养成依赖。”

她一口吞下，喃喃地说：“放心，我也只是偶尔需要睡到不省人事。”

司凌云头一次吃安眠药，药效比她想象的来得强劲，她甚至没来得及排好第二天的工作顺序，便睡得人事不知。第二天在闹钟的帮助下，她才勉强睁开眼睛，一心只想继续睡下去，可是一想到手头要做的事情，剩下的一点儿睡意顿时消散了。

天气阴沉，她匆忙开车赶往医院，司建宇住在一个单人病房，正靠在床头看报纸，面色多少有些憔悴，“大哥，感觉怎么样？”

他放下报纸，招呼她坐，“我没事。公司那边——”

“我打了电话给赵总，”赵总是司建宇的另一位副总，李元中走后，他便是顶峰地产的第二号人物了，“告诉他你在做一个例行体检，今天的日常事务由他处理。你放心休息吧。”

司建宇嘘了口气，停了一会儿，他突然开口：“轶则昨天跟你说什么没有？”

“没有。昨天从医院走后，我就回家了。”

司建宇顿时一脸焦灼，司凌云无可奈何地说：“大哥，医生说了，你得放松心情——”

“你必须马上去找轶则好好谈谈，弄清楚昨天晓岚有没有跟他说什么。”

“对不起，大哥。”司凌云厌倦地说，“我手头还有一堆工作赶着要做，实在没空关心大嫂的心情。你最好还是等出院之后亲自去跟她沟通。”

“凌云，我不是要你去关心晓岚。”司建宇额头又冒出了汗珠，“昨天我从家里出来之前，跟她有一点……小争执，提到了我跟董事长的冲突、地产公司的资金状况。她知道同仁里这个项目是与轶则合作的，我怕她情绪一不稳定，会把什么都讲给轶则听，那就麻烦了。”

司凌云想一想昨天傅轶则看她的神情，就意识到这个麻烦比司建宇想到的还要大一些，可是看看他憔悴仓皇、方寸大乱的样子，她只能安慰他，“没事的，大哥，我会处理这件事的。”

司建宇显然没办法放下心来，喃喃地说：“融资协议对于同仁里工程进度有明确要求，我们现在还能勉强维持一周左右的桩基工程施工。

如果轶则知道资金被抽走，导致项目停工，他有权拒绝支付剩下的资金并要求撤资赔偿的，对于顶峰来说，这简直是釜底抽薪，后果太可怕了。凌云，你一定得去稳住轶则——”

司凌云对双方的协议了然于心，完全清楚司建宇所说的后果，“大哥，镇定。项目的事，你别太担心，我会跟爸爸商量，尽量统筹出一笔资金给地产公司，让同仁里项目维持一个最起码的运转，不至于彻底停下来。”

司建宇有些意外，好一会儿没有说话。

“我知道这离你的要求还是很远，可是目前我只能争取做到这一步了。我会加紧准备借壳需要的各种资产置换文件，争取让顶峰早些上市，彻底解决资金问题。”

“凌云，谢谢你。这段时间要辛苦你了。”

“还有件事，大嫂指责我破坏你们的婚姻——”

“她是生我的气迁怒于你，你别介意。”

“我想了想，你们夫妻之间的关系需要你们自己处理，外人随便插话确实没必要。不过，我让你的秘书小王辞职了，希望大哥不要认为我又在多管闲事。”

司建宇先是一怔，随即摆摆手，“辞职就辞职了吧，没什么。”

司凌云本来打算从医院出来便直接回顶峰继续工作，但这时计划变了，她开车到了傅轶则工作的投资公司。

这里是汉江市中心最高的一幢写字楼，她之前没有上去过。电梯抵达 48 楼时，里面已经只剩下她一个人，她步入装修低调中显出气派的公司，漂亮的接待小姐礼貌地问她的姓名，有无预约，打一个电话之后，将她带入会客室，给她倒了一杯水，请她稍候。

这个“稍候”长达近两个小时。

司凌云仿佛被彻底遗忘在了会客室，她也并不着急，打开随身带的笔记本电脑，连接上网络，一边看邮件、处理文件，一边接听各种工作电话，一直忙碌着，直到高翔进来路过会客室看到她，惊讶地止步，“凌云，你怎么会在这里？”

她匆忙结束一个电话，“高总，你好，我在等轶则。”

高翔看了一眼闻声过来的接待小姐，那个女孩子不安地小声说：“高总，傅总说就让司小姐在这里等。”

高翔皱眉，摆手让接待小姐走开，“抱歉，我被一点事情耽搁了，平常不会这么晚到公司来。去我办公室喝杯咖啡吧。”

“在这里等是一样的，高总，麻烦你帮忙转告轶则，我不介意等到什么时候。”

“逼得女朋友讲出这种话来，他真应该惭愧。不过，你今天等不到他。”高翔无可奈何地笑了，“他一早就去深圳出差了。”

司凌云怔了一下，勾起嘴角也笑了，伸手合上笔记本电脑，收拾桌上的东西，“不好意思，高总，我这就走。”

“凌云，我煮的咖啡味道不错，请务必给我这个面子。”

司凌云只得随高翔进他的办公室，这里与傅轶则的公寓一样，有整整一面墙的玻璃长窗可以俯瞰市区。窗外天气阴沉，风起云涌，雾气不知不觉中聚集在大约30层楼的高度，骤然望下去，下面那个他们生活的世界变得陌生而危险，让人有些目眩的感觉。

他招呼她坐下，一边动手煮咖啡，一边说：“其实用这种咖啡机，根本没法吹嘘自己煮咖啡的手艺不错，改天我请你去喝本地最好的现煮咖啡。”

她心不在焉，实在没心情应酬，待他将咖啡端到她面前，才回过神来，“办公室里能有 espresso 就很奢侈了，谢谢。”

“别生铁则的气。”

她勉强笑笑，“高总真会给我打圆场，我既然能够赖在会议室一等两个小时，当然就表示自动放弃了生气的权利。”

高翔不经意地说：“昨晚铁则到我的酒吧，拉我陪他喝酒，他喝到大醉，还是我送他回家的。”

司凌云想，这倒是与她昨晚在安眠药帮助下的入睡扯平了，不知道米晓岚到底讲了什么，如果傅铁则愤怒到甚至根本不想听她解释道歉的地步，恐怕不是她放下姿态哄一哄就能哄好的。她捧起咖啡杯，凝视杯中冒着袅袅热气的液体，一时觉得疲惫不堪。

“你看上去很累。”

“是啊，工作就是这样，各种压力，没办法。”

“我跟铁则认识了很多年，当时我是一个小商人，做着家里传下来的一门生意；他是出色的科学家，或者说只要继续努力下去，肯定会成为出色的科学家。你知道我们这样各方面不搭界的两个人怎么会成为朋友吗？”

她完全没有心情配合他猜谜，直接摇摇头。

“我们先是借酒浇愁，成了酒友，后来发现彼此都对自己的职业、前途感到厌倦。我们每天重复做的事，早就不能激起我们的兴趣，可是我们不知道要怎么改变这一切。”

她淡淡地说：“大概没有人能完全按自己的兴趣生活，把兴趣变成每天重复做的事，只会谋杀兴趣。”

“这话我完全同意。不过，就算工作，也还是要尽可能找能激发兴趣的部分，这样才值得长久坚持下去。所以，我后来除了继续做家族生意，还做了红酒代理；他放弃了他的学术生涯，转做资本运营。”

“高总，你说的话非常有哲理，值得我反复思考。我也确实对工作有厌倦感了，可是有些责任不背不行，有些事，就算不愿意，也还是得去做，暂时还没有能力跟你们这样的境界发生共鸣。”

“慢慢来，学会释放压力很重要。”

她感激这个劝导，“谢谢。”

“我无意冒昧介入你和轶则之间多说什么，不过，以我对他的了解，也许他只是需要点儿时间冷静一下。”

“就算高总不给我这个忠告，我也不大可能再来公司这么纠缠了。”

高翔哈哈大笑，“我当然不是这个意思，如果你对轶则能做到持续纠缠，他当然很容易解脱，也不用借酒浇愁了。”

她尽管愁肠百结，却仍禁不住半是自嘲、半开玩笑地问：“那么高总希望我怎么做？”

他看着她，温和而镇定，“轶则能够处理自己的生活，不需要别人保护；至于你，凌云，能够让轶则开口求婚的女孩子，是不需要我来教怎么做的。”

司凌云将咖啡一口喝了下去，放下杯子，站起身，“谢谢高总的咖啡，我真的该走了。”

第九章

注定回不到最初

1

巨野集团董事长刘邦林正在接受有关方面的调查，已经两天没到公司上班。

这一消息传到司凌云耳中时，她正与上市律师和资产管理公司人员开会，准备完成资产置换方案的最后一轮修改。她顾不得跟其他人说什么，匆忙走出会议室，然而电话那头是巨野的董秘，通报这个尚未公开的消息也自有目的，不肯回答她的追问，匆忙讲了重点便挂断了。

司凌云心乱如麻，努力整理思绪，让自己镇定下来，一边给还在里面的部下打电话，让他们结束会议，一边走楼梯上楼去父亲的办公室。闻洁告诉她，司霄汉去市政府那边开会，连手机都关掉了，无法联系。

“马上帮我打他司机的电话。”

闻洁顺利联络到了司霄汉的司机，将电话交给司凌云。司凌云让他想办法进入会场，把司霄汉叫出来带回公司，司机为难地支吾着：“司小姐，听说这个会议是市长主持的，很重要……”她正要说话，闻洁伸手示意，她将电话交过去，闻洁沉稳地吩咐司机，“公司有紧急情况，马上按司小姐的话去做，一分钟也不要耽搁。”闻洁放下电话，笑道：“我跟司机打交道多一些，他们需要比较直接的指令。出了什么事，司小姐？”

司凌云还没来得及回答，办公室的门被大力推开，张黎黎出现在门口，“闻洁，董事长……”她看到司凌云，骤然止步住口。

“董事长开会去了，司小姐已经让司机尽快把他送回来。”

张黎黎不理会闻洁，盯着司凌云，“这么说，你也已经听到了风声？”

司凌云清楚，如同她着意结纳巨野董秘，一直保持私下联系一样，张黎黎也一定在那边有自己的消息渠道。她点点头，张黎黎脸色铁青，沉思一下，“凌云，请你到我办公室来一下。闻洁，董事长回来之后，也请他马上过来。”

“看来刘邦林确实出事了。”

一进办公室，张黎黎便再也不想掩饰内心的焦躁和六神无主，来回踱步。司凌云没有回答她，径直去吧台那边给自己倒了杯水，一口喝了下去。

“这会在多大程度上影响到我们的借壳计划？”

“现在说不好。”司凌云想了想，“首先必须弄清楚他接受调查的原因。”

“据说是个人涉嫌严重违纪。”

“当然他违纪了，关键要看因为什么事违纪，严重到什么程度，然后还要看巨野方面会换谁接替他的职务。”

“不管怎么说，资产置换都不可能按计划时间完成了。”说到这里，张黎黎已经惨然变色，“怎么办？我们该怎么办？”

她仓皇得有些超出司凌云的意料，司凌云皱眉，“巨野是国企，按正常程序来讲，刘邦林应该提出辞职，接受调查，有关主管部门会安排人接替他的工作。按最乐观的估计，如果刘邦林的违纪行为被认定与巨野的经营无关，借壳方案可能不会受太大影响。但是……”她停住，摇摇头，“猜测没有意义，还是必须打听到准确的消息才行。”

“可目前我能打听到的只是刘邦林被检察机关采取了强制措施，公司还有一名副总也被带走了。他被举报也不是一天两天的事了，一年多前他就接受过一次调查，有惊无险过了关，还借机挤走了上级安排的副董事长，巩固了地位。告诉我消息的那个人也说，实在想不明白这次怎么突然弄得这么严重。”

司霄汉疾步进来，没来得及开口问，司凌云便跟他讲了收到的最新消息，张黎黎做着补充，他同样为之色变，马上便开始打电话。他以顶峰董事长的身份数次往来那边，跟不少人有私人交情，虽然正值敏感时刻，但几通电话过后，还是打探到了有价值的情况。

刘邦林果然是因为经济问题接受调查，同时涉及未披露的违规担保问题，金额十分巨大。司凌云在一旁听着，心底凉了半截，她从年初自行调查巨野集团开始，便对它的财务始终无法放心。接手借壳谈判后，她虽然能看到更多资料，但她并不信任对方拿出的那些看似天衣无缝的报表，反复研究后仍有隐忧，交给审计机构看，专业审计人士告诉她，在没有全方位查账的前提下，拿不出意见来。现在刘邦林出事了不说，她一直担心的违规担保等财务问题也终于露出了冰山一角。

“霄汉，我们要不要再去一趟那边？多少做做工作……”

“做什么工作？”司霄汉面无表情地打断她。

“试着见见相关部门的领导，做做公关啊。就算刘邦林进去了，也不能让借壳这件事黄了，不然……”

“不然怎么样？”

“不然……不然上不了市，那个损失我们怎么承受得起？”

“你到底有没有脑子？”司霄汉突然暴躁了，狠狠瞪着张黎黎，“老刘这个事情，不知道大到什么程度，具体牵涉到什么事情，我们这个时候跑去那边，完全是自投罗网。”

张黎黎哑口无言，办公室内一下安静得只听得到司霄汉粗重的呼吸声，司凌云看看他铁青扭曲的面孔，不免担心，“董事长，你没事吧？”

张黎黎赶忙也说：“哎哟，霄汉，你脸色不大好，得赶紧量一下血压，我叫闻洁把血压计送过来。”

司霄汉烦躁地摆手，“现在别弄这个，我们都得有个准备，万一对刘邦林的调查牵涉到顶峰，该怎么应对。”

司凌云怔住，她脑子里想的全是借壳上市方案会不会夭折，就算不会夭折，是否还应该继续执行这个计划，“他出的是经济问题，我们跟巨野的借壳和资产置换还没有正式展开，怎么会调查到我们头上来？”

司霄汉叹了口气，“小云，有些事你不知道也好。”

“我不知道就能躲过去吗？”

“那是当然，这种时候就能看出对亲骨肉不一样了。”张黎黎阴阳怪气地说，“这肯定不是什么好事，董事长毕竟疼你，不要不识好歹。”

司凌云心底涌上疑窦，根本顾不得回应张黎黎这个嘲讽，只定定地看着司霄汉，“爸爸，我不需要一无所知的安全。”

司霄汉却似乎恢复了镇定，“不用胡思乱想了，小云，我说的只是做好各种准备，不至于到时候手忙脚乱。资产置换方案你继续做，毕竟借壳由巨野股东大会表决通过，并不取决于刘邦林一个人。”

回到自己的办公室，司凌云没法安下心来继续去处理资产置换方案。她工作了一年多，当然不可能天真到认为顶峰最终与巨野在借壳问题上达成一致，完全是她与团队谈判取得的成果。为了达到目的，司霄汉与刘邦林进行了多少上不得台面、见不得光的幕后交易，恐怕只有他们两个人最清楚。

一念及此，她打了个冷战。

而张黎黎大失常态的表现同样让司凌云担忧，这个继母究竟投了多少钱做内幕交易牟利，大概也只有她和王军两个人清楚。

她正心烦意乱之间，有人敲门，小伍探头进来，“司小姐，能打扰一下吗？”

“什么事？”

“有几件事必须向你汇报，棉纺厂的债务官司，我们败诉了，必须共同承担四千五百万的债务，白律师那边在准备向高院上诉的材料。”小伍看看手里的文件，“另外，顶峰地产前任常务副总李元中发来了律师函，声称如果不解决他的报酬与补偿问题，他将正式起诉顶峰。还有……”

司凌云将手中的笔扔到桌上，向后一靠，已经听不下去他接下来会说什么了。她想，所谓“祸不单行”这个词，实在是再正确不过了。原本以为经过一夏的辛劳忙碌，可以在秋天有所收获，没想到，最终等来的居然是一个不折不扣的多事之秋。

2

李乐川担任编剧的电影《我们的歌》终于要开拍了。剧本设定的部分背景就是汉江市，制片方决定将一部分场景放在这边进行拍摄，开机仪式在高翔的酒吧举行。

司凌云进去时，仪式已经开始，里面人头攒动，聚集了不少人。她张望着想找到李乐川，头一个过来跟她打招呼的是琪琪，她照例打扮得十分入时醒目。

“好久不见了，约你出来玩，你总说没空。”

“我确实没空，现在是直接从公司过来的，等会儿还要回去继续工作。”

她打量司凌云，“你现在要不要穿得这么标准白领状啊，居然白衬衫加灰色长裤，这一套衣服穿去办公室都嫌乏味，何况是出席开机仪式。真服了你。”

司凌云心不在焉地说：“你就没别的好讲了，每回一见面就挑剔我穿什么，比我妈评论得还苛刻。”

琪琪也笑，指着台上悄声说：“快看，温令恺真帅。”

她早就听李乐川说了，这部电影男主角是温令恺，只漫不经心地看了一眼，“拜托，他以前跟阿乐组乐队，你又不是没见过他。”

“见是见过，当时只觉得他是长得漂亮的男生而已，没什么特别。现在他光芒四射，整个人的味道跟感觉都完全不一样了。”

“上去要签名强抱加索吻吧，我不拦你。”

琪琪挽住她的胳膊，摇动撒娇，“帮我个忙，找阿乐约他一起出来吃饭吧。”

“喂，你直接约他不行吗？有什么必要装得这么娇羞委婉的，完全不是你的风格。”

“人家现在是大明星，旁边那女经纪人眼睛瞪得跟老鹰一样，我根本没法近身，贸然开口哪里约得到。”

“我没时间管这种事。”她指一下恰好走过来的李乐川，“你有要求直接跟阿乐提。”

李乐川忙不迭摇手，“为了写剧本和筹钱拍电影的事，老头子已经天天大骂我不干正经事，恨不得把我从李家户口簿上除名，如果我再把嫂子的表妹介绍给男明星，他肯定得说我是在拉皮条，你们两个别害我。”

“你什么时候在乎你爸怎么说了？我又没打算跟他私奔什么的，也就是带朋友跟他吃个饭，炫耀一下。”琪琪觍着脸笑，“最多顺便吃吃他豆腐，哪至于到拉皮条的地步。”

“琪琪，你在长辈面前装小白兔，在我们面前可真是越来越豪放了。”李乐川笑道，“我这么跟你说吧，就算我不在乎我爸怎么骂我，这部电影对我来说也实在是很重要，我不会允许节外生枝的事发生。等电影拍完了，你爱怎么勾搭，那就是你的事了，我不管。”

琪琪瞪他，却也无计可施，悻悻地说：“嘁，说得你们不是在拍电影，倒像是朝圣一样。”

“好了，别闹了，我帮你在前排找个位置，老实坐着。”

将琪琪送去坐好后，台上主持人开始介绍剧组成员，导演姓史，看上去不到三十岁，其貌不扬，瘦弱的小个子撑着一个不成比例的大脑袋，一双微微突出的眼睛如同受惊一般瞪着，透着一股神经质，讲话的声音十分低哑。

“你怎么不上去？”

“编剧就不用非往镜头里挤了。史导有才气有想法，执导的一个短片广受业内好评，得了不少奖，这是他第一次独立执导电影。”李乐川叹了一口气，“可惜记者的兴趣都集中在阿凯身上。”

到场的媒体记者确实多半是奔着唯一的大牌温令恺而来，尽管他这一次显得十分低调，没有知会大批粉丝拥过来，但记者对于他的八卦新闻的关注显然远远多过对影片的关注，提问集中在他身上，不要说其他演员被冷落在一边，就连导演也没几个人搭理。

司凌云不以为然地努努嘴，“阿风的酒吧关门整改了两个月，损失惨重，他一点赔偿的意思也没有，甚至没有象征性地打一通电话过去。你倒还顾念老交情，请他当男主角。”

“我只是编剧，可没权力做这个决定。”

“你敢说你一点发言权也没有吗？”司凌云瞪他，“活该你们被喧宾夺主。”

李乐川无可奈何地说：“我跟你一样觉得阿凯上次那事做得不地道，而且我也不认为他是适合的人选。不过制片方觉得他最近一年蹿红的势头不错，又非常有诚意，肯接受低得接近象征性的片酬，不用就太可惜了。我专门跟阿风解释过，他说他不介意。”

司凌云诧异了，“你写的剧本真好到让人愿意无偿演出的份儿了吗？”

他被气乐了，“你这是夸我呢，还是损我？告诉你吧，在这个圈子里，谁也不是傻子。阿凯演电视剧走红，可他这种偶像小生国内和港台多得是，竞争激烈，他要想成为一线巨星，还需要演出电影证明演技，进一步拓展演艺路线；站在我们的角度考虑，电影是个特别烧钱的行当，我们得到的投资有限，制片方需要节约每一分钱，顺带利用他现有的人气。大家玩的是双赢的游戏。”

“受教受教。我只当我们做房地产的面临调整资金紧张，没想到你们也一样。”

“不然我不会厚着脸皮请你帮忙找场地做开机仪式。凌云，这次真得好好谢谢你。你帮我打了电话后，这边的老板高翔非常给面子，知道我们预算有限，提都不提费用，还特别赞助了红酒跟服务人员。”

“我们之间什么时候也开始客气来客气去了？”

他大笑，“因为我真体会到钱不够用的难处了。没预算还得讲气派，阿风倒是答应可以借地方给我，我又没丧心病狂到再去折腾他的老房子的地步。你要不帮我，我就真不知道该怎么办才好了。”

“阿乐，你是编剧，怎么这些事情还要你操心？”

“经费有限就是这样啊，我是本地人，有什么事不顶上来说不过去，接下来恐怕还得让你帮忙提供建筑工地和公寓内景。”

“要别的没有，要有荒凉感的建筑工地和精装修好的公寓房子，还是很容易找到的。”

“大恩无以言报，我一定会让他们在片尾打上鸣谢顶峰地产的。”

司凌云没觉得片尾打一行字有多了不起，不过最近顶峰背运连连，多少需要做做惠而不费的宣传，“希望你的电影卖个好票房。”

“唉，说实话，这个别指望了。这种小成本文艺片，票房通常好不到哪里去。能够收回投资，赢得一个好口碑，就是我最大的奢望。”

“你这一脸的心事，快赶上台上那位忧郁文青型的导演了。”

李乐川再度叹气，“这可是我几年的心血，马上要进入到我只能旁观没法操控的阶段，我能不紧张吗？”

“你知道自己不可能操控所有环节就好。认识这么久，我头一次发现你居然也有一点儿控制狂。”

“什么叫也有？”他坏笑着，“你那位未婚夫是不是也有一点儿这毛病？”

“你频道不要转换太快好不好，一会儿还为电影前景忧伤，一会儿就有心情关心八卦了。”

“我关心的是你，凌云，你真的准备结婚了？”

司凌云心想，要解释她与傅轶则目前的状态，未免比解释订婚不意味着结婚还要麻烦，她只能含糊地说：“不一定。”

“琪琪果然是在乱传消息。”李乐川笑着抚胸，做一块大石落地状，“我算是放心了。”

“放什么心啊？”

“你跟我一样，很适合当朋友，可是不大适合结婚。真要结婚，一定要嫁一个确定无疑爱你的人才会幸福。”

她瞪大眼睛上下打量他，“这么抒情可真不像你的口气，你不是一向抱坚定的独身主义吗？说我不适合婚姻，我倒是认了，可你从什么时候开始相信有确定无疑的爱这回事了？”

李乐川咧一咧嘴，“我持独身主义，不喜欢定居生活，所以不打算结婚祸害别人。对于爱情这回事，我可没像你这么怀疑，我觉得……”他突然打住，“咦，阿恒终于来了，大八卦，这家伙身边居然带着两个女孩子。”

司凌云顺着他示意的方向看过去，发现那两个女孩她都认识。一个女孩长发染成金棕色，垂到腰际，穿着牛仔热裤，露出两条修长美腿，是他的前任女友可可；而另一个女孩圆脸大眼睛，兴奋得满面放光地看着台上，是宜园园艺公司的陈会计。

3

“阿恒，你让我刮目相看啊。”

曲恒向来拿李乐川的打趣没办法，只得解释，“别胡扯，可可本来就在这间酒吧驻唱。”

“那个妞呢？”

“小蓉是我公司的会计，也是阿凯的忠实粉丝，非要过来开眼界求签名。小姑娘嘛，不满足她说不过去。”

“买你那首《为你歌唱》版权的事，考虑得怎么样了？还有，到底有没有兴趣参与这部电影的配乐？”

“我没做过电影配乐，恐怕达不到制片方的要求。”

司凌云听不下去了，“导演之前也没独立执导过，阿乐之前也没写过剧本——”

李乐川赶紧插话，“不许把我说得这么懒，我写过三个剧本了，不过只有这一本卖出去了而已。”

“别打岔。”司凌云瞪他一眼，“谁都有第一次，阿恒，你总不能说你不识谱没做过曲吧，之前没做过电影配乐有什么关系？”

“还是凌云快人快语。”李乐川大乐，正要接着说下去，工作人员过来叫他，他只得赶紧过去。剩曲恒与司凌云面对面站着，两人目光一触，司凌云暗暗在心里叹了一口气，心想，现在她与曲恒之间总有几分不时泛起的尴尬，她偏还忍不住倚熟卖熟逞口舌之快，接下来未免更不好说什么了。可是曲恒静静看着她，眼神中并没有任何责怪的意味。

“我知道阿乐想给我一个发展机会，不过他对这部片子寄予厚望，我不愿意仗着我们之间的交情拖他后腿。”

她终于直接将一口气叹了出来，“阿恒，你看看温令恺，他就完全没有你这些想法。这是一部小成本电影，能拿到的投资有限。我猜制片方买你写的歌，请你配乐，出的一样是友情价。在他们的出价范围内，你肯定是最好的，想通这一点，你还要客气，就是矫情了。”

曲恒若有所思，她不想再多加干涉，问他，“阿风怎么没过来？”

“他去云南了。”

“还是他最洒脱，放得下所有事情。”

这时，温令恺的女经纪人走了过来，满面春风，笑得十分甜蜜亲热，“凌云，阿恒，你们好。”

曲恒没有吭声，司凌云讨厌这种突兀而自说自话的熟不拘礼，老实不客气地问：“请问您贵姓？”

“对啦，我还没跟你们做过正式的自我介绍，我是令恺的经纪人，你们跟他一样，叫我小浅好了。”她没有一点儿尴尬之色，笑容如同固定在脸上一样，丝毫不受影响，“令恺的行程一向紧张，难得这次片子有一部分外景是在他的家乡拍摄，他非常希望有机会跟你们多聚聚。”

一句尖刻的嘲讽已经涌到了司凌云嘴边，然而曲恒及时开口拦住了她，“小姐，有什么事吗？”

小浅连忙说：“今天我安排令恺接受《娱乐周刊》记者专访，那个记者提出希望采访你们，写写他的成长过程。我们对令恺的过去有一套完整的说法，为了不出现相互矛盾的地方，我现在可以跟两位 check 一下。”

司凌云想，要想控制住不讲刻薄话还真不是件容易的事，她抬腕看看手表，“不必费这个事，我马上要回公司开会，不接受采访。”

小浅一脸惊讶，“令恺跟我说过，你们都是他多年的老朋友，友谊十分深厚。这个关于令恺的报道，对他、对影片宣传都很重要，不会耽误两位很长时间。”

曲恒的表情十分平静，“不好意思，我们都不是贵圈中人，今天来这儿只是受朋友邀请凑热闹，不会接受采访参与什么宣传，当然更不会对任何人说什么不利于阿凯的话。”

小浅还要说什么，李乐川回来了，客气但坚决地说：“小浅，麻烦你跟策划人员统一商量宣传的事，不要单独做别的安排。”

小浅好歹维持着一个僵硬的笑意走开了，司凌云撇嘴，“这姑娘一定早就跟你沟通了关于大明星过去的官方说法，要不要转达给我们听听？”

“不外乎就是让我们别提起阿凯以前的女朋友。”李乐川笑笑，“不用理她。阿恒，到你上场了。”

司凌云惊讶地看向曲恒，只见他皱起眉，随着工作人员向舞台走去。李乐川解释，“阿凯要唱一首歌，我好说歹说，将了无数军，阿恒才答应帮着上去伴奏。”

这时场内突然安静下来，台上温令恺在高脚凳上坐下，接过工作人员递过来的一把吉他，而曲恒抱着吉他坐在稍后的位置。

温令恺露出他的招牌微笑，微微倾身向前，对着话筒说：“从很小的时候起，音乐就是我生活中的最大安慰。能出演这部代表我们青春回忆、音乐梦想的片子，我很荣幸。这段时间我都在抓紧练习吉他，希望能交出一份让导演认可的作业。”

他回头示意一下曲恒，两人同时拨动琴弦，音符从他指间流淌出来，司凌云马上分辨出是曲恒作曲、卢未风作词的那首《我要的承诺》。

……
如果我向你要求承诺，
你的回答是否仍旧这样冷漠？
我们共度的岁月如此轻易溃落，
所有的过往抵不住时光消磨。
你在笑，你的笑容牵引我为之沉没。
谁来告诉我怎么抵挡一个又一个诱惑，
哪怕永恒是一个美丽的错。
……

温令恺原本在乐队中弹的是贝斯，并不擅长吉他，而且毕竟久疏练习，指法颇为生涩，吉他在他手里更像一个道具，只是间歇拨弄着，全仗曲恒伴奏。他的嗓音条件也不算出众，将这首歌改了节拍，而且降了调，才勉强唱出来。但司凌云只能公平地承认，他确实具有天赋的资本，一张面孔没有任何表情，都俊美得无可挑剔，抱着吉他浅吟低唱的姿势更是动人，不管从哪个角度看都称得上完美，足以颠倒在场女性观众，媒体记者更是一窝蜂涌上前去拍照。看情形，似乎只有他们几个人能对他散发的魅力免疫了。

她的视线停驻在静静坐在后方的曲恒身上，他神情专注，全身心沉浸于音乐之中，完全无视底下的观众，也全然不曾在意聚光灯打在谁的身上，众人注目的焦点是哪里。她记不清在多少地方听过这首歌了：他们排练的天台、深黑乐队驻唱的酒吧、阿风家楼梯……此刻重听，青春岁月突然涌动如潮，在心底拍击着相应的节奏。

李乐川突然附到司凌云耳边轻声说："本来我想让阿凯唱阿恒写的那首新歌《为你歌唱》，阿恒就是没松口卖版权给我们。我觉得那首歌对他肯定有特殊意义。"

"你编剧本上瘾了吧。"她挖苦道，还是禁不住看向曲恒，一曲终了，他结束伴奏，迅速拿着吉他走下了舞台。可可迎了上去，一脸兴奋地跟他说着什么，他微微摇头，然而可可固执地继续说着。她灵机一动，悄声对李乐川说："哎，阿风告诉过我，那首《为你歌唱》是阿恒在广州的时候写的，可可那会儿是他女朋友，也许跟她有关。"

李乐川端详着她，眼神有些古怪，她摊手笑了，"这么看着我干什么，直接用专业人士的口气告诉我这是烂剧本的编法不就得了？"

李乐川正要说话，突然看到高翔走了过来，连忙跟他打招呼，"高先生，今天实在太谢谢你了。"

"别客气，凌云的朋友就是我的朋友，需要什么尽管开口。"他转头对司凌云说，"我刚接到轶则的电话，他今天晚上回来。"

傅轶则出差近十天，没有跟司凌云联络。高翔这个不经意的通报，让她感慨，同时记起手头繁杂的公事，顿时再没心情在这里继续待下去了。

4

按摩浴缸内的水已经注满，司凌云加入玫瑰精油，解着衬衫扣子，打算泡个澡舒缓一下疲惫的身体，外面突然传来开门的声音。她猜想是傅轶则回来了，正要走出去，却一下停住了脚步。

“……飞机上的东西肯定难吃，我给你做点消夜吧。”

这个娇美的声音从客厅传来，毫无疑问是她大嫂米晓岚。她竟然与傅轶则一起回来，司凌云无可奈何地靠在浴室门框上，只听傅轶则回答：“不用了，晓岚，谢谢你特意去机场接我，时间已经不早了……”

“别急着赶我走，轶则。我就算回去，也是面对冷战而已，我真的已经受够了。”

米晓岚的声音轻柔低回，又含着一丝说不出的哀婉，傅轶则温和地说：“我认为建宇兄还是非常在意你的，你们需要坐下来好好谈谈。”

“他以前也许在意我，可是现在受他妹妹影响，已经变了，跟他的秘书鬼混在一起就是证明。”

“不要把什么都归罪于凌云，她一向不屑于管别人的事，更不可能鼓励她哥哥出轨。”

“对不起，轶则，我并不是有意讲她坏话，可是她真的很冷血无情，把一切都算计得清清楚楚，我不想你受她的……”

“晓岚，我们没必要再讨论这个问题了。”

沉默片刻，米晓岚改变了话题，“我知道你让我回去，也是为我好。最近我总在想，如果当年我能再勇敢一点儿，坚持一点儿，也许还是有希望跟你在一起的，对不对？”

“晓岚，做这样的设想没有任何意义。”傅轶则的声音很平静，“我们认识的时间太长，早就过了那个有可能发生其他选择的阶段。”

“也就是说，你对我还是有过感觉的。”

司凌云发现，她如果从公司过来后，一直枯坐在客厅内等傅轶则回来，倒不至于陷入如此尴尬而进退两难的局面之中。傅轶则与米晓岚的对话很可能继续进行下去，并且更加私密，她不管是此刻出去，还是接着听下去，对彼此之间错综复杂、岌岌可危的关系都只能是雪上加霜。

她不期然地想起了六年前在傅轶则家中的那一幕，历史以这种方式重演，她心底难以释放的酸涩感觉一直泛上来，整个人都觉得颓丧灰败。好在这时她搁在一边的手机突然响起，帮她做出了决定。

电话是司建宇打来的，她调整了一下呼吸，一边按了接听键，一边走出去，若无其事地出现在客厅内一脸惊诧的两个人的视线之中。

“大哥，你好，有什么事吗？”

司建宇的声音喑哑，“凌云，有件事我必须请你帮忙。”

“请讲。”

“晓岚现在应该是跟傅轶则在他的公寓里，她关了手机，不肯接我的电话。我想麻烦你过去让她回家。我知道你不想再搅进我的私事里，可是我跟你大嫂的关系现在实在太脆弱，经不起我撕破脸上楼敲门。”

司凌云想，脆弱的何止是你们的夫妻关系，她目光一转，从神态平静的傅轶则看向米晓岚，而米晓岚正死死盯着她，瞳孔收缩得小小的，仿佛在等着一个爆发点。她只是轻松地笑道：“大哥，我们现在都在轶则的公寓里。”那边司建宇显然吃了一惊，她继续说，“你也知道，这些天我手头工作太多，大嫂很体贴我，替我去机场接轶则，她马上就回家了，不用担心。”

放下手机，她对傅轶则说：“轶则，我已经放好了洗澡水，你先去洗个澡吧。大嫂，谢谢你这么晚送轶则回来，我送你下去。”

米晓岚求救般地看向傅轶则，傅轶则脸上依旧没什么表情，温和地说："晓岚，路上开车小心。"

有一瞬间，米晓岚标致的面孔扭曲了一下，可她终究只是低下头，匆匆走了出去。

司凌云随着出来，拦住米晓岚按电梯的手，米晓岚回头怒视着她。

"想来跟我夸耀你早就预言过这一切吗？对，你说得全中，你大哥开始反击我了，用的招数是我万万没有料到的；轶则还是不会接受我。可是别以为你赢了，司凌云，你只是完全没有感情，既不懂得爱，也不可能得到爱，最终什么也得不到，我可怜你。"

司凌云挑起眉毛，似笑非笑地看着她，"别跟我吵架，大嫂，也别忙着对我滥施同情，没意思。你对我有什么看法，我根本不介意；我没兴趣当预言家，对你说的那些话，你愿意理解多少，怎么理解，全看你自己，我一样不介意。现在我只多说一句：大哥也许做了错事，但他还是爱你的，他宁可自己咽下猜疑，也不愿意跟你面对面让你难堪，让你们的关系走到无可挽回的地步。他现在正处于最艰难的时期，需要你的谅解。我跟他只是异母兄妹，可我们长在单亲家庭里，我完全能理解他肯定不希望冬冬也经历我们经历过的童年。你们现在和解还来得及，请你三思。"

她伸手替米晓岚按了下行键，头也不回地返回了公寓。

5

傅轶则已经浸入了按摩浴缸，手边放着一杯威士忌。音响内传出的歌声让司凌云一下站在了浴室门边。

你说你已踏上归途，

我却等不及走上另一条路，

甚至没有擦肩而过，

我们注定回不到最初。

……

这是深黑乐队的一首老歌。司凌云当然记得六年前她离开傅轶则家时，将这张CD留在了那里，但她不知道他此时放这张CD的用意，也完全不愿意再提及那一天，走过去按了音响的停止键，然后换上了浴室中习惯放的爵士乐CD，将音量调低。傅轶则看着她的动作，什么也没说。她回过头，摊了一下手，“抱歉，我不是有意想偷听。”

“撞上这种尴尬的场面，不光不愤怒，还肯打圆场做解释，让我印象很深刻。”

她耸耸肩，“愤怒也得有理由啊。”

“理由？”他摇摇头，“其实理由并不重要，关键是得有足够被背叛、被辜负的感觉——这么一说，你确实没有必要生气，完全可以不动声色地打发走你的大嫂。不过我纯粹好奇地问一句，如果我跟晓岚有超出朋友关系的暧昧举动，你会怎么样？”

她厌烦地说：“上次撞见男友跟我的室友躺在床上，我打开窗子，把他们的衣服全扔了出去，这个参考答案对你来讲有意义吗？”

“这才像你会做出的事。”

可是她既没心情，也没精力去做那样的举动了。她不想再说什么，倦怠地摇摇头，打算出去，他叫她的名字：“凌云。”

她回头看他，按摩浴缸内水蒸气升腾缭绕，看不清他的表情。

“加了玫瑰精油的一缸水不会是特意为我准备的。”他轻轻一笑，“你看上去很累，进来吧。”

他的声音里带着一丝命令的意味，但包含更多的是蛊惑。她迟疑了一下，在他的目光下开始脱去衣服，走进了浴缸。她的身体徐徐沉入温暖的水中，走到浴缸另一端，将头靠到头靠上。精确设计的水柱与气流冲击着两人漂浮的身体，肢体温柔触碰到一起，如此亲密，却又如此遥远，她没来由地想叹息一声。

他倒了一杯威士忌递给她，她接过来，渴望索性一醉结束这个混乱的夜晚，又不得不提醒自己保持清醒，只呷了一小口。

“你有没有想过，你今天的行为其实有违你对我性格的基本判断了——你跟你大嫂详细分析过我，指出我这个人热衷征服游戏，对于女人主动的逢迎没兴趣，你继续做出一个高傲的姿态应该更有利嘛。”

他的声音低而轻柔，如同过去对她讲情话一般，可她清楚嗅出危险的信号，在心底暗自叹了一口气，尽可能心平气和地说：“我从来不认为一个刻意表现的姿态就能迷惑住你。”

“不一定。我认真回想了一下和你相处的过程，从六年前你跟我做完爱后叫男友过来接你开始，我确实多少被你的姿态迷惑住了。”

“何必回忆过去那么久的往事。从那天把我丢在你公司干等，到今天看我面对大嫂送你回家的场面，已经算让我姿态脱落打回原形了。”她放下酒杯，歪头看向他，“对现在这个结果满意还是失望？”

他盯着她，她一动不动，接受他凌厉目光的审视，空气如同凝窒一般，她打破这个沉默，“轶则，我们好好谈谈，不要预设立场。不然，我再怎么做，你也只会认为我是有所图谋。”

“那么你不介意诚实回答我几个问题吧？”

“请尽管问。”

傅轶则伸手将司凌云抱入怀中，伴随这个亲密姿势而来的，却是一个没有任何感情色彩的问题，“你在促成同仁里项目融资协议以前，就已经知道司建宇患了严重的焦虑症？”

“他只是压力太大，陷入了焦虑状态，吃药便能缓解症状，并不影响他对于公司、项目的操控。”

他的手顺着她的身体游移，精确爱抚着每一处凹陷与丰盈，不疾不徐地说：“恐怕你大嫂没你这么乐观。在她看来，你大哥的心理疾病不光影响到家庭关系，也已经严重影响到了他的工作能力，近大半年，他全靠李元中支撑着，才勉强维持公司的正常运作。偏偏你父亲又把李元中给解雇了，这也是导致他犯心脏病的原因之一吧。”

她努力像他一样保持着语调的平和，“我大哥独立管理地产公司接近十年，能力得到我父亲的认可。李元中只是他的助手而已。职业经理人的去留是正常现象，顶峰的运作不会维系在某个人身上。”

“到目前不止，你都能言之成理。接下来的问题可能有一点难度，”傅轶则一手揽着她，一手拿起酒杯，仰头喝了一大口酒，然后看着她，“你和你父亲为了上市，不顾你大哥的反对，抽走了同仁里项目的资金？”

司凌云张一张嘴，却默然了，她并没有参与抽走资金，但她毕竟没有像司建宇希望的那样抗命不遵，再对傅轶则辩解一次那只是司霄汉的决定，也没什么意义了。

“你们的上市计划偏偏在这个时候出现了问题。巨野的董事长因经济问题接受调查，更要命的是，调查范围已经扩大到了巨野的管理层和有关部门负责人，他们接受调查的原因之一就是内幕交易。你父亲有没有意识到，这一点很可能已经导致你们的借壳计划流产了？”

司凌云也不过在上午才刚刚知道针对刘邦林的调查已经扩展到了巨野的其他高管头上，但是她明白傅轶则做风险投资这一行，自有消息来源，再对他否认也没有意义了，“我们还在等进一步的消息，借壳计划毕竟是股东大会通过的，不是某个人单独的决定。”

傅轶则不理会她的这个辩解，“从那个时候到现在，你有没有在内心犹豫挣扎过哪怕片刻：要不要向我通报这些事情？”

她苦笑，“非要我内心交战，你才开心吗？对不起，轶则，站在我的立场，我不会对你说这些事，而且我认为大嫂更不应该讲。”

“所谓你的立场，指的是你身为司霄汉的女儿、司建宇的妹妹、顶峰的投资部总经理吧。可是你偏偏漏掉了你的另一个身份。”他的声音保持着不疾不徐，可是一句紧逼一句而来，“你还是我的未婚妻。而我也必须对公司股东和投资项目负责。”

“我已经让顶峰地产出具报告，详细汇报同仁里项目的工程进度，送到你的公司供你审阅。”

傅轶则哈哈大笑，“你忽视我的感受也就算了，弄这份报告来打算愚弄我就过分了。”他低头逼近她，带了点儿戏谑的表情，“我有点儿好奇，凌云。你拿我当什么了？一个既然对你有兴趣就可以尽情利用的男人吗？别恭维我说你不敢动利用我的念头，因为你确实从一开始就这么做了。”

两人赤裸的身体不可避免地交缠着，这种无限接近下的针锋相对让她怅然，她无可奈何地说：“谢谢你的恭维，不过一份条件苛刻的合作协议也能算我尽情利用了男人才达到的目的，那我只能说，我实在太失败了。”

“说到合作协议条件苛刻，我倒是记得，里面确实对项目资金使用有明确约定。保证一个最低水平的不停工来敷衍我，没有任何意义，这一点不用我来提醒你吧？”

“顶峰不可能在冲刺上市的阶段曝出项目停工的新闻。我们目前需要的，只是时间上的一个宽容。”

“现在你还敢说在上市这件事上，你们需要的只是时间？”

她顿时哑然。

他目不转睛看着她，停了好一会儿，轻声说："这就是你要的全部吗，凌云？安抚住我，帮助你大哥保住项目，让他的事业、心理和身体都不至于崩溃，同时帮助你父亲不计手段与成本地完成上市计划——别的一切都可以放到一边，或者说，别的一切，从来就不在你的考虑范围以内。"

她怔怔地看着傅轶则，没有说话。

"你父亲在豪赌，也许最终他能够做到赢家通吃。我就算对他的计划持疑义，也能理解。可是你……"他抬手捏住她的下巴，声音放得更加低沉，"司凌云，你也陪着押上一切，甚至包括我对你的感情。最后一个问题，你最终想得到的是什么？"

司凌云来不及作答，傅轶则已经吻住她的唇，没有任何柔情蜜意的味道，不等她做出反应，他便将她按在浴缸边缘，重重地挺身而入。她又惊又怒，本能地挣扎，双手却被牢牢钉住，两个人猛烈的动作，搅动得浴缸内的水飞溅四溢。

尽管傅轶则对司凌云做了一连串毫不留情的盘问，但他的态度始终平和，抚摸她的身体甚至称得上温柔，更衬得此刻这个爆发来得诡谲突兀。她用力试图挣脱他，可在弧形的浴缸内使不上劲，身体反而被拗成一个别扭的角度，头重重磕在头靠上，一声惊叫来不及发出便被直接吞噬。她扭头避开他的嘴唇，正要狠狠咬向他的肩膀，却看见浴缸对着的玻璃窗上映出纠缠的身体影像，一下停止了徒劳的挣扎。

一个深埋已久的回忆骤然被唤醒，六年前，另一个浴室，另一个秋日，她也曾以狂放的姿态与这个男人在镜前纠缠做爱，然后决绝离开。

她突然意识到，当她试图用身体亲密弥合裂痕时，这个男人正如当年的她一样，被伤害了感情——心底另一个声音则以不合乎情境的超然提醒她，也许称之为自尊更恰当。不管怎么说，他积攒了不肯言说的愤怒，正用一个狂暴的、带着惩罚性质的性爱传达出来。

这样一想，她合上眼睛，再没有抗拒的念头了。可是她的消极落在他眼内，是另一种挑衅。他的动作变得轻柔，似乎一心激起她跟平常一样的反应来羞辱她。

她清楚他的用意，并不打算配合他，然而，身体听从心灵驱使的同时，又会做出微妙的背叛。在他刻意的挑逗下，她还是如他所愿有了感应，慢慢跟上他的节奏，不再僵直木然。

快乐也许能够伴随羞耻、抗拒一同增长，愤怒和愉悦却不能相互替代。太多的情绪交织蔓延，如杂草般纠结，两个人都做不到跟过去一样，享受一个纯粹的性爱，到了最后，激烈的迸发让他们的感官进入了近乎麻木的状态。

浴室恢复宁静，司凌云依旧一动也不动，任由身体在温暖的水中重新变得轻盈漂浮，耳边只有水泡鼓动与调得若有若无的音乐声。傅轶则先起身跨出浴缸，他身体上的水散落到她脸上，她睁开眼睛，看到他正低头看着她，两人视线接触到一起，他伸手将她抱出浴缸，取过浴袍给她披上。她抹抹脸，甩了一下濡湿滴水的头发，扯着肿胀的唇微微一笑，“满意了吧？”

他下意识将她扣紧，脸上却没有任何表情，“不能抗拒，就不如享受，你现在这么善于支配自己的情绪，我简直怀疑，我六年前认识的那个女孩子是不是已经不见了。”

她再度看向玻璃长窗，上面印着相对而立的两个身影，而外面夜色笼罩下，纵横交错的道路、逶迤不尽的灯光、川流不息的车辆尽在眼底。也许只是过了一个风云变幻的瞬间，也许过了很长时间，她收回了视线。

“没错，那个女孩子确实早就不见了。”

她声音平平地说完，挣开他的手，系上浴袍带子，走了出去。

6

秘书小周敲开司凌云办公室的门，送进来一大束用浅粉色棉纸包着的玫瑰，“司小姐，傅先生让花店送来的花。”

她忽略这个年轻女孩子满含艳羡的语气，“放下吧，叫小伍到我的办公室来一趟。”

小周只得怏怏出去。小伍很快被叫了进来，目光也是一下落在玫瑰上面，不过他知道她叫他过来的目的，马上汇报，“我准备今天再去找李元中谈谈，看他有什么要求。”

司凌云点点头，“辛苦了，我们必须找到他，谈一个和解方案，免除后患。白律师那边的上诉准备得怎么样了？”

小伍将上诉材料给她过目，她看过之后，承认白婷婷做事还是非常严密，至少这件事可以不必让她操太多心。两人正在商量另一起官司，闻洁没敲门便闯了进来，神态慌张得失去了常态，“司小姐，董事长被带走接受调查了。”

她一下站起身，“怎么回事？”

闻洁定定神，带着喘息说：“刚才来了几个纪委和检察院的人，说是请董事长过去配合调查巨野集团的问题，话说得很客气，可是根本不容拒绝，就把他带走了。”

司凌云的脑袋嗡的一响，顿时也方寸大乱，几乎本能地问：“张总知道这件事吗？”

“张总也在场，可是……”闻洁一脸的迷惑，“她跟我一起送董事长下楼，什么也没说，马上就开她自己的车走了，我再打她手机，已经关机了，怎么也联系不上。”

她努力想定住神，但一时之间心底近乎一片空白。她也不知道自己茫然了多久，直到看见闻洁与小伍正眼巴巴看着她，两张面孔上神情同样仓皇失措，她才猛地意识到，司霄汉被带走，张黎黎突然消失，司建宇仍在休病假没到公司上班，她已经是公司里唯一可以拿主意的人了，而别人也正等待着她拿出主意。

“小伍，给侯主任打电话，请他马上到公司来。”

她一发话，他们便明显松弛了一些，小伍出去打电话，闻洁也镇定了下来，“怪我太慌张了，其实董事长以前也接受过调查。”

“什么时候？我怎么不知道？”

“那是好几年前的事了，一个经济案件牵涉了本地商界很多人，董事长也被叫去做过笔录，过了好几天才回来，那段时间全靠张总和司总主持局面……”

闻洁顿住，苦笑一下。司凌云清楚知道此时司霄汉被从公司带走，张黎黎明明有应对经验，竟然马上消失，情况也许远远严重过当年，闻洁只是强打精神试着安慰她，同时也安慰自己。她点点头，“现在最重要的是不要扩散消息引起无谓的猜测。闻姐，公司除了你和小伍之外，还有多少人知道这件事？”

“张总情绪有些激动，不过董事长很镇定，说他会配合调查，叫她不要惊动其他人。除了我以外，还有张总的秘书在场，这姑娘已经给吓傻了，我现在上去再嘱咐她一下，不要乱讲话。”

闻洁离开办公室后，司凌云花了几分钟考虑要不要给司建宇打电话。她不放心他的身体状况，可是也不能向他隐瞒如此重大的消息，权衡之下，她还是拨了他的手机。

“大哥，你现在在哪儿？”

“在家里。”

“能不能到公司来一趟？”

“不行。”司建宇回绝得很干脆，“我等会儿要去幼儿园接冬冬。”

“让大嫂去接吧，大哥，公司有急事。”

他倦怠地说：“房地产公司在售项目销售放慢，在建项目接近停工，没有资金启动新项目，上市的事跟我无关。还有什么急事需要我？”

司凌云竭力用平稳的声音将刚发生的事讲给他听，电话中猛然传来茶杯落地打碎的声音，她吓得叫他，“大哥，你没事吧？”

“没事。”司建宇的声音却完全恢复了正常，“我马上过来。”

司凌云放下电话，这才发现因为高度紧张，自己的身体已经绷得有些僵硬了。

她坐回办公桌前，目光无意识地落在那一束盛开的玫瑰上面。舒展的深红色花瓣有着细腻如丝绒般的质地，喷洒上去的小小晶莹水珠反射灯光，如同一粒粒珍珠。然而，落在视网膜上的这个美丽影像并没有反射入她的大脑，现在她只努力想从这种茫然的状态里挣扎出来：侯主任在司法界人脉颇广，应该可以帮忙打探一下消息；司建宇毕竟曾经历过司霄汉接受调查的日子，应该知道怎么应对，才能在这段时间让公司运营保持平稳；也许她应该让人去找王军，弄清楚张黎黎的消失是暂时逃避，还是另有隐情；她还应该尽快与巨野方面取得联系，必要的话飞过去一趟，了解事情发展到了哪一步……

需要应对的不测太多，需要做的决定也太多了。千头万绪纠结之下，司凌云已经完全无暇再理会这束玫瑰是傅轶则对昨晚的一个和解的歉意姿态，还是想挽回他们之间岌岌可危关系的信号。

7

司霄汉被带走接受调查、张黎黎突然消失已经近一周时间。其间老侯通知司建宇、司凌云，随他一起送去一些衣物，与司霄汉匆匆见了一面，他看上去情况还好，让他们略微放心了一点儿，不过在调查人员面前，当然没法交换任何情况。就算在本地司法界已经混成老油条的老侯出面，通过各种途径打听，都只有一些语焉不详的消息，不外乎是巨野董事长刘邦林的问题很严重，受波及的远远不止顶峰。而张黎黎则人间蒸发，没人知道她的去向。司凌云让闻洁去王军家打探消息，闻洁回来告诉她，王军也失踪了。

“幸好去得及时。”闻洁心有余悸地说，“王太太正准备出门到顶峰来闹，我好歹拦住了她，告诉她到这里也找不着王军，有什么消息我会及时跟她通气。她咬牙切齿地声称，这一次绝对不会再原谅他了。我觉得她真的不知道王军的下落，不像是在耍花枪装无辜。另外，上次他们夫妻吵架之后，王太太留了个心眼，把王军的护照、港澳通行证统统都收了起来，想必他不可能出境的。”

司凌云完全没心情理会那对夫妻之间的恩怨。她与司建宇商量之后，决定严格保密，对内只宣布董事长夫妇去美国探望幼子，交代他们全权处理集团事务。他们本来便分别执掌着两个重要部门，加上有闻洁与张黎黎的秘书协助，公司员工并未觉察出任何异状，但还是有人不可避免地起了疑心。

头一个发出疑问的是顶峰的办公室主任、张黎黎的表妹金亚兰，张黎黎没有跟她交代动向，她把张黎黎的秘书盘问得眼泪汪汪，也没能问出什么，被闻洁打发走后，尽管满心猜疑，到底还是不敢去找司凌云，却马上去找了张黎黎的弟弟张毅；张毅同样联系不上张黎黎，他闯入了司建宇的办公室拍桌大闹，坚称他姐姐不会不跟他打招呼便去美国，更不会手机一直关机。司凌云正好过来跟司建宇商量事情，推门而入时，张毅已经揪住司建宇的衣领准备动粗，要求他如实交代张黎黎的行踪。

“住手。”司凌云叫道，“你是想让我叫保安把你扔出去，还是直接报警？”

张毅瞪着一双凶狠的眼睛，不屑地说：“想拿这个来吓唬我吗？去呀，去叫保安叫警察随你的便，我什么时候在乎过这个。”

司凌云倒拿这个犯起浑来天不怕地不怕的人没办法，司建宇突然冷冷地说：“你真的想警察来吗？你姐姐现在确实不在美国，因为她正在躲警察。”

张毅大吃一惊，怔怔看着司建宇，“你胡说，她为什么要躲？董事长跟她在一起吗？她怎么什么也没跟我说？”

司建宇神态镇定，嘴角甚至带了一点儿冷笑，“现在可以把手松开了吧？”

他这个态度竟然震慑住了一向暴躁的张毅，张毅面现惊慌之色，松了手继续追问：“到底出了什么事？”

司建宇整理着衬衫，一副根本懒得解释的表情，司凌云不得不开口了，“巨野的董事长刘邦林出了问题，董事长只是被叫去协助调查，你姐姐大概想避一下风头，我们也联络不到她。”

张毅怒气冲冲地说：“你们隐瞒这个消息，安安稳稳坐在这里，大概早就等着这个机会接管顶峰吧。”

司凌云怒极，“依你说该怎么办？”

“没有用钱解决不了的事情。”张毅脖子一梗，“取现金，我马上出去找门道捞董事长出来，他没事了，我姐自然会回来。”

“你以为他们犯的是你那种可以赔钱消灾的事吗？纪检部门把董事长找去，是要查清巨野的问题，他只是配合调查。至于你姐，既然连你也不联络，你最好老实待着不去生事，就算帮了她了。”

“这么不值一提的小事，我完全可以马上去找人解决。”

“动动脑子想想，你的那些酒肉朋友真有手眼通天的本事能够打通证监会？你姐姐也见识过大场面，如果只是小事，她用得着在先生接受调查的时候玩失踪吗？”司建宇总算又开了口。

张毅一下被问住了。

司建宇并不看他，语气冷漠而不屑，“我不妨告诉你，董事长配合调查，除了刘邦林的问题以外，另一项指控就是内幕交易。你跟我一样清楚，真正在借壳过程中玩内幕交易的不是董事长，而是你姐姐。你姐姐选择躲起来，就算有关部门不找她，我们也会找她。”

这时司凌云也惊呆了，张毅的目光在她和司建宇两人之间转来转去，仿佛在估量司建宇说的话到底有几分可信度，停了一下，他拔腿向外走，司凌云提高声音叫：“你找你姐姐不要紧，但这件事不能传扬出去，这点儿分寸你应该有吧？”

“那个蠢人要是能懂分寸就怪了。”

司凌云被司建宇嘲讽的口气惹火了，“你既然知道他蠢，为什么要把这事告诉他？”

“不然我能怎么样？等着他掐死我吗？”不待司凌云反驳，司建宇举了一下手，换了安抚的口气，“好了，好了，他早晚会知道的。我们越瞒着他，他越是以为我们在搞鬼。我警告了他，他多少会收敛一下。”

司凌云也知道他说的是事实，“爸爸真的在接受内幕交易的调查吗？为什么不早点儿告诉我？”

“我也是刚刚才打听到的。”

司凌云并不相信他说的话，但也没法细究，“我们确实应该赶快找到张总。”

“怎么找？她存心消失，连她弟弟都不联络，找到她的可能性不大，我们只能继续等明确的消息出来。”

“如果她不露面，内幕交易的罪名岂不是得爸爸去背？”

“爸爸知道该怎么应对的。”

她一怔，转身要走，他叫住她：“等一下，凌云，我还有事情要跟你商量。”

她烦躁地说：“你看着办吧，我去找侯律师。”

“现在只是调查阶段，没有进入法律程序，找他有什么用？谁也说不好调查要持续多久，公司正常运营经不起耽搁。”

他这个淡漠的态度让她诧异，她回头盯着他，他却只摊一下手，“别这么看着我，我说的是事实，我们必须做最坏的打算。昨天轶则约我见面，明确提出对同仁里项目的进度不满意，要求我们要么公开审计资金流向，要么接受丰华集团作为项目的第三方合作伙伴。”

她当然没指望出一份工程进度报告就能把傅轶则搪塞过去，“你不是也曾经提过要引进丰华合作开发吗？现在资金成问题，账上现金流告急，甚至要你拿出个人积蓄给员工发本月工资，也许只有这个办法才能解决问题。”

“我正在找解决资金问题的最佳方案，轶则正式把丰华推到台前，我缺乏讨价还价的余地，现在我需要你去……”

司凌云定定地看了他一会儿，仰头哈哈大笑了，“大哥，你总算交了点儿底给我。当时你提出跟丰华合作，大概只是通过我传话，将爸爸一军，让他明白你对同仁里项目的开发势在必行。他权衡之下，只好同意你去跟轶则合作，对不对？”

司建宇勉强一笑，“不是你想的那样。”

“我怎么想无所谓啊，反正现在爸爸不在公司，随便你要怎么做，没人能阻挠你，还有什么需要我效劳的？”

她这个明确带着嘲讽的语气让司建宇沉默了一下，“凌云，你不要误会我。”

他的声音异常沙哑，司凌云看着他，只见他的眼睛里布满血丝，嘴唇干燥脱皮，整个人都显得十分憔悴。她清楚地知道，经过这些天的辛劳，她自己的样子也好不到哪里去。她的怒气稍微退去，轻声说：“大哥，我并不想误会你，我也不计较替你做的那些事。但是张毅指责我们巴不得借机接管公司，我必须问你一个比较天真的问题：你不会证实他这句话没说错吧？”

“不要把我想得太坏，凌云。不管爸爸之前怎么对待我，我也不希望他出这种事。现在的形势到了这一步，你不妨冷静下来想想，怎么做才是最理智的选择。”

“对不起，我做不到你这么理智。如果你想要我跟你合作，就必须先如实告诉我你手头掌握哪些情况。”

兄妹两人对峙着，看司凌云毫无退让之意，司建宇只得叹了一口气，“刘邦林的经济问题比我们预想的严重得多，当地纪检部门在调查他。另外，我通过证券业的一个朋友打听到，巨野股价在停牌之前不合情理地飙升，引起了证监会的注意，已经展开了内幕交易调查，这也是巨野的高层和主管部门官员不断传出接受调查消息的原因之一。”

“爸爸志在上市，不可能去做内幕交易。张总在这个时候消失，就是不打自招，她跟王军的嫌疑最大，我们更应该赶快找到她。”

“这一点是合理推论，可不能当证据用。爸爸毕竟是董事长，就算找到张总，恐怕也很难解脱他。”司建宇的面色变得更加阴郁，“其实我也想找到张总，现在没有爸爸和她的授权，我们看不到全部账目，没法弄清她到底调动了顶峰多少资金去做这件事，实在是很被动。”

司凌云在心底迅速盘算她有印象的法律条款，万一找不到张黎黎，司霄汉真的被指控参与内幕交易，或者与刘邦林的经济问题有关联，该怎么辩护；万一罪名成立，会面临多重的法律处罚……就算张黎黎不在她的考虑范围内，司霄汉毕竟是她父亲，而且他已经是一个老人。一时之间，她心乱如麻，突然又想起来，问司建宇，“我负责公司的投资部，如果调查内幕交易，怎么会根本没找我去问话？”

“你也不用担心，毕竟公司的账户是干净的，购买的巨野股票都已经申报备案。”

“我还真做不到像你一样不担心。”

“闻洁大概告诉过你，爸爸几年前接受过一次类似的调查。现在你坐下，听我好好讲讲，就可以知道我为什么能保持冷静了。”

司建宇心平气和，她只得坐下。

“那一年的事件其实也始于一场经济纠纷，后来越闹越大，牵涉到敏感的官员腐败问题，上面严查下来，包括爸爸在内的几个民营企业家先后接受调查，他有惊无险地过了关，丰华的老板王丰栽得比较惨，被羁押了近一年时间，最后判了两年缓刑。如果当时不是他太太徐华英挺身而出接管公司，稳定大局，丰华肯定会彻底垮了，他就算没有真正坐牢，也会落得个破产的下场。”

司凌云曾在一个社交场合见过徐华英，那是一个举止利落洒脱的中年女子，气场十分强大，在男性居多的生意场上颇受敬重。现在想想，也真得有足够的经历才能造就她的那份气势。

“谁也说不清这种调查会持续多久，结果会怎么样。有一点我可以向你保证，我跟爸爸的关系确实不好，但我没有丧心病狂到想让他坐牢，好接管公司。如果有让他脱离困境的机会，我肯定不会放过。张毅怀疑我没关系，我不希望你也怀疑我。”

司凌云疲惫地说：“大哥，我并不想怀疑一切，只是眼下的形势……太糟糕了，我不能不问清楚。”

“你也要对爸爸有信心，他见识过大风大浪，能够扛得过调查的。现在形势确实糟糕，我同意想办法找张总，不过我们更应该做的是尽快让房地产公司恢复造血功能，才过得了这一关。所以我才需要你帮我稳住轶则，争取时间。”

“可我还是不明白，我们这么缺乏资金，尽快引进丰华合作开发，让项目早点儿完工，不正是两全齐美的解决办法吗？”

司建宇犹豫了一下，但显然知道司凌云不会被随便糊弄过去，“本来爸爸和王丰是有些交情的，但王丰当年被收押，爸爸脱身之后，马上对丰华的项目下了狠手，弄得丰华元气大伤，差点儿被逼到破产的边缘，所以，我们两家的宿怨很深。”

司凌云这才知道，丰华一向与顶峰在房地产市场上竞争激烈，原来还有这种渊源，“就算爸爸的手段狠了一点儿，可也是在商言商，又不是从前的武林争霸，不至于发展到非要报仇雪恨那么严重吧。”

司建宇头一次呵呵笑了，“你这话就真的说得天真了。商场如战场，就算没有这些往事，丰华也没义务帮顶峰走出困境，他们觊觎同仁里项目乃至顶峰的其他土地储备和市场份额，不是一天两天的事。当初说到跟他们合作，我确实是想给爸爸一点儿压力。眼下如果不是到了万不得已，我不会走这一步，就算合作，我也必须把风险控制到最小。”

他表现得十分诚恳，司凌云就算内心还有疑问，也没什么可说的了，“大哥，你也许高估了我对傅轶则的影响，我跟他已经将近十来天没见面了。”

“你最近忙一点儿，他应该知道，他不是每天送花到公司来给你吗？”

傅轶则让花店每天定时送花到她的办公室，已经成为全公司年轻员工谈论的话题，她没料到他居然也注意到了这一点，却无从解释他们之间自那天不欢而散之后尴尬的状态。

司建宇皱眉，“凌云，这些天我跟晓岚沟通得不错，她愿意原谅、宽容我做的错事，修补我们的婚姻。”

司凌云心不在焉地说：“那很好啊！”

“她也跟我解释了她跟轶则的关系。他们从小认识，是相互信任的朋友。她一向很信任轶则的判断能力，我让她失望以后，她本能地去找轶则征求意见。我向她保证不会再无端猜测他们之间的关系，希望你也不要误解轶则。”

司凌云想，以司建宇这样心细如发、遇事前推后想不肯轻信的性格，居然会马上相信妻子，简直是不可思议的事情。大概还是得有爱做基础，才能忽视再明显不过的事实，去选择盲目的信任，可是谁能否认信任确实可以解决很多矛盾挣扎呢？

她不愿意跟他谈这个话题，“我跟轶则之间不存在误解。大哥，你刚刚批评我天真，我得表现我不够天真的那一面了。轶则既然主动提出让丰华加入项目，你应该考虑到他也许已经跟那边达成了某种协议，不要指望我能够影响他放弃出资方的利益。”

“不管我们怎么保守秘密，董事长接受调查的消息也会慢慢传开，这段时间已经有不少人旁敲侧击向我打听。轶则绝对不可能完全没听到风声，但他只跟我谈同仁里项目，没有向我求证任何事情。你要做的，也并不是让他放弃他的立场，无条件为顶峰输血，只是为我们争取一点儿时间。”

她沉思着，办公室内一时十分安静。过了好一会儿，司建宇拿纸巾拭着额角，长叹一声，“我知道难为你了，但是我们没有其他选择。顶峰目前没有能力启动其他项目，同仁里是我们最大的指望，停工损失巨大，我们必须争取最好的条件重新启动，否则资金链就会彻底断掉，那个后果，没人承担得起。”

她知道他说的至少有一部分应该是实话，但她无法细细分辨，也不想再面对他恳切的眼神，转头看着窗外，铅色的厚厚云层低低压下来，天空看上去十分肃杀，尽管中央空调将室温定在舒适宜人的22摄氏度，她的脊背后仍旧蹿起阵阵寒意，一如暴露在外面阴沉的天气下。

“我答应你去试试看，但是你也必须答应我，不能向我隐瞒消息，不要放过任何尽早把爸爸弄出来的机会，该做的努力都得做到。”

8

到了晚上，下起了淅淅沥沥的小雨。司凌云从公司开车出来，雨刷有节奏地摆动着，灯光照射下，斜飞的细细雨丝如同帘幕一般，将她从小熟悉的城市遮掩得迷蒙一片。她没有像平时那样打开音响，想在这个相对独处的时间，在一个相对独立的空间里，让自己静下心来。然而平静对她来讲，似乎已经是一种难以企及的状态了。

她将车停到Fly酒吧一侧，这里和平常一样，没有变幻不定的灯光，没有喧嚣的音乐，更没有往事不息的客流，安静得几乎不像一间酒吧。她下了车，风裹挟雨点而来，她只穿了一件薄薄的衬衫，顿时觉得有点儿凉意。保安及时过来撑伞遮住了她，她回身取了外套披上，突然意识到，这个城市已经结束了漫长的夏季和怡人的初秋，现在秋意转浓，而她在忙碌中完全忽略了季节更替。最让她疲惫的是，她看不到这份忙碌的尽头，更不知道她为什么已经停不下来了。一时之间，她心灰意冷，几乎打不起精神走进酒吧了。

保安显然训练有素，也不催促，只静静举着伞站在一边，雨水打在雨伞上，发出沙沙的声音，加上偶尔驶过的汽车，一晃而过的灯光，更衬得这条街僻静异常。

“嗨，凌云。”

她回过神来，循声看去，从旁边车上下来的是周志超，穿着样式十分打眼的新款 Givenchy 印花衬衫，手里晃着车钥匙，“真难得在喝酒的地方碰到你。”

“你好，怎么不进去？”

“我在等女朋友出来，这里气氛没劲，不合我的胃口。不如等她出来，我带你们去一间新开的酒吧玩。”

“我来见一个朋友谈点儿事情，改天吧。”

“对了，听我家老头说，你爸爸最近有点儿麻烦。”

她对这种问题早有准备，轻描淡写地说：“做生意想赚钱就不能怕麻烦，没什么。”

周志超点点头，“说得也是，能有什么大不了的事是钱解决不了的。不过，你在公司挂个职位就可以了，把事情交给职业经理人去做，何必把自己弄得这么操劳，都没时间出来开心一下。”

如果换个场合，她随口便能敷衍过去，可这恰好也是她刚才问自己的问题，一时竟然有些不知道说什么好。见她哑然，周志超越发得意扬扬地笑，“学会享受人生才是我们应该做的事。”

她回过神来，懒得再理他，“再见。”

酒吧内的客人零散坐着，或者轻声交谈，或者静静品酒，站在一侧小舞台上唱歌的是一个年轻而瘦削的男孩子，唱的是 *It Never Rains In Southern California*，声音十分具有磁性。

Seems it never rains in southern california 好像南加州从来不下雨

Seems I've often heard that kind of talk before 好像我常听到类似的说法

It never rains in california, but girl, don't they warn ya 南加州从不下雨，可是女孩，他们没有警告过你

It pours, man, it pours 我看下的是倾盆大雨

……

司凌云驻足听了一会儿，向酒吧后面走去，穿过窄窄的长廊，推开不起眼的木门，顺着楼梯下去，进了品酒室，音响设备同步播放着楼上歌手的演唱，傅轶则坐在背朝门口的丝绒沙发上，一动不动，仿佛听得出神，陷入了深思。她走过去，伸手摸摸他那一头混着银丝的浓密头发。

I'm out of work, I'm out of my head 我没有工作茫然失措

Out of self respect, I'm out of bread 我一贫如洗找不到自己

I'm underloved, I'm underfed, I wanna go home 没有人爱，我饥饿无比，我想回家

It never rains in california, but girl, don't they warn ya 南加州从不下雨，可是女孩，他们没有警告过你

“消费这么高的酒吧里，进来喝酒的人非富即贵，歌手居然唱歌词如此绝望的一首歌，不觉得反讽得有些好笑吗？”

“喝酒的时候，没人真的介意听到的是什么。”

“你早知道我会过来吧？”

他笑了，抬腕看看手表，“其实我比较期待喝完酒后回家一开灯，

看到你穿着我的衬衫躺在床上。”

她想象一下那个香艳的画面，也笑了，自嘲地说：“就算摇着白旗求和，也得求得出乎意料一点儿才有趣嘛。”

“有趣很重要，我完全同意。过来坐。”她绕过沙发坐到他旁边，他给她倒酒，“喝点儿老高刚从西班牙带回来的葡萄酒，味道很不错。”

她尝了一小口，“嗯，不错。”

他一下笑出了声，“别勉强自己敷衍我了。我敢打赌，你根本没尝出什么味道。”

“太累了，一整天都在开会，开得头皮发麻、味觉失灵，甚至不知道今天都吃了些什么。”

他上下打量了一下她，她从公司直接过来，仍穿着样式简单的米色套装，并没有换衣服，可是她精心补过妆，并且洒了香水，她知道这一点逃不过他的观察，不过她既然过来，就并不在乎他看了之后会怎么想。

“你大哥最终还是决定跟丰华谈合作开发？”

她点点头，“他拟了一份补充协议，准备跟丰华谈判，不过需要你在时间上给他一定宽限。”

“看来玫瑰花换不来的和解，谈判合作能够做到。”

他仍旧用的是轻松调侃的语气，她却结结实实地被噎住了，好一会儿说不出话来，仰头将小半杯酒一口喝了下去，努力平静一下情绪，“轶则，你对我们订婚这件事怎么看？”

他把她的酒杯拿过去，再给她倒酒，慢悠悠地说：“怎么会突然想到跟我谈这个问题，现在可不是讨论未婚夫有哪些义务要尽的好时机。”

“不过也许是解除彼此束缚的好时机。”

他看着她，神色莫测，“我倒没想到你把婚约当成束缚了。等不到明年你生日时再反悔吗？”

“我们订婚不过半年时间，已经发生了太多事情。你需要对你的股东负责，我需要对我的家庭负责，各有各的立场，矛盾几乎是难免的。如果解除婚约，别再提订婚这件事，应该会减少很多不必要的压力，相处能更轻松一些。”

“也就是说，你不想跟我结婚，但愿意跟我保持性关系。”

她耸耸肩，“如果不带情绪的话，你是非常好的伴侣，一直如此。”

他依旧盯着她，突然哈哈大笑，“凌云，我不知道你是在恭维我，还是在侮辱我。”

“考虑到我曾经被前男友指责为性冷淡，这绝对是一个诚实的赞美。”

他收敛笑，“所以，当年你选择我当你的启蒙老师，第一个男人。现在我还是能够给你带来快乐，让你享受到轻松的性爱，但我不是你爱的人，更不是你想嫁的人。”

“我也不是你爱的人，计较来去有什么意思。”她淡淡地说，“我大嫂讲过很多一厢情愿的傻话，不过有一句话她说对了，你没必要娶一个你不爱的女人，接受一段没有感情的婚姻。”

“别说得好像一切为我着想一样。你呢，你真正爱过谁没有？”

司凌云看着面前这个男人，他穿着黑色衬衫，眼睛幽深，嘴角似笑非笑，领口敞开两粒扣子，棱角分明的下巴下面露出性感的喉结，他头发内混杂的银色发丝在灯光下熠熠闪光，英俊得让人几乎只想不问缘由不理将来地倾倒——这个突然涌上来的念头如此不合时宜，让她禁不住苦笑了。她伸手抚向他唇边那个她熟悉的纹路。

“非要按照我大嫂那样严格定义爱情的话，我确实没真正爱过谁，也没被谁真正爱过。”

他垂下眼帘，将眸中一抹复杂的情绪掩住，向后一退，让她的手指从他面孔上滑落下来，漫不经心地说：“以你一向对她的评价来看，突然这么重视她说的话，多少有些奇怪。”

“我认为我大哥真的爱她，看上去她也真的爱你，关于爱情，她肯定比我有感受得多。跟你在一起，我很快乐，这种感觉对我来讲，已经足够了。如果我表现得没你需要看到的那样在意，那我真的没什么可说的。我只能老实承认，我没有无条件付出感情的能力，也从来不要求别人对我无条件付出。”

“听起来很公平。既然你解除了我作为未婚夫的义务，接下来我们该一本正经地讨论公事，还是抛开一切寻欢作乐？”

这个嘲讽让她完全无法还击，只得继续苦笑，“我希望你给我大哥一个比较从容的时间表，来敲定让丰华加入同仁里项目的协议条款。表面上看，你需要做出让步，不过目前顶峰的情况你也清楚，既然是合作开发，做出一定妥协，才有可能做到利益最大化……”

他抬一只手打断她，“这种漂亮的外交辞令很适合公开谈判，可无助于我们在这里谈交易。”

“你不会真指望我用色诱吧，那侮辱的可不只是我。”

他看着她，目光里是她看不懂的评判，她只能不避不让地接受这个审视，良久，他叹了一口气，“我不得不承认，你确实又一次做到了出乎我的意料，先提出解除婚约，再来跟我讲条件。顶峰并没有山穷水尽到需要你放下所有身段的地步，我如果再羞辱你，我们之间就什么也没有了。”

“哪一天你要是懒得再追求意外的刺激，恐怕我会是最失望的那个人。”

他笑，雪白的牙齿在灯下闪着光，“放心，我还舍不得放弃这个乐趣。”

她赌的正是他还想维持两人之间的关系，然而当他真的如她所愿退让时，她却丝毫没有一记押对之后的喜悦感，他的表情中有说不出的危险成分，超然的态度提醒她，他并没有把自己放到输家的位置。她的身体与大脑绷得紧紧的，无法略微放松一点儿，她涩然说道："我是喜欢你的，轶则，我们之间的关系已经太复杂，我不想再掺杂更多东西进去。"

他蓦地倾身向前，离她的面孔只几厘米距离，两人的呼吸交织到一处，他声音低沉清晰地说："其实你最不想要的是让这种喜欢变成你害怕的爱。"

"我没有……"

"何必急着抗议，人人都讨厌自己有所恐惧，更不愿意流露出恐惧，却不知道恐惧这种情绪最有趣的地方就在于，你会一边害怕，一边不由自主地期待。"

不等她再说什么，他站了起来，伸手拉起她，"我们讲和吧。明天我会跟建宇兄商定一个合适的时间表，确定跟丰华合作协议的条款。至于我们之间的关系，不妨维持现状，也许到明年你二十八岁生日时，你会等不及要跟我结婚也说不定。"

第十章

退出一场游戏，加入的可能是另一场游戏

1

司建宇和司凌云兄妹在毫无准备的情况下接到侯主任的通知，去接司霄汉回家。这个时候，他已经被带走接受调查近四十天了。司凌云喜出望外，司建宇一怔之下，神情颇为变幻不定。

司霄汉衣着整洁，精神状态还好，但是稀疏的头发长得没了形状，看上去足足老了十岁。侯律师已经将张黎黎失踪的事告诉了他，他问起妻子有没有下落，司建宇摇摇头，司凌云补充说，她通过金亚兰与他在美国的幼子联系了，证实张黎黎并没有像他们猜测的那样过去跟儿子碰面。司霄汉沉默一下，再没说什么。回到别墅后，他说要洗澡换衣服，吩咐他们在楼下等着。

司凌云还是头一次来到司霄汉住的豪华别墅。细心的闻洁特地过来对保姆和清洁工人做了安排，这里保持着井井有条。不过司凌云打量了一下没有了女主人显得空荡荡的大房子，觉得司霄汉刚恢复自由就没人照料似乎不大妥当，她看向司建宇，他仍旧有些心神不属，此时正站在窗前看着外面。

“大哥。”

司建宇回过头来，压低声音说：“凌云，我跟丰华的谈判已经有了眉目，这次你一定要站在我这一边。”

司凌云有些不以为然，“大哥，你争取到的条件我觉得相当不错了，我看不出爸爸有什么理由反对。”

“他一向并不信任我，很可能因为这是我的主意就不同意。”

“他没那么糊涂。”

司建宇并不跟她继续争论，可是额角已经有了汗水，呼吸急促，瞳孔收缩得小小的，她意识到这正是他焦虑症发作的前兆，只得提醒他，“大哥，你也去洗个脸，放松一下，我去叫保姆买菜做饭，今天肯定要到很晚才能谈完公事的。”

司霄汉过了很长时间才出来，保姆也把饭做好了，看上去十分丰盛，但三个人都没什么胃口，随便吃完便开始谈工作，兄妹两人一样样详细汇报公司的情况，司霄汉听得很认真，就算听到与丰华的合作谈判，他也只是眉毛抽动了一下，什么也没说。司建宇情不自禁地与司凌云交换了一个眼神，十分意外。

谈起他在里面接受调查的情况，他说得十分简单，“刘邦林的经济问题很严重，我答应了会继续配合调查，不过应该不会有什么大问题，顶峰最大的麻烦还是内幕交易影响太大，借壳上市恐怕没希望了。”

尽管早就有了心理准备，兄妹两人还是默然了。司凌云心里尤其不是滋味，她直接参与谈判，付出大量时间与心血，一度以为离成功只有一步之遥，最后却落得这样一个结果。

“我累了，公事留到明天到公司继续谈吧。”兄妹两人刚站起来要告辞，没想到司霄汉接着说，“建宇先回去，凌云，你留一下。”

司凌云瞥见司建宇暗沉的面色，无可奈何，只得看着他拖着步子走了出去，“爸爸，有什么事不能当着大哥的面谈？这个时候更该齐心协力才对。”

“你太天真了，小云。”

司凌云一下烦躁了，气冲冲地说：“你们个个都说我天真，我也听够了，麻烦你们这些老谋深算的人去担负力挽狂澜的重任，不要再来烦我了。”

她拔腿要走，司霄汉沉声喝她，“小云。”

回头看看灯下那张苍老的面孔，她到底不能任性下去，只得缓缓坐下。

“这次如果不是你跟老侯尽力奔走，我不可能这么快出来。”

“大哥也……”

“你不必替他辩护，老侯都告诉我了。”

“你听老侯胡扯些什么？如果是因为大哥没批他要的那一笔公关费用，我可以解释，这段时间公司财务告急，很多费用都没法批。如果不是大哥拿出私人积蓄解燃眉之急，顶峰肯定乱成一团了。”

“我知道建宇维持公司运作有功。”司霄汉看着女儿，表情显得十分冷静，“不过小云，有些事是你不知道的。”

“什么事？”

“建宇另外请了会计师事务所秘密审计公司账目，他没把结果告诉你吧？”

司凌云只得摇头。

“他绕开老侯，私下请别的律师帮他处理法律上的问题，同时找了好几个私人侦探，一方面调查我跟刘邦林的经济往来，试图找到足够让我定罪的证据；一方面全天候监视张毅，追查到他姐姐跟王军的下落，直到刚才我问他，他还不肯讲出来。这些你肯定也都不知情吧？”

司凌云张一张嘴，什么也说不出来。她完全没有想到司建宇会这么干，可是吃惊之余倒毫不意外，只颓丧地想，在外人眼里，她冷漠尖利，让人敬而远之；而父兄异口同声地说她天真，却一点儿也没说错。

“大哥他……”

“建宇一直有野心，我能理解，不过他选错了时机。”

“你要怎么样？公司已经到了这么危险的时候，你们还要闹内讧不成？”

司霄汉摇摇头，“你把我想成什么了？他到底是我儿子，只是现在情况危急，我不能再给他任何机会玩弄权术心计了。小云，眼下只剩下你是我最信任的人，你必须站到我这一边来。”

她无法作答，而司霄汉似乎也不需要一个口头的保证。在他看来，这根本不算一个需要她做决定的选择，他信任这个女儿，就已经是最大的肯定了。她苦涩地说：“你还是早点儿休息吧。我先走了。”

“不，小云，还有一件事需要你去办。”

正在这时，司霄汉的堂弟司洪民走了进来，轻声说：“董事长，我已经安排好了。”

司霄汉点点头，“小云，你跟他走一趟。”

她疑惑地问：“什么事？”

“洪民会带你去一个地方，你去把张总带出去送到机场，让她到美国去。”他补充道，“我不方便出面，洪军口齿不大清楚，跟他堂嫂动粗更不好，你去比较合适。”

她大吃一惊，“她在哪儿？她既然一直留在国内，怎么可能听我的话去美国，难道要我去跟她动粗不成？我可不干这种事。”

“她不走也得走，她跟王军勾结券商，涉足内幕交易，案值巨大，马上会被正式立案通缉的。”司霄汉面色阴沉地说，“她当然应该知道，去美国是她唯一的出路。”

司凌云略一思索也明白了，司霄汉之所以能够摆脱最要命的内幕交易调查，自然是因为张黎黎与王军已经被锁定为主要嫌疑人了。他们并不冤枉，但如果张黎黎跟王军一起被抓起来，那将是一个大丑闻，顶峰就彻底颜面无存了。司霄汉再怎么痛恨妻子的背叛，也要把她送走。

2

司洪民开着司霄汉那辆宾利，驶出市区，上了出城的高速。他四十来岁，身材矮壮，是司霄汉的堂弟，因为没上过什么学，最初给司霄汉开车，后来管理公司的保安和车队。虽然他们算是颇近的亲戚，但也只是最近为司霄汉奔走忙碌，才开始打交道多起来。

“怎么找到他们的？”

“真要找，怎么可能找不到。”

司洪民显然不愿意谈细节，司凌云也明白确实不必追问清楚，只是她还有疑问，“她儿子在美国，她早就有绿卡，我爸爸一接受调查她就消失了，明明有大把时间跑走，怎么会一直留在本地？”

“王军的老婆把他的护照什么的全收走了，他走不了。张总出境去过香港，前几天才回来，大概是想通过某种渠道把王军弄出去。”

司凌云心乱如麻，她学法律，十分清楚张黎黎目前虽然尚未被正式追究法律责任，只是消失逃避调查。但她将要做的事，就算从严格意义上来讲尚未违法，也已经走到了边缘地带。

然而，事已至此，由不得她退却了。

司洪民并没有开出太远，到高速第一个出口便拐下去，驶进了一个远城区的住宅小区内。他停好车，带着司凌云走进其中一个单元，看司凌云略为迟疑地张望四周，他轻声说：“放心，我们的人在里面，已经控制住她了。”

司凌云一想到所谓“控制”无非是“非法拘禁”的委婉说法，禁不住心底一寒。司洪民疾步上到二楼，拿出手机打了一个电话，简短地说：

“开门。”

门应声而开，司凌云走进去，只见眼前是一个陈设简单的客厅，面积并不大，张黎黎独自坐在沙发上，表情惊恐，而几个彪形大汉坐在旁边。看到她，张黎黎顿时跳了起来，“司凌云，原来是你搞的鬼。”

只不过四十天不见，张黎黎穿着家居服和拖鞋，没化妆的面孔现出些许老态不说，更重要的是不复在公司内高视阔步、颐指气使的模样，看上去简直有些陌生。

“你想干什么？你们把王军带到哪里去了？”

司洪民回答她，“放心，王军现在被送到一间宾馆里，很安全。”

“司凌云，你到底要怎么样？”

司凌云对司洪民使个眼色，司洪民点点头，嘱咐那几个大汉，“你们出去等着。”

清场之后，司凌云才开了口：“张总，我通知你两件事。第一，我父亲结束调查回来了；第二，没人会对王军动用私刑，巨野内幕交易正式立案后，他会被第一时间移交给公安机关。至于你，有两条路给你选，要么留下来跟王军一起接受调查、受审，要么马上动身去美国，再不要回来。”

张黎黎死死盯着她，仿佛要彻底弄清她的用意，“这么说，这一切是你爸爸安排的？”

“我没义务解答你的任何疑问。”

张黎黎只犹豫了片刻，马上清晰地说：“我去美国。”

这个当断则断的态度出乎司凌云的意料，她点点头，“给你五分钟收拾东西，我们马上去机场。”

张黎黎显然保持着随时动身的状态，马上进卧室换了衣服，拎出一只行李箱，随他们出门上了车。

最近一班直飞香港的航班在一个小时以后，张黎黎接过登机牌晃了晃，对司凌云露出嘲笑的表情，“这么放心，不用出动一个人亲自押着我上去美国的飞机？”

“没那个必要。”司凌云冷冷地说，“你比我们更清楚留下来会有什么后果。”

“你从小开始就恨我，视我为眼中钉，进公司就是为了跟我作对，现在你终于如愿赶走我了，恭喜你。”

司凌云扬起眉毛，“张总，你欺骗你先生，掏空公司，妄图玩内幕交易牟取私利，弄砸了顶峰的上市计划，留下偌大一个烂摊子与情人私奔，居然可以全身而退，不趁早偷笑，还要控诉我迫害你，未免太可笑了吧。”

“如果不是你自恃捏着我的把柄，步步紧逼，早晚有一天会在你父亲面前坏我的事，我又怎么会去刀口舔血做内幕交易？如果不是你父亲为了推进上市，不择手段与刘邦林做利益输送，刘邦林的经济问题不会在这个时候暴露出来，又有谁会查什么内幕交易？本来顶峰可以上市，我也可以拿钱走人，大家各得其所。可是阴差阳错，成了眼下这个局面，我一样接近一无所有，凭什么要我承担全部责任？”

“我佩服你这股彻底自私的劲头，不过别对我浪费精力表演这种强词夺理的逻辑了。贪念人人都有，转化成贪婪掠夺，就不是人人都负担得起的了。请愿赌服输，永远不要再回来。”

司凌云看着张黎黎进了安检口，正要转身离开，却赫然发现傅轶则拎着简单的行李，正站在离她不远的地方，显然已经把刚才的一幕尽收眼底。

“你怎么在这里？”

“白天我打电话跟你通报过，我今天晚上要去上海出差。刚才看到你，本来以为你是想给我一个惊喜，没想到你来送的居然是张总。”

她记起那个电话，接听时正在去接司霄汉的路上，当然全无心情细聊，更没放在心上，她岔开话题，“哦，对，你去几天？”

“大概周末回来。”他漫不经心地说，“董事长回来了吗？”

她勉强一笑，“消息传得真快。”

“很多人在关注他的动向。”他神情十分轻松，“他还好吧？”

“还好，谢谢。”

“既然他回来了，你可以轻松一点儿，不如你跟我一起去上海吧，我只开一天会，然后转去海南，就当是休假。”

她确实渴望休假，什么也不想，躺在海滩上吹风晒太阳，可是眼下她既做不到什么也不想，也不认为跟傅轶则去休一次假就能弥合两人之间的关系，她只能叹一口气，“现在怎么走得开？”

“能放下就能走开，不过你放不下的，你就像参加铁人三项比赛，疲惫、厌倦、持续紧张，看不到终点。可认输不是你的性格，怎么也不肯中途退赛。”

“退赛？坐在一边看比赛一样累，还要加上一个不甘心。”

他无声地笑了，“你要求我给你大哥时间，慢慢跟丰华讲条件，也许起到反效果了，他的确争取到了一个相对优厚的合作条件，可是协议还没有最后签订，未必过得了你父亲那一关。”

他与司建宇竟然有同样的担忧，司凌云一时不知道说什么好了，好一会儿，她才涩然一笑，“你放心出差吧，有什么变化，我会马上跟你联络的。”

出来上车之后，司洪民跟来时一样，默默开车，司凌云将头靠在椅背上，长久不动，最初接司霄汉回家时的喜悦心情已经荡然无存。她不知道明天将会发生什么事，心中充满了各种不祥的预感，怎么也无法说服自己轻松下来。

这的确像一场漫长得看不到尽头的比赛，她面临的已经不是输赢问题，她甚至没有选择放弃的权利了。

3

司霄汉在早上上班时间出现在公司楼下，所有看到他的人都先是大吃一惊，然后迅速堆出一脸笑容，毕恭毕敬地跟他打招呼："董事长早。"

他好像根本没消失近四十天时间，跟过去十来年一样，面无表情，目不斜视，微微点头回应，大步走进电梯。

这段时间里，关于司霄汉、张黎黎夫妇去向的各式流言已经在本地商界慢慢传开，公司职员更是私下议论纷纷。普通员工表面上按部就班工作，私底下拼命交换来路不明的消息，中高层员工则各怀心事，惶惶不安，考虑得更多一些。司霄汉突然现身，当然马上震动了公司上下，目睹他走进顶峰大厦的员工马上成了同事们注意的焦点，陷入了疯狂的八卦中心，除了网络以外，安全楼梯、洗手间都有人聚在一起窃窃私语。

"真的是董事长本人？"

"千真万确。"

"他怎么来的？"

"跟往常一样，司机开奔驰送过来的。司小姐的车紧跟在后面，他们一起进的公司。"

"他看上去怎么样？"

"还好啊，好像瘦了一点儿，不过精神还不错。"

"咦，司总怎么没陪着董事长，倒是早早一个人来了公司？"

“以前我们看走眼了，看来董事长最信任的还是他女儿。”

“这么说公司没事了。”

“可张总还是没露面啊。”

“也许之前的传言根本就是胡扯，她真的去美国看儿子了。”

“不见得，张总怎么可能去美国这么长时间不回来？”

“你看金主任的表情，她的嘴张那么大，肯定跟我们一样不知情。”

“小舅爷毅总那天从公司灰头土脸走掉就再没过来，肯定中间有什么事。”

“别瞎猜了，我看我们都还是想得太多了。难怪这段时间司总跟司小姐看上去若无其事，原来心里早就有底了。”

没人敢向司凌云求证什么，司凌云也无暇去理会那些飞短流长。

司霄汉上班的第一天，整个上午全花在与财务人员核对账务上面，财务部汪经理是张黎黎的嫡系，一向唯她之命是从，自她突然神秘消失后便惶惶不安，担着老大的心事，被司霄汉盘诘之下，更是语无伦次接近崩溃，终于得到允许从他办公室出去时，一半因为惊吓，一半因为疲惫，已经面无人色了。

司凌云也参与了对账，她并不比汪经理好受多少。她原本以为司霄汉被带走接受调查事出突然，张黎黎仓皇失踪，未必有时间在财务上动手脚。可是待看过账目后她才发现，尽管司霄汉在年初已经收回了张黎黎的大额财务审批权，但她居然吩咐张毅在办理移交之前就私留了公章文件，在汪经理的配合下，悄悄将物流公司的货场做了抵押，套取一大笔资金转移了出去。

她核对日期，张黎黎动这些手脚正是在王军太太来公司大闹，王军被迫辞职，她取代他出任投资部总经理之后不久。也就是说，张黎黎在私情败露后，表面上对她示好妥协，内心却根本不信任她会长久保密，马上便开始动手，悄悄将资金转出去投入二级市场购进巨野股票，做好了放手一搏的打算。只是人算不如天算，刘邦林的意外落马改变了一切。

她看着司霄汉，他一根接一根地抽着烟，烟雾缭绕之中，他面无表情，保持着镇定，公司困窘的现状和背叛出走的妻子似乎并没有将他压垮，她不得不再度佩服他的心理素质。

“这个财务形势可比我跟大哥猜想的还要糟糕。公司账上现金已经接近枯竭，看似握有大把的土地资源，可是都已经抵押给了银行，目前唯一还能支配的就只有同仁里项目了，你应该好好考虑一下大哥做的跟丰华合作的方案。”

“跟丰华合作，只会引狼入室，我不会同意那个方案。”

司凌云无可奈何地说：“我知道你们有旧怨，可是……”

“商场如战场，这个时候把丰华引进来，就是给他们吃掉我们的机会。放心，我已经有了更好的解决办法，一定能够渡过眼前的难关。不说这个了，你叫闻洁马上通知高层开会。”

在公司高层会议上，司霄汉首先宣布借壳巨野上市的计划将因为种种原因终止，但顶峰不会放弃上市的努力。在座的高管内心各自翻腾，却全都强做出一副镇定的表情。接着，司霄汉断然否定了司建宇提出的与丰华合作的方案，声称他已经有了更好的解决资金问题的途径，他同时宣布，鉴于目前情况紧急，他将接手房地产公司的运作，司建宇将“协助他的工作”。

散会之后，大家起立离开了会议室，司建宇叫住了司凌云。

“这就是你们昨天商量的结果？”

隔着宽大的深色橡木会议桌，司凌云只见司建宇已经面色惨白，让她根本无法继续正视他，“这是董事长的决定。”

“而你并不反对。”

“你们一个是董事长，一个是集团董事、房地产公司总经理，我甚至不持有这家公司的股份，左右不了谁。我并不赞成他的处理，昨晚已经明确跟他讲了我的看法，但他已经做了决定，就算我在会议上跳起来反对，对他也没有任何约束。最重要的是，公司现在经不起这样的折腾了。”

“明摆着，他非常看重你，很在乎你的意见，对他这么薄情的人来讲，已经是了不起的父爱表现了。我昨天已经对你晓以利害，你真的想清楚任由他这样做会有什么后果吗？”

“他说他经历过更困难的时期，有把握能够解决资金的问题，而丰华跟他的矛盾太深太久，不可能合作。我只能假设，他已经做了足够的权衡。”

“所以你就选择信任他？你到底有没有脑子？我苦口婆心跟你讲了那么多……”

她被他这个的严厉指责的语气激怒了，冷冷地说：“难道我不该信任他？他再怎么自私无情，也没有一而再向我撒谎。”

“你这是什么意思？”

“非要我从头一样样讲出来吗？那也太没意思了。”

室内骤然一静，只听得到司建宇粗重的呼吸声。司凌云不想再忍受这种让人窒息难耐的气氛，站了起来，收拾着面前的文件，挪开椅子准备走，但到了门口，她毕竟还是心有不忍，回头看向司建宇，他脸上已经滚满了汗珠，面孔有些扭曲。

“大哥，你没事吧？”

司建宇摇摇头，“不用担心，我没事。”

“过去的事，我们都不要再提了。你还是好好休息一阵，把身体养好再说。爸爸也说了，你毕竟是他儿子，他不会把你怎么样。有些事慢慢会淡下去，你们总是父子，他会给你机会的……”

他哑着嗓子打断她，“够了！他什么时候拿我当儿子看过？”

“在我们这个家庭，没什么关系是正常的。他当然不是一个好父亲，可这也不是你背着他搞小动作的理由。”

“我所做的一切都是为了维护公司的利益。”

“不要说得你毫无私心，大哥。我的标准并不严格，能够接受自私的目的、不够光明的手段，也不计较别人当我天真好骗。可是要送爸爸去坐牢，就真的太过分了。”

司建宇霍地站起身，“谁说的？是老侯那个马屁精吗？”

“请你坦白告诉我，你到底有没有另外找律师和私家侦探调查爸爸跟刘邦林之间的往来情况？你是不是已经找到了张黎黎的下落，存心隐瞒不说？”

司建宇张一张嘴，说不出话来。

“看来老侯并没有诬陷你。他在法律上也许能力有限，可是人脉广，消息灵通，你能瞒得过我，可未必瞒得过他。”

“更何况他还想把他的女儿嫁给你弟弟，跟爸爸做亲家，当然就更不遗余力地对付我了。”

司凌云生气地说：“这跟我弟弟有什么关系？他远在加拿大，从来都对顶峰没有任何兴趣，请你不要把他拉扯进来。”

“你有没有想过，我如果认真搞了小动作，董事长怎么可能这么快从审查中脱身出来，回到公司指手画脚？”

“算了，如果你坚持认为你做得对，我不想再说什么了。”

司建宇面无表情地看着她，“我确实找到了王军藏身的地方，也知道张黎黎从香港潜回来与他会合。更重要的是，我手头还有爸爸贿赂刘邦林和另一个官员的证据，足以坐实对他的指控。”

她一怔，马上明白他并不是虚言恫吓，顿时吓得倒吸一口冷气，“大哥，你……”

“是的，我请的律师和调查人员拿到了证据，我矛盾了很久，也没有交出去。我到底狠不下心来送他去坐牢，只想他再在那里待上一段时间，让我顺利完成同仁里这个项目。他看穿了这一点，才这么肆无忌惮地对待我，把我踢出公司。”

话一说完，司建宇颓然靠到椅背上，大口喘息着，仿佛缺氧一般，脸色透出死灰。

司凌云拿纸杯倒了水，放到司建宇面前，“大哥，记住医生的嘱咐，不要激动。”

司建宇手指哆嗦着从口袋里取出一个药瓶，倒出两粒药，就着水喝了下去。过了好一会儿，他才稍微平静一点儿，“你不用陪着我了，凌云，我没事。”

司凌云没法放下心来，“我找司机过来送你回家休息吧。”

他摇摇头，“不必，我坐一下就走。”

兄妹两人无言地坐着，各自想着心事，司建宇突然问：“凌云，你会恨我吗？”

她一怔，也摇头，“不，大哥，我说过，我们这个家庭就是这样，我们没法苛求彼此，只能接受这样的关系。”

“你比我豁达。我还记得第一次在爸爸的办公室见到你的时候，你才十来岁，是个很叛逆很尖锐的小姑娘。”

司凌云忆及她因为逃学、不服妈妈的管教，被爸爸叫去教训，又被他完全忘到了一边的往事，苦笑了一下，“那一年我十四岁，其实是一个犟得离谱的傻姑娘，如果不是你不计较我的来历，把我带出去吃饭，我不知道会跟爸爸赌那种没用的气赌多久。”

司建宇呆呆看着前方，仿佛沉浸在回忆之中，但司凌云知道，他回忆的恐怕是他从大学毕业便在父亲公司工作，一路走到这个位置的职业生涯，而不是跟异母妹妹的首次交集。

“当时我跟你说过，我讨厌他这么自私的父亲。你劝我说，他就是那样冷漠的一个人，用不着妄想去向他索要永远要不到的东西。我一直很感激你的这句话，让我解脱出来，不再去跟他较真，一直不停地为难自己。现在我也要拿这句话劝一下你，不要再恨他了。”

“我只恨自己恨他恨得并不够深刻，否则怎么可能是现在这个结果。”

她知道他说的是实话，心里有深深的无能为力之感，“我会劝劝爸爸，你并没有真正做出损害他的事情，他没必要这样对你。”

“不必，我哪怕只存了要挟他的念头，他就不会原谅我了。就算你讲给他听，他也只会认为我是妇人之仁，不会感激我。昨天从他家里出来后，我开车去了同仁里项目现场，一个人待了很久。我已经有了预感，他肯定会下决心让我永远出局。你看，我猜得一点儿也没错，这一切跟我再没关系了。”

“大哥，别这么悲观。”

“我没法不悲观，不仅仅是对自己，我对你、对他、对顶峰的前途都觉得悲观。不要以为他会真心疼爱你，凌云。他不爱任何人，也不信任谁，他只是想利用你，如果必要，他一样会牺牲你。他最爱的人始终是他自己。”

她没法再找到合适有力的说辞来安慰他的愤怒与绝望了，她内心深处也有着浓重的难以驱散的疑云，只能涩然一笑，“我们是他的儿女，都学会好好爱自己吧，大哥。不要担心我，我不会为了让他满意而牺牲自己。你趁这段时间好好休息，多陪陪大嫂和冬冬，以后的时间还很长。”

4

司凌云的心情完全无法放松下来，她不知道该把满心的烦躁归结于公司让人担忧的现状，还是她与家人、与傅轶则之间错综复杂的关系。

下班之后，她开车回家，将车驶入地下车库的固定车位，却赫然发现司霄汉那辆黑色奔驰就停在前方不远处。她低落的情绪越发跌到谷底，顿时没有了下车上楼的想法，重新插入钥匙发动汽车出来，漫无目的地开了一阵，想不起来有什么地方可以不受打扰地消磨一个晚上，突然记起司建宇临离开时说到的同仁里项目，打方向盘拐过两条街道，远远便看到顶峰同仁里广场的大型广告牌，她驶过去，在工地旁边停下了车。

这里不复昔日热闹的街市排档，也没有拆迁时尘土飞扬的喧哗，只是一个巨大而过分安静的工地。一阵秋风吹来，带着寒意，枯黄的树叶簌簌作响，她裹紧风衣，凝视围墙上的宣传广告，高耸的大厦下是西装革履、精英模样的男人踌躇满志地对着娇媚的女孩子指点江山，“城市中心”“核心价值”“可以传世的财富”“至尊首选”……这些喧嚣浮夸的字样撞入她的眼帘，几乎全都带着嘲讽的意味。广告牌上方投射下来的灯光明亮炫目，将她的身影拖得长长的，映照得这条街道异样安静冷落。往来车辆从她身后的马路上飞快驶过，她听不到工地里面有任何声音，不远处施工活动房内也看不到灯光，高高的桩机蛰伏在夜色之中，投下巨大的阴影，一阵带着寒意的秋风刮过，卷得人行道上枯黄的落叶盘旋飞舞，带着几分蛮荒萧条感。

上一次她站在这里看着拆迁进行，还是明朗的春天，现在已经进入初冬。这里与她见过的施工中的建筑工地完全不同，更重要的是，几乎不像是地处繁华闹市，让人不由自主生出悲凉。她完全能想象司建宇昨晚带着什么心情伫立在此。拒绝与丰华的合作，该怎么样向傅轶则交代？司霄汉真能像他保证的那样解决迫在眉睫的资金问题吗？这些问题如同飘飞的落叶一样，在她脑海中纠结起伏。

她不知道站了多久，直到感到发冷，才拢紧风衣，顺着围墙慢慢走着，转过一个拐角，眼前是一条狭窄却热闹得多的小街，对面是一片尚未被拆迁波及的老居民区，街口有几家排档开着，热气腾腾，人来人往，依稀有点儿当日同仁里的光景。她正要往回走，却一眼看到几步开外有一个熟悉的身影，一动不动地站着，看着对面出神。

“阿恒。”

曲恒回过头来，露出意外的表情，“你怎么在这里？”

“我……看看工地。”

“里面好像停工了。”他皱眉，“这么晚，你一个人跑来看什么？”

她没办法解释，反问他：“你又在这里发什么呆？”

他同样迟疑了一下，“我……来找我父亲。”

“他还住在这里吗？我告诉过你嘛，上次我在这儿碰到他，他说他很快就去外地，不再回来了。”

“他根本就没走，更要命的是，他得了肺癌，已经扩散转移，到晚期了。”曲恒声音平淡地说。

司凌云大吃一惊，一时不知道说什么好。

“我正在犹豫，要不要进去看他。”

“他……情况怎么样？”

“不怎么好，医生说，他大概没有太多时间了。”

她不知道该怎么安慰他，“既然这样，还是去看看他吧。”

“我真不知道怎么去面对他。”

“他生病不是你造成的，你们关系不亲密，你看上去也不喜欢他，现在突然负的什么疚？”

曲恒苦笑，“话是这么说，不过……”

“不过什么？”她扬了一下眉毛，“在这里徘徊可没什么意义，实在不想看他，根本不用找借口，别人也不能怪你。”

曲恒黯然不语，她自知未免太过简单武断，沮丧地摆了一下手，“算了，当我什么也没说，我自己家里的事一团糟，哪有资格说别人。”

“出了什么事？”

她闷闷地说：“很多事，乱成一团，不过……算了，也没什么。”

“别硬撑着，你的样子可不像没什么。”

如果说还有人是司凌云愿意倾诉的对象，那么他恰好就是此时站在她面前的曲恒。他用关切的眼神注视着她，她也急需讲出来减轻一点儿压力。私事家事公事纷乱一团，她只能拣眼前的烦恼讲起，“其实我才是找借口的那个人，我没地方可去，只好在这里闲荡。”

他保持着一个聆听的姿势，并不打断她。

“今天晚上我爸又到我家来了，他跟我妈在我十二岁那年就离婚了，可这十多年时间里，我妈还任由他时不时出入我家。他们根本不觉得他们在一起是一种很尴尬的状态，也完全不会考虑那不是我想看到的团圆场面。”

“这种心情，我倒是能理解。”

“当然，道理我全都懂。就算他们是我父母，也完全有权利按自己的想法生活；我是孩子的时候，他们都没理会过我的感受，现在我成年了，他们更没义务在意我想什么。可是我越来越发现，我就是做不到不在乎。”

“为什么一定要强求自己不在乎？”

“在乎就意味着动不必要的感情。在我的家庭，爱动感情的人就意味着是天真的傻瓜，只会被利用，可没有什么别的出路。”

“不想被人利用，我能理解，可你不可能区分开哪种感情是必要的、你愿意保留的，哪种感情是可以丢到一边不必在意的。”

她一时无言以对。

“以前你带你弟弟去看我们排练，我就发现，平时你看起来十分冷漠，可在你弟弟面前，活脱脱像一个小母亲一样。那个时候我就知道，你在意的东西，比你愿意承认的要多得多。”

提起弟弟，司凌云的表情不由自主柔和下来，“是的，我弟弟是我最在乎的人，他性格单纯心地善良，所以我才坚持送他出国读书。我有时候羡慕他，他可以专心享受生活的乐趣，谈甜蜜的恋爱，不需要面对这么复杂的家庭，不需要管公司那些破事，更不需要跟亲人钩心斗角。”

“你也可以不管公司的事情的，如果你想逃避，你同样能做到。不过你选择的是留下来面对，我想，你应该还是觉得，这是你的责任。”

“我躲不掉的，这是换我妈同意弟弟出国的前提。”

曲恒一怔，“你妈可真有手腕，居然拿这个跟你讲条件。”

“在她眼里，一切都是有条件的。焦头烂额的时候，我免不了要想，凭什么这些责任得由我来担？我把自己弄得人模鬼样，哥哥不拿我当妹妹看，父母不拿我当女儿看，男朋友不拿我当爱人看……”一股酸楚直冲上来，她猛然咬住嘴唇，扭过头去，不肯让曲恒看到眼中泛起的泪光。

曲恒伸手过来握住她的手，久久不说话，他的手掌温暖干燥，手指带着做园艺和弹吉他磨出来的薄茧，握的力道不轻不重，不带任何侵略性，非常具有让人镇定下来的力量。她的心绪不由自主平静下来，自嘲地笑，“唉，你又要觉得我无聊了，其实就算我妈当初逼迫了我，但选择还是我自己做的。最开始也许被动，后来居然有些乐在其中了，现在碰到了麻烦，也没什么可抱怨的。”

“你当然有权利抱怨。”曲恒简单地说，递给她纸巾。她拭着眼角的泪水，有些难为情，可毕竟感觉轻松了一些。

“我以前说过你任性，现在我觉得，你长大得未免太快。当得体的大人不是不好，但那也不意味着你必须承担起所有的事情。”

“要是我承担就能解决所有问题，我倒是愿意的。可是眼下，公司一团糟，爸爸跟大哥失和，大哥觉得我关键时候不够支持他，大嫂跟大哥婚姻有问题，离婚的父母不清不白搅在一起，男朋友……”

她骤然打住，几乎有些局促地抽回手，心想，抱怨父母也就算了，如果只图卸下心头包袱，便这样对着曲恒控诉傅轶则，未免带了某种说不清的意味。

曲恒并不追问，只是等司凌云恢复平静之后才开了口：“跟你相比，我需要面对的问题就简单得多了。可是坦白讲，我昨天就已经来过这里，绕着这条街走了好久，没有进去，今天又在这里站了大半个小时，还是不能决定要不要过去看他。”

“他以前对你不好吗？”

“恰恰相反，他人很随和开朗，对我非常好，从小教我吹口琴、弹吉他、拉手风琴，我喜欢音乐，多半是受他影响的。”

司凌云好不惊讶，“哎，就这样你还恨他？他跟我爸一比，简直称得上完美了。我那个爸爸，别的不说，有一点我完全肯定，他没跟我妈妈离婚的时候，也从来没有陪我和我弟弟玩过。”

“那只是他在家的时候而已，那种时候可不多。”曲恒叹了一口气，“他本来跟我母亲是同事，在一个郊区林场里工作。不过他爱唱歌，爱热闹，讨厌单调的工作，经常旷工跑出去参加各种演出活动。在我六七岁的时候，他终于还是不顾我妈妈的反对，辞职去当歌手，几乎跑遍了大半个中国，偶尔神出鬼没地回一趟家，待不了几天就又走了。以前联络没现在方便，多半情况下，我们甚至不知道他到底在哪里。”

“他不是在同仁里演唱吗？”

“几年前，他跟我妈妈大吵一次，就再没回家了，他是什么时候开始回本地演唱的，我们都不清楚。”

“没有女人忍得了这种丈夫，他跟你妈吵翻了倒不奇怪，可是他难道也不跟你联络？”

“他们那次大吵，跟我有关。”

曲恒神情复杂，声音沉重，司凌云猜想那一定不是夫妻之间寻常的口角，停了好一会儿，他才继续说：“我母亲虽然对父亲有很多不满，经常跟他争吵，但她是个很传统、很认命的女人，再怎么辛苦，也一个人扛着，并没想过跟他离婚决裂。她对他不抱任何指望以后，把所有希望寄托在我身上，一直想让我好好念书，找一份踏实的工作。我从小喜欢音乐，已经让她很不开心了。后来我又加入乐队去酒吧唱歌，她没法接受我也走这条路，认为我是受了父亲的影响。当时我很固执，她说什么我都听不进去，照样玩音乐，最让她无法忍受的是，我也跟着乐队去外地演出。刚好我父亲回家，她积压的怒火一下爆发出来，两个人争吵起来，到最后，她拿剪刀刺伤了他……”

司凌云从前经常看乐队排练演出，可跟曲恒并不熟络，不了解他的家庭，只知道他在音乐上的才华出众，高傲沉默，永远跟别人保持着距离，对她的任性张扬更是敬而远之。哪怕她曾经拖过他为自己失败的恋爱救场，两人也并没有就此走近。一直到两人认识十多年后的今天，她才知道，在他冷漠的外表下，也隐藏着伤痛。

“那是什么时候发生的事？我不知道不奇怪，怎么阿乐、阿风也完全没提起过。”

他踌躇了一下，“记得那次在阿风家里吃散伙饭吗？”

她当然记得，点了点头。

“那天我的手机没电了，从医院回去，才知道家里也出了事。幸好我妈妈那一剪刀没有扎中要害，否则……”他摇摇头，不愿意再回想下去，“后来大家都各奔前程，我对谁也没提起这件事。”

六年前秋天的那个中午，她从傅轶则家里出来，和曲恒一起去了阿风家，参加最后的聚会，把自己灌得酒精中毒，被曲恒送去医院抢救，捡回了一条命。她一心沉浸在自己的愤怒与失意之中，全然没有注意到曲恒的经历远比她惨痛。想到这里，她只觉得喉咙间哽着一点儿什么，视线模糊，呼吸都变得艰难了。

“你说得没错，我真是一个既无聊任性又自私的人。”

“这又不关你的事，纯粹是一个巧合。任性的那个人其实是我，当时我不想面对很多事，安顿好家里后，选择了一走了之，去广州工作。”

“这也不能怪你……”

“不用为我辩护。我以为寄钱回家，给妈妈买了房子就算尽了心。她很要强，身体不舒服也不跟我说，如果我不是因为……另外一件事回家，甚至不会发现她得了扩张型心肌病。”

“所以你为了照顾她，放弃了在广州的工作，不再做音乐，回来开园艺公司。”

“我没为她放弃什么，她倒是为我放弃了很多。她这一生过得太辛苦了，我父亲和我相继让她失望，我只能尽力把欠她的弥补上。”

“她现在动了手术，情况不错，你就不用自责了。”

“可是，我也许又耽误了父亲的病情。他要求卖房子分钱的时候，就已经确诊是肺癌了，要钱应该是想治病，我当时正为妈妈的身体担心，没听他讲理由就过来揍了他，结果……”

司凌云没好气地瞪着他，“那个时候是他不讲明理由就开口要钱，听到你母亲也生病了，他选择了离开。癌症的转移发展谁都左右不了，你又不是万能的上帝，何必这样把什么责任都往自己身上揽？”

曲恒默然。

“你父亲这个人，不是我批评他，他才是真正任性。像他那样任性，也是对自我的一种坚持，不是人人都能做到的。他得到了他想要的生活，可是他既然放弃了他该负的责任，就不能指望你像对你母亲那样，一步不迟、一点儿不欠缺地尽你的责任。他自己应该也清楚这一点，而且他肯定知道他对不起你妈妈，所以才会在听说她生病后就声称去了外地，不肯再提卖房子要钱的事，也没有把病情告诉你。你现在怪自己，未免就是自虐了，有什么意义？”

曲恒长久地沉默着，司凌云无可奈何地说：“我总忘了我没资格教训别人。”

“不，你说得没错，只是我对他的感觉太矛盾了，有时候我恨他，有时候我又很迷惑。他选择当流浪歌手，看着自由自在，实际上非常艰苦，你看看同仁里就知道，他演出的环境很杂，报酬很低，年纪越大越潦倒，简直没有一点儿成名的机会。我一直在想，他一走快二十年，是什么支撑他放弃相对安逸的生活走这条路？难道我和我母亲对他来讲根本没有意义？”

“不，别的我不敢说，但你对他来说是有意义的。那天在同仁里，你来之前，我听到他闲坐在一边弹吉他，弹的是你跟阿风合写的那首《蔑视这个世界是我们最好的伪装》。那不是他那个年龄的人会喜欢的歌，可是他弹得非常娴熟，唱得很不错。”

曲恒一下怔住，停了好一会儿，才声音低哑地说：“他以前曾经去酒吧，听过深黑乐队演出，我送过一张唱片给他。就算我跟他说，那不过是我们凑钱自费出的，没什么影响，更没赚到什么钱，他看上去也很高兴。”

“我知道劝别人放下总是容易一些，还是去看看他吧，不然你也没法安心。”

“谢谢你这么耐心劝我。”

“我们之间要每件事都谢来谢去，就得追溯得太远了。”

“是啊，我们居然认识了这么长时间。”

“可是我怎么觉得，我们好像刚认识，才对彼此有了一点儿了解。”

“了解别人，永远不是一件容易的事情。”

她一本正经地点头，“完全同意，所以以后千万别再说我任性无聊了。”

他看着她，嘴角带着微笑，“你记恨我这么久，不知道怎么夸你才弥补得回来。”

她也笑，“算了，我心灵强大，早就已经自我修复了。”

“那就好，我现在过去看他。你呢？”

“哎，不用担心。好冷，我也累了，明天还要上班，没力气再跟谁闹别扭，这就回家睡觉。”

“我送你上车。”

5

程玥打来电话时，司凌云正坐在自己的办公室里跟侯律师商议顶峰面临的几起官司。

“妈，等会儿我给你打过去。”

“不行。”程玥气急败坏地说，“你现在就得告诉我，报纸上说的是不是真的？”

司凌云当然知道她指的是什么。今天各大报纸的金融证券版面都报道了巨野集团发布公告，宣布由于政策调整及其他原因，与顶峰集团的资产重组事项已经不具备实施的基础，经董事会研究决定，将向中国证监会撤回本次重大资产重组的申请文件，三个月内将不再进行重大资产重组。

“是真的。”

程玥的声音一下提高到了尖厉的程度，“那巨野的股票怎么办？”

司凌云不得不把手机拿得离耳朵远一点儿，“按以前资产重组失败的案例看，巨野复牌以后预计会跌停。”

“会跌多少？以后会不会涨回去？”

司凌云不耐烦地说：“谁也说不清，巨野的基本面很差，没题材的话很难重新上涨，你得做好亏损认赔的准备。我这边还有事，挂了。”

放下手机，她继续跟侯律师商量如何应对建筑公司的起诉。过了大概半个多小时，办公室门被一下推开，程玥闯了进来。

“妈，你跑来这里干什么？”

程玥面色苍白，看看侯律师，却没有说话。侯律师十分乖觉，马上站起身，“凌云，我们也谈得差不多了，等白律师出差回来，我马上让她按这个方案做准备。”

“谢谢侯主任。”

等侯律师出去，司凌云无可奈何地看着程玥，“就算我挂了你的电话，也不至于要追杀到办公室跟我算账吧？你这样跑到公司来，别人不知道会怎么议论了。”

“大不了就是说前妻纠缠不放，还能说什么？没错，我是前妻，你爸爸瞒着我，我也没什么好说的。可我也是你妈妈，你什么时候拿我当妈看了？这么大的消息，也不提前告诉我，非要让我看报纸才知道。”

“你讲点儿道理好不好？所有的变故都是最近才发生的，而且巨野一直在停牌，我就算告诉你，你也只能对着股票干着急，什么也干不了。”

程玥跌坐在沙发上，一时说不出话来。

“跟我说实话，你到底投了多少钱买巨野的股票？”司凌云直接问她，“肯定不止你之前跟我说的没多少吧。”

“我……”程玥挣扎片刻，带着哭腔说，“这一次差不多赔上了我的全副身家。”

司凌云疑惑地上下打量她，“从小到大，总听你跟我哭穷，一直说离婚没拿到多少钱，没有固定的收入来源，要维持体面的生活，养我和小峰开支巨大，手头紧得要命，所谓‘全副身家’到底是多少？”

程玥还是欲言又止，终于轻轻说：“将近四百万。”

司凌云大吃一惊，几乎不能相信自己的耳朵。不管是做法务还是主管投资部门，她经常直接经手巨额数字的金钱往来，相比之下四百万根本不算什么，可她从来没想到程玥能拿出这么多钱投到股票上。母女两人面面相觑，她知道程玥说的是实话，不得不问：“离婚的时候你只拿到一百万现金，跟爸爸小打小闹可要不到这笔钱，你从哪儿弄来的？”

“我的全部积蓄，再加上抵押了滨江花园的房子。要是股票跌停套住可怎么办？不行，我要去找你爸爸。”

司凌云一把拉住她，“不要去。”

“不许拦着我。”程玥使劲甩她的手，“你接着扮清高好了，我又没让你去求他。是他告诉我顶峰会买下巨野上市，这个股票一定会暴涨，我才冲进去的，当然该他来负责。我的钱眼看着就要全赔进去了，现在也不是顾面子的时候，我不找他找谁。”

司凌云跟她拉扯得不胜其烦，眼看她要夺门而出，不得不厉声喝道：“别疯了，你给我坐下。”

程玥被吓着了，怔怔看着女儿，司凌云暗自叹气，把声音放柔和一些，“妈妈，你现在上去找爸爸也没用，坐下，听我好好给你解释。”

程玥坐回到沙发上，司凌云坐到她面前的茶几上，看着她带着仓皇之色的眼睛，心里极不好受，但只能直截了当地说：“顶峰这次借壳上市失败，蒙受了巨大经济损失，现在公司资金极度紧张，麻烦很大，你去找爸爸，他也不可能弥补你的损失。”

程玥的脸色一下泛青了，“那我怎么办？我手头已经没什么现金了，如果股票赔了，没钱还抵押贷款，房子会被收走，我就差不多一无所有了。”

“爸爸告诉你买壳这件事，大概也只是想让你赚点儿小钱开心一下，你怎么居然疯到抵押房子进股市。”

“我……最开始我只投了十来万进去，可是这只股票涨得实在太好，几个涨停板下来，几天时间钱就翻了一倍。”程玥一边说，一边止不住流下泪来，“我不停追加，先是把所有现金都投了进去，接着把所有定期储蓄、债券都变现放了进去。后来看你跟你爸爸不停出差，他又说借壳成功在望，最迟秋天顶峰就能上市，股票肯定还会暴涨。我算了算账，这才一狠心把房子抵押，换了一笔钱，抢在停牌之前全买进了。”

“你还好意思说你算了账，你算的全是赚钱的账吧。股市的风险……”

“你不要跟我讲什么大道理。”程玥一下暴躁了，“对，股市有风险，我贪心了。你有没有想过我为什么要这样做？我早就厌倦了一点一点从你爸爸和他现在的老婆手里抠钱，还要被自己的儿女怨恨瞧不起。我根本没有别的赚钱门路，好容易听到内幕消息，想抓住这个难得的机会一次性赚够，然后过自由逍遥的日子，我有什么错？”

司凌云久久不语，心想，就算程玥是自取其祸，她也确实不好再苛责了。司霄汉周旋在两任妻子之间，自以为左右逢源风流得意，终于自食恶果。程玥不过是做了跟张黎黎一样的事，而张黎黎投机的规模要大得多，惹下的麻烦也远比程玥损失半生积蓄来得大。

她的手机响起，一看是司建宇打来的，他近来已经绝足不来公司了，她连忙接听，“大哥，什么事？”

“凌云，我想跟你谈谈，有时间吗？”司建宇的声音十分疲惫。

她看看沙发上的程玥，有些为难，“大哥，现在不行，我晚点儿打给你。”手机那头一阵沉默，她追问，“是有要紧事吗？”

司建宇总算说话了，“你忙的话就算了，再见。”

程玥在怒气迸发后，得不到回应，再也提不起精神，委顿在那里，头发凌乱，眼泪冲得妆容不整，毫无平时的艳丽耀眼。母亲这个前所未有的憔悴模样落在司凌云眼内，她甚至头一次希望自己足够有钱，可以二话不说补上这个损失。然而想想公司的现状，她只能感叹这个想法来得幼稚可笑。

她拿了纸巾盒过来，抽纸巾给程玥，“别哭了，事已至此，说什么也没用，我以后赚钱了，会慢慢给你补回来。”

程玥一边拭泪，一边抽抽搭搭地说：“我可不想落到摊手问女儿要钱的地步。”

司凌云哭笑不得，“问前夫要钱比较理直气壮，对吧？”她见程玥竖起了眉毛又待发作，连忙举手投降，“好了，好了，我不说了，你把房子抵押到哪家银行？”

程玥有些吞吞吐吐，“银行……我问过，他们要审查这啊那的，放款太慢，我押给了一家担保公司。”

“到底贷了多少？”

“他们只肯按房子评估价值的一半贷给我，两百万。”

司凌云暗自嗟叹，可也懒得再说她什么，“行了，回头你把房子的抵押文件给我看看，总不至于弄到被收走的地步。”

“就算保得住房子，我辛辛苦苦存的钱怎么办？”程玥再度悲从中来，“那些对你爸爸只是一个小数字而已，顶峰再困难也不至于缺这点儿钱，也许我去跟他说说，他能够……”

“我说了半天，你到底听进去一句半句没有？”

“你是怕张黎黎作梗吗？我觉得你爸现在跟她的关系肯定不怎么样。他昨天、前天晚上都过来过夜，今天早上走的时候还嘱咐我今天晚上给他准备晚饭，以前他可从来没连续……”

司凌云一把按住程玥的手，打断她的唠叨，“我不想听你说这个。”

“你又来了，我是他两个孩子的妈妈，他现在又这么器重你……”

既然司霄汉不打算公开张黎黎的去向，她也不愿意多加解释，让程玥生出更多非分之想，“我说得很清楚了，我才跟他一起审核了公司的账目，他现在肯定没钱给你。等公司渡过这个关口，你再去提要求，他再怎么满足你，那是你跟他的事，我不会干涉。拜托你进去洗洗脸补一下妆，这个样子可太狼狈了。”

程玥进了办公室附设的洗手间，司凌云坐回办公桌前，双手托着头想，又多了一件让她发愁的事。她升职之后，薪水不算少了，而且专注工作，消费有限，跟从前比算得上略有节余，可是想用这点儿钱为她妈妈保住滨江花园的房子谈何容易。一件件麻烦如同无形的重担累加压上肩头，她有不胜负荷的感觉。她沉浸在自己的心事之中，听到手机响起，顺手拿起来，是傅轶则打来的，“凌云，我回来了。”

“你不是说这个周末才回吗？”

“听这口气，好像不大欢迎我提前回来啊。”

她苦笑，“怎么会呢？”

“现在有时间吗？我想见见你。”

“不行。”她想想还在洗手间里的程玥，“我现在很忙，走不开……”

“在忙着给同仁里项目找新的合作伙伴？”

要对傅轶则解释司霄汉已经决意拒绝与丰华合作，另找投资渠道，也是她的一桩心事，在电话里还真是没法讲清楚，“轶则，项目合作的事情有一些变化，我本来是想等你回来跟你好好解释的。”

“解释吧，我听着。”

司凌云觉得他的口气未免有些反常的咄咄逼人，可是想一想，他站在出资方的角度，力主与丰华合作，并且在她的力争之下给了时间宽限，现在难免会生气，只得说：“对不起，轶则，我有我的苦衷。”

他轻轻一笑，“你一向的风格是越有苦衷，越会装得若无其事，现在愿意跟我诉苦了吗？”

她被堵住，“现在不大方便，我晚上去你公寓吧。”

傅轶则沉默了一会儿，“好，晚上见。”

司凌云才挂断电话，手机马上又一次响起，她刚说一声“喂”，便听到一个怒冲冲的男人声音说道：“司凌云，我是不会跟你结婚的，你趁早别打这个主意了。”

她一时回不过神来，看看号码，并不熟悉，“你是哪位？”

“别装傻，我是周志超。”

她又是惊讶，又是厌恶地说：“周志超，我念你智商有限，不跟你计较，不管你做了什么梦，都麻烦你睁开眼睛看看现在天光大亮了。”

周志超在电话那头哈哈大笑，“还在嘴硬，你爸爸找我家老头融资借钱，居然打主意想把你嫁给我，两家联姻，这算盘可打得真精。”

司凌云这一气非同小可，正要破口大骂，可是心里突然掠过一个念头，一瞬间，整个人如同掉进冰窖一般全身凉透，她努力稳住心神，一字一句清晰地说："周志超，你听好了，没人要跟你结婚，你要再敢来跟我啰唆这件事，我就直接打电话问候令尊。"

她将手机扔到桌上，程玥从卫生间出来，"这个周志超是周绍德的儿子吗？"

"你怎么知道周绍德？"

程玥有些支吾，"他那么有钱，我当然听说过。"

司凌云越发起疑，盯牢她，"妈，你要有什么瞒着我，可别怪我再不管你的事。"

"你爸爸昨天在我那里给周绍德打电话，他们提到了他儿子和你，我才特别留意，不过也只听了一句半句而已。"程玥摊一摊手，"我问他，他什么也不肯明说，还叫我别跟你多嘴，他真的想两家联姻吗？"

"你先回去吧。"

程玥怎么可能被轻易打发走，"我跟你一起上去找你爸爸，你也是我的女儿，我必须知道他在打什么算盘。"

"你别给我添乱行不行，我现在头疼着呢。"

程玥顿时眉头深锁，现出一副深受伤害的痛苦表情，"你怎么能这样说？就算你不关心我，我总是关心你的。你到底拿不拿我当妈妈看待？"

司凌云好不烦恼，定定看住程玥，"妈妈，我们母女之间就别耍花枪了。爸爸打什么算盘，我会去弄清楚；你打什么算盘，我可是清楚得很。你要真关心我，就好好回家去，不要再搅和了。"

6

司凌云上楼，闻洁悄声告诉她，"董事长心情不大好，一早上来了两拨要钱的，好容易打发走，刚刚跟房地产公司的几个高管开完会，又发了很大脾气，也不知道是为什么。”

她敲门进去，司霄汉果然沉着脸在抽烟，室内烟雾缭绕。

“怎么了？”

“房地产公司现在完全养了一群废物。”

“李元中走了以后，他的位置一直没能找到合适的人顶上去，大哥现在又完全不来公司，高管突然必须直接面对你，压力可想而知。”这也是司凌云的一件心事，“董事长，你负责整个集团运作，不可能对地产公司事事亲力亲为，还是请李元中回来吧，他毕竟为顶峰工作了十多年，熟悉情况，而且有管理能力，对于开发和销售确实都有一套办法。”

司霄汉摇摇头，“小云，你的想法太简单了，我告诉你一件事，不管是什么原因，收留吃回头草的人都是一件很危险的事。”

“可是你现在需要能做事的人，让他回来，也可以顺便化解恩怨……”

“我不可能让一个我不信任的人回来的。知道我为什么生气吗？房地产公司的管理人员做事不得力还在其次，居然还有人吃里爬外。”

“吃里爬外？这话怎么讲？”

“你看了今天的报纸没有？”

“巨野发布的公告吗？我看了。”

“不是，是这个。”

他指着桌上放的一份《汉江晚报》，她匆匆看去，地产版刊登着丰华董事长徐华英接受记者采访的报道。徐华英指出受美国次贷危机和国内相关调控政策影响，当前市场形势不容乐观，本地楼市迎来了一个拐点，成交骤然下降，购房者持币观望气氛浓厚，房地产的投资增幅已经大幅放缓，她认为在接下来的半年时间里会继续下滑达到一个低谷，同时本地地产开发商将要面对一段艰难时期。

“你看看这段——”

他手指点住的是记者引用的徐华英的原话：某些被表面繁荣掩盖住的问题会暴露出来，某些喜欢投机、寻租圈地的人会死掉，而且死得很难看，市场需要这样的洗牌。这段话十分犀利，而且明显意有所指。司凌云心想，耗费心力的合作谈判已经到了签字阶段，却被司霄汉一口否决，徐华英发怒也是可想而知的。她只得劝父亲，“据说这位徐总言谈一向十分犀利大胆。日子难过的开发商也不止我们一家，不必对号入座。”

司霄汉气冲冲地说：“我刚布置地产公司做一个降价销售的计划，嘱咐他们要严格保密，等方案完全安排好以后再公布。这女人突然跳出来接受采访，绝对不是巧合，肯定是有人把消息泄露给她了。她仗着自己在本地有几分影响，借题发挥，分明是想整垮我们。”

司凌云知道，现在外面关于顶峰的小道消息本来就不少，徐华英这个采访见报后，确实对顶峰更加不利，她皱眉说：“徐总提到目前大家都绷住劲观望，看谁先迈出第一步，我觉得是有道理的。顶峰如果率先降价，肯定会引起媒体的注意，到时候做文章的肯定就不止这一家报纸了。”

“所以我要求他们做出的方案必须抢占先机，抢在价格战开始以前尽快吸引购房者的注意力，快速回笼一部分资金。”

“我们现在具备销售条件的楼盘也不多了，就算降价策略奏效，能够收回的现金也有限，恐怕还是得抓紧时间找好合作伙伴，启动同仁里项目。”

司霄汉看上去胸有成竹，“这个你放心，已经有人对同仁里项目表示了浓厚的兴趣，应该很快能达成合作意向。”

司凌云盯牢父亲，“这个人是谁？我认识吗？”

在女儿的注视下，司霄汉的目光破天荒地闪烁了一下，似乎要回避这个问题，然而他马上意识到司凌云不可能被随便打发走，“你见过，做建材生意的老周，他的资金非常充裕，一直在找投资方向。”

“他之前一直做市场，并没有房地产开发的经验，怎么会突然对同仁里产生兴趣？这个合作有没有什么附加条件？”

办公室里一阵沉寂，司霄汉沉吟一下，从烟盒里抖出一支烟点燃，深深吸了一口，随手将打火机扔到办公桌上，“你妈妈对你说了什么？”

司凌云眼睛一眨也不眨地看着他，“关键是你打算跟我说什么，几时说？”

“老周确实提到还是希望我们两家联姻。”

司凌云的心重重一沉，嘴角浮起冷笑，“原来我还有这么一个价值，所以你才特别强调，需要我站在你这一边。”

司霄汉沉下脸来，将手里刚点燃的香烟重重按进烟灰缸内，厉声说：“我并没有山穷水尽到需要用女儿换资金的地步。”

“那为什么周绍德的儿子周志超敢打电话来羞辱我，说你找他父亲融资借钱，想把我嫁给他？”

司霄汉勃然大怒，“我这就给老周打电话，让他好好管教他这个不成材的儿子。”

“不必急着打电话。不先告诉我联姻是怎么一回事，不然怎么折腾都不过是自取其辱。”

司霄汉面对毫不退让的女儿，倒无可奈何了，“不管是在家里还是在公司，也只有你敢这么顶撞我，从小到大都不怕我发火。”

“已经有整整一个公司的人怕你了，你不至于还需要你的儿女也这样吧？”

“算了，建宇倒是从小敬畏我，又怎么样呢？我跟老周商谈合作的事情，老周确实是旧话重提，又说起想撮合你跟他儿子结婚。我可还什么也没有答应他，只跟他说，这个女儿个性很强，由不得我随口做主。”

这并不是一个明确的拒绝，仍然留着余地，但司凌云想，至少父亲认识到她不可能由着他摆布，总归是件好事，她的神态稍微缓和下来，“你最好把话跟他讲清楚，不然他那个蠢儿子传扬出去，说顶峰困难到需要靠联姻来解决资金问题，不只是我，大家都脸上无光。”

司霄汉哈哈一笑，“要一味在乎别人的看法，我早就混不下去了。没错，我现在碰上了麻烦，不光上市短期内基本没戏，老婆还失踪了。不过我以前碰到过比这还要命的情况，你知道我是怎么挺过来的吗？”

“无非就是你有远见、有能力、从不认输，终于笑到了最后。”

他对她带着点儿挖苦的口气无可奈何，“我碰到最困难的时期是刚做地产那一阵子，经验不足，资金吃紧，账上只有不到一千块钱，建筑商、供应商、购房业主一起把我堵在公司办公室里，恨不得动手。最后他们还是被我说服了，我最大的两个债主反而联手又给我提供了一笔额外的资金，让我撑了过来，发展到今天的规模。”

“这倒是挺神奇的。”

“其实说穿了没什么出奇的，不过就是我能够说服他们认识到，只有把利益跟我绑在一起，全力支持我，才能最大程度保障他们的利益。老周跟我认识了快二十年，最清楚这一点。而且，同仁里地块的价值摆在那里，丰华处心积虑想插手进来的事实摆在那里。老周是生意人，急于找投资项目，怎么可能不动心？”

他看上去乐观而泰然自若，然而她并不能就此释然，“所谓利益绑在一起，应该不是特指联姻吧？老周也是精明透顶的生意人，没谱的事不会乱讲，如果你没答应他，为什么他会跟他的儿子提起这事？”

“你别急着摆出这么一副兴师问罪的表情，好好坐下听我说。”

她坐下，“行，你说，我听着。”

“我拒绝了跟丰华的合作方案，你跟傅轶则之间恐怕也会出现问题。”

“这个你不用操心了，我的问题我自己会解决。”

“上次我问你，你说你还没有跟他结婚的打算。开年之后，你就二十八岁了，再不嫁人，这么不明不白混下去，就成了别人眼里的剩女老姑娘。”

“按你这说法，如果我不打算跟傅轶则结婚，就得嫁给老周的儿子，哪怕那个男人是不成材的花花公子？”

“他儿子确实有很多缺点，但老周只有这么一个儿子，他创下的偌大一份家业，肯定要传给儿子。年轻人没结婚，玩心重了就难免做荒唐事。所以他满心指望娶一个能干而且门当户对的儿媳妇进门，管住他儿子，辅佐他的事业。无论相貌、学识、能力，他都不可能找到比你更合适的人选了。”

她的心越来越凉，“那是他的看法，我不关心，你是怎么想的？”

“我的想法很简单。首先，婚姻讲究门当户对是必需的；其次，你到了应该认真考虑这个问题的年龄了。”

“怎么个考虑法？看谁出的条件最优厚就嫁给谁吗？”司凌云微微冷笑，“你这个口气，可不像刚才宣称不需要用女儿换资金那么硬气。”

司霄汉现出愠色，“小云，不要再使性子，我说得很清楚了，这只是老周的一个提议，不是我跟他合作的前提条件。不要扯什么拿女儿换资金，在商言商，老周本人都不敢有这个念头，你倒来跟我说这些话。”

“我没法不这样想。”

“现在根本不是父母做主的年代了，我只建议你，认真考虑一下，好好权衡利弊，不要一听说联姻就马上起了反感，一口回绝，毕竟是合作关系，要给他几分面子。就算不喜欢，也不能像跟我说话一样直接。”

他看看脸绷得紧紧的女儿，补充道：“至于老周的儿子，我会提醒老周好好修理他，不许他再胡说八道。”

7

司凌云开车去了傅轶则的公寓，拿钥匙打开房门，客厅灯开着，但没有人，倒是浴室传来音响正在播放着小野丽莎的*All Of Me*，这不是傅轶则的品位，她平素也并不爱这种过于柔软甜媚、明净得单纯的音乐，此时更觉得仿佛面对着一个可望而不可即的温柔乡，再怎么想沉溺其间也是遥不可及。

她走到浴室门边，发现傅轶则腰间围着浴巾，裸着上身，正对着镜子刮胡子，他从镜子里看到她，转过身来，“这么晚才下班？”

他拿起搭在肩头的毛巾擦去脸上的泡沫，举手之间，比例完美的身材在柔和的灯光下看上去充满张力与诱惑，然而面对如此性感的场景，掠过她心头的却是上一次在这间浴室发生的那一幕。她努力拂去这个联想，匆匆转身，“我去煮点儿咖啡。”

咖啡的香气很快便弥漫在厨房里，司凌云给自己倒了一杯，刚在操作台边的高脚凳上坐下，傅轶则就走过来，手搭到她肩上，她本能地微微一缩，他的手僵住了。两人注视着彼此，那种万语千言无从说起的感觉，来得陌生而惆怅，终于，他随手拨了一下她的头发。

“你的头发长了。”

她很高兴终于有一个话题可以打破僵局，“我已经好久没去修头发了。我妈挖苦我说，我不光买的衣服样式保守，而且终于在外形上也接近事业型女人了。”

“试着把头发重新留起来好了，我喜欢你以前长头发的样子。”

“男人好像都爱长发。”

“知道女人说什么话最让男人扫兴吗？那就是男人都怎么怎么样。”

她点头受教，“嗯，我错了，你是不一样的。”

他笑着问：“从什么时候开始留短发的？”

她怅然笑，“忘了，有几年了吧。”

其实她当然记得，而且记忆异样深刻。就在那次酒精中毒出院之后，她径直去发型屋剪了短发。那些浓密卷曲的长发随着发型师的动作纷然落了一地，发型师在不停说着什么，她听而不闻，只是仿佛不认识自己一样，长久地凝视着镜子。现在回头看，居然会以为一生之中在那一刻伤心到了极致，不免有些悲哀，又有些好笑，几乎想穿越时空去摇着那个女孩子的肩膀说：那能算什么。

算什么呢？司凌云看着傅轶则那张英俊的、若有所思的面孔，毕竟不可能什么也不算。他的手指正缠绕着她头发，有一下没一下，动作轻柔，意态悠闲，看样子是打算看她怎样开口。

“不出你的预料，跟丰华合作的事，我爸爸不同意。”

他点点头，平静地说：“可惜了建宇兄这段时间的苦心经营，徐总对他的谈判能力很是赞赏。”

“你是不是已经听到了什么？”

“我更想听听你想对我说什么。”

两人对视着彼此，她叹了一口气，“轶则，我们这样打哑谜，我是真的累了。如果你有疑问，为什么不直接问我？一定要我在你面前主动坦白，你才开心？”

然而，他给她的是一个反问：“你希望看到我沦落到气急败坏闯进你办公室要解释的地步，才开心吗？”

“你怎么可能让自己到那一步。”她只能苦笑，“好吧，我坦白。我爸爸找的新合作伙伴是周绍德。今天下午我突然接到他儿子的电话，他声称绝对不会跟我结婚，我才知道原来他爸爸跟我爸爸提出了联姻这么回事。”

他审视着她，仿佛在评估她讲话的真实程度，好一会儿，他嘴角微微一挑，笑了，“现在的情况很微妙，你大哥已经基本出局，不管你父亲如何重男轻女，他现在能倚仗、要笼络的也只有你了。当整个顶峰摆到你面前时，我就不那么确定你下一步会怎么做了。”

“你凭什么认为我会同意把自己当成合作的筹码？”

“从跟我在一起开始，你对你父亲、你哥哥、你家公司的付出和忠诚程度就一次次让我惊讶了。你当然不会喜欢别人拿你当筹码使用、安排你的生活，可是如果情势发展下去，联姻是唯一挽救顶峰的办法，你还会抗拒吗？”

他的分析跟往常一样，冷静地击中了她甚至不愿意细想的那一部分心事，她坐了起来，强打精神说：“你多虑了，顶峰没有到那么危险的地步，我也不会走到那一步。”

他审视她，嘴角露出一个淡淡的笑意，“这个回答并不坚决。”

“你需要我指天誓日吗？”

他摇头，“不必了，我不会像你父亲那样逼你。”

司凌云想辩解说她父亲并没有逼她，也没有人能够逼她做不愿意做的事。可是她突然缺乏底气了，同时猛地意识到，她其实完全可以有另一个简单直接的回答：她已经跟他订婚了，不会再有其他选择——傅轶则不满意她的回答简直是必然的。

两人都长久地沉默，浴室那边小野丽莎的歌声传过来，轻柔到几不可闻的地步，突然他好像放弃了那个话题，“要不要喝点儿酒？”

“不要。轶则，我一直想问你，你是怎么看我的？”

“你是想问我究竟喜欢你哪一点吧？女人都爱问这种问题，在不同的时间，用不同的方式，带着不同的表情。可是，你是否确定，你想得到的是事实，还是自己想要的答案而已？”

她呵呵笑了，“是啊，说到底，我跟别的女人又有什么不同。”

“你还是不一样的。你把一句明明可以说得很性感、很诱惑的话表达得这么沉重，可见你对我们的关系有多不确定。”

他尽管带着取笑的意味，但口气温和，来得并不尖刻，她心中百味杂陈，也已经没力气再争辩下去了，刚要伸手去拿咖啡杯，他拉她站起来，将她搂入怀中。不知道为什么，她身体绷得紧紧的，仿佛面对的是一个陌生人，他们之间所有的缠绵时刻突然变得遥远。他轻轻抚她的背，“放松，你只是太累了，压力太大了。”

他的声音温和，她将脸埋在他的肩窝，过了好久才轻声说：“我们之间以后会一直都是这样吗？”

“什么样？”

“不管对方有什么举动，都一定要分析出原因跟理由，再也不可能随性所至了。你也许喜欢这个游戏，我可真是……累了。”

“就算我不分析你，你也会分析我；就算你把这看成一场你玩累了的游戏，也得想一想，退出一场游戏，加入的可能是另一场游戏。人生苦短，累比乏味要好得多。”

他的声音里带着调侃，还有让她不安的情绪。她刚要抬起头来，他却伸手按住她的脑袋，让她停留在原处，“别动。”

司凌云想，像他这样骄傲的男人怎么可能甘心成为别人生活中的选择之一。从什么时候开始，他们的关系已经走到了这个地步：没来得及修复，已经面临一个个新的问题，也许再没办法回到一个相对正常的状态了。

眼下这样不带目的的拥抱，听得到彼此心跳的声音，有着奇妙的接近与融化的感觉。她惆怅地想，也许他们同样骄傲，把相处当成了较量，不肯落在下风。可是，他们之间如此多的利益纠葛，再去谈论感情，未免奢侈。

她的手机突然响起，她只得不情不愿地起身拿出来接听。

“司小姐，对不起，打扰你了，我是王亦佳。”司凌云对这个名字毫无印象，好在对方马上加了解释，“我以前是司总的秘书。”

司凌云这才记起那个瘦小不起眼的女孩子，冷冷地说：“如果是公事找我，可以在上班时间打过来。”

“不不不，不是我要找你，我……司小姐，能不能麻烦你跟司总联络一下，我打他的电话，没有人接听，已经好几个小时了。”

“照我看，如果对方不接听你的电话，你就不必再打。王小姐，你多拿了六个月薪水辞职，应该接受我的劝告别再苦苦纠缠了。”

王亦佳急得似乎要哭出来了，“不，我没有纠缠司总，我另外找了工作，再没跟司总联络，可是司总今天中午突然来找我闲聊，没头没脑说了很多话，情绪看上去非常……颓丧。我赶着要上班，没办法陪他聊下去。下班以后，我实在不放心他，再打他的手机，从六点到现在，就一直没人接听了。他一向非常在意看手机的，不可能一连几个小时没注意到未接电话。我真的没别的意思，只是不放心，怕他出事。”

“好，我会跟他联络，谢谢你。”

挂了王亦佳的电话，她想起下午接到司建宇的那个电话，后来一忙碌便忘了回复，心中有些歉疚，连忙拨打他的号码，果然响了很久也没有应答。她想了想，拨打了米晓岚的手机，米晓岚马上便接听了，客气而冷漠地问："有什么事？"

"大哥有没有跟你在一起？"

"今天我到幼儿园接了冬冬就回我妈妈家了，说好了住一晚上，他应该在家里。"

"下午他给我打过一个电话，我当时正忙，没来得及跟他说什么。后来我打他的手机，他一直没接，有很长一段时间了。"

"等一下，我打家里电话看看。"

她心神不宁放下手机，过了好一会儿，米晓岚才打了回来，声音中也透着几分不知所措，"我打家里电话也没人接，再打给保姆陈姐，她说建宇中午出去一趟回来，就给她放了假，让她明天再回去上班。我又给他妈妈那边打了电话，他妈妈说他只下午过去坐了几分钟就走了，他到底会去哪里呢？"

"我马上去你家，你也回去，不过不要带冬冬。"

"嗯，我把小文留在这里照看他。"

8

傅轶则开车带着司凌云到了司建宇的别墅门口，院门紧锁，花园内的照明灯亮着，别墅房间没有光亮透出来，一片静谧之中，只有司凌云送给冬冬的那只小狗皮皮被拴在院内的狗屋边，在不安地来回跑动吠叫着。他们等了一会儿，米晓岚开着她的宝马赶了回来，马上开门一起进去，"灯没开，建宇好像不在家。"

傅轶则沉声说："先楼上楼下找找看。"

他们分头看遍了所有房间，都空无一人，米晓岚反而有些放心了，"说不定他开车出去了，没留意到手机响。"

司凌云毕竟不能讲出王亦佳注意到的疑点，“但愿如此。”

她再度打司建宇电话，还是无人接听，外面皮皮吠叫得十分狂躁，他们走出来，米晓岚心烦意乱地说：“这狗真烦人，没完没了叫什么？要不是冬冬喜欢它，我早就不想养了。”

“大概是需要牵出去放放风。”

司凌云走出去解开拴狗的皮带，皮皮飞快地跑到车库那里，对着紧闭的卷闸门继续狂叫，同时又抓又挠，十分暴躁不安。

“对了，大嫂，看看大哥的车在不在车库里。”

“等一下，我得去找遥控器。”

司凌云一边继续重拨司建宇的号码，一边蹲下来试图安抚皮皮，米晓岚拿来遥控，厚重的卷闸门徐徐向上升起。

这时他们都清楚听到，车库里面传出了沉闷的重金属摇滚乐声，米晓岚有些疑惑，“建宇的车在里面，那他是怎么出去的……”

司凌云离得最近，站起身正要进去，傅轶则抢先一步过来拦住她，冲了进去，那辆奔驰越野车发动机仍在转动，车内音响开着，正在放齐柏林飞艇乐队的 CD，司建宇坐在副驾座上，将椅背放倒，一动不动地半躺着，嘴角有呕吐物痕迹，显然已经失去知觉。傅轶则来不及多想，从车头绕过去拉开了车门，车库狭小，车子又停得偏靠右边，没有多少活动余地，他用力去拉司建宇，那个沉重的身体一下歪到他身上。傅轶则被砸得险些跌倒，咬着牙半拖半抱，将司建宇拉出来，司凌云和米晓岚要进去帮忙，他粗声说：“你们别进来，里面一氧化碳浓度太高了，很危险。”

米晓岚止住脚步，司凌云还是冲了进去，帮着架住司建宇，一直走到院子中间，傅轶则才将他放下来，推开惊叫着扑上来的米晓岚，“闪开，我给他做人工呼吸。凌云，马上打急救电话，告诉他们有人吸入汽车尾气，已经昏迷了。”

司凌云拨打急救电话，一时却讲不清别墅的方位，只得狠命摇吓得呆呆站在一边的米晓岚，“地址，快告诉我准确地址。”

好容易将这个电话打完，她回头，只见傅轶则半跪在地上，将昏迷不醒的司建宇的衬衫领口解开，一边给他做人工呼吸，一边有节奏地按压着他的胸部，但司建宇似乎没有任何反应。昏黄的灯光下，一切都带着不真实感，她恍如堕入了一个怎么也想不到的噩梦之中，直到米晓岚反过来用力摇她，她才从这种恍惚状态中恢复过来。

“怎么会这样？怎么会这样？早上我走的时候还是好好的。”

司凌云没办法给她一个回答。

确定妻子带着儿子当天不会回家，中午去跟有过暧昧关系的前秘书聊天，去母亲那里小坐，下午给异母妹妹打电话，让保姆放假离开，把自己关进密闭的车库，发动车子，开启空调……这一切行为都明确指向了自杀。可是司建宇怎么会突然有这个念头？难道仅仅是焦虑症发作的表现吗？

不知道过了多久，120 急救车呼啸着赶来，医护人员冲了进来，将司建宇抬上急救车，米晓岚拉住已经累得满头大汗的傅轶则的手，哀哀地说：“轶则，陪我一起过去，我害怕。”

傅轶则点点头，将自己的车钥匙交给司凌云，“别担心，他还有心跳，应该来得及。我们在医院碰面，你通知该通知的人。”

急救车呼啸而去，穿着各式家居服过来围观的邻居也相继散去，别墅重新陷入寂静。司凌云拿起手机打电话通知了司霄汉，司霄汉大为震惊，说他会马上赶往医院。

“那……大哥的母亲？”

“我让洪民接她一起过去。”

一阵寒风吹过，她才发现自己的衣服已经紧张得汗湿，贴在背上，又冷又黏腻，十分难受，突然又记起方才一直紧跟在她脚边转来转去、吠叫不休的皮皮不见了。她怕它跑进车库，一边叫着它的名字，一边进去，它并不在里面，她将司建宇那辆发动机仍在工作的奔驰熄了火，这时他放在中控台上的手机无声地闪烁起来，她下意识拿起来，屏幕上显示是王亦佳打来的，这已经是同一号码打来的第二十一个未接电话。她走出来，按了接听，只听里面传来那个女孩子的声音，“谢天谢地，司总，你没事吧。”

“是我。他……你不要再打过来了。”

王亦佳明显畏惧她，停了一下，却还硬挺着追问：“司小姐，请你告诉我，司总现在怎么样了？”

“他现在正送去市中心医院抢救。”

“是心脏病又犯了吗？为什么不送去心脏病医院？那边有他的病历和治疗记录。”

“不，他……试图自杀。”

王亦佳发出一声短促的惊叫。

“你告诉我，中午他找你时都说了些什么。”

“都是我的错，如果我不在乎扣工资，就该一直陪着他，都是我的错……”

电话骤然挂断，她颓然看看手机，下意识地叫：“皮皮，皮皮。”她的声音在一片宁静中有诡异的回声，把她自己都吓到了，停了一会儿，没有听到任何应答，她绕着别墅转了一圈，也没有看到皮皮的踪影，陡然止步，猛地意识到，这个时候她忙着找皮皮，哪里是顾得上它，她其实是在回避去医院。

王亦佳的声音尖厉地回响在她耳边：“都是我的错。”

听到司建宇自杀，王亦佳马上便忏悔没有放下工作，在最关键的时候陪他。那么她呢？司建宇那张惨白的、毫无意识的面孔在她眼前放大。他同样给她打了电话，当时她在应付母亲，情有可原，过后便去跟父亲理论那桩传说中的联姻，接着小伍马上又找她研究另一个案子，她忙完工作，直接去找傅轶则，完全将司建宇抛在了脑后。如果他这次无法救治过来，她永远不可能知道他是在怎样绝望的心境下给她打的电话，她又怎么能原谅自己？

她的腿一软，瘫坐到院中那株桂花树下。不知过了多久，皮皮不知从哪儿跑了过来，毛茸茸的身体靠到她手上，发出不安的咻咻声。她下意识地抚摸着它颈上有些扎手的短毛，记起将它抱来送给冬冬时的情景，那个时候，那个小男孩似乎拥有一切，而现在，他也许将失去他生命中最重要的一个人，而她也许是造成悲剧的原因之一。

如果一切可以重来——这个念头徒劳闪过，不管怎么样，都得去面对，只希望一切都还来得及。

她终于恢复了行动能力，爬起来将皮皮重新拴到狗屋边，关好别墅的门，发动车子开往医院。

9

司霄汉、司建宇的母亲、米晓岚、傅轶则都在急救室的门外等着。

司霄汉并没闲着，他不停打电话找各路关系，试图动用更多资源，了解更多信息。各路人士领着专家过来，做着解释，发表着抢救意见。

“根据描述来看，应该是汽车尾气中毒，尾气中的有害物质很多，最主要还是一氧化碳中毒。一氧化碳和人体红细胞中的血红蛋白亲和后，生成碳氧血红蛋白，从而削弱了血液供氧功能，造成感觉、反应、理解、记忆力等机能障碍，重者危害血液循环系统，导致生命危险。当然了，那只是最坏的情况。”

“时间确实很关键，现在的急救就是要尽快恢复生命体征，之后必须进行高压氧治疗，减少后遗症。”

“说不好，后遗症可能包括脑水肿、中毒性脑病，对脑部功能会有一定影响，出现精神意识障碍，有时候锥体系神经会受到损害。哦，通俗地讲，就是出现偏瘫等症状。不不不，你不必太担心，这些都只是可能，也有很多抢救及时，没有什么明显后遗症的例子。”

“临床的话，以综合治疗为主，给予血管扩张剂、低分子右旋糖酐及大量维生素 B 族、能量合剂，如果有精神症状，会给予抗精神病药物，还可以配合中药治疗，手段还是很多的……”

各种莫衷一是的意见和大量医学术语扑面而来，司家几个人全都茫然无措，傅轶则以前读神经生物学，也有同学在做医学方面的相关研究，他打电话咨询的结果大致相同，用更通俗的语言给他们做着解释，告诉他们：“现在无法确定他吸入了多长时间的尾气，还是得等医生的检查结果。”

专家们总算都走了，司建宇的母亲焦灼害怕，已经泪流满面，突然抓住米晓岚，声音嘶哑地追问她：“为什么会这样？”

米晓岚措手不及，完全回答不出来。司凌云刚刚进来，却和傅轶则一样不便上去解劝，只得看向司霄汉。司霄汉咳嗽一声，“素珍，别在这里闹……”

司母听而不闻，只气急败坏地撕扯着米晓岚，“如果我们还住在一起，绝对不会出这种事，都是你作古作怪吵着要搬出去住，都是你把我儿子逼成这样的。”

司凌云再也看不下去了，过去搀住司母，“您别这样，大嫂她也不想的。”

“建宇今天看上去很正常，我上午出门，他还好好的。他最近一直心情不好，没去上班，这事爸爸也知道，跟我没关系啊。”米晓岚接触到司霄汉锋锐如刀的目光，仓皇失措，解释得越发凌乱琐碎，不得要领，“我是说，他要烦恼也是为了公事，家里我都打理得好好的，根本不用他操心……”

这时王亦佳急匆匆跑了过来，司凌云吓了一跳，抢先上去拦住她，压低声音说：“你疯了吗？怎么跑来这里？快回去，有什么事我会打电话给你。”

王亦佳面色惨白，尽管吓得微微发抖，却不肯走，追问着她，“司小姐，司总现在怎么了？”

米晓岚已经看到了她，一怔之下，歇斯底里地尖叫起来，“爸爸，妈妈，这个女孩子是建宇以前的女秘书，勾引建宇，被开除了。司凌云这个时候叫她过来，就是想羞辱我。”

司凌云好不烦恼，“我没有叫她过来……”

然而米晓岚如同抓住救命稻草一般，伸手指住司凌云，转头对其他人说：“你们问她，你们问她。建宇下午给她打过电话，是她发现建宇后来不接电话的，到底建宇为什么突然要找她？还有，她跟这个秘书一直有联系，她巴不得我跟建宇的婚姻出问题，她使手段让建宇在公司里没有立足之地被爸爸赶出来。这中间到底还发生了什么事，弄得建宇要自杀，只有她最清楚。”

所有的目光都看向司凌云，尤其是司建宇的母亲，几乎要扑过来一样，她又惊又怒，却无从说起。这时王亦佳开了口：“司太太，你不要胡说八道。司总中午找过我，他的情绪很不好，后来是我先发现司总长时间不接电话，才求司小姐去找司总的。这一切明明都是你造成的。”

司霄汉看着这个混乱不堪的场面，现出烦躁之色，“都给我住嘴，不许胡说八道了。”

然而只有司母已经处于癫狂状态，不理会他，冲过来抓住王亦佳，“我是建宇的妈妈，你告诉我，建宇中午去见你的时候到底说了什么？他为什么要这么做？”

王亦佳吓得微微发抖，却毫不迟疑地说：“司总告诉我，他上午在家，无意中看到电脑里他太太的很多邮件，都是写给一个姓傅的男人……”

司凌云大吃一惊，马上厉声打断她，“王亦佳，住嘴，你马上给我离开这里。”

王亦佳顿时不敢作声，然而司霄汉却突然沉声说道：“你继续说。”

在他的鼓励下，王亦佳避开司凌云的眼睛，壮着胆子重新开口：“电脑里那些邮件全是情书，还有他太太写的一个博客。他发现他太太完全不爱他，嫁给他只是因为他家庭条件好，足够富有。他……非常难过，我怎么劝他也没用，他说奋斗了这么多年，本来以为自己拥有一切，其实不过是自欺欺人，亲情、爱情、事业全都失败了，他的人生一点儿意义也没有……”

这条走廊突然之间安静得可怕，司凌云定在原处，下意识看向傅轶则，傅轶则恰好也正看向她，两人目光碰在一起，她痛苦地合上眼睛。这时，司母尖叫一声，“你这个贱人，我跟你拼了。”

她一头撞向呆若木鸡的米晓岚，两人撕扯到了一起。

司凌云一直绷得紧紧的心弦在被无限拉长之后，似乎在突然之间失去了弹性，懈怠耷拉下来，再也不能恢复原状。她疲惫地靠墙壁站着，没有任何力气去解救这个混乱不堪的场面。

司霄汉似乎也对此束手无策，直到医院的保安出动，过来和护士配合，两个纠缠在一起的女人终于被拉开了。司母不肯干休，指着米晓岚，“你还有什么脸待在这里，你马上给我滚。”

而司霄汉也开口下了逐客令，“傅先生，你最好还是立刻离开这里。”

第十一章

命运这个棋局

1

司凌云刚出公司，便接到卢未风打来的电话，“凌云，告诉你一个不好的消息。”

她的呼吸一下止住，可是马上又意识到，她下午才从医院出来不久，就算仍在接受抢救的司建宇出现不测，也不该由卢未风打电话通知她，她努力镇定下来，“阿风，什么事？”

“阿恒的父亲刚刚去世了。”

她没想到听到的还是一个死亡消息，只发得出一声“啊”，喉头哽住，便再说不出什么，接下来卢未风说了些什么，她茫然抓不住重点。

“凌云，你怎么了？”

“我……没事，阿风，我家里有些事，不能过去了，你帮我送一只花圈。”她现在实在无力安慰任何人，她更无法去面对一个死别悼亡的场面，顾不得再做什么解释，“你好好陪一下阿恒，我回头再跟你联络。”

司凌云开车回家，她放慢车速正要将车驶入小区，斜刺里傅轶则的那辆大众旅行车突然横过来拦住了她，她急急刹住，惊骇之下，隔了车窗看出去，他也正毫无表情地看着她。

僵持片刻，后面已经有车不耐烦地鸣喇叭催促，她不想在家门口闹笑话给别人看，拿手机打他的号码，“轶则，把车道让开，我们到马路对面江滩说话。”

傅铁则一言不发，丢下手机，将车倒后一点儿，急打方向盘开走了。她将车停到路边，穿过马路走到江滩入口，江风裹挟着刺骨寒意扑面而来，她下意识裹紧外套，抬头一看，傅铁则正站在高高的台阶上俯视着她，风将他穿着的长风衣下摆吹得飘拂不定，带着凌厉迫人的气势，一瞬间让她几乎止步不前。然而她清楚知道，这一场碰面是她根本无法回避的，她只能一步步走上去。

“铁则，有什么事？”

“这话问得有趣，你认为我像个傻子一样守在你家楼下将近两个小时等你回来是为什么呢？”

“下午在电话里我都跟你说清楚了。”

傅铁则冷笑一声，“是的，一连一个多星期完全不接我电话，突然打一个电话来跟我说分手，表达得确实很清楚。”

司凌云沉默一下，“我很抱歉，也许应该有更好一点儿的处理方式，可是现在我真的顾不过来，对不起……”

“我不需要什么对不起。”他打断她，蓦地握住她的手，狠狠一带，她身不由已跌进他怀里，“我从来没向女人要过解释，不过我愿意为你破一个例。”

“我不知道该解释些什么。”

两个人隔得很近，他只见她苍白的面孔没有化妆，眼睛下挂着黑眼圈，握在他手内的手指冰凉，身上还有着长时间待在医院沾上的消毒药水味道，整个人看上去疲惫憔悴。他的心微微一软，怒气消散了一些，“你大哥现在怎么样了？”

她迟疑一下，“他还没有彻底脱离危险。”

“别着急，现在医学昌明，一定会有办法的。”

“我一直想谢谢你，如果不是你在场采取急救措施，也许他连一线生机也没有，医生也是这么说的。”

“不必客气。”他握着她的手指抬起来放到唇边吻了一下，“我知道你现在很辛苦，公事家事都压在身上。但是，你没必要一个人硬扛，你是我女朋友，我会尽力替你分担的。”

他的声音低沉柔和，气息温热地喷在她的手指上，仿佛顺着每一个神经末梢与毛细血管悄悄蔓延到全身，一点点蚕食瓦解着她的意志。她一时之间恍惚失神地看着他，他的怀抱坚定而温暖，他凝视着她的眼睛深邃得似乎足以让她溺毙。当他的舌尖舔到她的虎口时，她骤然叫道：“不，轶则……”

“你的身体比你诚实，你明明需要我。”

她惨淡地笑了，“千万别再对我放电了，轶则，我担不起。”

他停住，目光锐利地看着她，“你仍然觉得我是在跟你调情？”

“我喜欢调情，尤其是跟你调情。你是高手，让我很享受，很愿意借机忘记一切陶醉其中。可是不行，我们面对的是错误的时间，错误的人。我再没法享受这个了，真的对不起。”

“建宇兄发生这样的事，我也觉得遗憾，可这不是你我的错。如果你介意晓岚写的那些邮件，我可以解释。”

“不，不需要。”

“你不会不知道你父亲那天在医院里让那个秘书当众讲出所谓情书邮件的用意吧？”

“我比你更了解我父亲这个人，他自私得不可救药，为达目的不择手段。当然，他那样做，就是为了让我跟你断绝往来，切断我所有的退路。”

傅轶则好一会儿没有说话，她几乎能听到自己的心跳声。等再开口时，他的声音带着凛冽寒意，“这么说你明知道他的心思，还是愿意顺从他的安排？”

“这是我自己的决定，跟他没关系。我不介意别人议论我，可是司家出的事情已经太多，如果再出姑嫂两人为一个男人争风吃醋、弄得大哥自杀的丑闻，没人承受得了。”

“所以你毫不犹豫决定断掉跟我这段已经成为鸡肋的关系，既可以避免成为丑闻的主角，惹来各种议论，又能让你顺利开始跟周总那边谈论进一步的合作。”他的眼神锋锐如刀地逼视着她，“你永远能刷新我对你的认识，我承认，我还是低估了你。”

她张了张嘴，想到的却是，又有什么可辩解的？就算她此时表白她根本没打算同意嫁给周志超，也不可能平息傅轶则的怒气，“轶则，跟你在一起，有很开心的时候，如果没什么变故，我们在一起享受快乐是可行的；可是现在我们之间的关系太复杂、太尴尬了，就算自己不在乎，也得对抗各种反对的声音，那需要足够相爱才行，我们……没有到那一步。这一场游戏是时候结束了。”

他猛然松开她。失去他怀抱的温度，她顿时冷得全身一紧。

“司凌云，你居然也能讲出这么委婉的理由，真让我刮目相看。好吧，我接受分手。”他转过身，丢下冷冷的一句话，“我希望你永远不要为此而后悔。”

天空飘起了小雨，夹杂着细碎不易察觉的雪花，这是入冬以来的第一场雪，朔风如刀，呼啸着从司凌云耳边刮过。如此严寒的冬夜，平素热闹的江滩上再没有什么人，暗沉的江面上有一辆拖轮缓缓航行着，江对岸的巨幅霓虹灯广告醒目地印入她眼内，那份视觉上的喧嚣如此盛大，衬得她身边的寂静越发显得压抑而沉重。

她会后悔吗?

她不知道，但已经发生了足够多的事情让她追悔莫及，她想她留不出空间给一个无法继续下去的恋爱了。

她不知道僵立了多久，手机响起，看一下来电显示，是司凌峰从加拿大打来的，她坐到台阶上，按了接听。

“姐，大哥他怎么样了?”

“别担心，他已经脱离生命危险了。”

“哦，那就好。姐，我想回来一趟。”

“不，小峰，你就好好待在加拿大，趁着假期带小艺出去……”

一向性格温和的司凌峰打断了她的话，“姐，如果你不想让我回来，至少坦白告诉我，除了大哥，家里到底还出了什么事，严重到了什么程度?”

“没什么事啊。”

“不要总拿我当小孩子哄。小艺的爸爸前几天过来探亲，突然改了口，说我跟小艺都还小，不适合这么早订婚。”

侯主任会这么做，司凌云并不意外，她只能安慰弟弟，“我也一直是这么说的，你们确实都还小，没必要太早做决定。”

“可是他之前一直是支持我们在一起的，现在他甚至还跟小艺的妈妈商量，想把小艺转到别的学校去，分明是想把我们分开。”

她疲惫地说：“小峰，你让姐别拿你当小孩子哄，那我只能说，生活中总有让你措手不及的各种变化，没人能保证一份感情永远不发生波折。”

“姐姐，我跟小艺的问题我会想法子解决，我更关心的是家里的情况。她爸爸这个人一向很现实，很讨好我们的爸爸，他会这么做，只有一个解释，他认为我家里出的事很严重，小艺跟我在一起没有前途。我问妈妈，她也说不清楚，只会唉声叹气。请别再瞒着我了，姐姐，家里到底怎么了？”

司凌云原本并不打算把家里的情况告诉远在加拿大的弟弟，然而一想到司凌峰也许会在全然不知情的状态下受到猝不及防的打击，她决定还不如让他先做好一点儿心理准备。

“小峰，我不瞒你，你听好了。顶峰上市失败，损失很大，爸爸也因此接受了调查。目前公司资金困难，能不能安然渡过这一关，谁也说不清。侯主任那个人一向跟红顶白，最擅长见风转舵，他这个时候反对他女儿跟你在一起，当然就是对爸爸失去了信心。”

“姐，我还是回来一趟吧。”

“不，小峰，你现在回来也帮不上忙，公司有爸爸跟姐姐，会支撑过去的。你马上满二十岁，是大人了，要坚强一点儿。”

“可你在为公司拼命，我怎么能继续花家里的钱在这边若无其事地上学？”

“你现在该做的事就是继续上学。不要再跟我争了，小峰，听姐姐的话，别回来，好好读书，有什么消息，我会马上告诉你。还有，好好对待小艺，但是不要逼她做决定。如果她跟你一样珍惜这段感情，就算侯主任反对，你们也能撑过来；如果撑不过来……”

电话两端同时静默，她停顿一下，决心把这个世界冷酷的一面全讲出来，“那也没什么可惜的。你要记住我说过的话，她不是你的全部，你还有父母，最重要的是，你还有我，你不可以因为失去一段经不起考验的感情就放弃我们。”

放下手机，司凌云已经精疲力竭，全身冻得麻木。她将手指放到嘴边哈气，但根本温暖不了冰凉的指尖，更重要的是，她的心也仿佛结了冰一样，感受不到一丝暖意。

有人转身走开，有人在苦苦挣扎羁延……她做出一个分手的决定之后，又必须教会最疼爱的弟弟怎么去面对他年轻而脆弱的爱情。世间所有感情，无论是否纯真美好，在此刻都显得如此不堪一击，比她呼吸的热气还要微弱，迅速消散在冬日的寒风中，没有留下任何痕迹。

雪花飞舞之中，远去的拖轮在黑暗中只剩下一个隐约的轮廓，汽笛声低沉而悠远地传来。她告诉自己，在这个冬夜，在江边自虐冻一下也得适可而止，眼下这种情况，生病躺倒对她来讲都成了一种奢望。她搓着手，站起身，慢慢向家里走去。

2

2007 年到 2008 年的这个冬天在司凌云的记忆中最为漫长。从第一场让人欢呼的瑞雪，到后来经久不停地降雪成灾，接近江南的汉江市突然陷入罕见的严寒之中。比天气更冷更严峻的则是顶峰集团面临的形势。

按照司霄汉的布置，在新年的第一天，顶峰地产旗下一个去年涨势最为惊人的新区楼盘突然宣布降价，降幅高达惊人的 50%，一时在本地业内外都掀起了轩然大波。降价行动如愿吸引了消费者的注意，也引来媒体的兴趣。仅仅事隔几天，本地晚报刊在醒目版面登出两名记者合写的报道，标题是触目惊心的加粗字体：《一个楼盘突然降价的背后》。

报道首先罗列了顶峰地产降价消息的另一面：令人瞠目的降价 50% 属实，但这个楼盘只能接受一次性付款，不能办理任何银行的按揭；就算在如此巨大的降幅面前，购房者态度不明朗，围观远远多于出手；业内人士和新区其他开发商保持谨慎观望态度，无人表示会跟进。而记者的调查显示，这个地块的土地权几经抵押转让，权属不清，且牵扯进两起官司里；某律师主动联络记者，指出其中一起兼并官司开打已久，一审的判决对顶峰相当不利，顶峰面临巨额赔偿。

报道最后提到，顶峰某位离职高层员工披露，顶峰内部管理混乱，负债奇高，跟随司霄汉多年的老臣子与他反目。而顶峰近一年间轰动一时的几个大手笔商业行为都存在这样那样的疑点，有待进一步调查。

这篇报道理所当然地引起了司霄汉的震怒，他将司凌云叫到办公室，指着报纸，“里面提到的所谓离职员工，分明就是李元中，只有他知道这么详细的内情。这个混账东西。”

司凌云也在看报纸的第一时间便判断出爆料人是李元中。

她在一次去医院探望司建宇时，碰到了李元中，李元中愤怒地指责司霄汉，“虎毒尚且不食子，董事长怎么对我也就算了，可司总是他儿子，他竟然可以把他逼到自杀的份儿上。”

她无力自揭家丑，去对一个外人解释司建宇自杀的原因不仅仅是被父亲放逐出顶峰。李元中恨恨而去，除了加紧让律师追讨报酬之外，竟然向记者大揭内幕，实在出乎她的意料。

她同时还知道，那个某律师，应该就是她昔日的男友韩启明。种种内外交困，已经没必要一一提起。

她只能漠然地说：“事已至此，知道是他又怎么样？看得出这两个记者肯定调查了相当长一段时间，这篇报道还有不少地方影射去年不成功的上市行动，如果他们要写后续报道，没完没了继续深挖下去，那才真叫要命。”

司霄汉点点头，“我也想到了这一点，所以我叫你上来。老侯马上也会过来，你们一起起草律师信发给晚报社，就说报道严重不实，干扰了顶峰集团的正常经营，如果不正式道歉撤销不良影响，将起诉报社和两名记者，务必要阻止他们的进一步报道。”

“可是万一报社方面要较真，列举他们的采访都有消息来源怎么办，真打这种官司，我们没有胜算，到时候出的丑就更大了。”

“小云，你只懂法律，对公关了解得太少。这篇报道最值得追究的地方就是李元中讲的那些话，我们一方面发律师信，另一方面一定要搞定李元中。”

怎么搞定？这个问题到了嘴边，司凌云又咽了回去，不用问，司霄汉想到的也不会是什么摆得上台面的手段。李元中这次向记者爆料，可以说是激于义愤，为司建宇鸣不平，可同时多少留了余地，显然是为他自己不走烦琐复杂的法律程序讨要到报酬增加砝码。

“你叫闻洁打电话约他过来一趟，满足他讨要报酬的要求，让他收回他说的那些话，就此闭嘴，不要节外生枝招惹麻烦。”她不看父亲，站起了身，“给报社的律师信让老侯写就可以了。没什么事的话，我先出去了。”

然而司霄汉叫住了她，“下午同仁里项目出资合作的三方开会，商量主体工程的修改方案，你也过来。”

“房地产公司的运作跟我没关系。今天下午医院那边有个会诊，我必须过去看看。”

“建宇的母亲会打电话把会诊结果告诉我，你不用去。我知道你是想避开傅轶则，但是这次老周特意提到你，你必须在场。”

司凌云终于正视着父亲，突然问：“董事长，这个世界上有你真正关心的人吗？”

司霄汉皱眉，“什么意思？”

“你的两个前妻肯定不在名单范围内。至于现任太太，你表现的唯一好意不过是在把王军的下落告诉警方前，先把她打发去了美国。这也不是关心她，只是不想出丑闻罢了。”

司霄汉沉下脸来，“小云，不要太放肆。”

她根本不理会，继续说：“我弟弟在加拿大读书，你从来没有主动给他打过电话，从来没想起过问他的生活、学业；你的小儿子在美国，你关心他吗？我看也不会关心多少。从这一点看，你倒也是很公平的……”

“你到底想说什么？”

“你的大儿子现在……这么一个状况，这一个多月里，你去看他的次数屈指可数，还觉得我去看望很多余。”

“我已经给他找了国内最好的专家、教授，告诉医院不计成本抢救，让他接受最先进的治疗。”

“这就够了？你有没有过哪怕一丝后悔？”

“后悔什么？要后悔也应该是他后悔，当初他就不该不听我的话，非要娶那个女人。一个男人为这种事情想不开，传出去是笑话。你今天是存心想来气我不成？同仁里项目有多重要，你应该很清楚。”

面对如此坦然的父亲，司凌云已经没有再说下去的心情了，她一边向门口走，一边说：“好吧，我就不用问你关不关心我了，你至少现在是很关心我，我懂。我跟傅轶则已经分手，他根本不会介意在什么场合看到我，我也无所谓回不回避他。老周这么想见我吗？那好，下午我会先去医院，然后再回公司参加这个会议，如果到时候我让他扫兴了，那可不能怪我。”

3

“最新的CT结果显示，病人的脑细胞已经出现坏死，身体内器官有不同程度的衰竭现象。”

“从影像学角度来讲，这种状态是不可逆的。”

“当然，现在下结论还早，还是可以继续进行高压氧舱治疗。”

“要经常给病人的全身做按摩，防止肌肉萎缩。”

“一定要注意防止肺部感染，每隔一小时帮他翻一次身。”

“但是你们要有心理准备，通俗地讲，他目前处于浅昏迷边缘，接近于植物人状态，恢复的可能性并不高，而且，肯定需要长期的专业护理和治疗。”

……

哪怕专家们的语气再温和婉转，讲出来的也是一个严酷的宣判，司建宇的母亲顿时痛哭失声。司凌云努力保持镇定，送几位医生离开，回来时司母仍倒在沙发上继续哭泣着，她的一个侄女正劝慰着她，“姑妈，医生说的话也不见得准，他们就喜欢把情况讲严重，把人吓个半死。我的一个邻居，早被医生说活不过三个月，到现在还不是一样活得好好的……”

司凌云的心头如同压着巨石，有透不过气来的感觉，找不到言辞可以去细细安慰别人，她只能径直走到窗边。司母的侄女显然很不满意她这个没有表情的样子，瞟她一眼，对司母小声嘀咕道：“她还在这里干什么？”

司母倒讲了句公道话，“这段时间她经常过来，帮着处理住院费用、找护工，还联系专家会诊的事情。”

这时一个护工进来说：“老太太，那个女人又来了，非要进来。”

一腔郁积的司母霍地站起身，咬牙切齿地说：“这个贱人，居然还敢过来。”

她身材粗壮的侄女也如同打了兴奋剂一般，帮腔道：“走，我们出去好好骂她一顿出气。”

司凌云知道，米晓岚来探望丈夫又被挡在门外，而且马上面临一场羞辱，她委婉地说：“实在不想让她进来，叫她走就是，不要在医院里闹事。”

司母的侄女横她一眼，“这是我家的事，轮不到别人插嘴。”

她哪有心情理会，冷冷地说：“随便你们，不过大哥还在这里接受治疗，你们弄得动静太大，对他没有任何好处。”

她的警告多少提醒了司母，她缓缓坐下，但那个侄女却显得义愤填膺，不肯干休，“姑妈，你别管，我去撵她走。”

争吵从门外隐约传来，司凌云强迫自己将视线扫落到病床上。

司建宇面色苍白，毫无知觉地躺着，他的颈部气管切开插管，靠呼吸机维持呼吸。不管她来多少次医院，眼前这个场景，每次都会让她不忍多看，眼睛如同被强光照射一般有灼痛感。

跟每一次一样，她无法坚持细看下去，只能扭头看向窗外。

外面天色阴沉，大团大团的雪花飞舞得仿佛无边无际，视线所到之处，迷茫一片。所有曾经看见雪花会惊喜欢呼的本地人都陷入了麻木之中，再无任何喜悦，并开始预测如此恶劣的天气什么时候才能结束。司凌云站在暖气过分充足的单人病房内，仍能感觉到那份严寒。

“你跟你爸爸说，医院的费用要交了。”司母突然没头没脑地说。

她点点头，“我明天叫会计送支票过来。”

“我侄女说她认识一个老中医，擅长治各种疑难杂症，我需要司机去接他过来。”

“我会安排司机跟您联系。”

“建宇以前的那个秘书王小姐，我已经跟她说了，让她辞掉工作过来帮着照顾建宇，由顶峰按原来的待遇给她发薪水。”

司母所说的一个通知接着另一个通知，没有任何商量的意味。到最后一条，司凌云觉得简直荒谬可笑，可是她无心与这个老太太理论什么，只简短地说：“人事不归我负责，你跟爸爸商量吧。”

司母的侄女进来，得意扬扬地汇报战果，“我把那个女人骂跑了。她居然还放狠话，说以后再也不让你见孙子了，我倒要看看，她有没有这个胆量。”

她不想再待下去，拿起了包，“我还要回公司开会，先走一步。”

司凌云顶着雪花走到停车场，却发现米晓岚并没有走，正站在她的红色甲壳虫边。

“大嫂，有什么事？”

米晓岚穿着一件黑色长貂皮大衣，肩头已经披了薄薄一层积雪，一双美目略微红肿，紧盯着她，没有一丝温度，“你倒还叫我大嫂，刚才可是躲在里面听热闹听得很开心吧。”

“难道大嫂喜欢我在场目睹所有尴尬场面？”

米晓岚语塞，司凌云取车钥匙按遥控，拉开车门，正要上车，只听米晓岚气急败坏地叫嚷出来：“你们到底要怎么样？想逼得我也去寻死才会称心吗？”

司凌云摇头，“别拿这话来威胁我，你怎么样，跟我一点儿关系也没有。”

“你明明早就知道你大哥有焦虑症，这种病的表现就是狂躁和抑郁情绪交替出现；你心里也清楚，是他爸爸丝毫不念父子之情，把他赶出公司，才把他逼到了这一步。为什么要把所有责任都推到我头上去？就因为我给轶则写过情书？那是我结婚前的事了，我有什么罪？”说到后来，米晓岚已经声嘶力竭。

“大嫂，我一直想请问一下，你出于什么心理，非要把那些情书保存下来，并且时时翻看？回忆一段没结果的爱情，意淫一个得不到的男人真的这么有趣吗？”

“这关你什么事，谁心里没有一点儿秘密？”

“有秘密没关系，保守不好秘密就只好承担后果了。”

“你凭什么来审判我？”

“留着这个劲头跟你婆婆去理论吧。”司凌云并不为所动，冷冷地说，“我没权力审判你，大嫂，可是也不要指望我安慰你。”

她坐进车内，还没来得及系上安全带，米晓岚一把拉开车门，弯下腰来，换了一个恳求的语气，“请你告诉我，建宇……他现在到底怎么样了？”

两人隔的距离很近，米晓岚没有化妆的面孔消瘦了许多，下巴尖削，两颊凹陷进去，头发上挂着细碎的雪花，看上去楚楚可怜的样子，她到底不忍心，“大嫂，对不起，我进去探视大哥是有条件的，他母亲要求我不许跟任何人透露他的情况。我只能告诉你，他目前已经脱离了生命危险，情况……还算稳定。别的就不要问我了，你们的家事，我也无意过问，请照顾好冬冬，再见。”

4

米晓岚穿着黑色貂皮大衣站在雪地里的身影、市中心医院灰色的住院部大楼都陆续消失在后视镜里，可是医院特有的气味和灰败的情绪混杂在一起，依旧挥之不散地纠缠着司凌云，无数念头在她脑海中打着转，比车窗外纷飞的飘雪还要来得零乱，让她无法摆脱。

她回公司后，先去财务部，吩咐汪经理给医院开支票送过去，然而汪经理迟疑着，嘴唇动了动，却欲言又止。她皱眉，“怎么了？”

汪经理被留用的唯一理由是司霄汉不想在这个多事之秋让顶峰的财务状况被泄露出去，他也清楚这一点，比以前更谨小慎微，小眼睛在镜片后紧张地闪烁了一下，终于还是小声说："司小姐，账上已经没有多少现金了，不要说开支票给医院，明天给员工发薪水都有困难。董事长已经吩咐，停止支付一切费用。"

她知道公司资金紧张，可是没料到已经到了现金接近枯竭的程度。医院那边每天的开销高得惊人，根本不可能停。她只能点点头，看看时间，马上上楼去会议室。

两个建筑设计师打来电话，他们因为下雪堵在路上，要稍迟一点儿过来。会议室内除了司霄汉、周绍德以外，还坐了一个在司凌云预计以外的人：周绍德的儿子周志超，他穿着与隆冬季节完全不符的米白色薄西装外套，一条印着卡通熊的绿色领带打得松松的，粉红色条纹衬衫解开了一粒纽扣，下面配一条暗绿与咖啡夹杂的格子长裤，整个人看上去花哨无比，与周遭环境格格不入。他正在无聊地东张西望，看到她进来，脸上顿时现出狡黠的表情。

司凌云刚与他们打招呼坐下，傅轶则就带着一个人走了进来，她惊讶地发现，跟在他身后的竟是她上午才跟父亲提到的李元中。她与父亲互看一眼，发现司霄汉眉头紧皱，显然也十分意外。

傅轶则若无其事地做着介绍，"司董事长，周总，这位李元中先生是丰华集团新上任的房地产公司副总经理，主管商业地产开发，以后代表我负责跟进同仁里项目。"

连周绍德也吃惊了，"老司，这是怎么回事？"

司凌云也不得不说："能否请傅总解释一下这中间的关系？"

"同仁里项目中断时间太长，作为投资方，我们觉得有必要引进专业人士直接参与项目的运作。"

"以丰华集团副总的身份，代表纪元投资公司参与顶峰房地产项目的运作，真是一个不寻常的安排。傅总，我必须提醒你，合作协议里明确规定，不经我方同意，你们这一方是无权向任何人转让项目股份和相关权益的。”

“司小姐起草的协议，我当然看得很仔细。不，我没做任何违背协议的转让，只不过丰华的王丰先生名下也有一个投资公司，刚与鄗公司结成战略合作关系，交叉持有了部分股份。我们一致同意由李元中跟进项目，我公司律师已经准备好了相关法律文件，欢迎司小姐对这项安排提出合理的质疑。”

司霄汉煞费苦心引进周绍德，就是为了将丰华拒之门外，但傅轶则居然用这个方法让丰华轻而易举便介入了同仁里项目，对司霄汉的打击可想而知。司凌云的心重重一沉，她不用再看父亲，也知道他的脸色必然不好看。

一片死寂中，周绍德打个哈哈，“老司，你真没说错，丰华的王总和徐总对同仁里项目确实相当看好啊。正好我对同仁里广场的设计有一些新的设想，资金充足的情况下，这里完全可以建成中部地区的地标建筑。”

傅轶则彬彬有礼地说：“李总留下来开会，我马上赶去机场出差，各位不好意思，我先走一步。”

司凌云赶了出去，“傅总，请留步。”

傅轶则转身，“司小姐，还有什么指教？”

隔着空而长的走廊，他声音清冷，神态淡漠，将距离划得清楚明白，然而司凌云不得不追问：“轶则，你明知道我父亲的立场还这么做，就为了让我后悔吗？”

“你居然会对一个分了手的男人问出这么具有感情色彩的问题，真让人意外。我给你一个正式回答：生意就是生意。说到后悔……”傅轶则嘲弄地抬下巴示意了一下会议室方向，“我什么也不用做，里面那个穿得像鹦鹉的小丑，就足够让你开始后悔了。”

司凌云咽下这个羞辱，保持着镇定，“既然如此，我这边只有一个疑问。今天的晚报登出了一篇关于顶峰的报道，我们有充分的理由认为是李元中向记者提供了消息。就算你们跟丰华的合作从法律来讲是成立的，但是李元中身份特殊，曾经在顶峰工作多年，突然加入丰华，又在如此敏感的时刻向晚报提供顶峰的负面消息，我们完全有理由拒绝这个间接的合作关系。”

“那篇报道我看了，也问过李元中，他的解释是晚报记者上个月就采访了他，当时他还没有加入丰华集团。不管是我还是丰华的老板，都没必要指使他用这种方法打击顶峰。”

“但是负面影响已经造成了，这种解释没多大意思。如果傅总还想继续让李元中跟进项目，请他先把这个问题解决好再说。”

傅轶则盯着她，突然笑了，“没问题，我会让他找记者收回他讲的那些话——你要的无非就是这个吧？”

他答应得如此爽快，她反而无话可说了。

“容我恭维你一句，司小姐，你脑筋动得真快，而且比以前更会讲条件了，照这样进步下去，你会是一个让很多人头痛的对手。”

她盯着他嘴角那条她熟悉的纹路，“已经逼到签城下之盟的地步，哪里还有条件可讲？请问傅总，还有别的惊喜给我吗？”

傅轶则收敛了笑意，“全看你期待什么，害怕什么。这个世界有一条魔鬼定律，害怕的东西总会比期待的来得更快。”

他声音平和如故，可是话里透出的森然寒意让她背后一凉。

“我没有打搅你们叙旧吧？”周志超走了出来，站在离他们不远的地方，阴阳怪气地说。

傅轶则的视线带着嘲弄从他身上划过，眉毛一扬，“完全没有。我跟司小姐讨论一桩不算愉快的公事，不过好在司小姐通情达理，跟我达成了谅解。”他抬腕看看手表，“现在我真得赶去机场了，两位失陪。”

傅轶则进了电梯，司凌云正要回会议室，周志超却拦住了她，“别走啊，我们聊一会儿，里头多乏味没劲。”

司凌云哪有心情理会他，烦躁地说：“那你干吗要来开会？”

他打个哈欠，“这种沉闷的工作会议完全是浪费生命。不过，我要不来，我爸就要停我的信用卡了，没办法。”

“所以你特意穿得这么闹哄哄地过来。”

他哈哈大笑，“我是存心穿成这样气我家老头，顺带也让你爸爸见识一下。”

“我已经明确跟你父亲讲了，我对你没兴趣。他参与合作开发同仁里项目，做的是一门有利可图的生意。至于要把你推销给我……”司凌云冷冷地说，“投资这么点儿钱可远远不够。你可以不必再为这事来烦我了，现在请让开，我还有工作要做。”

周志超根本不动，只耸一耸肩，“可惜我家老头并没被你说服。另外，你爸爸可不是你这么想的。”

“你究竟想说什么？”

“我想说的事情很简单，项目合作是一回事，你爸爸各方面缺钱缺得厉害就是另一回事了。知道我今天开什么车过来的吗？宾利，牌照尾数 777，听着耳熟吧。你爸爸的座驾，卖给我家了，我爸爸刚给他开了支票。”

司凌云一下怔住，他显然满意这个效果，故意压低声音，“放心，我是不会讲出去的。不过我决定不嫌这车老气横秋，最近就开它了。外面人看到，肯定会认为你爸爸出手豪阔，相中了女婿，马上给了大手笔见面礼，不会伤及他的脸面的。”

司凌云气得微微哆嗦，“你马上给我滚出去。”

周志超再度哈哈大笑，故作潇洒地向她挥手行了一个礼，“我还真想滚出去逍遥快活呢，不过这事你说了不算，我说了也不算。我这会儿可是你爸爸的座上宾，好好招待我吧，司小姐。”

司凌云等周志超走进会议室，才颓然地靠到墙上，用手指使劲按住左边太阳穴那里激烈跳动的血管，试图止住突如其来的疼痛感，可却完全无济于事。这时建筑设计院的两个设计师赶了过来，她强自镇定下来，请他们进去就座。眼看司霄汉铁青着脸只顾抽烟，完全无心尽地主之谊主持会议，司凌云只得打起精神招呼开会，迅速进入会议的主题，请设计师介绍设计方案的修改计划。

除了周绍德以外，所有人都似乎有些心不在焉。司霄汉一支接一支地抽着烟，烟雾将他笼罩得完全看不清表情；李元中眼神飘忽，一直保持沉默，并不发表任何意见。最游离在外的当属周志超，他从头到尾百无聊赖，一时打哈欠，一时摆弄手机，不停变换着坐姿，显然很不习惯这样一本正经地开会。

司凌云同样无法将注意力放在会议上。

她当然清楚顶峰现金短缺，财务困难。巨野股票复牌之后，股价跟她预计的一样，一路急跌，几个交易下来，基本上打回原形，顶峰当初通过二级市场买入的那部分股票已经蒸发了大半市值；房地产公司出台的降价措施招来各方猜测与媒体调查，却没能如愿收回多少资金；银行方面完全断绝了提供贷款的可能性，土地储备中心接连发函追讨积欠的土地出让金；各路供应商频繁出没于顶峰大厦，并且有越来越没有耐心的趋势……

但是，她完全没想到，看上去仍然保持着乐观的司霄汉已经困难到了卖车套现的地步，而傅轶则这个出人意料的举动，无异于雪上加霜。接下来还会发生什么事情，实在更加难以预料——想到这里，她脑海中盘桓的全是傅轶则的那句话：害怕的东西总会比期待的来得更快。

她还能期待什么？

5

转眼接近农历新年，顶峰集团内没有任何节日气氛，所有员工都人心惶惶，谣言再度四起。司凌云完全清楚这种情况，不过她只能视而不见，保持一个表面的不动声色。

各种公事之中，最让她揪心还是丰华曲线参与同仁里开发项目后发生的事情。她问司霄汉，“董事长，老周以前根本没做过商业地产开发，为什么现在坚持对设计做这么大的修改？”

“门外汉第一次接触新领域都是这样的，当年我做第一个住宅项目，恨不得自己动手参与设计房型，他说他来承担修改的费用。”

“修改费用只是一个方面的问题，他答应注入的资金迟迟不到位，我们可没有时间陪他玩。”

“他现在是重要出资人，不好太驳他的面子，放心，我会催他快点儿定下来的。”

她点点头，递上一份文件，“这是我让人事部门制订的裁员计划，你看一下。”

司霄汉看得眉头紧锁，“这样大幅度的裁员计划，最好还是留到春节以后再执行。”

“董事长，我的意见是快刀斩乱麻，马上执行，不然我们会面临更严重的资金问题。”

“这个时候裁员，会让外界对顶峰的猜测议论更多。”

“上次薪水拖了三天才发下去，各种抱怨流言已经满天飞了。关键是李元中收回了他讲的那些话，晚报社方面已经口头道歉，并承诺处理那两个记者，我们这边不接受任何媒体采访，短时间内应该不会有公开的报道出来，这就足够了。”

司霄汉余怒未消，“不行，一定要开除那两个记者。”

“得饶人处且饶人，没必要逼得这么狠。”

“这你就想错了，不这样做，根本就没法警告其他记者。”

“关键还是得尽快恢复顶峰的正常经营，不然总会有题材被记者注意到。”

“等开年之后，市场应该会慢慢回暖，我们只需要坚持过这一段时间就行。”他又看了一眼那个裁员方案，“你让人事部门执行吧，注意尽量处理得低调一些。”

裁员本来就是敏感问题，怎么可能低调进行？不过司凌云并不打算再说什么了。她原本预料会有一场据理力争，却发现司霄汉没有以前那样固执己见，一言既出便不容任何质疑反对，倒是她反而越来越强硬，对什么都不肯让步。意识到这个变化，她有些说不出的滋味。她点点头，正要出去，司霄汉叫住了她：“小云——”他欲言又止，终于还是说，“你试着跟傅轶则沟通一下。”

尽管司霄汉的姿态放得前所未有的低，她还是苦笑了，“我早试过了，他不接听我的电话，他的秘书声称他很忙，不是出差，就是在开会。董事长，不要以为你女儿有那么大魅力，可以为了公司利益左右逢源同时搞定一切。”

司霄汉默然，挥了挥手，没有再说什么。

司凌云马上召集各部门经理开会，让他们分头报上名单，在正式公布之前安抚好大家的情绪。忙完这一切后，她坐下想休息片刻，但毕竟静不下心来，考虑再三，她拿起手机给高翔打了电话。

“高总，有没有时间，我想跟你见面谈点儿事情。”

她已经做好了接受婉拒的准备，然而高翔的回答却完全出乎她的意料，“太巧了，凌云，我私人有一件事，想请你帮忙，正准备找你出来坐坐。”

让司凌云意外的是，高翔约她见面的地方叫绿门咖啡馆，位于华清街，马路对面就是发出那篇对顶峰极其不利报道的晚报社大楼。天空飘着若有若无的细碎小雪，气温极低。夜色之下的绿门咖啡馆并不起眼，外墙上没有挂任何装饰性的花哨灯箱，两扇对开的玻璃门漆成绿色格子状，大概是应和咖啡馆的名称。

她踩着积雪走进生意清淡的店内，只见里面宽敞幽深，灯光恰到好处，既不明亮晃眼，也不昏暗暧昧。临街一排落地玻璃窗上悬着浅色窗帘，桌子上面铺着绿格子桌布，小小的水晶花瓶里插着一枝玫瑰花，店堂内随处摆放着阔叶盆栽植物，播放着节奏轻柔的钢琴曲，装修并不算精致，还略微显出了简单陈旧，看样子开了已经有些年头，可是没有连锁咖啡馆那样时时处处精心玩情调的感觉，也不走小众咖啡馆刻意的文艺路线，家常风中透着平和恬淡，颇让人舒心。

她一眼看见高翔已经提前等在那里，走过去跟他打个招呼，脱下大衣坐下。服务生马上给她端来了咖啡和一碟精致的蓝莓曲奇、一份戚风蛋糕卷，闻着香气扑鼻。

“上次在我办公室，我说过要请你喝本地最好的现煮咖啡，就在这里。曲奇也是店内现烤的，你尝尝，味道很不错。”

“高总人有心了，谢谢。”

“你哥哥现在情况怎么样？”

“他还好。”司凌云谨慎地说，“还在康复治疗当中，谢谢高总的关心。”

“太客气了，我本来想去看望他，又怕打扰到他，实在不好意思。”

司凌云无心跟他闲聊，微微一笑，“我大哥目前确实不方便会客，高总的盛情我心领了，代他说声谢谢。请问高总提到的是什么事？”

“晚报元旦过后登的那篇关于顶峰的报道我看过了。”

“那是一篇不实报道，我们已经向报社方面发了律师信，他们应该会向顶峰做出正式道歉，并处理写报道的记者。我们保证会尽量消除不良影响，不影响同仁里项目的进行。”

他摆摆手，“别误会，凌云，我只是股东之一，公司的事交给轶则全权处理，我不会过问。我说过，这次找你是为了私事。”

司凌云疑惑地看着他，“高总请讲。”

“这篇报道是两个记者合写的，其中一个是我朋友。现在面临报社领导巨大的压力，据说会受到开除的处分，我想出面讨一个人情。”

她看了一眼马路对面的晚报社，“高总的朋友是李世轩还是王灿？”

“王灿。”高翔坦然回答，“当然，也请一并放过李世轩，他经常在这间店里喝咖啡，我们也算点头之交。”

司凌云早已经看过两个记者的背景资料，知道王灿是一个年轻的女记者，还隐约记得跟她有过一面之交。她并不再多问什么，“记者写报道也是职业行为。高总既然开了口，我无论如何都要帮这个忙。明天我会劝劝我父亲，只要求报社刊登澄清公告、道歉声明，不再要求报社开除记者。不过，我父亲这个人比较固执，对这个报道也很生气。就算我去求情，他肯让一步，大概一样会要求记者当面跟他道歉，并保证再不随便乱写顶峰的负面报道。”

高翔微微一笑，“就顶峰的立场来说，这个要求合情合理。不过，我来找你求情，并没有征求王灿的同意，所以还真不敢随口拍胸代她答应下来，我会去问问她的意思。不管怎么样，谢谢你，凌云，我欠你一个情。”

“小事情，没什么。”司凌云端起咖啡喝了一口，拈了一块蓝莓曲奇放进嘴里，“高总推荐得不错，咖啡的味道确实很地道，曲奇也很好吃。”

“是啊，我在这家店喝了很多年咖啡，跟前后两任老板都是朋友，很喜欢这个地方。”

“高总，其实我今天找你，有一点儿不情之请。”

“是不是为了同仁里项目的事？”

被他一语说中，司凌云只得点头，“高总，我也不必瞒着你，目前顶峰面临很多压力，新引进的出资方周总对项目设计一再提出修改意见，严重影响了项目的启动。三方之中，至少有两方需要达成共识，把方案尽快定下来，资金尽快到位，才符合大家的利益。”

“你应该直接跟负责这个项目的李元中沟通。”

“我跟李总谈过，他态度十分含糊，显然，他接到的指示就是观望。”

“那么你跟轶则谈过你的想法没有？”

司凌云尴尬地摇摇头，“傅总很忙，没时间跟我谈。我也并不想打扰高总，可是情况紧急，拖下去对大家都没有好处。我只想请高总帮忙转达一下，请傅总重新考虑一下他的立场。”

“对不起，凌云，这件事恐怕我没法帮你。我们几个股东早就达成共识，将公司具体运营交给轶则全权处理，我完全信任他的判断能力，不会干涉他的立场。”

她本来也没抱多少指望，只是想尽力争取而已，却完全没想到看似温和的高翔会如此直接地回绝，苦笑一下，“我也是迫不得已才麻烦高总，傅总他……并不想见我。”

“接到未婚妻一个简单的电话说分手，我认为他完全有权利生气。”

她顿时哑然，看着高翔，他神情平静地说：“他接你那个电话时，我正好在旁边。”

她无话可说，过了一会儿，涩然挣扎出一点儿笑意，“说得也是，高总，当我没提这个要求。谢谢你的咖啡，我先走一步。”

“等一下，凌云。”高翔摸摸鼻子，咳嗽一下，“如果他现在就在外面，你会责怪我多事吗？”

“高总说得我也太幼稚了。”

她看看高翔的表情，马上发现他并不是随口调侃而已。她顺着他的视线看向落地窗外，人行道上站着一个身材颀长的男人，穿着深色长风衣，身影斜斜地投射在背后的雪地上，面孔隐在黑暗中。

这人正是傅轶则。

“这是我今天做的第二件没征求当事人同意的事，打电话给你定好时间后，我也约了轶则过来小坐，你稍等一下。”

高翔起身出去，与傅轶则说着什么，然而傅轶则摇摇头，动作轻微而坚决。司凌云注视着外面，心沉了下去，正在这时，傅轶则回过头来，隔着玻璃窗，两人视线相接，他脸上毫无表情地一扫而过，随即伸手拍拍高翔的肩膀，转身便走了。

高翔转了回来，苦笑了一下，“恐怕我这个和事佬当得很不成功，对不起，凌云。”

司凌云反而从刚才的忐忑不安中解脱了出来，“没关系，谢谢高总的苦心。”

“别因此怨恨轶则。”

她失笑，“高总讲笑了，现在怀恨的那个人肯定不是我。我不会怪他，虽然我不大明白他为什么会生我这么大的气，不过，弄成这样大概是我的错，我一向不擅长跟人友好分手。”

“但是，轶则一向是跟人友好分手的高手，你有没有想过这一次他为什么会大失风度。”

“无非是他一向条件太好，从来都是女孩子对他趋之若鹜，他要做的是掌控主动，将叫停一段关系的权利保留在自己手中，所以不能接受被人说分手。他要让我后悔，肯定不会轻易给我一个讲和的机会。”

“你把他说得如此肤浅，可真的冤枉他了，你完全没觉得他对你是认真的吗？”

她疲惫地摇头，“对不起，高总，我现在需要操心的事情太多，没有余暇再去分析他的心理了。”

两人从绿门咖啡馆出来，高翔将司凌云送到她的车边，“还有一件事，我必须告诉你，以我对轶则的了解，他不会让个人情绪左右工作上的决定。”

司凌云泛泛地“嗯”了一声，“那是自然。”

高翔笑了，“引进丰华进入同仁里项目是董事会研究同意做出的决定，只不过令尊后来反悔了。丰华与我们的合作，着眼的还是双方的发展战略，并不是特意针对顶峰。至于李元中现在的态度，我觉得直接反映的其实是丰华的意愿。”

司凌云从心不在焉的状态中回过神来，沉思一下，郑重点头，“谢谢高总的提醒。”

6

司凌云取钥匙打开家里的防盗门，随着一声瓷器落地摔碎的脆响，司霄汉提高的声音扑面而来，“……我叫你别问，你哪来这么多的废话。”

“这里到底是我的家，你招呼也不打一声，就叫人搬一大堆东西过来，客房、健身房堆得满满的，我问一下的权利都没有吗？”程玥的声音没那么高，可是丝毫也没有退让之意。

“我把别墅处理了，得在这里住上一段时间，就这么简单。”

“你要住也不是不可以，不过至少得拿一笔钱给我，把房子从担保公司赎出来，再拖下去，他们就要把房子收走，谁也住不成。”

“这件事等春节以后再说。”

“你一直拖一直拖，再拖下去，难道要我去睡大街吗？你那个别墅至少能卖上千万，这点儿钱对你来讲明明就算不了什么。”

“你一开口就是钱钱钱，公司现在要用钱的地方多的是，哪有钱给你填这个窟窿。”

“这能怪我吗，如果不是你告诉我买那个见了鬼的巨野股票，我也不会弄成现在这个样子。”

“我告诉你，如果你女儿不答应嫁进周家，老周那边资金不可能痛快到位，你想要钱，就好好劝小云想清楚……”

司凌云完全没想到会在成年以后再次撞到如此难堪的场面。

她小时候见识到父母离婚之前的不断争吵，她能做的就是将房门关得死死的，逗年幼的司凌峰玩游戏，转移他和自己的注意力。那个时候，司霄汉居于绝对强势的地位，程玥多半时间是在哭闹哀求，眼下她却没有一点儿软弱退让的意味了。

隔着玄关的多宝格，她可以看到客厅内一地狼藉，有摔碎四溅的茶杯碎片、横流的茶水、歪倒的椅子，面对面争执的两个人面红耳赤，都处于盛怒之中，一时没有注意到她。她退回去，带上了门，下意识地进电梯，一直下到了地下停车场，坐进车内转动车钥匙发动车子。然而她想，过了这么多年，她能做的仍然是逃避，比当初那个满怀惊恐与愤怒的小女孩强不了多少；除了开车在冬日街头乱转，她又能跑去哪里？这个念头一起，她顿时一动也不想动了。

她呆坐着不知过了多久，看到司霄汉走出电梯，径直走到不远处停的他那辆奔驰前，上车开走。她已经冻得手脚冰凉，回家洗个热水澡，然后上床躺下，对她来讲是很大的诱惑，然而她清楚地知道，她一回去，程玥必定会像司霄汉要求的那样来劝她“想清楚”。以她现在的心情，就算是想吵架也提不起力气来。

手机响起来，显示是曲恒的号码，她马上按了接听。

“凌云，我回来了。”

曲恒的父亲阿平去世后，处理完丧事，李乐川一再打电话过来游说，卢未风也极力劝他暂时换个环境散散心，他接下给那部电影配乐的工作，去了北京。司凌云与他通过电话，只是曲恒比过去更沉默，加上两人都不愿意谈起各自的家事，只聊了几句正在下的大雪便说了再见。听到他回来的消息，她几乎觉得开心起来，“太好了，你在哪里？”

“刚下飞机。我有事找你，你现在方不方便出来？”

“方便，我们去阿风那里见面吧。”

司凌云欢迎这时候有一件事可以分一下她的心，让她不至于在寒冷的地下车库里呆坐着。她马上发动车子开往卢未风的酒吧，寒冷的冬夜里，酒吧内客人比平时更少一些。卢未风坐在吧台内，抱着吉他闲闲地弹着，那个自娱自乐的姿态，让她生出无限羡慕。见她进来，他停了下来，微笑着跟她打招呼，“凌云，晚上好。”

“晚上好，阿风，你刚才弹的曲子听着好耳熟，好像是那一次你跟阿恒在天台上弹的那首歌。”

“是啊，你记忆力不错。又有好久没见到你了，怎么瘦得这么厉害？”

“事情太多了。”她苦笑一下，在吧台前坐下，“我一直想完整听一下这首歌，好像总没找到机会。”

“那今天正好，阿恒从北京回来，马上从机场那边过来。”

“他也给我打了电话。”

“不知道阿乐这家伙今年回不回来过年。”卢未风放下吉他，“太冷了，我给你做点儿热红酒喝。”

他动作利索地将红酒倒入一个小不锈钢锅内，放在吧台后的电磁炉上，依次加入柠檬、橙皮、肉桂、李子干、砂糖。等红酒加热好以后，室内弥漫着香甜的味道，他倒了一杯，再倒入一点儿白兰地递给她，她嗅一下，“真香。”

“一个过来喝酒的德国女孩子教我的，据说他们那边冬天经常这么喝，街上还有卖加热红酒的小摊子。真正爱品红酒的人大概鄙视这种喝法，不过冬天喝一点儿这个很舒服。”

确实像卢未风说的那样，这种热红酒不仅混合着浓郁的香味，口感更是甜而圆润，喝下去后，感觉暖洋洋的，五脏六腑仿佛都被温暖了过来。她与卢未风碰了一下杯子，将剩下的酒一饮而尽，脸上顿时升起了红晕，“太好喝了。”

卢未风被逗乐了，又给她倒了一杯，“这酒后劲很大，待会儿别开车了。”

她用手捧住微微有些发烫的面颊，“阿风，我白喝了这么多年酒，到今天才体会到，酒这东西，真的能解忧。”

卢未风还没说话，身后一个冷冷的声音接了上来，“你能有什么忧？”

她回头，曲恒正站在她身后，“咦，你来了，正好趁热喝点儿这个热红酒，真的很好喝。”

她拿杯子给他倒一杯酒递过去，他接了，却没有喝，转手放到吧台上，她也不管他，自顾自又喝了半杯酒。

他冷不丁开了口：“听说你要嫁给一个叫周志超的人。”

她一怔，“你听谁说的？我没那么重要吧，消息居然都能传到北京去。”

曲恒盯着她，眼睛里带着怒意，“你不是跟那个叫傅轶则的男人订婚了吗？”

她不愿意听到这个名字，“我跟他分手了。”

“你玩世不恭得够可以了吧，以前只是换换男朋友，现在索性直接换未婚夫。”

就算酒精弄得她反应比平常来得迟钝，她也被他这个前所未有的尖锐语气惹火了，“你找我就是为这件事吗？什么也不问，一来就指责我……”

“你知不知道周志超是可可的男朋友？”

“那又怎么样？”

“现在他家里逼着他跟可可分手，跟你结婚，你还觉得没什么？”

她更加恼怒了，“原来你是特意从北京赶回来，帮着前女友来跟我讨公道啊！你正义感这么强烈，我很佩服。谁在逼婚，谁要分手，可都是别人家的事，跟我不相干。”

曲恒勃然大怒，一时似乎气得讲不出话来。卢未风不知道他们为什么一下便争执起来，努力想转移话题，“前段时间雪太大，机场航班都不正常，这几天才好一点儿。我有一个朋友被困在贵州失去联系了好长时间，我还担心你来不及赶回来过年。电影配乐进行得怎么样了？”

曲恒却无心谈这个话题，依旧盯着司凌云，“凌云，可可怀了周志超的孩子。”

听到这个消息，她呆了一下，不过她哪有心情去替别人操心，仍然没好气地说：“那又怎么样？”

曲恒气结，指着她说：“我以前认为你任性归任性，本性到底还是善良的，看来我是看错你了。这种情况你都有本事置之不理，还硬要弄什么家族联姻嫁给他，钱对你就那么重要？”

她呆了一呆，突然哈哈大笑了，“谁都没有看错我，只有我看错了一切，我没什么可说的。”她举起酒杯，将剩下的酒一饮而尽，“阿风，账帮我记着，我下次来付。”

她抓起外套，谁也不看，急急下楼出了酒吧，脚步踉跄地踩上路面结的薄冰，险些滑倒，幸好卢未风追出来扶住了她，“凌云，别生这么大的气。”

司凌云惨淡地笑，“我没什么可气的，真的，阿风。”

“阿恒只是……”

“他只是人品高洁，心地善良，眼睛里容不下任何沙子，我这样世俗冷漠的人，活该被他指责。”她轻轻推开他的手臂，“别担心，我没事的，再见。”

7

第二天，司凌云一到公司，便遇到来讨要遣散费的员工，他们彼此联络，陆续不断赶过来，到上午十点，已经有接近两百余人将顶峰大厦的顶楼围堵得水泄不通，这些人除了几个是顶峰的债务人以外，其他大部分是这次解聘的员工。

司霄汉孤身一人被困在他的办公室，与外面失去联系。司凌云和保安都根本无法上楼，闻洁与司洪民急得团团转，不停问她该怎么办，她当然比他们更加焦灼，看看时间，已经将近三个小时，虽然司霄汉刚被堵在里面时曾打来电话，严格命令不能扩大影响，她也只能做出决定，“报警吧。”

辖区派出所的警察很快便赶了过来，司凌云向他们介绍情况，警察上去进行了问询，下来后对司凌云表示，供应商要求结账，员工要求领取遣散费用，都是合理要求，虽然将司霄汉困在办公室内不妥，但没有暴力行为，他们很难处理，只能让对方派出代表，尽量协商。

司凌云与司霄汉通话之后，决定让他与供货商等债权人谈判，而离职员工方面由她来处理。

三名离职员工代表坐到司凌云办公室内，他们昔日都对她恭谨有加，现在却一个比一个态度强硬，措辞尖锐，对于她提出的任何办法都一口拒绝，坚持要马上拿到工资及辞退补偿，不然绝不罢休。虽然有一个中年民警在场，其中一个叫刘扬的年轻员工说着说着还是情绪激动起来，站起身来伸手一挥，将她办公桌上的东西悉数扫落下去，那盆一直摆放在她桌面的豆瓣绿落到地板上，青花瓷盆应声而碎。

她再也无法忍受，站起身，“既然是协商，就请你保持必要的克制，不然我们没必要再谈下去了。”

刘扬伸手指着她的鼻子，恶狠狠地骂道：“你以为你还是我们的老板啊，现在还敢这么嚣张，平时剥削我们还不够，到头来还想赖掉我们的血汗钱，门也没有，我要去媒体投诉，要去网上发帖，把你们司家彻底搞臭。”

警察上来拉住他，“坐下坐下，有话好好说，不许动粗。”

他转而跟警察争吵，“我就知道你们肯定卫护这些有钱人。”

警察无可奈何地说：“维权也得依法进行。”

一片混乱之中，闻洁气喘吁吁赶过来，“司小姐，我把现金取回来了。”

司凌云点点头，“你马上拿到财务部交给汪经理，再通知在场的所有离职员工，去那边排队登记领取。”

这个变化来得太突然，站在她面前的刘扬呆了一下，又跳起来，“你明明有钱，偏偏扣着不给我们，要不是我们堵着不走，你还不肯拿出来，真是不见棺材不落泪。”

司凌云并不理他，闻洁本来已经要出去，停下来恼火地说：“刘扬，你今天跳上跳下煽动同事也闹够了吧，司小姐好容易才筹到钱，你还想怎么样？”

另两个员工代表眼见发生转机，马上劝解地说：“刘扬，既然钱已经筹到，就不用再耽搁司小姐时间了，大家领钱回去过年是正经。”

“是啊是啊，闻秘书，不早了，我们马上去财务部吧。”

他们离开后，司凌云蹲下来，只见地板上的豆瓣绿已经被踩得支离破碎，完全没救了，她蹲在那里，一时百感交集。那个还没离开的中年民警颇为和善，看到眼前的年轻女孩子虽然全程保持镇定，现在终于流露出无助的一面，心中有些恻然，咳嗽一声，提醒她，“司小姐，我们还是上去看看你父亲那边怎么样了吧。”

司凌云扶着桌子站了起来，“谢谢。”

他们一起进了电梯上楼，司霄汉那边的情况比楼下要平和许多，债权人对他仍旧保持着客气，只是不肯轻易离开，要求定下具体的结账日期，而司霄汉的说服能力倒真不是吹的，一番长谈之下，他已经多少把他们说动了心，不再认为他会马上消失跑路。待听到司凌云上来说离职员工的要求已经得到满足，正在领钱离开，他们顿时都放下了一半心，求得一个保证后，声称年后再来，也陆续离开了。

司霄汉和司凌云送走所有人后，回到办公室，从上午被围困，已经整整过去了近六个小时。父女两人各自坐到一张沙发上，精疲力竭，好长时间说不出话来。

“你哪来的钱给他们发工资？”司霄汉终于还是打起精神问女儿。

“大哥为了让我促成同仁里项目，送了一套房子给我。上周他母亲找我催交医疗费用，我把房子折价卖了，昨天才拿到钱，本来打算今天把卡交给她，只能先救急了。”

司霄汉怔了怔，“那边医疗费你不用管了，这些年我一直在给她生活费，她自己有积蓄，建宇个人账户上也应该还有不少钱，不能守着不动全指望我这边了。”

司凌云没有作声。

“还有三天过年。只要年后同仁里项目重新开工，供应商那边恢复信心，我们再加大手头地产项目的促销力度，回笼资金，还是可以渡过这一关的。房地产行业并不是没有这种上市失败，看似山穷水尽，可是不过一年之后就东山再起的先例。”

“董事长，我不是来要钱的债主，不用讲这些话宽我的心了。”

司霄汉一怔，“小云，我知道你今天受了委屈。”

她摇摇头，“我是你女儿，又是公司高管，跟你一起面对这个局面，无所谓委不委屈，我只是不想听那些励志鼓气的话了。”

“如果你对我丧失信心，还怎么支撑下去？”

“坦白讲，我对这个局面没信心，但我会撑下去，尽人事，安天命。”

司霄汉叹了一口气，“小云，有一件事，确实是你可以做到的。”

她冷笑，“嫁给周志超吗？我劝你别把周绍德当成唯一的救命稻草，他一再修改设计方案，一直拖延不肯打资金过来，心里未必不是存着别的念头。”

“那是因为你迟迟不肯表态，在没有明确两家的关系之前，他犹豫不决也无可厚非。”

“所以现在到了我挺身而出拯救世界的时候吗？只要我一点头，就可以让资金尽快到位、项目尽快启动，让父亲的公司保住，员工不至于大过年的时候被辞退，妈妈的房子保住，大哥的医药费不断掉……”她盯住父亲，“我要做的，不过是跟某个人结婚就可以了。多简单的事情，如果不答应的话，大概会对不起所有人吧？”

“这对你自己也好。”

“老说这话就没意思了。”她站起了身，“这几天肯定还会陆续有人上门要钱，你暂时避一下，不要来公司上班了。”

“那怎么行，你一个人应付不来的，我也没到需要躲起来让女儿挡在前面的地步。”

“但是你不在公司，我至少可以推说你出去筹钱，争取尽快解决问题。”她哑着嗓子一笑，“我不是法人代表，他们不至于难为我，放心吧。”

8

到了除夕这天，打发走最后一批要债的人，顶峰大厦内空空荡荡的，除了几个值班的保安以外，员工都已经放假。司凌云靠在椅背上闭目休息，闻洁给她倒来一杯水，“司小姐，这几天真是辛苦你了。”

她苦笑一下，“谢谢，闻姐，也辛苦你了，你回去好好过年吧。”

“你不走吗？”

“我坐坐再说。”

等闻洁走后，司凌云继续靠在椅子上出神。中央空调已经关闭，室内温度很低，她早已经手足冰凉，只能裹紧身上的长羽绒服。

没有连续数日的人声嘈杂，不必应付任何人，四周安静得异乎寻常，她的耳朵反而有些不能适应，大脑更是不能调整到放空状态。一片芜杂的思绪之中，浮现在她眼前的，居然是上一个冬天的情景，当时顶峰正不计成本地举办盛大的周年晚会，一片花团锦簇之中，司霄汉、张黎黎夫妇踌躇满志，接受着员工的肉麻颂扬；司建宇、米晓岚夫妇带着冬冬，俨然完美的一家三口。盛筵华服，美酒佳肴，宾客如云，各种节目轮番上演，每个人脸上都洋溢着快乐，一场狂欢似乎可以无止境地进行下去。

不过短短一年的时间而已，已经人事全非。公司不仅没能上市，反而陷入泥淖之中，张黎黎不知所终，司建宇仍在昏迷状态，恢复健康的希望渺茫，曾经意气飞扬的司霄汉正想尽一切办法支撑公司的运营，越来越现出左右支绌的困窘。而她呢？她确实已经像她母亲期待的那样，在这家公司成了第二号人物，只是顶峰前景莫测，不再是过去那个被她母亲觊觎的公司了。

这里面的对比与讽刺感来得如此强烈，她突然知道“恍如隔世”是一种什么样的感觉了。

确实，恍如隔了一世之久。

走廊上传来脚步声，司凌云只当是例行巡查的保安，并没有在意，然而脚步停在了她敞开的办公室门口，她睁开眼睛，那里站着一个男人，竟然是久违的韩启明，他穿着全套西装，打着领带，手里拎着公事包。

“凌云，你还好吧？”

她皱眉，稍微坐起来一点儿，“韩律师，如果有公事的话，公司已经放假了，请年后再来。”

韩启明踌躇一下，“我听说了最近发生的事情。”

“是吗？如果韩律师还想继续跟我在法庭相见，现在倒是一个很好的时机，你能轻易找到很多案子代理。”

“不，我来只是提醒你，你让经天律师事务所代理的那个棉纺厂兼并案子，侯主任似乎并不放在心上，先是要跟我谈和解方案，后来多次失约，法院需要提交的材料一再拖延，再这样下去，很有可能终审败诉。”

顶峰也拖欠了经天律师事务所的律师费和法律顾问费，近来侯主任几乎绝足不来顶峰，而且还将白婷婷频繁派往外地出差，不给她时间再跟进这个案子。司凌云已经嘱咐小伍盯紧一些，但是韩启明居然会过来提醒她，仍然让她感到意外。在她的目光下，韩启明倒是很沉着，只耸了耸肩，“别误会，我只是希望不管输赢如何，过程都要光明正大。”

“纠缠一个证据不全的案子，钻法律的空子，挖空心思把顶峰拖下水，说不上什么光明正大。不过还是谢谢你，我会注意的。”

她逐客之意明确，但韩启明却没有走的意思，仍然站在原地，似乎有很多话要说，然而最终他只是问：“你真的会跟周绍德家联姻？”

她更加诧异，“什么时候我开始享受明星的待遇，关于我的消息可以传得这么远，每个人都来过问我的私生活了？对不起，这跟你没关系，韩律师。”

韩启明目不转睛地盯着她，“你还能保持这样高傲的大小姐姿态，我很佩服。不过，我当律师这几年，也算见识了一些商场沉浮世事变幻，这个世界上并没有铁打的富贵，也没有永远的安乐。翻天覆地的变化没有征兆，发生得比所有人的想象都要快。”

“所以你想表达的重点是什么？”

“你生于富贵之家，习惯了你过的生活，有没有想过，一旦这种生活离你而去，你过去的朋友不再搭理你，你只能跟普通人一样苦苦挣扎看人脸色拿一份薪水过活，你会怎么样？”

她冷笑，“你这是在关心我，替我设想将来吗？”

“我居然忘了，你根本不需要这些设想，你反正是有退路的。就算顶峰完蛋了，最不济，你还可以嫁给周某人的儿子，继续过锦衣玉食的生活，无非就是那男人不爱你而已。在你们的词典里，爱不爱反正并不重要。”

“她曾经是你的女友，陪你吃路边摊，冒着雨等公交车，拎着青菜去你在城中村的出租屋。你应该也爱过她，难道她付出近三年的时间，就只值一回你在这个时候赶来提醒她，她因为出生在那个家庭，所以有原罪，只要跟你分了手，就必定有一个悲惨的将来等着她吗？”

一个低沉的声音突然响起，曲恒不知什么时候站到了门口。司凌云愕然地看着他，韩启明更是面色大变，“你是谁？你怎么……”

曲恒打断他，“我是凌云的朋友，请你马上离开这里。”

韩启明似乎还想说什么，但司凌云也摆了摆手，“请走吧，我可真没心情听你给我上人生课。”

韩启明狠狠盯了她一眼，再没开口，转身走了。等他的脚步消失在走廊尽头，司凌云并不看曲恒，“你的会计很敬业，上午来过，我已经跟她说了，你们园艺公司为地产公司做小区绿化剩下的那笔尾款只能年后再结，你也走吧。”

“我不是来要账的，我也告诉她，再不要来了。”

她干干地一笑，“这么说，她把顶峰内债主云集的盛况告诉你了。不知道顶峰会不会到那个彻底付不出账的时候，不过随便你。如果你想来继续跟我谈你的前女友肚子里的孩子，我也一样没心情听，那不关我的事。”

“凌云……”

她多日的强撑镇定突然如同雪崩一般瓦解，一下爆发了，猛地站起来，“我已经跟你说了，我管不着谁怀了谁的孩子，我普度不了众生，我当不了无私的圣母牺牲自己成全别人。听到这些你失望了吗？对不起，我从来就没有让所有人满意的能力，把你那些批评的话收起来走吧，我不想听。”说到最后，她原本沙哑的嗓子已经接近失声了，只能狠狠一挥手，“滚出去。”

曲恒站在原地没动，只是默默看着她，他的眼中充满了毋庸置疑的关切，在这样的目光下，她无法维持刚才那一阵盛怒，只能颓然坐下，艰难地说：“你还要怎么样啊，也想来给我上课不成？我谢谢你们一个接一个来对我表示关心，不过我消受不了，让我清静一会儿吧。”

“我不知道顶峰到了这么危险的地步，那天在阿风的酒吧，讲了很多混账话，对不起。”

司凌云并不觉得安慰，疲惫地摇了摇头，“现在你知道了，是不是觉得我的情况比你怀孕的前女友更危急、更可怜，在等待拯救的排行榜上可以排得更靠前一些？”

“我没那么狂妄，凌云，我只是……对我讲过的那些话感到很抱歉。”

“不必特意过来道歉。这几天我听过很多话，一个比一个尖刻，还有人指着我的鼻子骂，口水溅到我脸上。相比之下，你说的那些……根本不算什么了。”

曲恒露出震惊的表情，不能置信地看着她，“为什么你家里放你一个人撑在这里，你父亲和你哥哥呢？”

她不想解释，更没力气编理由，索性不说话，往椅背上一靠，两眼空茫地看着天花板，摆出不愿意交谈下去的样子。

“凌云，今天是除夕，你不能这样一个人待在公司里，我送你回家。”

“我说过了，我想静一静。我没事，不需要人陪，你也不必对我觉得歉疚。”

然而他没有离开，反而走了过来，坐在她的办公桌边，“我在广州工作的时候，认识了可可，其实我们算不上男女朋友那种关系，但她太年轻、太任性，在这边又没有亲人，我确实关心她。”

“你一向很善良，我懂。不过，我帮不了她，我甚至摆不出一个像样的、能让你高兴的同情姿态来，再说下去，免不了更加暴露我的冷漠，你还是会看不习惯的。”

“你不需要摆任何姿态。她给我打电话，说她怀孕了，而周志超不肯跟她结婚。按她的说法，周志超是很爱她的，只是你父亲提议两家联姻，他父亲坚持他必须娶你，否则就会断绝他所有的经济来源，把他赶出家门，一分钱也不给他。她逼得稍微紧一点儿，周志超索性就去了国外，完全不接她的电话。我急急赶回来，固然是不放心她，更多的是因为……我不想你轻率决定你的生活，嫁给一个不爱你、没担当的男人。”

她有气无力地说：“你多虑了，能够轻率决定生活也是一种特权，你看我现在坐困愁城，四面楚歌，前男友找上门来可怜我，我像是还拥有那个特权的样子吗？我做什么决定都会思前想后的。你去关心她，我没意见，不要拉扯上我。”

曲恒突然伸手，将她一双冰凉的手拢进自己的手掌内，她吃了一惊，挣了一下，他紧紧握住不放，他的掌心一如既往的温暖，她终于停留在了他的手掌内，涩然一笑，“当然，不管我怎么说，你都打定主意要同情我了。”

“我只是关心你，凌云。”

这句简单的话直接击中司凌云，她的眼泪扑簌簌成串地滚出眼眶顺着脸颊落了下来，却狠狠挥脱他的手，“算了吧，你说过你理解我不管做什么，都是有理由的，完全是撒谎。知道你要回来，我想总算有一个朋友可以借个肩膀给我靠靠了，可是你根本不问我遇到了什么事，到底会做什么决定，第一反应就是马上来骂我，我不需要你的同情跟关心。”

她越说越愤怒，胸中有积蓄已久的无名火气冲撞激荡，不想讲任何道理，只想尽情发泄出来，可是又找不到一个途径，情急之下，她站起来用力推搡着曲恒，“出去，出去。”

曲恒紧紧抱住了她，她挣扎不开，终于伏在他的肩头失声哭了起来。

“姐。”

司凌云一惊，回头只见一年多没见的弟弟司凌峰正站在办公室门口，愕然看着她，她不由得窘迫不已。曲恒放开了她，顺手扯出纸巾给她，她抹去泪水，“小峰，现在加拿大那边不是假期，你怎么还是回了？”

司凌峰皱紧眉头，扫了曲恒一眼，没有回答。曲恒轻轻握了一下司凌云的手，“我先走了。跟你弟弟回家过年去，回头我再给你打电话。”

曲恒走后，司凌云进洗手间洗了把脸，出来时只见司凌峰仍站在那里，一脸怔忡不定。

“你想批评我的行为就直说好了。”

“姐，你跟爸爸支撑公司压力这么大，我为什么要批评你？只是……”司凌峰苦笑一下，“我进顶峰大厦的时候，正好碰上傅轶则出去，他肯定……也看到了。”

第十二章

我唯一能给你的，只有爱

1

春节长假结束，顶峰大厦明显比节前要萧条一些。只是需要处理的事情并没有减少，裁员结束，重新分配工作，调整办公区域集中办公，空出来的那一层楼马上开始对外招租……司凌云正逐一布置着日常工作，周志超大模大样推门进来，打了个哈欠，“我刚从美国回来，还在倒时差。这么早急着找我过来干什么，想我了吗？”

司凌云瞥他一眼，并不理他，等闻洁走后，继续对小伍交代棉纺厂兼并的案子，“你跟白婷婷商量一下。我已经约了老侯，叫他下午过来一趟，到时候我会好好敲打他，把利害跟他交代清楚，由不得他在这个时候装神弄鬼。”

小伍点头出去，周志超“啧啧”两声，“这是特意让我过来参观你的女强人风采吗？我可不吃这一套。”

“可可怀了你的孩子，你打算怎么办？”

周志超一怔，随即哈哈大笑出来，“什么怎么办，你现在就端出我爸钦点儿媳妇的架势来跟我闹，未免太心急了一点儿吧？”

“你爱造什么孽、欠什么债，那都是你的事，我管不着。不过你跟她说，你父亲非要你跟我结婚，而我也缠着你不放，所以你不能娶她，这就很关我的事了。”

“我给她钱叫她去把孩子做掉，那傻妞不肯，梦想嫁入豪门，非要跟我结婚。现成有你这么一个挡箭牌，我不用说不过去嘛。”

“豪门？呵呵，你自我定位还真高。其实你跟她结婚，也没什么大不了的。当然，你爸爸会发发脾气，甚至会赶你出来，你们可能会过一段不那么风光的日子，不过孩子生下来，他也不至于一直跟你过不去，照样会跟你恢复关系，把你养起来，你也照样可以继续逍遥快活。”

周志超骇然失笑，“你以为你是谁啊，司凌云？你自己都快无路可走了，居然跟我讲这个话。这算什么，故作镇定，表示你不需要求着我娶你吗？”

“我确实不需要。你爸爸前天约我吃饭，恳切表示了他的诚意，我可还没答应他。”

周志超突然警觉了，“你跟他说了什么？”

司凌云冷笑，“你看你装得满不在乎，到底还是怕你爸爸。”

周志超哼了一声，有些心神不宁，却还是做出一副满不在乎的样子，“我怕他？我怕的是麻烦。可可当然比你可爱得多，可是我还没玩够，不打算把自己绑死，更不想为她跟我家老头子翻脸。你少管闲事，再拖一下，她自然会死心知趣不闹，乖乖去把孩子拿掉。”

“我说过了，不扯到我，就不关我的事；既然已经扯到我，就由不得你了。”

“你什么意思？”

“我明天约了丰华的徐总谈同仁里项目，你爸爸很赞成我让你跟我一起去的提议。”

“我凭什么要跟你去？”周志超盯着她，冷冷地问，“我不去的话，你就要把可可的事告诉我爸吗？”

“用不着，你躲到美国去的时候，可可已经去找过你爸爸，你爸爸拿钱砸人的本事可比你强多了。”

周志超的脸色变幻不定，不知道是在庆幸摆脱了一个麻烦，还是多少有些不是滋味，过了一会儿，他再次问：“明天我要不去又会怎么样？”

司凌云一字一字清晰地说：“那我就只好真的跟你结婚了。”

周志超呆了一下，随即捧腹大笑了，“这可真是我听过最好笑的笑话了。顶峰内外交困，你只剩这条路可走，还偏要拿腔拿调，实在是可笑。想要我娶你吗？趁早来讨好我吧，不过看你的样子，大概实在不知道怎么取悦男人，在这一点上，可可能够好好给你上上课。”

周志超刺耳的笑声在办公室里回响着，但司凌云十分平静，看着他，既没有一丝不安躲闪，也没有恼怒，最多只有一点儿厌烦。在这个目光下，周志超没法继续狂笑下去，顿时恼羞成怒起来，“你凭什么认为我非娶你不可？”

“不用赌气，你爸爸跟我谈得很融洽。我提到你这份调皮顽劣劲儿，他尽管不好意思，可也告诉我，他有治你的方法，百试百灵。所以你看，我只要点点头，你大概就是非娶我不可了。除非你不想要你爸爸的钱——不过看你连女朋友大肚子都不敢跟家里讲的屄劲儿，你真没这个骨气。”

“你以为我家老头子有多喜欢你吗？他大概跟你讲了不少动听的话，让你产生幻觉了。”周志超恶狠狠地说，“跟我谈的时候，他可要坦率得多。他不过是看中顶峰除了同仁里项目以外，还有一些土地储备，如果两家联姻拿过来，可以花最小的成本进军房地产市场好好捞上一把。而且你长相漂亮，学历高，遗传基因不错，做事这么能干卖命，也很适合娶进门当长工使唤。我想了想，反正他总是要逼着我娶一个老婆的，把你娶回去，既可以为周家赚钱，又可以让我白玩白睡，其实也蛮划算的。”

司凌云仍然不动声色，“那些话你听着大概很过瘾、很刺激，对我可不是什么秘密。你爸爸在同仁里项目上推三阻四，扯什么修改设计的借口，明摆着就是要进一步拖垮顶峰，然后趁火打劫。想娶我进门，当然就更是企图顺带多占些便宜了。倒是你……”她不屑地摇摇头，“这么轻易就跟人交心，迫不及待把你爸爸打的如意算盘全端出来。你爸爸叹气说你只是不够成熟，简直说得太委婉了。”

“我说出来你又能怎么样，你现在还有别的选择不成？少在我面前摆这个臭架子。真嫁过来，你就得乖乖给周家当好媳妇。”

“虽然你没你爸爸那么老奸巨猾，不过有一点你跟他还是很像的，都把女人想得那么简单传统，以为我只要答应嫁进周家，收到一个周太太的名分，就会拿老公当天伺候，传宗接代兼当牛做马。这想法，真是天真得可爱啊！”

“不然你想怎么样，你又能翻得起什么大浪？”

司凌云嘴角上挑，笑了，“你怎么会这么想？放心，真跟你结了婚，我会做一个贤妻，不辜负你爸爸的期望，好好管理你们周家那份产业，同时也好好管教你。不用这么瞪我，你爸爸绝对会支持我的，并且已经亲口答应把这个管教的权利转给我。”

周志超冷笑道：“想威胁我，门都没有。你可真是自视过高到了离谱的程度，居然会认为管得了我。我告诉你，没人能够妨碍我过我要过的生活。”

“人做不到的事，钱做得到，这话你肯定能理解，对吧。”

“我家老头子拿钱卡我这么多年，又怎么样？”

“那是因为他是你爸爸，最终下不了狠手。我可不是你妈，我也没兴趣给你这么大的孩子当娘。我可以保证，不管管的是什么，我的手都是不会软的。”

“我不想打女人，你可别逼着我破例。”

司凌云心平气和地说：“我劝你别动这个念头，我堂叔这人出了名的不讲客气，我挨你一下，他马上会让顶峰的保安把你揍个半死再叫停。不过你放心，我会送你去医院，好好照顾你。到时候你恐怕只能咽下这个哑巴亏，你爸爸也只会更加认为我懂事识大体。”

“我只需要跟老头子说你心怀鬼胎，妄想嫁进周家夺取财产控制权，你就休想得逞。”

“你不妨去试试吧，不过你能跟他说什么？我可是只表示我会努力当个贤妻，当个好儿媳妇。想想你糟糕的信用记录和你爸爸对你一向的评价，看他会认为你在胡扯逃避结婚呢，还是妄想狂发作了。”

“惹急了我，我马上去跟可可结婚。你一开始也说了，大不了就是挨一段日子，等她把孩子生下来，往老头面前一放，他立马就得心软，加上我妈一哭一闹，他还有什么气可生，一样得认我回去。无非就是多个老婆而已，反正可可也不可能管得了我。你就竹篮打水一场空了，哈哈哈。”

她莞尔，“晚了。一开始我给过你机会，哪怕你对可可表现出一丝诚意，只是怕你爸爸才不敢娶她，我也会成全你们。可惜你蠢话越说越多，我觉得可可拿你爸爸一笔钱走人，比嫁给你这样的人要靠谱得多，所以，你基本上已经没机会去祸害她了。”

周志超气得面色发青，呼吸粗重，好一会儿才粗着喉咙问：“你到底想干什么？”

司凌云端起杯子，不紧不慢喝了一口已经凉了的咖啡，“我说过了，明天跟我一起去丰华谈同仁里项目。别再问凭什么听我安排这类话了，你不仅要听我安排，还必须表现得配合，准时到场，不许穿那些奇装异服。”

“我凭什么……”接触到司凌云嘲笑的神情，他打住，一时有些气急败坏。

“少安毋躁，安静下来听说说。我们来做个交易，这段时间你听我安排，以后我就保证给你自由，让你在未来几十年里不必面对一个凶悍的老婆，可以继续花天酒地为所欲为使劲挥霍你家的钱，而且你父亲也不好意思再硬逼着你娶谁。不然的话……”

“不然怎么样？”

“不然的话，我们只好绑在一起死磕了。”

她眼神冰冷，脸上没一丝表情，周志超向来什么也不怕，此时居然也泛起寒意，他努力掩饰这个不自在的感觉，怀疑地看着她，“你要我去干什么？我完全不关心你们谈的那些破事，你要想让我跟你合谋坑我家老头子，那就更不可能了。”

“你听好了，我尽量讲得简单清楚。丰华参与同仁里项目，打的其实是跟你父亲一样的主意，想花最小成本吃掉顶峰。顶峰目前确实很困难，可是没理由让任何一方白白吃掉。”

周志超眼睛转动着，“所以你要带我去给徐总看，让她认为你已经决定嫁进周家，顶峰会偏向跟周家合作，这样她会给你出一个更好的价。”

“没有那么容易的事。丰华的实力在你家之上，丰华的徐总更是本地出名的女强人，精明程度恐怕也在你父亲之上。你没你想象的那么重要，只过去呆坐着就能暗示她出高价。”

“那你要我干什么？”

“同仁里项目现在由三家合作开发，我现在要做的，不过是让你父亲和丰华早下决心注资启动同仁里项目，减少顶峰因为停工造成的损失，将来建成收回投资，也符合你家的利益。你在场，既能让你父亲知道你终于对做正经事有兴趣了，也能让丰华知道，他们再作梗没什么意义。至于顶峰拥有的那些资源，丰华想要，你父亲也想要。”她嫣然一笑，“我只能告诉你，谁都最好别想着占现成的便宜，你懂了吗？”

“我不管那些，也就是说，做完这一切，你就不跟我结婚。”

“你们家那个‘豪门’，对我根本没有吸引力，就算你断言我无路可走了，你也肯定不是我想走的路。顶峰是我家的公司，我必须为它尽全力。完事之后，我们自然各走各路。谁要坏我的事……”

周志超举起一只手，“好了好了，那些话讲一次够了。现在我只问你，我凭什么相信你？”

“你的‘凭什么’还真不少。动动脑子好好想想，我没必要骗你，否则我根本不需要费事说这么多，直接嫁进你家就好了。”

他思索着，她也并不催他，自顾自去处理手头的文件，终于他一咧嘴，重新痞气地笑了，“别的不说，让我家老头吃个闷亏以后对我闭嘴这主意听着还挺有意思的，我答应你。”

2

司凌云与周志超从徐华英办公室内出来，向停车场走去。周志超打着连天的哈欠，“这位徐总果然名不虚传，眼睛一扫，估计没谁敢在她面前玩花样，真亏了你家老头以前敢得罪她。”

谈话进行得还算顺利，司凌云心情也不错，“这又是你爸爸讲给你听的吧？”

“我跟他打听了一下，你昨天倒真没哄我，他分析丰华，跟你说得差不多。不过，你利用我的地方比你承认的可多一些，我一说到答应和你一起跟徐总谈项目，老头顿时笑得合不拢嘴，马上说要快点儿启动同仁里项目，还让我早点儿跟你结婚，一起把这个项目做好。喂，我警告你，你可别玩得弄假成真的。”

她不屑地说：“放心吧，我比你更害怕玩成真的……”周志超的手突然搭到她的肩上，颇为亲热地搂住了她，她一怔，“干什么？”

周志超笑嘻嘻地说：“我现在的身份应该是你正牌未婚夫，搂一下不是很正常吗？”

“你……”她正要发火，突然觉出不对，侧头一看，傅轶则正站在不远处，冷冷地注视着他们。

“你玩我玩得够狠，我要不回敬一下你，未免对不住你。”周志超带着恶意地笑，凑近她一点儿，以近乎耳语的姿势说，“你的前任未婚夫看起来是个狠角色，你留下来好好对付他吧。这一场就算是我友情奉送的戏份，分文不取。”

司凌云嫌恶地拂开他的手，淡淡地说：“下次谈公事，除了衣服要穿得正式以外，记得别洒这么多香水。”

周志超哼了一声，大摇大摆从傅轶则身边走过，上了那辆宾利，扬长而去。她走向她的甲壳虫，正要取车钥匙，傅轶则的声音冷冷飘了过来，“没想到你利用起男人来已经这么得心应手了。”

这个嘲讽来得无比尖刻，她却没什么可辩驳的，只耸耸肩，“你可以感到安慰，你是不一样的，不可能被我利用。”

“不要以为你找到了退路，更不要以为你可以利用老周改变局面，他一样心怀叵测。这已经是一场围猎，顶峰逃脱不了被宰割的命运。你要足够聪明，就不至于把自己也摆上献祭台。”

“那我该怎么做？转过来跪倒在你脚下乞求拯救吗？我猜我要是真这么做了，你只会加倍鄙视我。”

“没错。本来我还尊重你眷念旧情，投入不了新的感情，虽然有点儿傻，也算情有可原。现在看起来，你看问题很透彻了，牺牲起感情来更不在话下。一个当园艺公司小老板的前男友，除了可以提供肩头让你靠着哭以外，没有其他利用价值，当然可以毫不犹豫甩掉。”

她怔了一下，才意识到他说的是曲恒，这个时候想起他的名字，她有一种奇怪的感觉，同时马上意识到，她已经彻底厌倦了再去掩饰。

“他只是我的朋友，请不要用这种口气说他。”

他挑起眉毛，似笑非笑，“你二十一岁的时候可要诚实得多，现在居然用朋友来描述你准备丢弃的那段感情了。”

残冬将尽未尽的时节，寒意依旧，空旷的停车场内风呼呼地刮着，积雪半融，有异样的萧瑟之意。司凌云静静看着傅轶则，这个男人挺拔如松，眉目英俊，不算明朗的斜阳照在他杂着银丝的头发，衬得周围一切都变得黯淡。隔着如此近的距离，他显得异常遥远，一瞬间她想到了他们的初次相逢，在那间酒店、在那个湖边、在他家……也许直到现在，对她而言，他仍是一个陌生人。

“我唯一主动放弃掉的感情，是对你。”

“这又算什么？试着让我理解你所有的情非得已，体谅你做出的选择？”

她并不理会他的嘲讽，“记得我说不需要你对大嫂写的那些邮件做解释吗？我并不是漠然，那些邮件对我来讲，根本不是秘密。我早就看过。六七年前，在你父母家里，我大嫂度完蜜月过来找你，我醒得比我下楼要早一些，听到了一段你们之间的对话。”

傅轶则皱眉回忆，“我们应该没说什么……”

他猛然停住，记起那天米晓岚突然没打招呼来了他家，他下楼去，她情绪激动质问他，“你跟我的小姑子在一起，是报复我在结婚前一周才通知你吗？”

他盯着司凌云，她的记忆显然与他停留在同一时刻，面无表情地继续说：“听了大嫂的话，我神经再粗，也被勾起了疑心。我返回书房，看了你笔记本电脑里的邮件，得出了跟大嫂一样的结论。那个时候我太年轻、太……容易受伤害，当然不喜欢自己成为一件报复的工具被人利用。”

“于是你叫来了你所谓的男朋友。”

“是的，阿恒很无辜，我只是借他来保全自己的自尊而已。”

他久久看着她，仿佛要将所发生的一切重新串联起来，“那么后来你应该明白，我跟晓岚之间没有发生过什么。晓岚突然告诉我她要结婚，这件事确实让我很惊讶，不过再一想，我也就无所谓了。她家境不大好，对自己要求很高，不再对我寄予希望以后，跟建宇兄结婚，是很明智的选择。”

“真的吗？我大哥可不这么想。”她干涩地一笑，“而且你们之间不能说什么也没有吧？你喜欢自由的生活，负担不起她的感情，更不打算早早束缚住自己，所以拒绝了她；她也没闲着，一边给你写情书，一边和我大哥谈婚论嫁。再怎么不在乎的男人，在听到声称会一直爱他的女人突然钓到金龟婿，多少都会有几分不是滋味吧？刚好有一个现成的傻姑娘送上门来，让你证实你的魅力依旧没人能够抵挡……”

“你居然没想过，你当时那么美，表面倔强，又那么脆弱迷茫，男人对你产生欲望是十分自然的事情。”

“对，‘欲望’这个词非常恰当。不过我当时很幼稚，不够理解男人的欲望，受不了被人利用，不管拿我来证实魅力也好，还是打发去外地工作之前的那一点儿空当也好，其实都一样——我不会站在别人的立场上去想问题。要到后来，我才慢慢想清楚，我过分看重自己单方面的感受了，你不应该因为我爱你就对我负有什么责任，任何人都没有义务用爱回报爱，如果在某个时候一厢情愿爱了，就得愿赌服输。”

“所以你决定不再爱了。”

“我不是我大嫂，不会执着于得不到的爱不肯放手。当年我不过是不愿意认输，那个幼稚的举动能让你在五年以后还记得我，我完全没有想到。你看，我曾经爱过你，在最短的时间里被你征服过，就这么简单。别再把我看成潇洒任性需要你继续研究、征服的女人，我不是。”

“你既然隐瞒了这么久，怎么突然一下坦白了？”

“我没有刻意隐瞒，只是不愿意再去回想。不过，一个谎言绵延下去，总是需要更多谎言去弥补；建立在谎言之上的一切，再怎么看似完美，也有一天会轰然坍塌，比如我大哥的婚姻，比如我跟你之间的关系。”

“所以从跟我重新在一起开始，你就决定了，你不会动感情。”

“有那样一个开头，我永远不可能放任自己再爱上你。我以为不动感情是个好主意，既避免伤害，又可以享受到游戏的乐趣。不过我还是错误地估计了自己，跟你这样的高手玩游戏，实在太危险。我们有很多开心的时刻，可是更多时候，我们之间的相处是一种没有止境的较量，加上各种利益牵扯，我受不了，累了。到大哥出事，我……”

提到司建宇，她一下哽住，一时说不下去了，风从他们中间浩荡呼啸而过，仿佛可以抹去一切，带走一切，然而又只是径自而去，留下了一切。她拢紧被吹开的大衣，调整好呼吸，笑了。

“我确实不是当年那个骄傲的、什么都不愿意解释的女孩子了，不过我也不会扮可怜玩悲情。希望我的坦白能得到你的体谅，我不要求任何超乎商业准则之上的怜悯，只要求用一个平和的心态对待同仁里项目的合作，就这么简单。我还有事，先走一步了。”

3

“可可说她打算去把孩子打掉。”

接到曲恒打来的这个电话时，司凌云正在开车送司凌峰去机场的路上，她并不想当着弟弟的面谈这件事，“阿恒，那是她自己的决定，谁也管不着。”

曲恒的声音有几分气恼，“如果不是你指点她去见周志超的父亲，她怎么可能做出收钱打掉孩子的决定。”

“不然你觉得她应该怎么做？”司凌云反问。

曲恒停了一下，轻声问她，“凌云，你是不是真的想嫁进周家，所以让可可拿钱走人，给你让出路来？”

这句话甚至比那天他在阿风的酒吧里对她直接的责难来得更刺心，她直视着前方，疲惫地说：“我没什么可解释的，每个人都要对自己的选择负责，你要指责就指责吧。我在开车，挂了。”

她摘下蓝牙耳机，丢到中控台上，坐在副驾座上的司凌峰不安地看着她，“姐，出了什么事？”

“没事啊。”

“我是说，你和曲恒大哥……”

“他是我的朋友，是善良的好人，所以免不了会看不习惯我的一些做法。没人可以得到所有人的赞许和认可，这没什么。”

司凌峰默然，司凌云瞥了他一眼，笑道：“我真不喜欢你这个忧心忡忡的表情，你可是阳光美少年，来，给我笑一个。”

他勉强一笑，显然心神不宁。

“别再为顶峰担心了，昨天我们谈了那么久，我都跟你说清楚了，顶峰没有渡过危险，可是同仁里项目有望马上重新启动，有丰华合作的招牌打出去，供应商会一步步恢复信心。慢慢来，会好起来的。”

“我更担心你，姐，你完全不肯跟我谈你感情上的事，我一问你，你就扯开话题。”

“你也绝口没有提起小艺。”

“因为没什么可说的，我们已经分手了，是我提出来的。”

司凌峰的语气平淡，司凌云却十分懊悔，“对不起，我不该提这件事。”

“没什么，姐姐。她说她想跟我在一起，甚至愿意偷偷跑出去结婚，可是她父母给了她很大压力。她摇摆不定的时候，我非常难受，觉得这个世界真是没有一点儿意思。那天给你打完电话之后，我总算知道，我过了快二十年安逸日子，是时候面对现实了。”

她回想她失败的恋爱，知道最初付出全部热情却要面对幻灭的滋味，一时不知道该怎么安慰弟弟才好，只得腾一只手拍拍他的腿，他握一下她那只手，“我没事的，姐姐。”

“别硬撑着。”

“在你面前，我用不着撑。出国之前你跟我说，成人世界有种种讨厌的地方，做好准备面对很重要。我没把你的话听进去，根本没有准备，而小艺一直生活在她妈妈的保护下，更不可能有准备，再拖下去，只会让她更加痛苦。”

“这个决定是对的。”

“我不知道，我想也许没有对错可言，不管做什么决定，我将来都有可能后悔。”

“不要这么想，小峰。姐有体会，后悔是最折磨人，也最于事无补的情绪。大哥刚出事的那一个月，我不停问自己，如果当初我在任何一步上做过不同的决定，也许就不会有这样一个结果。”

“姐，这件事你没有责任，你可千万别这么折磨自己。”

“是啊，再怎么样也改变不了已经发生的事了。任何决定一经做出，人生就已经翻开新的一页，你既不可能踏进同一条河流，也不可能让时间倒流。不管做了什么决定，我们都得尽力为自己的决定负责，好好过接下来的生活。”

司凌峰看着前方，停了好一会儿，才说：“姐，我会记住你说的这些话。”

姐弟两人一时都沉默了，这时车子已经驶进机场，司凌云停好车，和司凌峰一起进航站楼。司凌峰换登机牌，托运行李，一转头，没有看到司凌云，他正不安地四下张望着，她提了一大袋东西跑了过来，微微喘息着，“居然忘了买一些你最爱吃的东西让你带过去，好在机场有特产商店。咦，行李已经托运了吗？”

“我拎着是一样的。”他接过来，眼圈已经微微泛红，掩饰地笑着，“姐，我读中学的时候，你每次都是提一大袋食物过去看我，弄得门卫都记住了你，隔多几天没看到你，就会问我，你那个漂亮姐姐怎么还不来？”

司凌云也忍不住笑，“好像就是昨天发生的事一样，多快，你都已经去国外读书了。”

“你偏要赶我走，我要能留下来多好，我至少可以帮你……”

“不，小峰，你回加拿大以后好好上学，就是帮到我了。记住，你是去念书，不是去享受，不要有负罪感。我们都做自己该做的事，生活才能回到正轨。”

“可是，我不放心你。这次回来，我觉得你真的变了很多。”

她抚一下面孔，苦笑道：“我老了吧。”

“不，姐，你以前那么骄傲，那么意气飞扬，从来不肯受任何委屈。可是这几天妈妈冷着个脸唉声叹气也好，旁敲侧击冷嘲热讽也好，你都不跟她争吵，甚至大哥的母亲打电话过来骂那么难听的话，非要说是你断了大哥的医药费，你也不辩解不反驳。我不想看到你承担这么大的压力，还要委曲求全压抑自己；更不想看到你因为背负他们的期望，就觉得必须满足他们的所有要求。”

司凌云没想到司凌峰留意到了这些细节，她呆了一呆，“不是你想的那样，小峰。妈妈这个人，一向把钱看得很重，股票赔了之后，她跟爸爸吵闹不休，我不想管他们之间的那本烂账，所以她说什么，我都懒得接口；至于大哥的妈妈……”她摇摇头，“她只是个糊涂老太太，不敢跟爸爸闹，就来和我扯皮，我犯不着花力气跟她计较。”

司凌峰固执地说：“你从前不是这样的，我要你永远保留从前的样子。”

“嘿，你这傻孩子。”她强忍着心酸，抬手摸摸他的脸，“放心吧，我只是懒得理他们罢了。至于他们有什么要求，那是他们的事，唯一能让我无条件满足要求的人，只有你。过去以后，不许节省刻薄自己，平时打打工可以，但别超时工作，家里经济再紧张，也不会断你的学费跟生活费的。”

“你总把我当成小孩子，我都说了，这次回来的机票钱是我打工赚的，以后不用给我寄那么多钱，而且我打算暑期去申请一份全职工作，做得好的话，可以赚到一年的学费，钱的事情你不用为我担心。”

她点点头，“我知道，时间差不多了，进去吧。”

她送他到安检口，突然不想继续看着他消失在视线里，她轻声说：“小峰，这次你回来，家里总算过了一个像样的年，我真的很开心。我还要回公司，先走了。”

她只走出几步，他便追上来，从后面抱住了她。在他小时候，她做作业或者看书，他时常蹑手蹑脚走过来，而她也佯装没有察觉他的小动作，等他用胖乎乎的小手蒙住她的眼睛，或者抱住她的肩膀跟她捣乱，她才做出吓了一跳的样子。等他长大之后，姐弟俩亲密归亲密，却再没有这样拥抱。

她看看此刻绕着自己的那两条胳膊强健有力，已经属于成年男人，她的眼泪悄然滑落下来。

“姐姐，我会好好回去上学，不用担心我。我对你的唯一要求就是照顾好你自己，不要为公司、为任何人牺牲你自己，不值得。”

她怕哽咽出来，只能点点头。他的胳膊再紧紧抱她一下，猛地松开。她感觉到他已经走远了，可是她没有回头去看，而是向外面走去。

不管是这个人来人往、行色匆匆的机场，还是那个大到被重洋分隔开的世界里，至少有一个亲人把她看得如此重要，她想，这就足以构成让她坚持下去的理由了。

4

司凌云回到公司，发现曲恒正等在楼下大堂中，她无可奈何地说：“我还有很多事要做，没心情管别人的事，更没力气和谁吵架。”

“我不是来跟你吵架的。”

她反而更加警觉，“也别因为那天我伏在你肩上哭，就觉得不放心我，我只是一时情绪化了而已。”

曲恒闷闷地说：“我知道，认识你这么多年，你总共也就靠我肩上哭了两次罢了。”

她多少有些尴尬，“那你过来有什么事？”

“你真要嫁给周志超？”

她烦恼地说：“阿恒，我一向觉得你是最不爱刨根问底管闲事的人，为什么抓着这件事不放？”

一时间，曲恒似乎也有些尴尬，两人僵持了一会儿，司凌云手机响起，她看一看，是小伍打来的，只得叹了口气，“好了，上去坐坐吧。”

一进办公室，就听到桌上电话铃响个不停，她的秘书也在年前辞退之列，她只能自己接听不断打进来的电话，同时还不停有人找她谈工作。她处理的间隙抽空看看坐在一边沙发上的曲恒，发现他看着前方某个地方，仿佛神游天外，既没留意她在干什么，也没有任何等得不耐烦的意思。

好容易打发走所有人，她过来坐到曲恒对面，打了一个哈欠，“你都看到了，我确实忙。”

“好吧，你就当我闲得发慌好了。上午我跟可可长谈了一次。”

“不用跟我讲你们都谈了什么。前几天她找不着周志超，跑来找我开谈判。我觉得我跟她既没什么可谈的，也帮不了她。所以我直接告诉她，她认为我挡着她的路，完全是个误会。与其找我，不如直接找当事人的父亲，我看不出这个处理有什么问题。”

“她说周志超的爸爸告诉她，你们两家联姻已经成了定局，就算她把孩子留下来，也休想嫁进他家。所以，她决定……不要孩子了。”

“不然你想要她怎么样？苦苦等一个不负责任、不肯娶她的男人回头是岸，还是把孩子生下来当单亲妈妈，期待有一天认祖归宗？”

曲恒盯着她，没有吭声，她摊摊手，“阿恒，我自己的事情还忙不过来，而且我一向不够善良，缺少你那样的同情心，没法关心她打算怎么做。我只能保证，我没说任何足以影响她做出决定的话。至于她收不收周家的钱，留不留那个孩子，都不至于挡我的路，我管不着。”

“我打断你们促膝谈心了吗？”

敞开的办公室门被叩响了两下，一个冷冷的声音传了过来，司凌云回头，只见米晓岚站在门口。

“大嫂，你怎么来了？”

她一脸的冷漠，“我毕竟还是司建宇的太太，没资格进顶峰的门吗？”

如此来意不善，令司凌云皱眉，“请进来坐。”

米晓岚走了进来，曲恒站起身说：“你们谈吧，我先出去。”

“不用，我只说几句话就走。”米晓岚扫了他一眼，转向司凌云，“你凭什么断掉建宇的医药费？”

司凌云没想到继司建宇的母亲打电话跟她大吵大闹之后，米晓岚居然上门来向她兴师问罪，“我已经告诉了大哥的母亲，这段时间公司比较困难，请她先垫付费用，等账务情况缓过来，会把钱退给她。”

米晓岚冷笑道：“这么大一个顶峰，会突然困难到付不出董事长儿子医药费的地步，你哄哄老太太也就罢了，还想来骗我不成？”

司凌云实在不愿意当着曲恒的面谈这件事，可是又不能不回答，“我没必要骗任何人。”

“说得真好听，我婆婆不让我探视建宇已经够狠，你比她有过之而无不及，为了报复我，居然用这个方法变相唆使她来跟我闹，逼着我来付医疗费用。实在是太卑鄙了。”

“你作为妻子，确实对大哥有探视权、监护权，但是你也知道我跟大哥不同母，干涉不了她的决定。至于医疗费用，对不起，现在顶峰确实无法解决。你要实在不相信我的话，去找董事长求证也行。”

“用不着抬董事长出来压我，建宇到现在还躺在医院里，你没有责任吗？你但凡还有一点儿良心，对你大哥感到负疚，就不应该这样对他。”

司凌云的脸一下变得惨白，一时说不出话来。米晓岚头一次能说得她无言以对，倒有些意外，“我这次来，是正式通知你，如果你不马上付清医疗费用，我就准备请一个律师，走法律途径解决问题，我不仅会要回我对丈夫的监护权、探视权，还会要求你们付足医疗费用和赔偿费用。你是学法律的，应该知道我提的都是合理要求。你们既然逼我到这一步，我还会怕出丑闻吗？”

“准确地讲，丑闻已经出了，还怕更多吗？”司凌云指了指办公室门，“随便你。不必再为这件事找我，出去。”

米晓岚走了，司凌云双手捧住头，久久不肯说话。

“你大哥怎么了？”

她不回答。

“你们一家人，为什么要闹到这个地步？”

她放下手，“我不知道，阿恒，别问了，我不想再对着你哭了。你走吧。”

“我知道商场上的事我根本帮不到你，我也并不想惹你哭，可是我不会就这么走掉，让你一个人去承担所有事情。”

“我要承担得了，倒也好办了。”

“你又说这种话，我告诉过你，你一个人解决不了所有问题。告诉我，你大哥是怎么回事？他病了吗？”

她迟疑，终于还是开了口：“他把自己关在车库里，吸入汽车尾气自杀，经过抢救，暂时没有生命危险，但医生诊断他是一氧化碳中毒性脑瘫，一直处于接近植物人的状态，医生不能保证他能够恢复过来。”

曲恒震惊地看着她，“什么时候发生的事，为什么你没告诉我？”

“我该怎么去把这件事讲给别人听？再说，那个时候你父亲正好去世了，我也不可能再拿自己的事去烦你。”

“不，你应该告诉我。”

“没有用，阿恒，谁都没法安慰我。”她面无表情地继续说，“我大嫂说我应该感到负疚，没错，我确实负疚。如果我接听了他自杀前给我打的电话，也许一切都不一样了，可是我只顾着处理自己的事情，没顾得上管他。”

曲恒伸手过来，紧紧握住她的一只手，她没有挣扎收回，静静地坐着，想让心头沉重的感觉慢慢稀释过去，可从司建宇自杀获救那天开始，这种感觉便一直笼罩着她，她不止一次绝望地想，如果那么多专家会诊后得出的结论就是司建宇的未来，那么她也许永远都不可能从这种情绪里释放出来了。米晓岚的指责，不过是进一步让她直面内心的罪恶感而已。

“这不是你的责任……”

“小峰也是这么跟我说的，道理我全都明白，我只是……”她摇摇头，“过不了这个坎。”

“凌云，我没打算讲空话安慰你，你必须弄清楚，你不是超人，你不可能不犯错，更不可能做到一出手就能解决所有人的问题，你再怎么追悔也帮不了你大哥，现在你能做的是尽量补救。”

“我还敢奢望解决所有问题吗？连事后补救我都做不到，你刚才也看到了，我甚至到了连医药费用都付不出来的地步。”

“你大嫂住着豪华别墅，凭什么把这个担子全部甩到你身上？”

“要是接了这个担子就能让我解脱，我是愿意的，可惜……”

“就因为这个原因，你打算嫁给周志超？”

她有些烦躁地抽回自己的手，“现在出于各种原因关心这个问题的人可太多了，你何必非要凑这个热闹？”

“我问这个问题，跟他们的出发点是不一样的。不管你怎么想，我都要阻止你做这个选择。”

“如果我确实只这一条路可走，你是不是要来鄙视、谴责我？”

“胡说。”

“得了，不用否认，你这样有洁癖的人，当然会鄙视这种选择。”

“你错了，凌云。我并没有什么洁癖，更无权指责你。我只想告诉你，在意你的人，不需要你做这种牺牲；不在意你的人，为什么要为他们做这种牺牲？这不是你应该走的路，更不是解决问题的办法。”

她想起刚才在机场内司凌峰对她说过的话，百感交集，无力地靠到沙发上，一时说不出话来。

“别的事我没能力帮你，这张卡上有一点儿钱……”

她吃惊地拦住他的手，“阿恒，你的园艺公司赚得又不多，还要负担母亲的医药费。你居然好意思说我试图扮超人解决所有问题，你这个人……”她一时想不起该说什么才好，叹了一口气，“唉，明明比我更喜欢把别人的事情揽上身。可可你也要管，我的事你也要管，你顾得过来吗？”

曲恒的手停留在原处，闷闷地说：“我说‘一点儿钱’，确实真的不多，什么问题都解决不了……”

这时小伍敲响办公室的门，迟疑地站在门口，“司小姐，要不我等会儿再过来。”

曲恒将那张卡放到茶几上，站起身，并不看她，“密码就是卡号后六位数字，你们忙，我先走了。”

5

同仁里项目终于在一片流言之中重新启动，第一个举措是主办一个盛大的仪式，请来两个最近走红的明星做项目代言人，其中之一是新晋人气偶像温令恺，另一个是最近与他合演电视剧不断传出戏假情真绯闻的某当红玉女明星。

这个十分招摇的点子是周志超提出来的。开会讨论时，司霄汉明确表示反对，司凌云也说，她认为一个商业地产项目请明星代言纯粹是画蛇添足。然而周志超显然有备而来，居然拿出一份厚厚的策划方案，煞有介事地讲解活动背景、目的、创意、具体实施步骤、日程安排、费用预算、能够达到的效果……周绍德头一次看到儿子认真做事，先是吃惊，然后开心得嘴都合不拢，当然大力支持。李元中的态度中立，不过也说同仁里项目停顿的时间太久，确实需要在宣传上下一点儿功夫。

司凌云并不想在这个项目启动的关键时刻跟兴致勃勃的周家人翻脸，她给一脸不以为然的父亲使个眼色，不再说什么。这个方案便算定了下来，由周志超全权负责，李元中协助。司凌云记得上次在卢未风酒吧闹出的意外，只嘱咐一定要加强安保，李元中点头答应下来。

到了仪式这一天，正是乍暖还寒的时节，同仁里项目临时搭起舞台，粉丝们早早从四面八方赶来，将活动现场围得水泄不通。司凌云与司霄汉一起过来，发现这边交通已经有些拥堵了。

司霄汉面色阴郁，他本来既不愿意跟王丰、徐华英夫妇碰面，更不愿意来这种原本是他的主场，他却沦为配角的场合。司凌云劝告他，本地报纸暂时没有负面报道见报，但是王军因为巨野股票内幕交易案已经被正式逮捕，相关报道虽然简单，也多少提到顶峰因此受到的影响，他非常有必要公开露面，遏制种种不利的传言，缓解债务危机。他想了想，还是听从了她的意见。

不过他们到这里一看，王丰夫妇根本没有出现，司霄汉顿时又不悦起来，“他们明明就是摆架子，没有一点儿合作诚意。下次再谈土地合作的事情，我也不会去的。”

司凌云劝他，“这活动本来就是周志超的主意，徐总他们来不来，跟我们不相干，何必为这种事赌气？”

这时两位明星登上舞台，底下顿时欢呼雷动，在主持人的盘问下，玉女明星娇羞地声称，谢谢各位的关心，不过，她与温令恺先生目前只是“非常非常知心的好朋友，彼此都很珍惜这份纯洁的友情”，而温令恺微笑着并不说话，一双电眼缓缓扫视着底下的观众，顿时激起一片歇斯底里的尖叫。

司霄汉厌烦地指着这个过分喧闹的场面对女儿说：“这有什么意义？那两个人摆明了是半真半假调情博眼球，过几天再闹一闹分手，他们的钱也赚到了，人气也混到了，这个代言就成了不折不扣的笑话。”

司凌云承认这个可能性非常大，不过并不觉得有什么了不起，“有人埋单，管他们呢。”

“你以为老周打的什么算盘，他就是想借机公开宣布他开始进军地产市场，而且一出手就从我这里拿到了重量级项目。”

司霄汉近来的抱怨越来越多，也越来越琐碎，司凌云最初不解，后来已经疲于应付，只能避重就轻地说：“反正请明星代言也不过是博眼球罢了，好歹他们两个价码还不算高，同仁里项目借此上个报纸版面，也确实起到了宣传作用，过几天谁会记得这件事。万一他们宣布分手，也很简单——”她随手一指前方两个明星相依站在楼盘下做满怀憧憬情侣状的大幅海报，“换掉就是了。”

周绍德满面红光地走过来跟司霄汉打招呼，拖着他去见另一个人，司凌云正要走开，只听身边传来一个不冷不热的声音，“处理这种分分合合的状况，你倒是很有心得。”

司凌云回头，只见傅轶则不知什么时候过来了，她止住掉头便走的冲动，强迫自己站在原处。旁边的礼仪小姐捧上胸花要为傅轶则别上，他却伸手拿过来，递到司凌云手里，彬彬有礼地问：“可以吗？”

她只得接过来，迟疑地看着他，他已经踏前一步，两人不可避免地离得很近，他挺拔地站在她面前，她能闻到他身上熟悉的须后水味道，他呼吸的气息喷到她的额头上。她低下头，找着他深色西装左边衣领上那个别花的小扣眼，小心地将花梗插进去，顺手抚平衣领，退后一步，“好了。”

“谢谢。”

这是那次在丰华的停车场之后两人首次碰面，经历那个场面之后，司凌云觉得这样面面相觑，实在非常尴尬。

傅轶则仿佛看出她的心思，微微一笑，“我得承认，你推动同仁里项目的启动做得很成功。”

他这个突如其来的温和赞许让她有些意外，“我也得谢谢你……”

她努力寻找着合适的措辞，他接上去，带着一点儿揶揄，“谢谢我没有对项目启动作梗？”

她勉强一笑，既不承认，也不否认，“毕竟项目启动符合大家的利益。”

这时站在那边的司霄汉不知听老周说了什么，似乎又开心了起来，举手大声招呼她去跟下来换装的两位明星合影，她笑着摆摆手，并没有过去。

“你父亲居然会以为你还有这个兴致。”

“起码在他眼里，我能够没有长大也不错。”

“做父亲的如果真认为女儿还没有长大，是不会把担子全压到她身上的。”

她哑然，同时又觉得以两人现在的关系，再谈下去难免会更尴尬，“失陪，我去……”

然而傅轶则突然抓住她的胳膊，她惊愕地看着他，“轶则，请不要这样。”

他深深地凝视着她，然后若无其事地放开手，“不用担心，这件事很快能结束，我不会让你为难的。”

她不理解这句话的意思，隐隐感觉到危险的信号，却无法追问，恰好手机响起，她说声“对不起”，快步走开了。

同仁里恢复动工的新闻在第二天见报，并没有多少人关注，仅仅只隔了一天，报纸娱乐版便被一条劲爆的八卦新闻占据了：来汉参加活动的玉女明星与代言项目开发商之子周某相偕进入五星级酒店开房，两人举止亲昵，关系显然非同一般。这篇报道图文并茂，详细列明两人共进晚餐的地点、出入酒店的具体时间，更附有两人举杯相碰、亲热相拥的一系列照片，同时指出，传说该富商之子已经订婚，而玉女明星与当红小生温令恺也一直被视为因戏生情发展成了地下恋人，此次情变来得让人大跌眼镜。

司凌云头一次接到娱乐记者打来的采访电话，惊诧之余，只能严正声明，她并未与周志超订婚。

那记者不肯松口：“但我们有可靠消息，你们两家已经准备联姻。”

“传闻并不可信，周家与司家是生意合作伙伴关系，仅此而已。”

“那么你对这桩绯闻有什么看法？”

“跟我不相干的事情，我不发表任何看法。”

然而这桩八卦并没有就此平息下去，反而来势汹汹，有愈演愈烈之势。先是玉女明星被记者拦截追问，哭得梨花带雨，她的经纪人发声明严斥狗仔无良；然后记者发表后续报道，挖玉女明星的过往情史，兼有对温令恺、周绍德、周志超、司凌云以及若干“不愿意透露姓名人士”的采访。温令恺颇有风度地声称，他从来不理会捕风捉影的流言，相信他的好朋友是无辜的，愿意无条件支持她，并呼吁媒体尊重艺人的隐私；

周绍德声称周家家教严格，坚决否认儿子跟明星交往；周志超在接到电话后一言不发挂断，此后手机便处于呼叫转移状态；司凌云则被记者描述为“未婚妻心情沉重，不愿意发表任何看法”……

司凌云被迫关注这条娱乐新闻的进展，眼看自己被冠以未婚妻的头衔生生牵扯进去，甚至连说的话都被有意歪曲，既有些恼怒，又有些哭笑不得。不过，她听之任之，根本没打算去辟谣更正。周绍德打来电话，一迭连声地说这纯粹是一个误会，想约她一起吃饭，让周志超向她道歉解释，她也以“现在不大合适”这种空泛的理由婉拒了。

司霄汉正处于各种郁闷之中，原本十分恼怒，甚至想当面向周氏父子兴师问罪，看到女儿这种平静的态度，先是奇怪，冷静下来后若有所悟，“你是不是根本就没打算跟周志超结婚？”

司凌云反问他：“你觉得这种情况下我还适合跟他结婚吗？”

“他确实很不像话，可是你得从另一方面看，他暴露出的弱点越多，你越好掌控他。出了这种事，老周更迫切希望娶你过去管住他，到时候会给你更多的控制权。”

尽管对父亲早就没有什么幻想，司凌云还是被这种不带任何感情色彩的纯实用主义刺痛了，她笑了，“你这腔调跟我妈如出一辙，她也竭力劝我做出正牌未婚妻的淡定大度姿态出去表态，帮周家搞定这桩绯闻，一定能受到未来公婆的喜欢。这么多年，你们的认识终于在我身上得到了统一。”

“我知道外面有些人讲难听的话……”

“原来你也知道我承受了流言。”

“流言算得了什么？这是一个以成败论英雄的世界，最后结果才是最重要的，谁会在意中间发生过什么事。那些闲言碎语，跟报纸上的八卦新闻一样没有价值，转眼就会成为过去。”

“流言确实不算什么，因为我确实根本没打算嫁给周志超，他们爱说什么随便他们。”

“这个时候回绝周家可并不明智。”

“争取来同仁里项目的启动，你就应该知足了。至于土地储备跟谁合作，要看谁出的条件更合适，你不能再一味指望周绍德，排斥跟丰华接触了。”

“丰华要求的是顶峰所有的土地储备，这个胃口太大。我要是跟他们合作，顶峰以后就再没有在房地产市场上跟他们分庭抗礼的机会了。”

司凌云无可奈何地说：“现在必须渡过眼前的危机，才有可能谈以后。再说了，老周开出那种荒唐的价码，试图零打碎敲蚕食我们的土地储备，难道他的胃口就不算大吗？”

这个时候，司霄汉也没有刚开始那样自认为控制得住周绍德的底气了，好一会儿没有作声。

“这份文件我已经审核过了，你再看一下，没什么问题的话可以签字了。”

司霄汉接过文件，却没有打开，只是看着她，她疑惑地问：“怎么了？”

“周志超这件荒唐事曝光的时间未免太凑巧，不是你安排的吧？”

司凌云没想到父亲做出这么一个判断，不禁失笑，“你可真有想象力，我怎么可能……”一个念头蓦地掠过她脑海，她一时说不下去了。

司霄汉叹了一口气，不再盯着她，一边打开文件签字，一边说：“你既然下了决心，那我也不多说什么了。不过，老周再打电话来，你最好多少表现出一点儿愤怒不满，不然他那个老狐狸难免会起疑心的。”

6

司凌云不得不承认，司霄汉就算处于困境之中，但仍保持着敏锐的判断能力，一眼看到了被她忽略的问题症结。他说得没错，周志超一向行事荒唐，无所顾忌，搭上小明星并不出奇。然而，这件绯闻曝光的时间就未免来得太巧了。

她确实曾经向周志超许诺，只要项目启动，她就会还他自由，各走各路。分手的理由并不难找，难的无非是要顾及大家的面子，维持合作继续进行，不让周绍德起疑心。

她还没来得及计划到这一步来，就算她认真计划，恐怕也不会比此刻周志超闹出绯闻来对她更有利。同仁里项目已经正式启动，关于其他土地储备的合作列上了谈判日程，她有一个绝对名正言顺的理由可以推掉婚事，周绍德除了怪他儿子不争气以外，根本无话可说。

一切来得如此顺利、及时，仿佛有一只看不见的手在进行精确操纵，她不得不联想到傅轶则在同仁里活动现场对她说的那句话。

“不用担心，这件事很快能结束，我不会让你为难的。”

从周志超拿出那份严谨的活动策划方案起，她就应该起疑了。可是她竟然在父亲指出来之后才后知后觉地意识到，这一切只可能是出于傅轶则的安排。

他布这样一个局，到底有什么目的？

司凌云一想到这里，轻松摆脱周志超的那一点儿隐约喜悦顿时荡然无存，取而代之的是无以名状的忧虑感。她焦躁地在办公室走来走去，完全静不下心来继续处理公事。

“你怎么了？”

她抬头一看，来的人竟是久违的琪琪。琪琪头发修得短短的，染成了深栗色，照例衣着光鲜靓丽，提着一个 Miu Miu 的包走进来，四下张望着。

“你怎么来了？”

“哎，你这办公室还真气派。”琪琪顺手将包丢到沙发上，过来挽住她，跟过去一样，亲热而娇滴滴地腻声说，“亲爱的，好久不见了，你一点儿都不想我吗？”

她实在提不起精神应酬，“找我有什么事？”

琪琪毫不理会她的冷淡，“我们一起去吃饭吧，可以好好聊聊。”

“我没时间。”

“再忙也得吃饭吧，我们去吃日本料理，新开的那家……”

“我真没时间，琪琪，有什么事就在这里说好了。”

“你是不是怪我好久没跟你联络，连我开生日派对都没邀请你参加，生我的气了？我只是觉得，你也许心情不好，不会想来参加这种聚会，真的不是故意要冷落疏远你。”

司凌云哭笑不得，她知道她家的情况早已经悄然传开，表面上看，以往与司家过从甚密的那些人对他们都还保持着客气尊重，但她父母在各自的社交圈子里都感受到了微妙的变化，司霄汉的应酬远远少于过去，他也大大减少了去会所的次数，只偶尔去露个面证明他的存在。程玥更是动不动就抱怨世态炎凉，某些人狗眼看人低，打个麻将都要说些不咸不淡的话刺激她。司凌云倒要庆幸，她从读大三开始，便将自己放逐出了过去的社交圈子，上班之后更是忙于工作，没空交际玩乐，对于被排斥疏远没特别感觉。说起来琪琪的生日与她侄子冬冬挨得很近，各种变故之下，她陷入焦头烂额的状态之中，甚至忘了给这孩子一份礼物，哪有闲情记得琪琪每年必做的生日聚会没有邀请她。

“我至于为这种事生气？有事快说，别费力气做这种委屈小女人状了。”

琪琪呵呵笑了两声，“我看了这几天的报纸，周志超这家伙真太不是东西了，你得好好教训一下他。”

“你不是特意上来跟我讲八卦的吧？那你得失望了，我没时间跟你讨论这事，也没新料报给你消遣。”

“你还会不会跟他结婚？”

她有一点儿愠怒，抽出自己的胳膊，走到办公桌前，“这个不关你的事，你现在可比过去更闲得发慌了，居然特意跑过来跟我打听。”

琪琪不像以前那样惫懒，任她怎么说都会满不在乎继续纠缠，倒多少有几分尴尬表情，她叹了一口气，放缓和语气，“我真的很忙，琪琪，还要准备资料去丰华那边开会，你要没什么事的话就先回去吧。”

“凌云，有一件事我想告诉你，你先答应我，不许生我的气。”

“麻烦你有话快说。”

“我……快要结婚了，就在这个月月底。”

司凌云有些意外，又觉得不耐烦，“结婚至于又羞涩又吞吞吐吐吗？恭喜你，如果给我发请柬，我会包红包去捧场的。”

琪琪的神态更加古怪，隔了好一会儿，她低声说：“新郎你认识，是韩启明。”

司凌云这才真正大吃一惊，停下收拾文件的手，回头盯着琪琪，只见她并没有任何开玩笑的样子，显然并不是像过去那样玩无聊的恶作剧。

“你们……”她定一定神，干干地笑了，“好吧，我猜我不会收到请柬了。”

办公室内一阵难堪的沉默，司凌云问：“还有什么事，琪琪？”

“你不问我跟他什么时候开始，我为什么会决定嫁给他吗？”

“关注八卦需要足够的时间跟闲心，这两点我都不具备。”

“你还是生我的气了。”

她生生地被气乐了，“你不意淫会死啊。我承认这个消息让我很意外，不过分手那么久的前男友，我哪有闲气好生。谢谢你特地上来通知我，再次祝贺你们，可以了吧。”

琪琪被堵得说不出话来，咬着嘴唇，却仍然没有要走的意思。司凌云无可奈何，“琪琪，我真没心情打听你们的罗曼史。我只知道，你疯归疯，可并不傻，不管要和谁结婚，都自然有你的理由，不需要跟我报告。”

琪琪认真地盯着她，“你有没有想过，我做出嫁给韩启明的决定，多少跟你有关。”

“当过我的男友会在你眼里加分这件事，我以为只是以前小时候胡闹而已。”

“我一直是羡慕你的，我们出身差不多，生长的环境差不多，读同一所学校，认识相同的人，甚至都有些任性，可你一直活得比我酷。我以前撵在你后面去看乐队演出，挑逗那些追求你的男生，其实就是想跟你一样。”

“你明明一直都过得比我开心，跟我一样有什么好？”

“你一直不开心吗？为什么？”

“一直不开心跟不是一直开心是两个概念好不好。”

“好吧，我承认我一直过得算开心，只是我做不到像你一样生活，多少总觉得遗憾。现在一看，我算是彻底死了心，我永远不可能成为你。你家出了事，你能顶起来，我父母、哥哥嫂子还有那些亲戚说起你来都有几分佩服。我除了吃喝玩乐，别的什么也不会。如果我家生意垮了，我肯定会彻底傻掉，谁都指望不上我，到时候有没有一个周志超那样的烂人等着娶我，把我养起来，可真说不好。”

司凌云怔了怔，苦笑了，“我倒没想到我家的情况会让你产生这种危机意识。”

“我再没心没肺，也不可能什么都不想，一直胡混下去。再说，我到底已经二十七岁了，吃喝玩乐这种事，我也多少腻了，家里一直催我定下心来找个靠谱的男人结婚，我看来看去，圈子里的那些人，真不比我靠谱到哪里去。”

“于是你选中了……韩律师。”

“我倒没特意去选他，只是偶尔碰到他，发现他给人的感觉跟过去完全不一样。那种变化很微妙，我一时也说不清。”

司凌云不需要她细细解释，也知道她指的是什么，韩启明的变化确实很大，以至于现在琪琪提到他，她有些怀疑自己是不是真正认识这个人了。

琪琪微微出了一下神，继续说：“他跟我认识的那些男生全不一样，准确讲，他不是男生，是成年的男人，处事认真，严肃，不苟言笑，不卑不亢，在踏实工作的时候，特别有魅力。再加上你那么高傲的人，也曾经跟他在一起快三年……”

“停停停，不要扯上我。”

“好吧好吧，简单地说，我觉得我这样的寄生虫，没有嫁进比我家更阔气更有权势家庭的野心，只想一直过舒服日子，跟一个有上进心的男人结婚是不错的选择。我父母先是反对，后来也同意我说得多少有些道理。你说呢？”

“这种事情，用不着我发表看法。”

琪琪重新调皮地笑，“不管你认不认，我们也是这么多年的朋友了，别推得这么一干二净嘛。”

司凌云看着她，也微微一笑，“你并不需要我的意见，琪琪。你来这一趟，无非就是要避免以后可能的尴尬。我看我们都别浪费时间兜圈子，你传达的信息我收到了，我跟韩律师可能还会因为一起官司打一些交道，除此以外，我和你们生活交集的可能性不大，你完全可以放心，这应该足够了吧。”

“我多少知道你为什么不会跟我一样开心了，凌云，你把事情看得太透，不痛快的机会自然会远远高过糊涂过日子的人。说到那起官司，也不是问题，我已经要求启明转交给他的同事处理，再不要插手任何与你或者你家有关系的法律事务。他会从那家律师事务所辞职，我家出资给他办一个律师事务所，由我持股，他来打理。”

“这个安排不错。”

“我是舍不得失去你这个朋友的，不过，为了大家好，只能这样了……你会不会觉得我这人很势利很无情？”

“你不需要我的评判，琪琪。”司凌云平静地说，“天下没有不散的筵席，大家都得有所取舍，就这样吧。”

琪琪点点头，拎起她的包，“再见，凌云。”

“再见。”

看着琪琪袅袅婷婷的背影消失在走廊尽头，司凌云知道，她们以后就算再见，也只可能礼节性地点头，各自走开，一段友谊尽管轻浅，毕竟持续了十多年，割舍之间难免惆怅，任人做百般设想，千种准备，都无法参透命运的安排。眼下她要忧虑的事情已经太多，与其徒劳地花时间揣测傅轶则有什么目的，不如不想，反正该来的总归会来。

7

傅轶则确实没有给司凌云任何多想的时间。

当司凌云与司霄汉走进丰华集团会议室时，发现王丰并没有露面，在座的除了徐华英、李元中以外，还有傅轶则。

市土地中心负责人正式约谈司霄汉，态度严肃地正式通知他，有关部门将要集中清理积欠的土地出让金，逾期不交，土地将会被无条件收回，而已经缴足土地出让金的地块，如果超过一定时限没有开发，也在收回之列。如此严厉的措施意味着如果不尽快找到合作伙伴注资，前期缴纳的巨额预付款打了水漂不说，顶峰也将失去最后的资本，再无任何哪怕理论上存在的翻身机会。司霄汉与周绍德做了恳切长谈，但周绍德依旧兜来转去地继续讨论两家联姻的可能性，扯到实质性问题便态度暧昧，想挨到司霄汉无路可走再占尽便宜的企图越来越明显，自然让司霄汉既愤怒又束手无策。

在这种局面之下，司霄汉也不得不妥协，开始与他一直抗拒的丰华商谈合作的可能。

他与徐华英、王丰夫妇差不多同期开始做生意，先后涉足房地产，认识已久，也算有一定交情，但他与王丰陷入同一桩调查之中，王丰惹上官司，而他在平安脱身之后，拒绝对丰华施以援手不说，还有落井下石之嫌，双方断绝往来已久，待丰华恢复元气，两家更是展开激烈竞争，顶峰手头握有的这些土地，多半是在拍卖时与丰华竞价抢到的。

此时形势逆转，丰华发展得如日中天，顶峰却陷入难以为继的困境，隔着一张谈判桌对坐，哪怕王丰并没有出现，司霄汉也是百般滋味在心头，无法跟平时一样挥洒自如。司凌云面对傅轶则，同样无法做到若无其事。幸好徐华英尽地主之谊与他们打招呼，态度十分自然松弛，“司老，你这女儿实在是能干，条理清楚，逻辑严密，我这边的法律顾问都对她写的方案赞许有加。难怪你放心隐身幕后，把事情都交给她打理。”

司霄汉干笑道：“徐总过奖了，她到底年轻，还需要好好历练。”

有这样一个寒暄，气氛也不至于太僵，谈判很快便转入了正题。

司凌云经历过与巨野重组那一场艰苦而琐碎的谈判，一旦投入工作，便心无旁骛，不再想其他事情。但司霄汉没过多久便现出疲态，似乎做不到保持注意力集中，应对也远不像以往那样敏捷。司凌云趁着上茶小憩的时候悄悄问他需不需要休息，他摇头不语，只是不停抽烟。到后来司凌云注意到他脸色越来越差，不再征求他的意见，在一个问题讨论告一段落时，直接向徐华英提议先谈到这里，改天继续。

徐华英等人将他们送入电梯。门一合拢，司霄汉便再也保持不了一个正常姿态，靠到电梯壁上，她一手扶他，一手拿手机要打电话叫急救车，司霄汉拦住她，“别在这里闹笑话。”

她明白他的意思，只能勉力扶住他。电梯到一楼，她搀着他出来，他突然脚步踉跄，她被他的体重带得眼看要一齐摔倒，幸好傅轶则也从另一部电梯下来，抢上来扶住了他们。

“爸爸，爸爸，你怎么了？”

司霄汉并没失去意识，勉强对她摆手示意她不要叫嚷。傅轶则扶稳司霄汉，低声对惊惶变色的司凌云说：“别急，我们送董事长去医院。”

司凌云努力恢复镇定，知道这个时候凭一己之力不行，点了点头，“麻烦你了。”

司霄汉被直接送进市中心医院，司凌云连续几个月出入这里，已经对这里的布局方位了如指掌，指点傅轶则和司机送父亲到检查的地方，她去办理各种挂号交费手续，等她上去，司霄汉已经被推进去做CT了。

傅轶则去饮水机那边接了一杯水递给她，“别担心，他的心率没有大问题，意识清晰，反应能力完好，应该只是一时体力不支。”

“但愿如此。”

司建宇此刻仍旧无知无觉躺在这所医院的住院部内，她实在负担不起另一个家人倒下，这种心力交瘁的冲击让她觉得她离体力不支也不远了。她坐到椅子上，再不想撑出一个淡定姿态，偏偏她的手机仍旧响得没完没了，公司里各种琐碎的事情不停找到她头上，司霄汉的手机也时不时响起，需要她来接听。她一个接一个地讲着电话，傅轶则伸手夺过她的手机关上，“够了，顶峰就算要关门，也不会是因为你不接听电话。”

她伸出手，疲惫地说：“谢谢你的提醒。不过父女两人同时关手机，债主的第一反应肯定就是我们跑路了，马上会蜂拥去顶峰闹事，现在哪里还出得起这种乱子。还给我吧。”

傅轶则恼怒地盯着她，但还是将手机放到她手上。

“你恨我吗？”

她摇头，也实在没力气多讲电话，将司霄汉的手机设置呼叫转移到闻洁那里，然后致电闻洁留意接听，做好解释，不要引发骚动。她再一抬头，发现傅轶则仍旧看着她，她勉强一笑，“轶则，今天谢谢你，不好意思耽搁了你的时间……”

“弄成今天这样，你完全有理由恨我了。”

“我不是故作大方，或者为了谈判合作成功有意讨好你。造成今天这个局面的原因太多，怪不得旁人。”

“这么说，我终于被你划到旁人里了。”

“能够做你的旁人，不做你的敌人，就已经让我喜出望外了。”

这句话里透出的些微自嘲与讽刺，让两个人都沉默了。这时司建宇的母亲收到消息，从住院部那边赶了过来，心急火燎地问：“霄汉怎么了？”

司凌云不无惊讶地看到，与司母一起过来的居然是米晓岚，米晓岚的目光迅速在她与傅轶则身上一转，低首敛眉，什么也没说。

“别担心，爸爸只是一时不舒服，正在接受检查，没有大碍。”

“他这个年纪，哪经得起出什么事？他要是再有个什么，我和建宇可怎么办？”

司凌云一筹莫展地看着这个泪眼婆娑的老太太，不知道拿她怎么办好。米晓岚总算开了口：“妈妈，爸爸不会有事的。”

“你懂什么，他要是真有个三长两短，公司落到……”司母顿了一下，总算没有直接提及司凌云的名字，“别人手里，我们就更没人管了。”

司凌云简直想大笑出来，不过她哪里还有力气，吸了一口气，心平气和地说：“我已经通知了堂叔，他马上来，你们留在这里等检查结果，我先回公司。”她再转向傅轶则，“轶则，麻烦你送送我，行吗？”

两人走出医院，司凌云止住脚步，看着傅轶则，不等她开口，傅轶则冷笑了，“别费力气找说辞，你根本没打算让我送你，只是想把我从医院支开。”

“跟聪明人打交道就是好。我猜多半是你劝说我大嫂出了医药费用，不再一味嚷着跟我打官司要钱。我非常感谢你，不过她好容易跟她婆婆和解，你留在那里实在不方便。”

“那么你呢？操心操得这么事无巨细，得到的又是什么？”

“你想用这个问题把我问崩溃吗？那你可要失望了。我知道我什么都得不到，力挽狂澜、出手就能拯救一切的英雄，只在电影里存在。我们都只是棋子，徒然在棋盘上心机百出、奔走冲撞，最终大概难以走出命运这个棋局。像你预言的那样，顶峰确实已经逃不掉被蚕食、被分割，如果能够顺利跟丰华合作，避免破产清算，就非常幸运了。我哪怕愿意像他们要求的那样卖身，也换不回原本没有的那些爱与理解，更何况我根本卖不出他们期望的价格。”

“凌云，别再硬撑下去，这不该由你一个人撑着。”

“总得有人把该做的事情做完。”

“你在我面前没必要倔强。”

“我有什么可倔强的？”她轻轻一笑，“我口口声声说我不求饶，其实那天对你讲出往事，就已经是在向你乞求谅解支持了，你帮我了很多，谢谢。”

傅轶则仿佛被刺了一下，眼睛里出现怒意，“无论我做什么，都不是为了想要你感恩。”

“当然，我知道，你要别人感恩有什么用。请放心，我不会纠缠着非要让你在意我这一点儿谢意的。麻烦你跟徐总说一声，家父身体不适，我会在下周尽快跟她约时间。再见。”

8

司凌云收到司洪民打来的电话，确定司霄汉没有大碍，只需留院观察一晚。她在公司继续处理公事，一直支撑到下班时间，才开车出来。她没有回家，而是开车去了 Forever 酒吧。时间尚早，酒吧还没有开门，服务生跟卢未风正一起做着准备工作。

“阿风，我想多喝一点儿，待到打烊再走，你不会赶我吧？”

卢未风莞尔，“生意这么清淡的酒吧，你可以待到任何时候。”

她叫了啤酒，坐在角落的桌子边喝着，只不过大半瓶酒喝下去后，她便开始一手托着头打盹，阿风过来轻轻拍一下她的肩，“居然累成这样，去楼上我房间躺一会儿。”

她失眠已久，体力更是严重透支，原本想第二天是周末，不用上班，她可以在一个安全的地方喝点儿酒放松一下高度紧张的神经，难得这时有了睡意，她确实需要一张床，也不跟他客气，上楼去了他的房间，倒头躺下，拉过被子盖住自己，下面的音乐声经薄薄楼板过滤，虽然变得低微，却十分清晰。

……

If you want a lover 如果你需要一个爱人

I'll do anything you ask me to 我会做你要求的一切

And if you want another kind of love 如果你需要的是另一种爱

I'll wear a mask for you 我愿意为你戴上面具

If you want a partner 如果你想要一个伙伴

Take my hand 挽起我的手

……

她隐约记起，很久以前曾经听傅轶则说起过，他认识的一个女孩子认为这首 *I'm Your Man* 很像一封私人化的情书，永远不会背叛她。细细分辨那些歌词，她在黑暗中无声地笑了，心想，这些情话差不多是女人最高的幻想，却被一个男人以这种方式平缓地吟唱出来。身体的疲惫蔓延开来，Leonard Cohen 沧桑的歌声听起来悠远舒缓，具有催眠的力量，而她根本不需要更多帮助，几乎马上沉入了睡眠之中。

等司凌云醒来时，花了好一会儿才记起自己在什么地方，摸索出手机看看，已经将近半夜两点多钟，她记起已经过了酒吧关门的时间，连忙下床出来下楼，走到一半，只听下面两个男人正站在吧台边交谈着，停住低头一看，一个是曲恒，一个是卢未风。

“……难怪阿乐说他已经彻底服了你。”

曲恒没有作声。

“阿恒，不能再这样下去了。”

“你叫我过来，凌云也许会不开心的。”

“胡说，这个时候你还思前想后，你真的是闷骚到家了。别小看凌云，她已经不是不成熟的小女生了……”

她突然听到提及自己，一时有些茫然，怔了一会儿，只见卢未风将钥匙交到曲恒手中，“等会儿她醒了，跟她好好谈谈，我去朋友那里了。”

她没有下楼，而是返回那间卧室，重新坐到床上，双手捧着头好一会儿不知道该怎么办才好。她说不清为什么突然就不愿意下去面对曲恒了，几乎希望这所老房子有另一条通道，可以让她神不知鬼不觉地悄悄溜走。

灯突然亮了，她抬起头，只见曲恒面无表情地站到门口，她怔怔看着他。

“醒了的话，我送你回去。”

下楼之后，曲恒锁好酒吧大门，伸手出来，司凌云没头没脑地问：“什么？”

“车钥匙。”

她回过神来，尴尬地将车钥匙交到他手里，跟在他后面走向停车的地方。此时街道上已经空无一人，春夜静谧，空气带着些许沁人的凉意，昏黄的街灯将两人的身影拖得长长的，两人的脚步声在人行道上调整为一致的节奏。她紊乱的心绪慢慢平静了下来，只是仍然不知道说什么才好。

曲恒一直保持着沉默，完全没有像卢未风临走前叮嘱的那样有跟她好好谈谈的意思。她盯着前方，突然想到，也许她只是睡得迷迷糊糊，半梦半醒之间大脑短路，产生了某种错觉而已。这个念头一起，她顿时受不了车内这个静默了。

“可可现在怎么样？”

“你怎么突然关心起她来？”

她知道这个话题找得实在是无聊，也只能强辩道：“随便问问不可以吗？”

他简单地回答：“她回广州去了，昨天打电话来，说打算去参加一个选秀节目。”

对话就此中断，她气馁地靠到椅背上。深夜交通十分顺畅，没过多久，已经到了滨江花园外，曲恒将车停到路边，下了车，转身要走，她也下来，“你肯定也看了报纸，怎么再也没有继续问我会不会跟周志超结婚？”

隔着甲壳虫，他默然不语，她暗恨她的大脑大概是被长期紧张弄得失去了某一部分思考能力，这个问题来得甚至比上一个问题更无聊，然而他突然开了口，语气十分认真，“你会吗？”

她没来由地松一口气，摇摇头，“不会。”

曲恒绕过车头走过来，黯淡的路灯光下，她看不清他的表情，像刚才在阿风的房间一样，她突然没来由地紧张。这时，后边一个声音叫她的名字，“小云。”

她吓了一跳，回头一看，一辆出租车停在那里，程玥刚从车上下来。

“你在这里干什么？”程玥走过来，用质问的口气问司凌云，同时毫不客气地审视曲恒。司凌云没来得及说话，曲恒先说：“我走了，你早点儿上去休息。”

母女两人上楼，程玥一进门便问：“他是那个玩乐队的吧，你怎么又跟他混在一起了？”

司凌云纳闷她的记忆力居然这么好，反问她：“你去哪里了，怎么不开车出去，这么晚才回来？”

程玥一愣，看着女儿的表情，突然醒悟过来，冷冷地说：“不用拿这话来堵我的嘴。我是你妈妈，该提醒你的，还是要提醒你，你现在没有家境做靠山，没有青春可以挥霍，更不应该跟那种人待在一起了。”

司凌云毫不生气，笑了，“别操心太多，妈妈，操心多了会老得快的。去睡吧，明天早点儿去医院，把爸爸接回来，医生说他没什么大问题，这段时间需要好好休息。”

程玥断然摇头，“我只是一个前妻，再巴巴跑去医院跟他的第一个老婆争着照顾他，就太过分了。”

“大哥的母亲还要照顾大哥，现在顾不过来爸爸的，你……”

程玥不为所动，“那个老太太本来就一心盼着他回去，她住着别墅，有足够的地方收留他，正好接他过去。”

司凌云连吃惊的力气都没有了，盯着程玥看看，“难怪白天叫你去医院，你都推了，好吧，随便你。”

她正打算回房间，程玥叫住了她，“小云，我知道这些天你很操劳，可是我得问一下，这套房子还有没有办法保住。”

“对不起，妈妈，恐怕你得做好换一套小点儿的房子住的准备。”

“你和周志超……”

她也断然摇头，“大半夜的，我们不要反复吵这种无聊的架，行不行？我快累死了，要去睡了。”

9

第二天，司凌云被程玥叫醒，她看看时间，才早上七点。她气得一下翻身坐起，怒视着母亲，“你够了吧，后妈也没你这么狠的，你不去接爸爸随你的便，我懒得管你们的事。几个月来我头一次能多睡一会儿，你到底要怎么样啊？”

“起床，我带你去一个地方。”

“去哪里，干什么？”

“去了你就知道了。”

程玥的神情严肃，不像是存心来找她吵架，她残存的一点儿睡意全没了，只得气咻咻地起来洗漱，随便套了件套头运动上装加牛仔裤，跟着程玥下楼，开着那辆凯美瑞出去了。

程玥将车开到市区一个公园前停下，司凌云随她向里面走着，烦躁地问：“到底要干什么啊？”

程玥突然止步，不远处是一群跳拉丁舞的中老年男女，她指了一下前方领舞的一个男人，“你昨晚不是问我为什么回那么晚吗，我跟他在一起。”

司凌云顿时目瞪口呆，盯着程玥，“大清早的别来吓我好不好，我不需要这种坦白，跟谁待在一起都是你的自由。”

“好好看看他，他以前是我在歌舞剧团的同事，我的初恋情人，年龄大了不能跳舞，他被调到一个企业搞工会工作，后来企业破产，他下岗，就靠早晚在公园、广场教人跳舞混生活费了。”

司凌云只得看过去，那是一个大概四十来岁的男人，身材保持得不错，头发梳得油光光的，穿着全套廉价的白色西装，笑容满面，戴着耳麦，一边领舞，一边喊着口令，同时抽空纠正那群人的动作。学舞的人以四五十岁的中年女性居多，放在小推车上的音响播放着喧闹欢快的音乐，他们跳得十分投入忘我。

司凌云记起当年偶尔看到这男人与母亲相偕开房的情景，一阵烦躁，“你叫我来看这个干什么？我从来没干涉过你的生活，昨天晚上也只是顺口堵你嘴罢了。”

程玥自顾自说着：“他们住不到三十平方米的旧宿舍，他老婆同样是下岗女工，现在在给人做家政，他们有一个女儿，读完大学后就跑去北京工作，根本不愿意回家。”

“跟我讲这些有什么意思？”

“你总认为我催你嫁给周志超是因为我贪财，想借你的婚事谋利，保住自己住的房子。没错，我是爱钱，因为我从小过得是穷日子，拼命练功跳舞也好，嫁给你爸爸也好，都是不想回到那种生活里，我更不想我的儿女有那种经历。我带你过来，自揭疮疤给你看，只是要你看清楚，如果我没嫁给你父亲，而是跟他结了婚，你就会出生在一个你想象不到的环境里；如果你现在任性，将来等着你的命运不会比他们好多少。”

司凌云再看向那边，这时音乐停止，他们开始休息，学舞的女人们将那个男人团团围住说着什么，几个妆化得过分浓的半老徐娘拍着他的肩，笑得十分放纵，分明有打情骂俏的意味，而那男人也甘之如饴，同样笑得十分开心。

“这个样子，真是不堪入目对吗？可是，我们也年轻过，也美过，也单纯过，也爱过。不管当初放弃他的时候有多少不甘心，也不管你父亲的生意现在是不是一败涂地，我都不会后悔我的选择。”

“你拿别人一段失败的人生跟自己做对比可并不公平。”

“我为你父亲生了两个孩子之后，被他一脚踢开，一样还是得苦苦讨好他。”她指了指那个男人，“他被我甩了，本来恨我恨得咬牙切齿，后来我勾勾手指，他一样会丢开老婆出来跟我约会；他老婆明明知道他有外遇，可是只要他拿钱回家，就一样装聋作哑，这个世界上哪有什么公平可言？有的只是谁能吃定谁，谁能掌握谁。你如果不早点儿看透这一点，再怎么聪明能干，以后也有得苦头吃。”

司凌云空空的胃里猛然一阵翻腾，忍不住蹲下去干呕，程玥大惊失色，“你怎么了？你是不是……”

她站起身，有气无力地摆摆手，“麻烦你别瞎猜了，我忙成这样，都好长时间没跟哪个男人在一起了，又不是圣母可以感应怀孕。”

程玥放下心来，“你少跟我胡说八道。”

“你跟我讲话这么生冷不忌的，怪不得我胡说吧？结婚不是女人唯一的出路，我也没觉得非要嫁个有钱的男人才能活。顶峰实在不行了，我可以去参加司法考试，做得好的律师收入也不错的。”

“工薪阶层收入不错，又能多到哪里去？你马上二十八岁了，现在起步，要熬几年才会到一个不错的地步？”程玥冷笑，一连串问她，“你那个前男友韩启明，当了好几年律师，也算干得可以了，一样决定跟你的朋友琪琪闪电结婚，你觉得他是因为爱琪琪呢，还是爱琪琪家的钱？”

提起韩启明，司凌云苦笑了，“你是不是一晚上没睡，尽想着跟我怎么辩论了？我还没谢谢你以前特意花三万块钱让我的室友去勾引他跟我分手呢。”

“你什么时候知道的？”程玥颇为惊讶，“你这个脾气，居然没来跟我闹，真是奇怪了。”

“闹有什么用？你干出什么事都不能让我吃惊了，不过，你的控制欲比我以前想象得更严重了。”

“我知道我的人生也并不成功，被男人抛弃，现在又没了钱，可是这世上哪有公平可言。我赌了，享受过，就不算输家。凌云，我不能眼看你押错你的人生。”

“得了，你不适合表现得像无私忘我的慈母。不如对我更坦诚一点儿吧，我做你认为正确的选择，也能帮你挽救你的生活，对吗？”

“没错，我承认我有私心的。你爸爸自身难保，我已经到了这个年纪，没什么机会捞回在股票上的损失了，再怎么不情愿，以后也多少得指望你和小峰。可是最主要的，我还是为你好。就算周志超不合你的意，那个傅轶则也不错，又有经济实力，又有品位，他向你求过婚，应该还是喜欢你的。你跟一个苦哈哈开小园艺公司，得自己亲自送货浇花挖坑种树，成天一身泥土，胸无大志的男人混在一起，有什么未来可言？”

“你怎么又扯上了曲恒，这关他什么事？”

“不关他的事最好。”

那边音乐响起，跳舞的人重新排好队，开始随着老师做动作。程玥催司凌云跟她出去，司凌云说：“你先回去吧，我想随便走走。”

司凌云向里面走去，这所公园很大，到后面游人相对少得多。挣脱那个漫长酷寒的冬天之后，春来迟迟，人工湖畔柳树刚染上浅浅的绿意，黄色的连翘、粉色的早樱怯怯绽放，早晨的空气凉而清新，太阳缓缓升起，阳光照在身上，多少有一点儿暖意。她长久没有这样出来散步了，连续几个月积压的重负并没有稍微减轻，未来前景也说不上光明，她脑袋里依旧充塞着各式数据、各种报表、各类待办事项。可她并不为之烦恼，反而有一个奇怪的感觉：她已经扛过了最艰难的那段日子。

也许情况毕竟不可能更糟糕了，也许司霄汉的身体没有大碍让她稍微放了心，也许与丰华的谈判开端还算顺利，也许昨天在卢未风家里睡的那一个沉酣好觉帮了她，也许春日吹面不寒的风让人不由自主心情愉悦，也许久违的阳光确实可以驱除抑郁……她不想分析太多破坏难得的轻松感，只迈着懒散的步子，漫无目的地走着。

手机响起，她拿出来一看，上面显示的号码是傅轶则，她迟疑了一下，还是接听了，“早上好。”

“早上好，凌云，今天天气很好，我在你家楼下，方便下来吗？”

她对这个若无其事的邀请有些惊讶，“天气确实不错，我正在外面散步。”

“你在哪里，我过来找你。”

“轶则，我……”

他打断她：“我带你去看看冬冬。”

她张了张嘴，意识到这是她没法拒绝的提议。

10

傅轶则开车带司凌云去司建宇家的别墅，米晓岚过来开门，礼貌地跟他们打招呼，对司凌云没流露出一丝敌意，“我这就去医院看看建宇，过一会儿回来，谢谢你们过来陪冬冬。”

她扬声叫冬冬出来，一连串地叮嘱他听话，冬冬看上去无精打采，眨巴着眼睛看着她上车，什么也不说。司凌云想摸一下他的头，他躲开她的手，却牵住了傅轶则的衣角，小声说：“傅叔叔，我也想去看爸爸。妈妈不肯答应我。”

傅轶则想了想，叫住已经发动车子的米晓岚，两人不知道说了些什么，他回来，“冬冬，上车吧，要听妈妈的话。我跟你姑姑先带皮皮出去散散步，等你回来再带你去看电影。”

冬冬一下喜笑颜开，使劲点头，来不及说再见，马上跑出去，米晓岚将他抱上去，开车走了。

傅轶则解开皮皮的拴绳，皮皮蹦蹦跳跳围着他们打转，司凌云蹲下来摸它背上直而硬的毛，它疑惑地偏头嗅一嗅她的手，仿佛记起了她的味道，轻轻哼着，任由她抚摸着。

“总算它还没忘了我。”

傅轶则微微一笑，“这两个月我每周都过来带冬冬出去转转，小孩子记得的当然是出现得比较多的那个人。”

“谢谢你过来陪冬冬玩。”她站起身，“如果大嫂不介意，我以后会抽时间过来陪陪他。”

“不用跟我客气，有一件事我得告诉你，晓岚会在最近提出跟你大哥离婚。”

她一怔，随即苦笑了，“难怪她肯付这笔医药费，看来是料定大哥没法恢复，准备略尽人事，然后抽身走人。”

“别责怪她，她有她的……”

“理由？苦衷？”她淡淡地说，“算了，幸好大哥没意识，感觉不到什么。”

傅轶则看来也不想谈这个话题，“我们出去走走吧。”

这片别墅区内一栋栋独栋别墅低调地掩映在绿色植物之中，高大的乔木与低矮的灌木都修剪有致，草坪整齐得没有一根杂草，环境景观维护得如同明信片一般精致。他们沿木质步道走到中央人工湖边，在长椅上坐下，傅轶则解开皮皮的拴绳，它在他们周围活泼地奔跑着。她担心它一下就跑不见了，眼睛追随着它小小身影，“这里太开阔了，还是得把它拴着吧。”

“我和冬冬经常带它出来散步，放心，它很懂事黏人，不会跑远的。”

“哦。”

“你父亲怎么样了？”

“他还好，观察一夜，今天可以出院了。”

“这段时间很累吧？”

“还好。”她突然发现看不到皮皮了，四下张望着，叫它的名字，“糟了，还是跑丢了，我去找它——”

她正要站起来，傅轶则伸手圈住她，她身不由己被拉入他怀里，气恼地叫：“你干什么？”

他搂着她，“行了，你现在太紧张，不仅对我有防备之心，一条小狗也非要在视线范围以内才肯放心。放松，它马上会回来的。”

“你放开我。”

他没有理会，她正要挣扎，他突然稍稍放开她，吹了一声口哨，皮皮果然应声跑了回来，撒着欢绕着他们转。

他扬扬眉毛，嘴角微含笑意，“你看，没事吧。”

他似乎重又变成了一年多前他们重逢时的那个风趣男人，具有难以抗拒的魅力，可是她有种说不出的陌生感，撑住他的胸口，阻止两人再度贴近，“别跟我调情了，轶则，我说过，我消受不起。”

傅轶则深深地看着她，松开手，将她放回到身边，“不必反复强调这一点，如果我只是单纯想跟你调调情，我早该腻了，用不着在这种时候还来纠缠你。”

“要是那天我说的话让你感到不安，我很抱歉，要不是顶峰的形势太危急，我不会放弃自尊用一段陈年旧事来做感情讹诈。其实你根本不欠我什么，完全不需要再做什么弥补了。”

“你把理性客观表现得太充分，更接近于一种刻意伪装。你不断强调我不欠你什么，可你的某一部分一直停留在过去，一直生着我的气，所以我们在一起的时候，无论我怎么对你，你都不肯卸掉戒备。到了我真的该让你愤怒的时候，你就更不肯坦白表达了。”

“要对别人愤怒，先得觉得自己完全无辜，我可没办法把发生的一切都怪到别人头上。”她有点儿厌倦地说，“麻烦你别再花时间分析我了，不然我只能把这理解成你对于分析我这件事确实有些上瘾了。”

傅轶则沉默片刻，点了点头，“‘上瘾’这个词很准确，你赢了，凌云，我们重新开始吧。”

她陡然被这句话吓了一跳，疑惑地看着他，他的表情十分平静，仿佛刚刚讲出来的不过是“天气真的很好”“气温看起来还会上升”。

“可是……”

“我们经历了很多事情，相互之间有很多误解，我还伤害了你，我知道，我会好好弥补的。”

他讲得如此顺理成章，她简直有些哭笑不得，“我不想跟你有什么争执，可是我确实觉得，我们之间……已经不可能了。”

“没有什么是不可能的。”

“换作以前，这话出自你口，我就算觉得你实在自负，也还是会相信的。但是现在，我更相信世界上存在很多不可能，有些事情就是无法逆转不能重来的。”

“你会有这么灰暗的情绪，只是因为这段时间你背了太多责任在身上，明明已经累了，又卸不下来，你需要释放。”

她终于压制不住心底隐隐的怒意了，“看来我的情况已经可怜到让你看不下去的地步，以至于你终于打算出手帮我了，先是不动声色给我解决掉周志超，接下来，是不是会帮我搞定跟丰华的谈判？”

“别跟我赌气，凌云，我没有任何贬低你能力的意思，你做得很好，甚至好到让我意外的地步，你自己搞定了项目的开工，争取来跟徐总的谈判，我不过是不想看着你一个人继续硬撑下去了。”

他的声音温和低沉，跟过去一样，具有让人折服的力量，然而司凌云苦笑了。

“铁则，难得你决定不再恨我，我也不想跟你吵架或者赌气。可是，你分明是在向我显示，你做得到翻手为云覆手为雨。只要你愿意，既可以轻易把我打到惶惶不安日夜担心将来的地步，也可以突然决定赦免我，让我不用再有任何忧虑。请问，我真的该为你这句话就高兴得跳起来吗？”

“不是你想的这样。”

“你认为我该怎么想？”

一阵长长的沉默之后，傅铁则开了口：“凌云，你有没有想过，我还想跟你在一起，也许只是因为我爱你？”

她一时呆住，这几乎是他头一次在她面前说到爱她，而且用的是平实直接的语气，完全没有过去那些半真半假的调侃与试探。

“是的，我应该是爱你的，所以我不能原谅你在你大哥出事之后那样决绝地跟我说分手，就像你当年不肯要任何解释就从我家走掉一样。你对我的坦白，只是让我突然明白了，人一旦认真，就容不下一点儿敷衍、伤害。”

她努力摆脱惊愕状态，“你让我猜测，也许你是爱我的，可我怎么可能确认一份连你自己都不确认的感情呢？我认为，也许你只是对过去有一点儿遗憾，对继续征服我有一点儿瘾头而已。”

他嘴角那个微笑的纹路多少有了点儿苦涩意味，“我知道你会这么说的，我们确实很早就陷进了一个相互怀疑的怪圈。”

这是她没法否认的事实，她只能沉默。

“我们之间最大的问题，是你把感情这件事想得太复杂，坚持认定我对你的感情并不纯粹。其实每个人都向往自己得不到的东西，一旦向往得足够迫切，坚持得足够久，为之付出不计代价，谁能准确定义那是未遂的欲望，还是爱情。”

她为之哑然，停了好久，才重新开口：“对不起，现在需要我处理的事情已经太多了，感情是我最不愿意细想的问题。我必须诚实告诉你，如果我答应重新跟你在一起，那我的动机肯定是值得怀疑的——也许我只是为了抓住一个让顶峰摆脱困难的机会而已。”

“我并不介意。我们需要一个重新开始的机会，一切都会不一样的。”

“会吗？我很怀疑。轶则，以你对人对事的要求之高，不可能接受任何敷衍。我二十八岁了，对我来讲，你不再是那个危险的陌生人，我绝对没办法像刚开始那样无理由迷恋你。”

他皱眉，“我要的不是那种迷恋。”

“当然，幼稚女孩子的迷恋没什么意义，你也从来不缺乏被人迷恋的体验。”她嗒然耸了耸肩，“只是，我有自知之明，以我现在的状态，没有能力再跟你继续……周旋。不管你要的是什么，我恐怕都给不了。”

“你不必急着猜测我的用意，也不必急于回答我，我们慢慢来。”

“轶则，我不想玩暧昧，更不想利用暧昧状态谋利……”

“你会那样做才怪。”

“我……”

“放松，至少我们等会儿还要带冬冬出去，下周还要继续谈判合作，先别急着下结论。晒晒太阳吧，天气真好。”

司凌云有几分说不清的焦躁，可是接触到傅轶则的目光，也没再说什么了。天气确实非常好，阳光暖融融地照射着两人，皮皮跑得欢快依旧，四周静谧可人，坐在她身边的男人神态沉静，她心底却无端生出一点儿悲凉的感觉，仿佛眼睁睁看着某样东西走远，又不能确切知道那是什么。

11

上午的影城显得冷冷清清，司凌云疑惑地看看售票处上方的显示屏，问李乐川，“不会吧，只十点这一场，又不是周末，这个时间哪会有很多观众？”

“不然我为什么特意从北京跑回来，硬把你从办公室拖到电影院？错过这一场，就再也看不到了。”李乐川晃了晃手里的电影票，笑了，“如果里面除了我跟你以外还有哪怕一个观众，我肯定会高兴得跳起来，哪里敢指望有很多观众。”

“阿乐，我是不懂你们电影怎么运作，可是一个电影上映，难道不应该搞个首映式，搞点儿宣传活动，弄点儿明星站台造造势吗？这样悄没声放上一场，观众甚至不可能有印象就过去了，怎么可能有票房？”

“道理人人都懂，不过国内每年差不多会拍出四百部电影，只有不到二分之一能够在院线公映，真正能够和观众见面并留下印象的，可能连四分之一都不到。安排这个场次，叫‘影院一场游’，也是好不容易争取来的，比我们更惨的，就是全国一场不放，直接被院线拒之门外了。”

司凌云好不惊讶，“喂，你们这电影就算小成本，也至少投资了好几百万进去，难道就这么打了水漂？”

“这个电影开拍不久就矛盾重重，导演对演员不满意，演员对剧本有意见，最要命是制片方跟导演思路不统一，从拍摄到发行都资金不到位，我好说歹说，恨不能放弃遗产继承权，才算找家里筹了一部分钱投进去，能够支撑到拍完上映已经是奇迹，早就没人对票房抱有期待了。”

司凌云一时不知道说什么好了。

“不用安慰我，我也认了。”李乐川看起来丝毫也不觉得沮丧，笑嘻嘻地补充说，“我爸爸知道这事，更加确定我是败家子，以后我大概再也别想从他那里弄到钱了。”

“你还真是乐观。”

离进场还有一点儿时间，他们坐到售票厅休息区的高脚凳上喝着汽水，李乐川突然问她，“琪琪后天跟韩启明结婚的事……你不介意吧？”

“这有什么可介意的？”

“我猜你也不会介意。那你现在跟傅轶则是怎么回事？按琪琪的说法，你还时不时跟他会面，出双入对啊。”

“她不操心自己的婚礼，倒这么关心我干什么？”

“她原本就爱八卦你的一举一动，现在更不用说了。”

“我跟轶则只是工作关系，我们……”她本来想说他们见面不多，更没有约会，可是突然没法光明磊落地说下去了。毕竟在过去一个来月里，傅轶则跟她为土地转让合作谈判时常见面，他还不止一次打着带冬冬出去玩的旗号约过她，落在别人眼里，当然有几分说不清道不明。

“你们会复合吗？”她郁闷地瞪他，他坏笑着，不依不饶地盘问她，“来吧，别跟我保密。复合我也能理解的，毕竟傅先生看上去确实是很有魅力的男人。”

“阿乐，我没必要对你隐瞒什么。没错，他提出跟我重新在一起，甚至提出……跟我按原计划结婚。可是……”她顿住，看向前方，那里挂着一幅幅电影海报，定格着各种浓缩的悲欢离合故事，“他以前吸引我的那些地方，现在突然变得不重要了，对着他，我再没有以前我们在一起时的感觉。他表现得越强势越笃定，我越觉得累，想远离他，你懂我的意思吗？”

李乐川放弃了追问，安抚地拍她的肩，“我不敢说我全弄懂了，可是我明白，人最难说服的其实始终是自己的心，你不必解释。”

进了放映厅，里面果然空空荡荡的，司凌云与李乐川坐在正中的位置，李乐川笑道：“想想看，只出这么点儿票价，我们两个可以享受包场的待遇，太爽了。”

司凌云不得不再次对他的乐观开朗表示佩服，还没说话，她的手机又响了，等她接听完，灯光暗下来，开始播放各种贴片广告，李乐川瞪着她，她关了手机，“好了好了，我保证好好看电影，再不接电话了。”

李乐川拍拍她的肩，“凌云，你家的事，我没办法给你什么帮助，只能拉你出来放松一下。”

“别傻了，不是非要帮得上忙才算朋友的，我们都认识了这么多年，还需要讲这些吗？”

说话之间，又进来两个观众，借助微弱的光线找着座位，商议两句，随后决定坐到后面角落的位置去。司凌云悄声对李乐川说：“看吧，还是有观众的。”

李乐川已经乐开了花，“好像是旷课早恋的中学生，还背着书包穿着校服。记不记得我们以前是怎么逃学的？”

她禁不住也笑了，“怎么可能忘记，那真是最开心的时光了。”

“你看，我们需要时不时逃离一下，以前是从学校，现在是从公司。工作反正是永远都做不完的，现在放空，不许再想别的事，跟我一起好好看电影。我很容易满足，有人看到了，有人触动了，这个电影就不是全无意义。”

尽管《我们的歌》这部电影拍得风格不够统一，有些部分过于文艺，主题有些暧昧游移，剪辑跳跃，叙事算不上清晰，节奏偏于缓慢拖沓，可是看下去并不困难，里面有司凌云熟悉的场景、有他们共同的青春情怀、回忆的小细节小片段，甚至还有熟悉人物的影子。当最后主题曲响起，旋律仿佛直接进入她的心底。

如果随手便可将电灯按亮，
谁会在意满天星光？
如果轻易就能做到遗忘，
谁会在意前路渺茫？
从前的日子一天天更为漫长，
一段段记忆过去，只剩迷惘，
每个人都在为生活奔忙，
所有面孔都已悄悄改变模样，
昔日的理想在默默退让，
只有我还想停驻在年少轻狂，
继续为你歌唱。
我记得你飞扬青春的模样，
你的笑容那么明朗。
我记得对你所有隐秘的期盼，
我曾与你有共同记忆分享。
那些想念过于真切，只能深藏，
没法轻易用言语表白。
你在我无法触及的远方，
任时光流逝，你在我心底保持原样。
就算未来你去往另一个方向，
就算我们的青春已经散场，
我也愿意用安静的音符，为你继续歌唱，
为你写下再不会提起的诗行，
纪念你的身影曾充满我的心房。
……

放映厅内灯光亮起，那两个中学生手牵手，一边轻声交谈着一边走了出去。司凌云只觉得心乱如麻，脑袋里充满各种乱纷纷的意念，一时竟然抓不住一个明确清晰的想法，视线突然有些模糊。在主题曲的余音之中，李乐川回头看着她，伸手指轻轻替她擦去眼角那一点儿泪水，“阿恒没有白写这首歌，我也没有白费力气劝他把歌放到这部电影里，你终于听到了，也多少听明白了吧？”

她怔怔看着李乐川，李乐川长长叹气，“凌云，你白长了个聪明面孔，真不知道阿恒一直喜欢你？”

她没底气地抗议，“什么一直？他以前是讨厌我的。”

“讨厌你的男人会一直帮你扛各种场面没有怨言？”李乐川反问她，“会一直摆一张冷脸对你，可还是一直关心你的一举一动？”

司凌云张口结舌，这时工作人员进来清场，他们起身走出影城。坐进李乐川的车内，她发了一会儿呆，打开手机处理着邮件和短信，过了好一会儿才发现他没有将她送回公司，而是开向了郊区。

“喂，我得回去上班了。”

他不理她，继续朝前开，她意识到这是通往曲恒那个园艺公司的路，一下急了，“阿乐，别闹了，他不想见我的，我……也不想见他。”

“这话怎么讲？”

“我们两个多月没联系了，上次见面，他丢了一张银行卡给我就跑掉了。”

李乐川笑出了声，“也只有阿恒做得出这种事来。”

司凌云可笑不出来，“老实告诉你，我已经好长时间没拿一分钱工资，要不是有这张卡救急，我狼狈到连应付日常开支、给车子加油的钱都成问题。现在顶峰情况也只是从破产清算的边缘逃了回来，稍微好转了一点儿，从下个月起，我应该能拿到工资。我是打算把花掉的钱全存回卡里，再跟他联系，把卡还给他的。”

李乐川一怔，“我只听说顶峰有困难，没想到困难到这一步，难怪阿恒那天接到电话就匆匆从北京跑回来，再不肯过去了。”

“他是听说可可怀孕了才回来的。”她嘀咕着，被李乐川狠狠瞪一眼，只得住嘴。

“凌云，你们两个都是我的朋友，我不想看着你们一个闷骚，一个茫然，继续这样没完没了错过下去了。”

“阿乐，也许你弄错了，他只是心地善良，关心朋友……”

“他确实心地善良，可是他不是滥施博爱的圣人。”李乐川一下将车停到了路边，“别的我不说了，他在广州待了一年多后，回来了一次，特意去学校找你，结果看到你跟那个小律师出双入对，当天晚上他在阿风酒吧里喝醉了，打越洋电话跟我和阿风说了很长时间，第二天他就回了广州，你知道这回事吗？”

司凌云张张嘴，说不出话来。

“他不想干扰你的生活，坚决不让我跟阿风透露任何风声。我不知道是该说他傻，还是佩服他的执着才好。可你不许跟我装傻，说你对此一无所知，再不敏感的女人，也不会迟钝成这样的。”

“阿乐，我们认识这么久，我有必要对你隐瞒什么吗？我确实觉得我跟阿恒的关系跟你还有阿风有些不一样，具体哪里不同，我也说不清。只是每次他出现的时候，我都是有男朋友的，我又一向会把感情这件事搞砸，就算意识到什么，我也不愿意多想，更不愿意失去他这个朋友，这样……起码们可以保住一份友情，不至于尴尬吧。”

“胡说，这真是我听过你说的最自欺欺人的一句话。向前一步，也许会有伤害，有失望，可是坦然面对才是对彼此感情的最大尊重；退后一步，你们才会一直猜测下去，才会尴尬，哪里还有什么纯粹的友情可言。”

她再度无话可说了。

李乐川的表情前所未有的严肃，丝毫没有平素的玩笑意味，“凌云，如果你跟那位傅先生决定在一起，我也不会提的，活该阿恒那个家伙把心事烂在肚子里好了。可是现在，你说跟傅先生不会复合。要是你和阿恒为一张银行卡相互躲着不见面，就实在太蠢了，我看不下去。”

12

李乐川把司凌云放到园艺公司门口，“我不等你了，你们两个成年人，用不着我来手把手教你们怎么开始吧。”

他一溜烟将车开走，司凌云哭笑不得，站了一会儿，向里面走去，正看到曲恒在那一排活动房前手池边一边洗手，一边头也不回扬声说：“小蓉，打电话问一下老赵他们把货送到没有。”

没人有作答，他甩着手上的水，转过身来看到是她，一下怔住了。两人面对面站着，她完全不知道说什么才好。这时那个叫小蓉的会计从办公室内探出来头，“老赵说……”她停住，好奇地打量他们两个人。司凌云满心的不自在，好在这时曲恒开了口：“我们去那边走走。”

曲恒带着司凌云出了园艺公司，进林场后一直往里走。跟市区公园不同，这里几乎看不到任何游客，正值四月，连日天晴，气温上升得很快，高大的水杉成排挺立，将阳光筛得斑斑点点，空气中洋溢着暮春特有的轻快甜蜜气氛，除着头顶小鸟叫得啁啾婉转，只有两个人的脚步沙沙响着，衬得四周越发安静。

她决定打破沉默，问他：“今天《我们的歌》上映，你怎么没去看？”

他的回答照例来得简洁，“我在北京时看过样片了。”

对话无法进行下去，换个时间，换个心境，这份静谧应该是十分宜人的，但是司凌云心底却充满了烦乱，越来越觉得李乐川这个安排十分尴尬。她停住脚步，“公司还有事，我先……”

然而曲恒打断了她，“快到了。”

“到哪里？”

他并不回答，她只得跟上他，再走一会儿，他们走出了那片水杉树，面前是一个面积不大的池塘，他站住脚步，说：“这里是我小时候最喜欢的地方。”

司凌云打量四周，幽暗发绿的水面泛着波光，四周杂乱的青草蔓延生长，并没有特别的风景。他指了一下另一侧两排两层楼的旧式宿舍，看上去已经无人居住，十分破败，“我家以前住那边，我时常瞒着我妈妈到这里钓虾，我爸爸也在这里教过我识谱弹琴。现在林场已经规划改建成公园，宿舍开始拆除，以后还会修建各种景观，会有游人进来，再不可能保持原样了，我一直想让你过来看看，今天正好。”

她冷不丁问：“如果今天我不来，你会不会开口约我过来？”

“我是打算去找你的。”

“什么时候？你这么清高的人，既然出手帮了我，大概会怕我误会你是去要债的，就一直躲着我吧？”

曲恒默然，司凌云轻轻一笑，“我真没猜错。”

“不，我并不怕你误会我，凌云。”

“可你还是决定躲着我，好吧，我不怪你，我知道我说话尖刻，不留余地，还是离远一点儿比较安全。可是我真受不了这样玩高深微妙，阿恒，也许我们还是讲清楚做朋友比较好。”

“我们一直是朋友，只不过——”她的心不自觉怦怦加快跳动，他凝视着她，清晰地说，“凌云，我一直是爱你的。”

她一怔，反而突然被这句话触怒了，“你们所谓的一直的爱，就是让我一直去猜吧。我不想猜，我也不需要这样的爱。”

她拔腿要走，他伸手拦住，她烦躁地拨开他的手，然而他将她的手握得紧紧的。

“我并不打算让你猜，凌云，你一定不知道我是从什么时候开始爱你的。”他并没有看她，而是看着池塘对面，“其实我也忘了。我们在哪一天认识，你跟我第一句话说的什么，我从什么时候开始强迫自己不再注意你……这些我都记不清了。可我记得我确认这份感情存在，是因为你吻了我，那只是你跟一个男生赌气而已，你可能没留任何印象，没关系，我知道就好。”

她几乎听不清他在说什么，只怔怔看着他，他恰好也低下头来，他的眼神清朗温柔，她的心狂跳起来。她突然不敢与他对视下去，有些惶惑，有些茫然，也看向池塘，模糊地意识到，她闻到了草木的味道，这味道似乎来自站在旁边的他，又似乎来自一个久远得已经不够清晰的记忆。

“我一直没说，因为你并不爱我，我没理由用我的感情去打扰你。”

“你怎么会爱我？你一直是讨厌我这样任性的人的。”

“阿乐说得没错，我只是一直闷骚而已。”

“可是。”她被这个简洁的回答打败了，微弱地说，“你应该告诉我的，我……”

“年轻的时候，自尊心好像强过一切，我不希望你因为任何别的因素跟我在一起，不希望你在迷茫的时候有困扰。所以那年在医院里，你妈妈叫我不要纠缠你，我马上就做了去广州的决定。我以为我在做正确的事情，但是，我还是很想你。”

“于是你回来，看到了我跟韩启明在一起。”

“是的，当时你看上去跟过去不大一样，可是神态很平静。我想，也许你终于长大了，找到了你想要的那个人。”

她想起她与韩启明之间的那段过往，一时无话可说。

“再后来，我回来照顾妈妈，你又有了新男朋友……”

她一下又烦躁了，没好气地说：“我没有独身的打算，以后也许还会交男朋友，你就准备永远这样保持高贵的沉默吗？”

“这个沉默并不高贵，我只是约束自己，感情如果不是双方都意识到的事，贸然讲出来，也许就是一种打扰、讹诈。”

“这算什么逻辑？”

“我也知道，这听起来太像是为自己找理由了。可是，我只是一个普通人，没有特别的才华，没有太大抱负跟野心，给不了你过习惯的生活，你家里出事，我也没法对你有帮助。我不确定我能够让你幸福，追求你的男人看起来都比我有前途。想得越多，我越难以开口。”

她涩然笑了，“没想到你跟我母亲想法一样，她也觉得我只有嫁给一个有钱的男人，才能保证以后的幸福。”

“对我自己来说，钱从来不是衡量标准，可是涉及你，我不能不多考虑一些。”

“考虑得再多又怎么样？我父亲花了大半生心血，建成一个小型王国，他以为一切尽在掌握，只差一点点就能上市，赚得数不尽的财富，谁能料到不过半年多时间，就接近化为乌有；我母亲一向目标明确，不惜一切代价积攒钱财，可是一时贪婪投机，所有积蓄全没有了不说，连住的房子都说不好保不保得住；我哥哥现在还躺在医院，我没法挽回他的健康；我努力想让我弟弟不受任何伤害，远离家庭内的钩心斗角，可是我也失败了……”她突然不知道她到底想表达什么观点，颓然打住。

“凌云，你已经为你的家人做了很多。”

“那又怎么样，我给不了别人保证，也不需要谁给我保证。我，算了……”

她一想到这话来得既赌气又傲慢，就再也说不下去了，转身要走，然而曲恒的手掌一紧，将她的手握得更紧了一些，几乎让她有些疼痛，“你说得没错，你这么独立的女孩子，我给不了你什么。我唯一能给你的，只有爱。”

她再度心神震荡，努力定神，张张嘴，“我不知道，阿恒，我……”

他却轻轻放开了她的手，“爱你是我自己的事，你不必觉得亏欠我什么。”

“可是我确实欠你。我一向自私，忽略别人的感受，处理不好感情。阿恒，我甚至不知道我给过你什么伤害……”

“我不认为那些是伤害，那是我选择的生活。从过去到将来，关于你的一切，我都愿意接受，这就足够了。”

司凌云正要说话，她的手机不适时地响起，铃声在这个安静的地方来得近乎突兀。她拿出来看，是傅轶则打来的，只得说声抱歉，一边走开，一边接听电话。

“凌云，晚上我过来接你一起去参加丰华的晚宴。”

丰华在与顶峰达成土地项目合作协议后，定于今晚举行招待晚宴，正式对外宣布开始IPO争取年内上市。司霄汉收到了请柬，眼见老对手将要达成他曾近在咫尺，现在差不多再无可能实现的目标，自然大受刺激，把自己关在办公室内不停抽烟。基于对合作方的尊重，司凌云本来打算代替父亲出席，这时她有些心神恍惚，“哦”了一声，没说什么。傅轶则误会了她的沉默，“如果你不想去，也没关系，我们可以找个地方吃饭。”

她回过神来，“不，那样太不礼貌，我应该去当面向徐总道贺。”

“你现在不在办公室吗？旁边好像有鸟叫的声音。”

“我在郊外。”

他有些意外，轻轻笑了，“你绷得太紧，我那么劝你出去度假，你都不答应，肯在工作时间溜出去，是个好现象。”

“轶则，我现在跟曲恒在一起。”

那边一个短暂的沉默，他的声音重新响起，“没关系，晚上我们好好谈谈。”

她想，这确实是电话没法说清楚的事情，“好吧，晚上见。”

她收起手机，走回池塘边，站在曲恒旁边，一时不知道该说些什么，而他保持着平静。

“公司还是很忙吧？”

“已经告一段落了，土地转让出去，公司收缩经营，只有一个小开发项目，爸爸说由他直接负责，我会清闲下来。”

“那就好，你需要好好休息一阵子。”

“没时间休息啊，我打算准备司法考试。”

“别把自己逼得太狠。”

她有一千个理由证实自己必须保持一个有准备的状态，可是又觉得，在他面前，她根本不需要提起精神说那么掷地有声的话。这个放松得近乎懈怠的心情来得如此陌生，让她几乎有些措手不及。她侧头看他，他正好也看着她，两人再次不约而同地移开了视线。

……

所有面孔都已悄悄改变模样，

昔日的理想在默默退让，

只有我还想停驻在年少轻狂，
继续为你歌唱。
我记得你飞扬青春的模样，
你的笑容那么明朗。
我记得对你所有隐秘的期盼，
我曾与你有共同记忆分享。
那些想念过于真切，只能深藏，
没法轻易用言语表白。
你在我无法触及的远方，
任时光流逝，你在我心底保持原样。
就算未来你去往另一个方向，
就算我们的青春已经散场，
我也愿意用安静的音符，为你继续歌唱，
为你写下再不会提起的诗行，
纪念你的身影曾充满我的心房。

“那首歌，真的是为我写的吗？”司凌云轻声问。

曲恒的回答简单而直接，“是的。”

她想说她喜欢，然而她的感受分明远远多于一个简单的喜欢，喜悦与安宁充盈在她的心底，再悄然流溢于四周，与春天的气息融为一体，将她紧密包围。他们并肩站着，静静看着这个小小的池塘。天空云卷云舒，四周草长莺飞，花开花落，属于他们的歌在心底吟唱。似乎有一些因时间累积而成的东西，微妙地横亘在他们之间，阻挠他们做出行动，用一个紧紧的拥抱、一个缠绵的热吻作为开始，迅速消除言辞难以解答的障碍，走得更近。然而，他们内心有着同样的满足感，这些障碍在此时此刻又显得微不足道，无须介怀。最重要的是，经历过所有峰回路转之后，他们放弃所有伪装与迟疑，他仍然站在她的身边，带着初次袒露的感情，安静，坚定。

再厚的积雪也会融化，再漫长的严冬也会终结，四季周而复始一直轮回；时光慢慢走远，他们见证了彼此的青春，那些青涩的感情，那些点滴的往事，都随着岁月沉积为丰富的回忆。

她曾经认为，她已经放弃对爱情的憧憬，并没有什么怨言。可是命运的玄妙在于，不曾对任何人有特别眷顾与放弃，谁在原地等候，谁在陌路相逢，没人能够预知下一个安排是什么。坦然迎接所有未知的痛与乐，他们有足够多的时间去付出、去接受、去感知、去体验。

这是他们选择的生活。

图书在版编目（CIP）数据

我们的千阙歌：完美纪念版 / 青衫落拓著 . — 南昌：百花洲文艺出版社，2016.10

ISBN 978-7-5500-1965-2

Ⅰ . ①我… Ⅱ . ①青… Ⅲ . ①长篇小说—中国—当代 Ⅳ . ① I247.5

中国版本图书馆 CIP 数据核字（2016）第 262186 号

出 版 者　百花洲文艺出版社
社　　址　江西省南昌市红谷滩世贸路 898 号博能中心 A 座 20 楼　　邮编：330038
电　　话　0791-86895108（发行热线）0791-86894790（编辑热线）
网　　址　http://www.bhzwy.com
E-mail　bhzwy0791@163.com

书　　名　我们的千阙歌：完美纪念版
作　　者　青衫落拓
出 版 人　姚雪雪
出 品 人　李国靖
特约监制　何亚娟　燕　兮
责任编辑　臧利娟　周振明
特约策划　何亚娟
特约编辑　朱明迪
封面设计　46 设计
封面绘图　E.Pcat
版式设计　王雨晨
经　　销　全国新华书店
印　　刷　三河市金元印装有限公司
开　　本　1/32　880mm × 1230mm
印　　张　19.875
字　　数　480 千字
版　　次　2017 年 3 月第 1 版
印　　次　2017 年 3 月第 1 次印刷
书　　号　ISBN 978-7-5500-1965-2
定　　价　49.80 元（全二册）

赣版权登字：05-2016-351
版权所有，侵权必究
图书若有印装错误可向承印厂调换